HEYNE <

W0465045

JULIA HAUSBURG

Fighting THROUGH *Deep* WATERS

Roman

Band 1 der *Deep Waters*-Reihe

WILHELM HEYNE VERLAG
MÜNCHEN

Der Verlag behält sich die Verwertung der urheberrechtlich geschützten Inhalte dieses Werkes für Zwecke des Text- und Data-Minings nach § 44b UrhG ausdrücklich vor.
Jegliche unbefugte Nutzung ist hiermit ausgeschlossen.

MIX
Papier | Fördert gute Waldnutzung
FSC® C014496
FSC www.fsc.org

Penguin Random House Verlagsgruppe FSC® N001967

Originalausgabe 03/2025
Copyright © 2025 dieser Ausgabe
by Wilhelm Heyne Verlag, München,
in der Penguin Random House Verlagsgruppe GmbH,
Neumarkter Straße 28, 81673 München
produktsicherheit@penguinrandomhouse.de
(Vorstehende Angaben sind zugleich
Pflichtinformationen nach GPSR)

Redaktion: Angela Kuepper
Umschlaggestaltung: www.buerosued.de
Satz: Satzwerk Huber, Germering
Druck und Bindung: GGP Media GmbH, Pößneck
Printed in Germany
ISBN: 978-3-453-44345-7

www.heyne.de

Liebe Leser:innen,

dieses Buch enthält potenziell triggernde Inhalte. Deshalb findet sich auf S. 461 eine Triggerwarnung. Achtung: Diese enthält Spoiler für das gesamte Buch. Wir wünschen allen das bestmögliche Leseerlebnis.

Julia Hausburg und der Heyne Verlag

Kapitel 1

Henriette

Vor mir liegen 162 Meter Freiheit.

Ich verrenke mir den Hals und drücke die Nase gegen die Fensterscheibe des Shuttlebusses, um die beste Aussicht auf mein neues Zuhause zu erhaschen. In den nächsten sechs Monaten werde ich zwar noch genug Zeit dafür haben, aber dieser Augenblick ist einmalig. Ich bin mir sicher, mich für immer an dieses Gefühl zurückerinnern zu können. Eine Mischung aus kribbelnder Vorfreude und einer Ergriffenheit, die mir beinahe Tränen in die Augen treibt. Das hier passiert wirklich.

Der weiße Rumpf der *Sapient Sailor* glänzt wie frisch poliert, die Bullaugen liegen wie Perlen an einer Kette in drei Reihen an- und übereinander. Darüber befindet sich das Oberdeck mit seinen fünf großen Segelmasten. Schier endlos ragen sie in den Himmel hinauf, so eindrucksvoll, dass das Brennen in meinen Augen zunimmt. Fieberhaft überlege ich, wie die einzelnen Masten bezeichnet werden, komme aber nicht darauf. Das werde ich hoffentlich bald lernen.

Der Bus hält ein paar Meter vor dem Segelschiff auf dem Cruise-Terminal von Los Angeles. Die junge Frau in der ersten Reihe steht auf und dreht sich zu uns um. Sie hat sich uns vorhin am Flughafen als Elisa, die studentische Hilfskraft, vorgestellt. Ihre braunen Haare reichen ihr bis über die Schultern, die Curtain Bangs kleben ihr in der Stirn. Kein Wunder bei der Hitze draußen. Selbst die Klimaanlage des Busses kommt nur schwer dagegen an.

»Alle mal herhören!«, ruft Elisa, und die knapp zwanzig Studierenden, die mit mir im Bus sitzen, verstummen. »Wenn ihr ausgestiegen seid, nehmt bitte euer Gepäck und geht über die Gangway an Bord. Oben werdet ihr dann für die Einschiffung in Empfang genommen.«

Tumult kommt auf, und da ich hinten sitze, bin ich eine der Letzten, die den Bus verlässt. Manche Studierende wirken genauso verloren und nervös wie ich, andere scheinen sich bereits zu kennen und quatschen miteinander.

Elisa wartet, bis wir alle unsere Koffer geholt haben, und steigt dann wieder in den Bus ein. Sicher, um am Flughafen die nächsten Studierenden in Empfang zu nehmen.

Auf der Gangway bildet sich eine Schlange. Das Metall federt unter unseren Schritten, und ich blicke über den Handlauf hinweg ins Hafenbecken. Im trüben Wasser schwimmt Müll. Enttäuscht über die Sorglosigkeit mancher Menschen verziehe ich das Gesicht.

Langsam rücke ich in der Schlange auf, bis ich ganz oben auf der Gangway stehe. Ein letzter großer Schritt, und ich betrete das Deck der *Sapient Sailor*. Ein Schauer rieselt mir über den Rücken. Ich bin wirklich da. Während ich zum Münchner Flughafen gefahren bin und auf dem Zwölf-Stunden-Flug die meiste Zeit geschlafen habe, ist es mir vorgekommen wie ein Traum. Als könnte ich jederzeit aufwachen und realisieren, dass ich das begehrte Auslandssemester im Südpazifik doch nicht ergattert habe. Jetzt, in genau diesem Moment, fühlt es sich zum ersten Mal real an. Sicherheitshalber zwicke ich mich unauffällig in den Arm. *Ja, absolut real*, stelle ich fest, als die Haut ordentlich zwiebelt.

»Willkommen auf der *Sapient Sailor*«, begrüßt mich ein junger Mann in Borduniform, bestehend aus einer dunkelblauen Hose und einem weißen Hemd. Er hat hinter einem hüfthohen Pult Position bezogen. »Darf ich bitte Ihren Reisepass sehen?«

Ich reiche ihm das Dokument. Er scannt es ein und weist mich an, in eine kleine Standkamera zu schauen, ähnlich wie die am Flughafen bei der Passkontrolle.

»Vielen Dank«, sagt er und gibt mir meinen Pass zurück. Ich rutsche zur nächsten Station auf, an der sich wieder eine kleine Schlange gebildet hat. Die Studentin vor mir seufzt genervt und trommelt ungeduldig mit den manikürten Fingernägeln auf ihren goldenen Hartschalenkoffer. Mich stört die Wartezeit nicht, weil sich mir dadurch die Gelegenheit bietet, mich auf dem Deck umzusehen.

Der Empfangsbereich mit den verschiedenen Stationen zur Einschiffung befindet sich zwischen dem zweiten und dritten Mast. Ich muss den Kopf in den Nacken legen, um die Spitzen sehen zu können. Die Segel sind nicht gespannt, sondern hängen gerollt an den runden Zwischenbalken. Wenn meine Google-Recherche zu Hause korrekt war, sind das die Rahen.

Die Sonne knallt mit aller Kraft auf das Oberdeck herunter. Schweiß steht mir auf der Stirn, mein Shirt klebt mir unangenehm am Rücken. Als eine sanfte Brise über meine nackten Unterarme streicht, atme ich kurz auf. Ab morgen wird sie nach salziger, klarer Meeresluft riechen, nicht nach dem schmutzigen L. A. Ich kann es kaum erwarten.

An der nächsten Station muss ich meine Personaldaten in ein Dokument eintragen und meinen Impfnachweis vorzeigen. Für das Auslandssemester gab es eine Liste mit Pflichtimpfungen, die mir einen angeschwollenen Oberarm beschert haben. Eine ganze Woche lang schien ein unsichtbares Gewicht daran zu hängen, und das Mitschreiben in den Vorlesungen wurde zu einer schmerzhaften Angelegenheit. Denn die Ärztin ging davon aus, dass ich wie die meisten Menschen Rechtshänderin wäre, und hat, ohne nachzufragen, die Spritze an den linken Arm angesetzt. Es passierte so schnell, und ich war ohnehin nervös wegen der Nadel, dass ich es viel zu spät realisiert und mich dann nicht mehr getraut habe, etwas zu sagen. Wie automatisch schüttle ich über mich selbst den Kopf.

Mein Handy vibriert, und ich ziehe es hervor, während ich an der nächsten Station warte.

Annelie:
Wo zur Hölle bist du?

Natürlich war es nur eine Frage der Zeit, bis meiner Schwester auffallen würde, dass ich weg bin. In meinem Bauch breitet sich ein mulmiges Gefühl aus, und ich beiße mir auf die Unterlippe. Eine zweite Nachricht trudelt ein.

Annelie:
Du bist nicht im Ernst geflogen, oder?
Das halbe Jahr auf See wirst du niemals durchhalten!
Dafür bist du doch viel zu schüchtern,
dir fehlt ja sogar der Mut, dich zu verabschieden.
Du solltest dich schämen!

Ihre Worte treffen mich mit gezielten Stichen. Sie kennt mich. Besser als irgendwer sonst auf dieser Welt. Vielleicht sogar besser als ich mich selbst?

Annelie hat sich vor einem halben Jahr ebenfalls auf dieses Auslandssemester für deutschsprachige Studierende beworben, nachdem sie erfuhr, dass ich dabei sein will. Es hat noch nie etwas gegeben, das ich für mich allein hatte. Seit ich denken kann, laufe ich ihr hinterher, schließe mich ihren Plänen an, stehe in ihrem Schatten. Aber dann wurde ich angenommen und sie nicht. Seitdem bombardiert sie mich mit verletzenden Kommentaren und ständigen Vorhaltungen, ich hätte es nicht verdient. Ich weiß, wie meine Schwester manchmal sein kann. Und warum sie so ist. In den meisten Fällen kann ich damit umgehen, aber so schlimm wie in den letzten Wochen war es noch nie. Sie drängte mich, von meinem Platz zurückzutreten, und ich fragte mich nicht nur einmal, ob sie vielleicht recht hat. Bin ich zu feige und zu schwach für ein halbes Jahr auf See? Habe ich es nicht so sehr verdient wie sie oder andere Studierende? Die Zweifel bohrten sich förmlich in mein Inneres, prallten dort aber immer wieder auf meine Leidenschaft für Meeresbiologie. Schon als Kind war ich fasziniert von der Welt unter der Wasseroberfläche. Ein verborgener, stiller Ort voller Leben, an dem es unzählige Geheimnisse zu entdecken gibt. Besonders die Korallenriffe haben es mir angetan. Sie sind viel mehr als schöne Unterwasserlandschaften – sie sind das Herz des Ozeans und beeinflussen die gesamte Umwelt, weit über die Grenzen des Meeres hinaus. Mehr als alles andere will ich die Zeit auf der *Sapient Sailor* nutzen, um den Südpazifik zu erforschen und Korallenriffe zu studieren. Vielleicht wird es hart werden, aber die Erfahrungen, die ich in den nächsten sechs Monaten machen werde, sind einmalig. Wäre da nur nicht die Tatsache, dass *er* auch hier sein wird …

Ein flaues Gefühl breitet sich in meiner Magengrube aus. Ich war fertig mit ihm, nachdem er ohne Abschied aus meinem Leben verschwunden war und unsere langjährige Freundschaft einfach so weggeworfen hatte. Zumindest habe ich mir das immer eingeredet. Stattdessen sind da jetzt Neugier und Aufregung, wenn ich mir unser erstes Aufeinandertreffen nach all der Zeit ausmale. Wird er sich endlich für sein mieses Verhalten entschuldigen? Werden wir anschließend in Erinnerungen an unsere

Kindheit und Jugend schwelgen? Die Vorstellung ist schön, aber ich glaube nicht, dass es etwas daran ändern würde, wie wütend und verletzt ich wegen der Geschehnisse vor sechs Jahren bin.

Mein Handy vibriert erneut und reißt mich aus meinen Gedanken.

Annelie:
Wie bist du überhaupt an deinen Pass gekommen?

Sofort verdüstert sich meine Laune. Der Reisepass, den sie heimlich aus meinem Zimmer entwendet hat. Damit ich nicht fliegen kann. Ich habe es nur bemerkt, weil ich am Abend vor dem Abflug noch mal alles akribisch durchgegangen bin. Die halbe Nacht lang habe ich den Pass gesucht und ihn schließlich im Müll gefunden. Bittere Enttäuschung keimt in mir auf. Niemals hätte ich gedacht, dass meine Schwester so weit gehen würde. Ich bin sofort abgereist, obwohl mein ursprüngliches Taxi mich erst viele Stunden später hätte holen sollen. Aber ich traute Annelie nicht mehr über den Weg. Was hätte sie noch versucht, um meine Abreise zu verhindern? Um mir diese Chance zu verwehren?

Fahrig lösche ich ihre Nachrichten und stelle mein Handy auf Stumm. Ich will nicht mit ihr reden. Soll sie schmoren und toben, nichts anderes hat sie nach der Aktion mit dem Pass verdient. Im Müll, ernsthaft? Das ist nicht mal ein besonders originelles Versteck!

Jemand stößt unsanft gegen mich, sodass ich über meinen Koffer stolpere und nur mit Mühe das Gleichgewicht halten kann. Erschrocken schaue ich auf. Ein junger Mann blinzelt mich an, er hat einen sonnengebräunten Teint und dunkle Haare.

»Oh, entschuldige, ich habe dich nicht gesehen«, sagt er, bevor er an mir vorbeiläuft.

Seine Worte hallen auf Dauerschleife in meinem Kopf nach. *Ich habe dich nicht gesehen.* Nie sieht mich jemand. Sie sehen immer nur Annelie. Die schönere, witzigere, lautere Schwester. Ich verschwinde hinter ihr, fühle mich, seit ich denken kann, oft wie unsichtbar. Aber ... Annelie ist nicht hier. Ich will endlich wissen, wie es ist, nicht immer mit ihr verglichen zu werden und dabei permanent den Kürzeren zu ziehen.

»Die Nächste bitte«, reißt mich eine Frauenstimme aus meinen Gedanken.

Röte überzieht meine Wangen, als ich bemerke, dass die Station vor mir längst frei ist. Mist, ich hasse diese Eigenschaft an mir. Es sind die roten Haare und meine helle, am ganzen Körper von Sommersprossen überzogene Haut, die mich ständig noch mehr in Verlegenheit bringen!

Schnell rücke ich auf und trete vor die Frau. Ich schätze sie auf Mitte dreißig, ihre hellbraunen Haare sind zu einem Dutt gebunden, auf ihrer Nase sitzt eine Brille mit großen, runden Gläsern. Ob sie eine Dozentin ist? »Wie ist Ihr Name und was Ihr Studiengang?«

»Henriette Sommerfeldt, Meeresbiologie.«

Vor ihr stehen drei Fächermappen, in denen alphabetisch sortiert Umschläge stecken. Sie greift nach der mittleren und zieht einen unter dem Buchstaben S hervor. Nach einem prüfenden Blick reicht sie ihn mir. »Hier drin ist Ihre Bordkarte, die gleichzeitig auch der Schlüssel zu Ihrer Kabine ist. Eine Kollegin von der Crew wartet an der Treppe und wird Ihnen dabei helfen, das richtige Deck zu finden.«

»Danke«, erwidere ich und umklammere den Umschlag fest mit meinen Fingern, bevor ich mich umdrehe und nach dem Treppenhaus Ausschau halte. Ich entdecke es einige Schritte entfernt hinter dem zweiten Mast. Daneben ist ein weiterer Tisch aufgebaut, auf dem große Glasbehälter mit Getränken und Gläser stehen.

Mein Koffer klackt über die Teakholzbretter des Decks, während ich darauf zulaufe.

»Hallo«, begrüßt mich die Kollegin. »Möchten Sie etwas trinken?«

Ich betrachte die Behälter, in denen man zwischen Wasser mit Zitronenscheiben, Wasser mit Minze und einem Multivitaminsaft wählen kann. »Nein danke«, sage ich. Ich habe noch die Cola light im Rucksack, die ich mir am Flughafen gekauft habe.

»In Ordnung. Dann erkläre ich Ihnen jetzt den Weg zu Ihrer Kabine. Welche Nummer haben Sie?«

Ich blicke zum ersten Mal auf den Umschlag, auf dem mein Name sowie eine dreistellige Nummer stehen. »Kabine 319.«

»Sie gehen einfach die Treppe hinunter bis auf das Meeresbiologiedeck. Das sind zwei Stockwerke, Sie können auch den Fahrstuhl nehmen, wenn Ihnen das mit dem Koffer lieber ist. Von dort wenden Sie sich Richtung Heck, Ihr Zimmer befindet sich auf der Steuerbord-Seite.«

Sofort habe ich die kleine Jacht meiner Eltern vor Augen, auf der mein Vater vor vielen Jahren die Reling mit farbigem Klebeband markiert hat, um uns als Kindern das Erlernen der Begriffe zu erleichtern. Wenn man Richtung Bug steht, ist Backbord links. Daher bekam die Reling auf dieser Seite meine Lieblingsfarbe Blau. Annelie ist Rechtshänderin, und die Steuerbord-Seite wurde auf ihren Wunsch hin lila markiert. Die Markierungen sind bis heute dort, weil meine Mutter und Annelie sich die Gemeinsamkeit einer Rechts-links-Schwäche teilen.

Ich bedanke mich bei der Kollegin, bevor ich das Treppenhaus betrete und mich für den Fahrstuhl entscheide. Dort sind die Knöpfe mit den einzelnen Namen der Decks gekennzeichnet, und ich drücke auf *Meeresbiologie*. Ruckelnd setzt er sich in Bewegung und fährt tief hinab in den Bauch des Schiffs. Es muss riesig sein, und ich kann es kaum erwarten, jeden Winkel davon zu erkunden.

Ich taumele leicht, als der Fahrstuhl jäh hält. Er öffnet seine Türen auf einen ausgestorbenen Gang, und plötzlich wird mir bewusst, wie allein ich bin.

Du bist nicht mutig genug dafür, habe ich sofort wieder Annelies Stimme in meinem Ohr. Sie begleitet mich bei jedem Schritt, den ich durch den mit blauem Teppichboden ausgelegten Gang mache. Kleine weiße Sterne sind darauf gedruckt. Die Wände sind bis ungefähr auf Oberschenkelhöhe mit braunen Holzvertäfelungen verziert und darüber weiß. Rechts gehen Türen ab, links gibt es einen glänzenden Handlauf.

Ich muss nicht weit laufen, bis ich Kabine 319 erreiche. Hier werde ich in den nächsten Monaten viel Zeit verbringen. Ich atme einmal tief ein und aus, um mich zu sammeln.

Ob meine Mitbewohnerin bereits angekommen ist? Sofort klopft mein Herz schneller. Was, wenn sie mich nicht leiden kann? Uns keine Gemeinsamkeit verbindet und wir nichts haben, worüber wir uns unterhalten können? Wenn sie mich ignoriert? Wenn die nächsten sechs Monate der Horror werden?

Annelie wüsste genau, was zu tun ist. Ihr fällt es immer leicht, auf neue Leute zuzugehen. Durch ihre offene Art will jeder gerne mit ihr befreundet sein. Sie ist wie das Licht, von dem alle Motten angezogen werden. Sie …

Die Kabinentür öffnet sich. Vor mir steht eine Frau in meinem Alter, die eine erstaunliche Ähnlichkeit mit Kiara aus *Outer Banks* hat. Um ihren Hals liegt eine bunte Perlenkette, und sie trägt ein olivfarbenes Top mit Spaghettiträgern zu kurzen Shorts.

Sie streicht sich eine gelockte Strähne ihrer dunklen, voluminösen Haare aus dem Gesicht. »Hi. Alles gut bei dir? Ich habe dich durch den Spion gesehen. Du stehst da jetzt schon ziemlich lange rum.«

Sofort werde ich rot. Wie peinlich. »Ich … ich bin Henriette«, stammele ich. »Deine Mitbewohnerin.«

»Abigail, aber nenn mich bitte einfach Abi.« Sie grinst. »Und jetzt komm endlich rein, die Kabine ist der absolute Wahnsinn!«

Abi tritt zur Seite, sodass ich an ihr vorbeispähen kann. Mir bleibt der Mund offen stehen. Wow, das ist *tatsächlich* der Wahnsinn!

Kapitel 2

Lukas

Das Leben ist eine Ansammlung von Abenteuern, verkündete mir mein Vater, als ich fünfzehn Jahre alt war. Ich legte in Gedanken eine Kette an, sammelte besondere Momente, die ich wie Perlen darauf fädelte. Mein erster Triathlon, die Auszeichnung bei »Jugend forscht« oder die laue Sommernacht, in der ich mit meinen Freunden und einer Flasche Kirschlikör um die Häuser gezogen bin. Ein Jahr später erfuhr ich, was mein Vater wirklich mit den Abenteuern gemeint hatte, und versuchte, die Kette zu unterbrechen.

Wann immer ich nicht schnell genug bin, sortiert mein Kopf auch heute noch danach. Wie jetzt. Denn hier zu sein, fühlt sich wie ein weiteres Abenteuer an. Womöglich das größte jemals. Das Abenteuer meines Lebens.

Ich halte meine Bordkarte an das Schloss der Kabinentür. Es klickt, dann lässt sich die Klinke herunterdrücken.

»Hallo?«, rufe ich, falls mein Mitbewohner schon hier ist. Rechts von mir ist eine zweite Tür, hinter der ich Wasserrauschen höre. Das Badezimmer?

Ich ziehe den Koffer über die Schwelle und schließe die Kabinentür hinter mir. Dann sehe ich mich um. Mein Schlafplatz für die nächsten Monate ist rechteckig und nicht besonders groß. Ich schätze, ich kann drei Ausfallschritte in der Breite machen und zehn in der Länge. An der Außenwand sind zwei Einzelbetten mit Nachtschrank und Lämpchen platziert, jeweils unter einem Bullauge. Kabine 338 befindet sich auf der Backbordseite, wo jetzt am Nachmittag die Sonne steht. Ihre Strahlen fallen direkt auf die Betten, so einladend und hell, als wollten sie mich und meinen Jetlag willkommen heißen. Schnell lasse ich den Blick weiterwandern, bevor ich noch in Versuchung gerate.

An der rechten Kabinenwand steht ein anthrazitfarbener Zweisitzer, der perfekt zum Teppichboden in derselben Farbe passt. Das Muster aus kleinen goldenen Knoten darauf ist gewöhnungsbedürftig. Die Wände sind wie auf dem Flur holzvertäfelt, was eine edle Atmosphäre schafft, die mir gut gefällt. Neben den beiden Bullaugen hängt jeweils ein Vorhang und über dem Zweisitzer ein gold gerahmtes Bild der *Sapient Sailor*. Ich drehe mich nach links, wo zwei Stühle an einem Tisch stehen, auf dem …

Ich zucke erschrocken zurück. »Scheiße, da liegt ein Arm!«, stoße ich entgeistert aus.

»Ja, das ist meiner«, ertönt eine Stimme hinter mir, und ich fahre erneut zusammen, bevor ich herumwirbele.

Vor mir steht ein Mann in meinem Alter, mit dunklen Haaren und nackter Brust, über die noch Wassertropfen perlen. Um die Hüften hat er ein Handtuch geschlungen. Ich habe nicht einmal bemerkt, dass das Wasserrauschen verstummt ist. Mit der rechten Hand zupft er das Handtuch zurecht, während sein linker Arm am Ellbogen in einem Stumpf endet. Das erklärt die Prothese auf dem Tisch.

»Schleich dich doch nicht so an«, sage ich und grinse, damit er weiß, dass es ein Scherz ist.

Er erwidert es. »Sorry, alte Gewohnheit. Ich bin mit einem kleinen Bruder aufgewachsen und dank ihm Meister im Erschrecken.«

»Gut zu wissen.« Ich halte ihm meine Hand hin. »Ich bin Lukas, dein Mitbewohner.«

Wir schlagen ein, und mir fällt auf, dass er einen festen Händedruck hat. Kein Wunder bei dem breiten Bizeps, den trainierten Schultern und dem Waschbrettbauch. Scheint, als hätten wir unsere Leidenschaft fürs Krafttraining gemeinsam.

»Kai.«

Nachdem wir einander losgelassen haben, greift er nach der Prothese. Sie sieht hochmodern aus und hat fast den Farbton von Kais sonnengebräunter Haut.

»Entschuldige meine Reaktion eben. Auf den ersten Blick sah er verdammt echt aus«, sage ich und versuche, Kai nicht zu neugierig anzustarren, während er die Prothese anlegt. Ich habe noch nie eine in Echt gesehen und würde am liebsten Hunderte Fragen stellen. Wie funktioniert sie? Wofür sind die Elektroden? Wo befindet sich der Antrieb? Welche Technik ist darin verbaut? Meine Mutter sagt heute noch manchmal mit einem spielerischen Augenrollen, dass ich sie früher mit meinen Warum-Fragen und dem Interesse für technische Spielereien halb in den Wahnsinn getrieben hätte. Wenn mein Herz nicht für Meeresbiologie schlagen würde, hätte ich womöglich Elektrotechnik oder Maschinenbau studiert.

»Das will ich auch hoffen, meine Eltern haben eine ordentliche Stange Geld dafür hingeblättert.« Prüfend bewegt er die Finger, und ich bin beeindruckt, wie lautlos und flüssig das funktioniert. »Ich hoffe, es stört dich nicht, dass ich mir bereits einen Schrank und ein Bett ausgesucht habe?«

»Nein, gar nicht. Wie lange bist du denn schon hier?«

»Vielleicht eine Stunde? Ich war so verschwitzt, nachdem ich bei der Einschiffung eine halbe Ewigkeit in der prallen Sonne anstehen musste, dass ich erst mal unter die Dusche gesprungen bin. Die ist übrigens gewöhnungsbedürftig.«

Ich werfe einen Blick ins Bad. Wasserdampf schlägt mir entgegen, und der Boden ist nass. Der fensterlose Raum ist winzig und besteht aus Toilette, Waschbecken und einer schmalen, bodentiefen Dusche. Die Armaturen und Handtuchhalter sind goldfarben, die Wände ziert eine Marmoroptik. Alles wirkt hochwertig und ist – da dies das erste Auslandssemester ist – nigelnagelneu. »Okay, ja, es ist vielleicht ein bisschen klein.«

»Mit seinen One-Night-Stands duschen zu gehen, fällt also aus.«

Ich drehe mich zu ihm um und hebe eine Braue. »Willst du eine Socken-Regel einführen?«

»Ich habe was viel Besseres.« Kai geht an mir vorbei und öffnet eine der beiden Schranktüren, die in dem schmalen Gang gegenüber der Badezimmertür in die Wand eingelassen sind. Er zieht etwas hervor und hält es mir grinsend unter die Nase.

Es ist ein Anhänger für die Türklinke, die es auch in Hotels gibt. Darauf steht über der Silhouette eines Pärchens *Do not disturb*.

»Dreh mal um«, sagt Kai.

Auf der anderen Seite sind drei Personen mit ineinander verschränkten Gliedmaßen zu sehen, und die Überschrift lautet *Welcome to join*. Ich muss lachen. »Das ist wunderbar geschmacklos.«

»Oder? Ich habe es bei meinem letzten Urlaub auf Ibiza in einem Souvenirshop entdeckt und konnte nicht widerstehen.« Er nimmt mir das Türschild wieder ab und hängt es an einen der drei Haken neben der Badezimmertür. »Also, du weißt Bescheid«, meint er und zwinkert mir zu.

Ich öffne die linke Schranktür und erspähe eine Garderobenstange und fünf Fächer. Unten ist Platz, um meinen Koffer zu verstauen. Oder Schuhe, wenn ich den Koffer unter das Bett schiebe.

»Wo kommst du eigentlich her?«, frage ich Kai und beginne, meine Klamotten einzuräumen.

»Aus Bremen. Und du?«

»Hamburg«, antworte ich.

»Du bist aber nicht über Frankfurt geflogen, oder saßen wir unwissentlich im selben Flugzeug?«

»Nein, Direktflug aus Hamburg.«

»Ah«, macht er und lässt sein Handtuch schwungvoll zu Boden fallen. Vollkommen schamlos zieht er sich neben mir um und wirft dabei Klamotten auf das Sofa und sein Bett. Ich kann mir jetzt schon bildlich vorstellen, in was für ein Schlachtfeld sich unsere Kabine binnen kürzester Zeit verwandeln wird. Ich bin ebenfalls nicht der Ordentlichste.

»Hast du von dem Icebreaker-Abend gehört? Er findet nach dem Abendessen auf dem Horizontdeck statt. Es soll Cocktails und Musik geben. Hast du Lust, hinzugehen?«

»Klar, gerne«, antworte ich und sortiere meine Jeans und Shorts in den Schrank.

»Perfekt.« Er sammelt sein nasses Handtuch vom Boden auf und gähnt. »Um achtzehn Uhr gibt es Abendessen. Ich lege mich noch ein Stündchen hin, damit ich nachher fit bin.«

»Mach das, aber ... Woher weißt du das überhaupt?« Mir wurde bei der Einschiffung nicht viel gesagt. Das Personal hatte gut zu tun, die Schlangen waren zu lang, um mehr Fragen als nötig zu stellen.

Seine dunklen Augen blitzen durchtrieben. »Ich habe im Bus mit der hübschen studentischen Hilfskraft geflirtet und allerhand in Erfahrung bringen können.«

»Du scheinst ein Casanova zu sein. Muss ich mir Sorgen machen, dass der Anhänger jeden zweiten Abend an der Türklinke hängen wird?«

»Keine Ahnung. Vielleicht? Ich will in den nächsten Monaten einfach Spaß haben.« Kurz huscht sein Blick zu seiner Prothese und verdüstert sich. Ich frage mich, was hinter seinen Worten steckt. Was ihm passiert ist. Aber im nächsten Moment setzt er wieder sein Grinsen auf, salutiert und schmeißt sich aufs Bett. Aus den Augenwinkeln beobachte ich, wie er sich schwarze Kopfhörer über die Ohren zieht.

Kai wirkt wie ein lebensfroher Spaßvogel. Aber ich ahne, dass viel mehr in ihm steckt. Ich bin gespannt, ob wir irgendwann so weit sein werden, darüber zu reden. Menschen sind nicht ohne Grund so, wie sie sind. Unsere Vergangenheit prägt uns. Kai und ich scheinen uns ähnlich zu sein. Deshalb vermute ich, dass es hinter diesem Sonnyboy-Image Schatten gibt. Dass er etwas verbirgt.

Genau wie ich.

Und eines weiß ich aus Erfahrung: Irgendwann holen mich die Schatten immer ein.

Kapitel 3

Henriette

Die *Sapient Sailor* liegt ruhig im Hafen. Nur ganz leicht kann ich den Wellengang durch ein schwaches Schaukeln spüren, wenn ich mich darauf konzentriere. Es kommt mir vor wie die sprichwörtliche Ruhe vor dem Sturm. Ich warte auf Wellen, die sich höher türmen, Böen, die an mir reißen, den großen Knall. Den Moment, in dem ich *ihn* endlich wiedersehe. Es ist nur noch eine Frage der Zeit.

Mein Herz flattert nervös in meiner Brust, während ich mich im Speisesaal umschaue. Ich kann ihn nirgendwo entdecken, dabei *muss* er hier sein.

»Alles okay?«, fragt Abigail, die neben mir am Tisch sitzt.

Ich verhalte mich albern. Schnell nicke ich und senke den Blick auf meine Spaghetti Bolognese. In den nächsten sechs Monaten werde ich meinen ehemaligen besten Freund wahrscheinlich täglich sehen, da wir dasselbe studieren. Da kommt es jetzt auch nicht mehr darauf an, ob wir uns hier oder später beim Icebreaker zum ersten Mal begegnen.

Das Abendessen findet jeden Tag um achtzehn Uhr im großen, zweistöckigen Saal in der Mitte des Segelschiffs statt. Wie in der

Mensa meiner Uni gibt es eine Essensausgabe mit einem Fleischgericht und einer vegetarischen Alternative. Daneben stehen eine Salatbar sowie ein Büfett mit Desserts in kleinen Gläschen und einer großen Obstauswahl.

Die Essensausgabe befindet sich auf dem untersten Deck, dem Sprachdeck. Dort stehen außerdem einige Tische. Der Saal ist in der Mitte nach oben hin offen, weiße Säulen tragen die zweite Ebene, auf der es weitere Tische in unterschiedlichen Größen gibt. Hinauf gelangt man über eine geschwungene Treppe mit schwarzem Geländer.

Abi und ich haben erst nach dem Hinsetzen auf der zweiten Ebene bemerkt, dass es hier, auf dem Meeresbiologiedeck, ebenfalls einen Eingang in den Speisesaal gibt. Von unserer Kabine aus ist der Weg so viel kürzer. Nur die Nautiker, die auf dem Deck über uns untergekommen sind, haben beim Essen Pech gehabt. Dafür befindet sich auf ihrer Ebene der Gemeinschaftsbereich mit Sitzecken, Baratmosphäre und einem Billardtisch.

Die Namen der einzelnen Decks kann ich mir zum Glück auf Anhieb merken. Dass unsere Kabinen und Lehrräume auf den nach Studienrichtung benannten Decks liegen, macht die Orientierung leichter. Nur das oberste Horizontdeck, auf dem ich heute angekommen bin, tanzt ein bisschen aus der Reihe. Da es unter freiem Himmel liegt, finde ich den Namen trotzdem passend. Wahrscheinlich werde ich in den nächsten Monaten viel Zeit oben an der Reling verbringen. Das Meer beobachten, Sonnenuntergänge genießen, mir die Seeluft um die Ohren wirbeln lassen. Dort findet nachher auch der Icebreaker-Abend statt.

Abi und ich haben uns einen Vierer-Tisch ausgesucht, und ich bin froh, dass die übrigen Plätze bisher leer geblieben sind. Dadurch kann ich mich ganz auf sie konzentrieren. Ich habe so schon ständig Angst, mich zu blamieren. Was, wenn ich etwas Komisches sage? Mir eine Nudel in den Schoß fällt? Ich Soße am

Kinn kleben habe und es nicht bemerke? Nein, eine einzelne Person reicht für den Anfang.

Obwohl Abi mir sympathisch ist, wechsele ich ständig die Position auf meinem Stuhl und zupfe an der Serviette herum. Wahrscheinlich liegt es an dem bevorstehenden Wiedersehen mit Lukas, das ich einfach nicht ausblenden kann. Sechs Jahre sind vergangen, und es tut immer noch fast genauso weh wie damals. Vielleicht hätte ich ihn nicht heimlich auf Instagram stalken sollen. Ihm und unserer verlorenen Freundschaft hinterher zu trauern, hat nichts besser gemacht. Ganz im Gegenteil.

Sofort sind meine Gedanken wieder bei Annelie, und mein Griff um die Gabel wird fester. Mit ihr will ich mich jetzt ganz bestimmt nicht auseinandersetzen! Ein Glück, dass sie nicht hier ist. Ich hoffe, sie hockt zu Hause in München in ihrem Zimmer und ärgert sich, weil ich ihre Flut von Nachrichten nicht beantwortet habe.

»Ich bin gespannt auf den Icebreaker-Abend«, sagt Abigail. Sie trägt noch immer ihr olivfarbenes Spaghetti-Top und dazu eine lange schwarze Hose. Ich habe mich ähnlich angezogen und die Leggings vom Flug gegen Jeans und ein schwarzes Top mit Spitzenverzierung am Dekolleté getauscht. »Vor allem auf die anderen Meeresbiologiestudenten. Wir lernen zusammen, schlafen auf demselben Deck. Irgendwie sind wir sechs Monate lang wie eine große Familie, oder?«

Familie. Dieses Wort ist trügerisch. Familie kann dir ein Messer in den Rücken stechen, dich boykottieren und dein größter Konkurrent sein. Dich davon abhalten, deine Träume zu verwirklichen.

Ich merke selbst, wie verbittert meine Gedanken sind, und seufze. »Ich bin ein bisschen nervös«, gebe ich zu. Konversationen zu beginnen und Freunde zu finden, ist mir noch nie leichtgefallen. Auf der Schule war Annelie die Beliebte, jeder wollte mit ihr befreundet sein, während es in meinem Leben nur Lukas gab.

Bis er mich fallen gelassen hat …

»Das ist okay. Aber es wird sicher toll. Allein für die Cocktails lohnt es sich doch, hinzugehen.«

Ich grinse. »Ja, da hast du recht.«

Abigail ist nett. Ich hoffe nur, dass sie mich immer noch mag, wenn sie die anderen Studentinnen unseres Jahrgangs kennengelernt hat, die mit Sicherheit offener, witziger und gesprächiger sind als ich.

Mein Grinsen verblasst. Annelie muss sich nicht einmal anstrengen, um neue Leute kennenzulernen. Ich habe sie stets genau beobachtet. Ihr sympathisches Lächeln, ihre aufmerksamen Komplimente und wie sie anderen das Gefühl gibt, etwas Besonderes zu sein. Vielleicht bekomme ich das ja auch hin? Was, wenn ich während meiner Zeit auf der *Sapient Sailor* ein bisschen mehr wie sie bin?

Ein warmes Rieseln durchläuft mich. Das ist *die* Idee!

Was würde Annelie jetzt zu Abi sagen? Ich denke über all die Situationen nach, in denen sie wie eine Elfe durch die Schulflure geschwebt ist. Wie sie mit den Mädchen umgegangen ist, die zu ihr aufgesehen haben.

Schritt 1: Lächeln

Schritt 2: Komplimente verteilen

Schritt 3: Interesse zeigen

»Ich mag deine Kette«, sage ich und imitiere dabei die Honigstimme meiner Schwester. Warm, freundlich, charmant. Ich habe sie unzählige Male vor dem Spiegel geübt. Mich gefragt, warum niemand sieht, dass Honig vor allem klebrig und zäh ist.

Abigail strahlt. »Danke! Sie ist ein Erbstück meiner Großmutter. Jede Perle wurde von einer meiner Vorfahrinnen handgefertigt und repräsentiert deren Lebensgeschichte. Vor ihrem Tod hat meine Großmutter diese hier gemacht.« Sie zeigt auf eine große rote Perle in der Mitte der Kette, die direkt über ihrem Brustbein liegt. »So trage ich meine Familie und meine südafrikanische Herkunft immer bei mir.«

Ich weiß nicht, was ich darauf erwidern soll, und eine peinliche Stille entsteht. Was würde Annelie antworten? Ich muss schneller in die Rolle meiner Schwester schlüpfen können, wenn das hier funktionieren soll!

»Sie ist wunderschön«, sage ich und lächele. »Und durch die Bedeutung etwas Einmaliges.«

»Besitzt du auch ein besonderes Erbstück?«

Ich überlege kurz. »Meine Eltern haben eine Standuhr, die innerhalb der Familie weitergegeben wird.«

»Ich muss zugeben, ich habe eine Schwäche für alte Dinge, in denen so viele Geschichten stecken. So viele Leben. Manchmal schlendere ich durch die Antiquariate in meiner Heimatstadt Bremen und male mir aus, woher die Gegenstände stammen oder wem sie früher gehört haben.«

Ich erinnere mich an Annelies Schritt 3. »Was war das Verrückteste, was du jemals in einem Antiquariat entdeckt hast?«

Abis Gesicht leuchtet auf, und ich freue mich darüber, offenbar genau die richtige Frage gestellt zu haben.

»Ich habe mal ein Fotoalbum mit Schwarz-Weiß-Fotografien einer Frau entdeckt. Sie zeigten sie in unterschiedlichen Lebensphasen, nie hat sie in die Kamera gesehen. Aber noch verrückter wurde es, als ein vergilbter Liebesbrief zwischen den Seiten herausfiel. Darin schrieb der Verfasser von unerfüllter Liebe aus der Ferne. Ich glaube, die Frau hatte keine Ahnung, wie oft sie fotografiert wurde.« Sie runzelt die Stirn und pikst ein Stück Zucchini aus ihrer vegetarischen Lasagne auf ihre Gabel. »Romantisch oder gruselig?«, fragt sie und schiebt sie sich in den Mund.

»Definitiv gruselig«, sage ich und schüttele mich.

Abi stimmt mir lachend zu, und ein warmes Gefühl breitet sich in mir aus. Mich an Annelies Verhalten zu orientieren, hat funktioniert! Die Zweifel verblassen, ich werde sicherer, fühle mich längst nicht mehr so ängstlich und unbeholfen wie zu Beginn des Abendessens.

Zehn Minuten später bringen wir unsere leeren Teller zurück auf das Sprachdeck, wo sich neben der Essensausgabe ein Geschirrband befindet, das in die Küche führt.

Dann machen wir uns auf den Weg zum Horizontdeck. An der frischen Luft ist es noch immer warm, aber längst nicht mehr so unerträglich heiß wie bei der Einschiffung, da die Sonne bereits tief steht. Mein Blick wird vom Hafen von L. A. angezogen. Bei der Anreise war ich zu aufgeregt und fokussiert auf die *Sapient Sailor*. Jetzt erkenne ich die ikonische Vincent Thomas Bridge, davor zwei gigantische Kreuzfahrtschiffe und die Containerterminals, an denen Kräne unermüdlich Lasten heben und senken. Ein leichter Geruch von Diesel liegt in der Luft, in der Ferne dröhnen Schiffsmaschinen und ein Nebelhorn. Möwen kreisen über den Frachtern, deren bunte Container wie Bauklötze aufeinandergestapelt sind. Trotz der Abendstunde herrscht emsige Betriebsamkeit. Die Größe des Hafens ist faszinierend, aber mir gefällt die gegenüberliegende, zum Pazifik hin ausgerichtete Seite besser. Wenn ich mich entscheiden müsste, würde ich eine abgelegene ruhige Insel immer einem aufregenden Städtetrip vorziehen.

Auf dem Deck wartet Elisa, die studentische Hilfskraft aus dem Bus. Sie trägt Jeansshorts und ein weißes T-Shirt, über ihrer Schulter hängt eine Aktentasche, an der ein ganzes Knäuel verschiedenfarbiger Gummi-Armbänder baumelt. »Willkommen beim Icebreaker-Abend«, begrüßt sie uns. »Welcher Studiengang seid ihr?«

»Meeresbiologie«, antworte ich.

Sie löst zwei blaue Armbänder und reicht sie uns. »Die sind dazu da, damit ihr euch leichter untereinander erkennt. Blau steht für Meeresbiologie, Grün für Sprache, Rot für Nautik.«

Wir bedanken uns und schlingen die Bänder um unsere Handgelenke.

»Viel Spaß heute Abend«, ruft Elisa uns zu, bevor sie sich einer Gruppe aus vier Frauen zuwendet, die hinter uns aus dem Treppenhaus auf das Deck tritt.

Die Tische von der Einschiffung sind fort, und die Fläche zwischen dem zweiten und dritten Mast ist jetzt frei. Hinter dem Treppenhaus schließt sich ein Barbereich mit Tanzfläche an, der vom vierten bis zum fünften Mast reicht. Es gibt mehrere Stehtische, aber auch Loungemöbel an der Reling. Hinter dem fünften Mast, am Heck, befindet sich ein Pool, der gerade groß genug ist, um ein paar Bahnen zu schwimmen. Rechts und links davon stehen verlassene Sonnenliegen. Kein Wunder, über den Pool ist ein schwarzes Netz gespannt. Vermutlich dürfen wir ihn nur zu bestimmten Zeiten nutzen.

In der Horizontbar ist schon einiges los. Cocktails werden ausgeschenkt, im Hintergrund läuft Pop-Musik, Studierende wiegen sich im Takt dazu auf der Tanzfläche oder unterhalten sich an den Stehtischen.

»Holen wir uns zuerst was zu trinken?«, fragt Abigail.

»Gerne.« Vielleicht hilft etwas Alkohol, meine Nerven zu beruhigen. Während des Gesprächs mit Abi konnte ich das bevorstehende Wiedersehen mit Lukas eine Zeit lang erfolgreich ausblenden. Aber jetzt trifft mich die Bedeutsamkeit der Situation mit voller Wucht. Meine Hände sind schweißnass. Bereut er, dass unsere Freundschaft damals zerbrochen ist? Wird er sich freuen, mich zu sehen? Und was ist mit mir? Werde ich vor Wut kochen oder ihm sein Verhalten verzeihen können? Werde ich endlich einen Schlussstrich ziehen können, nachdem er ihn mir damals verwehrt hat?

Ich folge Abi zur Bar und schaue mich dabei um. Die Sonne ist fast untergegangen, sodass es aussieht, als würde der Himmel über dem Meer brennen. Ein atemberaubendes Farbenspiel aus Gelb, Orange und Pink, das alles in ein warmes Licht taucht. Einige Studierende stehen an der Reling und machen Fotos von dem Naturschauspiel, aber von Lukas ist keine Spur zu sehen. Was, wenn er überhaupt nicht auf der *Sapient Sailor* ist? Wenn ich seinen Instagram-Post falsch verstanden habe?

An der Bar gibt es kein Gedränge, wie ich es aus den wenigen Besuchen in Münchner Clubs kenne, sondern eine ordentliche Schlange. Sobald wir an der Reihe sind, bestelle ich einen Mojito bei der Barkeeperin, Abigail einen Cosmopolitan. Während Essen, die Kabine, die Nutzung der Sporteinrichtungen und der Semesterbeitrag im Vorfeld durch einen Pauschalbetrag zu entrichten waren, sind alkoholische Getränke kostenpflichtig. Die Bezahlung funktioniert über unsere Bordkarte, die wie eine EC-Karte an das Kartenlesegerät gehalten wird, um den entsprechenden Betrag abzubuchen. Kabinenschlüssel, Personalausweis, bezahlen: Ich sollte meine Bordkarte auf keinen Fall verlieren.

Mit dem Mojito in der Hand drehe ich mich um und lasse beinahe mein Glas fallen.

Da ist er. Direkt vor mir.

Die Welt scheint stehen zu bleiben, bevor sie sich umso schneller weiterdreht. Mein Herzschlag dröhnt mir überlaut in den Ohren, während ich ihn anstarre. Er sieht älter aus. Mit definierten Wangenknochen, einem Bartschatten am Kinn und einer ordentlich gegelten Frisur. Er war schon früher sportlich, doch jetzt ist er regelrecht muskulös. Immerhin blitzen seine dunklen Augen noch genauso schalkhaft, wie ich es in Erinnerung habe.

»Lukas«, entfährt es mir.

Erst jetzt richtet sich seine Aufmerksamkeit auf mich. Er starrt mich an, und ich warte auf das Wiedererkennen, warte auf ein Lächeln, eine Entschuldigung, vielleicht die eine oder andere Träne von mir. Wir haben fast unsere gesamte Jugend miteinander verbracht, wussten alles voneinander.

Stattdessen hebt er eine Braue. »Äh … hi?«

Es klingt wie eine Frage, und ich kapiere, er erkennt mich nicht. Er hat weitergemacht, mich vergessen. Schmerz flammt in meiner Brust auf und raubt mir den Atem. Ich komme mir so naiv vor. Habe ich wirklich etwas anderes erwartet? Nachdem er Hals über Kopf aus meinem Leben verschwunden ist, ohne sich zu verabschieden?

Lukas steht ein paar Schritte vor der Bar an einem Stehtisch, neben ihm ein zweiter Mann, der mir irgendwie bekannt vorkommt. Aber ich widme ihm nicht lange genug meine Aufmerksamkeit, um näher darüber nachzudenken. Ich bin ganz auf Lukas fokussiert. Auf das Messer, dass er mir gerade mit zwei eigentlich unbedeutenden Wörtern in die Brust gerammt hat. Wie zur Hölle soll ich es herausziehen, ohne auf dem hellen Holz des Decks zu verbluten?

Abi tritt zu uns, in ihrer Hand ein langstieliges Glas mit rosaroter Flüssigkeit und einer Limettenscheibe am Rand. »Hi, ich bin Abigail.« Sie hebt ihr Handgelenk mit dem blauen Armband hoch. »Meeresbiologie.«

Der Student neben Lukas grinst. »Das trifft sich perfekt, wir ebenfalls. Ich bin Kai, freut mich, dich kennenzulernen.«

Dann passiert es. Dasselbe wie immer. Ich werde unsichtbar. Kais gesamter Fokus richtet sich auf meine Mitbewohnerin. Unsicherheit mischt sich mit dem Schmerz in meiner Brust.

Ich schaue zu Lukas, aber er ist ebenfalls auf Abigail fixiert. Meine Finger zittern. Ich komme mir so unglaublich blöd vor. Es wird sich nie etwas ändern, ich werde nie ...

Kai sieht zu mir und streckt mir seine Hand entgegen. »Und du?«

Ich rufe mich zur Vernunft. Das hier ist nicht wie immer. Eine neue Situation, in der ich sein kann, wer ich will. In der ich nicht hinter Annelie oder Abi oder irgendwem sonst verblasse.

Entschlossen straffe ich die Schultern, setze dieses Lächeln auf, das ich schon oft an meiner Schwester gesehen habe. Sexy, geheimnisvoll, fesselnd. »Henriette.«

Wieder huscht mein Blick zu Lukas. Zeigt er Erkennen? Aber nein, er zuckt bei meinem Namen nicht einmal mit der Wimper.

»Wir beide sind uns doch heute Nachmittag begegnet, oder?«, fragt Kai. »Ich habe dich angerempelt. Sorry noch mal dafür.«

Ah, deshalb kommt er mir bekannt vor! Es überrascht mich, dass er sich an mein Gesicht erinnern kann, so schnell, wie er verschwunden ist. »Alles gut, ich hatte es schon wieder vergessen.«

Er hebt eine Hand an die Brust und tut so, als hätte er ein Messer zwischen den Fingern. »Vergessen? Uff, das schmerzt. Normalerweise können sich schöne Frauen immer an mein Gesicht erinnern. Ich muss mich heute Abend wohl ins Zeug legen.« Er zwinkert mir zu, aber ich bin vollkommen perplex. Nicht wegen seines miesen Flirtversuchs, sondern weil mir außer meinem Vater noch kein Mann gesagt hat, dass ich schön sei. Er hat mich nie mit Annelie verglichen, mir nie das Gefühl gegeben, in ihrer Gegenwart weniger wert zu sein. Aber er hat mich stets gebeten, geduldig mit ihr umzugehen. Ein Auge auf sie zu haben. Nicht so streng mit ihr zu sein.

Deshalb habe ich mich gegen ein Studium an der Küste entschieden und bin mit Annelie in München geblieben. Meine Eltern haben mich darum gebeten, meine Schwester hat mich förmlich angefleht. Wie hätte ich da Nein sagen können? Egal, was sie mir im Laufe unserer Jugend an den Kopf geworfen hat, ich habe sie trotzdem lieb. Zumal ich weiß, warum oft etwas aus ihrem Mund kommt, das sie überhaupt nicht so meint. Warum sie manchmal austickt. Warum sie es nicht ertragen kann, dass ich etwas habe und sie nicht. Aber ich bin es so verdammt leid, immer hinter ihr zu stehen. Immer zu verzeihen, über ihr Verhalten hinwegzusehen und meinen Platz in der zweiten Reihe zu akzeptieren. Hier auf dem Schiff hat das endlich ein Ende, weil wir zum ersten Mal getrennte Wege gehen.

Ein Windhauch streift angenehm kühl über das Oberdeck. Er liebkost meine nackten Oberarme, bringt etwas in meinem Inneren zum Vibrieren. Das Auslandssemester bietet mir nicht nur für meine berufliche Zukunft eine neue Chance.

Ich hebe die Mundwinkel, suche nach einer passenden Erwiderung für Kai, aber ein dunkles Lachen löscht jeden Gedanken aus.

»Glaub mir, Mann«, wirft Lukas ein und klopft Kai auf die Schulter. »Du bist der Letzte, der Henriettes Eisherz erobern kann!«

Eisherz. Überrascht fahre ich zu ihm herum. Die Ader an seiner Schläfe zuckt, und ich weiß plötzlich mit absoluter Gewissheit, dass er sich doch an mich und unsere Freundschaft erinnert.

An alles davon.

Elf Jahre zuvor

Lukas

Meine Freunde erklärten mich für verrückt und zogen mich auf, als sie vorhin nach Unterrichtsschluss gar nicht schnell genug zur Bushaltestelle aufbrechen konnten, während ich freiwillig in der Schule blieb.

Das Schuljahr hatte gerade erst begonnen, und ich hatte mir über die Sommerferien vorgenommen, eine neue AG zu besuchen. Inspiriert dazu hatte mich der Nordseeurlaub mit meinen Eltern. Wir waren auf einer Wattwanderung, im Ozeanarium, und ich verbrachte jede freie Minute am Strand. Ich sammelte Muscheln, analysierte das Strandgut. Bis mir klar wurde, dass es so viel zu lernen gab. Dass ich mehr herausfinden wollte. Über die Natur. Und vor allem über das Meer.

Die Biologie-AG von Frau Fischer kam mir daher wie gerufen. Sie versprach, dass wir uns bei ihr in unseren liebsten Bereichen weiterentwickeln könnten und sie uns dabei helfen würde.

Jetzt stand ich hier, vor der grünen Tür zum Biologielabor, und war auf einmal nervös.

Die Worte meiner Freunde klangen noch in meinen Ohren nach. *Wie uncool. Nur Loser gehen in die AGs. Wirst du jetzt zum Streber?*

Aber sie prallten an mir ab. Nur Loser trauten sich nicht, den Dingen nachzugehen, für die ihr Herz schlug.

Ich stieß die Tür auf und trat ein. Eine Handvoll Schüler war bereits dort und Frau Fischer ebenfalls.

»Hallo, Lukas, schön, dass du gekommen bist. Setz dich doch bitte neben Henriette, sie interessiert sich auch für das Meer.« Frau Fischer deutete auf einen Tisch in der ersten Reihe, an dem ein Mädchen saß.

Sie hatte Haare wie Feuer, die ihr wild um den Kopf herum tanzten. Auf ihrem T-Shirt war eine Schildkröte aufgedruckt, und das gefiel mir.

Ich folgte der Anweisung und ließ mich auf den freien Stuhl neben Henriette fallen.

»Hi«, sagte ich.

Sie musterte mich kurz, bevor sie schnell wegsah. Ich hatte genau gesehen, wie sich ihre Wangen röteten. Und ich hatte noch etwas anderes gesehen: Augen, so blaugrün wie das Meer, von dessen Anblick ich in den drei Wochen an der Küste nicht genug bekommen hatte. Es war schwer gewesen, meinen Blick von den Wellen zu lösen. Ich hatte nichts anderes ansehen wollen, hatte mich über Stunden hinweg in der Weite verlieren können, die mir wie Minuten vorgekommen waren. Und in diesem kurzen Augenblick, als ich in die Augen des Mädchens gesehen hatte, hatte es sich angefühlt, als wäre ich wieder dort.

»Ich bin Lukas«, fügte ich hinzu, um sie aus der Reserve zu locken.

Zögernd drehte sie den Kopf zu mir. »Henriette.«

»Du interessierst dich auch für das Meer?«

»Ja.«

Es war nicht leicht, sie zu knacken. Normalerweise musste ich die Mädchen nur anlächeln, damit sie mir ihre halbe Lebensgeschichte erzählten. Doch Henriette war kühl und wirkte unbeeindruckt. Eine erfrischende Abwechslung zu den Mädchen aus meinem Jahrgang, von denen viele langsam auf die Suche nach einem Freund gingen.

Ich unterdrückte ein Schaudern. »Du bist in der fünften Klasse, oder?«

»Ja«, erwiderte sie wieder nur.

»Ich gehe in die sechste und …«

»Ich möchte mich nicht unterhalten«, unterbrach sie mich. »Wenn du glaubst, in mir jemanden zum Quasseln gefunden zu haben, irrst du dich. Ich möchte dem Unterricht folgen.«

Ihre blaugrünen Augen blitzten, und in dem Moment war mir klar: Sie konnte mir zwar die kalte Schulter zeigen, doch ich mochte sie. Sie forderte mich auf eine mir ungewohnte Art heraus. Mit ihr konnte ich sicher viel lernen.

Das brachte mich wahrscheinlich auch dazu, die nächsten Worte auszusprechen und ihr, ohne nachzudenken, einen Spitznamen zu verpassen. »Du hast ein Eisherz, aber glaube mir, ich werde es schon noch zum Schmelzen bringen.«

Sie lief knallrot an, und ein unbändiges Glücksgefühl breitete sich in meinem gesamten Körper aus. Es fühlte sich wie der Anfang von etwas Bedeutsamem an.

Kapitel 4

Lukas

Ich habe mich verraten. Durch meinen alten Spitznamen für sie, der mir wie automatisch über die Lippen gerutscht ist.

Henriettes Augen weiten sich erst, dann leuchten sie auf. Unter dem rechten erkenne ich die kleine Narbe auf ihrem Wangenknochen, die sie sich in der sechsten Klasse zuzog, als wir wetteten, wer schneller einen Baum hinaufklettern kann. Ihre Mutter flippte aus, weil der Zweig ihr um Haaresbreite das Augenlicht genommen hätte. Sie verbot uns daraufhin die Herausforderungen, die wir einander ständig stellten.

Erfolglos.

Henriette hat noch immer diesen Blick. Aufmerksam und weise, es ist unmöglich, irgendetwas vor ihr zu verbergen.

Zumindest war es das früher mal. Aber nach dieser Sache damals habe ich all meine Gefühle in meinem Inneren verschlossen, die Situation heruntergespielt, wollte nicht, dass sie sah, wie schlecht es mir wirklich geht – und sorgte so dafür, dass unsere Freundschaft den ersten Riss bekam. Und wie das so ist bei einem Riss: Er bleibt selten allein. Ich ritt mich immer tiefer hinein, der Riss wurde breiter, weitere kamen dazu. Bis unsere Freundschaft zerbrach.

Ich wollte sie retten, wollte meine Henriette zurück. Das Mädchen, das meine größte Leidenschaft teilte, mich in- und auswendig kannte und immer für mich da war. Das stets die richtigen Worte fand und den besten Rat gab. Mit dem ich genauso gut reden wie schweigen konnte. Das meinen Humor nicht nur verstand, sondern teilte. Das wusste, was ich dachte, ohne dass ich auch nur ein Wort sagen brauchte. Ein einziger Blick zwischen uns reichte aus, um uns zu verständigen.

Aber herauszufinden, was mein Vater wirklich mit seinen »Abenteuern« meinte, änderte mein gesamtes Leben, und Henriette wurde zu einer Erinnerung.

Bis gerade eben. Jetzt steht sie vor mir wie ein Schatten aus der Vergangenheit. Macht mir mehr denn je bewusst, wie naiv ich damals war, zu glauben, alles wäre gut, friedlich, intakt.

Wir starren einander an. Henriettes Augen haben nach wie vor die Farbe des Meeres. Das Meer, das schon immer eine starke Anziehung auf mich hatte, das seit der weiterführenden Schule einen großen Teil meiner Interessen eingenommen hat. Das mich fasziniert, mich geerdet hat. Und dieses Mädchen mit den blaugrünen Augen und derselben Leidenschaft kam mir bei unserer ersten Begegnung wie meine Seelenverwandte vor.

Ein Gewicht legt sich auf meine Brust, scheint mich zerquetschen zu wollen. Wellen in ihren Augen. Stürmischer als je zuvor. Wellen in ihrem Herzen. Immer noch, schließlich ist sie hier.

Kai räuspert sich und holt mich damit ins Hier und Jetzt zurück. »Ihr kennt euch?«

Er lehnt am Stehtisch, den Arm mit der Prothese hält er leicht hinter seinen Rücken. Ob sie ihm unangenehm ist? Dasselbe habe ich mich vorhin schon gefragt, als wir uns für das Abendessen und die Party umgezogen haben und er in ein langärmliges Hemd geschlüpft ist. Dabei ist es total heiß hier in Los Angeles, und die Nacht wird lau.

»Wir sind zusammen auf eine Schule gegangen«, antworte ich und sehe im selben Moment, wie Henriette zusammenzuckt. *Mist.* Ich hätte mich besser ausdrücken sollen, aber ... Die Freundschaft, sie, was war ... das lässt sich nicht einfach bei einem Cocktail mal eben kurz erzählen.

»Ja«, erwidert Henriette gedehnt. »Aber nur bis zur zehnten Klasse. Ist schon eine Ewigkeit her. Kein Wunder, dass du mich zunächst nicht erkannt hast.« Sie schenkt mir ein Lächeln, das ich merkwürdig finde. Irgendwie wirkt es falsch an ihr. Auf den ersten Blick ist es engelhaft, süß, mir meinen Fauxpas verzeihend. Aber es wirkt zu bemüht. Es erinnert mich an jemand anderen.

»Die Welt ist manchmal kleiner, als man denkt«, sagt Kai, bevor ich mir eine Antwort einfallen lassen kann. Denn ich habe sie genau erkannt. Wie könnte ich nicht? Sie mag älter aussehen und noch schöner als früher, aber diese Augen würde ich immer und überall erkennen. Selbst wenn wir alt und grau wären, dessen bin ich mir sicher. Doch nachdem sie plötzlich vor mir stand, habe ich Panik bekommen. Die Vergangenheit hat mich eingeholt, unerwartet und viel schneller, als ich ahnen konnte. Deshalb habe ich im Affekt gehandelt und so getan, als würde ich sie nicht erkennen.

Die Flashbacks überkommen mich, ohne dass ich sie aufhalten kann. Mückenstiche und Sonnenbrand nach Stunden am Tümpel, in denen wir Fische, Frösche und Wasserschlangen analysiert haben. Wir beide klitschnass im Garten meiner Eltern, nachdem wir uns die deutsche Staffel von *WipeOut* angesehen und gewettet haben, ob wir den Pool überqueren können, indem wir über Luftmatratzen rennen. Unsere erste heimliche Probefahrt nachts auf dem Aldi-Parkplatz mit dem Audi meines Vaters, nachdem ich ihm den Schlüssel entwendet habe, weil Henriette behauptete, ich würde mich das niemals trauen.

Seine dunklen Augen, die markante Kieferpartie und das braune Haar setzen sich in meinem Kopf fest. In meinem Inneren mischen sich Reue, Angst und Abscheu zu einer schmerzhaften Masse. Genau das habe ich befürchtet, wenn ich die Vergangenheit zurück in mein Leben lasse. Meine Finger beginnen zu zittern, bevor sie langsam taub werden. Ich hasse dieses Gefühl, das mir leider viel zu vertraut ist. Ich muss es loswerden. Unbedingt.

»Wie auch immer, ich geh mich mal weiter umsehen.«

Henriette runzelt die Stirn. »Sicher? Wir sind doch gerade erst an euren Tisch gekommen.« Ihre kinnlangen rotblonden Haare sind wellig, und die vordersten Strähnen hat sie hinter ihre Ohren gesteckt. Sie trägt funkelnde Ohrringe in Form von zwei goldenen Fischen, die so typisch *sie* sind, dass ich beinahe schmunzeln muss. Ihre Haut ist von Sommersprossen überzogen. Ich weiß, sie hasst sie und wollte nie hören, dass ich finde, sie machen sie besonders. Ich glaube, sie hasst sie noch mehr, weil Annelie sie nicht hat. Annelies Gesicht ist kantig und symmetrisch. Sie war das schönste und, wenig verwunderlich, beliebteste Mädchen der Schule. Niemanden hätte es erstaunt, wenn sie nach dem Abitur Model geworden wäre. Bei Henriette ist das anders, sie wirkt wilder, was durch die kürzeren Haare verstärkt wird, oft jünger, als sie eigentlich ist, und ihr rechter Mundwinkel ist leicht schief. Wenn ich sie ansehe, will ich mir alles genau einprägen, statt wie bei Annelie das Gefühl zu haben, in ein perfektes Gesicht zu blicken.

Keine Ahnung, wie es jetzt weitergeht, wenn wir sechs Monate lang zusammen studieren werden. Vielleicht freunden wir uns wieder an. Vielleicht würdigt sie mich nach heute Abend keines Blickes mehr. Aber eines steht fest: Ich will, nein, *kann* mich damit jetzt nicht auseinandersetzen.

»Sehr sicher. Ich habe keine Lust, mich zu unterhalten, und brauche sowieso was Neues zu trinken«, erwidere ich abweisend. Dieses Zwicken in mir wird stärker, drängender. Viel Kraft habe ich nicht mehr, die Vergangenheit in ihrem Gefängnis zu halten. »Kommst du mit?«, frage ich an Kai gewandt.

»Geh du ruhig, meine Aufmerksamkeit wird hier noch gebraucht.« Er schaut vielsagend zu der Studentin neben Henriette, von der ich vermute, dass sie ihre Mitbewohnerin ist. Ihren Namen habe ich nicht mitbekommen. Statt rot zu werden, funkelt sie herausfordernd zurück. »Versuch es ruhig.«

Kais Gesicht leuchtet auf. Ich bin mir sicher, er kann Herausforderungen genauso wenig widerstehen wie ich.

Ich leere meinen Whiskey Cola in einem Zug und wende mich entschlossen vom Tisch ab. Der Alkohol prickelt mir warm in der Kehle, während ich mich auf dem Oberdeck umschaue. Am Tisch hinter uns gibt ein Student mit rotem Armband Karten aus, daneben fallen sich zwei Studentinnen so überschwänglich in die Arme, dass ihre Drinks überschwappen. Ein Kerl im Hawaii-Hemd balanciert beeindruckend viele Shotgläser zwischen seinen Fingern, während er sich einen Weg an der langen Schlange vorbeibahnt, die sich mittlerweile an der Bar gebildet hat. Er steuert auf einen Stehtisch zu, an dem eine Frau lehnt und auf ihrem Handy tippt. So viele Shots für zwei Personen? Mr.-Hawaii-Hemd schwankt ein bisschen, als er seine Fracht auf dem Tisch abstellt. Die Frau schaut auf, wirkt genervt. Fühlt sie sich von ihm bedrängt? Ich sollte nachsehen gehen.

Obwohl ich es lieber vermeiden würde, zuckt mein Blick kurz zu Henriette zurück. Sie wirkt ... geknickt. Sofort keimt der Wunsch in mir auf, sie so lange zu löchern, bis sie sich mir anvertraut. Aber nein. Das war einmal. Früher.

Sie hat recht.

Das ist eine Ewigkeit her.

***

Henriette

Fassungslos schaue ich Lukas hinterher, der sich mit schnellen Schritten einen Weg durch die Tanzenden bahnt.

Mir ist schlecht, und ich bin mir sicher, es liegt nicht am Mojito. So abweisend war er auch, bevor unsere Freundschaft zerbrach. Ich dachte, das wäre eine Phase, eine Art Trotzreaktion auf das, was ihm passiert ist. Aber ich schätze, ich habe mich geirrt. Dieser unnahbare Mann, der vorgibt, mich nicht zu erkennen, das ist der echte Lukas.

Happy von Pharrell Williams dröhnt über das Deck. Der Song scheint mich zu verhöhnen. Als ich mir ausgemalt habe, wie Lukas sich bei unserem ersten Wiedersehen bei mir entschuldigen würde, bin ich davon ausgegangen, glücklich zu sein. Stattdessen gab es einen schmerzhaften Wachrüttler.

Abi hat sich in ein Gespräch mit Kai vertieft, Lukas kippt Shots mit einem Studenten im Hawaii-Hemd, und ich komme mir verdammt fehl am Platz vor. Ich will meiner neuen Mitbewohnerin nicht den Flirt vermiesen, ich habe genau das Leuchten in ihren Augen bemerkt, als sie Kai gesehen hat. Sie hat eindeutig Interesse an ihm.

Unauffällig entferne ich mich. Wahrscheinlich bekommt sie es nicht mal mit. Aber ich kann nicht hier stehen bleiben und mich wie das dritte Rad am Wagen fühlen, mit meinem ehemaligen besten Freund im Nacken, der sich lieber betrinkt, statt sich über die letzten sechs Jahre auszutauschen.

Ich umrunde einen Stehtisch, an dem drei Männer Karten spielen, und schlage einen großen Bogen um die Tanzfläche, auf der sich ein paar Studentinnen zum Takt der Musik bewegen.

Mein Ziel liegt dahinter, direkt neben den unzähligen Tauen, die von den Segeln heruntergespannt sind und auf mich wie ein Wirrwarr wirken. Die Reling der zum Pazifik hin ausgerichteten Seite des Schiffs. Das Meer zu beobachten, hat mir schon immer geholfen, mich zu beruhigen.

Ich lehne mich an das weiße Metallgeländer, umfasse mit einer Hand den hölzernen Handlauf, schließe für ein paar Sekunden die Augen und atme tief ein. Salz liegt in der Luft. Eine warme Brise streicht über mich hinweg und lässt die schmaleren Taue neben mir erzittern. Die Sonne ist längst hinter dem Horizont verschwunden, es ist dämmrig und sicher bald dunkel. Auf dem Deck sind bereits die Flutlichtlampen eingeschaltet. Eine Möwe segelt schreiend durch mein Sichtfeld, stürzt sich in die Wellen. Mit dem Blick folge ich ihr. Winzige Schaumkronen tanzen über die schwachen Wellen. Gleichmäßig, immer in Bewegung, beruhigend. Sofort verlangsamt sich mein Puls. Ich kann es kaum erwarten, dass wir morgen früh ablegen und ich die nächsten Wochen nichts außer dem endlos weiten Meer und dem Horizont sehen werde.

Hinter mir ertönt Gelächter, und ich drehe mich um, lehne den Rücken gegen die kalte Reling. Ich entdecke Lukas auf der Tanzfläche, der Hawaii-Hemd-Student ist fort, dafür wiegen sich neben ihm die Studentinnen, die ich gerade eben schon gesehen habe. Eine von ihnen legt die Arme auf seine Schultern, kreist verführerisch mit den Hüften, flüstert ihm etwas ins Ohr.

Meine Finger verkrampfen sich um das Mojito-Glas. Ernsthaft? Er tanzt lieber mit einer Wildfremden, als sich mit seiner ehemals besten Freundin zu unterhalten?

Was erwartest du? Er hat so getan, als würde er dich nicht kennen! Ich bin ihm sicher peinlich. Ob er froh war, mich damals durch den Umzug loszuwerden?

Die Gedanken sind zu viel, zu laut. Ich stelle mein halb volles Glas auf den nächsten Tisch und eile auf das Treppenhaus zu.

Mir ist die Lust vergangen. Kurz fühle ich mich schlecht, mich nicht von Abi zu verabschieden oder ihr wenigstens Bescheid zu geben. Aber sie kommt auch allein zurecht, falls sie mich überhaupt vermissen sollte. Ich will sie nicht unterbrechen, und schon gar nicht will ich an Lukas vorbei, um sie zu finden. Ich will einfach zurück in die Kabine. Es ist ohnehin besser, früh ins Bett zu gehen und mich auszuschlafen, damit ich morgen fit für den ersten Unitag bin. Denn dafür bin ich hier. Die Forschung, die Kurse, meine Leidenschaft.

Nicht für Lukas.

Während ich meine Bordkarte an der Kabinentür scanne, habe ich plötzlich Annelie vor Augen. Das lange Haar, genauso rot wie meins. Ihre gehobenen Brauen und die in die Hüften gestützten Hände. Sie würde an meiner Stelle mit der Zunge schnalzen und dramatisch verkünden: *Scheiß auf Lukas, diesen Arsch!*

Ich lächele. Aber nur kurz. Danach komme ich mir einsam und erbärmlich vor. Tränen brennen in meinen Augenwinkeln und versiegen erst, als ich endlich einschlafe.

Kapitel 5

Lukas

»Steh auf«, rufe ich Kai zum gefühlt zehnten Mal zu. Er liegt im Bett, das dunkle Haar wirr über seinem Kissen ausgebreitet, die Decke bis zum Kinn hochgezogen. »In einer Dreiviertelstunde beginnt die Einführungsveranstaltung, und davor müssen wir noch zum Frühstück.«

Murrend dreht sich Kai auf die andere Seite, liegt nun mit dem Gesicht zur Wand.

»Ich meine es ernst«, warne ich ihn. Keine Reaktion. Ich greife nach meinem Kopfkissen, hole Schwung und pfeffere es auf ihn.

Sofort fährt er im Bett auf und funkelt mich an. »Du Arsch!«, ruft er. Aber immerhin ist er jetzt wach.

»Los jetzt«, sage ich. »Die Einführung ist Pflicht.«

»Jaja, aber das Frühstück lasse ich ausfallen. Ich schwöre, ich muss sofort kotzen, wenn ich Essen nur rieche. Wie kannst du so fit sein?«

»Jahrelange Übung.« Nicht nur in den letzten Jahren auf der Uni, sondern auch nach meinem Umzug nach Hamburg habe ich mir in der Oberstufe so einige Nächte um die Ohren geschlagen, um das Gefängnis in meinem Inneren stabil zu halten.

»Was ging gestern Abend überhaupt bei dir? Ich habe dich irgendwann nicht mehr gesehen, und als ich auf die Kabine kam, hast du schon geschlafen.«

»Du hast das Türschild verpasst.«

»Warum wundert mich das jetzt nicht?«

Er zuckt mit den Schultern, grinst aber. Doch nur kurz, bevor er das Gesicht verzieht. »Scheiße, mir ist kotzübel. Meinst du, es fällt wem auf, wenn ich schwänze?«

»Definitiv. Sie scannen die Bordkarten. Das Schiff kann erst ablegen, sobald jeder Passagier eine Sicherheitseinweisung absolviert hat.«

»Woher weißt du das?«

»Warst du noch nie auf Kreuzfahrt?«

»Nö. Das machen doch nur Rentner.«

Ich verdrehe die Augen und werfe ihm die Packung Aspirin zu, von der ich vorhin schon Gebrauch gemacht habe. »Hier, nimm eine davon und reiß dich zusammen. Wir sehen uns in einer halben Stunde.«

Ich drehe mich um, komme aber nur ein paar Schritte weit.

»Hey«, ruft Kai. »Was hast du eigentlich noch so lange auf der Party gemacht? Lief was mit der Blonden, mit der du getanzt hast?«

Ich bin niemand, der mit so was hausieren geht. Über die Schulter werfe ich Kai einen Blick zu. »Das überlasse ich deiner Fantasie.«

Er zeigt mir den Mittelfinger, aber ich lache nur und laufe am Tisch vorbei, auf dem wieder seine Prothese liegt. Vor meinem Schrank halte ich inne, ziehe ein Paar Sneakers heraus und stelle sie neben die Tür, will noch kurz einen Abstecher ins Bad machen. Auf der Ablage über dem Waschbecken ist gerade genug Platz für unsere Zahnbürsten, einen Kamm von Kai und ein Eau de Toilette von mir. Ich greife danach und sprühe mich ein. Als ich es zurückstelle, fällt mein Blick in den Spiegel.

Sofort erstarre ich. Wann immer ich mein Gesicht sehe, kann ich nur an *ihn* denken. Meinen Vater. Es sind seine Augen, die mich anstarren. Ich habe seine Nase, seine geschwungenen, schmalen Lippen und dieselbe Kinnpartie. Sogar unsere Ohren haben dieselbe merkwürdig geknickte Form. Ich kann meine Haare länger tragen als er, mir am Kinn einen Bartschatten stehen lassen. Aber ich kann nicht ändern, dass wir einander unglaublich ähnlich sehen.

Meine gesamte Kindheit über habe ich zu hören bekommen, ich würde genau wie mein Vater aussehen. Von meiner Mutter habe ich lediglich die langen schwarzen Wimpern geerbt. Früher fand ich das toll. Mein Vater war mein großes Vorbild, der Mann, zu dem ich aufgesehen habe. Ich sah so aus wie er, aber ich wollte auch unbedingt so sein wie er.

Jetzt empfinde ich nur Groll, wenn ich in den Spiegel blicke. Ich verabscheue meinen Vater. Und weil ich früher oder später seine Charakterzüge an mir entdeckt habe, verabscheue ich auch mich selbst.

Ich verlasse die Kabine und wende mich Richtung Heck, um im Speisesaal noch schnell eine Kleinigkeit zu frühstücken. Ein bisschen übel ist mir zwar auch von den vielen Jägermeister Shots, aber ich weiß aus Erfahrung: Ohne etwas im Magen zu haben, wird es nur noch schlimmer werden.

Dort, wo gestern Abend das Essen ausgegeben wurde, ist heute ein Büfett aufgebaut. Ich schnappe mir einen Teller und häufe mir Rührei und Buttertoast auf. Dazu zapfe ich mir an der Getränkeanlage ein Glas Wasser und suche mir anschließend einen freien Tisch am Rand der zweiten Ebene. Viel Zeit habe ich nicht mehr, deshalb haue ich sofort rein.

Aus den Augenwinkeln sehe ich, wie der Stuhl neben mir zurückgezogen wird. Ich schaue auf. Direkt in das Gesicht von Alicia, der Nautikstudentin, mit der ich gestern so lange getanzt habe.

Sie setzt sich neben mich, streicht sich das lange blonde Haar hinter die Schultern. Ihre schwarze Bluse sitzt eng und hochgeschlossen, fast schon züchtig. Aber sie kann mich nicht täuschen. Meine Finger haben ihre Brüste gestern ausgiebig erkundet, und sie hat sich bereitwillig neben mir gewunden.

»Hey«, sagt sie und lächelt mich an.

»Guten Morgen.«

»Ich fand es gestern schön mit dir.«

»Ja, ich auch. Aber wie ich dir zuvor deutlich gesagt habe, war das für mich eine einmalige Sache.«

Auf mehr als einen One-Night-Stand lasse ich mich nie ein. Das ist meine goldene Regel.

Kurz erfüllt mich Bitterkeit, aber ich vertreibe sie hastig.

»Ich dachte nur, vielleicht hast du deine Meinung geändert? Es muss ja nicht direkt was Ernstes sein. Ich bin mir sicher, wir könnten noch viel Spaß zusammen haben in den nächsten Monaten.« Sie leckt sich über die Lippen, und ich weiß, sie macht das mit Absicht, aber sie kämpft auf verlorenem Posten. Meine Regel besteht seit Jahren, und ich habe sie kein einziges Mal gebrochen. »Nein, tut mir leid.«

»Dann halt nicht.« Sie steht so ruckartig auf, dass ihr Stuhl mit einem geradezu unerträglichen Geräusch über den Boden schrammt.

Ich warte ein paar Sekunden, dann werfe ich einen Blick über die Schulter und stelle erleichtert fest, dass Alicia verschwunden ist. Wir sind insgesamt nur hundertfünfzig Studierende auf dem Schiff, ich sollte aufpassen, dass gestern Abend eine Ausnahme bleibt. Ich will mich auf das Studium konzentrieren, mir nicht einen Ruf als Casanova aneignen. Zum Glück gab es kein großes Drama, das habe ich schon ganz anders erlebt und ... Mein Blick kreuzt Meeraugen, und die Erinnerung an die Studentin, die mich nach der Abfuhr in der Unibibliothek mit Wälzern beworfen hat, verblasst augenblicklich. Henriette sitzt mit Abigail am Tisch hinter mir. Die Haare hat sie im Nacken zu einem Knoten gebunden, sie trägt Jeans und ein weißes T-Shirt. Vor ihr steht eine Schale mit Porridge und geschnittenem Obst. Ihre Stirn ist gerunzelt, ihre Augen sind verengt. Ich würde meine heiß geliebte Pokémonkartensammlung aus meiner Kindheit darauf verwetten, dass sie die Szene mitbekommen hat.

Ein komisches Gefühl kneift mir in den Magen, und ich unterbreche hastig den Blickkontakt. Es sollte mir egal sein, was Henriette über den One-Night-Stand denkt.

Fünf Minuten später bringe ich das Geschirr zurück und verlasse den Speisesaal. Gestern beim Abendessen wurde durchgesagt, dass die Einführungsveranstaltung um acht Uhr in einem großen Saal am Heck des Nautikdecks stattfindet. Auf dem Deckplan, der in den Treppenhäusern und neben dem Fahrstuhl hängt, ist er als Theater markiert. Ursprünglich wurde die *Sapient Sailor* als Kreuzfahrtschiff gebaut, das aufgrund eines Rechtsstreits um den Eigentümer jedoch nie ausgelaufen ist. Ein Ehemaliger der Eliteuniversität Corvina Castle in der Nähe von Zürich hat das Schiff aufgekauft, um exklusive Auslandssemester anzubieten, in denen die besten Studierenden aus Deutschland, Österreich und der Schweiz gefördert werden.

Ein warmes Gefühl breitet sich in meiner Brust aus, weil ich es geschafft habe, einen dieser begehrten Plätze zu ergattern. Es war nicht leicht und hat mich eine Menge Arbeit gekostet, insbesondere, da die Stipendien noch rarer sind als die Plätze. Aber ich konnte mich durchsetzen und bin fest entschlossen, in diesen sechs Monaten universitär voranzukommen.

Das Theater ist leicht zu finden, weil unzählige Studierende in dieselbe Richtung strömen und ich ihnen einfach nachgehe. Vor dem Eingang scannen die beiden studentischen Hilfskräfte die Bordkarten. Ich werfe einen Blick an ihnen vorbei in den Saal, dessen ursprünglicher Zweck deutlich zu erkennen ist. In der Mitte gibt es eine halbkreisförmige Bühne, an die sich unzählige stufenförmig angeordnete Sitzreihen anschließen. Die Wände sind in Schwarz und Rot gehalten, an der Decke hängen Bühnenlampen. Überall herrscht Gewusel, weil sich Studierende einen Platz suchen. Der Saal ist groß genug, um sämtliche Passagiere aufzunehmen. Stimmengewirr und Lachen liegen in der Luft, der Icebreaker-Abend hat offenbar zu ersten Cliquenbildungen geführt.

Ich mache ein paar Schritte zurück und stelle mich an die Wand vor dem Eingang. So habe ich es mit Kai ausgemacht. Hoffentlich taucht er auf und ist nicht wieder eingeschlafen. Aber ohne ihn reingehen will ich auch nicht. Ich mag Kai und glaube, in den nächsten sechs Monaten könnten wir gute Kumpel werden. Bereits gestern hat es sich so angefühlt, als würden wir einander schon ewig kennen.

Im nächsten Moment biegt er um die Ecke. Er hat Augenringe und wirkt noch ein bisschen blass um die Nase, aber seine Haare sind gekämmt, und sein Outfit ist frisch. Wieder fällt mir auf, dass er ein langärmeliges Shirt trägt.

»Moin«, grüßt er mich.

»Du hast es aus dem Bett geschafft.«

»Und du hast tatsächlich auf mich gewartet.«

»Klar, aber noch mal geweckt hätte ich dich nicht.«

Wir grinsen einander an und stellen uns in die Schlange, um unsere Bordkarten zu scannen.

»Hi, Elisa, schön, dich wiederzusehen«, flirtet Kai, sobald er an der Reihe ist.

Die Brünette mit einem Lächeln wie die Sonne nimmt ihm seine Karte ab und hält sie an ein mobiles Scangerät. »Bist du gut angekommen?«

»Ja, aber noch besser wäre es mit dir an meiner Seite gewesen.« Er zwinkert ihr zu, und sie lacht.

»Deine Anmachsprüche musst du noch mal üben!«

Mir fällt auf, dass die zweite studentische Hilfskraft, ein Mann mit schulterlangen blonden Haaren, mit verbissener Miene zu Elisa und Kai starrt. Er sieht so grimmig und mies gelaunt aus, als wäre er mit dem falschen Fuß aufgestanden.

Kai geht weiter, und ich bin an der Reihe.

»Danke«, sagt Elisa lächelnd und reicht mir nach dem Scannen die Karte zurück. Seit sie uns am Flughafen in Empfang genommen hat, hat sie noch kein einziges Mal nicht gestrahlt. Vielleicht ist sie einer von diesen Menschen, die niemals schlechte Laune haben und in jeder Situation das Positive sehen.

Kai und ich betreten nebeneinander das Theater und suchen uns zwei freie Plätze am Rand der vorletzten Reihe. Die Sitze zum Herunterklappen sind mit weichem rotem Stoff bezogen.

»Geht's dir besser?«, frage ich ihn.

»Mir ist noch übel, aber das Aspirin hat geholfen. Hoffentlich wird der Tag nicht so anstrengend, sondern ist eher zum Reinfinden gedacht.«

»Ich glaube nicht, dass sie heute schon mit Unistoff loslegen.«

Mittlerweile sind die meisten Plätze belegt, und nur noch vereinzelt treten Nachzügler durch den Eingang.

Kai hat die Arme so vor der Brust verschränkt, dass die Finger seiner Prothese durch seinen Ellbogen verdeckt sind. Meine Vermutung, dass sie ihm unangenehm ist, verstärkt sich. Ich löse den Blick von ihm, will ihn nicht anstarren oder ihm ein unwohles Gefühl geben.

Ein Mann tritt auf die Bühne. Er trägt eine weiße Hose zu weißem Hemd. Auf den Schultern sind blaue Schulterklappen mit je drei dicken goldenen Streifen befestigt. Die weiß-blaue Mütze mit goldenen Verzierungen, unter der an den Seiten seine grauen Haare hervorlugen, tut ihr Übriges, um ihn als Kapitän zu kennzeichnen.

»Guten Morgen und willkommen auf der *Sapient Sailor*. Mein Name ist Kaiser, ich bin der Kapitän dieses Segelschiffs. Die meiste Zeit über finden Sie mich auf der Brücke. Ich freue mich sehr auf die kommenden Monate und unsere Route im Pazifik. Jeden Morgen pünktlich um sieben Uhr dreißig werde ich Ihnen beim Frühstück über die Lautsprecher wichtige Infos zum Tag geben. Ansonsten würde ich mich natürlich freuen, außerhalb der Nautik-Studierenden ein paar von Ihnen auf der Brücke begrüßen zu dürfen. Falls Interesse besteht, erfolgt die Anmeldung über Direktor Wagner. Ich wünsche Ihnen einen wundervollen Tag und verabschiede mich an dieser Stelle, um das Ablegen vorzubereiten. Sie sind alle herzlich dazu eingeladen, es oben auf dem Horizontdeck zu verfolgen, bevor anschließend der erste Unterricht für Sie beginnt.«

Er übergibt das Mikrofon an einen zweiten Mann, den ich auf Mitte dreißig schätze und der ein auffälliges türkises Jackett trägt. Kapitän Kaiser winkt uns noch einmal zu, bevor er hinter der Bühne verschwindet.

»Auch von mir ein herzliches Willkommen! Mein Name ist Martin Wagner, ich bin der Direktor der *Sapient Sailor*. Meine Aufgaben bestehen hauptsächlich darin, den reibungslosen Ablauf des Auslandssemesters zu garantieren.« Er geht von links nach rechts über die Bühne, untermalt seine Ansprache mit ausladenden Handbewegungen und wirkt, als würde er sich im Rampenlicht wohlfühlen. »Zuerst werde ich Ihnen ein paar Regeln erläutern. Bereits im Vorfeld wurde Ihnen mitgeteilt, dass die Crew auf diesem Törn reduziert ist. Dafür werden Sie sich in wechselnden Schichten in verschiedenen Bereichen einbringen. Einen entsprechenden Plan finden Sie genau wie Ihren Stundenplan, jegliche Termine und wichtige Hinweise in der schiffsinternen App *SailUp*, die Sie mithilfe des WLANs an Bord nutzen können. Bitte laden Sie sie spätestens heute Abend runter, wenn noch nicht geschehen. Die Schichten betreffen die Kombüse, das ist der seemännische Begriff für die Küche, das Segeln und das Reinschiff, so wird die Reinigung der öffentlichen Bereiche genannt. Für die Reinigung Ihrer Kabinen sind Sie selbst zuständig. Eine Einweisung in die drei Bereiche erfolgt bei Ihrer ersten Schicht. Dabei ist jeder Studiengang in zwei Gruppen aufgeteilt. Ob Sie Gruppe 1 oder 2 sind, werden Sie nachher von Ihrem Dekan erfahren.«

So viele Informationen auf einmal, ich habe jetzt schon das Gefühl, dass ich nachher die Hälfte davon wieder vergessen habe. Von den Aufgaben wusste ich bereits. Das hier ist keine spaßige Urlaubsfahrt, jeder Einzelne muss mit anpacken.

»Ich weiß, uns allen wäre es am liebsten, es würde sofort losgehen«, sagt Direktor Wagner und bleibt in der Mitte der Bühne stehen. Einer der Strahler fällt direkt auf sein Jackett und lässt den Stoff leuchten. Ich habe nichts gegen mutige Outfits, doch so eine knallige Farbe würde ich nie im Leben tragen. »Vorher muss ich Sie mit den Sicherheitshinweisen an Bord vertraut machen.«

Es folgt eine Einweisung über die Rettungsboote und Fluchtwege, die ich schon von der Kreuzfahrt kenne, die ich letztes Jahr mit meiner Mutter zu den Kanaren unternommen habe. Sie war nichts Besonderes, aber der erste Urlaub, den wir gemacht haben, seit ... *es* passiert ist. Meine Mutter hat endlich mal wieder gelächelt und sich auf dem Schiff schnell mit mehreren Frauen in ihrem Alter angefreundet. Kai hatte gestern recht, die Kernzielgruppe einer Kreuzfahrt sind eindeutig ältere Menschen. Ich habe mich oft gelangweilt und die meiste Zeit allein am Pool in der Sonne gelegen, trotzdem war es mir das absolut wert, um meine Mutter glücklich und weniger einsam zu sehen.

»In einer Notfallsituation ertönt das Signal, das wir Ihnen gleich im Anschluss vorführen werden. Wenn Sie das hören, kommen Sie auf direktem Weg ins Theater, wo der Sammelpunkt ist. Hier scannen wir Ihre Bordkarten und prüfen so, ob wir vollzählig sind, bevor wir geordnet in die Rettungsboote steigen. Aber keine Sorge, dieser Fall ist sehr unwahrscheinlich.«

Auf sein Handzeichen hin dröhnt ein ohrenbetäubendes Sirenengeheul durch den Saal. Der Student vor mir zuckt heftig zusammen, Kai verzieht das Gesicht und formt mit den Lippen ein »Fuck, dieser Lärm ist Gift für meinen Kater!« in meine Richtung.

Nach einem weiteren Handzeichen verstummt die Sirene. »Wenn Sie dieses Signal das nächste Mal hören, kommen Sie hierher. Damit ist die Sicherheitseinweisung beendet, und ich übergebe das Wort an Ihre Professoren.«

Zwei Frauen und ein Mann, der das Mikrofon übernimmt, treten auf die Bühne. »Es freut mich, Sie so zahlreich zum ersten Auslandssemester auf der *Sapient Sailor* begrüßen zu können«, sagt er. »Ich bin Professor Waldmann, der Dekan für Nautik sowie der Leiter des Wettbewerbs.«

Gemurmel kommt auf. Wettbewerb? Was meint er?

Er lächelt. »Ich erzähle Ihnen gleich mehr darüber, aber erst einmal stelle ich Ihnen noch meine beiden Kolleginnen vor. Professorin Roth, Dekanin für Sprachwissenschaften.« Er zeigt auf die Frau neben sich, mit großer Brille und hüftlangen hellbraunen Haaren. Gestern bei der Einschiffung hat sie die Umschläge mit unseren Bordkarten verteilt, erinnere ich mich.

Professor Waldmann deutet auf die zweite Frau. Sie trägt einen Bleistiftrock, hat die Arme vor der Brust verschränkt und blickt streng ins Publikum. »Professorin Weber, Dekanin für Meeresbiologie.«

Natürlich ist unsere Ansprechpartnerin diejenige, die wirkt, als wäre mit ihr nicht gut Kirschen essen. Ich tausche einen schnellen Blick mit Kai aus, der skeptisch die Brauen hebt.

»Kommen wir zum Wettbewerb«, sagt Professor Waldmann, und schlagartig herrscht gespannte Stille im Theater. »Den Wettbewerb haben wir ins Leben gerufen, um einen kleinen Anreiz für Sie zu schaffen. In den nächsten fünf Monaten können Sie auf verschiedene Weisen Punkte sammeln. Zum Beispiel gibt es Punkte für alle sorgfältig erfüllten Pflichtaufgaben und für besondere universitäre Leistungen. An Silvester, einen Monat, bevor unser Auslandssemester endet, werden wir den Gewinnerstudiengang küren. Dieser erhält an unserem Zielort Neuseeland einen studiengangbezogenen Ausflug, bei dem unser Träger keine Kosten und Mühen scheuen wird, sowie einen mehrseitigen Artikel mit Fotostrecke in einem renommierten Magazin, den Sie für Ihre Zukunft als Zusatzqualifikation nutzen können. Dieser Artikel wird nach der Gewinnerverkündung im letzten Monat des Auslandssemesters vorbereitet. Das Magazin wünscht sich einen einzelnen Studiengang für die Zusammenarbeit, deshalb haben wir uns der Fairness halber das Punktesystem einfallen lassen. Wir hoffen, es spornt Sie an, Ihre Aufgaben pflichtbewusst zu erfüllen und besondere Leistung im Rahmen Ihres Studiums zu zeigen. Zudem stärkt es bestenfalls den Zusammenhalt der einzelnen Studiengänge.«

Professorin Weber lässt den Blick durch die Menge streifen wie ein General, als wollte sie ausloten, wer von uns zu ihren Schützlingen gehört. Ob wir unter ihrer Führung bessere Chancen haben, den Wettbewerb zu gewinnen?

»Wusstest du davon?«, fragt Kai mich leise, und ich schüttele den Kopf. Überall um uns herum höre ich Getuschel, alle scheinen genauso überrascht zu sein wie wir. Die Publicity, die sich dem gewinnenden Studiengang bietet, ist enorm. Ein vergleichbares Auslandssemester gab es im deutschsprachigen Raum nie zuvor. Das hier ist eine einmalige Chance, sich bereits jetzt wissenschaftlich einen Namen zu machen, weshalb ich mir für die Bewerbung den Arsch aufgerissen habe. Und dann noch mal, um ein Stipendium dafür zu bekommen. Meine Mutter hätte sich die Gebühren niemals leisten können, und mein Vater ... Wie immer vertreibe ich ihn konsequent aus meinem Kopf.

Professor Waldmann räuspert sich, woraufhin das Getuschel verstummt. »Falls Sie Fragen haben, können Sie die gleich im Anschluss bei mir oder Ihrer Dekanin loswerden. Vorher gehen wir erst einmal auf das Horizontdeck, um endlich abzulegen und unser Auslandssemester zu starten! Erster Halt in drei Wochen: Nuku Hiva, die größte der Marquesas-Inseln. Genießen Sie die letzten Minuten, die wir im Hafen verbringen, denn wir werden eine ganze Weile kein Land sehen.«

Er lächelt und macht ein Handzeichen in Richtung der Tür, die daraufhin durch die grimmige studentische Hilfskraft geöffnet wird. Im nächsten Moment werden Stimmen laut, und Sitze klappern, sobald sich die Studierenden nach und nach erheben und hinausströmen.

Die letzten Minuten im Hafen genießen? Ich fiebere stattdessen der Zeit auf See entgegen. Jeden Tag von Wasser umgeben zu sein, nichts außer den Wellen und dem endlosen Horizont zu sehen. Klare Luft, kein Stadtlärm, keine Alltagshektik. Nur wir und das Meer und das Studium, bei dem wir allerhand lernen werden.

Gleichzeitig habe ich Respekt davor, wochenlang die *Sapient Sailor* nicht verlassen zu können und während all der Zeit keinen festen Boden unter den Füßen zu spüren. Aber ich habe mich auch aus dem Grund für das Auslandssemester beworben, um herauszufinden, ob ich für die Seefahrt gemacht bin oder später lieber in einer Forschungseinrichtung an Land arbeiten möchte.

Kai und ich erheben uns nun ebenfalls und verlassen in langsamem Tempo den Saal. Das erste Ablegen ist etwas ganz Besonderes, das kenne ich von der Kreuzfahrt. Hier umso mehr, weil wir trotz der sechs Monate andauernden Fahrt nur fünf Inseln besuchen und zwischen den einzelnen Stationen wochenlang unterwegs sein werden.

Sobald wir aus dem Hafen fahren, geht es wirklich los. Dann gibt es kein Zurück mehr.

Ein elektrisierendes Kribbeln breitet sich in meinem gesamten Körper aus. Das Abenteuer meines Lebens beginnt in wenigen Minuten.

Kapitel 6

Henriette

App? Wettbewerb? Arbeitsschichten?

Als ich aus dem Treppenhaus auf das Horizontdeck trete, raucht mein Kopf von den ganzen Informationen, die wir im Theater bekommen haben. Zum Glück habe ich an einen Stift sowie Notizblock gedacht, um mir alles Wichtige und die einzelnen Namen zu notieren.

Es ist kurz vor neun Uhr morgens, aber die Sonne scheint bereits mit aller Kraft auf das Oberdeck. Sofort schwitze ich, obwohl ich ein luftiges helles T-Shirt trage. Da ich nicht wusste, wie lange ich heute für verschiedene Einweisungen draußen sein werde, habe ich mich gegen Spaghetti-Träger entschieden. Bei meinem hellen Teint sind mehr als zehn Minuten in der Sonne nicht drin, ohne eine frische Schicht Sonnencreme auf die empfindliche Haut meiner Schultern aufzutragen.

Die majestätisch in den tiefblauen Sommerhimmel aufragenden Masten haben dieselbe Wirkung auf mich wie gestern. Ehrfürchtig halte ich die Luft an, während ich die ordentlich zusammengebundenen Segel und das Netz aus unzähligen Seilen betrachte, die sanft in der leichten Brise wiegen. Ob ich mich in den nächsten Monaten jemals an dem Anblick sattsehen werde?

Abi und ich laufen über das Oberdeck, unsere Schritte werden vom leichten Knarren der Holzdielen und dem sanften Schaukeln des Schiffs begleitet, als würde die *Sapient Sailor* ebenfalls ungeduldig darauf warten, dass die Reise beginnt.

An der Reling stehen bereits einige Studierende nebeneinander aufgereiht, aber weiter vorne, ungefähr auf Höhe des zweiten Masts, finden wir einen freien Platz zwischen den gespannten Tauen.

Das polierte Holz der Reling fühlt sich glatt und warm unter meinen Fingern an. Die Handwerkskunst des Schiffs beeindruckt mich. Es ist elegant, mit glänzenden Beschlägen, hochwertigen Materialien und einem fast schon glamourösen Design. Kein Wunder, dass es laut meiner Recherche für 120 Millionen Euro verkauft worden sein soll.

In der Luft liegt nicht nur der salzige Duft des Meeres, sondern auch ein Hauch von Abenteuer. Vorfreude steigt in mir auf, weil wir gleich das erste Mal ablegen werden – ein Moment, den ich sicher nie vergessen werde.

Die kleine Henriette würde vor Begeisterung kreischen, wenn sie wüsste, wie nah wir unserem Traum einmal sein würden. Und dann auch noch zusammen mit Lukas, wie er und ich es uns immer ausgemalt haben.

Bitterkeit steigt in mir auf, und ich schaue mich unauffällig auf dem Deck nach ihm um. Beim Verlassen des Theaters habe ich Lukas und Kai kurz gesehen, sie dann jedoch wieder aus den Augen verloren. Apropos Kai …

»Wir haben vorhin gar nicht weiter über die Party geredet«, sage ich zu Abi. Ihre Locken hat sie zu einem Dutt hochgebunden, die dunklen Augen mit einem Lidstrich und Glitzer betont. Um den Hals hängt ihre Perlenkette, die sie selbst nachts nicht abnimmt. »Wie war es denn noch?«

Beim Frühstück habe ich das Thema angeschnitten, aber dann hat Lukas vor meinen Augen diese Studentin abserviert und mich vollkommen aus dem Konzept gebracht.

»Ich hatte ein paar weitere Cocktails, bevor ich mit Kai getanzt habe und wir dann ziemlich schnell in seiner Kabine gelandet sind.«

Überrascht zuckt mein Kopf herum. Sie haut das einfach so trocken raus? »Oh«, entfährt es mir, bevor ich mich wieder entsinne, besser in Annelies Rolle zu schlüpfen. »Gut sieht er ja aus.«

»Und er besitzt eine sensationelle Zungenfertigkeit, das kannst du mir glauben.«

Ich verschlucke mich beinahe an meiner eigenen Spucke, bevor ich auflache. So trocken und ohne rot zu werden, könnte ich niemals über Sex sprechen.

»Sorry, das war vielleicht etwas zu direkt.«

»Schon gut, das stört mich nicht«, beteuere ich hastig.

»Super, denn da ist noch eine Sache, die ich unbedingt mit jemandem teilen muss, bevor ich sie ewig zerdenke. Als meine Mitbewohnerin hast du den Schwarzen Peter gezogen und bekommst die ganze *Too-much-information*-Palette ab.«

Ein warmes Gefühl breitet sich in mir aus. Mit einer anderen Frau, einer Freundin, über alles reden zu können, habe ich mir lange gewünscht. »Immer her damit. Aber nur, wenn du mit der Gefahr leben kannst, die schmutzigen Details irgendwann zurückzubekommen«, scherze ich.

»Ich kann es kaum erwarten.« Sie reibt sich die Hände wie Rumpelstilzchen in dieser deutschen Märchenverfilmung, die mein Vater uns jedes Weihnachten anzuschauen zwingt. Aus Tradition, wie er behauptet. Aber Annelie und ich vermuten, dass er es insgeheim einfach nur genießt, wie wir uns bei den schlechten Dialogen auf dem Sofa winden.

»Okay, also ... Kai wirkt total selbstbewusst, aber ich glaube, in seinem Inneren sieht es ganz anders aus. Sobald wir auf seiner

Kabine waren, wurde er unsicher. Ich durfte sein Hemd öffnen, es ihm aber nicht ausziehen.«

»Das ist schon ein bisschen komisch, oder?« Warum wollte Kai das Hemd anbehalten? Eine Vorliebe? Ich denke an die wenigen Male zurück, die ich bisher Sex hatte. Beide Männer konnten sich gar nicht schnell genug entkleiden. Oder mich.

»Hast du es nicht mitbekommen?«

Ich runzele die Stirn. »Was denn?« Außer Lukas' Arschlochverhalten habe ich gestern wenig mitbekommen.

Abi sieht sich kurz um, ihre Locken fliegen ihr dabei um die Ohren. Sie senkt die Stimme. »Er trägt eine Prothese am Arm. Ich wünschte, es hätte ihn nicht so verunsichert. Mich hat das überhaupt nicht gestört, mein Vater hat bei einem Arbeitsunfall drei Finger verloren. Ich wollte es Kai erzählen, aber er ... na ja. Ich habe bei meinem Vater oft genug erlebt, wie er dafür angestarrt oder wie hinter seinem Rücken getuschelt wurde. Deswegen habe ich das Thema abgehakt und ihn geküsst. Aber jetzt zerbreche ich mir den Kopf darüber, ob ich mich nicht hätte anders verhalten sollen.«

Ich kenne das nur zu gut. Ewig in Gedanken Situationen auseinanderzupflücken, bis ich das Gefühl habe, alles falsch gemacht zu haben. »Du hast dich richtig verhalten, ihn nicht darauf anzusprechen. Der optimale Moment dafür war es ohnehin nicht. Schließlich wollte er dir lieber seine Zungenfertigkeit demonstrieren.«

Wie ich gehofft habe, lächelt sie jetzt wieder. »Stimmt. Die zu verpassen wäre sehr schade gewesen.«

»Meinst du, ihr wiederholt das irgendwann?«

Sie zuckt die Achseln. »Mal schauen, was sich ergibt. Aber jetzt zu dir. Nachdem du deinen alten Mitschüler getroffen hast, bist du so schnell weg gewesen. War alles okay?«

Am liebsten würde ich ihr sagen, dass die Begegnung mich aufgewühlt hat, dass die Party mir zu viel wurde und ich Ruhe brauchte. Stattdessen breitet sich Unsicherheit in mir aus und macht meine Zunge bleischwer. Gerade eben habe ich aus dem Bauch heraus geantwortet, ohne mich zu fragen, wie Annelie reagiert hätte. Jetzt kann ich nur noch daran denken, dass ihr eine Party niemals zu viel wäre. Abi soll mich mögen, mich nicht als Spaßbremse sehen oder Mitleid mit mir haben.

»Ja, alles gut, der Jetlag hat nur total gekickt. Sorry, dass ich mich nicht verabschiedet habe.«

»Nein, Quatsch, dafür brauchst du dich nicht zu entschuldigen.« Sie winkt ab, bevor sie ihr Handy hervorzieht. »Hast du dir schon *SailUp* runtergeladen?«

»Noch nicht, aber die App klingt total praktisch.«

»Finde ich auch. Genauso wie das WLAN. So können unsere Familien und Freunde uns fast immer erreichen, selbst wenn wir über unseren privaten Telefonanbieter mitten auf dem Meer keinen Empfang haben.«

Ich hole mein Handy ebenfalls heraus, öffne endlich die Nachricht, die ich nach dem Aufstehen entdeckt, aber nicht beantwortet habe.

Papa:
Hey, große Abenteurerin! Schade, dass wir uns vor deiner Abreise nicht noch mal gesehen haben. Bist du gut angekommen?

Schlechtes Gewissen flutet mich. Ich hätte mich gerne von meinen Eltern verabschiedet, aber das wäre nicht möglich gewesen, ohne dabei gleichzeitig Annelie zu begegnen. Und für diese Auseinandersetzung war ich zu wütend, hatte zu große Angst vor ihrer Reaktion über den misslungenen Sabotageversuch. Sie ist nicht aus purer Bösartigkeit fies, das ist mir bewusst. Manchmal überkommt es sie, dann versucht sie mich mit Worten zu verletzen oder trifft impulsive Entscheidungen, wie den Reisepass in den Müll zu werfen.

Ich:
Tut mir leid, ich wollte euch nicht wecken und uns allen den Abschied erschweren. Ich bin gut angekommen, und wir legen gleich ab. Das Schiff ist der Wahnsinn! Ich schicke euch später ein paar Bilder.

Die kleine Notlüge sorgt dafür, dass mein schlechtes Gewissen wächst. Aber Annelie verpfeifen will ich auch nicht. Zumal ich sowieso nur wieder zu hören bekäme, dass ich Geduld mit ihr haben muss und doch weiß, dass sie es nicht so meint. Ob es mir wehtut, fragt mich niemand. Ob das unsichtbare Fass in meinem Inneren nach all den unzähligen Tropfen bereits zu voll ist, um auch nur einen einzigen weiteren aufnehmen zu können, interessiert keinen.

Ob sich Annelie wenigstens noch bei mir entschuldigen wird?

Ich unterdrücke ein Schnauben. *Sei nicht so naiv.*

Mein Vater kommt online und tippt. Ich rechne die Zeitverschiebung zurück. In Deutschland ist es jetzt kurz nach achtzehn Uhr, er hatte gerade Feierabend.

Papa:
Wir freuen uns darauf. Hab einen tollen ersten Tag! Ich bin stolz auf dich und habe dich lieb.

Ich:
Ich euch auch!

Papa:
Kannst du mir einen Gefallen tun und dich bitte bei deiner Schwester melden? Du weißt doch, wie schwer das für sie ist.

Es ist schwer für sie, ignoriert zu werden. Nicht die Kontrolle zu haben. Mich loszulassen. Natürlich hat sie es mit ihrer Borderline-Persönlichkeitsstörung nicht leicht, aber was ist mit uns? Meine Eltern mögen das anders sehen, doch so, wie es die letzten Jahre war, geht es für mich auf Dauer nicht weiter.

Ich:
Mache ich in Ruhe.

Dann schiebe ich das Handy wieder in meine Hosentasche. Sobald die *Sapient Sailor* ablegt, will ich die Sorgen von zu Hause hinter mir lassen. Hier muss ich mich um niemanden kümmern oder mich schuldig dafür fühlen, dass ich gesund bin.

»Da ist die Schlepperunterstützung«, sagt der Student, der neben mir an der Reling lehnt, und deutet auf ein Schiff mit schwarzem Rumpf.

»Was bedeutet das?«, traue ich mich zu fragen, obwohl er nicht mit mir, sondern dem Mann neben sich gesprochen hat.

»Der Schlepper hilft dabei, das Schiff aus dem Hafen zu manövrieren. Wir stehen an der Reling auf der zum Meer hin ausgerichteten Seite, auf der anderen werden sicher gerade die Festmacherleinen vom Hafenpersonal gelöst. Das sind mehrere Taue, die das Segelschiff am Hafen festhalten«, erklärt er mir freundlich.

»Ah, vielen Dank«, sage ich und bin froh, mich überwunden zu haben. Stolz erfüllt mich, weil den Fremden anzusprechen ein erster Schritt in Richtung meines Vorhabens war, mutiger zu sein.

»Gerne. Ihr seid vermutlich keine Nautikstudentinnen?«

»Nein, Meeresbiologie«, erwidere ich.

»In den nächsten Monaten können wir bestimmt einiges voneinander lernen.«

Ich nicke und realisiere, wie recht er hat. Ein Teil der Aufgaben, die wir an Bord übernehmen werden, wird das Segeln betreffen. Vor den Kombüsenschichten graut es mir, aber aufs Segeln freue ich mich. Mit der kleinen Jacht meiner Familie war ich schon oft auf dem Wasser. Mit einem so großen Segelschiff ist sie jedoch nicht zu vergleichen, und der Starnberger See kommt bei Weitem nicht gegen den Pazifik an.

Ein Knistern erfüllt das Deck, dann folgt ein »Dong«, und eine Stimme dröhnt aus den Lautsprechern. »Hier spricht Ihr Kapitän. Es ist Punkt neun Uhr, wir sind vom Hafen losgemacht und starten jetzt unsere beiden Hilfsmotoren, um präzise aus dem Hafenbereich zu manövrieren.«

Ein leichtes Vibrieren geht durch das Schiff. Ich lehne mich über die Reling, schaue nach unten. Das Wasser gerät in Wallung, weißer Schaum bildet sich am Rumpf.

Dann setzen wir uns in Bewegung. Langsam und gleichmäßig fährt die *Sapient Sailor* aus dem Hafen, gibt dabei mit dem Typhon einen langen Ton von sich, um die umliegenden Schiffe auf uns aufmerksam zu machen. Kleinere Boote ziehen an uns vorbei, die Hafenmauer kommt zunehmend näher. Dahinter erwartet uns nichts als Ozean und ein strahlend blauer Horizont. Gänsehaut überzieht meinen Körper, ein breites Lächeln liegt auf meinen Lippen.

Von den kleineren Booten winken uns Menschen zu, und einige Studierende an der Reling winken zurück. Abi hat ihr Handy hervorgeholt und nimmt ein Video auf. Vor der Hafenmauer lassen wir das Schlepperboot zurück, fahren weiter, fort von Los Angeles. Das geschäftige Treiben des Hafens wird allmählich leiser, und vor uns öffnet sich der weite, unendliche Pazifik. Er scheint ein Sinnbild für meinen Wunsch zu sein, das Chaos von zu Hause zurückzulassen und Platz für Ruhe und die Lehren des Meeres zu schaffen.

Sonnenlicht glitzert auf den Wellen, scheint das Schiff zu ermutigen, immer weiter hinauszufahren, aufzubrechen zu neuen Ufern. Das endlose Blau liegt vor mir wie ein Versprechen auf Freiheit. Die Stadt verschwindet allmählich am Horizont, jetzt gibt es kein Zurück mehr, und ich spüre mit jeder Faser meines Körpers, dass ich bereit bin für alles, was kommen mag. Das Salz in der Luft schmeckt auf einmal nach Mut.

Erneut erklingt die Stimme des Kapitäns aus den Lautsprechern. »Meine Crew wird Ihnen jetzt zeigen, wie die Segel manuell geöffnet werden. Das ist eine der Aufgaben, die Sie ab morgen lernen und zu Ausbildungszwecken ausführen werden. Aber keine Sorge, Sie werden alles in Ruhe beigebracht bekommen und am Anfang durch die Crew unterstützt werden.«

Ich drehe mich von der Reling weg, um zu den Masten zu schauen. Mehrere Crewmitglieder, die ich an ihren dunkelblauen Uniformen erkenne, laufen an uns vorbei über das Deck. Sie bleiben an verschiedenen Positionen neben den Masten und gespannten Tauen an der Reling stehen, die auf mich zunächst willkürlich wirken. Aber ich ahne, dass jeder von ihnen eine bestimmte Aufgabe hat.

Ein Pfiff hallt über das Deck, dann greift der Mann, der am Mast vor mir steht, nach dem Tau und löst es. Ein weiterer Pfiff, und er zieht daran, so kräftig, dass die Muskeln in seinen Armen spielen.

Mit einem leisen Rascheln setzen sich die Segel in Bewegung und gleiten an den Rahen herab. Sie erinnern mich an riesige Flügel, die sich entfalten. Die Sonne spiegelt sich in den cremefarbenen Stoffbahnen, die sogleich vom Wind erfasst werden. Die Segel blähen sich, und die *Sapient Sailor* fährt merklich schneller.

Ich drehe mich wieder zum Meer um, schließe die Augen. Der Wind zieht an meinen Haaren, die ich im Nacken zusammengebunden habe. Ein paar Strähnen rechts und links von meinem Gesicht lösen sich und flattern mir um die Ohren. Sofort ist es frischer als im Hafen, aber mit der Sonne nicht kalt, sondern angenehm. Ich öffne die Augen, beobachte das Meer und die Wellen, die gegen den Rumpf schlagen und das Segelschiff leicht schaukeln lassen. Am Horizont entdecke ich ein paar andere Schiffe, aber sie sind zu weit weg, um ihre Größe oder Funktion auszumachen.

»Bereit für unsere erste Vorlesung?«

Ich schrecke auf und bemerke, dass die meisten Studierenden sich in Bewegung gesetzt haben und das Deck leerer wird.

»Wir können los«, antworte ich Abi. »Weißt du, wohin wir müssen?«

»Nein, aber am Treppenhaus steht die studentische Hilfskraft. Sicher, um uns zu lotsen.«

»Alles klar.«

Noch einmal schaue ich aufs Meer hinaus, kann die Sehnsucht, die ich dabei spüre, nicht unterdrücken. Am liebsten würde ich weiter hier oben stehen und dem Rauschen der Wellen lauschen. Aber ich weiß, ich werde noch genug Zeit dafür haben.

Jetzt erfahre ich erst einmal mehr darüber, was wir in den nächsten Wochen erforschen werden.

Kapitel 7

Henriette

Sobald ich den Lehrraum betrete und die vielen fremden Gesichter mustere, setzt mein Herz zu einem Sprint an. Von allen Seiten drängen mir Gesprächsfetzen entgegen.

»Findet ihr es auch so interessant, dass Rochen empfindliche Lorenzinische Ampullen besitzen? Mit diesen Elektrorezeptoren ist es fast, als würden sie eins mit dem Meer werden«, schwärmt eine Studentin mit einer goldgerahmten Brille. Sie steht in einem kleinen Grüppchen neben der Tür.

»Ja, stimmt, dadurch können sie die elektrischen Felder von Beutetiere wahrnehmen und haben eine Art sechsten Sinn«, erwidert eine zweite Studentin, und ihre Worte überschlagen sich fast vor Begeisterung.

Ein flaues Gefühl breitet sich in meiner Magengrube aus. Sie scheinen sich bereits auszukennen. Was, wenn ich nicht mithalten kann?

Der Raum ist kleiner, als ich es von den Vorlesungssälen an der Ludwig-Maximilians-Universität gewohnt bin, und bietet Platz für fünfzig Personen. Es gibt auch nur einen davon. Außerdem befinden sich in unserem Studienbereich am Bug des Segelschiffs zwei Labore. Ich freue mich schon darauf, dort zu arbeiten. Mir Theorie zu merken, fällt mir nicht schwer, aber ich mag die praktische Forschung trotzdem lieber.

Mit den gleichmäßig im Raum angeordneten Zweiertischen fühle ich mich in die Schulzeit zurückversetzt. Vorne steht ein Pult für das Lehrpersonal. Statt einer Kreidetafel gibt es ein digitales Whiteboard. Die Wände sind schmucklos und leer, ein Fenster zeigt aufs Meer hinaus. Mich von dem Ausblick nicht ablenken zu lassen, wird eine Herausforderung werden.

Abi deutet auf einen freien Tisch in der Mitte des Raums. Die Plätze am Fenster sind leider alle schon besetzt, daher nicke ich, folge ihr und lasse mich auf den rechten der beiden Stühle fallen. Am Tisch neben mir sitzt ein Student mit moderner Dauerwelle, der herzhaft in ein belegtes Brötchen beißt. Mein Magen ist viel zu verknotet, ich würde jetzt keinen Bissen herunterbekommen.

Der Raum füllt sich weiter. Mein Mund fühlt sich trocken an, und meine Finger zittern. In den nächsten sechs Monaten werde ich mit den Leuten um mich herum auskommen müssen. Es wird welche geben, die mich nicht mögen werden, aber ich werde hoffentlich auch neue Freundschaften schließen.

Mein Blick streift vom hungrigen Studenten über einen, der in einem Buch liest, bis zu den Studentinnen neben der Tür, die sich weiterhin lebhaft unterhalten. Vielleicht wird mir das Mithalten am Anfang schwerfallen, aber ich sollte es als Chance sehen, viel Neues lernen zu können. Ich balle die Hände zu Fäusten, um endlich das Zittern zu stoppen.

Abi mustert mich von der Seite her. »Bist du nervös?«

Verdammt. Sie kann mich schon jetzt, nach so kurzer Zeit, viel zu gut lesen.

»Ein bisschen«, sage ich ehrlich. Sie kann es mir ohnehin ansehen, und jetzt zu lügen, würde mich nur unsympathisch machen. »Aber ich freue mich auch auf …«

Ich breche ab, weil in diesem Moment Lukas und Kai in den Raum treten. Sofort schlägt mein Herz schneller, auch wenn ich mir einrede, dass Lukas nichts mehr mit dem Jungen von damals gemein hat. Er hat mir deutlich gezeigt, wie wenig ich ihn interessiere. Ich sollte ihn endlich abhaken.

Trotzdem sind da leise Zweifel in mir, denn ... habe ich es gestern wirklich versucht? Oder habe ich zu schnell die Flucht ergriffen? Ich möchte so gern mutiger sein, aber ich war zu nervös und auch zu verletzt, um auf Lukas zuzugehen und ihn zu zwingen, sich mir zu stellen und mir eine Erklärung zu liefern, warum er unsere Freundschaft weggeworfen hat.

Ich nehme mir vor, einen weiteren Versuch zu wagen. Denn ich bin hier, um mich auf mein Studium zu konzentrieren, deshalb will ich endlich einen Haken an die Sache setzen und diesen Groll nicht länger mit mir herumtragen. Für die fünfzehnjährige Version von mir und die enge Freundschaft, die Lukas und ich fünf Jahre lang hatten.

Egal, wie zuversichtlich ich in meinem Inneren bin, mein Körper verrät mich, und meine Handflächen werden schweißnass, sobald Lukas und Kai uns entdecken und auf uns zu kommen.

»Was ist ...«, setzt Abi an und folgt meinem Blick. »Oh.«

Dann beginnt sie zu lächeln, und ich muss daran denken, was sie mir vor dem Ablegen erzählt hat.

»Morgen!«, grüßt Abi.

»Hey, Schönheit«, erwidert Kai und setzt sich auf den Platz vor ihr. Er dreht sich um, beugt sich über die Stuhllehne und stützt sein Kinn darauf ab. »Was geht?«

Abi lehnt sich lässig auf dem Stuhl zurück und streicht sich eine aus dem Dutt entwichene Haarsträhne aus dem Gesicht. Die Geste erinnert mich so stark an Annelie, dass ein schmerzhafter Stich in meine Brust fährt. Ich kann den Gedanken nicht abschütteln, dass meine Schwester viel besser an Abis Seite passen würde als ich. Dass die beiden sicher enge Freundinnen geworden wären, wenn Annelie an meiner Stelle das Auslandssemester ergattert hätte.

Du hast den Platz nicht verdient, Henriette! Vor meinem inneren Auge sehe ich ihr wutverzerrtes Gesicht und die Scherben auf dem Boden, weil sie ihr Glas zerschmettert hat, nachdem wir unsere Zu- und Absage-Mails bekamen. Der Schmerz schwillt noch weiter an, und ich atme tief durch, um ihn und die Erinnerung zu vertreiben.

Ich schaue zu Lukas auf, konzentriere mich auf ihn. Wie erstarrt steht er neben dem Tisch.

»Hallo«, begrüße ich ihn.

»Hi«, erwidert er, bevor er sich endlich setzt. Warum wirkt er so widerwillig? Wegen der Nähe zu mir? Findet er mich wirklich so schrecklich?

Ich warte, aber Lukas macht keinerlei Anstalten, sich umzudrehen, packt stattdessen seinen Laptop aus.

»Hattest du gestern einen guten Abend?«, probiere ich, ihn aus der Reserve zu locken und wie Abi und Kai ein Gespräch anzufangen.

Er reagiert nicht.

»Lukas?«, frage ich lauter, komme mir bescheuert vor, aufdringlich. Aber ich weiß genau, er hat mich gehört und ignoriert mich absichtlich. Ein heißes Kribbeln rauscht durch meine Adern, schwillt mit jeder verstreichenden Sekunde weiter an, bis es mir reicht. Ich lehne mich über den Tisch und tippe ihm gegen die Schulter.

Endlich dreht er sich zu mir um, und der Lärm im Raum tritt in den Hintergrund. Da sind nur noch seine braunen Augen, die mir früher so vertraut waren. Mein Verstand weiß, es sind dieselben, und doch sind sie vollkommen anders. Ich erkenne sie nicht wieder, erkenne *ihn* nicht wieder. Steckt mein ehemaliger bester Freund überhaupt noch irgendwo dort drin?

Er räuspert sich. »Hast du doch heute Morgen gesehen oder nicht?«

Erst ignoriert er mich, jetzt versucht er mich wieder abzuweisen? Das Kribbeln erreicht seinen Höhepunkt und legt einen Schalter in mir um.

»Ich habe nur eine arme Frau gesehen, die du eiskalt abserviert hast.«

»So war das nicht. Sie war aufdringlich, und ich habe ihr wie auch schon gestern Abend deutlich klargemacht, dass ich mich nicht auf mehr als eine einmalige Sache einlasse«, antwortet er genervt.

»Sie war aufdringlich? Lukas, du bist die aufdringlichste Person, die ich kenne! Bist ständig unangekündigt bei mir zu Hause aufgetaucht, selbst wenn ich im Stress war. Hast mich gefühlt überallhin begleitet und mich in den öffentlichen Verkehrsmitteln oder in Menschenmassen an deine Brust gezogen, damit ich nicht verloren gehe.«

Er runzelt die Stirn. »Dein Gedächtnis muss dir einen Streich spielen.«

»Es funktioniert ganz hervorragend. Und du kannst mir nichts vormachen, deins ebenfalls. Daher frage ich mich, warum du gestern Abend absichtlich so getan hast, als würdest du mich nicht kennen.«

Ich atme schwer, wundere mich, woher mein Mutausbruch plötzlich kommt. Obwohl ich mir vorgenommen habe, noch mal auf ihn zuzugehen, passt es gar nicht zu mir, so ehrlich auszusprechen, was ich denke. Andererseits ... bei Lukas konnte ich das schon immer. Nur war er in den letzten Jahren nicht da. Hat mich im Stich gelassen und ist ohne ein Wort aus meinem Leben verschwunden.

Irritiert blinzelt er mich an, dann verzieht sich seine Miene zu einer selbstgefälligen Grimasse. Er öffnet die Lippen, setzt zu einer Antwort an, von der ich ahne, dass sie mir nicht gefallen wird. Doch in diesem Moment geht die Tür ein weiteres Mal auf, und Professorin Weber rauscht herein.

»Alle hinsetzen, wir haben keine Zeit zu verlieren.«

Sie wirkt wie ein General, und jede Person im Raum scheint für einen Augenblick strammzustehen. Sofort verstummt der Gesprächslärm, dann werden Stühle gerückt, und es wird sich eilig hingesetzt. Der Raum ist bis auf den letzten Platz besetzt.

Professorin Weber mustert uns der Reihe nach, und ich rutsche unter ihrem strengen Blick unwillkürlich tiefer in meinen Stuhl.

»Willkommen, Studierende. Ich sage es gleich vorweg, ich stelle große Erwartungen an Sie. Unter allen Bewerbungen sind Sie fünfzig ausgewählt worden, diese exklusive Studienreise anzutreten. Die nächsten Monate werden anstrengend, so viel kann ich Ihnen versprechen. Gleichzeitig werden Sie die Chance haben, Dinge zu sehen und Forschungen zu betreiben, die einmalig sind.« Sie macht eine kurze, eindrucksvolle Pause. »Vorhin haben Sie bereits vom Wettbewerb gehört. Ich erwarte, dass wir ihn gewinnen. Dazu muss sich jeder Einzelne von Ihnen anstrengen. Wenn ich mitbekomme, dass jemand von Ihnen den Unterricht schleifen lässt, kann er wieder nach Hause fliegen. Ja, schauen Sie nicht so entsetzt. Auf jedem unserer Stopps ist es möglich, dass uns einige von Ihnen verlassen. Freiwillig oder aber bei schlechtem Benehmen, Missachtung der Regeln, Gefährdung anderer oder ganz offensichtlichem Desinteresse.«

Ich tausche einen schnellen Blick mit Abi, die genauso erschüttert von dieser Ansprache wirkt wie ich. Während draußen die Sonne scheint und die Wellen glitzern, herrscht hier drinnen eisige Kälte.

»Okay, ich denke, die Botschaft ist angekommen. Heute nutzen wir den Tag, um alles Organisatorische zu klären und einander ein bisschen besser kennenzulernen. Direkt beginnen möchte ich damit, dass Sie nun alle Ihre Handys oder Tablets rausholen und sich *SailUp* runterladen. Sie loggen sich anschließend mit Ihrem

Nachnamen und Ihrer Kabinennummer als vorläufiges Passwort ein. Wenn Sie Hilfe brauchen, melden Sie sich bitte.«

Damit sie mir den Kopf abreißt? Auf gar keinen Fall. Oder sollte uns die strenge Ansage nur wachrütteln? Uns klarmachen, dass wir nicht auf Klassenfahrt sind, sondern zu den Besten unseres Fachbereichs gehören und demnach Leistung von uns erwartet wird?

Ich werfe Professorin Weber immer wieder einen Blick zu, während *SailUp* auf meinem Handy installiert. Sie lehnt an ihrem Schreibtisch, die Arme vor der Brust verschränkt, und beobachtet uns. Schnell senke ich den Blick, bevor sie mich beim Starren erwischt. Auffallen will ich ganz sicher nicht. Insbesondere nicht negativ.

Die App verkündet mir, dass der Download abgeschlossen ist, und ich öffne sie. Gebe meinen Namen und die Kabinennummer ein. Die Aufforderung, ein individuelles Passwort festzulegen, erscheint, anschließend werde ich auf eine Startseite weitergeleitet. Diese beinhaltet einen Schiffsplan mit den einzelnen Decks, meinen Stundenplan und einen Sprechblasen-Button.

»Der Empfang und das Internet werden manchmal nicht funktionieren«, erklärt Professorin Weber. »Aber über die bordinterne App können Sie trotzdem jederzeit miteinander kommunizieren. Genauso wie wir uns als Studiengang untereinander austauschen können. Falls es Aufgaben und Infos gibt, werde ich sie Ihnen ebenfalls über *SailUp* zukommen lassen. Die App ermöglicht es uns, den Unterricht und Organisatorisches zu digitalisieren. Druckmöglichkeiten sind auf dem Segelschiff rar.«

Im Infobogen, den wir vor der Anreise per Mail bekommen haben, wurde uns in der Empfehlungsliste zum Packen der Hinweis gegeben, dass wir auf Collegeblöcke, Papierunterlagen und mehr als ein Notizbuch verzichten sollen. Ich schreibe in den Seminaren und Vorlesungen lieber per Hand mit als auf dem Laptop, aber daran werde ich mich hier hoffentlich schnell gewöhnen.

Alles zu digitalisieren, ist ohnehin viel praktischer, da die Möglichkeit, an Papier und generell neues Büromaterial zu kommen, stark begrenzt ist.

»Hat jemand von Ihnen keinen Zugang zur App?«, fragt Professorin Weber und nickt zufrieden, als sich niemand meldet. »Öffnen Sie jetzt bitte Ihren Stundenplan. Darin sehen Sie nicht nur Ihre Kurse, sondern auch die Arbeitsschichten. Alle Nachnamen von A bis M wurden in Gruppe 1 eingeteilt und alle von N bis Z in Gruppe 2.«

Damit sind Lukas und ich in einer Gruppe, wird mir klar.

»Bei den Schichten erwarte ich Disziplin und Ernsthaftigkeit. Sie haben vorhin schon erfahren, dass es für die ordnungsgemäße Erfüllung Punkte gibt, es ist mir aber auch möglich, Ihnen welche abzuziehen, sollte es nötig sein. Falls zum Beispiel jemand ohne zuvor getätigte Entschuldigung fehlt oder es beim Reinschiff zu Mängeln kommt.«

Unwillkürlich muss ich an die Hauspunkte in *Harry Potter* denken. Annelie und ich haben uns die Bücher in der vierten Klasse gegenseitig vor dem Zubettgehen vorgelesen. Ich konnte mich noch nie entscheiden, ob ich eher Hufflepuff oder Ravenclaw angehöre, während Annelie von Anfang an für Gryffindor war. Wehmut erfüllt mich, weil zu dieser Zeit noch alles gut zwischen uns war.

»Aber Sie wollen doch gewinnen?«, platzt ein Student am Tisch neben Abi heraus. Er hat blonde Locken, die ihm wirr vom Kopf abstehen, und trägt ein schwarzes Tanktop mit aufgedrucktem AC/DC-Logo.

Professorin Weber wirft ihm einen skeptischen Blick zu. »Selbstverständlich will ich gewinnen, deshalb werde ich aber niemanden bevorzugen oder Faulheit dulden. Gibt es weitere Fragen?«

Ich reiße den Blick von meinem Kommilitonen los und schaue mir den Stundenplan genauer an. Vorlesungen sind blau hinterlegt, Seminare grün und die Schichten rot. Heute steht wie angekündigt noch keine Verpflichtung auf dem Plan, aber für morgen früh ist eine Arbeitsschicht im Segeln angesetzt.

»Welche Gruppe bist du?«, flüstere ich Abi zu.

»Zwei.«

»Ich auch.«

Sie tippt mit ihrem rot lackierten Fingernagel auf meinen Stundenplan. »Morgen um sechs Uhr auf dem Horizontdeck?«

»Da werden wir uns wohl dran gewö...«

»Haben Sie eine Frage?«, unterbricht mich Professorin Weber, und ich zucke ertappt zusammen.

»Nein, keine«, antworte ich hastig und spüre, wie meine Wangen rot anlaufen.

»Dann bitte ich um Ruhe.«

So viel zum Thema, nicht negativ aufzufallen. Mein Gesicht glüht, und ich senke schnell den Kopf, damit es niemand bemerkt. Je unangenehmer die Situation wird, desto länger leuchte ich wie eine überreife Tomate.

»Da wir gerade bei Organisatorischem sind, mache ich direkt weiter. Sie werden Vorlesungen und Seminare haben. Während der Zeit auf See gibt es mehr Vorlesungen als an Land. Dort behandeln wir allgemeine Themen wie Ozeanografie, Meereslebewesen und Klimawandel. In den Seminaren geht es an die Forschung. Dafür arbeiten Sie in Zweierteams zusammen und behandeln jeweils ein anderes Thema, das Sie sich aussuchen dürfen. In den Seminaren werden Sie die Themen einander vorstellen und die Ergebnisse und Erkenntnisse Ihrer Forschungsarbeit präsentieren. Auf jeder Insel können Sie ein anderes Thema behandeln, je nachdem, was es dort für Forschungsmöglichkeiten gibt. Die Zeit auf See werden wir dazu nutzen, die Forschungsvorhaben an unseren Zielorten vorzubereiten.«

Sie zieht eine schwarze Handtasche mit bunten Punkten heran, die sie auf dem Pult neben sich abgestellt hat. Das fröhliche

Muster passt für mich nicht so recht zu ihrer strengen Art und dem klassischen Business-Look. Noch weniger passt das, was sie aus der Tasche herauszieht.

Mir klappt der Mund auf. Was ist *das*?

Professorin Weber hebt das Stofftier hoch, sodass wir es alle sehen können. Ich muss an die legendäre Szene aus *König der Löwen* denken, in der Löwenbaby Simba auf dieselbe Weise in die Höhe gehalten wird. Nur dass es sich hier um einen dunkelblauen Oktopus mit acht langen Armen handelt.

»Jedes gute Team braucht ein Maskottchen. Das ist unseres. Dieser Oktopus begleitet mich und meine Studierenden, seit ich ihn vor vielen Jahren von meinem Doktorvater nach erfolgreicher Promotion geschenkt bekommen habe.«

Abi und ich tauschen einen irritierten Blick und scheinen dabei nicht die Einzigen zu sein. Professorin Weber sammelt einige Sympathiepunkte, als sie den Oktopus über die Ecke der interaktiven Tafel klemmt, sodass seine Arme herabbaumeln. Vielleicht habe ich vorschnell über sie geurteilt.

Sie dreht sich wieder zu uns und deutet auf das Stofftier. »Der Oktopus sieht albern aus, richtig? Außer dem Teamaspekt verfolge ich damit noch ein anderes Ziel. Auf diesem Auslandssemester legen Sie einen wichtigen Grundstein für Ihre berufliche Zukunft. Wann immer Sie dieses alberne Stofftier ansehen, soll es Sie zum Lächeln bringen und daran erinnern, welche Ziele Sie verfolgen. Und dass, egal wie anstrengend die nächsten Monate sein werden – nicht nur im universitären Bereich, auch die permanente Zeit auf See ist eine Herausforderung für Sie und Ihre mentale Gesundheit –, die Mühen sich auszahlen werden.«

Professorin Weber lächelt uns aufmunternd zu, bevor sie zu ihrer Tasche geht und erneut hineingreift. Kurz erwarte ich ein weiteres Meerestier, doch sie holt nur ihr Tablet heraus und wischt darauf herum. Ihre Mimik und Gestik sind jetzt wieder so geschäftig wie zuvor.

»Ich lese nun die Einteilung der Forschungsteams vor. Kurz vorweg: Ich möchte, dass Sie sich ein bisschen durchmischen. Gerade sitzen Sie sicher alle mit Ihren Mitbewohnern zusammen, aber während der nächsten sechs Monate sollen Sie ein Team werden. Daher habe ich Sie nach Nachnamen sortiert. Zwei Kabinen bilden jeweils zwei Pärchen, sodass es für Sie leichter sein sollte, sich zu organisieren.«

Sie räuspert sich, dann beginnt sie die einzelnen Namen vorzulesen. Nervosität macht sich in jeder Faser meines Körpers breit. Warum kann ich nicht einfach mit Abi ein Team bilden? Mit ihr komme ich klar, bei ihr habe ich den schweren Anfang des Kennenlernens schon geschafft. Was, wenn es mit meinem Teampartner nicht matcht? Wenn wir bei der Forschung nicht dieselben Interessen haben oder ...

»Abigail Sibeko und Kai Riegler«, liest die Professorin vor.

Mein Kopf fährt zu Abi herum. Sie wird ausgerechnet mit ihrem One-Night-Stand die nächsten Monate zusammenarbeiten? Ihre Augen weiten sich überrascht. Kai wirft ihr einen Blick über die Schulter zu und grinst. Lukas schüttelt neben ihm den Kopf und flucht leise, was mich verwirrt. Was sollte er gegen unsere Mitbewohner als Team haben?

Moment. Unsere Mitbewohner.

Nein. Ich kapiere das ganze Ausmaß der Katastrophe. Wenn Abi und Kai ein Team sind, bedeutet das ...

»Henriette Sommerfeldt und Lukas Schaub.«

Am liebsten würde ich vor Entsetzen schreien. Habe ich das Schicksal mit meinem Vorhaben beeinflusst? Ich wollte doch nur eine verdammte Entschuldigung bekommen, danach die Sache endlich abhaken und nicht sechs Monate lang mit Lukas ein Forschungsteam bilden. Andererseits ... es hat schon einmal gut mit uns geklappt, oder? Wir haben jahrelang nichts anderes gemacht, als zusammen zu forschen. Nicht nur in der Schule während der Biologie-AG, sondern auch zu Hause mit verschiedenen Experimentiersets, die wir uns regelmäßig zu Geburtstagen und Weihnachten gewünscht haben.

Ich starre auf Lukas' Rücken und erkenne unter dem eng anliegenden grauen Shirt, wie sich seine Muskeln anspannen. Es ist kaum zu übersehen, dass ihm die Einteilung zuwider ist. Ich wette, er knirscht gerade mit den Zähnen, was er schon früher oft gemacht hat, um seine Wut zu kanalisieren. Denkt er ebenfalls an unsere Vergangenheit zurück? Wieder erfasst mich Verbitterung, weil er unsere Freundschaft einfach weggeworfen hat. Weil er verantwortungslos, gemein und egoistisch gehandelt hat. Auf der *Sapient Sailor* muss ich mich auf ihn verlassen können. Am besten mache ich ihm von Anfang an klar, wie wichtig mir das Auslandssemester ist.

Professorin Weber liest weitere Namen vor, aber ich nehme sie kaum wahr. Es hätte mich nicht überraschen sollen, mit Lukas in einem Team zu sein. Bereits in der Schulzeit haben uns unsere Nachnamen manchmal zusammengebracht, obwohl er in die Klassenstufe über mir ging. Ob es beim Schulfest war, bei Sportveranstaltungen oder in den AGs. Meistens war Annelie mit uns in einer Gruppe. Sie hat Lukas anfangs nicht beachtet, bis aus dem schlaksigen Jungen ein muskulöser, groß gewachsener Sechzehnjähriger wurde. Bis der Speck in seinen Wangen verschwand und die ausgeprägten Wangenknochen freilegte.

Sobald sie anfing, sich an ihn ranzumachen, ging unsere fragile Schwesternbindung noch weiter den Bach runter.

»Finden Sie sich jetzt bitte in Ihren Teams zusammen. Bis zum Mittagessen machen Sie sich gemeinsam mit der *Sapient Sailor* vertraut. Die Tour schicke ich Ihnen gleich in der App zu. Um einen Anreiz für Sie zu schaffen, darf sich das erste Team, das alle Orte abgelaufen ist, zuerst ein Forschungsthema auswählen. Falls Sie noch mehr Motivation brauchen, die Themen finden Sie ebenfalls als Liste in der App unter der Rubrik Dokumente. An jedem Ort müssen Sie einen QR-Code suchen, den Sie mit

SailUp scannen können, damit ich nachverfolgen kann, dass Sie auch wirklich dort waren.« Sie lächelt kurz. Meinen ersten Eindruck von ihr versenkt sie mit dieser spielerischen Schiffstour endgültig im hohen Bogen über der Reling im Meer. »Sie sehen schon, ich habe eine Schwäche für Wettbewerbe! Auf geht's!«

»Oje, wo bin ich hier nur hineingeraten?«, stößt der Student mit der Dauerwelle neben mir leise aus.

Das kannst du laut sagen, denke ich und seufze in mich hinein.

Kapitel 8

Lukas

»Sollen wir jetzt ernsthaft eine Schnitzeljagd machen?!«, stoße ich aufgebracht aus, sobald Kai, Abi, Henriette und ich den Raum verlassen haben. In den letzten fünf Minuten habe ich kaum ein Wort hervorgebracht, so fassungslos war ich darüber, dass das Schicksal mich offenbar als sein neuestes Hauptopfer auserkoren hat.

Ich wollte meine Vergangenheit vergessen, Henriette hinter mir lassen, und stattdessen werde ich mit ihr mehr Zeit verbringen als mit allen anderen Personen auf diesem Schiff. Mit Ausnahme von Kai. Obwohl ... selbst die sechs Stunden Schlaf in der Nacht können die Forschungsarbeit sicher nicht aufwiegen.

»Diese Schnitzeljagd – oder QR-Code-Jagd«, Abi legt kurz den Kopf schräg, »klingt cooler, als uns einfach loszuschicken und die *Sapient Sailor* stumpf abzulaufen. Professorin Weber hat sich was überlegt. Ich finde die Frau super.«

»Du leidest offenbar an Geschmacksverirrung«, murmelt Henriette und klingt dabei so sehr wie das Mädchen, dem ich vor so vielen Jahren im Biolabor der Schule zum ersten Mal gegenübersaß, dass ich unwillkürlich grinsen muss.

»Heeey«, beschwert sich Kai und wackelt vielsagend mit den Brauen. »Ich fühle mich angesprochen. Bin ich etwa nicht dein Typ, Shawty?«

Henriette sieht aus, als würde sie jede Sekunde losfauchen, ich erwarte es sogar von ihr, nach dieser schrecklichen Bezeichnung. So wie damals, als ich angefangen habe, sie aus Spaß mit den verschiedensten Kosenamen aufzuziehen, die ich bei den älteren Schülern auf dem Schulhof aufgeschnappt hatte. Ich schaffte Babe, Zuckermaus und Schönheit, bevor sie sauer wurde und mir klarmachte, dass sie nur Eisherz dulde. Stattdessen legt Henriette jetzt ein Lächeln auf, das so ekelhaft klebrig ist wie Honig. Ich hasse das Zeug. »Mich Shawty nennen zu dürfen, musst du dir erst verdienen.«

Meine Brauen wandern in die Höhe. Das klingt verdächtig nach Flirten. Wo ist die Henriette, die jeden Jungen hat abblitzen lassen? Deren harte Schale undurchdringbar war? Die mit dem Eisherz?

Sie ist erwachsen geworden, du Pfosten. Natürlich ist sie nicht dieselbe wie vor sechs Jahren. Bin ich auch nicht mehr. Dafür hat er gesorgt, dafür habe *ich* gesorgt.

Tief in meiner Brust macht sich diese Stelle bemerkbar, die mir seit Jahren Probleme bereitet. Sie sticht, fordert meine Aufmerksamkeit. Aber ich weigere mich, dränge sie eisern in mein Inneres zurück. Sechs Jahre lang bin ich niemals schwach geworden, habe Mittel und Wege gefunden, den Schmerz nicht spüren zu müssen. Ich werde nicht zulassen, dass Henriettes Gegenwart und die damit verbundenen Erinnerungen meine Schutzmauer ins Wanken bringen.

Mein Puls rast. »Wir könnten uns doch zusammentun«, schlage ich betont locker vor. Niemand soll wissen, dass ich eine Scheißangst davor habe, mit Henriette allein zu sein. Nicht ihretwegen, sondern weil sie unweigerlich meine Vergangenheit aus diesem dunklen Loch herauszerren wird, in das ich sie die letzten Jahre gesperrt habe.

»Jedes Forschungsteam geht allein«, erklingt die Stimme von Professorin Weber direkt hinter mir, sodass ich erschrocken zusammenzucke. »Sie scannen die QR-Codes, die auf Ihrer individuellen Route auf *SailUp* angegeben sind. Oder denken Sie, ich schicke Sie los, damit Sie wie treudoofe Schafe alle hintereinander herlaufen?«

»Das ist brillant!«, stößt Abi aus und öffnet ihre App, um zu schauen, welche Route sie und Kai haben. *Definitiv Geschmacksverirrung!*

Ich traue meinen Augen kaum, aber Professorin Weber sieht tatsächlich ... geschmeichelt aus. Henriette sollte aufpassen, dass ihre Mitbewohnerin ihr nicht den Rang als Superstreberin und Lehrerliebling abläuft. Oder hat sich auch das in der Oberstufe geändert?

Mir wird bewusst, dass ich jetzt keine andere Möglichkeit mehr habe, als mich Henriette und damit der Vergangenheit zu stellen. Ich hasse alles daran, es fühlt sich an, als würde ich Nägel in meine Lunge atmen statt Luft.

Aber da muss ich jetzt durch.

Professorin Weber kehrt in den Lehrraum zurück, und Abi und Kai starten mit ihrer Route.

»Bis später«, ruft Kai uns über die Schulter hinweg zu, bevor er und Abi sich im teppichbelegten Gang entfernen. Sie lassen die beiden Labore und das Materiallager hinter sich und laufen durch die offen stehende Wasserschutztür in den Bereich mit den Kabinen.

Henriette tritt unruhig auf der Stelle und wischt auf ihrem Handydisplay in der App herum.

»Willst du uns navigieren?«, frage ich.

»Kann ich machen. Wir müssen zuerst in die Bibliothek.«

Sie schaut auf, und unsere Blicke kreuzen sich. Obwohl das Meer in ihren Augen aufgewühlt ist, ist es mir vertraut, war einst mein Heimathafen.

Vor den vielen Lügen. Und bevor ich sie so sehr verletzt habe.

Aber es ging nicht anders, war besser so für sie. Sie sollte nicht wissen, wie es in meinem Inneren wirklich aussah. Ich wollte sie schützen. Vor meinem Kummer, meinen Problemen. *Vor mir.*

Die Nägel bohren sich mit aller Macht durch meine Lungenflügel, dann in meinen Brustkorb, durchstoßen die Haut, und ich schaue an mir herab, als wartete ich darauf, dass sich Blut auf meinem grauen T-Shirt ausbreitet.

Sei nicht albern, Lukas!

Ich räuspere mich. »Ist die Bibliothek auf dem Deck der Nautiker?«

Henriette schaut auf ihr Handy. »Nein, auf unserem. Am Ende des Schiffs, direkt hinter …«

»Am Heck«, korrigiere ich sie.

Schnaubend sieht sie auf. »Besserwisser.«

»Das sollte dich nicht überraschen.«

»Tut es nicht, ist nur genauso nervig wie früher.«

Sie setzt sich in Bewegung, sodass ich eine Erwiderung hinunterschlucke und ihr folge. Der Gang ist mit dunklem Holz vertäfelt, das mich an die Villa meines Vaters im Münchner Süden erinnert. Mein ehemaliges Zuhause. Ich balle die Hände zu Fäusten und verspüre das Bedürfnis, sie in die Vertäfelung zu rammen. Nur, um mich nicht daran erinnern zu müssen, wie meine Mutter sich ein paar Jahre vor der Scheidung in die Holzbretter verliebt und den Flur hat umgestalten lassen. Es war auch ihr Zuhause, bevor er ihr alles genommen hat. Und mir. An manchen Tagen sogar meine Mutter. Denn es gibt Phasen, in denen es ihr schwerfällt, mir ins Gesicht zu sehen. Sie versucht, es zu überspielen, sich nichts anmerken zu lassen. Aber ich bin nicht naiv.

Ich sehe ihn ja selbst jedes Mal, sobald ich in den Spiegel schaue.

Wir haben seit sechs Jahren keinen Kontakt mehr, und trotzdem bringt er mein Leben durcheinander. Ist immer präsent. Lässt sich nicht auslöschen.

Meine Fäuste zittern, und ich schnappe nach Luft.

»Alles okay?«, fragt Henriette.

Die starke Gefühlswelle verebbt, sobald ich in ihre Augen sehe. Sie erinnern mich an eine Lagune, mit sanften Wellen und hellen Sprenkeln darin wie von Schaumkronen. Das Meer konnte mich schon immer beruhigen. *Sie* konnte das.

Wie macht sie das? Mich gleichzeitig aufzuwühlen und zurück auf den Boden zu bringen?

Nicht nur ihre Augen sind wie das Meer ...

»Ja, alles gut«, lüge ich automatisch. Ich rede nicht darüber. Mit niemandem. Schnell wechsele ich das Thema. »Was war das eigentlich vorhin mit Kai? Du hast vor Abis Augen mit ihm geflirtet.«

»Geflirtet? Ich war nur nett.«

»Bullshit, ich hab mich fast auf diesen teuren Teppichboden übergeben müssen. Weißt du, an wen du mich erinnert hast? An Annelie.«

Sie zuckt kaum merklich zusammen. »Und was ist so schlimm daran? Du bist immer gut mit ihr klargekommen.«

»Klar, weil sie deine Schwester ist. Aber ich mochte sie nie besonders. Du warst meine beste Freundin, nicht sie.«

»Bis ich es plötzlich nicht mehr war«, murmelt sie und sagt dann lauter: »Du bist gegangen, ohne dich zu verabschieden. Warum?«

»Es war besser so.«

Ruckartig bleibt sie stehen. »*Das* ist Bullshit. Glaubst du das echt? Besser vielleicht für dich, weil es leichter war. Aber was ist mit mir? Du hast mir das Herz gebrochen! Hast du eine Vorstellung davon, wie es sich angefühlt hat, in die Schule zu kommen und von einem Tag auf den nächsten von dir abgewiesen zu werden? Du hast dich verschlossen, bist mir aus dem Weg gegangen, hast dich ständig betrunken. Und als wäre das noch nicht schlimm genug, musste ich nach den Sommerferien feststellen, dass du auf einmal in fucking Hamburg wohntest.«

»Wortwahl, Eisherz«, scherze ich wie früher.

»Lass den Mist, wir sind keine dreizehn mehr.«

Sie hat recht, und es tut weh. Damals war die Welt noch in Ordnung. Ich muss daran denken, wie Henriette und ich uns unzählige Male verquatscht haben und meine Mutter uns zur Stärkung selbst gemachte Limonade und saure Gummischlangen gebracht hat. An stundenlanges Stromern durch Wald und Felder. Oder wie wir im Garten gezeltet haben, um die Sterne zu beobachten und im Morgengrauen die ersten Vogelstimmen für die Biologie-AG zu bestimmen. Hätte es so weitergehen können, wenn mir dank meines Vaters nicht alles um die Ohren geflogen wäre? Wären wir jetzt immer noch Freunde statt Fremde?

Plötzlich packt mich die Neugier, und die Worte entschlüpfen mir wie von selbst: »Lass uns einen Deal machen. Für jeden gefundenen QR-Code verraten wir uns eine Sache, die wir in den letzten Jahren voneinander verpasst haben.«

Kurz bereue ich meinen Vorschlag. Wieso streue ich freiwillig Salz in die Wunde? Andererseits geht es hier nicht um die Vergangenheit, sondern um die Personen, zu denen wir heute geworden sind.

Sicheres Terrain.

Oder?

Kapitel 9

Henriette

Vor Überraschung klappt mir der Mund auf. Dieser Vorschlag kommt ausgerechnet von ihm? Nachdem er bisher jede Möglichkeit wahrgenommen hat, nicht mit mir reden zu müssen?

»Ich weiß nicht«, antworte ich. »Über die letzten Jahre wollte ich mich eigentlich gestern Abend austauschen, aber du hast mich abblitzen lassen.«

»Tut mir leid. Ich war mit der Situation überfordert.«

Habe ich gesehen, denke ich und habe wieder das Bild von ihm und der Studentin auf der Tanzfläche vor Augen. Seine Hände an ihrer Taille, ihr Hinterkopf an seiner Halsbeuge. Mir wird schlecht, und ich beschließe, es gut sein zu lassen.

»Wie auch immer. Vielleicht sollten wir lieber überlegen, welches Forschungsthema wir wählen?«

»Das können wir zwischen den Stationen machen. Na los, ich fordere dich dazu heraus.«

»Meinetwegen«, gebe ich mich geschlagen.

»Super, dann können wir jetzt endlich los. Ich will nicht im unteren Drittel landen.«

»Du bist nicht auf den Sieg aus?«

»Nachdem wir so viel Zeit vertrödelt haben? Ich bin lieber realistisch.«

»Seit wann?«, entfährt es mir. »Dein Kopf schwebt in den Wolken, du suchst immer nach dem nächsten Abenteuer und machst aus allem einen riesigen Spaß.«

Ein verletzter Ausdruck huscht über sein Gesicht. Aber er ist so schnell weg, wie er gekommen ist, deshalb frage ich mich, ob ich ihn mir nicht nur eingebildet habe. Lukas kann nichts aus der Ruhe bringen. Jedenfalls war das früher so.

Ich schürze die Lippen. Dieser Mann neben mir ist ein Fremder. Ich sollte endlich aufhören, meinen besten Freund in ihm finden zu wollen. Das tut keinem von uns beiden gut.

Wir laufen durch den Wohnbereich und den Speisesaal hindurch bis zum Heck der *Sapient Sailor*. Ganz am Ende befindet sich die Tür zur Bibliothek. Ich stoße sie auf und schnappe nach Luft.

»Wow!«

Der Raum ist halbrund, große Panoramafenster geben den Blick auf das Meer und den Horizont frei. Davor stehen Loungemöbel, die zum Lesen einladen, neben klassischen Studiertischen. Zwischen uns und den Sitzgelegenheiten reihen sich Regale aus hellem Holz aneinander. Gefüllt mit unzähligen Büchern der drei Fachrichtungen. Außer uns ist niemand hier, die Nautiker und Sprachwissenschaftler sitzen sicher in ihren Vorlesungen.

»Das ist jetzt schon mein Lieblingsraum auf der *Sapient Sailor*«,sage ich. Die Bibliothek ist viel kleiner als die in meiner Uni oder auf dem Gymnasium, andererseits muss sie auch nur die Literatur beherbergen, die wir für die nächsten sechs Monate brauchen.

»Passt zu dir, du Romantikerin.«

»Als würdest du nicht selbst auf ruhige Lesenachmittage und das Beobachten von Wellen stehen.«

»Touché. Aber Blumensträuße und Candlelight-Dinner können mir gestohlen bleiben. Ich sitz lieber mit Pizzaschachteln auf dem Bett und schau mir Naturdokus an.«

»Es gibt hier weder Blumen noch einen Italiener.«

Lukas zuckt ungerührt die Achseln. »Ich habe sowieso nicht vor, jemanden zu daten.«

»Ja, das habe ich heute Morgen mitbekommen«, murmele ich leise und sehe mich nach dem QR-Code um. Er könnte überall sein.

»Zeig mir mal bitte die App«, sagt Lukas, und ich reiche ihm mein Handy. Er tippt auf die rote Pinnnadel auf dem Deckplan, die sich direkt auf der Bibliothek befindet. Ein Feld öffnet sich, und ich ärgere mich, darauf nicht selbst gekommen zu sein.

»›Sucht die Freizeit zwischen der Arbeit‹«, liest Lukas vor. »Jetzt müssen wir auch noch ein Rätsel lösen?«

»Sieh es als Abenteuer«, erwidere ich achselzuckend und beginne, mich genauer umzusehen. Durch die Panoramafenster fällt viel Licht in den Raum und auf die Bücherregale. Sie sind bis auf den letzten Platz mit Büchern in allen erdenklichen Einbänden und Farben gefüllt. Ein Zufluchtsort voller Wissen, mitten auf dem Ozean. Ich streiche mit den Fingern über die Buchrücken, spüre Leder und raues Papier, rieche den vertrauten Bücherduft, von dem ich noch nie genug bekommen konnte. Lukas hat mich während unserer Freundschaft oft dabei erwischt, wie ich die Nase zwischen die Seiten gesteckt und tief eingeatmet habe, und mich jedes Mal damit aufgezogen. Dabei riecht nur eine frische Meeresbrise besser. Und Lukas' ganz eigener Duft, der auch nach Meer riecht, gemischt mit einer Note Zitrone …

Hastig vertreibe ich die Erkenntnis und erinnere mich wieder an die Aufgabe. Rechts von mir gibt es eine digitale Säule, an der man selbstständig Bücher ausleihen, reservieren und zurückgeben kann. Auf der *Sapient Sailor* ist alles so ausgelegt, dass Personal gespart wird. Dadurch werden die Kosten für den Besitzer und uns Studierende bei den Gebühren gesenkt. Deshalb packen wir auch selbst mit an und unterstützen die Crew.

Den digitalisierten Bibliothekar finde ich eine super Lösung. Fasziniert tippe ich auf dem Bildschirm herum und schaue mir die einzelnen Funktionen an. So wie ich das auf den ersten Blick verstehe, werden die Barcodes an den Büchern eingescannt, die aber selbstständig aus den Regalen geholt und nach der Ausleihe wieder dorthin zurückgebracht werden müssen.

»Henriette?!«, ruft Lukas irgendwo hinter mir, und ich drehe mich um. Er winkt mich von der anderen Seite des Raums zu sich.

Er betrachtet ein weiteres Regal, das kleiner als die anderen ist und als einziges an der Wand lehnt, statt mitten im Raum zu stehen. Von den Buchrücken springen mir bekannte Thriller entgegen, aber auch Liebesromane und Fantasybücher.

Mein Herz macht einen freudigen Satz. »Ich habe schon befürchtet, dass mir der Lesestoff ausgeht.« Die beiden Bücher, die ich dabeihabe, werden nicht lange reichen, aber mehr Platz war leider nicht im Koffer.

»Ein Tauschregal. Du stellst was rein und nimmst dafür ein anderes Buch mit.«

»Die Aufgabe!«, realisiere ich.

Lukas nickt und deutet auf die Innenseite des Regals. Direkt unter einem Brett auf Höhe meiner Hüfte klebt ein QR-Code.

Ich schüttele lachend den Kopf. »Wie viel Mühe muss sich Professorin Weber bitte gegeben haben, das Schiff mit QR-Codes zu präparieren, nur damit wir ein bisschen Spaß auf unserer Besichtigungstour haben?«

»Am Anfang dachte ich, sie wäre superstreng und würde keinerlei Humor verstehen.«

»Ging mir auch so. Für streng halte ich sie immer noch. Aber auch für fair. Sie gibt sich Mühe, was nicht selbstverständlich ist. Ich glaube, mit ihr haben wir Glück gehabt.«

»Solange sie nicht noch einen Oktopus aus ihrer Tasche zaubert.«

Wir lachen beide auf. Ein komisches Gefühl. Es ist etwas, das wir schon tausendmal zusammen gemacht haben. Trotzdem kommt es mir jetzt vollkommen anders vor. Nicht vertraut, aber auch ... nicht schlecht. Mein ganzer Brustkorb vibriert, und die Gelöstheit in Lukas' Gesicht lässt mich wünschen, ihn öfter zum Lachen zu bringen.

So ein Quatsch. Ich verstumme und schüttele leicht den Kopf.

Wir scannen den QR-Code mit unseren Handys und machen uns auf den Weg zur nächsten Station. Das Gym.

»Also, wir haben den ersten Code gefunden. Ich fordere dich heraus, mir eine Sache zu nennen, die in den letzten Jahren bei dir passiert ist«, sagt Lukas, nachdem wir die Bibliothek verlassen haben.

Wenn ich nicht schon zugestimmt hätte, wäre ich spätestens beim Wort »Herausforderung« eingeknickt. Es erinnert mich an die schönste Zeit meines Lebens.

»Ich habe mich gegen ein Studium in Kiel entschieden und bin in München geblieben«, spreche ich das Erste aus, was mir in den Sinn kommt. Seit fünf Semestern nagt diese Entscheidung täglich an mir. Aber wie hätte ich Nein sagen sollen, nachdem meine Eltern und Annelie mich darum baten?

»Was? Kiel war doch dein Traum? Und wenn es dort nicht klappt, wolltest du an eine andere Uni an der Küste. In München kannst du nicht mal Meeresbiologie studieren, oder?«

»Nein, ich studiere Biologie.«

»Das ist nicht dasselbe. Warum hast du das getan? Am Geld kann es nicht liegen, oder ist was mit dem Chefarztposten deines Vaters passiert? Es ...« Er kommt selbst darauf, erkenne ich im nächsten Moment in seinem Gesicht. Seine Augen weiten sich, bevor er mir einen merkwürdigen Seitenblick zuwirft, der beinahe nach Enttäuschung aussieht. »Du hast das nicht ernsthaft wegen Annelie gemacht?!«

Ich weiche seinem Blick aus, ertrage es nicht, die Vorwürfe darin zu sehen, die ich mir selbst jede Nacht mache. Aber wie hätte ich so egoistisch sein können, sie zurückzulassen? Egal, wie oft sie mir wehtut, egal, wie viel ich für sie aufgebe, sie ist meine Schwester. Aber Lukas kann das nicht verstehen. Er ist Einzelkind. Und selbst wenn er Geschwister hätte, könnte er es nicht nachvollziehen. Eine psychische Erkrankung ist komplex, man kann nicht einfach für ein paar Wochen einen Gips anlegen wie bei einem gebrochenen Bein. Annelie kann ihre Persönlichkeitsstörung gut verstecken, und niemand spricht außerhalb unseres Hauses darüber, aber ich habe seit meiner Jugend nichts anderes getan, als ihr zu helfen.

»Du bist dran«, sage ich daher nur, um das Thema abzuwürgen.

»In der elften Klasse war ich öfter betrunken in der Schule als nüchtern. Dementsprechend sahen meine Noten aus. Deshalb habe ich nach dem Abi ein Freiwilliges Ökologisches Jahr gemacht, um meinen Notendurchschnitt zu heben und meine Bewerbung für die Universität Hamburg aufzupolieren. Eine andere Uni stand nicht zur Debatte, ich wollte bei meiner Mutter bleiben.«

Mein Herz wird bleischwer, während ich an den siebzehnjährigen Jungen denke, der betrunken im Unterricht sitzt. Wie schlecht ging es ihm damals wirklich? Und warum hat er sich mir nicht anvertraut? Bevor er umzog, hat er mich gemieden und abgewiesen, war ständig auf Partys, auch unter der Woche. Was, wenn das Ganze überhaupt keine Trotzreaktion war, sondern ein Coping-Mechanismus?

»Wo hast du dein FÖJ gemacht?«, frage ich.

»Bei der Schutzstation Wattenmeer Friedrichskoog. Unter anderem habe ich dort Wattwanderungen betreut. Es war eine tolle und lehrreiche Zeit. Bloß ein bisschen weit zum Pendeln. Deswegen bin ich meist nur zwei Tage die Woche zu Hause gewesen.«

»Jetzt wünschte ich fast, ich hätte ebenfalls so was gemacht. Vielleicht auf einer Seehundstation oder so.«

»Da habe ich mich auch beworben, aber die Plätze sind superbeliebt. Meine andere Option war eine Grundschule in Hamburg, da wäre ich für die Anlage und den Schulgarten zuständig gewesen. Sie lag viel näher an der Wohnung meiner Mutter, war aber bei Weitem nicht das, wofür ich mich interessierte.«

Wehmut erfasst mich, weil mir seine Entscheidung wieder meine eigene vor Augen führt. Während ich zu Hause geblieben bin, hat Lukas sich seinen Wunsch erfüllt und ist seinen Interessen gefolgt. Trotz allem, was ihn offenbar hätte zurückhalten können.

Wir erreichen das Gym, das sich auf dem Sprachdeck direkt hinter dem Speisesaal befindet.

»›Sucht den Ort, an dem am Dienstag um 20 Uhr zu lateinamerikanischen Rhythmen getanzt wird und am Donnerstag um 21 Uhr Entspannung im herabschauenden Hund gefunden wird‹«, lese ich aus der App vor. »Klingt nach einem Kursraum.«

Ich bin mir nicht sicher, ob Lukas mich überhaupt gehört hat, so begeistert, wie er durch das Gym läuft, um sich die Trainingsmöglichkeiten genau anzusehen. »Es gibt wirklich alles, was das Sportlerherz begehrt«, stellt er mit leuchtenden Augen fest. »Supermoderne Geräte.«

Ich bin nicht der größte Sportfan, aber die Auswahl beeindruckt sogar mich. Es gibt Laufbänder, einen Freihantelbereich und verschiedene Trainingsgeräte. Auf der anderen Seite des Ganges befindet sich ein großer verspiegelter Raum, in dem vermutlich Kurse stattfinden. Der muss im Hinweis gemeint sein.

»Der QR-Code klebt dort drüben am Spiegel«, rufe ich Lukas über den Flur hinweg zu, der bei der Beinpresse hängen geblieben ist.

Er steckt den Gewichtsstab zurück in das Gerät und kommt zu mir rüber.

»Wohin jetzt?«, fragt er nach dem Scannen.

Die nächste rote Pinnnadel unserer Route befindet sich direkt neben dem Gym. Auf der Marina. Eine Art mobiler Steg, den man ins Wasser herunterlassen kann.

»Zur Marina«, antworte ich. »Aber vorher bist du mir einen Fakt schuldig.«

»Ich hatte seit dem Umzug keinen Kontakt mehr zu meinem Vater.«

Ich erstarre. »Echt jetzt?«

»Ich war seitdem auch nicht mehr in München. Du bist dran.«

»Warte, ich ...«

»Nein«, unterbricht er mich mit schneidender Stimme. »Ich will nicht darüber reden. Schon gar nicht ...«

Er bricht ab, aber ich weiß trotzdem, was er nicht ausgesprochen hat. *Schon gar nicht mit dir.*

»Weißt du was? Dann reden wir eben nicht.«

Ich bin angefressen und verletzt, obwohl es eigentlich keinen Grund dafür gibt. Er muss mir nicht davon erzählen. Dass er überhaupt von seinem Vater geredet hat, ist mehr, als ich erwartet habe. Ich weiß, was bei ihm zu Hause passiert ist, und mittlerweile vermute ich, es hatte viel größere Auswirkungen auf ihn, als er mir damals weisgemacht hat. Aber nicht nur ihn trifft Schuld. Ich habe nicht genau genug hingesehen, weil ich zu dieser Zeit ohnehin wütend über Annelies ständige Flirtversuche mit ihm und sein verändertes Verhalten war. Wahrscheinlich hängt alles miteinander zusammen.

Ändert das irgendetwas? In den seltenen Momenten, in denen ich meinen ehemals besten Freund aufblitzen sehe, sagt oder macht er etwas, was mich ihn nicht mehr wiedererkennen lässt. Vielleicht ist es Absicht, und er will aus irgendeinem Grund Menschen auf Distanz halten, uns glauben machen, ihm wäre alles egal.

Ich habe keine Ahnung, und es ist mir auch egal. Mir ist nur wichtig, dass unser Team funktioniert.

An der Wasserschutztür zur Marina begegnen wir einem anderen Team aus unserem Studiengang. Wir grüßen einander freundlich, bevor sie weitereilen.

»Aus welcher Richtung kamen sie?«, fragt Lukas.

»Willst du etwa schummeln?«

Er zuckt die Achseln. »Vielleicht. Aber dafür bist du die falsche Partnerin.«

Er spielt darauf an, dass ich in der Schule einmal sauer wurde, nachdem er mir gebeichtet hatte, dass er in den Naturwissenschaften ab und an spicken würde. Nicht, weil er Probleme mit dem Unterrichtsstoff hatte, sondern weil er zu faul zum Lernen war. Wie konnte er unseren Traum vom Meeresbiologie-Studium so leichtfertig auf Spiel setzen? Das wollte ich nicht zulassen. Deshalb forderte ich ihn heraus, bis zum Ende des Schuljahres nicht mehr zu spicken. Wie erwartet, konnte er nicht widerstehen und musste sich mir unbedingt beweisen.

»Kommt darauf an, in welcher Situation man schummelt«, antworte ich. »Es sich in der Schule leichter zu machen, finde ich falsch. Beim Monopoly ein paar Scheine zu viel aus der Kasse zu nehmen, habe ich auch schon mal gemacht.«

Lukas bleibt stehen, reißt gespielt entsetzt eine Hand an die Brust und blinzelt mich an. »So was machst du? Aber nicht, wenn wir zusammen gespielt haben, oder?«

Ich grinse. »Ist noch nie aufgefallen. Und klar, auch bei dir. Immer, wenn du aus dem Zimmer verschwunden bist, um dir neue Snacks zu holen, was während deines Wachstumsschubs alle zehn Minuten der Fall war, wenn ich mich richtig erinnere.«

Er schnaubt und schüttelt den Kopf. »Deshalb hast du immer gewonnen.«

»Hast du deswegen die Figuren verschwinden lassen? Weil du ein schlechter Verlierer bist?«

»Die Figuren sind verloren gegangen, im Urlaub.«

Jetzt bin ich es, die schnaubt. »Na sicher. Ich habe sogar danach gesucht. In deiner Schreibtischschublade und in den Hüllen deiner *Star-Wars*-DVD-Sammlung.«

Er lacht auf. »Ganz kalt, Henriette.«

»Wo hast du sie versteckt, hm?« Ich lege den Kopf schräg, denke nach. »Oh! Ich weiß, wo ich nicht gesucht habe. In diesem geheimen Schuhkarton unter deinem Bett. In dem du die abgegriffenen Fotos, die riesige Muschel und deine halb zerfallenen blauen Babyschühchen versteckst.«

Als er mich jetzt ansieht, ist sein Entsetzen echt, doch dann lacht er erneut. »Woher zur Hölle weißt du davon? Du verdammte Schnüfflerin!«

»Kein Geheimnis ist vor mir sicher!«

Schon während ich die Worte ausspreche, merke ich, dass die Stimmung kippt. Lukas' Lachen verstummt, er wird wieder ernst. Sofort frage ich mich, was er alles vor mir zurückgehalten hat.

Ich atme tief durch und schüttele das wohlige Gefühl ab, dass sich beim Herumalbern in mir ausgebreitet hat. Dann hebe ich die Hand und deute nach rechts. »Das Team kam von dort.«

Im Lager vor der Marina stapeln sich Sub-Boards, Surfboards und Neoprenanzüge in der Mitte des Raums und gläserne Kajaks übereinander an der Wand. Sportmöglichkeiten gibt es auf der *Sapient Sailor* genug. Ich freue mich vor allem darauf, die Surfboards auszuprobieren, weil ich noch nie auf einem stand. Hoffentlich finde ich bis dahin jemanden, der mir das Surfen beibringen kann.

Lukas schaut auf sein Handy. »Der Hinweis in *SailUp* besagt, dass wir unsere Leidenschaft durch eine Scheibe betrachten sollen.« Er lässt die Hand sinken und wendet sich nach rechts, von wo aus uns das andere Team entgegengekommen ist. »Die Glaskajaks. Wenn man an der Riffkante entlangfährt, kann man durch den Glasboden die Tier- und Pflanzenwelt beobachten. Das habe ich schon mal auf den Malediven gemacht, damals mit meinem … Egal, ich fange bei den oberen Kajaks an zu suchen, du unten.«

Ohne eine Erwiderung trete ich neben ihn und gehe in die Hocke, während er sich nach oben streckt. Die Kajaks sind übereinander auf Halterungen an der Wand angebracht.

Ich erinnere mich an seinen Maledivenurlaub, weil ich ein bisschen neidisch darauf war, was er alles erlebt hat. Er hat Rochen und Katzenhaie gesehen, die ich nur aus Aquarien oder von Bildern kannte. Im Kajak saß er sicher mit seinem Vater. Die beiden waren unzertrennlich, sein Vater war für Lukas stets ein großes Vorbild. Und jetzt hat er keinen Kontakt mehr zu ihm? Seiner Mutter zuliebe? Oder freiwillig? Verdammt, ich habe so viele Fragen. Aber ich habe längst kein Recht mehr, sie zu stellen. Dafür hat Lukas gesorgt, rufe ich mir in Erinnerung, da ich mit jeder weiteren Minute, die wir zusammen verbringen, meine Wut über seinen plötzlichen Weggang damals ein Stück weit vergesse. Das ist nicht gut, ich muss mich daran erinnern, dass ich ihn und die Vergangenheit abhaken wollte.

»Hier«, sage ich, als ich den QR-Code an der Seite des drittuntersten Kajaks entdecke.

Ich strecke die Hand danach aus, Lukas ebenfalls. Unsere Finger berühren sich, und ein Knistern saust durch mich hindurch. Erschrocken reiße ich meine Hand zurück, spüre Röte in meine Wangen kriechen. Meine Reaktion ist albern, bestimmt haben wir einander nur eine gewischt …

Wir scannen den QR-Code nacheinander und verlassen die Marina. Keiner von uns bringt zur Sprache, dass wir uns noch einen Fakt schulden. Nicht nur habe ich Sorge, wieder etwas Falsches zu sagen, ich bete mir auch bei jedem Schritt wie ein Mantra vor, dass ich es gut sein lassen muss. Auf eine Entschuldigung von ihm werde ich wohl vergeblich warten.

Unser nächster Stopp ist beim Schiffsarzt. Sein Raum befindet sich auf dem Meeresbiologiedeck, zwischen der Bibliothek und dem Speisesaal. Stumm gehen Lukas und ich nebeneinanderher, reden nur, wenn wir andere Studierende grüßen.

Nach dem Arzt, bei dem der QR-Code leicht zu finden an der Tür klebte, fällt mir auf, dass wir bisher nicht über die Forschungsthemen gesprochen haben.

Ich bin unsicher, ob ich das Schweigen als Erste brechen soll. Andererseits geht es dabei um unsere Studienarbeit. Also gebe ich mir einen Ruck. »Interessierst du dich noch genauso sehr für seltene Fischarten wie früher?«

Wir sind mittlerweile auf dem Weg zum Pool auf dem Horizontdeck.

»Ja. Du für Korallen?«

Ich nicke. Korallen und was der Klimawandel, Tourismus und die Umweltverschmutzung für Auswirkungen auf die Vegetation haben, sind, seit ich mit zwölf eine Doku darüber gesehen habe, mein Steckenpferd. Korallenriffe schützen Küsten vor Erosion, regulieren das Klima und schaffen Lebensräume für unzählige Tier- und Pflanzenarten, die wiederum das Gleichgewicht der Ökosysteme an Land beeinflussen. Ich finde es erstaunlich, wie empfindliche Strukturen unter Wasser, die oft nicht größer als ein paar Zentimeter sind, das Schicksal ganzer Küstenregionen und damit auch das Leben von Millionen von Menschen bestimmen.

»In der Liste von Professorin Weber gibt es mehrere Forschungsthemen zu Korallen. Meinetwegen können wir eins davon wählen.«

»Echt?«, frage ich überrascht. »Du hast dich früher immer darüber beklagt, wie langweilig Korallen wären.«

Er zuckt mit den Achseln, und damit ist das Thema für ihn wohl beendet. »Der Hinweis lautet, dass wir am Rand dessen suchen sollen, was täglich von sechs Uhr morgens bis achtzehn Uhr abends nutzbar ist. Groß suchen brauchen wir aber nicht, da vorne ist der QR-Code, er hebt sich schon von Weitem gut sichtbar auf den braunen Dielen ab.«

Ich beschließe, es gut sein zu lassen. Wenn er gewollt hätte, hätte er einlenken können. Aber ich werde sicher nicht dreimal nachfragen, wenn er mir die Option gibt, mein Lieblingsthema zu wählen. Hoffentlich ist eine der Variationen noch frei, wenn wir mit dem Rundgang fertig sind.

Die restlichen Stationen und Codes finden wir ohne Probleme. Wir erfahren die Öffnungszeiten der Bar, die Lage der Rettungsboote und werfen einen Blick in das Labor unserer Halbgruppe. Außerdem hängt ein QR-Code neben einem Gemälde im Gemeinschaftsraum, das die *France II* zeigt, ein französisches Fünfmastvollschiff, das 1911 gebaut wurde. Über den Hinweis in der App erfahren wir, dass die 2017 gebaute *Sapient Sailor* eine Replikation davon ist, die traditionelles Segeldesign mit moderner Ausstattung und umweltfreundlichen Technologien vereint.

Wir reden nicht viel miteinander, arbeiten schnell und effektiv. Teampartner, nicht mehr, nicht weniger, und genau so soll es auch weiterhin sein.

Je mehr Zeit wir als Team verbringen, desto mehr schlucke ich meinen Unmut über die Vergangenheit hinunter. Vor mir steht nicht mehr der Lukas von früher, und es ist schwer, auf einen Fremden sauer zu sein.

Wir kommen als Fünfte ins Ziel und entscheiden uns für das Thema »Artenvielfalt und Endemismus von Korallen bei den Marquesas-Inseln«. In den nächsten Tagen werden wir unser Forschungsvorhaben vorbereiten und die erste Recherche betreiben. Das Highlight werden sicherlich die Tauchgänge, aber das wesentlich größere Unterfangen ist die Theorie im Vorfeld.

Abi und Kai kommen als vorletztes Team zurück und sehen beide ein bisschen neben der Spur aus. Als hätten sie Streit gehabt ... oder aber Kais Zungenfertigkeiten weiter ausgetestet. Nachdem die meisten Themen schon weg sind, bekommen sie »Die Rolle von Makroalgen in Korallenriffökosystemen«. Abi grummelt genervt, als sie sich neben mich an unseren Tisch setzt, und ich beschließe, sie zu fragen, was passiert ist, sobald wir zu zweit sind und sich eine ruhige Minute ergibt.

Professorin Weber lehnt sich mit dem unteren Rücken an ihr Pult. »Jetzt, da Sie alle zurück sind und Ihre Themen haben, erkläre ich Ihnen noch kurz, wie es die nächsten Wochen ablaufen wird. Ich hoffe, durch den Rundgang kennen Sie die *Sapient Sailor* jetzt ein bisschen besser und finden sich zurecht. Unter der Woche werden wir vormittags Vorlesungen haben, und am Nachmittag ist Freiarbeitszeit, in der Sie Ihre Forschungsthemen vorbereiten werden. Am Samstagvormittag präsentieren Sie in Vorträgen Ihre Zwischenstände.«

Fast hätte ich vergessen, dass auch am Samstag Uni angesetzt ist. Nur sonntags haben wir frei, abgesehen von den Schichten in der Kombüse.

»Sie sind frei in Ihrer Gestaltung, aber wann immer Sie Fragen haben oder eine Empfehlung brauchen, kommen Sie bitte zu mir. Ich werde jeden Tag während der Nachmittagszeit in diesem Raum sein. Die Labore können Sie durch das Scannen Ihrer Bordkarten jederzeit nutzen. Haben Sie noch Fragen?«

Es werden ein paar Fragen zum Bewertungssystem und den zeitlichen Anforderungen der Vorträge gestellt, aber es wird deutlich, dass Professorin Weber vor allem Wert darauf legt, dass wir uns intensiv mit unserem Thema beschäftigen und etwas lernen. Und dass wir mit Leidenschaft daran arbeiten.

»Gut, wenn das alles ist, sehen wir uns morgen früh pünktlich um acht Uhr wieder. Ich wünsche Ihnen einen guten Appetit beim Mittagessen.«

Materialien werden zusammengepackt, Taschen geschultert und Gespräche begonnen. Ich erhebe mich vom Stuhl, und Lukas dreht sich zu mir um.

»Hör mal, ich würde heute Nachmittag gerne allein recherchieren und mir Gedanken über das Thema machen. Außerdem brauche ich unbedingt ein Nickerchen. Wäre es in Ordnung für dich, wenn wir heute separat voneinander einen Plan machen und uns morgen Nachmittag darüber austauschen?«

Früher haben wir immer alles zusammen gemacht. Recherchiert, Aufsätze geschrieben, geforscht. Einmal haben wir sogar Urkrebse gezüchtet, mit einem Set, das Lukas zu Weihachten geschenkt bekommen hatte. Als sie schlüpften, rief er mich mitten in der Nacht an, und ich bin mit dem Fahrrad im Pyjama durch die verschneiten Straßen geradelt.

Ich denke an die Euphorie, die mich durchzuckte, sobald ich die kleinen Wesen im Wasser schwimmen sah. An Lukas, der strahlte und davon sprach, später genau das machen zu wollen. An mein Herz, das mir dasselbe sagte. Unsere Pläne, gemeinsam zu studieren und zu forschen. Für immer und ewig.

Ich schüttele den Gedanken ab und nicke nur, obwohl ich einen scharfen Schmerz in meiner Brust fühle. Wieder einmal muss ich mich ermahnen, die Erinnerungen an früher abzuhaken. Es ist besser so.

»Meinetwegen.«

Zehn Jahre zuvor

Henriette

Die Jacht schipperte gemächlich auf dem Starnberger See. Das Wasser stand beinahe still, nur ganz sanft schwappten Wellen gegen den Rumpf der *Andrea.* Mein Vater hatte es romantisch gefunden, der Jacht denselben Namen wie meiner Mutter zu geben, als er sie ihr zum vierzigsten Geburtstag geschenkt hatte.

Lukas hatte einen blauen Eimer dabei, den wir an ein Springseil gebunden hatten. Wir hockten nebeneinander auf der Liegefläche am Heck und lehnten uns über die Reling zum See hinab. Langsam ließ Lukas den Eimer hinunter, bis Wasser hineinlief, und zog ihn dann wieder hoch.

»Könnt ihr das nicht mal lassen?«, beschwerte sich Annelie, die sich neben uns sonnte. Lukas erschrak und ließ beinahe den Eimer fallen. »Das nervt gewaltig. Ich will chillen, und ihr müsst schon wieder irgendwelche Experimente machen. In den Ferien!«

»Wir haben einen Wasserfilter mit einem Experimentierset gebaut, den wir testen wollen«, erklärte ich und beobachtete, wie Lukas den Eimer über die Reling hob.

»Wow, ihr seid ja so cool«, sagte Annelie sarkastisch. »Testet den Filter irgendwo anders, ich will meine Ruhe.« Demonstrativ setzte sie sich ihre Sonnenbrille auf.

Ich wollte zurückkeifen, dass die Jacht nicht ihr allein gehörte, aber Lukas legte mir beruhigend eine Hand auf den Arm. »Schon gut, wir gehen einfach unter das Sonnensegel. Mit deiner hellen Haut ist es ohnehin besser, im Schatten zu bleiben.«

Ich hätte gerne gewusst, wie Annelie es geschafft hatte, nicht mit Sommersprossen übersät und dann auch noch mit einer Haut gesegnet zu sein, die sich bräunte, statt direkt zu verbrennen. Die Verteilung von Vorzügen war ungerecht verlaufen. Sie waren allesamt der erstgeborenen Annelie vermacht worden, sodass für mich offenbar keine mehr übrig geblieben waren.

Vom Steuerrad drangen die Stimmen meiner Eltern zu uns herüber. Wir hockten uns auf das Deck in den Schatten und gossen etwas von der Wasserprobe in den Filter.

»Ich kann es kaum erwarten, irgendwann auf einem großen Forschungsschiff zu sein und das hier jeden Tag machen zu können, nicht nur in den Sommerferien oder am Wochenende«, sagte ich.

»Aber nicht ohne mich!«

»Auf keinen Fall. Du bist mein Forschungspartner. Ohne dich geht gar nichts.«

»Wir werden bahnbrechende Entdeckungen machen und in die Geschichte eingehen.«

»Oh ja«, rief ich begeistert. »Wir entdecken bestimmt mal eine neue Fischart oder so. Und dann wird Annelie sich dafür in den Hintern beißen, sich lieber gesonnt zu haben, statt mitzumachen.«

***

Lukas

Zwischen den beiden Mädchen herrschte in letzter Zeit eine Anspannung, die ich mir nicht erklären konnte.

»Annelie passt doch überhaupt nicht in unser Team«, sagte ich.

»Nein, weil Naturwissenschaften das Einzige sind, worin ich besser bin als sie«, erwiderte Henriette verbittert und beobachtete, wie das Seewasser im Filter durch die verschiedenen Schichten aus Aktivkohle, Sand und Kiesel sickerte.

»Das ist Bullshit!«

»Wortwahl!«, ermahnte sie mich.

»Sorry, aber mal im Ernst, das stimmt nicht.«

Henriette schnaubte, als glaubte sie mir nicht.

Ich legte die Packung mit den Wasserteststreifen nieder, denn gerade war Henriette wichtiger als unser Experiment. Ich konnte nicht verstehen, warum sie so ein schlechtes Bild von sich selbst hatte. Warum sah sie denn nicht, wie toll sie war?

»Du bist schlau und lustig. Du bist lieb, und du hörst mir immer zu. Du bist aufrichtig und hilfsbereit, hast ein großes Herz und würdest alles für die Menschen tun, die du liebst. Ich schätze mich jeden Tag glücklich darüber, dass du mich in dein Eisherz gelassen hast.«

Sie wurde ein bisschen rot. »Sag so was nicht.«

»Aber es ist die Wahrheit. Du bist die allerbeste beste Freundin auf der ganzen Welt. Und ich kann den Tag nicht erwarten, an dem wir zusammen auf ein Schiff steigen und gemeinsam forschen werden.«

Sie winkte ab, als glaubte sie mir immer noch nicht.

Mich beschlich die Vermutung, dass ich hätte sagen können, was ich wollte, ich hätte sie trotzdem nicht von ihrer Meinung abbringen können. Sie war stur und kämpfte bis zum bitteren Ende für ihre Ziele. Etwas, was ich eigentlich an ihr mochte. Gerade aber schien ihr das zum Verhängnis zu werden. Denn aus irgendeinem mir unerklärlichen Grund wollte sie Annelie unbedingt für perfekt halten.

Kapitel 10

Lukas

Beim Mittagessen schlingt Kai seine Bratkartoffeln herunter, ohne sich am Gespräch zu beteiligen. Irgendetwas scheint ihn aufzuregen, aber da drei Kommilitonen mit uns am Tisch sitzen, verkneife ich es mir, ihn auf seine miese Stimmung anzusprechen. Er verabschiedet sich von uns, sobald sein Teller leer ist, und verschwindet aus dem Speisesaal. Ich bleibe zurück und unterhalte mich weiter über Formel 1. Bald steht der Große Preis der Niederlande an, und wir geraten in eine rege Diskussion. Dabei fällt mir auf, dass es eine deutliche Ähnlichkeit zwischen vierzehnjährigen Mädchen, die sich über ihr Lieblings-Girlgroupmitglied austauschen, und erwachsenen Männern mit ihren Formel-1-Fahrern gibt. Jeder von uns ist für ein anderes Team, aber in einer Sache sind wir uns einig: Max Verstappen wird gewinnen.

Ich bringe mein Geschirr zur Rückgabe und mache mich auf den Weg zur Kabine. Als ich vor die Kabinentür trete, höre ich von drinnen ein dumpfes, gleichmäßiges Pochen. Klingt verdächtig nach einem Betthaupt, das gegen die Wand schlägt ... Mein Blick schnellt zur Klinke. Kein Türschild. Hat Kai nur vergessen, es rauszuhängen?

Nein, das ist Quatsch. Wir haben uns doch gerade noch beim Mittagessen gesehen. Ich gebe mir einen Ruck und öffne die Tür. Das Geräusch verstummt.

Mit geschlossenen Augen trete ich in die Kabine. »Kann ich gucken, oder bist du nackt?«

»Hä?«, macht Kai.

Ich öffne die Augen. Er hockt auf einem der beiden Stühle, die Füße auf dem Tisch abgelegt und hat einen blauen Ball in der Hand. Im nächsten Moment wirft er ihn auf den Boden. Dumpf kommt er auf.

Ah, kein Betthaupt.

Ich schließe die Tür hinter mir und streife mir die Schuhe von den Füßen.

»Was machst du da?«

»Stress abbauen«, antwortet Kai.

»Mit einem Kinderball?«

»Das ist ein Anti-Stressball. Hab ich nach meinem Unfall bekommen, weil ich regelmäßig das Bedürfnis hatte, auf Dinge einzuschlagen. Wut ist ein tückisches Biest.«

Ich schlucke. Wem sagt er das. »Was stresst dich denn?«

»Was? Die Frage ist, *wer.*«

Ich zähle eins und eins zusammen. »Abigail?«

»Ja, aber ich will nicht darüber reden. Einfach nur hier chillen und meinen Ball werfen, bis ich mich in zehn Minuten mit ihr in der Bibliothek treffen muss. Ist das in Ordnung?«

»Klar, mach ruhig weiter. Ich wollte eh noch kurz unter die Dusche springen, bevor ich meine Mutter anrufe und dann ein Nickerchen halte.«

»Du hast so ein Glück mit Henriette als Teampartnerin. Abi würde mir für ein Nickerchen den Kopf abreißen.«

Glück. Ein Kloß bildet sich in meiner Kehle, den ich hastig hinunterschlucke. »So leicht ist es bei uns auch nicht. Aber ich habe ihr nicht wirklich eine Wahl gelassen. Mein Kopf ist Matsch, ich muss das Thema und meine Gedanken dazu erst mal für mich allein ordnen.« Genauso wie die letzten Stunden mit Henriette.

Erneut wirft Kai den Anti-Stressball auf den Boden. Er kommt auf, prallt zurück, und Kai fängt ihn mit einer Hand. »Mach das. Bis später!«

»Lass dich nicht ärgern«, ziehe ich ihn auf.

Er schnaubt und schleudert den Ball nach mir. Grinsend fange ich ihn auf und werfe ihn zurück. Beinahe prallt er Kai gegen den Kopf, und er kippt fast vom Stuhl, als er sich nach links beugt, um ihn noch zu erwischen.

»Echt uncool, Mann.«

Ich zucke die Achseln. »Du hast mich zuerst attackiert.«

Seine Mundwinkel zucken, und ich verbuche das als kleinen Erfolg.

Ich hole mir frische Klamotten aus dem Schrank und verschwinde im Bad. Das gleichmäßige Ballgeräusch setzt wieder ein und begleitet mich unter die Dusche, bis ich das Wasser anstelle. Ich seufze auf, lehne die Stirn gegen die Wand und genieße die Wärme auf der Haut. Heißer Dampf breitet sich aus, taucht das Bad in einen Schleier.

Wie lange ich dort stehe, weiß ich nicht. Jegliches Zeitgefühl verschwindet zusammen mit dem Wasser im Abfluss. Meine Gedanken sind still, leer, und das tut unglaublich gut. Nachdem ich mich endlich losgerissen habe und aus dem Bad komme, ist Kai weg.

Ich setze mich auf die Bettkante und rufe meine Mutter an. Bei ihr ist es jetzt zehn Uhr abends.

»Hallo, Lukas«, begrüßt sie mich. »Wie geht es dir?«

»Ich bin ein bisschen müde, mein Körper muss sich erst an die Zeitumstellung gewöhnen. Ansonsten ist alles gut. Heute Morgen haben wir in Los Angeles abgelegt und dann das Schiff ein bisschen erkundet. Die Studien- und Freizeitmöglichkeiten an Bord sind der Wahnsinn, ich freue mich richtig auf die Zeit auf See. Und bei dir?«

Im Hintergrund höre ich leises Klappern. Sicher von ihrem Strickzeug. Dieses Hobby hat sie vor Kurzem neu für sich entdeckt. Seitdem strickt sie Schals, Cardigans und Mützen. Am Anfang sahen sie echt scheußlich aus, aber mittlerweile verkauft sie ihre Sachen erfolgreich über *Etsy*.

»Es ist ein bisschen still ohne dich, und beim Kochen verschätze ich mich ständig mit den Mengen, jetzt, da du mir nicht mehr die Haare vom Kopf frisst«, scherzt sie und kichert leise.

»Ma«, tadele ich lächelnd, bevor ich wieder ernst werde. »Sei ehrlich, bitte. Geht es dir gut?«

»Du machst dir viel zu große Sorgen. Mir geht es gut, versprochen.«

Erleichtert atme ich aus. Ich hatte nicht einmal bemerkt, dass ich die Luft angehalten habe.

»Du musst damit aufhören, Lukas. Das tut dir nicht gut. Ich komme zurecht, habe Freundinnen und nette Kollegen.«

In den letzten Jahren hatte ich ständig Angst, nicht bei ihr sein zu können, wenn es ihr schlecht ging. Aber sie hat recht, sie ist längst nicht mehr allein. Seit unserem Umzug in eine neue Stadt hat sich viel geändert, und sie hat Anschluss gefunden. »Ich versuche es.«

»Konzentriere du dich auf dein Studium. Hattest du schon deine erste Vorlesung?«

»Noch nicht. Heute waren nur die Einführung und die Einteilung in Forschungsteams.« Ich beiße mir auf die Zunge. Mist, warum habe ich das mit dem Team nicht weggelassen? Meine Mutter ist neugierig und stellt mir kaum verwunderlich die Frage, die ich nicht beantworten möchte. »Ist dein Team nett?«

Soll ich ihr von Henriette erzählen? Früher oder später wird sie es ohnehin erfahren, und ich war schon immer schlecht darin, etwas vor ihr zu verbergen. Außerdem gibt es überhaupt keinen Grund, es ihr nicht zu sagen. Vielleicht hat sie sogar einen guten Rat für mich. »Meine Teampartnerin ist Henriette Sommerfeldt.« Ihr Name schmeckt auf meiner Zunge wie eine Mischung aus allem, was ich mit ihr verbinde: salzigem Meerwasser, warmen Sonnenstrahlen und süßer Vanille. Wie eine Perle aus einer unscheinbaren Austernschale rollen ihre Leidenschaft für die Meeresbiologie, das Gefühl, was ich all die Jahre unserer Freundschaft über in ihrer Nähe verspürt habe, und ihr Duft aus der Schatulle heraus, in die ich meine Vergangenheit gesperrt habe.

Am anderen Ende der Leitung herrscht kurz Stille, dann lacht meine Mutter auf. »Wie verrückt das Leben doch manchmal ist. Es stimmt wohl, was man sagt, man begegnet sich immer zweimal. Und dann forscht ihr auch noch zusammen, genau wie früher.«

Nichts ist mehr wie früher, so viel steht fest. Henriette und ich haben uns beide verändert und stellen Erwartungen an unser Team, wie wir es von damals gewöhnt sind. Aber ich denke, wir müssen damit aufhören. Müssen von vorne beginnen und einen Weg finden, wie wir *heute* ein gutes Team bilden können, statt uns ständig daran zu erinnern, wie es in der Schule lief.

»Sie ist noch sauer auf mich«, sage ich leise.

»Gib ihr Zeit. Es war damals für niemanden leicht. Aber sieh es auch als Chance. Ihr habt euch früher so gut verstanden, wart ein Herz und eine Seele, kaum voneinander zu trennen.«

»Ich denke, heute ist das anders. Aber ja, ich versuche, das Beste daraus zu machen.«

»Das ist die richtige Einstellung! Ich bin mir sicher, das wird noch mit euch beiden.«

»Hmhm«, mache ich nur wenig überzeugend.

Kurz herrscht Stille, dann verstummt das gleichmäßige Strickgeräusch im Hintergrund. »Da ist noch etwas, und es wird dir nicht gefallen.«

Sofort beschleunigt sich mein Puls.

»Dein Vater hat angerufen.«

Ich habe es befürchtet. »Wie oft will er sich noch melden, bevor er kapiert, dass ich nicht mit ihm reden will?« Am liebsten nie wieder.

»Lukas«, sagt meine Mutter in dieser Tonlage, bei der ich ihr schon immer schlecht etwas abschlagen konnte. Außer diese eine Sache. »*Ich* habe mich von ihm scheiden lassen, nicht du. Er ist dein Vater.«

Du hasst ihn, würde ich am liebsten sagen. *Warum versuchst du zu schlichten?* Aber die Antwort liegt klar auf der Hand. Sie ist meine Mutter, will das Beste für mich. Will einen Vater für mich. Wünscht sich den Mann in meinem Leben zurück, der mir mal alles bedeutet hat, mit dem ich unzertrennlich war.

Die Erinnerungen prasseln auf mich ein, ohne dass ich sie aufhalten kann. Angelausflüge an den See. Gemeinsame Gartenprojekte wie das Anlegen eines Koi-Teichs mit aufwendig gestalteter Steinbrücke. Gesellschaftskritische Diskussionen über Themen wie den Klimawandel oder die Zukunft der Arbeitswelt, in die wir uns ewig vertiefen konnten. Alle Folgen von *Two and a Half Man* zusammen schauen, manchmal bis tief in die Nacht. Laserschwertkämpfe in der Küche, bis meine Mutter uns in den Garten verbannte, nachdem uns der Obstkorb und eine Vase zum Opfer fielen.

Ich habe jede einzelne Sekunde mit ihm genossen. Zu ihm aufgesehen. Ihm die Macht gegeben, mich so sehr zu enttäuschen, wie es niemand anderes auf der Welt hätte tun können.

»Nein«, knurre ich. »Ich werde nicht mit ihm sprechen. Alles, aber nicht das. Tut mir leid, Ma.«

Ich höre sie einen tiefen Atemzug nehmen. »Er hat nach dir gefragt, und ich habe ihm von der *Sapient Sailor* erzählt.«

Na super, das geht ihn nichts an. Aber es ändert auch nichts. Ob ich nun hier oder in Hamburg bin, macht für ihn keinen Unterschied. Nur warum klingt sie dann so schuldbewusst?

»Da ist noch was, oder?«

»Ich habe ihm die Adresse für die Post gegeben.«

Unsere Familien und Freunde können uns über eine Sammeladresse in den nächsten Monaten Post senden, die wir auf den Inselstopps erhalten. Am Anfang fand ich das total verrückt, bis ich herausgefunden habe, dass es bei der militärischen Marine immer so gehandhabt wird.

»Wieso mischst du dich da ein? Ich will nicht, dass er mir schreibt!« Ich reibe mir verzweifelt mit Daumen und Zeigefinger die Schläfen. »Wie soll ich hier bitte den Postboten bestechen, jeden Brief und jedes Paket von ihm als unzustellbar zurückgehen zu lassen?«

»Gar nicht«, antwortet sie. »Hör dir an, was er dir zu sagen hat. Wenn schon nicht am Telefon, dann wenigstens schriftlich. Bitte, Lukas. Hege nicht länger diesen Groll gegen ihn und …«

»Er hat noch ganz anderes verdient als meinen Groll«, unterbreche ich sie aufgebracht.

»Aber du nicht! Du hast es nicht verdient, ihn ständig mit dir herumzutragen.«

Die Stelle in meinem Inneren, die ich sorgfältig zusammengeflickt hatte, öffnet sich so schnell, dass ich es nicht verhindern kann. Schmerz bricht heraus, raubt mir den Atem. Ich kann das nicht. Nicht so. Nicht jetzt. Ich schnappe nach Luft. *Atme, atme, atme.* Ich höre nicht mehr, was meine Mutter noch hinzufügt. Bin ganz darauf fokussiert, den Schmerz wieder dorthin zurückzudrängen, wo er hingehört. Weggesperrt. Bevor er alles kaputtmacht. *Mich* kaputtmacht.

Erst, als ich wieder klar denken kann, bemerke ich, dass meine Mutter meinen Namen sagt. »Lukas?«

Ich balle die Hände zur Faust, öffne sie wieder. Ein paar Mal, bis ich mich beruhigt habe.

»Lukas, bist du noch da?«

»Ja, sorry, bin ich. Ich denke darüber nach, okay?« Werde ich nicht, aber sie soll sich nicht länger Vorwürfe machen. Sie glaubt ohnehin, dass alles ihre Schuld sei. Dabei ist mein Vater einfach nur ein Arschloch.

»Danke«, antwortet sie leise.

Anschließend wechseln wir das Thema, und sie erzählt mir von ihrer Verabredung zum Essen mit einer Freundin. Wenige Minuten später beenden wir das Telefonat.

Ich fühle mich ausgelaugt, bin genervt und aufgewühlt. Seufzend ziehe ich die Vorhänge vor die beiden Bullaugen, sodass die Kabine in Dunkelheit getaucht wird. Dann lege ich mich unter die Bettdecke und schließe die Augen. Vertreibe meinen Vater entschlossen aus meinem Kopf, weil er es nicht wert ist, noch auf irgendeine Art und Weise Anteil an meinem Leben zu haben.

Eine Stunde später wache ich erstaunlich gut erholt auf, setze mich mit meinem Laptop an den Tisch und verbinde mich mit dem WLAN. Dann wollen wir mal. Für Korallen interessiere ich mich wenig, aber ich hatte auch keine Lust auf Diskussionen mit Henriette. So war es leichter. Weniger Gefahr, wieder irgendwelche Erinnerungen hervorzuzerren, von denen ich feststellen muss, dass sie mir besser tun als angenommen. Mit Henriette erinnere ich mich an die schönen Seiten der Vergangenheit.

Aber das funktioniert nur so lange, bis die schlechten uns irgendwann einholen. Und früher oder später kommt die Sprache immer auf meinen Vater zurück. Daher habe ich lieber den einfachen Weg gewählt.

Und so schlimm können Korallen schließlich nicht sein.

Kapitel 11

Henriette

Annelie:
Du hast alles kaputtgemacht! Weißt du was? Bleib am besten einfach weg, niemand vermisst dich hier. Ohne dich bin ich viel besser dran.

Meine Augen beginnen zu tränen, als ich die Nachricht am nächsten Morgen lese. *Sie meint es nicht so*, rede ich mir ein. Aber das ändert nichts daran, dass ihre Worte verdammt wehtun. Soll ich nachgeben und ihr schreiben? Ich habe Angst, dass sie etwas Dummes tun könnte, wenn ich weiterhin still bleibe. Doch wenn ich mich frage, was für mich das Beste ist, ist die Antwort eindeutig: Ich brauche Abstand, muss mir selbst erst klar darüber werden, wie es nach dem Auslandssemester mit uns weitergehen soll. Denn so wie die letzten Jahre kann ich nicht weitermachen.

Gestern Abend habe ich kurz mit meinen Eltern telefoniert. Ich habe sie absichtlich zu der Zeit angerufen, als Annelie beim Yoga war. Sobald meine Eltern mich gedrängt haben, mich bei ihr zu melden, habe ich eine Ausrede vorgeschoben und mich hastig verabschiedet. Aber ich weiß, das geht nicht ewig so weiter. Irgendwann werde ich ihnen sagen müssen, warum ich so überstürzt aufgebrochen bin. Mein Vater merkt jetzt schon, dass etwas nicht stimmt.

Ich seufze und sperre das Handy. Die Grübeleien verschiebe ich auf später. Heute ist der erste Tag, an dem ich Vorlesungen habe. Ich möchte alle Infos in mich aufsaugen, die ich kriegen kann, und mich in mein Studium vertiefen.

»Es ist viel zu früh«, beschwert sich Abi, die ebenfalls noch im Bett liegt. Gerade erst haben unsere Wecker geklingelt, beinahe zeitgleich. »Alle anderen schlafen noch, und wir müssen uns aus dem Bett quälen, um das Segeln zu erlernen.«

»Die frühe Arbeitsschicht trifft jeden von uns mal.«

Abi stöhnt nur in ihr Kissen. Ich strecke mich, stehe auf und ziehe den Vorhang vor dem Bullauge zurück. Draußen ist es noch dunkel. Definitiv nicht meine Uhrzeit, aber wir wussten alle, worauf wir uns einlassen.

Ich putze mir gerade die Zähne, als Abi mit wilder Lockenmähne neben mich tritt. »Ich habe dich gestern telefonieren hören. Hast du mit deiner Familie gesprochen?«

»Hm-hm«, mache ich, spüle mir den Mund aus und wechsele schnell das Thema. »Wie lief es eigentlich mit Kai und dir bei der QR-Code-Jagd?«

Kurz sieht sie mich merkwürdig an, dann schüttelt sie den Kopf und geht auf meinen Themenwechsel ein. »Kai weiß alles besser. Wir sind ständig in Diskussionen geraten, über jede Kleinigkeit. Bei der Vorbereitung am Nachmittag lief es nicht anders. Ich hoffe, das wird noch. Und bei euch? Kai hat gemeint, Lukas war in der Kabine und hat geschlafen?«

»Wir haben gestern separat gearbeitet und tauschen uns heute Nachmittag darüber aus.«

»Okay, solange du nicht die ganze Arbeit allein machst? Falls es so sein sollte, musst du unbedingt zu Professorin Weber gehen.«

»Nein«, sage ich hastig. »Ich denke, es sollte funktionieren. Wir müssen uns erst noch ein bisschen eingrooven.«

»Wem sagst du das. Kai geht mir gehörig auf die Nerven. Wie habe ich anfangs nicht merken können, dass er ein arroganter Schönling ist? Im Bett lief's, aber sobald er anfängt zu reden, würde ich am liebsten permanent die Augen verdrehen. Das kann auf Dauer nicht gesund sein.«

Gegen meinen Willen muss ich schmunzeln.

»Lach mich nicht aus«, beschwert sich Abi und kämmt sich mit den Fingern durch die lockigen Haare.

»Ich kann es nicht fassen, dass ihr in einem Team seid.«

»Beim nächsten Mal frage ich nach dem Nachnamen, bevor ich jemandem in seine Kabine folge.«

Aus meinem Schmunzeln wird ein Lachen, das tief aus meinem Inneren kommt. Abi blickt mich streng an, und ich entschuldige mich hastig. Zumindest versuche ich es, muss aber immer wieder glucksen. Mir ist bewusst, dass Annelie sich kontrollierter verhalten würde, doch ich kann wirklich nicht aufhören. Schließlich lacht Abi ebenfalls.

Nachdem wir uns beruhigt haben, stellen wir uns nebeneinander vor den Spiegel und machen uns fertig. Es ist ein bisschen eng, ab und an berühren wir uns am Ellbogen oder der Hüfte. Ich trage Wimperntusche auf und binde meine Haare zusammen. Abi steckt sich goldene Creolen an und legt ein blumig duftendes Parfüm auf.

Sie stellt den Flakon zurück auf die Ablage. »Was ich dich noch fragen wollte. Hast du Lust, mit mir zum Zumba zu gehen? Elisa bietet den Kurs jeden Dienstagabend an.«

Zumba? Ich bin eine Niete darin, mich zu bewegen, aber Annelie liebt Zumba und auch Yoga. In München habe ich mich nicht getraut, sie ins Fitnessstudio zu begleiten, aber vielleicht macht es Spaß? Außerdem würde mir ein bisschen Sport sicher guttun.

»Ja, gerne«, sage ich und hoffe, ich mache mich nicht komplett zum Affen. »Findet der Kurs schon heute Abend statt?«

»Ja, um zwanzig Uhr im Spiegelsaal.«

Ich denke an den anderen Sport, den ich mir für das Semester vorgenommen habe. »Kannst du eigentlich surfen?«

»Nein, leider nicht. Wieso?«

Meine gute Laune bekommt einen kleinen Dämpfer. »Ich würde es gerne ausprobieren, aber ich brauche jemanden, der es mir beibringt.«

»Ich halte die Ohren offen. Surfen würde ich auch gerne lernen. Die Marquesas-Inseln sind dafür nicht geeignet, habe ich irgendwo gelesen, aber unsere anderen Stopps schon. Bis dahin finden wir sicher jemanden.«

Der Dämpfer verblasst, Erleichterung macht sich in mir breit, weil ich nicht allein einen Surflehrer finden muss. Hoffentlich blamiere ich mich nicht, wenn es so weit ist.

Und wenn schon, höre ich Annelies Stimme in meinem Kopf. *Es ist noch kein Meister vom Himmel gefallen.*

Welche Ironie, dass die Menschen, die uns am besten kennen und die wir am meisten lieben, uns nicht nur den größten Mut machen, sondern uns auch am tiefsten verletzen können.

Dass ich dabei unwillkürlich an Lukas denken muss, gefällt mir kein bisschen, und ich vertreibe ihn hastig aus meinem Kopf.

***

Auf dem Außendeck umfängt mich frische, kühle Morgenluft. Es ist windig, die Böen zerren an meiner Jacke und meinen zusammengebundenen Haaren. Ich ziehe den Reißverschluss bis zum Kinn hoch und vergrabe die Hände in den Taschen.

Der Horizont beginnt gerade erst, sich vom Dunkelblau der Nacht zu lösen. Die ersten Strahlen der Sonne kämpfen sich durch den Nebel, der über der Wasseroberfläche hängt. Sie tauchen den Himmel in ein zartes Rosa, Orange und Gelb. Der Anblick ist atemberaubend und lässt mich meine Müdigkeit für einen Moment vergessen. Ich atme tief ein und genieße das Gefühl der Freiheit, das die endlose Weite des Pazifiks in mir auslöst.

Die Wellen schwappen gleichmäßig gegen den Schiffsrumpf, sie glitzern immer stärker im Licht der aufgehenden Sonne, als ob das Meer selbst erwachen würde. Die Farben am Horizont werden mit jeder Sekunde intensiver, sie begrüßen den neuen Tag auf dem Ozean.

»Wieso wirken alle schon so fit?«, beschwert sich Abi neben mir. »Wurde irgendwo Espresso ausgeschenkt, von dem wir nichts wussten?«

Ich löse den Blick von der eindrucksvollen Morgenröte. Neben dem Treppenhaus hat sich bereits eine kleine Gruppe aus Studierenden versammelt. Da ich schon immer eine aufmerksame Beobachterin war, kann ich mir Gesichter leicht merken und erkenne die meisten von gestern wieder.

»Guten Morgen«, flötet eine brünette Frau mit einer aufwendigen Flechtfrisur. Annelie trägt mit ihrer seidigen, glatten Mähne auch immer so tolle Frisuren, während meine Haare zu widerspenstig und kurz sind, um mehr mit ihnen anzustellen, als einen lockeren Knoten im Nacken zu binden.

Sofort scheint sich das Handy in meiner Hosentasche durch den Stoff hindurch zu brennen. Ich habe ein schlechtes Gewissen, weil ich Annelie ignoriere und nicht vorhabe, etwas daran zu ändern. Es fühlt sich so an, als würde ich sie im Stich lassen, weil ich das Privileg habe, gesund zu sein. Aber das heißt nicht, dass ich Annelies Vorwürfe dulden muss. Sie wird doch wohl auch anders können, oder? Zumindest schafft sie das bei Freundinnen. Warum dann nicht auch bei ihrer Schwester?

Annelies Umgang mit ihren Freundinnen erinnert mich an die drei Schritte, und ich mache der Studentin ein Kompliment für ihre Frisur.

Sie lächelt. »Danke, ich musste lange üben. Ich bin übrigens Emily und studiere in Kiel.«

In meiner Brust spüre ich ein schmerzhaftes Ziehen. Die Uni, von der ich in der elften und zwölften Klasse geträumt habe, weil mich die Lage, der Campus und das Studienangebot überzeugten.

»Henriette«, entgegne ich und hoffe, sie bemerkt das Beben in meiner Stimme nicht.

»Und ich bin Abi. Hast du Lust, heute Abend mit uns zum Zumba zu kommen?«

»Das wäre toll! Meine Mitbewohnerin ist nicht unbedingt der größte Fan von mir und meidet mich, seit ich meine Apfelschorle aus Versehen über ihrem offenen Koffer ausgekippt habe.« Emily verzieht das Gesicht. »Ich warne euch lieber vor, ich bin die Tollpatschigkeit in Person.«

»Kein Problem«, sagt Abi und grinst. »Klamotten kann man waschen. Hauptsache, du killst nicht meinen Laptop oder mein Handy mit deiner Apfelschorle.«

Emily legt zwei Finger in einer Schwurgeste aneinander und grinst ebenfalls. »Ich gebe mein Bestes.«

Sie wirkt quirlig, voller Energie, und ist damit das genaue Gegenteil von mir. Abi und sie scheinen sich auf Anhieb zu verstehen. Sofort wird das schmerzhafte Ziehen stärker. Mit Dreiergruppen habe ich bisher keine guten Erfahrungen gemacht.

Emilys Blick wandert hinter uns. »Wenn man vom Teufel spricht ... Da kommt meine Mitbewohnerin.«

Abi und ich drehen uns um. Emilys Mitbewohnerin ist groß und hat eine moderne blonde Kurzhaarfrisur. Statt sich zu uns zu gesellen, stellt sie sich demonstrativ ein Stück abseits.

»Sie verzeiht mir sicher nie«, seufzt Emily.

»Das wird schon«, versucht Abi sie aufzumuntern.

Lukas und Kai betreten das Deck, und ich bekomme nicht mehr mit, wie Abis und Emilys Gespräch weitergeht. All meine Sinne richten sich auf Lukas aus. Er wirkt ausgeschlafener als gestern, lacht mit Kai über etwas, als wären sie schon ewig Freunde.

Sie stellen sich neben den dritten Mast und unterhalten sich dabei weiter.

Eine junge Frau in Sportleggings und Windjacke tritt aus dem Treppenhaus und stellt sich vor die versammelte Gruppe. Sie räuspert sich, und sofort verstummen die Gespräche. »Guten Morgen«, begrüßt sie uns. »Ich bin Vicky, eure Segellehrerin. Wir warten jetzt noch auf Tim von der Crew, der uns in unseren ersten Stunden unterstützen wird. Ah, da ist er auch schon.«

Aus Richtung Brücke, die sich zwischen dem ersten und dem zweiten Mast befindet, kommt ein Mann in Borduniform auf uns zu. Er ist mittleren Alters, und mir fällt sofort sein strenger Blick auf.

Abi lehnt sich zu mir und flüstert: »Ich hoffe, es ist okay für dich, dass ich Emily wegen des Kurses gefragt habe?«

»Klar«, sage ich und versuche, es auch so zu meinen. Ich möchte aufgeschlossener sein, Emily als Bereicherung, nicht als Konkurrenz sehen. »Ich freue mich schon darauf.« Bestimmt wird es lustig. Falls ich mich nicht elegant genug bewege oder über meine eigenen Füße stolpere, kann ich die Aktion immerhin als einen wichtigen Schritt näher zum Mutiger-Sein verbuchen. Direkt nachdem ich im Erdboden versunken und zur Tomate mutiert bin.

Tim erreicht unsere Gruppe und stellt sich neben Vicky. »Guten Morgen alle zusammen.«

»Ich hoffe, ihr habt euch gut ausgeschlafen und seid bereit für eure erste Lektion im Segeln«, übertönt Vicky mit fester Stimme den Wind. »Hat jemand von euch bereits Vorerfahrungen im Segeln?«

Niemand aus unserer Halbgruppe meldet sich.

»Das ist nicht schlimm, wir werden das Segeln in den nächsten Monaten zusammen erlernen. Die *Sapient Sailor* ist ein modernes Fünfmastschiff, das ihre insgesamt 36 Segel automatisch ausrichtet. Für Ausbildungszwecke können sie jedoch manuell bedient werden. Genau das werden wir machen. Ihr lernt das Segeln nicht nur für den Fall eines technischen Defekts, sondern auch, um ein tieferes Verständnis für das Schiff zu bekommen.«

Vicky strahlt eine Mischung aus Autorität und Begeisterung aus, die sofort meine Aufmerksamkeit fesselt.

»Legt jetzt bitte eure Taschen ordentlich neben dem Treppenhaus ab, schließt eure Jacken und entfernt jeglichen Schmuck. Offene Haare bitte zusammenbinden«, weist uns Vicky an. Tumult kommt auf, während wir ihre Anweisungen umsetzen. Abi zieht ihre Creolen aus den Ohren, während ich direkt auf Schmuck verzichtet habe und nur meine Tasche ablegen muss.

Sobald alle fünfundzwanzig Studierenden wieder in einem Halbkreis vor ihr stehen, fährt Vicky fort. »Während des Semesters werdet ihr lernen, die Segel zu setzen, einzuholen und zu trimmen, sie zu warten und das Schiff zu navigieren. Heute werden wir mit den Grundlagen beginnen.« Sie deutet auf den zweiten Mast. Er ist der höchste und befindet sich direkt hinter der Brücke. »Das ist der Großmast. Er trägt das größte und am meisten beanspruchte Segel. Wir zeigen euch jetzt die wichtigsten Taue, bevor wir euch Schritt für Schritt anleiten, selbst ein Segel zu setzen.«

Tim greift nach einem grauen Tau. »Das hier ist das Fall, mit dem wir das Segel hissen. Es verläuft vom Deck über Blöcke und Umlenkrollen hinauf zum Mast und verbindet sich mit dem Kopf des Segels. Wenn das Fall angezogen wird, wird das Segel nach oben gezogen und gesetzt; wenn es gelöst wird, kann das Segel wieder herabgelassen werden. Bei einem großen Schiff wie der *Sapient Sailor* sind die Fallen besonders robust und müssen von mehreren Crewmitgliedern oder Studierenden gleichzeitig bedient werden, um die schweren und großen Segel effizient zu hissen.«

»Anschließend benutzen wir die Schote, um die Segel zu trimmen, also effektiv im Wind auszurichten«, sagt Vicky und deutet auf dickere rote Taue. »Sie sind an den unteren Ecken der Segel befestigt und verlaufen durch Blöcke und Umlenkrollen bis zum Deck. Durch das Anziehen oder Fieren der Schote wird das Segel dichter in den Wind gestellt oder weiter gelöst, was die Geschwindigkeit des Schiffs steuert. Auch hier benötigt es bei unserer Schiffsgröße die Anstrengung vieler Personen, um die massiven Segel präzise zu trimmen. Ihr müsst als Team zusammenarbeiten. Probieren wir es aus. Teilt euch in Gruppen auf, und stellt euch an die verschiedenen Taue.«

»Woran erkenne ich, ob ein Tau ein Fall oder eine Schot ist?«, fragt Abi neben mir.

»Die Fallen haben meistens weniger auffällige Farben, während Schote farblich markiert sind, um sie leicht voneinander zu unterscheiden. Zudem sind sie dicker, robuster und haben oft zusätzliche Polsterungen, um den enormen Zugkräften standzuhalten«, erklärt Vicky.

Wir verteilen uns um den Großmast herum an den verschiedenen Tauen. Abi und ich stehen an einem Fall, genauso wie Emily und ihre Mitbewohnerin. Lukas und Kai platzieren sich mit dem Kommilitonen mit den blonden Locken, der gestern so unverfroren in Professorin Webers Erklärungen geplatzt ist, an einer Schot. Sein Name ist Jonas, erfahre ich nebenbei.

»Los geht's«, ruft Vicky. »Alle an einem Fall ziehen nun daran.«

Entschlossen lege ich die Hände um das Tau, und wir beginnen zu viert, daran zu ziehen. Es ist schwerer als erwartet, ich spüre die Anstrengung in Armen und Schultern. Dazu kommt der Wind, der uns das Fall aus den Händen zu reißen versucht. Das Segel gleitet nur langsam nach oben, und ich spüre, wie meine Kraftreserven schwinden.

Vicky und Tim laufen über das Deck, um unser Ziehen zu koordinieren. Ihre Kommandos sind jetzt ruppig und knapp, der Ton ist rau, was sicher der belastenden Situation geschuldet ist. Vicky erinnert mich an eine unerbittliche Admiralin.

»Fester«, ruft sie meiner Gruppe zu.

Schweiß steht auf meiner Stirn. Ich stemme die Füße in den Boden und ziehe so kräftig, dass meine Bizepse zittern. Abi, Emily und ihrer Mitbewohnerin scheint es nicht besser zu ergehen. Mit verkniffenen Mienen hängen sie an dem grauen Fall. Quälend langsam wandert das Segel höher, bis es sich raschelnd entfaltet.

Erleichterung breitet sich in mir aus, jedoch nur für den Bruchteil einer Sekunde. »Jetzt haltet es fest, während die anderen die Schote anziehen«, weist uns Vicky an.

Es in dieser Position halten? Wir haben es nur gerade so nach oben bekommen! Meine Arme brennen wie Feuer, aber ich beiße die Zähne zusammen und ignoriere die Schweißperle, die mir unangenehm über die Schläfe rinnt.

Lukas' Gruppe zieht an ihrem Tau, um das von uns gehisste Segel richtig einzustellen. Sie ächzen, während Vicky sie anleitet.

Zum Glück ist der Wind so früh am Morgen noch frisch und bringt eine angenehme Abkühlung. Ich will mir gar nicht ausmalen, wie sehr ich schwitzen werde, wenn wir die Segelschicht um die Mittagszeit haben.

Sobald das Segel in der von Vicky vorgegebenen Position steht, fixiert sie die Schote in Tauklemmen, und wir dürfen loslassen. Abi seufzt erleichtert, Emily reibt sich die Arme.

Ich wische mir den Schweiß von der Stirn, lege den Kopf in den Nacken und blicke hinauf. Wind bläht das cremefarbene Segel auf. Stolz erfasst mich, daran mitgewirkt zu haben. Das Ergebnis der körperlichen Anstrengung so klar vor Augen zu haben, lässt das intensive Brennen meiner Muskeln in den Hintergrund rücken. Morgen werde ich sicher Muskelkater haben.

Eine halbe Stunde später sind alle Segel gehisst und gesetzt. Vicky ruft uns wieder in einen Halbkreis zusammen. »Für heute habt ihr es geschafft. Ich hoffe, ihr konntet etwas aus der ersten Lektion mitnehmen«, sagt sie, nun wieder geduldig und freundlich. »In den nächsten Stunden werden wir weiter üben. Keine

Sorge, mit der Zeit wird es leichter werden. Je besser und reibungsloser die einzelnen Schritte laufen, desto kürzer müsst ihr die Taue in den anstrengenden Positionen halten. Gönnt euch jetzt beim Frühstück eine ordentliche Stärkung. Bis zum nächsten Mal!«

Wir verabschieden uns und gehen zu unseren Taschen.

»Das war hart«, seufzt Lukas und nimmt einen großen Schluck aus seiner Wasserflasche.

»Im Ernst?«, fragt Kai. »Mich hat Tim angeschrien, weil ich mit meiner Prothese aus Versehen kurz vor der richtigen Einstellung von der Schot abgerutscht bin. *Das* war hart.«

»Ich glaube, er hat nicht mal mitgekriegt, dass du eine trägst, weil du so gut damit klarkommst«, wirft Abi ein und lächelt Kai aufmunternd zu. Egal, wie genervt sie vorhin noch von ihm war, gerade erscheint sie mir wie ein Engel. Kais Aussage hat mich überfordert; ich habe Angst, etwas Falsches zu sagen und ihn damit zu verletzen. Rasch mache ich mir eine gedankliche Notiz, Abi später zu fragen, ob sie mir Tipps geben kann, wie ich am besten mit einer solchen Situation umgehe.

»Beim nächsten Mal könntest du um eine andere Aufgabe bitten«, meint Lukas. »Aber vielleicht wendest du dich besser an Vicky. Sonst reißt dir Tim den Kopf ab.«

»Wohl eher die Prothese«, murrt Kai trocken. Lukas, Abi und ich blinzeln ihn schockiert an, bis er in schallendes Gelächter ausbricht. »Ihr solltet eure Gesichter sehen! Das war ein Witz, gewöhnt euch schon mal an meinen schwarzen Humor.«

»Bin dabei«, sagt Lukas und klopft Kai auf die Schulter. Eine Geste, die ich oft an ihm beobachte. Auch früher schon. Er ist nicht der Typ für häufige körperliche Nähe, aber ich denke, der Schulterklopfer ist seine persönliche Art, jemandem Trost und Anerkennung zu schenken oder einen kleinen Rüffel zu verpassen. »Spaß beiseite, Kai. Sag beim nächsten Mal bitte was, ja?«

Er wirkt unangenehm berührt, und kurz erwarte ich, dass er wieder einen Witz reißen wird. Aber dann nickt er nur. »Ich denke darüber nach.«

»Perfekt, danke. Und falls ich dich unterstützen kann, sag Bescheid.«

Auf einmal kann ich den Blick nicht mehr von Lukas lösen. Seine Loyalität und Treue gegenüber den Menschen, die ihm wichtig sind, hat mich schon als Jugendliche fasziniert. Ich habe die zu seiner Mutter verflucht, nachdem er fortzog, aber jetzt wird mir bewusst, wie falsch das von mir war. Diese Eigenschaften machen ihn aus.

Kai sagt irgendetwas, doch ich nehme nur Lukas' Lächeln wahr. Es ist kein flüchtiges oder schmales Lächeln, sondern eines, bei dem sein gesamtes Gesicht heller wird und das sogar seine Augen erreicht. Ein warmes Rieseln breitet sich überall in mir aus, mein Herz klopft schneller. *Nur eine Erinnerung an früher*, rede ich mir ein. An den kleinen Crush, den ich damals auf ihn hatte und der mit seinem Beschützerinstinkt, dem aufrichtigen Lächeln und den unvermeidbaren flüchtigen Berührungen beim Experimentieren begonnen hatte. Und der endete, als Lukas aus meinem Leben verschwand.

Ich reiße mich von seinem Anblick los und wende mich ab. Mache vorsichtshalber noch einen Schritt zur Seite, um mehr Abstand zwischen uns zu bringen. Damit diese irrationale Wärme endlich verschwindet. Oder stammt sie doch nur von der Anstrengung der letzten Stunde?

Wir verlassen das Deck und machen uns Punkt sieben Uhr auf den Weg zum Frühstück. Kai und Lukas setzen sich zu ein paar Kommilitonen, die in der ersten Halbgruppe sind. Abi und ich lassen uns neben Emily nieder.

Sie und Abi beginnen sofort ein Gespräch, bei dem sich erneut die Sorge in mir breitmacht, nicht mithalten zu können. Gleichzeitig bin ich erschöpft und sehne mich nach ein bisschen Ruhe, sodass ich mich ausklinke und auf das Essen konzentriere. Ob jeder Tag so turbulent, aufregend und anstrengend werden wird?

Mein Blick gleitet aus dem großen, rechteckigen Fenster neben unserem Tisch. Der Himmel ist orange, die Sonne geht gerade auf. Die *Sapient Sailor* schaukelt sanft hin und her. Stetig und gleichmäßig, sodass ich mich bereits daran gewöhnt habe. Obwohl es gestern Abend im Bett ein bisschen merkwürdig war, weil ich das Gefühl hatte, in einer Hängematte zu liegen, die gerade angeschubst wurde. Aber die meiste Zeit nehme ich die Bewegung kaum wahr. Genauso schnell werde ich mich hoffentlich auch an die vollen Tage und die Aufgaben zusätzlich zur Uni gewöhnen.

Die Sonne wirft einen warmgelben Strahl auf die Wellen, lässt sie glitzern, und ich lächele. Meer, so weit das Auge reicht. Allein dieser Anblick ist die Anstrengung wert.

Kapitel 12

Henriette

Abi und ich warten im Spiegelsaal auf den Beginn des Zumbakurses. Sie trippelt neben mir ungeduldig auf der Stelle, kann es offenbar kaum erwarten, sich zu bewegen. Mein Herz klopft wie wild, und ich zupfe am Bund der olivgrünen Leggings, die ich mir extra für das Auslandssemester gekauft habe. Im Laden habe ich mich auf Anhieb darin verliebt, doch vorhin hätte ich sie nach einem Blick in den Spiegel am liebsten über Bord geworfen. Warum ist mir beim Kauf nicht aufgefallen, dass sie all die Stellen an mir betont, mit denen ich unzufrieden bin? Meinen flachen Po, die breiten Oberschenkel und meine knubbeligen Knie. Aber eine andere habe ich nicht dabei.

»Da ist Emily!«, ruft Abi und deutet zur offen stehenden Tür. Daneben späht eine kichernde Gruppe Studentinnen ins Gym rüber. Anhand der Gesprächsfetzen, die ich in den letzten Minuten aufgeschnappt habe, vermute ich, dass es dort ein paar heiße Kerle zu sehen gibt.

Abi winkt Emily zu, die uns entdeckt und herüberkommt.

»Hey«, sagt sie, sobald sie bei uns ist, und wir grüßen zurück. Ihr Auftauchen steigert meine Nervosität, weil ich plötzlich das

Gefühl habe, hier nicht hinzugehören. Fehl am Platz zu sein zwischen meinen beiden sportlichen Kommilitoninnen.

Emilys Haare stecken noch immer in den eng am Kopf geflochtenen Zöpfen von heute Morgen. Sie trägt schwarze Shorts und ein lockeres T-Shirt. Abi hat eine kupferfarbene Radlerhose mit einem bauchfreien weißen Sporttop kombiniert. Neben ihren ewig langen Beinen und den Kurven wirke ich klein und flach. Ob es jemandem auffällt, wenn ich flüchte?

Okay, Henriette, reiß dich zusammen. Würde Annelie flüchten? Überhaupt an Flucht *denken*? Nein, sie würde die Gelegenheit nutzen, durch den Kurs an einem fremden Ort neue Leute kennenzulernen.

Emily schaut sich im Saal um, in dem sich bisher nur wir drei und die vier Frauen neben der Tür eingefunden haben. »Meint ihr, es kommen noch mehr?«

»Ich glaube, der Kurs muss sich erst mal rumsprechen«, antworte ich und hoffe, durch das Gespräch meine Nervosität loszuwerden. Mein Blick fällt erneut in die vielen Spiegel, und ich zwinge mich, genauer hinzusehen. Für meine Figur muss ich mich nicht schämen. Außerdem gab es einen Grund, warum ich mich beim Shoppen in diese Leggings verliebt habe. Statt mir meine Makel vorzunehmen, sollte ich mich lieber darauf fokussieren, dass mir die grüne Farbe schmeichelt und der Schnitt meine Beine länger wirken lässt.

»Wahrscheinlich hast du recht.« Emily streckt sich. »Woher wusstet ihr überhaupt davon?«

Ich werfe Abi einen fragenden Blick zu.

»Stand in *SailUp*«, antwortet sie. »Ich habe mich gestern ein bisschen durchgeklickt.«

Emily seufzt. »Die App überfordert mich. Deshalb habe ich sie nach der Schnitzeljagd nicht wieder geöffnet.«

»QR-Code-Jagd«, korrigieren Abi und ich wie aus einem Mund. Unsere Blicke treffen sich, wir müssen lachen. Ein warmes Gefühl breitet sich in meinem ganzen Körper aus. Ich rufe mir wieder in Erinnerung, dass Emily keine Konkurrenz ist. Ihre Anwesenheit, *sie*, ändert nichts an meiner aufkeimenden Freundschaft mit Abi.

Punkt zwanzig Uhr kommt Elisa durch die Tür gerauscht. Mir bleibt der Mund offen stehen. Emily und Abi geht es genauso, registriere ich mit einem raschen Blick zu ihnen. Denn verdammt ... Elisas ganze Erscheinung schreit »Zumba«.

Ihre Beine stecken in einer weiten, locker sitzenden lilafarbenen Jogginghose. Darüber trägt sie ein oversized Shirt mit dem Aufdruck *I love Zumba* und ein passendes lilafarbenes Stirnband sowie Schweißbänder um die Handgelenke. Ihre Haare sind zu einem hohen Zopf gebunden.

Sie schließt die Tür hinter sich, und wir verteilen uns gleichmäßig im Saal.

»Hallo, es freut mich, dass ihr alle hier seid. Für diejenigen unter euch, die mich noch nicht kennen, ich bin Elisa. Ich bin studentische Hilfskraft im Bereich Sprache«, sie zwinkert den vier Studentinnen in der Reihe vor uns zu, die offenbar Sprachwissenschaften studieren. »Außerdem bin ich geschulte Zumba-Trainerin.« Sie stöpselt ihr Handy mit einem Kabel an die Musikanlage an. »In meinem Kurs geht es darum, Spaß zu haben und sich zu bewegen. Macht so gut mit wie möglich. Die Choreos wirken am Anfang bestimmt kompliziert, aber nach ein paar Malen habt ihr sie alle drauf. Seid ihr bereit?«

Abi jubelt laut und zieht damit alle Blicke auf sich. Um ihre Schamlosigkeit beneide ich sie ein bisschen. Es wäre so viel leichter, nicht ständig darüber zu grübeln, was andere von mir denken.

Ich arbeite daran, erinnere ich mich.

»Okay, los geht's, aufwärmen!«, ruft Elisa.

Dann schaltet sie die Musik ein. Die ersten Takte von *Never Give Up* von Sia dröhnen durch den Saal, und es kribbelt mir in den Füßen, mich zu bewegen.

Elisa macht uns die Übungen vor, und wir geben unser Bestes, sie nachzumachen. Nach dem Aufwärmen beginnen die Choreos. Am Anfang ärgere ich mich bei jedem Schritt, den ich verpatze. Aber schon bald werden meine Gedanken leiser. Alle wirken ungelenk, jede gibt ihr Bestes, mitzuhalten und die Bewegungen so dynamisch wie Elisa zu absolvieren. Diese geht vollkommen in ihrem Element auf. Sie singt den Text von *Timber* lauthals mit, kreist mit den Hüften, als hinge ihr Leben davon ab, und feuert uns die ganze Zeit an, ohne dass ihr dabei die Puste ausgeht.

Nachdem der letzte Song verstummt ist, bin ich schweißnass. Mein Kopf glüht, und ich wette, meine Wangen sind knallrot. Mit dem Handrücken wische ich ein paar Schweißperlen fort, die mir über die Stirn rinnen. Vollkommen außer Atem nehme ich einen Schluck aus meiner Wasserflasche.

Danach folgen das Cool-down, bei dem mein Puls wieder langsamer wird, und eine Dehneinheit. Applaudierend entlässt uns Elisa und bedankt sich für die tolle Stunde.

»Das hat Spaß gemacht«, sagt Abi, während wir unsere Flaschen und Handtücher einsammeln.

»Ja, total«, gebe ich ihr recht und bin fast überrascht, dass ich es auch so meine. Nach den ersten Songs habe ich mich wohlgefühlt, mich einfach bewegt, ohne auf richtig und falsch zu achten. Ich habe die Musik und die Anstrengung gefühlt, statt meiner Unsicherheit Raum zu geben.

Hintereinander treten wir durch die Tür aus dem Spiegelsaal.

»Nächste Woche …« Ich verstumme. Kapiere plötzlich, warum die vier Sprachstudentinnen vorhin aus dem Kichern nicht mehr rauskamen. Direkt gegenüber vom Saal befindet sich das Gym, dessen Eingangstür offen steht. Sicher, um einen Durchzug zu schaffen. Dadurch bietet sich jedoch der optimale Blick auf den Freihantelbereich, in dem sich einige Männer tummeln.

Einen davon erkenne ich sofort. Und ausgerechnet in diesem Moment hebt er den Saum seines T-Shirts an und reibt sich damit über die Stirn. Bietet mir so die optimale Sicht auf die straffe Haut über einem Sixpack und ein trainiertes V. *War ja klar, dass er ein verdammtes V hat!* Seine Haut glänzt vom Schweiß, ein einzelner Tropfen rinnt über die Muskelstränge, verschwindet im Bund der schwarzen Shorts. Ich schlucke, mir ist auf einmal heißer als bei Daddy Yankees Beats. Ich widerstehe gerade noch dem Drang, mir Luft zuzufächeln.

Mir war schon früher klar, wie gut er aussieht. Aber Äußerlichkeiten machen nicht wett, wie er sich mir gegenüber verhalten hat, wie er sich jeden Tag seit unserem Wiedersehen ...

Lukas lässt das Shirt sinken und ertappt mich beim Starren. Kurz weiten sich seine Augen, und mein Gesicht wird noch heißer. Dann grinst er, besitzt die Unverfrorenheit, mir zuzuwinken, und ich würde am liebsten im Erdboden versinken.

»Kommst du, Henriette?«, ruft Abi, die mit Emily schon weitergegangen ist, während mich ein verfluchtes Sixpack aus dem Konzept gebracht hat. Als würde ich das nicht in jeder dritten Serie auf Netflix & Co. sehen.

Aber nicht an Lukas ...

Ich schüttele den Gedanken ab, setze mich hastig in Bewegung und verbiete mir, noch einen weiteren Blick in Richtung Gym zu werfen.

Kapitel 13

Lukas

Korallen sind eins der langweiligsten Themen überhaupt, musste ich am Dienstag beim Einlesen feststellen. Ich bin trotz des Nickerchens fast eingeschlafen. In den nächsten Tagen kann ich mein Desinteresse in der Freiarbeitszeit vor Henriette verbergen. Aber am Freitag, als wir in der Bibliothek sitzen und dabei sind, unseren Vortrag für morgen vorzubereiten, runzelt sie plötzlich die Stirn und legt das Buch, in dem sie gerade gelesen hat, auf den Tisch.

»Was ist los?«

Ich unterdrücke ein Gähnen. »Wieso?«

»Du hast jetzt schon zum dritten Mal geseufzt. Innerhalb von fünf Minuten.«

»Sorry, ich versuche, das Seufzen zu unterlassen«, scherze ich.

Henriette verengt die Augen. »Außerdem siehst du aus, als hättest du in eine Zitrone gebissen.«

»Bist du dir sicher? Ich mag saure Früchte und Süßigkeiten. Vielleicht meinst du eher eine Chilischote? Mit Schärfe kann man mich jagen.«

»Das ist nicht lustig, Lukas! Wenn du es so schrecklich findest, mit mir zusammenzuarbeiten, dann lass uns zu Professorin Weber gehen und einen Wechsel beantragen. Aber ich halte das keine sechs Monate lang aus.«

»Meinen Humor?«, kann ich mir nicht verkneifen zu erwidern. Doch entgegen meiner Erwartung wird Henriette nicht wütender, sie wirkt enttäuscht, regelrecht traurig.

Sofort spüre ich einen Stich in der Brust. Sie denkt, es liegt an ihr. Das hätte ich ahnen müssen, denn so ist sie nun mal. Sie versucht ständig, es anderen Menschen recht zu machen, ist emotional und oft unsicher.

»Ich finde es nicht schrecklich, mit dir zusammenzuarbeiten. Es sind die Korallen«, gebe ich zu.

»Was stimmt damit nicht?«

Sie sitzt aufrecht in ihrem Stuhl, die vorderen Strähnen ihrer kinnlangen Haare hat sie hinter die Ohren gesteckt. Ich mag die Frisur, sie lässt sie frech aussehen ... und irgendwie sexy. Ganz objektiv betrachtet.

Oder auch etwas weniger objektiv? Denn im nächsten Moment beißt sie sich auf die Unterlippe, und das sorgt für einen heißen Schauer in meinem Unterleib. War sie früher schon so sexy, und mir ist es nie aufgefallen? Oder liegt es daran, dass die Frau vor mir nur noch ein Bruchstück der Henriette ist, die ich mal kannte? Wie auch immer, solche Gedanken sind für unsere Zusammenarbeit nicht förderlich.

»Sie sind öde«, antworte ich. »Sie sehen sich alle ähnlich und wachsen so langsam, dass man kaum Fortschritte erkennt.«

»Sie sehen sich vielleicht ähnlich, aber das heißt nicht, dass sie gleich sind. Das sind zwei unterschiedliche Dinge.« Ihre Worte hallen in mir nach. Plötzlich sehe ich meinen Vater und mich vor meinem inneren Auge. Henriette täuscht sich, das sind nicht zwei unterschiedliche Dinge. Oder?

»Die Langsamkeit zeigt, wie beständig und widerstandsfähig Korallen sind«, fügt Henriette an. »Sie bauen über Jahre hinweg das komplexe Fundament eines ganzen Ökosystems auf.

Das erinnert mich daran, wie wichtig Geduld und Ausdauer sind.«

»Das können sie nur, indem sie Kalziumkarbonat aus dem Meerwasser filtern. Es sind praktisch Kalkskelette, die erst faszinierend werden, wenn sie von Pflanzen und Meerestieren bevölkert werden.«

»Warum hast du das nicht gleich gesagt? Wir hätten ein anderes Thema wählen können.«

»Ich hatte keine Lust auf eine Diskussion«, gebe ich zu. »Du magst Korallen, und ich dachte, es wird schon irgendwie werden.«

Sie schüttelt kaum merklich den Kopf. »Noch immer teilen wir dieselbe Leidenschaft wie früher, aber gleichzeitig auch nicht. Alles ist anders.«

Das kann sie laut sagen. »Wir sollten zu Professorin Weber gehen, damit wir Teampartnern zugeteilt werden, die dieselben Interessen haben wie wir.«

Sie zögert kurz, bevor sie nickt.

Ein flaues Gefühl breitet sich in meinem Magen aus. Aber so ist es besser. Für mich und dieses Loch in meiner Brust. Für unser Studium. Für Henriette, die in meiner Gegenwart schon damals ein Kollateralschaden war.

Ich erhebe mich vom Stuhl, komme dabei durch das Schaukeln des Segelschiffs kurz aus dem Gleichgewicht. Obwohl unsere erste Woche auf der *Sapient Sailor* fast vorbei ist, muss ich mich an die allgegenwärtige Bewegung noch gewöhnen. Es fühlt sich ein bisschen so an, wie dauerhaft einen Kater zu haben.

Wir räumen unsere Sachen zusammen und machen kurz halt am Terminal, damit Henriette sich ihr Buch ausleihen kann. Dann verlassen wir die Bibliothek, gehen durch den Speisesaal und an den Kabinen vorbei, bis wir vor dem Lehrraum ankommen.

»Sicher?«, frage ich Henriette, meine Hand schwebt über der Türklinke. Ich weiß nicht einmal, auf welche Antwort ich hoffe. Beide Möglichkeiten beschleunigen aus unterschiedlichen Gründen meinen Puls. Ein Ja, weil ich die Korallen loswerden würde. Ein Nein, weil es sich längst nicht mehr so schlimm anfühlt wie am Anfang der Woche, durch Henriette an die Vergangenheit erinnert zu werden. Weil sie eine zuverlässige Teampartnerin ist, mit der die Zusammenarbeit vielleicht nicht immer leicht ist, aber dafür erfolgreich.

Sie nickt, und ich vertreibe hastig die Enttäuschung, die sich in mir breitmacht. Ich wollte es schließlich so. Weil es besser ist. Vernünftiger. Leichter.

Ich klopfe an und öffne die Tür.

Professorin Weber sitzt am Pult und hebt den Blick von ihrem Tablet. Vor ihr steht eine leere Kaffeetasse, und über ihrer Stuhllehne hängt eine schwarze Strickjacke. Ihre schulterlangen Haare trägt sie heute offen, wodurch sie jünger wirkt.

»Hallo, wie kann ich Ihnen helfen?«

Henriette wirft mir einen hilfesuchenden Blick zu, und ich weiß sofort, wie es in ihr aussieht. Mittlerweile erinnert sie mich häufig an Annelie; aber in einer Situation wie dieser die richtigen Worte zu finden, scheint sie genauso zu überfordern wie früher.

Deshalb übernehme ich das Ruder und erläutere Professorin Weber unser Anliegen. Aufmerksam hört sie mir zu, in ihrer Miene lässt sich keinerlei Regung ablesen. Ich habe keine Ahnung, ob es gut oder schlecht für uns läuft, und ein nervöses Kribbeln breitet sich in meinen Adern aus.

Sobald ich ende, schweigt sie und blickt uns nacheinander aufmerksam an. Ich bekomme ein ungutes Gefühl und habe auf einmal das irrationale Bedürfnis, näher an Henriette heranzutreten, ihre Anwesenheit zu spüren.

»Ich verstehe Ihr Anliegen«, sagt Professorin Weber. »Irgendwann entdecken wir das Themengebiet, das uns mehr interessiert als die anderen. Dennoch möchte ich durch die nicht freiwillig gewählten Teams erreichen, dass Sie Ihre Komfortzonen verlassen. Während des Auslandssemesters sollen Sie Ihren Horizont erweitern, dazulernen, neue Facetten entdecken und sich auch mal mit einem unbequemen Thema beschäftigen. Deshalb stellen Sie beide für mich die optimale Teamkombination dar.« Die Strenge verschwindet kurz aus ihrem Blick, und sie lächelt.

Das optimale Team. Das waren wir früher einmal. Heute ist das anders, *wir* sind anders. Kann unsere Zusammenarbeit trotzdem funktionieren?

»Haben Sie noch eine weitere Frage?«

Wir schütteln beide mit dem Kopf.

»Alles klar, dann sehen wir uns morgen für die Vorträge wieder.«

Henriette und ich verlassen den Raum, und mir entgehen ihre hängenden Schultern nicht. Zurück auf dem Flur, seufzt sie. »Das war ja mal ernüchternd.«

Unsere Blicke treffen sich, und ein warmer Schauer rieselt durch mich hindurch.

»War es das, Eisherz? Oder hat sie uns eigentlich nur gesagt, was wir schon wussten?«

Sie wirkt einen Moment lang aus dem Konzept gebracht, bevor sie die Augen verdreht: »Es nervt, wenn du so besserwisserisch bist.«

»Dann findest du, dass ich recht habe?«

»Das habe ich nicht gesagt.«

»Aber gemeint, oder? Sei so lieb und sprich es für mich aus.«

»Eher beiße ich mir die Zunge ab.«

Ich lache auf. »Deinen Sarkasmus habe ich in den letzten Jahren echt vermisst.«

Ein düsterer Schatten huscht über ihr Gesicht, und ich hätte mir am liebsten auf die Zunge gebissen. So etwas zu sagen, nachdem ich ohne Abschied aus ihrem Leben verschwunden bin, ist nicht fair. »Tut mir leid, ich …«

»Lass uns zurück in die Bibliothek gehen«, unterbricht mich Henriette. »Und bis zum Abendessen diesen Vortrag fertig bekommen.«

»Einen Moment noch«, bitte ich. Eine Entschuldigung wäre schon längst angebracht gewesen. »Wegen damals ... Ich hoffe, du weißt, dass es nicht an dir lag. Die ganze Situation war mir zu viel, und ich habe mich nicht verabschiedet, um es nicht noch schlimmer für dich zu machen.«

Der Schmerz in ihren Augen ist unerträglich. Mein Herz verkrampft sich noch mehr, als sie leise sagt: »Das hast du aber.«

Ich atme tief durch. »Es tut mir leid.«

Sie schließt kurz die Augen, eine Last scheint von ihren Schultern abzufallen. Dann schüttelt sie den Kopf und deutet auf die Tür zur Bibliothek. »Es ist jetzt sechs Jahre her. Lassen wir die Vergangenheit hinter uns und machen das Beste aus unserer Zusammenarbeit.«

»Okay«, entgegne ich und folge ihr in die Bibliothek.

Den gesamten restlichen Tag über kann ich das Gefühl nicht abschütteln, alles falsch gemacht zu haben. *Es sollte dich nicht wundern, das kennst du doch schon. Du triffst ständig Fehlentscheidungen.*

Genau wie mein Vater.

***

In Lederhose und rot kariertem Hemd laufe ich von der Theresienwiese nach Hause. Trotz der Umwege, die ich genommen habe, ist es nicht mehr weit, und ich werde unwillkürlich langsamer. Seit Tagen schreien sich meine Eltern an. Sie denken, ich merke es nicht, aber ich höre jedes böse Wort, das sie einander an den Kopf werfen.

Ich bleibe mit der Schuhspitze an einem hervorstehenden Pflasterstein hängen und taumele. Vielleicht hätte ich mir die letzte Maß verkneifen sollen. Egal, jetzt ist es zu spät. So werde ich gleich hoffentlich einfach ins Bett fallen und das Geschrei meines Vaters wenigstens heute Abend nicht mehr hören müssen.

Auf der gegenüberliegenden Straßenseite fällt mir ein Auto auf. Ein silberner Audi, dasselbe Model, das mein Vater besitzt. Ein paar Schritte weiter kann ich das Kennzeichen entziffern, und mein Magen macht einen Satz. Es ist seins.

Warum hat er es ein paar Straßen abseits von unserem Haus geparkt und nicht wie sonst in der Garage?

Mit einem unheilvollen Rumoren im Bauch wechsele ich die Straßenseite und spähe durch die Windschutzscheibe.

Und dann sehe ich ihn. Meinen Vater, die Augen geschlossen, die Hände im Haar einer blonden Frau vergraben.

Für den Bruchteil einer Sekunde frage ich mich, ob meine Mutter beim Friseur war.

Dann überrollt mich die Realität mit der Kraft eines Felsbrockens. Ich will den Blick von der Szene lösen, will meinen untreuen Vater aus dem Kopf bekommen, doch ich kann es nicht. Ich starre ihn an und weiß mit absoluter Gewissheit, dass mein Leben, so wie ich es kannte, nun vorbei ist. Er löst sich aus dem Kuss, schaut auf und begegnet meinem Blick. Zorn spiegelt sich auf seiner Miene. Ich bekomme zum ersten Mal Angst vor ihm. Was wird er tun, jetzt, da ich etwas gesehen habe, was nicht für meine Augen bestimmt war?

Er reißt die Autotür auf, stürzt auf mich zu und streckt die Hand aus, um mich zu packen …

Schweißgebadet und mit wild klopfendem Herzen wache ich auf. In der Kabine ist es dunkel, hinter den Vorhängen schimmert kein Licht hervor, daher vermute ich, es ist noch mitten in der Nacht. Von der gegenüberliegenden Zimmerseite höre ich Kais gleichmäßige Atemzüge.

Ich versuche, wieder einzuschlafen, aber es gelingt mir nicht. Sobald ich die Augen schließe, sehe ich das Gesicht meines Vaters vor mir. Habe die Worte meiner Verwandten im Kopf, wie ähnlich ich ihm bin.

Einem Mann, der meine Mutter wie Dreck behandelt hat. Der sie betrogen hat. Der seitdem mit ständig wechselnden Partnerinnen in dem Haus wohnt, in das Ma all ihr Herzblut gesteckt hat. Das sie zu einem Zuhause gemacht hat, um am Ende mit leeren Händen zurückzubleiben.

Was, wenn meine Verwandten recht haben? Was, wenn es in meinen Genen liegt, meine Partnerin zu verletzen?

Nein, so weit lasse ich es lieber gar nicht erst kommen. Mehr als ein gelegentlicher One-Night-Stand ist aus dem Grund für mich nicht drin. Das hat sich nur verstärkt, seit ich auf der *Sapient Sailor* bin. Ich musste hart für das Semester kämpfen, will dadurch frühzeitig meine Karrierechancen erhöhen.

Stundenlang wälze ich mich hin und her, ohne die Erinnerung an die Tränen meiner Mutter, ihren Schmerz und die Leere in ihren Augen, sobald wir in Hamburg ankamen, vertreiben zu können.

Der Wecker klingelt, und ich bin erleichtert, dadurch endlich dieser Schleife in meinem Kopf entkommen zu können, die mich mit eisernen Klauen in der Vergangenheit festhält. Aber das Gefühl hält nicht lange an. Ich bin völlig erschöpft, kann mich nur mit Mühe aus dem Bett quälen. Dunkle Augenringe dominieren mein Gesicht, ich kann kaum einen klaren Gedanken fassen.

Wie soll ich gleich diesen Vortrag halten? Und das auch noch über Korallen? Bei denen fällt es mir in fittem Zustand schon schwer, darüber zu reden.

»Alles klar bei dir?«, fragt Kai und kämmt sich das Haar. »Du siehst scheiße aus.«

»Danke für deine schonungslose Ehrlichkeit.«

»Gewöhn dich dran, ich pudere Leuten nicht gerne den Arsch.«

Ich muss gähnen. Beim Frühstück brauche ich definitiv einen Espresso. »Ich habe mies geschlafen. Bevor wir heute Abend zur Party gehen, lege ich einen Powernap ein.«

»Wenigstens haben wir durch die Party etwas, worauf wir uns während der Vorträge freuen können.«

Manchmal frage ich mich, ob Kai überhaupt für das Studium hier ist.

»Läuft es immer noch nicht mit Abigail?«

»Sie ist verdammt anstrengend und perfektionistisch. Ihr fällt es superschwer, Aufgaben aus der Hand zu geben, und sie denkt immer, sie kann mir nichts zutrauen. Das nervt gewaltig. Wir sind alle nur aus einem Grund hier: Wir haben uns gegen unzählige Bewerber durchgesetzt und gehören zu den Besten. Nur weil ich locker drauf bin, bedeutet das nicht, dass es mir an Intelligenz mangelt.« Er atmet schwer, und ich muss unwillkürlich grinsen.

»Das musste wohl mal raus, Bro.« Ich klopfe ihm auf die Schulter und verlasse das Bad. Mein Rucksack steht neben der Tür bereit. Ich greife danach und setze ihn auf.

Kai kommt ebenfalls in den Flur. »Wahrscheinlich. Jetzt geht's mir auf jeden Fall besser, also danke.«

»Dafür nicht«, antworte ich ihm.

Wir ziehen uns Schuhe an und verlassen die Kabine.

Mittlerweile haben wir uns eingewöhnt. Ich weiß genau, was ich mir beim Frühstück vom Büfett nehme und an welchen Tisch wir uns setzen. Deshalb planen Kai und ich nur noch eine halbe Stunde zum Essen ein und schlafen dafür ein bisschen länger. Vorausgesetzt, wir haben keinen morgendlichen Kombüsendienst.

Ich kippe einen doppelten Espresso herunter, aber merke schon auf dem Weg zum Lehrraum, dass er die Müdigkeit nicht vertreiben kann. Jede meiner Gliedmaßen fühlt sich schwer an, als hätten die Erinnerungen mich mit Gewichten bestückt. Ich kann mich kaum auf das Gespräch mit Kai konzentrieren, verliere immer wieder den Faden.

Hoffentlich wird es gleich besser. An den Vortrag schließt sich eine Fragerunde an, und so, wie ich mich gerade fühle, fällt es mir schwer, einen klaren Gedanken zu fassen, geschweige denn, eloquente Antworten zu formulieren. Meine Noten darf ich nicht in den Sand setzen und Henriettes schon gar nicht. Ich weiß, wie wichtig ihr der Schnitt ist. Wir haben erst vorgestern darüber gesprochen. Ohne die perfekten Noten wäre sie nicht zum Biologiestudium aufgenommen worden.

Während des Vortrags gebe ich mein Bestes, versuche, mich zusammenzureißen. Vor allem, da Henriette mich immer wieder hinter dem Pult mit dem Fuß tritt, wenn ich meinen Einsatz verpasse. Die Blicke der anderen Studierenden liegen auf mir, aber ich fühle mich wie gerädert, nehme meine Umgebung kaum wahr. Ich rattere meinen Text herunter, stolpere dabei über die Worte, verhaspele mich und vergesse Teile der vorbereiteten Stichpunkte komplett.

Sobald die Fragerunde eingeläutet wird, übernimmt Henriette die Führung. Sie ist wütend, versucht fast schon verzweifelt, meinen Fauxpas mit ihren Antworten wettzumachen. Professorin Weber wirkt enttäuscht, als sich unsere Blicke kreuzen. Dabei liegt es nicht daran, dass ich mir keine Mühe gegeben oder das Thema durch mein Desinteresse schleifen lassen habe.

Es war der Albtraum.

Aber das ist keine Entschuldigung, nur eine Ausrede. Ich muss damit klarkommen und mit meinem Alltag weitermachen, erwachsen genug sein, die Erinnerung an meinen Vater nicht alles bestimmen zu lassen. Schon eine ganze Weile lang hatte ich keinen Albtraum mehr, nachdem ich über die Jahre gelernt habe, ihn immer erfolgreicher aus meinem Kopf zu verbannen.

Nach Henriette und mir folgen weitere Teams, aber obwohl mich besonders die Themen zu den Riffbewohnern interessieren, schaffe ich es nicht, mich auf die Vorträge zu konzentrieren. Stattdessen denke ich darüber nach, dass mir vor dem Termin im Theater, zu dem sich alle Studierenden einfinden müssen, noch genug Zeit bleibt, mich eine Runde hinzulegen. Hoffentlich geht es mir danach besser. Ich würde ungern die Party sausen lassen. Feiern und trinken hat mir früher immer geholfen, die Albträume zu vertreiben – zumindest eine Zeit lang.

»Was sollte das?«, fragt Henriette aufgebracht, sobald wir für heute aus dem Lehrraum entlassen werden. Sie baut sich vor mir auf, die roten Haare fliegen ihr wild um die Ohren. »Hast du das mit Absicht gemacht? Weil uns Professorin Weber gestern nicht in neue Teams gelassen hat? Ich dachte, das wäre okay für dich gewesen?«

»Ist es auch, aber ... heute war einfach nicht mein Tag. Ich habe schlecht geschlafen.«

Sie wirkt nur noch wütender statt besänftigt. »Du setzt einen benoteten Vortrag in den Sand, weil du *schlecht geschlafen* hast?« Ihr Atem geht schnell, ihre Stimme rutscht fassungslos in die Höhe.

»Es tut mir wirklich leid. Ich war nicht bei der Sache, und das ist negativ auf dich zurückgefallen, was nicht meine Absicht war.«

»Wenn das nächste Mal etwas nicht stimmt, dann sag es mir wenigstens, und wir finden gemeinsam eine Lösung! Ich hätte einen Teil von dir übernehmen können. Wir müssen ein Team sein, Lukas. Genauso wie früher.«

»Es ist aber nicht mehr wie früher.«

»Du hast recht, das war falsch ausgedrückt. Ich meinte damit, dass wir eine Möglichkeit finden sollten, miteinander klarzukommen. Dass wir uns zusammenreißen und ein eingespieltes Forschungsteam werden müssen. Zumindest das ist dann wie früher. Nur ohne meine Eifersucht auf Annelie ...« Sie bricht erschrocken ab.

»Eifersucht?« Davon höre ich gerade zum ersten Mal.

Sie wirkt ertappt, weicht meinem Blick aus und atmet tief durch. »Ich hatte damals einen kleinen Crush auf dich. Annelie hat ständig mit dir geflirtet, und du hast nichts dazu gesagt, sie nicht in ihre Schranken verwiesen oder so was. Deswegen war ich sauer, habe auch nicht wirklich versucht, auf dich zuzugehen, sobald du mir nach ... der Sache mit deinen Eltern aus dem Weg gegangen bist.«

Sie hatte einen Crush auf mich? Am liebsten würde ich grinsen und sie aufziehen, aber ich reiße mich zusammen. Damals war ich nicht Herr meiner Sinne, kein Wunder, dass es mir nicht aufgefallen ist. »Ich habe mich falsch verhalten. Das ist mir jetzt im Nachhinein klar geworden. Es tut mir leid, wie es damals gelaufen ist und dass ich mich nicht verabschiedet habe.«

»Mir tut leid, was dir passiert ist. Ich ...«

Mein Herz schlägt schneller, panischer. »Schon gut«, falle ich ihr ins Wort, bevor sie den Satz beenden kann. Ich will ihr Mitleid nicht, verdiene es nicht.

Henriette scheint zu merken, dass ich nicht darüber reden möchte. »Beim nächsten Mal sagst du was, klar?«

»Versprochen, Teampartnerin.«

»Wie bitte?«, fragt sie gespielt entsetzt. »Wo ist das Eisherz?«

Ich schmunzele. Sie weiß genau, wie sie mich aufmuntern kann und wann der perfekte Zeitpunkt ist, das Thema zu wechseln. Den Charakterzug, garstig zu werden, wenn man uns bedrängt, teilen wir. Ich merke es in dem Moment nicht und bereue es dann im Nachhinein. Henriette hat während unserer Freundschaft schnell gelernt, mich zu lesen.

Zumindest konnte sie das früher. Bis ich gelernt habe, mein Inneres zu verbergen.

Ich vertreibe den Gedanken hastig. »Entschuldige, ich meine natürlich: *Versprochen, Eisherz.*«

Sie grinst zufrieden.

Die Kälte des Albtraums verschwindet, und zum ersten Mal, seit ich schweißgebadet aufgewacht bin, breiten sich innere Ruhe und ein warmes Gefühl in mir aus.

Kapitel 14

Henriette

»Was war denn bei euch los?«, fragt mich Abi am Nachmittag auf dem Weg ins Theater.

»War es so eine Katastrophe, wie es sich angefühlt hat? Moment, bestätige es mir einfach nicht, das kann ich jetzt nicht verkraften. Unsere Benotung wird es früh genug widerspiegeln.«

»Du hast das Ganze voll gerockt, aber Lukas ...« Sie muss es nicht aussprechen, damit ich verstehe. »Egal, heute Abend haben wir Spaß und feiern, dass wir morgen früh nicht die armen Schweine sind, die die Frühstücksschicht bekommen haben, sondern ausschlafen können.«

Eigentlich habe ich keine große Lust auf eine Party, andererseits wird es mir guttun, mich abzulenken. Außerdem kann ich die Sorge nicht abschütteln, dass ich, wenn ich nicht gehe, etwas verpassen könnte und deswegen ausgeschlossen werde.

Nein, es ist nicht wie früher auf der Schule. Ich muss aufhören, immer vom Schlimmsten auszugehen. Hier bin ich offener, mehr wie Annelie. Aber mag Abi mich nur deshalb? Würde sie sich lieber mit Emily ein Zimmer teilen? Diese kommt nach wie vor nicht mit ihrer Mitbewohnerin klar, von der ich nicht einmal eine Ahnung habe, wie sie heißt. Wann immer Emily von ihr spricht, nennt sie sie den Teufel. Nicht ganz unpassend; sie versprüht stets eine Art Feuer, als liefe man in ihrer Gegenwart Gefahr, in Brand gesteckt zu werden, wenn man sich nicht vorsieht. Mit ihr will ich mich definitiv nicht anlegen und hätte mich sicher das ganze Semester lang unterm Bett verkrochen, wäre mir der Apfelschorle-Fauxpas passiert.

Wie auch immer. Ich werde zu der Party gehen, und falls es mir nicht gefällt, verlasse ich sie früher. Das war beim letzten Mal auch kein Problem für Abi.

Als wir das Theater betreten, fällt mir auf, dass die Meeresbiologie-Studierenden, deren Gesichter ich mir in der vergangenen Woche fast alle einprägen konnte, nicht mehr im ganzen Saal verstreut sind, sondern auf der linken Seite beieinandersitzen. Vermutlich ist die neue Sitzordnung automatisch passiert, wir kennen einander besser, arbeiten in denselben Schichten. Um sechs Uhr von Chefkoch Armin in der Kombüse angeschrien zu werden oder auf dem Oberdeck zu stehen und unter Schweißströmen und mit eiskaltem Wind um die Ohren an den Schoten zu ziehen, schweißt zusammen.

»Hey, hast du dich ausgeruht?«, frage ich Lukas, als ich auf den freien Platz zu seiner Rechten rutsche. Abi setzt sich neben mich. An ihrer Schulter vorbei entdecke ich Emily und den Teufel, die hintereinander den Mittelgang des Theaters herunterkommen. Sobald sie uns bemerkt, steuert Emily auf unsere Sitzreihe zu.

»Ja, hat gutgetan.« Er sieht viel besser aus als heute Morgen. Die Augenringe sind verschwunden, und er wirkt energiegeladener. Sein typisches Grinsen ist ebenfalls zurück, bereit für die Party. Lukas konnte schon immer keine auslassen.

Emily setzt sich neben Abi und lehnt sich an ihr vorbei. »Was denkt ihr, was wir hier machen?«, fragt sie. »Dieser Zeitslot steht jeden Samstag im Stundenplan.«

»Wir werden es jeden Moment erfahren«, antwortet Kai und nickt zur Bühne. Professor Waldmann läuft über das glänzende helle Holz und bleibt in der Mitte vor dem Mikrofonständer stehen.

Er tippt auf das Mikro, um zu testen, ob es an ist. »Hallo, Studierende, es ist schön, Sie alle wiederzusehen. Eine Woche auf der *Sapient Sailor* ist rum. Ich hoffe, Sie haben sich gut eingelebt. Sicher haben Sie sich schon gefragt, warum wir Sie am späten Samstagnachmittag hier versammeln, bevor es in Ihren freien Tag geht. Es steht die erste Wochenaufgabe im Wettbewerb an. Bei Ihren Pflichtaufgaben haben Sie bereits Punkte gesammelt, und mir wurde zugetragen, dass Sie sie gewissenhaft ausgeführt haben. Demnach haben alle Studiengänge gleich viele Punkte. Aber«, er macht eine Kunstpause, »wenn Sie nachher dieses Theater verlassen, wird es einen führenden Studiengang geben. Also strengen Sie sich an. Bitte holen Sie jetzt alle Ihre Handys oder Tablets heraus und öffnen Sie *SailUp*.«

Unruhe entsteht, als alle nach ihren Geräten kramen. Die meisten nutzen ihre Handys.

»Gleich werden wir ein Quiz freischalten, bei dem Sie verschiedene Fragen zu den Marquesas-Inseln gestellt bekommen. Ihre Antworten tippen Sie in das Antwortfeld ein. Punkte gibt es für jede richtige Antwort oder für die Zahl, die am nächsten dran ist. Nutzen Sie das Quiz, um etwas mehr über unseren ersten Stopp zu lernen oder zu erkennen, wo Sie noch Wissenslücken haben. Los geht's!«

Auf meinem Handydisplay erscheint die Frage: Wie viele Einwohner haben die Marquesas-Inseln?

Ich habe absolut keine Ahnung und schätze. Es folgen weitere Fragen. Wie viele Inseln gehören zum Archipel? Wie viele davon sind bewohnbar? Die einzige Frage, die ich beantworten kann, ist der Name der größten Insel. Im Anschluss an das Quiz wird mir bewusst, dass ich mich überhaupt nicht über die Orte informiert habe, die wir ansegeln. Nach der Zusage war ich zu sehr mit Annelie beschäftigt, und in der vergangenen Woche hat mich der Vortrag auf Trab gehalten. Meine Wissenslücke ist mir definitiv bewusst geworden, und ich habe vor, sie bald zu schließen.

»Was war das denn? Ich glaube, ich habe fast nichts richtig«, flüstert Abi, und Emily nickt zustimmend. Kai schnaubt und lehnt sich in seinem Stuhl zurück, woraufhin Abi ihn böse anfunkelt. Ihr Vortrag lief gut, aber die angespannten Schwingungen herrschen offenbar immer noch zwischen ihnen.

»Wir gehen die richtigen Antworten jetzt nacheinander kurz durch, und Sie sehen in der App Ihre eigenen im Vergleich dazu«, sagt Professor Waldmann ins Mikrofon.

Es stellt sich heraus, dass ich tatsächlich bis auf die größte Insel keine einzige Antwort auch nur annähernd richtig habe. Und zu unserer Überraschung hat Kai alles gewusst. Als Einziger im Raum, wodurch er fünf Zusatzpunkte für unseren Studiengang sammelt. Leider haben wir anderen beim Quiz ziemlich versagt und landen in der Wochenführung auf dem letzten Platz.

»Professorin Weber wird enttäuscht sein«, seufzt Emily.

»Wieso wusstest du alles?«, frage ich Kai.

»Weil ich ein smarter Kerl bin«, antwortet er und sieht demonstrativ in Abis Richtung.

Oje, da brodelt wirklich etwas zwischen den beiden, und es juckt mir in den Fingern, Abi danach zu fragen. Die Gelegenheit bietet sich mir eine halbe Stunde später beim Abendessen. Wir mussten heute lange in der Schlange anstehen, weil es durch den Zeitslot im Theater zu Verzögerungen mit den Vorbereitungen gekommen ist. Die Küchenhilfe Selma hat versprochen, nächste Woche in der Planung etwas zu ändern, und jedem, der zugehört hat, ins Ohr geflötet, dass beim ersten Auslandssemester eben nicht alles perfekt laufen kann.

Ich stelle mein Tablett auf den kleinen Tisch am Fenster, lasse mich neben Abi auf den Stuhl fallen und frage sie im selben Augenblick: »Ist noch was vorgefallen zwischen Kai und dir?«

Emily setzt sich auf Abis andere Seite. »Das wüsste ich auch gerne. Mich hätte es nicht gewundert, wenn ihr euch im Theater gegenseitig an die Gurgel gegangen wärt.«

»Es ist nichts passiert oder so. Mir geht es nur gewaltig auf den Nerv, dass er sich für den Größten und Schlausten hält.« Abi spießt eine Möhre von ihrem Teller auf, als würde sie sich vorstellen, es wäre Kais Augapfel.

»Na ja«, sagt Emily vorsichtig. »Er war gerade wirklich der Schlauste.«

Abi stöhnt. »Das macht es noch schlimmer, weil er uns das nie vergessen lassen wird.«

»Hey«, werfe ich ein, um sie aufzumuntern. »Wir trinken nachher einen Cocktail, beobachten dabei auf dem Horizontdeck den Sonnenuntergang, und dann sieht die Welt schon wieder ganz anders aus. Okay?«

Abi nickt und versucht sich an einem leichten Lächeln. Es wirkt eher wie eine Grimasse.

Ich deute auf die Möhren auf ihrem Teller. »Bis dahin lässt du am besten noch ein bisschen Dampf ab und spießt ein paar von Kais Augäpfeln auf.« Sind das Annelies Worte oder meine?

Abi grinst, versenkt ihre Gabel schwungvoll in einem besonders großen Möhrenstück, und die Frage verschwindet aus meinem Kopf. Emily und ich brechen in Gelächter aus.

Zehn Minuten später bringen wir unsere leeren Teller zurück zur Geschirrrückgabe und verabreden uns in einer halben Stunde auf dem Oberdeck. Vorher wollen wir uns umziehen und frisch machen. Außerdem hat Abi mir heute Morgen versprochen, meine Haare für die Party zu wellen.

Sie macht Musik an, und in kürzester Zeit gleicht unsere Kabine einem Schlachtfeld. Überall liegen Klamotten, Schuhe oder Make-up. Ich zupfe ein ausrangiertes Kleid von Abi von der Lehne und setze mich verkehrt herum auf den Stuhl. Sie steckt mein Welleneisen in die Steckdose. Na ja, nicht meins. Eigentlich ist es Annelies. Aber nach der Sache mit dem Pass fand ich es nur fair, ihr ebenfalls was wegzunehmen. Bei den ganzen Geräten, die sich in der Schublade unseres Badezimmers stapeln, hat sie das Fehlen des Welleneisens offenbar noch nicht bemerkt. Oder beschlossen, mich nicht darauf anzusprechen.

Abi greift nach einer meiner Haarsträhnen und legt sie zwischen die warmen Wellplatten. Ich spüre einen Kloß in meinem Hals aufsteigen. Früher habe ich mir immer eine Freundin gewünscht, mit der ich mich zusammen fertig machen kann. Jetzt habe ich sie und weiß gleichzeitig, dass ich damals einer Wunschvorstellung nachgejagt bin. Es gibt so viel mehr, was wichtiger ist. Vertrauen, einander zuhören, sich unbequemen Situationen zusammen zu stellen. Etwas, das ich bei Annelie nicht beobachten konnte, und in letzter Zeit frage ich mich, ob meine Schwester Freunde absichtlich emotional auf Abstand hält. Weil sie außer mir und unseren Eltern nicht noch mehr Menschen in ihrem Leben will, von denen sie einen Abschied nicht ertragen könnte.

Hastig schlucke ich den Kloß hinunter, konzentriere mich wieder aufs Hier und Jetzt. Abi hat meine Haare mittlerweile fertig gewellt und zieht das Gerät aus der Steckdose.

Der Song wechselt, und sie quietscht auf.

»Oh, ich liebe dieses Lied!« Sie summt leise den Text mit und lässt die Hüften kreisen.

»Es macht direkt gute Laune«, stelle ich fest und tippe mit der Fußspitze im Takt auf den Boden.

»Hoch mit dir«, Abi zieht mich an der Hand vom Stuhl. »Schau dich im Spiegel an, du siehst wunderschön aus!«

Gemeinsam tänzeln wir zum Ganzkörperspiegel an der Badtür. Abi lässt dabei meine Hand nicht los, wirbelt mich im Refrain einmal um meine eigene Achse. Ich lache auf, begegne meinem Spiegelbild … und erstarre.

Ich sehe anders aus. Nicht auf eine schlechte Art, nur auffälliger. Die gewellten Haare betonen mein Gesicht, verleihen mir etwas Glamouröses. Ich sehe nicht länger aus wie jemand, der hinter anderen verschwindet, und das fühlt sich gleichzeitig toll und beängstigend an.

»Gefällt es dir nicht?«, fragt Abi vorsichtig.

»Doch, schon ... Es ist nur ungewohnt.« Ich lächele sie im Spiegel an. »Aber ich mag's. Danke schön!«

»Kein Problem! Jetzt sollten wir uns aber beeilen, sonst kommen wir zu spät, und Emily macht uns die Hölle heiß.«

»Sicher, dass du sie nicht mit ihrer Mitbewohnerin vertauschst?«

Wir lachen beide.

***

Auf dem Oberdeck weht ein leichter Wind, und ich bereue es, die Jeansjacke nicht mitgenommen zu haben. Die Sonne steht eine Handbreit über dem Horizont, aber sobald sie untergegangen ist, werde ich die Jacke sicher brauchen. Es sei denn, Abi kann mich doch zu dem einen oder anderen Cocktail mehr als geplant überreden.

Ich atme tief die salzige, klare Seeluft ein. Lege den Kopf in den Nacken und betrachte die leicht geblähten Segel. Die Masten wirken hier auf offener See noch größer und majestätischer. Sie tragen die Segel, die uns unermüdlich über das Wasser gleiten lassen. Der Hilfsmotor hingegen wird mit seinem hohen Dieselverbrauch und dem Abgasausstoß nur dann genutzt, wenn Segeln nicht möglich ist, wie bei der Ausfahrt aus dem Hafen von Los Angeles.

Kein Fleck Land ist am Horizont zu sehen, wir sind von allen Seiten umgeben vom endlos wirkenden Pazifik. Eine Mischung aus Ehrfurcht und Freiheit breitet sich in mir aus. Ich fühle mich sicher auf der *Sapient Sailor*, die den kräftigen Wellen trotzt. Die Weite des Ozeans lässt meine Sorgen kleiner und unbedeutender erscheinen. Vergeblich habe ich in den letzten Tagen auf Heimweh gewartet. Ich habe mich gut eingelebt, genieße den Abstand von zu Hause, und vor allem genieße ich die permanente Nähe zum Meer. Am Anblick der weißen Schaumkronen, die auf dem Blau tanzen, kann ich mich einfach nicht sattsehen. Der Ozean funktioniert in einem steten Rhythmus, den nichts erschüttern kann. Ein bisschen so, wie ich werden will. Die Wellen stehen für mich für Mut, Widerstandsfähigkeit und Stärke. Manchmal glaube ich, sie sind bereits in meinem Herzen, ich muss sie nur finden. Zum Glück habe ich während des Semesters noch viele Wochen Zeit dafür.

»Wie geht es dir mit dem ständigen Schaukeln?«, fragt Abi und sieht sich nach Emily um.

»Ich habe mich dran gewöhnt.«

»Geht mir genauso. Aber ich habe gehört, dass einige von den Sprachwissenschaftlern Probleme damit haben und viele Stunden seekrank im Bett verbringen.«

»Dabei gab es noch nicht mal einen Sturm.«

»Beschrei es nicht«, sagt Emily hinter uns. In ihrem Blütenkleid wirkt sie wie eine Elfe, was durch ihre markanten Ohren, die nach oben hin leicht spitz zulaufen, verstärkt wird. Die Haare hat sie zu einem Kranz geflochten.

»Sorry.« Ich versiegele meine Lippen mit einem imaginären Schlüssel und werfe ihn über Bord.

Nachdem wir eine Weile lang den Sonnenuntergang beobachtet haben, machen wir uns auf den Weg zur Bar und stellen uns hinter zwei Studenten an.

Hinter dem Tresen arbeitet dieselbe Barkeeperin wie am Icebreaker-Abend, aber diesmal lehnt Vicky neben ihr. In der letzten Woche habe ich sie erst zweimal gesehen, doch ihre Lektionen tagelang in meinen Armen gespürt.

Sie pustet sich eine blonde Haarsträhne aus der Stirn und scheint die Barkeeperin neben dem Mixen und Schütteln der Getränke in ein Gespräch zu verwickeln.

»Er ist unglaublich«, sagt Vicky, als ich an der Reihe bin. »Charmant, die gleiche Leidenschaft und …«

Die Barkeeperin wirft ihr einen scharfen Blick zu. »Ich muss arbeiten, Vicky! Erzähl mir das nachher.«

»Du bist eine Spielverderberin, Paula«, grummelt Vicky, stößt sich vom Tresen ab und schlendert davon.

Paula lächelt mich entschuldigend an. »Was darf es für dich sein?«

»Einen Mojito, bitte.« Ich halte meine Bordkarte an das Kartenlesegerät. Emily und Abi sind in ein Gespräch vertieft, das sie nur kurz für eine abwesend aufgegebene Bestellung unterbrechen. Jetzt bin ich es, die Paula entschuldigend anlächelt, aber sie winkt ab und beginnt damit, alle drei Getränke gleichzeitig zu mixen. So flink und leichtfertig, dass ich ihr beeindruckt zuschaue. Sie steckt Glasstrohhalme in die Gläser und schiebt sie mir über den Tresen zu. Ich stupse meine Freundinnen sanft mit dem Ellbogen an, um ihre Aufmerksamkeit zu erregen.

Abi schaut auf … und erstarrt, sobald sich ihr Blick mit Paulas kreuzt. Dann greift sie hastig nach ihrem Cocktail und wendet sich vom Tresen ab. *Okay,* das war merkwürdig.

»Setzen wir uns auf die Loungemöbel an der Reling?«, fragt Abi und deutet auf eine Sitzgruppe, die noch frei ist.

»Gerne«, antworte ich.

»Nimm mein Getränk, Henriette, dieser Nautiker da vorne scheint es auf unsere Couch abgesehen zu haben!« Emily drückt mir ihr Glas in die Hand, das ich eher aus einem Reflex umfasse. Dann sprintet sie los, der Rock ihres Kleides flattert ihr um die Beine. Sie schmeißt sich quer über die Sitzgruppe, als hinge ihr Leben davon ab, und scheucht den athletischen Nautiker, der nur wenige Sekunden nach ihr eintrifft, mit klimpernden Wimpern fort.

Abi kichert. »Emily ist der Knüller.«

»Der arme Kerl, siehst du seinen Hundeblick?«

Der Nautiker sagt etwas zu Emily, doch sie streckt nur alle Gliedmaßen von sich, um die gesamte Couch zu bedecken. »Sorry, hier ist kein Platz mehr«, höre ich sie sagen, sobald wir nah genug sind. Der Student grummelt etwas Unverständliches und zieht ab. Triumphierend richtet sich Emily auf und grinst uns an. »Na, wie war ich?«

»Du bist meine persönliche Heldin«, sagt Abi.

»Das ist das Mindeste«, entgegnet Emily und zuckt mit den Schultern. »Nur schade, dass ich bei ihm wohl nicht mehr landen werde. Dabei war er echt sympathisch.«

Ich reiche ihr das Glas mit dem Wodka-O, und sie nimmt einen großen Schluck der orangefarbenen Flüssigkeit.

Wir machen es uns auf dem Loungesofa bequem, lauschen der Popmusik, die aus den Lautsprechern dröhnt, und nippen an unseren Drinks.

»Meine beiden kleinen Schwestern vermissen mich sehr und rufen ständig an«, erzählt Abi. »Wie kommen eure Familien mit eurer Abwesenheit klar?«

»Ich bin schon vor Jahren zu Hause ausgezogen, deshalb ändert sich nicht wirklich was, außer, dass ich Weihnachten nicht da sein werde«, sagt Emily.

»Und deine, Henriette?«

»Gut«, sage ich und spüre Panik in mir aufwallen. Ich will nicht darüber reden, möchte nur hier sitzen, meinen Mojito genießen und dem allgegenwärtigen Meeresrauschen lauschen. Möchte nicht an Annelie denken, die schon so viele meiner schönen Momente kaputtgemacht hat.

Abi betrachtet mich kurz und eingehend, und ich werde nervös. Nimmt sie mir meine abweisende Antwort übel? Sie erzählt mir immer offen von ihrer Familie, aber ich kann das nicht erwidern, *will* es nicht.

»Ich gehe mir Nachschub holen«, sagt Abi und steht auf. »Braucht ihr auch noch was?«

Mein Glas ist halb voll, daher schüttele ich den Kopf. Aber Emily erhebt sich ebenfalls. »Mein Handyakku ist gleich leer, ich hole mir von unten eine Powerbank. Passt du so lange auf mein Getränk auf, Henriette?«

»Na klar«, sage ich und bin froh, dass ich kurz allein bin. Abi sieht aus, als wollte sie bei mir bleiben, aber ich lächele sie an und scheuche sie davon. Ich komme klar. Mehr noch, die kurze Pause beruhigt meinen Herzschlag, lenkt meine Gedanken von Annelie weg. Ich schließe die Augen, blende *Closer* von The Chainsmokers und den Gesprächslärm aus und konzentriere mich auf das Meeresrauschen und den Wind. Auf das leise Flattern der Segel und das sanfte Wiegen des Schiffs.

»Henriette?«, ertönt eine mir bekannte Stimme direkt neben mir, und ich zucke zusammen. Lukas lässt sich auf das Sofa fallen. In seiner Hand hält er ein langes, schmales Glas, in dem Eis, Minzblätter und eine Limette schwimmen. Die Vorliebe für Mojitos teilen wir offenbar. »Ich dachte, du bist eingeschlafen.«

»Nein, ich habe nur die wundervolle Ruhe genossen.«

»Tja, jetzt kannst du meine wundervolle Anwesenheit genießen.«

Ich stoße spielerisch mit der Schulter gegen seine. »Ja klar, alles an dir ist wundervoll, korrekt?«

Er hebt vielsagend die Augenbrauen. »So ziemlich alles. Wundervoll und *groß*artig.«

Ich muss grinsen. Dieser Schlagabtausch erinnert mich sehr an früher.

Durch das Anstoßen bin ich unbemerkt an ihn herangerutscht, sitze so dicht neben ihm auf der Couch, dass unsere Oberschenkel sich berühren und mir sein frischer, zitroniger Geruch in die

Nase dringt. Offenbar benutzt er noch dasselbe Parfüm wie früher. Warum auch immer ich mich daran erinnern kann.

Sein Oberschenkel reibt leicht an meinem. Mein Herz setzt einen Schlag aus, Hitze breitet sich von der Stelle aus, scheint sich wie ein Inferno durch meinen gesamten Körper zu fressen. War die Bewegung ein Versehen oder Absicht?

Ich drehe mein Gesicht zu seinem, hebe das Kinn, um ihm in die Augen schauen zu können. Ein Flattern erwacht in meiner Brust. Sicher eine alte Erinnerung an die Zeit, in der ich einen Crush auf ihn hatte. Lukas beugt sich zu mir, ich spüre seinen Atem auf meiner Haut. Unsere Lippen sind nur noch eine Handbreit voneinander entfernt; wenn ich mich ein Stück zu ihm hochrecke, könnte ich mit meinen über seine streifen. Sie sehen weich aus, einladend.

Ich will die letzte Distanz zwischen uns überbrücken. Unbedingt. Ich suche nach einem Funken Mut in mir, spüre jedoch nur das hastige Klopfen meines Herzens, das meinen gesamten Körper unter Strom setzt.

Lukas' Adamsapfel hüpft, als er schluckt. Er sagt nichts, rückt nicht von mir ab, starrt mich nur an. Mit diesen verdammten braunen Augen, mit denen er so viel mehr ausdrücken kann als mit Worten. Ich bin wie erstarrt, fasziniert von dem Braun, von dem Kribbeln in meinem Bauch, der Nähe zu ihm, die sich so intensiv anfühlt wie nie zuvor.

Die Luft um uns herum scheint wie aufgeladen zu sein. Konkurriert mit all der Spannung in meinem Inneren. Mich überkommt der Wunsch, ihm noch näher zu sein. Eine Hand auf seinen Oberschenkel zu legen, die andere an seine Wange. Der Drang, mit den Fingern die leichten Bartstoppeln entlangzufahren, sie erst damit, dann mit meinen Lippen zu erkunden, ist beinahe übermächtig.

Schritte erklingen neben mir, reißen mich aus der Trance. Ich zucke zusammen, rutsche hastig von Lukas ab. *Verdammt.* Was war das? Habe ich den Verstand verloren?

Emily lässt sich neben mich fallen. »Sorry, störe ich?«

»Nein, gar nicht«, antworte ich schnell und kämpfe gegen meine heißer werdenden Wangen an. Ich vermeide es, zu Lukas zu schauen.

»Wo ist Abi?«

Ich runzele die Stirn. »Hast du sie nicht an der Bar gesehen?«

»Nein. Aber da herrscht ziemlicher Andrang, vielleicht deshalb nicht.« Sie lehnt sich an mir vorbei. »Hey, Lukas. Wo hast du deinen Mitbewohner gelassen?«

»Hab ihn auf halbem Weg zur Bar verloren, weil er unbedingt mit einer Sprachstudentin flirten musste.«

Emily lacht. »Passt zu ihm. Aber wahrscheinlich besser so. Ich schwöre, es fehlt nicht mehr viel, dann kratzt Abi ihm die Augen aus.«

»Und er ihr«, werfe ich ein.

Wir lachen, aber ich merke sofort, dass Lukas' nicht aufrichtig ist. Ich kann es verstehen. Meine Gedanken rasen, um einen Sinn in die letzten paar Minuten zu bringen. Und dann ist da immer noch dieses verfluchte Kribbeln in mir, das einfach nicht verschwinden will.

Abi tritt vor uns. »Was ist so lustig?«

Emilys Lachen überschlägt sich und hört sich an wie ein Grunzen. Sie presst eine Hand vor ihren Mund. »Oje, Entschuldigung, das passiert mir manchmal.«

Irgendwie macht es die Situation noch komischer. Endlich verblasst das Kribbeln, während wir alle vier gemeinsam lachen. Vielleicht ist es der Alkohol, der uns albern macht. Oder die Tatsache, dass die erste Woche anstrengend war und der Stress jetzt von uns abfällt.

Ich fühle mich so wohl wie lange nicht mehr in der Gegenwart anderer Menschen. Daran kann auch der Fast-Kuss mit Lukas nichts ändern. Aber vor allem Emily und Abi geben mir etwas, wonach ich in München vergeblich gesucht habe. Hätte ich das früher schon haben können, wenn Annelie und ich altersmäßig weiter als elf Monate auseinander wären? Wenn wir nicht in dieselbe Klasse gegangen wären und ich die Gelegenheit gehabt hätte, unabhängig von ihr Freundschaften zu schließen?

Darauf werde ich niemals eine Antwort erhalten, deshalb schiebe ich die Fragen von mir. Ich möchte genießen, wie es jetzt ist.

Ich lasse mir von Emily einen zweiten Mojito mitbringen, stürme mit ihr und Abi später sogar auf die Tanzfläche. Versuche dabei, Lukas auszublenden, der sich neben mir mit einer brünetten Studentin im Takt der Musik bewegt.

Eine Frau, die viel besser an seine Seite passt als ich. Lange, sonnengebräunte Beine, eine üppige Oberweite und Bewegungen, die vor Selbstbewusstsein strotzen. Sie reibt sich mit einem lasziven Augenaufschlag an seiner Hüfte. Ein Stich fährt mir in die Brust, und ich wende mich ab.

Ich bin hergekommen, um mein Studium voranzubringen, die verlorene Zeit durch den Bachelor in Biologie wettzumachen und mich mit einer hervorragenden Qualifikation auf den Master bewerben zu können. Nicht, um mich von Lukas durcheinanderbringen zu lassen oder um zu riskieren, dass körperliche Anziehung mich ablenkt.

Wir sind Teampartner. Mehr nicht.

Und das werde ich ihm klarmachen. Morgen, wenn wir beide wieder nüchtern sind.

Kapitel 15

Lukas

Was zur Hölle ist gerade fast passiert? Das Knistern zwischen Henriette und mir war übermächtig, ich hatte keine Kontrolle mehr über meinen Verstand, bin ihr immer nähergekommen. Nie zuvor wollte ich jemanden so sehr küssen wie sie in diesem Augenblick.

Dennoch bin ich froh, dass sie zurückgewichen ist. Früher oder später würde ich sie sicher verletzen, ihre Erwartungen enttäuschen oder ihr nicht gerecht werden. Dafür ist sie mir zu wichtig. Henriette ist kein One-Night-Stand, den ich anschließend nicht mehr wiedersehe. Sie ist meine Teampartnerin, meine ehemals beste Freundin, mein Anker in sturmgepeitschten Wellen.

Deshalb konzentriere ich mich auf die Frau mir gegenüber. Ihre lockigen braunen Haare sind so anders als Henriettes. Ihre Haut ist sonnengebräunt, sie ist groß und hat eine kurvige Figur. Sie ist das genaue Gegenteil meiner Forschungspartnerin und damit perfekt, um mich abzulenken. Um das Kribbeln zu vergessen, das meinen gesamten Körper ausfüllte, als Henriettes Lippen dicht vor meinen schwebten. Um die Sehnsucht loszuwerden, die mich drängte, die Hände in ihren roten Haaren zu vergraben und sie an mich zu ziehen.

»Du bist nicht bei der Sache«, sagt Melia. Sie legt eine Hand auf meinen Oberschenkel, rutscht auf dem Loungesofa ein Stück zu mir heran.

Wir haben uns auf die am weitesten vom Trubel entfernte Sitzgruppe verzogen. Ich bin mir nicht sicher, ob das eine gute Idee war. Vielleicht hätte ich sie mit auf meine Kabine nehmen sollen? Ich muss dafür sorgen, dass meine Gedanken still sind, mein Körper Lust empfindet und das Herzklopfen vergisst. Oder?

»Sorry«, sage ich und lege zögernd eine Hand an ihre Hüfte.

Das Flutlicht auf dem Deck reicht kaum bis hierher, sodass ich nur ihre Umrisse erkenne. Aber das genügt, um zu registrieren, wie ihr Blick zu meinem Mund huscht. Sie neigt den Oberkörper ein Stück zu mir, ich spüre ihre Nähe und ihren warmen Atem. Wie vorhin bei Henriette.

Ich sehe ihre Meeraugen, das freche Grinsen und die roten Haare noch genau vor mir, und plötzlich ist sie wieder überall. In meinen Gedanken, meiner Lust, meinem Herzklopfen. Alles in mir schreit nach Henriette, nicht nach der Frau neben mir. Ich kann das hier nicht.

Ich ziehe meine Hand von Melias Hüfte, im selben Moment gleiten ihre Finger meinen Oberschenkel hinauf. Ich erstarre, hadere mit mir, ob ich der körperlichen Begierde nicht doch einfach nachgeben soll. Fordernd presst Melia ihre Finger auf meinen Schritt, aber ich kann nur noch darüber nachdenken, dass Henriette stattdessen sanft darüberstreichen, mich necken und mit mir spielen würde, bevor sie mir endlich gibt, wonach ich lechze. Nein, das hier fühlt sich auf so vielen Ebenen verdammt falsch an.

Entschlossen schiebe ich Melias rote Fingernägel von meiner Hose. »Tut mir leid, aber das wird heute nichts.«

Sie zieht einen Schmollmund. »Bist du sicher? Wir können auf meine Kabine gehen.«

Das hier zuzulassen, wäre nicht nur Melia, sondern auch Henriette gegenüber unfair. Es wäre egoistisch und nur ein Beweis dafür, dass ich kein Stück besser als mein Vater bin. Mal ganz davon abgesehen, dass sich bei der Vorstellung, mit Melia auf ihre Kabine zu gehen, ihre Lippen statt Henriettes auf meinen zu spüren, alles in mir zusammenkrampft.

»Ganz sicher.« Ich erhebe mich vom Loungesofa. »Ich gehe jetzt, gute Nacht.« Dann drehe ich mich um und verschwinde. Sie ruft mir etwas nach, doch die Musik ist zu laut, um sie zu verstehen.

Mit jedem weiteren Schritt in Richtung Kabine ballt sich in meinem Unterleib mehr Druck zusammen. Angeheizt durch die Erinnerung an Henriettes warmen Atem, als unsere Lippen sich beinahe berührt hätten, und meine rege Fantasie. Je mehr ich versuche, meine Gedanken von ihr fortzulenken, desto stärker scheint Henriette sie zu erobern, bis der Druck von einer sengenden Hitze ummantelt wird.

Ich muss dringend etwas dagegen unternehmen. Sie und dieses Verlangen nach ihr loswerden.

An meiner Kabine angekommen, halte ich meine Bordkarte an das Türschloss und trete ein. Drinnen ist es dunkel, Kai ist nicht hier. Ich knipse das Licht an, stoße dabei etwas am Haken neben dem Lichtschalter an, das hin und her schaukelt.

Der Türanhänger.

Ich stoppe ihn mit den Fingern, dann zögere ich und nehme ihn ab. Hänge ihn außen an die Klinke, mit der Nicht-stören-Seite nach vorne. Keine Ahnung, wann Kai wiederkommt, aber ich brauche jetzt ein paar Minuten meine Ruhe.

Dann schnappe ich mir Taschentücher, ziehe Jeans und Unterhose aus und lege mich ins Bett. Ich schließe die Augen, umfasse meinen Schaft und stelle mir vor, es wären Henriettes Finger. Kurz durchzuckt mich das schlechte Gewissen, aber eine Welle der Lust löscht es in der nächsten Sekunde aus. Ich lasse die Hand auf und ab gleiten, nein, Henriette macht das. Dabei bedenkt sie mich mit diesem frechen Grinsen, bevor sie ihre Lippen an meinen Hals senkt und sanft hineinbeißt, mich reizt, während der Druck ihrer Finger fester wird.

Ich drücke den Rücken in die Matratze, stöhne auf und höre Henriettes leises Lachen. Ihr Daumen fährt über meine Spitze, reibt den Lusttropfen fort, und ich wünschte, sie würde ihn zwischen ihre Lippen gleiten lassen, mein Verlangen nach ihr auf ihrer Zunge schmecken.

Mein Stöhnen wird lauter, Henriettes Bewegungen schneller. Sie übt genau den richtigen Druck aus. Facht damit das Feuer in meinem Inneren immer stärker an, bis es mich erfüllt, ich nur noch aus Empfindungen bestehe. Unablässig und ohne das Tempo zu verlangsamen, pumpt sie meinen Schwanz. Ich weiß, es dauert nicht mehr lange, bis ich komme, und wünschte, sie würde es mit ihrem Mund zu Ende führen. Als hätte sie meine Gedanken gelesen, schenkt sie mir ein weiteres freches Lächeln, bevor sie mit ihren Lippen an mir herabgleitet. Sie wandern über meinen Oberkörper, reizen meine rechte Brustwarze, lecken über den Streifen Haar auf meinem Unterbauch und sind dann endlich da, wo ich sie brauche.

Ihr Mund schließt sich um meine Eichel, ihre Zunge umspielt die Spitze, und ich versuche, mich zurückzuhalten, aber verdammt, ich kann nicht und stoße in ihren Mund. Erobere sie, während sie es zulässt und ...

In der nächsten Sekunde steigert sich der Druck in meinem Inneren zu einem Höhepunkt und entlädt sich. Ich pumpe in Henriettes Rachen, spüre, wie ein Teil meiner Lust ihren Lippen entweicht und auf meinen Bauch tropft. Ich kann kaum klar denken, während mein Stöhnen durch das Zimmer hallt, aber eines weiß ich mit Sicherheit: Ich werde sie jeden einzelnen Tropfen davon auflecken lassen.

Ein lautes Klopfen holt mich in die Realität zurück. Ich reiße die Augen auf, finde mich in der Kabine wieder.

Allein.

Sofort überkommt mich Scham. Habe ich mir gerade ernsthaft einen Blowjob von der einen Frau ausgemalt, die auf der *Sapient Sailor* tabu für mich ist? Und fuck, dabei war ich so sehr in meinen Tagträumen gefangen, dass ich nicht einmal daran gedacht habe, die Taschentücher zu benutzen. Mein Bauch ist klebrig, das Sperma verfängt sich in meinem Haar und läuft hinab, gefährlich nah am Bettlaken.

Eilig greife ich nach einem Tuch, während es wieder klopft. Laut und durchdringend. »Luuukas!«, blökt Kai von draußen.

»Da hängt ein verdammtes Schild, du Pisser!«, schreie ich zurück und versuche, mich irgendwie sauber zu bekommen, bevor Kai einfach hereinplatzt.

Stattdessen klopft er wieder. »Mach a-auf!«

Hat er seine Bordkarte vergessen? Gut für mich, so kann ich mich hastig sauber wischen und mir eine Hose überziehen, bevor es peinlich wird. Dann eile ich zur Tür und lasse ihn herein.

»Free to join«, grölt Kai mit dem Türschild in der Hand. »Ich bin be-be …«, lallt er und bricht ab, weil er in der nächsten Sekunde das Gleichgewicht verliert, gegen die Wand prallt und der Länge nach im schmalen Flur neben dem Bad aufschlägt.

Ich warte auf einen Schmerzenslaut oder Schrei, aber nichts. Kai bleibt reglos liegen.

Na super. Das habe ich heute Abend echt noch gebraucht.

***

Die Nacht war beschissen. Nachdem ich die Tür zugeschlagen, Kai vom Boden hochgehievt und ins Bett verfrachtet habe, war ich unruhig. Immer wieder habe ich auf Kais Atemzüge und sein leises Ächzen gelauscht, mir Sorgen gemacht, dass er doch noch in Ohnmacht fallen könnte. Wenn mein Fokus nicht auf Kai gelegen hat, sind meine Gedanken zu Henriette abgedriftet. Das Auslandssemester steht für mich an oberster Stelle und damit ein funktionierendes Forschungsteam. Ich kann nicht leugnen, dass zwischen uns eine Anziehung herrscht, aber ihr nachzugeben, darf auf keinen Fall passieren. Das schließt auch Fantasien wie die von gestern Abend ein.

Irgendwann bahnt sich Sonnenlicht einen Weg durch die Vorhänge vor dem Bullauge, und ich gebe den Versuch auf, noch mal einzuschlafen. Wie ein Zombie sitze ich beim Frühstück, suche mir extra einen Tisch allein. Sobald ich Henriette am Büfett entdecke, bringe ich schnell mein Geschirr weg und verlasse den Saal. Der Gedanke, ihr jetzt zu begegnen, macht mich nervös. So kenne ich mich gar nicht, normalerweise bin ich direkt und scheue mich nicht davor, Frauen meine Bedürfnisse zu kommunizieren.

Zurück auf der Kabine atme ich tief durch. Kai kommt aus dem Bad und erstarrt, sobald er mich erblickt. Vielleicht lässt meine Miene darauf schließen, wie angefressen ich auf ihn bin. Seine Aktion gestern Nacht war echt uncool. Das Schild zu ignorieren, ist eine Sache, aber so besoffen zu sein, dass er auf dem Boden liegen bleibt und ich ihm helfen muss, ist etwas ganz anderes. Ich feiere gerne, trinke auch mal ein paar Gläser über den Durst, aber es gibt für mich eine klare Grenze.

Wortlos gehe ich an ihm vorbei und klappe die beiden Bullaugen an. Hier stinkt es wie im Pumakäfig, würde meine Mutter jetzt sagen. Was mich daran erinnert, sie nachher anzurufen. Obwohl sie mir bei unserem letzten Telefonat eingebläut hat, sie komme klar, kann ich meine Sorge um sie nicht abschütteln.

»Hey«, sagt Kai hinter mir.

Ich gehe an ihm vorbei, um mir im Bad die Zähne zu putzen. Er hält mich am Arm zurück.

»Können wir bitte kurz reden? Ich möchte mich für gestern Abend entschuldigen.«

Eigentlich habe ich keine große Lust, ihm zuzuhören, aber ich habe Kai in den letzten Wochen liebgewonnen und möchte ihm wenigstens die Chance geben, sich zu erklären. Totalabstürze haben fast immer einen Grund.

Sobald ich in Kais blasses Gesicht sehe, das von dunklen Schatten dominiert wird, bestärkt sich meine Vermutung, dass er Redebedarf hat.

»Okay«, lenke ich ein und deute auf unseren kleinen Tisch mit den zwei Stühlen. »Zieh dir was an, dann können wir reden.« Bevor ich mich setze, hole ich ein in eine Serviette eingeschlagenes Butterbrötchen heraus und lege es auf den Tisch. »Ich habe dir was aus dem Speisesaal mitgebracht. Du bekommst es im Tausch gegen eine Erklärung, was gestern Abend mit dir los war.«

Er verzieht das Gesicht. »Ich schwöre, ich kotze, wenn ich jetzt was esse.«

Ich lache auf. »Das hast du bei deinem letzten Kater auch gesagt, aber es ging dir schlagartig besser, sobald du was im Magen hattest.«

»Besserwisser«, grummelt Kai und verschwindet hinter der Tür seines Kleiderschranks.

Ich ziehe mein Handy aus der Tasche und schreibe meiner Mutter eine Nachricht, um sie zu fragen, wann sie heute Zeit zum Telefonieren hat. Kai setzt sich neben mich, und ich lege es mit dem Display nach oben auf die Tischplatte.

»Zuerst möchte ich noch mal sagen, dass es mir wirklich leidtut. Normalerweise kenne ich meine Grenzen.«

»Immerhin hast du eigenständig zurück auf die Kabine gefunden«, erwidere ich trocken.

»Was das angeht ...« Er verzieht das Gesicht. »Abigail hat mich hergebracht. Sie war der oberste Kontakt in meinem Handy, ich habe sie angerufen, und sie hat mich eingesammelt.«

Ich kann nicht anders, ich muss lachen. »Himmel, sie wird so sauer sein!«

»Wird sie. Und das Schlimmste ist, ich mag sie wirklich, obwohl sie manchmal eine Nervensäge sein kann.«

Ich wackele zweideutig mit den Brauen.

»Nicht auf diese Weise. Eher so, wie du Henriette magst.«

Ich verschlucke mich beinahe an meiner eigenen Spucke. Er hat ja keine Ahnung. »Ich schlafe nicht mit Henriette, wir sind nur Forschungspartner.«

»Abi und ich mittlerweile auch. Es lief ein Mal was zwischen uns, aber seit wir ein Team sind, möchte ich es nicht wiederholen. Sie sowieso nicht, schätze ich, in letzter Zeit läuft sie nämlich ständig mit diesem verliebten Grinsen rum, über das sie mir nicht mehr verraten will. Aber egal. Worauf ich hinauswill, ist, dass wir besser auf einer freundschaftlichen Ebene funktionieren.«

»So wie Henriette und ich«, sage ich schnell. Um mich selbst davon zu überzeugen? Denn die Einteilung in ein Forschungsteam hat bei mir das genaue Gegenteil von Kai bewirkt. Durch die viele Zeit, die wir miteinander verbringen, ist es überhaupt erst dazu gekommen, dass wir einander fast geküsst hätten. »Zurück zum Anfang. Wie kam es zu deinem Absturz?«

Kai weicht meinem Blick aus, atmet tief durch. »Eventuell habe ich meine Eltern darüber angelogen, wo genau ich mich in den nächsten Monaten befinde, und sie haben es gestern rausgefunden.«

»Du ... was?«

»Es ist kompliziert. Durch die Zeitverschiebung war es bei ihnen morgens, hier abends, sodass ich direkt auf der Party von ihnen konfrontiert wurde. Ich habe das einfach nicht gepackt, wollte es vergessen, also habe ich getrunken und ... irgendwie nicht mehr aufgehört. Keine Ahnung, was passiert ist, irgendwann lag ich auf dem Deck, habe mir die Sterne angesehen und Abi angerufen. So, jetzt weißt du Bescheid. Bekomme ich das Brötchen?«

Ich bin verwirrt. Hunderte Fragen schwirren durch meinen Kopf, aber ich möchte Kai nicht drängen, mir mehr Details zu geben. Es ist seine Entscheidung, wie viel er mir anvertraut. »Eine Sache noch, bevor du es bekommst. Ich hoffe, du weißt, dass ich für dich da bin, wenn du reden willst. Egal wann. Und was deine Eltern angeht ... du kannst es nicht ewig vor dir herschieben, mit ihnen zu sprechen. Klar bist du erwachsen und kannst eigene Entscheidungen treffen, aber du wohnst noch bei ihnen, und dass du einfach verschwunden bist, macht sie sicher krank vor Sorge. Das willst du doch nicht, oder? Vielleicht klärst du das besser jetzt, bevor es nach deiner Rückkehr in fünf Monaten so richtig eskaliert?« Ich schenke ihm ein aufmunterndes Grinsen.

Er erwidert es nicht, stattdessen wirkt er traurig. »Ich habe es so satt, wie ein Kind behandelt zu werden, seit ...« Er zögert, seine Augen wandern zu seiner Prothese. »Seit ich meinen Arm verloren habe. Irgendwann werde ich bestimmt auf dein Angebot zurückkommen, aber aktuell will ich nicht darüber reden, sondern nur mein Leben und das Gefühl von Freiheit genießen.«

»In Ordnung. Solange du nicht wieder bis fast zur Ohnmacht säufst und ich mir ernsthaft Sorgen machen muss, ob du im Schlaf krepierst, bin ich beim Leben genießen voll dabei.«

»Danke, Lukas«, antwortet er ernst. Sein Schalk ist verschwunden und durch eine Ernsthaftigkeit ersetzt, die ich bisher nicht an ihm erlebt habe. Ich erinnere mich daran zurück, wie ich ihm das erste Mal begegnet bin und mir sofort sicher war, er hütet hinter dieser fröhlichen Fassade eine verletzte Seele.

Kai anzusehen ist, wie in einen Spiegel zu schauen. Der Blick hinein schmerzt und tut gleichzeitig gut. Weil er mir die Gewissheit bringt, dass ich nicht allein bin. Kai ist wie ich. Vielleicht macht uns das zusammen ein bisschen weniger verloren.

Mein Mitbewohner schlägt mit der flachen Hand auf den Tisch. »Melancholie beiseite, was stellen wir heute an?«

»Ich wollte gleich ins Gym. So, wie du aussiehst, bist du da eher raus, oder?«

»Definitiv. Außerdem muss ich zur Verwaltung, weil meine Bordkarte weg ist. Ich hatte sie gestern Abend noch, da habe ich mit ein paar Nautikstudenten Shots an der Bar gekippt. Danach war sie verschwunden, wahrscheinlich habe ich sie verloren.« Er zuckt mit den Achseln. »Aber hast du Bock, am Nachmittag mit ins Theater zu kommen? Sie zeigen da heute *Black Widow*.«

»Klar, wann geht's los?«

Mein Handy vibriert, sicher meine Mutter. Ich werfe einen kurzen Blick darauf und entdecke überrascht eine Alarm-Nachricht von *SailUp*, die direkt auf unsere Displays projiziert wird. Mein Herz macht einen Satz, sobald ich Professorin Webers Namen als Absenderin lese.

»Wir haben heute unseren freien Sonntag!«, beschwert sich Kai, der die Nachricht ebenfalls bekommen hat.

»Ich habe das ungute Gefühl, dass sich unsere Pläne gerade in Luft aufgelöst haben.«

Kai sieht auf, unsere Blicke treffen sich. »Dito.«

Ich tippe auf die Nachricht, in der uns Professorin Weber umgehend in den Lehrraum zitiert. Sofort ist mir klar, dass etwas passiert sein muss.

Kapitel 16

Lukas

Im Lehrraum werden wir bereits von Professorin Weber erwartet. Ihre Miene ist grimmig, sie hat die Arme vor der Brust verschränkt. Wie ein Zinnsoldat steht sie hinter ihrem Pult und flößt mir einen ziemlichen Respekt ein. Kai, der neben mir am Tisch sitzt, scheint es ähnlich zu gehen. Die Viertelstunde, die es dauert, bis sich der Raum gefüllt hat und die restlichen Kommilitonen eingetroffen sind, ist die nervenaufreibendste der letzten Woche.

Was nicht daran liegt, dass ich Henriette die ganze Zeit in meinem Nacken spüre. Denn die Plätze, die wir am ersten Tag eingenommen haben, sind geblieben, als gäbe es eine festgelegte Sitzordnung. Ihre Anwesenheit hinter mir nach dem gestrigen Abend lässt mich auf dem Stuhl herumrutschen, aber schlimmer ist, nicht zu wissen, warum Professorin Weber vor Wut zu kochen scheint. Zu genau habe ich noch ihre Drohung im Ohr, dass wir jederzeit von der *Sapient Sailor* verwiesen werden können. Die Marquesas-Inseln sind nicht mehr weit entfernt und damit gleichzeitig die nächste Möglichkeit, nach Hause zu fliegen ...

Stopp, du hast nichts gemacht, ermahne ich mich selbst. *Du hast dich an jede Regel gehalten, nur deinen ersten Vortrag in den*

Sand gesetzt. Doch es hilft nicht, mein Puls spielt weiterhin verrückt. Denn wann immer es in den letzten Jahren Probleme gab, war ich mehr oder minder freiwillig der Hauptakteur. Oft habe ich schon in Schwierigkeiten gesteckt, ohne überhaupt zu wissen, was ich angestellt habe. Mit meinem Stipendium darf ich mir keinen Fehltritt leisten, so viel steht fest.

Sobald alle sitzen, räuspert sich Professorin Weber. Nicht, dass es nicht ohnehin totenstill im Raum gewesen wäre. »Ich bin enttäuscht von euch.«

Warum beginnen alle Strafpredigten gleich? Enttäuschung ist ein Gefühl, das Gift gleicht. Ich kann beinahe dabei zusehen, wie es in jeden einzelnen Studierenden in diesem Raum eindringt, als hätte unsere Professorin mit ihren Worten ein Gas freigesetzt. Wir rutschen tiefer in unsere Stühle.

»Gestern Nacht wurde etwas gestohlen, von dem Sie alle wissen, wie wichtig es mir ist. Mir ist klar, dass die meisten von Ihnen am Abend auf der Party auf dem Horizontdeck waren, aber ich hätte nicht gedacht, dass mein geliebtes Maskottchen Opfer eines Partystreichs werden könnte.«

Sofort zuckt mein Blick zur Tafel. Auf der Ecke, über der in der vergangenen Woche der Oktopus klemmte, herrscht gähnende Leere. Ich war so aufgewühlt, es ist mir nicht einmal aufgefallen.

»Ich gehe davon aus, dass nicht alle von Ihnen daran beteiligt waren«, fährt Professorin Weber fort, »deshalb werde ich Sie gleich allein lassen, damit die Schuldigen sich bekennen können und das Maskottchen unverzüglich zurückbringen. Ich habe von Anfang an deutlich gemacht, wie wichtig mir ein erwachsenes Benehmen ist, deswegen ziehe ich Ihnen zur Strafe fünfzig Punkte im Wettbewerb ab.«

Damit haben wir nur noch 430 Punkte und rutschen hinter die Nautiker auf den letzten Platz.

»Wie bitte?«, platzt es aus Kai heraus. »Aber das ist ungerecht!«

»Etwas zu stehlen, dulde ich nicht. Auch nicht, wenn es nur ein Partystreich war. Ich erwarte, dass das Maskottchen bis morgen früh zur ersten Vorlesung zurück ist. Bringen Sie mich bitte nicht dazu, mit weiteren Konsequenzen drohen zu müssen.« Sie lässt den Blick durch den Raum wandern, bleibt an jedem einzelnen Gesicht hängen, und ich schrumpfe noch mehr in mich zusammen.

Ein geklautes Maskottchen? Das ist tatsächlich etwas, das ich betrunken für eine fantastische Idee gehalten hätte. Und ich kenne jemanden, der genauso tickt. Mein Blick huscht zu Kai. Könnte er es gewesen sein?

»Bis morgen«, verabschiedet sich unsere Professorin und verlässt den Raum.

Kurz herrscht Totenstille, dann bricht Tumult aus, und alle rufen durcheinander.

»Wer war das?«

»Fünfzig Punkte? Dafür haben wir uns in der Kombüse den Arsch abgerackert!«

»Was für ein hirnloser Streich!«

Ich tippe Kai am Arm an, um seine Aufmerksamkeit zu erlangen. Fragend hebe ich die Brauen.

»Ehrlich?«, flüstert er. »Du denkst, ich war das?«

»Na ja, du kannst dich an vieles von gestern nicht erinnern, meintest du.« Deswegen hat er mich zum Glück auch nicht nach dem Türschild gefragt.

Jetzt wirkt er regelrecht beleidigt. »Ich würde auch komplett besoffen nichts stehlen!«

So wie ich Kai beschuldigt habe, beginnen weitere Studierende, sich gegenseitig den Streich zu unterstellen. Bald herrscht im ganzen Raum Geschrei, das mir in den Ohren wehtut.

Abi springt auf, stürmt nach vorne zum Dozentenpult und baut sich dahinter auf. »Ruhe!«, schreit sie, und tatsächlich verstummen die Anwesenden.

»Hört auf, euch gegenseitig zu beschuldigen, das bringt nichts! Das Maskottchen ist weg, daran können wir jetzt nichts mehr ändern. Wichtig ist, dass es bis morgen früh wieder auftaucht. Deshalb verschwenden wir unsere Energie nicht länger darauf, einander anzuschreien, sondern finden eine Lösung dafür. Wenn jemand in diesem Raum das Maskottchen gestohlen hat, dann wäre es jetzt bitte fair uns allen gegenüber, sich zu melden.«

Sie wartet ab, sieht ähnlich in die Runde wie unsere Professorin gerade eben. Ihre Haare hat sie zu einem Dutt hochgebunden, der es jedoch nicht schafft, ihre Locken zu bändigen. Aus allen Seiten quillen sie hervor, als wollten sie ihre Wildheit demonstrieren.

Niemand meldet sich. Ich schnaube. Wer auch immer das war, scheint nicht einmal die Eier zu haben, es zuzugeben.

Wieder werden gegenseitige Beschuldigungen laut, und ich sehe, wie Abi hinter dem Pult die Augen zukneift und wirkt, als würde sie in Gedanken zählen. Wahrscheinlich versucht sie, Geduld zu bewahren.

»Aufhören!«, ruft sie erneut. »Wenn niemand von uns das Maskottchen geklaut hat, könnte es jemand anderes gewesen sein, oder?«

»Womöglich ein anderer Studiengang, damit wir Punkte verlieren«, spreche ich meinen nächsten Gedankengang laut aus.

»Das ist absurd, wie sollten sie in den Raum gekommen sein?«, fragt Kai. »Dazu bräuchten sie eine …« Er bricht ab, bevor er laut flucht. »Meine Bordkarte!«

Abi sieht uns fragend an.

»Kai hat gestern Abend seine Bordkarte verloren.«

»Oder sie wurde mir entwendet, keine Ahnung.«

»Wenn es so wäre, klingt das nach einer geplanten Aktion«, meint Abi. »Das erklärt jedoch nicht, woher der andere Studiengang überhaupt von dem Maskottchen wusste. Oder davon, dass es Professorin Weber so viel bedeutet, dass sie uns Punkte abziehen würde, wenn es fehlt.«

»Ich glaube, das ist meine Schuld«, meldet sich eine Kommilitonin kleinlaut aus dem hinteren Teil des Raums. »Ich habe mich nach der Einführungsveranstaltung beim Mittagessen darüber lustig gemacht. Da saß ich mit ein paar Nautikstudenten zusammen, die ich bei der Einschiffung kennengelernt hatte. Ich fand das Maskottchen total albern. Aber ich konnte doch nicht wissen, dass diese Info gegen uns verwendet werden würde!«

Einige Studierende murmeln, doch Abi reißt schnell wieder das Wort an sich. »Nein, das konntest du nicht wissen. So wie es aussieht, haben ein paar Nautiker beschlossen, dass es Zeit ist, den Wettbewerb zu sabotieren. Es wird mit unfairen Mitteln gespielt. Ich finde, wir sollten uns zusammensetzen und einen Plan schmieden, wie wir zurückschlagen und die verlorenen Punkte ausgleichen können. Aber erst einmal müssen wir das Maskottchen finden.«

Kai springt auf, legt sich eine Hand an die Stirn, als würde er salutieren wie ein Soldat. »Was schlägst du vor, Generalin Abigail?«

»Albern wie eh und je«, schnaubt sie, kann aber ein Grinsen kaum verbergen. »Ich schlage vor, wir teilen uns in die Forschungsteams auf und suchen das verdammte Schiff nach dem Oktopus ab. Ich glaube nicht, dass der Dieb es auf seine Kabine gebracht hat. Wenn ich es gestohlen hätte, um einen Punkteabzug zu provozieren, würde ich es nicht als Beweis behalten.«

»Über *SailUp* können wir uns updaten, wer wo gesucht hat, damit wir alle Bereiche abdecken«, schlägt Henriette zögernd vor, als kostete es sie große Überwindung. Sie hat noch nie gerne vor vielen Menschen gesprochen, nur bei Vorträgen hat sie damit kein Problem. Diese kann sie vorher stundenlang üben und sich mit den Themen so intensiv auseinandersetzen, dass sie sie im Schlaf beherrscht.

»Gute Idee«, sagt Abi und kommt mir damit zuvor. »Okay, auf geht's. Wir müssen das Maskottchen unbedingt finden. Je früher, desto besser, ich vermute, wir haben alle andere Pläne für unseren freien Tag.«

Wir teilen uns in unsere Teams auf und sprechen kurz untereinander ab, wer wo mit der Suche anfängt. Abi und Kai gehen ins Gym. Theresa, die Kommilitonin, der die Info herausgerutscht ist, sucht mit ihrem Teampartner in der Bibliothek. Henriette und ich nehmen uns das Oberdeck vor, Emily und Jonas begleiten uns.

Dadurch bin ich gezwungen, mich mit Henriette und dem Fast-Kuss von gestern Abend auseinanderzusetzen. Wäre ich heute Morgen nicht so feige gewesen, hätte ich es schon längst abhaken können. Es bringt nichts, die Sache ewig vor mir herzuschieben, besser, wir klären die Fronten gleich.

Aber verdammt, ich kann sie kaum ansehen, ohne das Bild von ihren Lippen nur wenige Zentimeter von meinen entfernt vor Augen zu haben. Es scheint sich in mein Gedächtnis eingebrannt zu haben, zusammen mit dem Kribbeln, das ich in diesem Moment empfunden habe.

Auf dem Horizontdeck teilen wir uns auf. Henriette und ich gehen in Richtung Bug, um zwischen den Masten und Seilen nach dem Maskottchen zu suchen. Viel Hoffnung mache ich mir nicht, die Party war am Heck, vermutlich liegt es dort bei den Loungemöbeln. Oder es ist längst über Bord gesegelt, und uns erwartet morgen eine weitere Standpauke von Professorin Weber.

Verstohlen werfe ich einen Blick zu Henriette. Die Sonne brennt mit aller Kraft auf ihre von unzähligen Leberflecken überzogenen Arme herunter. Wieder kommen mir in ihrer Gegenwart schöne Kindheitserinnerungen in den Sinn. Ausflüge auf dem Starnberger See mit der Jacht ihrer Eltern, eine Biologie-AG-Fahrt nach Sylt und das Feriencamp im Bayerischen Wald, in dem wir viel über das Ökosystem des Nationalparks gelernt und Wasserproben aus einem Bach entnommen haben. Sie alle endeten gleich: Henriette hatte am Ende einen heftigen Sonnenbrand.

»Hast du Sonnencreme dabei?«

Henriette zieht ihre Tasche vor die Brust, kramt darin herum und holt ein Kosmetiktäschchen heraus.

»Hier«, sagt sie und hält mir eine 50+-Tube entgegen.

Ich schiebe ihre Hand sanft zurück in ihre Richtung. »Nicht für mich, sondern für dich.«

Sie wirkt aus dem Konzept gebracht und lächelt dann auf eine Weise, die mich wünschen lässt, ich könnte in diesem Moment ihre Gedanken lesen. Am liebsten hätte ich den Kopf über mich selbst geschüttelt. Diese intensive Zuneigung für sie zu empfinden, hat uns gestern Abend beinahe eine Grenze überschreiten lassen.

Henriettes Lächeln fällt in sich zusammen. »Wie war dein Abend gestern noch?«, fragt sie mich mit einem merkwürdigen Unterton in der Stimme, während sie Sonnencreme auf Nase und Stirn tupft. Sie klingt fast schon ... verletzt? Aber das kann nicht sein, ich muss mich täuschen.

»Richtig gut, ich hatte Spaß«, lüge ich.

»Schön«, meint sie. »Ich auch.«

Ruckartig bleibe ich stehen. Meine Sneakers quietschen dabei auf den hellen Dielen. »Reden wir noch vom Tanzen?«

Henriette sieht mich trocken an. »Und was, wenn nicht?«

»Ich dachte, du wärst allein auf deine Kabine gegangen. Hast du jemanden kennengelernt, sobald wir aufgehört haben zu tanzen?«

»Du siehst aus, als würdest du gleich auf etwas einschlagen wollen, Lukas. So oft, wie du mir früher von deinen Bettgeschichten erzählt hast, ist das echt nicht fair.«

Ich verspanne mich, als das Wort in mir widerhallt und heiße Glut meinen Körper flutet. Wen hat Henriette mitgenommen? Und warum verspüre ich das Bedürfnis, ihm eine reinzuhauen?

»Du hast recht«, zwinge ich mich zu erwidern und greife nach ihrem Arm. »Ich muss meinen inneren Beschützer in den Griff bekommen.«

»Ich bin längst aus dem Alter raus, in dem ich beschützt werden muss, Lukas. In den letzten Jahren musste ich lernen, mich allein zu beschützen.«

Ihre Worte wirken wie eine eiskalte Dusche auf mich. Die Jahre, die wir verloren haben. Weil ich einfach verschwunden bin, ohne mich zu verabschieden.

Ich kann dem Drang nicht widerstehen, federleicht mit meinem Daumen über ihren Handrücken zu streichen. »Ich habe es dir geschworen. Dass ich nie aufhören werde, dich zu beschützen. Es tut mir leid, dass ich diesen Schwur in den letzten Jahren nicht einhalten konnte, aber ich werde es wiedergutmachen. Und ich werde verdammt noch mal nicht zulassen, dass irgendein Arschloch mit dir spielt, obwohl du jemanden verdienst, der es ernst mit dir meint.«

Sie zuckt zusammen. »Lass mich bitte los, Lukas.«

»Weil die Wahrheit wehtut?«

»Nein. Du tust mir weh.«

Sofort lasse ich sie los und fühle mich erbärmlich.

»Nicht mit deinen Händen«, sagt sie leise. »Sondern mit der Tatsache, dass du verschwindest und glaubst, du kannst jetzt da weitermachen, wo du aufgehört hast. Akzeptiere, dass wir mittlerweile Fremde sind. Und noch etwas. Das von gestern Abend ... es darf nie wieder vorkommen.«

»Darüber wollte ich ebenfalls mit dir reden. Wir müssen unsere Forschungsarbeit an oberste Stelle setzen. Eine Ablenkung kann ich mir nicht erlauben.«

»Geht mir auch so«, erwidert sie. »Fokussieren wir uns auf die Zusammenarbeit. Kein Versuch mehr, mich zu küssen.«

»Du warst gestern Abend genauso daran beteiligt.«

»Okay, na schön. Dann gilt das eben für uns beide. Mal sehen, wer es besser durchhalten kann. Ich fordere dich dazu heraus, kein Risiko mehr einzugehen und die Finger von mir zu lassen.«

Mein Herz macht einen freudigen Satz. Erst jetzt wird mir bewusst, wie sehr ich unsere Herausforderungen vermisst habe. »Ich nehme die Herausforderung an und stelle sie dir ebenfalls. Keine intensiven Blicke oder unauffällige Berührungen.«

Ich halte ihr die Hand hin, sie schlägt ein. Ihre Finger sind warm, weich, und ich warte darauf, dass sie mich wieder loslässt. Doch sie starrt abwesend auf unsere ineinander verschränkten Hände. Ihre kleine, die von meiner größeren umrahmt wird wie eine beschützende Hülle. Ein Prickeln rauscht durch mich hindurch, und ich hätte am liebsten geschnaubt. Nie zuvor gab es eine Herausforderung, die mir so schwer zu erfüllen vorgekommen ist. Ihr Besiegeln sollte sich nicht so intensiv anfühlen, deshalb lasse ich Henriette hastig los.

»Lukas!«, ruft sie aufgeregt und deutet an mir vorbei. »Ich sehe es! Das Maskottchen. Es hängt beim Bugspriet.«

Ich drehe mich um, folge ihrem Fingerzeig am vordersten Mast vorbei. Unter dem Bugspriet, dem horizontalen Balken am Bug des Schiffs, spannt sich ein breites Netz. Ein Sicherheitsnetz, um bei Arbeiten am Balken nicht aus Versehen ins Meer zu fallen. Auf großen Segelschiffen wie der *Sapient Sailor* ist es gleichzeitig eine beliebte Aussichtsplattform für Passagiere. Der Oktopus baumelt in den Maschen, festgebunden mit zwei seiner Arme. Um seinen Hals hängt etwas. Was es ist, kann ich aus der Entfernung nicht ausmachen.

Henriette und ich setzen uns gleichzeitig in Bewegung und eilen über die Holzdielen. Wir beugen uns links neben dem runden Holzbalken über die Reling. Unter uns klatschen die türkisblauen Wellen in einem gleichmäßigen Rhythmus gegen den Bug.

»Ich gehe«, sagt Henriette und legt ihre Tasche ab. Ohne zu zögern, schwingt sie sich über die Reling und klettert auf das weiße Netz hinaus. Sie auf den groben Maschen zu sehen, macht mich nervös. Was, wenn das Netz reißt? Sie in die Tiefe fällt? Der Wind bläht die Segel auf, wir fahren mit hoher Geschwindigkeit, bei der sie sich bestimmt verletzen würde.

Das Netz ist sicher, beruhige ich mich. Mein Puls schlägt trotzdem wie verrückt. Henriette hingegen zeigt keinen Funken Angst, krabbelt auf allen vieren über die Maschen bis zum Maskottchen.

Sie bindet es ab, streckt es triumphierend in die Höhe. »Ich hab's!«, ruft sie und dreht sich grinsend zu mir um.

Jetzt erkenne ich, dass es eine Bordkarte ist, die um den Hals des Oktopusses festgebunden ist. Sicher Kais.

Mit einer Hand versucht Henriette, zurückzuklettern, verliert dabei das Gleichgewicht und schwankt. Mein Herz macht einen Satz. Das Netz ist nicht endlos, sie könnte über den Rand fallen, wenn sie stolpert. Oder das Maskottchen verlieren. Wie sollten wir es aus dem Meer fischen? Das Ding zerfällt doch locker in seine Einzelteile, sobald es das Salzwasser berührt. Ein Wunder, dass die zerschlissenen Arme es überhaupt geschafft haben, es über Nacht im Netz zu halten.

»Wirf es mir zu«, rufe ich Henriette zu.

»Fängst du?«

Ich schnaube. »Die Frage beleidigt mich. Als hätten wir noch nie zusammen Völkerball gespielt.«

Sie verdreht die Augen. »Ich habe es gehasst, wie gut du darin warst.«

»Solange du es nicht in die falsche Richtung wirfst, fange ich es.«

»Also bitte, so schlecht war ich im Völkerball nun auch wieder nicht.« Henriette holt aus und wirft mir das Stofftier zu. Anschließend klettert sie ohne Probleme zurück über das Netz und die Reling. Lächelnd springt sie neben mir auf das Deck. »Katastrophe gerade noch mal abgewendet.«

Das kannst du laut sagen. Seit Henriette zurück in mein Leben getreten ist, scheint uns dieser Satz perfekt zu beschreiben. Nur, warum fühlt es sich dann so gut an, ihr nah zu sein?

Ich klemme mir den Oktopus unter den Arm und schicke eine Nachricht in unsere Studiengruppe in *SailUp*, dass wir das Maskottchen gefunden haben. Dann machen wir uns auf den Weg zum Lehrraum. Bevor wir eintreten, hält Henriette mich am Arm zurück.

»Es gab niemanden gestern Nacht.«

Mein Herz stolpert. »Warum hast du es dann angedeutet?«

»Ich wollte sehen, wie du reagierst. Wegen ... der Sache, die beinahe passiert wäre.«

Verdammt. »Ich habe deinen Test nicht bestanden?«

»Nein. Aber wir haben das jetzt durch die Herausforderung geklärt.« In ihren Worten schwingt ein fragender Unterton mit.

Ich nicke hastig. »Das haben wir.«

Ein Schauer rieselt durch mich hindurch, den ich nicht recht deuten kann. Aber eines weiß ich: Er stammt nicht von der Erleichterung, die ich eigentlich empfinden sollte.

Kapitel 17

Henriette

Die nächsten beiden Wochen haben wir alle Hände voll zu tun damit, unser Forschungsvorhaben auf den Marquesas-Inseln vorzubereiten. Wir vertiefen uns in aktuelle Studien über die Auswirkungen des Klimawandels auf die Korallenbleiche in der Region, analysieren Berichte über die Biodiversität und ökologischen Funktionen der Riffe und durchforsten Fachliteratur zu neuen Methoden der Korallenrestauration. Besonders interessant finde ich eine Studie, die das komplexe Kommunikationsverhalten der Korallen untersucht. Sie leben in einer symbiotischen Beziehung mit winzigen Algen, den sogenannten Zooxanthellen. Diese Algen versorgen die Korallen durch Fotosynthese mit Nährstoffen und verleihen ihnen ihre leuchtenden Farben. Wenn Korallen gestresst sind – beispielsweise durch eine vom Klimawandel verursachte erhöhte Wassertemperatur oder den Anstieg von Kohlendioxid in der Atmosphäre –, stoßen sie die Algen ab, was zur Korallenbleiche führt. Sogar Lukas wirkt nach dem Lesen von der Komplexität der vermeintlich toten Kalkstrukturen beeindruckt.

Wir erstellen einen detaillierten Forschungsplan mit unserem Ziel, die Vielfalt der Korallenarten in einem geschädigten Riff im

Vergleich zu einem gesunden festzuhalten. Außerdem machen wir uns Gedanken zu Methoden sowie erwarteten Ergebnissen. Ab und an kommt es zu einer Situation, in der Lukas mich versehentlich streift, und mein ganzer Körper spielt verrückt. Ich weiche dann hastig zurück, ignoriere das Kribbeln eisern und ärgere mich die halbe Nacht darüber, diese winzigen, nicht beabsichtigten Gesten nicht mehr aus dem Kopf zu bekommen. Es hilft, mich so intensiv wie nie zuvor mit Korallen beschäftigen zu können. Meine alte Faszination für das Thema flammt wieder auf. Nicht nur wegen ihrer Vielfalt und farbenfrohen Schönheit, sondern wegen ihrer entscheidenden Rolle im marinen Ökosystem. Sie sind eine natürliche Barriere gegen die Kraft des Ozeans, schaffen Lebensräume für unzählige Pflanzen und Fische und fungieren für die Auswirkungen des Klimawandels wie Warnlampen. Ich frage mich, ob das mein Alltag gewesen wäre, wenn ich nicht in München studiert hätte, und kann die Reue nicht abschütteln, die sich dabei in mir ausbreitet.

Neben den Arbeitsdiensten, den Vorlesungen und der Freiarbeit brainstormen wir in unserer Studiengruppe Ideen, wie wir den Nautikern den Maskottchen-Streich zurückzahlen können. Die Aktion war gut geplant, es ist schwer, etwas zu finden, was daran heranreicht. Niemand von uns kennt einen wunden Punkt der Nautiker. Und darauf, jemandem die Bordkarte zu stehlen, haben wir alle keine Lust. Zumindest vermuten wir, dass Kai die Karte gestohlen wurde. Er hat den Saldo prüfen lassen, und sie wurde für keinerlei Transaktionen genutzt. Lediglich dafür, das Maskottchen zu stehlen. Glück für Kai, schließlich kann er nichts beweisen und wäre auf den Rechnungen sitzen geblieben. Ein weiterer Grund, warum wir alle Ideen, die Zutritt zu den Lehrräumen der Nautiker erfordern, verwerfen. Die Bordkarten sind mächtig. Kreditkarte, Ausweisdokument, Schlüssel. Würden wir eine stehlen, und der Diebstahl käme heraus, wären wir unseren Platz auf der *Sapient Sailor* los. Dieses Risiko will keiner von uns eingehen.

Letztendlich einigen wir uns darauf, im Bibliotheksbereich der Nautiker ein bisschen für Unordnung in den Regalen zu sorgen und uns den Großteil ihrer Bücher auszuleihen. Lukas und ich beobachten während unserer Freiarbeitszeit amüsiert, wie zwei Nautikerinnen wutschnaubend vor den spärlich gefüllten Regalen stehen und über einen möglichen Schuldigen diskutieren. Ein kindischer Streich, von dem wir Sorge haben, die Dekane könnten davon erfahren, sodass wir nach einer Woche die Bücher zurückgeben.

Am Tag, bevor wir auf Nuku Hiva einlaufen, findet sich meine Halbgruppe mittags für einen Arbeitsdienst im Segeln auf dem Horizontdeck ein. Nach Wochen auf dem offenen Pazifik spüre ich Veränderungen in der Luft. Die Feuchtigkeit scheint zugenommen zu haben – ein kleiner Unterschied, der mir dennoch auffällt. Die Wellen brechen sich unregelmäßiger, als würden sie unter Wasser auf Hindernisse treffen. Mehrere schwarze Vögel mit auffälligem rotem Kehlsack fliegen am Schiff vorbei, ein sicheres Zeichen dafür, dass wir uns der Küste nähern. Mein Herz schlägt schneller, und ich fixiere aufmerksam den Horizont. In der Ferne sammeln sich Wolken über einer dunklen Linie. Aufregung breitet sich in mir aus, bald das erste Ziel unserer Reise zu erreichen.

Fünf Minuten später geht unsere Arbeitsschicht los, und das Land am Horizont gerät aus meinem Fokus. Die Sonne steht hoch am Himmel, brennt mit aller Kraft auf mich herunter. Gegen die Hitze kann selbst der Wind nichts ausrichten, der in regelmäßigen Böen über das Oberdeck fegt. Ich ziehe mit aller Kraft an der Schot, dem Seil, mit dem die Segel in die gewünschte Position gebracht werden, während Vicky wie eine Admiralin Befehle brüllt. Das Segeltuch über mir flattert, als wollte es lautstark seinen Protest verkünden. Schweiß steht mir auf der Stirn, meine Armmuskeln brennen, und ich spüre, dass ich am Ende meiner Kräfte bin.

Was mache ich hier eigentlich? So habe ich mir das Semester definitiv nicht vorgestellt. Nicht nur das Segeln ist harte Arbeit, auch die Schichten in der Kombüse laugen aus. Ich bin erschöpft, habe ständig Muskelkater.

Sobald es ein bisschen schwierig wird, gibst du auf, höhnt Annelies Stimme durch meinen Kopf.

Ich beiße die Zähne zusammen, festige den Griff um das Seil, obwohl meine Muskeln zittern und meine Finger von den rauen Fasern wund sind. Ich werde nicht aufgeben. Das hier ist mein Traum, und dafür nehme ich die Erschöpfung, den wenigen Schlaf und das hohe Unipensum gerne in Kauf.

Mein Blick kreuzt den von Lukas. Er hängt neben mir in einer ähnlichen verzweifelten Position. Sein Haar steht ihm wirr vom Kopf ab, was ihm etwas Jungenhaftes, Wildes verleiht. Mich überkommt das Bedürfnis, es ihm aus der Stirn zu streichen. Ob es so weich ist, wie es aussieht? Ein Schweißtropfen rinnt ihm an der Schläfe hinunter, seine Wange hinab und tropft auf sein blaues T-Shirt.

»Du schaffst das«, formt er mit den Lippen und versucht sich an einem Lächeln. Es wirkt gequält, fast schon verzweifelt, und ich muss kichern.

In der nächsten Sekunde fährt eine Windböe in das Segeltuch, und ein Ruck geht durch unsere Taue. Lukas' Gesicht verzieht sich zu einer Grimasse, mit aller Kraft stemmt er die Füße in den Boden.

»Fier die Brassen durch!«, brüllt Vicky direkt neben mir Jonas zu, der auf der untersten Rah sitzt. Das Segelkommando bedeutet, er soll die Taue, welche die Rah halten, so lockern, dass der Holzbalken sich drehen kann, um die Segel optimal in den Wind zu stellen. Wäre er nicht so langsam, müssten Lukas, Abi, Kai und ich uns mit den Tauen nicht derart abkämpfen. Aber ich werde den Teufel tun, mich zu beschweren, denn sich einen Klettergurt umzulegen und acht Meter über dem Deck zu hantieren, ist ebenfalls keine leichte Aufgabe.

Sobald die Segel eingestellt und die Seile festgeklemmt sind, entlässt Vicky uns.

»Ich brauche unbedingt eine kalte Dusche.« Lukas zieht am Saum seines T-Shirts, um Luft darunter zu fächeln. Sofort muss ich daran denken, wie ich nach dem Zumba-Kurs einen Blick auf das erhaschen konnte, was er unter dem Stoff verbirgt. Meine Wangen röten sich, und ich vertreibe das Bild seiner Bauchmuskeln hastig aus meinem Kopf.

»Was hältst du davon, wenn wir eine halbe Stunde später als abgemacht in die Bibliothek aufbrechen?«

Lukas kreist mit Nacken und Schultern. »Das wäre super. Holst du mich an der Kabine ab?«

»Mach ich, sie liegt ja praktisch auf dem Weg.«

In unserer Kabine angekommen, entscheiden Abi und ich mit einer schnellen Runde Schere-Stein-Papier, wer zuerst unter die Dusche springen darf. Ich verliere. Kein Wunder, in dem Spiel war ich schon immer eine Niete.

Mit nassen Haaren und einem Handtuch um den Körper geschlungen, kommt Abi zehn Minuten später aus dem Bad. »Zwischen dir und Lukas läuft es gut, oder?«

Meine Wangen röten sich. Warum fühle ich mich von dieser Frage ertappt? Abi weiß nichts davon, dass Lukas und ich uns fast geküsst hätten. Dass wir seitdem jeglichen Körperkontakt vermeiden. Ich habe keinen Grund darin gesehen, es ihr zu erzählen. Schließlich war da nichts. Und unsere Herausforderung sorgt dafür, dass es weiterhin so bleibt.

Wehmut erfüllt mich, und ich vertreibe sie hastig. Es ist besser so. Für die Forschungsarbeit. Der Fast-Kuss war sicher nur ein Ausrutscher, die Cocktails auf der Party hatten schuld daran.

»Nach dem verpatzten Vortrag haben wir uns zusammengerauft«, antworte ich Abi. »Jetzt kann ich mich nicht beschweren. Ein paar letzte Vorbereitungen müssen wir heute noch treffen. Mit den Formulierungen in unserem Forschungsplan sind wir beide noch nicht zufrieden, und wir müssen damit unbedingt die Benotung von 3,5 für den Vortrag ausbügeln. Wie sieht es denn bei euch aus?«

»Kai studiert noch die beiden übrigen Karten, um eine vollständige Kartierung bereits bekannter Algenvorkommen anzulegen, und ich gehe hoch an den Pool zum letzten Termin des Tauchkurses von Professorin Weber. Ich sag's dir, sei froh, dass du vor dem Auslandssemester schon tauchen konntest, der Kurs ist anstrengend und zusätzlicher Stress in unserem ohnehin schon engen Zeitplan.«

»Und wie ist die generelle Stimmung zwischen euch?«, frage ich vorsichtig.

»Es wird. Nach der Party haben wir kaum miteinander gesprochen, ich fand es nicht cool, Kai betrunken einsammeln zu müssen. Aber nachdem er mir überteuerte Schokolade aus dem Bordsupermarkt gekauft hat – in Nuss, meine Lieblingssorte –, konnte ich ihm irgendwie nicht länger böse sein.«

»Ah, so kann man dein Herz also erobern«, erwidere ich grinsend.

Ihre Augen weiten sich, dann wendet sie sich zum Kleiderschrank und reißt die Schranktür auf. *Komisch.* Sie wirkt geradezu ertappt. Oder täusche ich mich?

»Ich bin eine einfach gestrickte Frau«, antwortet sie mit dem Kopf im Schrank. Sie holt schwarze Shorts heraus, wirft sie zurück und nimmt sich stattdessen zitronengelbe. »Schenk mir Schokolade oder Blumen, und ich bin glücklich.«

»Sollten wir uns jemals streiten, werde ich auf die Schokolade zurückkommen.«

»Und womit kann ich dich in diesem Fall besänftigen?«

»Mit Gummibären. Am liebsten die mit Cola-Geschmack.«

Sie dreht sich zu mir um, verzieht das Gesicht. »Das ist die ekligste Sorte ever.«

Ich zucke mit den Achseln. »Ich bin eben keine so einfach gestrickte Frau.«

Wir lachen beide, dann verschwinde ich ins Bad. Unter der Dusche fällt mir auf, wie locker und schlagfertig ich gerade gewesen bin. Dabei habe ich nicht einmal an Annelie gedacht, die Scherze kamen von mir selbst. Brauche ich mich womöglich gar nicht an ihr zu orientieren?

***

»Hi.« Lukas' Haare sind noch feucht, als er mir die Tür öffnet. Dadurch wirken sie dunkler, liegen ihm eng am Kopf, statt wie sonst fluffig davon abzustehen.

»Lange nicht mehr gesehen«, scherze ich.

Er grinst, und mein dummes Herz schlägt unwillkürlich schneller. Weil ich es mag, wenn er lächelt. Und noch lieber mag ich es, wenn er wegen *mir* lächelt.

»Wäre es okay für dich, dass ich mir im Speisesaal kurz einen Kaffee hole?«, fragt Lukas und zieht die Tür hinter sich zu.

»Aber nur, wenn du mich wieder mittrinken lässt.«

Lukas hat einen Thermosbecher dabei, in dem er die Getränke auf sein Zimmer oder in die Bibliothek mitnehmen kann. In den letzten beiden Wochen haben wir davon mehrmals täglich Gebrauch gemacht, weil es im Speisesaal oft zu laut ist, um zu arbeiten.

»Du Schnorrerin«, neckt er mich.

»Nicht mehr lange. Ich habe meine Eltern gebeten, mir einen zuzuschicken. Hoffentlich ist ihr Paket schon da, wenn wir auf den Marquesas-Inseln sind.«

Lukas' Kabine liegt fast direkt beim Speisesaal. Auf beiden Etagen gibt es Getränkeautomaten, die den gesamten Tag über zugänglich sind. Ich fülle meine Wasserflasche auf, Lukas stellt seinen schlichten schwarzen Becher unter die Kaffeemaschine. Ein betörender, herber Duft steigt zusammen mit dem Rattern des Vollautomaten auf.

Auf dem Weg zur Bibliothek wird mein Mund schlagartig trocken, und ein unangenehmes Flattern steigt in meiner Brust auf. Durch die körperliche Anstrengung und die Vorlesungen heute Vormittag war ich von der Tatsache abgelenkt, dass wir morgen im Hafen von Nuku Hiva einlaufen. Alle Theorie, die wir uns in den letzten vier Wochen angesehen haben, müssen wir dann in die Tat umsetzen. Was, wenn ich versage? Zu spüren bekomme, dass ich im Vergleich zu den Meeresbiologiestudenten hinterherhänge? Gibt es etwas, das ich nicht beachtet habe und heute noch vorbereiten muss? Und was ist, wenn …

»Eisherz«, sagt Lukas neben mir und greift nach meiner Hand. »Herrscht Flut in deinem Inneren?«

Sofort werde ich ruhiger. Die Frage ist mir vertraut, er hat sie mir früher oft gestellt, wenn er gemerkt hat, wie Unsicherheit mich übermannte. Wie in meinem Kopf die Gedanken rasten, so schnell, dass ich sie nicht mehr ordnen konnte und Panik bekam.

Mein Herz macht einen Satz, als mir etwas klar wird. Wie gut er mich kennt und versteht, habe ich in den letzten Jahren vermisst. Ich habe *ihn* vermisst. Egal, wie wütend ich auf ihn war. Den engsten Freund meiner Kindheit zu verlieren, hat wehgetan und eine Lücke geschaffen, die niemand füllen konnte.

Ich bemerke, dass er noch immer meine Hand hält. Seine ist warm, erscheint mir wie ein Rettungsanker. Ich hebe unsere Hände an. »So schnell hast du noch nie eine Herausforderung verloren.«

»Das zählt nicht«, sagt Lukas. »Das war eine tröstende Geste unter Freunden. Das hier …«, er spreizt die Finger und schiebt sie zwischen meine, bis sie miteinander verschränkt sind, »ist die Art, wie ich dich mit Hintergedanken halten würde.«

Ich schlucke schwer, Hitze kribbelt mir in den Fingerspitzen. Es kostet mich all meine Willenskraft, um ihm meine Hand zu entziehen. Das hier entwickelt sich in eine falsche Richtung, besser komme ich auf seine ursprüngliche Frage und damit sicheres Terrain zurück.

»Ich bin nervös wegen der Forschung«, gebe ich ehrlich zu. »Die schlechte Benotung auf unseren Vortrag ist eine Sache, aber ... ich habe Angst, den Anforderungen nicht gerecht zu werden und nicht mithalten zu können. Außer mir studiert jeder an der Küste, ihr habt schon oft Exkursionen auf dem Meer unternommen. Alles, was ich vorweisen kann, sind ein paar entnommene Proben aus Bachläufen und dem Starnberger See.«

»Trotzdem bist du unter unzähligen Bewerbungen angenommen worden. Das spricht für dich und deine Leistung. Du bist hier, um dazuzulernen und dich weiterzuentwickeln. Vielleicht wird es beim ersten Mal nicht perfekt werden – na und? Du kannst endlich das machen, wovon du seit deiner Kindheit geträumt hast. Außerdem bist du nicht allein, ich bin dein Teampartner und die ganze Zeit bei dir. Und was die schlechte Note angeht ... Die bügeln wir aus, versprochen. Sie war meine Schuld, doch es wird nicht wieder vorkommen. Darf es nicht, weil ...« Er ringt sichtlich mit sich, bevor er sich einen Ruck gibt. »Ich bin mit einem Stipendium hier, das alle Grundkosten übernimmt, solange ich am Ende mindestens einen Schnitt von 2,0 habe.«

»Wieso brauchst du ein Stipendium?«, stoße ich überrascht aus. »Die Firma deines Vaters läuft doch super.«

Es sind die falschen Worte, das kann ich in seinem Gesicht mitverfolgen. Erst weicht alle Farbe daraus, dann schürzt er die Lippen und verengt die Augen. *Verdammt.* Warum habe ich nicht nachgedacht, bevor ich mit meiner Frage herausgeplatzt bin? Seinen Vater nach dem, was passiert ist, zur Sprache zu bringen, ist keine gute Idee.

»Ja, sie läuft, aber er hat sie mit einem Ehevertrag geschützt. Meine Mutter hat nach der Scheidung nichts bekommen und kann sich das teure Auslandssemester nicht leisten. Ich jobbe neben dem Studium in einer Bar, viel verdiene ich dabei aber nicht.«

Ich beiße mir auf die Unterlippe, fühle mich mies. »Tut mir leid«, sage ich.

»Schon gut, du konntest es nicht wissen.«

Der restliche Weg verläuft schweigend. Ich würde ihm gerne so viele Fragen stellen. In welcher Art Bar arbeitet er? Wie geht es seiner Mutter? Wie gefällt ihm Hamburg im Vergleich zu München? Stattdessen presse ich die Lippen aufeinander, traue mich nicht, eine einzige davon auszusprechen. Ich möchte mutiger sein, aber die Angst, Lukas mit meiner Neugier zu verletzen, ist stärker.

In der Bibliothek herrscht eine angenehme Stille. Wir setzen uns nebeneinander, klappen unsere Laptops auf und konzentrieren uns auf die Korallen. Abwechselnd trinken wir aus Lukas' Kaffeebecher, und ich versuche dabei, die Gewissheit abzuschütteln, dass seine Lippen auf derselben Stelle lagen. Es fühlt sich intim an. Dabei haben wir früher ständig aus denselben Gläsern getrunken.

Früher verspürte ich aber noch nicht diese Spannung zwischen uns oder das Bedürfnis in mir, ihn zu berühren, herauszufinden, wie seine Lippen schmecken. Selbst nicht, als ich einen Crush auf ihn hatte. Ich glaube, ich war damals verschossen in die Idee, beschützt zu werden. Von diesem großen, breitschultrigen Jungen aus der Klasse über mir, der mich im Gegensatz zu den Jungen meiner Stufe wahrnahm.

Mein Handy, das neben mir auf dem Tisch liegt, leuchtet auf und zeigt einen eingehenden Anruf von meinem Vater an. Ich habe es extra auf Stumm gestellt, um die anderen Studierenden in der Bibliothek nicht zu stören. Die Tische um uns herum sind fast alle besetzt, die meisten lesen oder tippen konzentriert auf ihren Laptops.

Ich lasse es klingeln, bis der Anruf abbricht, und beschließe, nachher oder heute Abend zurückzurufen. Sicher möchte er nur mal wieder hören, wie es bei mir läuft. Wir haben schon eine Weile keine Nachrichten mehr geschrieben. Der Abstand tut mir gut, ich habe endlich das Gefühl, ein eigenes Leben zu haben, statt nur mitzulaufen.

Erneut geht ein Anruf von meinem Vater ein. Ich runzele die Stirn. Vielleicht ist etwas passiert?

Lukas hebt den Blick und deutet auf mein Handy. »Willst du nicht rangehen?«

Ich zucke mit den Achseln. Eigentlich nicht. Ich möchte mich auf die Uni konzentrieren und nicht mehr ständig erreichbar sein. Aber wenn wirklich was passiert ist? Sobald das Handy ein drittes Mal zu klingeln beginnt, greife ich danach und stehe auf.

»Ich bin kurz auf dem Gang, bis gleich«, flüstere ich Lukas zu und verlasse eilig die Bibliothek. Mein Vater ruft nie mehr als ein- oder zweimal hintereinander an. Außer es gibt einen Notfall.

Auf dem Gang lehne ich mich mit dem Rücken gegen die Wand. Das stete Schaukeln verträgt sich nicht mit meinem schwindelerregend hohen Puls. Dann nehme ich den Anruf entgegen. »Papa?«

Ein Lachen erklingt, bei dem es mir eiskalt den Rücken hinunterläuft. »Nein, Jette, ich bin's. Erkennst du mich überhaupt, oder hast du mich auf deinem exklusiven Schiff längst vergessen? Warum bist du nicht sofort rangegangen, sind wir dir so unwichtig?«

Ich bin froh, mich an die Wand gelehnt zu haben, denn plötzlich sind meine Knie butterweich. »Geht es Papa gut?«

»Es geht ihm hervorragend.«

»Aber …« Dann realisiere ich es. Es gibt keinen Notfall. »Du hast Papas Handy genommen, um mich anzurufen?«

»Meine Anrufe und Nachrichten ignorierst du ja.«

Ich ermahne mich, ruhig zu bleiben und die Wut in mir zu kontrollieren. Aber alles, woran ich denken kann, ist, dass Annelie schon wieder eine Grenze übertreten hat. Mich nicht respektiert hat. Ich brauchte Abstand, wollte nicht mit ihr reden, aber statt nur ein einziges verdammtes Mal meine Bedürfnisse zu akzeptieren, musste sie mich austricksen. »Wundert dich das, nach deiner Aktion mit dem Pass?«

»Ich wollte nur das Beste für dich.«

»Schwachsinn!«, fahre ich sie an und höre sie überrascht keuchen. Kein Wunder, nach all den Jahren, in denen ich jede Emotion, jedes Widerwort runtergeschluckt habe, um das Leben für sie leichter zu machen. »Du wolltest das Beste für *dich*. Aber es reicht mir, Annelie. Es ist genug. Komm endlich damit klar, dass wir keine siamesischen Zwillinge sind! Dass ich ein eigenes Leben habe!«

Kurz herrscht Stille am anderen Ende der Leitung. Mein Puls dröhnt mir in den Ohren. Ich warte auf ein schlechtes Gewissen, stattdessen erfüllt mich Erleichterung. Endlich habe ich ausgesprochen, was mich die letzten Jahre von innen heraus aufgefressen hat.

»Wie kannst du so etwas Gemeines sagen?«, fragt sie traurig. Dieser Tonfall hat schon immer dafür gesorgt, dass ich Mitleid mit ihr bekomme.

Auch diesmal. Aber das ändert nichts daran, dass ich nicht wie bisher weitermachen möchte. Es nicht *kann*. »Ich glaube, uns wird es beiden guttun, eine Weile voneinander getrennt zu sein.«

»Du hast mich verlassen, willst nichts mehr von mir wissen.« Sie schluchzt tief und ehrlich auf, reißt mir damit ein Stück meines Herzens aus der Brust.

»Annelie, ich verlasse dich nicht. Ich bleibe immer deine Schwester, und ich habe dich lieb. Doch wir müssen beide lernen, ohne einander klarzukommen. Ich weiß, es ist schwer, wir sind aufgewachsen wie Zwillinge. Aber so geht es nicht weiter. Nicht für mich. Vielleicht ziehe ich nach dem Auslandssemester für den Master an die Küste, dann …«

»Was?«, kreischt sie ins Telefon. »Ich wusste, du lässt mich allein. Ich bin dir egal! Aber weißt du was, Henriette? Du mir auch! Mach doch, was du willst. Ich brauche dich nicht und will dich nie wieder sehen!«

Sie legt auf.

Das herausgerissene Stück Herz zerschellt am Boden. Unwiderruflich zerstört. Irreparabel kaputt. Wie Annelie und ich. Tränen schießen mir in die Augen, meine Beine zittern.

Impulsivität. Stimmungsschwankungen. Angst vor dem Verlassenwerden. Ich kenne das alles schon, trotzdem macht es das nicht leichter. Annelie ist nicht immer so, es gibt Wochen, da merkt man ihr die Krankheit kaum an. Aber wenn etwas ihr Leben, ihren Alltag durcheinanderbringt, so wie meine Chance auf das Auslandssemester, wird es extremer und präsenter. Wie lange kann ich so leben? Wie lange mich immer zurückstellen? Sie hat Angst, mich zu verlieren. Aber ich habe Angst, längst verloren zu sein, mich überhaupt nie gefunden zu haben, es nicht *gekonnt* zu haben, weil Annelie stets an erster Stelle steht. Es fühlt sich schrecklich an, doch es war die richtige Entscheidung, ihr meinen Wunsch nach Abstand mitzuteilen und für mich selbst eingestanden zu sein.

Die Tür zur Bibliothek öffnet sich. Hastig reibe ich mir über die Wangen, schäme mich dafür, dass mich jemand in dieser Verfassung sieht. Gleichzeitig strömt ein sengendes Feuer durch meine Adern, denn es sind nur Tränen. Warum kann es mir nicht einfach egal sein, was andere über mich denken?

»Hey.« Es ist Lukas, stelle ich erleichtert fest. »Alles in Ordnung?«

Ich will etwas erwidern, ihm versichern, dass es mir gut geht, aber ich bekomme kein Wort heraus. Plötzlich fühle ich mich unendlich verloren. Als wäre alles falsch, *ich* falsch. Ich schluchze auf. In der nächsten Sekunde legen sich Lukas' Arme um meine Schultern. Er drückt mich gegen seine Brust, und ich schmiege mein Gesicht in seine Halsbeuge. Verstecke mich vor der Welt, lasse den Tränen freien Lauf. Ich will nicht weinen, aber von Lukas' Armen umschlossen zu sein, sorgt dafür, dass ich mich sicher fühle. Sein zitroniger Duft dringt mir in die Nase und beruhigt mich.

Lukas hält mich fest, bettet sein Kinn sanft auf meinen Kopf und ist still, geduldig. Er sagt mir nicht, dass alles gut werden wird, er lässt mir Raum, um meine Gedanken für mich selbst zu ordnen.

Als ich mich wieder beruhigt habe, wische ich mir über die Wangen und schaue zu ihm auf. *Ein Fehler.* Er hält mich noch immer in seinen Armen, mein Gesicht ist daher nah an seinem. Seine Bartstoppeln streifen leicht meine Stirn, als er zu mir herabschaut. Ein Schauer rieselt durch mich hindurch. Ich spüre die Wärme seines Körpers, aber auch die Härte, die Muskeln. Wie eine unzerstörbare Hülle, die mich umgibt. Hitze breitet sich in mir aus, zusammen mit einem Kribbeln in meinem Unterleib.

Ich bekomme nicht einmal mit, wie ich mich Lukas entgegenrecke. Es passiert einfach. Als wäre ich eine Marionette. Gesteuert durch Fäden, die von dieser Anziehung zwischen uns gehalten werden. Ich spüre Lukas' Atem auf meiner Haut und ...

Er lässt mich los, weicht zurück. Ich atme schwer, fühle mich noch mieser. Schwach.

»Das mit unserer Herausforderung klappt ja super, hm?«, scherzt Lukas.

Ich kann nicht darüber lachen. »Tut mir leid, ich war nicht ganz bei Sinnen.«

Er streckt eine Hand nach mir aus, zögert kurz und legt sie mir dann doch an die Wange. Sanft streicht er eine verlorene Träne fort, ein Überbleibsel meines Zusammenbruchs. »Schon okay, mach dir keine Gedanken. Ist alles in Ordnung bei dir zu Hause?«

»Ja, es ist nichts passiert.«

»Dann ... ist es deine Schwester?«

Ich nicke, spüre erneut den Schmerz der Wunde aufkeimen, die ihre Worte in mir aufgerissen haben. »Annelie nimmt meine Abwesenheit nicht sonderlich gut auf und hat ein paar fiese Sachen zu mir gesagt.«

»Möchtest du darüber reden?«

»Ich weiß nicht.« Annelies Krankheit ist persönlich. Andererseits kennt Lukas meine Schwester, er weiß, wie schwierig die Beziehung zwischen uns ist. Damals haben wir die Spitze des Eisbergs gesehen, nur wie tief das Eis ins Wasser reicht, haben wir erst erfahren, nachdem Lukas weggezogen ist.

»Du musst nicht.«

Mit wem könnte ich besser darüber reden als mit Lukas? Ich straffe die Schultern. »Doch, ich möchte.« Ich lehne mich wieder gegen die Wand. »Du weißt ja, dass Annelie seit der sechsten Klasse in psychologischer Behandlung war.«

Er nickt. Lehnt sich neben mir an. So nah, dass unsere Arme sich streifen, und doch nicht nah genug. Ich wünschte, er würde meine Hand nehmen, mir das hier leichter machen.

»Die Ärzte dachten, sie leidet an Depressionen, aber ...« Ich atme tief durch, dann beginne ich Lukas alles zu erzählen. »Sie bekam Medikamente, die jedoch nicht die erhoffte Verbesserung brachten. Die Symptome bestanden fort und verschlimmerten sich stattdessen sogar. Sie hatte starke Stimmungsschwankungen, handelte impulsiv und war emotional instabil. Es war eine starke Belastung für unsere Familie, und ich hatte ständig Angst, etwas falsch zu machen und dadurch dafür zu sorgen, dass es ihr schlechter geht. Schließlich wurde bei ihr die Borderline-Persönlichkeitsstörung diagnostiziert. Annelie nahm das sehr mit, und meine Eltern baten mich darum, sie zu unterstützen. Deshalb setzte ich sie in der Vergangenheit immer an erste Stelle. Ich wollte, dass sie sich besser fühlt, wollte sie unterstützen, weil mir klar ist, dass es für sie genauso schwer ist wie für uns. Sie bat mich darum, in München zu bleiben, und ich konnte nicht ablehnen.

Zu der Zeit ging es ihr besonders schlecht. Sie verletzte sich selbst, konnte mit ihren Gefühlen nicht umgehen. Kurz nachdem wir unsere Studien begangen, wechselte sie zu einer neuen Therapeutin. Mit ihr kommt Annelie gut klar, und sie kann ihr helfen. Seitdem wurde es mit jeder Woche besser. Nach meiner Zusage für das Auslandssemester haben wir uns jedoch heftig gestritten. Annelie wollte, dass ich meinen Platz ablehne. Aber ich konnte es nicht. Ich bin so erschöpft davon, mich immer zurückzustellen. Ich weiß überhaupt nicht mehr, wer ich eigentlich bin.«

Lukas hört mir aufmerksam zu, gibt weder Wertung noch Kommentare ab, aber sein Gesichtsausdruck wird zunehmend weicher, und er hat am Ende diesen Blick, als würde er mich jetzt besser verstehen.

»Ich bin stolz auf dich, dass du deine Schwester derart unterstützt hast«, sagt er. »Noch stolzer bin ich, dass du für dich eingestanden bist. Es gibt einen Unterschied zwischen unterstützen und abhängig sein. Dass Annelie überhaupt von dir verlangt hat, den Platz abzulehnen, macht mich wütend. Sie hat es schwer, ohne Frage, doch das heißt nicht, dass sie nicht auch mal an dich denken könnte. Ich wünschte, sie würde anfangen, dir das, was du ihr all die Jahre bedingungslos gegeben hast, zurückzugeben.«

»Sie hat wahnsinnige Angst davor, mich zu verlieren.«

»Man kann niemanden festhalten, indem man ihn umklammert. Je mehr sie dich einengt, desto wahrscheinlicher wird sie dich verlieren«, sagt Lukas. »Doch das muss sie selbst erkennen.«

»Ich weiß, und das habe ich ihr vorhin zum ersten Mal so richtig gesagt. Denn bisher habe ich nie den Mund aufbekommen, ich habe einfach weitergemacht und war mir selbst kaum darüber im Klaren, wie schlecht es mir damit geht. Oder wo es hinführen wird, wenn ich nichts unternehme.« Ich schlucke schwer. »Sie hat es nicht verstanden, war traurig und fies.«

»Lass sie ein paar Tage darüber nachgrübeln. Deine Schwester ist kein schlechter Mensch. Sie liebt dich, und wahrscheinlich macht es ihr deshalb solche Angst, dass sie dich verlieren könnte.«

Ich blinzele gegen die aufsteigenden Tränen an. »Es ist so verletzend. Ich wünschte, sie würde erkennen, wie wichtig sie mir ist. Stattdessen macht sie mir ein schlechtes Gewissen dafür, meine Träume endlich nicht länger zu begraben.«

Lukas denkt kurz über meine Worte nach. »Ich denke, du hast die richtige Entscheidung getroffen. Du hast festgestellt, dass sich etwas ändern muss, doch das wird es nicht, wenn Annelie und du so weitermacht wie bisher. Sie muss das ebenfalls erkennen, und das wird sie nur durch klare Handlungen. Du solltest deine Träume nicht länger für sie begraben, es gibt andere, für dich weniger verletzende Wege, ihr deine Liebe zu zeigen.«

Meine Kehle schnürt sich vor Rührung zusammen. Lukas hatte schon immer die Fähigkeit, mich aufzubauen. Vieles zwischen uns hat sich geändert, wir sind beide andere Menschen geworden, doch das ist geblieben. Mir geht es schon wieder viel besser, ich fühle mich von ihm verstanden und gesehen.

Erneut schaut er mich mit diesem Blick an, der mir das Gefühl gibt, ein offenes Buch für ihn zu sein. Und dass er mich, mein Handeln und meine Entscheidungen jetzt besser nachvollziehen kann. Den gesamten restlichen Tag über kann ich den Gedanken nicht mehr abschütteln, dass es vielleicht wirklich so ist.

Neun Jahre zuvor

Henriette

Lukas und ich saßen nebeneinander auf dem Sofa und lasen. Im Hintergrund klapperte Annelie bei dem Versuch, Brownies zu backen, in der Küche. Ich fürchtete mich schon vor dem Moment, in dem sie uns zwingen würde, sie zu probieren. Sie hatte ein Talent dafür, Salz mit Zucker zu vertauschen.

»Hast du noch mal über die Show auf dem Schulsommerfest nachgedacht? Ich finde, wir sollten uns anmelden«, sagte Lukas.

Als er heute Morgen den Aushang am Schwarzen Brett entdeckt hatte, war er sofort Feuer und Flamme gewesen.

»Ich halte das immer noch für eine miese Idee«, erwiderte ich, ohne von meinem Buch über Meeresschildkröten aufzusehen.

»Aber alle Teilnehmer dürfen auf einen Schulausflug in den Freizeitpark. Ich war schon ewig nicht mehr Achterbahn fahren. Meine Eltern haben da beide keinen Bock drauf.«

»Mein Vater kann in den Sommerferien mit uns hinfahren. Ganz ohne Schulausflug.«

»Das ist nicht dasselbe.«

Annelie streckte den Kopf aus der Küche. »Redet ihr über die Show auf dem Sommerfest? Die ganze Schule hat heute über nichts anderes gesprochen. Nur die beliebtesten Schüler nehmen daran teil.«

»Ich versuche, Henriette dazu zu überreden, dass wir daran teilnehmen. Ich habe eine lustige Idee für einen Sketch.«

Annelie kam zu uns und lehnte sich an die Sofakante. »Viel Erfolg dabei. Vor der ganzen Schule auf der Bühne zu stehen, traut sich Henriette eh nicht.«

Nach den letzten Tagen, in denen meine Schwester mich durchgehend schlechtgeredet hatte, traf sie damit einen wunden Punkt. Ich legte mein Buch nieder und schaute zu ihr auf. »Wie bitte?«

Sie grinste herablassend, und wie so oft in letzter Zeit erkannte ich sie nicht mehr wieder. Diese Gemeinheit und Feindseligkeit mir gegenüber waren verletzend. Es war nicht mal so, dass ich ihr irgendetwas getan hätte, sie wirkte einfach nicht wie sie selbst.

»Ihr fordert euch doch ständig gegenseitig heraus, jetzt bin ich mal dran«, sagte Annelie. »Ich fordere euch heraus, bei der Show einen unvergesslichen Auftritt hinzulegen.«

Lukas sprang auf. »Bin dabei!«

Er sah mich mit diesem Blick an, der etwas von den großen, kullerrunden Augen einer Babyrobbe hatte, die allein am Strand zurückgelassen worden war. Dem hatte ich bisher nie widerstehen können. Noch dazu grinste meine Schwester weiter, war felsenfest davon überzeugt, dass ich mich nicht trauen würde. Aber sie hatte keine Ahnung, dass ich noch nie eine Herausforderung ausgeschlagen hatte. »Okay, melden wir uns an.«

Jubelnd streckte Lukas eine Faust in die Luft. »Yay! Das wird lustig, vertrau mir. Meine Idee ist grandios, und wenn wir uns selbst nicht zu ernst nehmen, wird das richtig gut ankommen.«

***

Vor der Aufführung war mir kotzübel. Lukas' grandiose Idee beinhaltete, das Musikvideo von *Call Me Maybe* – der Song lief auf dem Schulhof aktuell rauf und runter – in umgekehrten Rollen als nonverbalen Sketch nachzustellen und dazu eine Tanzperformance hinzulegen. Keine Ahnung, wieso er glaubte, das könnte cool werden. Wahrscheinlich, weil er seine eigenen Gesangs- und Tanzfähigkeiten maßlos überschätzte. Aber er war Lukas Schaub, er musste nur lächeln, damit meine Mitschülerinnen fast in Ohnmacht fielen.

Jetzt war es zu spät, einen Rückzieher zu machen. Wir waren als Nächstes dran. Außerdem schien Lukas der Schulausflug wichtig zu sein, und so schlimm würde es schon nicht werden. Durch die getauschten Rollen würde Lukas das Singen übernehmen. Zusammen würden wir ein bisschen wie die beiden Auftritte vor uns tanzen, von der Bühne gehen, und Annelie würde einsehen müssen, dass sie falschgelegen hatte.

»Als Nächstes kommen für euch Lukas Schaub und Henriette Sommerfeldt auf die Bühne«, sagte die Direktorin ins Mikrofon.

Lukas rückte seine langhaarige Perücke zurecht. »Los geht's«, raunte er mir zu, griff nach meiner Hand und zog mich auf die Bühne.

Sofort war ich erschlagen von den unzähligen Gesichtern, die mir entgegenblickten. Ich spürte, wie meine Wangen heiß wurden. Jetzt bloß nicht rot werden! Ein paar Mädchen in der ersten Reihe deuteten auf Lukas und steckten kichernd die Köpfe zusammen.

Dann setzte die Musik ein, und es ging los. Lukas stürzte sich voll in seine Rolle, er badete in der Aufmerksamkeit und liebte es, Blicke auf sich zu ziehen. Für mich galt das nicht, ich wäre am liebsten im Bühnenboden versunken und kam mir völlig fehl am Platz vor.

Lukas warf sich das braune Haar über die Schulter, legte einen beeindruckenden Hüftschwung hin und kam zu mir rüber. Ich konzentrierte mich, jetzt folgten die schwierigen Tanzschritte. Step nach rechts, Ausfallschritt nach hinten und … Ich stolperte über ein Bein, dass da nicht hatte sein sollen. Lukas hatte sich vertanzt, prallte gegen mich, und gemeinsam gingen wir zu Boden. Ich schrie auf, Lukas' Perücke flog im hohen Bogen ins Publikum wie bei einem Rockstar, der einem Fan sein verschwitztes Handtuch zuwarf. Die Mädchen in der ersten Reihe kreischten auf und gingen ebenfalls zu Boden, als sie darum rangen. Leider war ich gezwungen, es mit anzusehen, da ich unter Lukas' Rücken begraben war und mich nicht bewegen konnte.

Meine Wangen waren hochrot, und ich wollte mich auf der Stelle in Luft auflösen. Bis auf die Perücken-Kämpferinnen starrten uns alle an und lachten. Die Musik lief im Hintergrund fröhlich weiter.

Endlich rollte sich Lukas von mir herunter. Ich rappelte mich auf und stürmte von der Bühne. Als ich endlich im sicheren Backstagebereich war, sah ich, wie Lukas sich grinsend verbeugte, bevor er mir hinterhereilte.

Hinter mir erklang ein schallendes Lachen. »Ich hätte es nicht gedacht, aber ihr habt tatsächlich einen *unvergesslichen* Auftritt hingelegt«, japste Annelie.

Ich ignorierte sie und schwor mir, dass ich mich nie wieder auf sinnlose Herausforderungen einlassen würde. In Zukunft müsste es einen guten Grund dafür geben. Oder sie müssten von Lukas kommen.

»Ab sofort hasse ich diesen Song«, verkündete ich. »Ich werde ihn nie wieder hören. Und ich möchte auch nie wieder über diesen Auftritt sprechen.«

Lukas legte mir einen Arm um die Schultern. »Wenn wir nebeneinander auf der Achterbahn sitzen und uns anschließend mit Schokofrüchten, Churros und Pommes vollstopfen, ist unser Auftritt vergessen. Außerdem waren alle anderen Nummern langweilig, und nur wir haben für echte Stimmung gesorgt.«

Annelie prustete laut auf. »Da hat er recht. Aber eines muss ich dir lassen, Henriette, ich hätte nicht gedacht, dass du dich das traust.«

Triumph durchzuckte mich, und es ging mir augenblicklich besser. Zumindest bis die Direktorin Annelies Namen aufrief. Erst jetzt wurde mir bewusst, dass ich mich wegen des Desasters gar nicht gefragt hatte, warum meine Schwester nicht im Publikum saß.

Ich riss die Augen auf. »Du nimmst auch teil?«

Annelie nickte strahlend, warf mir eine Kusshand zu und lief auf die Bühne. Sie sang und legte eine umwerfende, fehlerfreie Tanznummer hin.

Ich konnte es nicht fassen. Sie hatte es wieder einmal nicht verkraftet, dass ich etwas für mich allein hatte. Nein, sie hatte mich wie immer in den Schatten stellen müssen.

Und es war ihr gelungen.

Kapitel 18

Henriette

Etwas ist anders, fühlt sich ungewohnt an. Ich drehe mich im Bett zur Wand um, kuschele mich tiefer ins Kissen, der Wecker hat noch nicht geklingelt und …

Moment. Wir stehen still. Das gleichmäßige Schaukeln – an manchen Tagen stärker, an anderen schwächer – fehlt. Mir wird klar, was das bedeutet, und ich bin sofort hellwach.

Wir haben über Nacht Nuku Hiva erreicht.

Abis und mein Wecker klingeln zeitgleich. Grummelnd stellt sie ihren auf Stumm. Ich hingegen springe aus dem Bett, hechte zum Bullauge.

»Abi!«, rufe ich aufgeregt. Die Gefahr, von meiner morgenmuffeligen Mitbewohnerin ein Kissen an den Kopf geworfen zu bekommen, ist mir gerade vollkommen egal. Ich reiße den Vorhang zur Seite, blinzele in das helle Tageslicht. Mein Herz wird weit, Tränen treten mir in die Augen. »Wir sind da.«

Land. So nah wie seit Wochen nicht mehr. Ich erkenne Palmen, Hügel in der Ferne, einen Streifen Strand. Die *Sapient Sailor* ist an einem Steg am äußeren Rand der Bucht festgemacht. Etwas abgelegen von der Ortschaft, die ich in der Mitte ausmachen kann.

»Was?«, fragt Abi verschlafen.

»Nuku Hiva! Los, steh auf!«

Sie reißt die Augen auf, schleudert die Decke von sich und kommt zu mir. Ihr gelbes Nachthemd mit den aufgedruckten Fröschen ist zerknittert, der rechte Träger hängt ihr auf dem Oberarm.

Sie drückt sich neben mir an das runde Fenster. Unsere Gesichter berühren einander, ihre Locken kitzeln meine Schläfe.

»Es sieht so anders aus, als ich es mir vorgestellt habe«, sagt Abi nach einer Weile. »Die Berge wirken wie von grauem Moos bedeckt.«

»Man sieht den vulkanischen Ursprung der Insel deutlich.« Der schokoladenbraune Strand, an den sich üppige Vegetation anschließt, grenzt an die dunklen Felsen, die spärlicher bewachsen sind, je höher die zerklüfteten Spitzen in den Himmel ragen. Mein Blick wandert über die Bucht und die vielen kleinen Segelschiffe und Katamarane, die dort ankern. Alle davon sind Einmaster und kein Vergleich zu unserem großen Schiff.

»Professorin Weber wollte heute in der Vorlesung über die Auswirkung des Klimawandels auf die Marquesas-Inseln referieren, oder?«

»Ja, und heute Nachmittag sprechen wir den morgigen Tauchgang durch. Hoffentlich ist danach noch Zeit, dann können wir eine Runde spazieren gehen, wenn du Lust hast?«, fragt Abi.

Aus Sicherheitsgründen dürfen wir Studierenden nur in bestimmten Zeiträumen Landgänge unternehmen. Ich finde das fair. Wir sind in fremden Ländern mit anderen Kulturen und einer Natur, die sich von der zu Hause unterscheidet. Viele unserer Ziele liegen in tektonisch aktiven Regionen des Pazifiks. Falls wir Wanderungen oder Ausflüge außerhalb der Hauptstadt der einzelnen Inseln machen wollen, müssen wir beim Verlassen des Schiffs unser Ziel angeben. Sodass, wenn wir nicht rechtzeitig zurückkehren, weil wir uns zum Beispiel verletzt haben, klar ist, wo gesucht werden muss. Einige Studierende haben sich über diese Regeln aufgeregt, aber mir geben sie ein beruhigendes Gefühl.

»Gerne«, antworte ich Abi und trete vom Bullauge zurück, um mich für den Tag fertig zu machen.

***

Nach dem Frühstück sitze ich im Lehrraum und schreibe eifrig mit. Professorin Weber hat eine Art zu erzählen, die mich bannt. Es gibt selten Momente, in denen ich mich langweile. Dafür sind die Themen, die wir durcharbeiten, zu interessant. Die Vorlesungen auf der *Sapient Sailor* sind anders als an meiner Uni in München. Wir behandeln die Themen hier tiefgreifender, viel spezifischer, haben genug Raum für Diskussionen und bei Fragen die Möglichkeit, uns noch intensiver mit einzelnen Punkten zu beschäftigen. In solchen Momenten wird mir bewusst, wie viel Glück ich hatte, einen der wenigen Plätze zu ergattern. Und dass ich mit dem hier erlernten Wissen dem Großteil der Meeresbiologen voraus sein werde.

»Der Klimawandel hat eine vielfältige Auswirkung auf die Marquesas-Inseln. Durch den ansteigenden Meeresspiegel kommt es zu Küstenerosion und Verlust von Landflächen. Das gefährdet Siedlungen oder Infrastruktur. Wetterereignisse wie tropische Stürme und Zyklone werden häufiger und ihre Intensität extremer. Das gilt für viele Inseln der Region, ist noch stärker in Französisch-Polynesien zu beobachten, unserem nächsten Ziel.« Professorin Weber zeigt uns auf der interaktiven Tafel Bilder der Zerstörung, die Zyklon Oli 2010 hinterlassen hat. »Jetzt kommen wir zu einem Thema, das Sie morgen vielleicht sogar selbst sehen werden. Der Klimawandel verändert die Meeresökologie. Durch die erhöhte Wassertemperatur werden Korallenriffe geschädigt und die Korallenbleiche häufiger. Die Biodiversität geht zurück, Lebensräume werden zerstört und dadurch die Lebensgrundlage vieler Menschen, die auf den Fischfang angewiesen sind.«

Auf der Tafel erscheint das Bild weißer Korallen und im Vergleich dazu ihre ursprüngliche, orangerote Farbe. Meine Kehle wird trocken, als ich die skelettartigen Verästelungen betrachte, um die sich eigentlich Fischschwärme tummeln sollten. Mit eigenen Augen habe ich bisher noch nie ein von Korallenbleiche betroffenes Riff gesehen. Mir war vor der Bewerbung um das Auslandssemester bewusst, dass sich das während der Monate im Pazifik ändern würde. Ein weiterer Grund, warum ich den Platz unbedingt ergattern wollte. Ein Thema interessant zu finden und die Entscheidung zu treffen, es zum Beruf zu machen, sind zwei unterschiedliche Dinge. Mein Ziel ist es, herauszufinden, ob ich diese Richtung einschlagen und mich der Bleiche, deren Auswirkungen auf das Ökosystem sowie dem Schutz der Riffe widmen möchte.

Lukas dreht sich zu mir um, unsere Blicke treffen sich, und mein Herz macht einen Satz. Statt mit Korallen hat er sich am liebsten mit der Artenvielfalt von Fischen beschäftigt. Zwei Themen, die in Verbindung miteinander stehen und sich aufeinander auswirken. Es gibt das eine nicht ohne das andere, und irgendwie muss ich dabei an uns denken. Die Jahre ohne Lukas haben mich erbleichen lassen wie die Korallen. Ich habe mich verloren gefühlt, nicht gewusst, wie ich jemals wieder eine Freundschaft wie die zu ihm finden sollte.

Jetzt ist er zurück, aber wir haben uns so sehr verändert, dass es unmöglich ist, an diesen Punkt zurückzukehren. Ein erbleichtes Riff kann nicht geheilt werden, doch die Bleiche kann aufgehalten, dem Riff neues Leben eingehaucht werden. Durch die Art, wie Lukas mich ansieht. Durch das Kribbeln, das seine Berührungen auslösen. Durch das Glücksgefühl, das sich bei seinem Lachen in mir ausbreitet. Trotz unserer individuellen Veränderung in den letzten Jahren beeinflussen wir einander noch immer wie Korallen und Fische, aber auf eine neue, intensivere Art.

Lukas' Augen werden dunkel. Hitze breitet sich in mir aus, bis sie jeden Millimeter meines Körpers erfüllt. Fühlt er sie ebenfalls? Schlägt sein Herz genauso schnell?

Kai räuspert sich, reißt uns dadurch aus dem Moment. Lukas blinzelt und dreht sich wieder nach vorne um. Die Hitze verfliegt schlagartig.

Professorin Weber ist mittlerweile dazu übergegangen, uns Informationen über den morgigen Tauchgang zu geben. Anhand von Abis fortgeschrittenen Notizen auf ihrem Tablet wird mir bewusst, dass ich ein paar davon nicht mitbekommen habe. Ich werde sie nachher von ihr abschreiben oder mir schicken lassen. Hoffentlich war sie so konzentriert, dass sie unseren merkwürdigen Blickkontakt nicht bemerkt hat. Ich kann mir nicht einmal selbst erklären, warum ich so fühle.

Mein Blick bleibt für den Rest der Vorlesung immer wieder an Lukas' Rücken hängen. Ich verfolge das Spiel seiner Muskelstränge unter dem weißen Shirt, wenn er sich bewegt, um mitzuschreiben oder einen Schluck zu trinken. Das erbleichte Riff bekomme ich dabei nicht aus dem Kopf. Was, wenn es durch die zurückkehrenden Fische intensiver strahlen würde als je zuvor?

Was für ein Schwachsinn. Ich verdränge das Bedürfnis, mit den Fingern das Muskelspiel nachzeichnen zu wollen, und erinnere mich wieder an die Herausforderung. Keine Fische, sondern der Schutz dessen, was vom Riff übrig ist.

Kapitel 19

Henriette

Im Check-out-Bereich der *Sapient Sailor* hat sich eine kleine Schlange aus Studierenden gebildet, die offenbar dieselbe Idee wie Abi und ich hatten und von Bord gehen wollen. Mein Herz schlägt mir bis zum Hals, und ich trete unruhig auf der Stelle, weil ich es kaum erwarten kann. Gleich werde ich zum ersten Mal seit vier Wochen wieder festen Boden unter den Füßen spüren. Abi und ich haben uns extra mit dem Abendessen beeilt, um noch eine Runde am Strand spazieren gehen zu können.

»Bist du aufgeregt?«, fragt Abi.

»Du nicht?«

»Eher neugierig.«

Wir rücken in der Schlange vor und lassen unsere Bordkarten scannen. »Seid bitte bis zwanzig Uhr zurück«, erinnert uns das Crewmitglied.

»Sind wir, danke«, antwortet Abi, bevor wir unsere Karten einstecken und zum Ausgang laufen.

Mit wackeligen Knien betrete ich die Gangway, die zum Anlegeplatz hinabführt. Die warme Luft umhüllt mich nach den klimatisierten Innenräumen des Schiffs wie eine Umarmung, und ich atme einmal tief durch, bevor ich den letzten Schritt setze. Meine Flipflops treffen auf den Pier, und ein Schauer rieselt mir über die Arme.

Der erste Ort unserer Reise. Ich kann kaum glauben, dass ich wirklich hier bin. Stolz erfüllt mich, weil ich es bis hierhin geschafft habe.

Das ist erst der Anfang, erinnere ich mich. Und ich freue mich auf alles, was noch kommt. Auch wenn ich etwas nervös bin, weil morgen der erste Tauchgang ansteht. Gleichzeitig bin ich von Vorfreude erfüllt, sodass ich keine Ahnung habe, wie ich heute Nacht ein Auge zubekommen soll.

Abi ist stehen geblieben, und ich trete neben sie. Für einen Moment saugen wir stumm den Anblick in uns auf. Der Hafen ist klein, nur ein paar Motorboote mit Fischernetzen an Bord und ein Slup – ein Segelschiff mit einem Mast – schaukeln sanft auf dem Wasser. Die Bucht wird von ausladenden Palmen und dichtem Wald gesäumt, über den sich mehrere zerklüftete Felsen wie Wächter erheben. Ein Schwarm Vögel mit auffälligem türkisblauem Gefieder gleitet über uns hinweg.

»Hat es euch die Sprache verschlagen?«, erklingt Kais Stimme hinter uns.

Schnaubend dreht Abi sich um. »Du hast den friedlichen Moment ruiniert.«

Ich drehe mich ebenfalls um und bin wenig überrascht, Kai in Begleitung von Lukas zu sehen. Er trägt ein lockeres beigefarbenes Leinenhemd, das er an den Ärmeln hochgekrempelt hat.

»Ich habe ihn stattdessen noch besser gemacht.« Kai schlingt Abi einen Arm um die Schultern, den sie entschieden von sich stößt.

»Hi«, begrüßt uns Lukas. »Was habt ihr vor?«

»Nur einen kurzen Spaziergang machen und den Sonnenuntergang ansehen.«

»Denselben Plan haben wir auch«, sagt Kai. »Dann können wir uns doch zusammenschließen, oder?«

Eigentlich würde ich gerne mit Abi allein sein, weil Lukas' Nähe mich nervös macht, andererseits würde ich mich freuen, diesen Moment mit ihm teilen zu können. Da keiner von uns einlenkt, ist es beschlossene Sache, und wir gehen gemeinsam los.

Vom Pier aus gelangen wir auf einen befestigten Weg, der parallel zum Strand verläuft. Eine Eidechse huscht verschreckt ins Gebüsch zurück. In der Luft liegt der süße Duft von exotischen Blüten.

Über einen kleinen Pfad betreten wir den Strand. Wir klettern über eine Ansammlung schwarzer Gesteinsbrocken, die bis ins Wasser hineinreichen, bis wir Sand unter den Füßen haben. Der vulkanische Ursprung der Insel hat ihn in einem dunklen Gelb, fast schon Braun gefärbt. Außer uns sind am Strand noch weitere Studierende und ein Verkaufsstand, an dem frisch gefangener Thunfisch über offenem Feuer zubereitet wird.

Kai steuert direkt darauf zu.

»Es gab doch gerade Abendessen?!«, ruft Lukas ihm nach.

Kai zuckt nur die Achseln. »Ich muss die regionale Kulinarik austesten.«

Serviert bekommt Kai den Fisch auf einem Bananenblatt und zusammen mit Poi, einem traditionellen Gericht aus gestampften Taro-Wurzeln.

»Wo hast du überhaupt den Pazifischen Franc her, mit dem du gerade gezahlt hast?«, fragt Abi.

»Im Shop an Bord kann man Geld wechseln. Der Kurs ist nur leider ein bisschen mies.« Er probiert ein Stück Thunfisch und stößt ein zufriedenes Seufzen aus.

Gemeinsam laufen wir nebeneinander am Strand entlang. Abi hängt sich an Kai, um von seinem Essen zu stibitzen. Sein empörter Ausruf geht im Rauschen der Wellen unter.

»Übrigens habe ich einen Witz für dich«, sagt Lukas zu mir.

»Hau raus.«

»Was hassen Fische? Anti-Schuppenshampoo.«

»Der ist schrecklich.«

»Na gut, ich habe noch einen. Geht der Meeresspiegel kaputt, wenn man in See sticht?«

Ich lache auf. »Wo hast du die denn ausgegraben?«

»Irgendwie musste ich gestern Abend daran denken, dass wir uns früher manchmal maritime Witze erzählt haben, und habe sie gegoogelt.«

Mein Herz überspringt einen Schlag bei der Vorstellung, wie Lukas gestern an unsere Vergangenheit, an *mich* gedacht hat. »Was lebt im Meer und bastelt an Autos herum? Der Tune-Fisch.«

Er lacht laut auf. »Der ist richtig gut.«

Kai bleibt stehen und dreht sich zu uns um. »Was ist denn so lustig?«

Ich wiederhole den Witz, aber er runzelt nur die Stirn. Abi rümpft sogar die Nase. »Ihr habt einen schrägen Humor.«

Vielleicht ist er schräg, aber wir teilen ihn.

»Was sagt Fritzchen, als er an einem ausgetrockneten See vorbeigeht? Das war bestimmt ein Seeräuber!«

Ich kichere. Abi und Kai beschließen, dass sie genug haben, und laufen zum Wasser hinunter. Sie ziehen die Schuhe aus und waten bis zu den Knöcheln hinein.

Lukas und ich halten inne und betrachten den Horizont. Er sieht aus, als stünde er in Flammen, und die Wolken glühen wie Kohlen. Leuchtendes Orange mischt sich mit Rot und Gelb, als würde sich ein abstrakter Künstler auf dem Himmel austoben. Die Farben reflektieren sich in den Wellen und tauchen alles in ein goldenes Licht. Eine tiefe Dankbarkeit breitet sich in mir aus, diesen Moment im Paradies erleben zu dürfen.

Ich drehe den Kopf zu Lukas. Ehrfurcht und die letzten Sonnenstrahlen des Tages spiegeln sich in seinen Pupillen.

Er grinst. »Ich wette, du traust dich nicht, jetzt ins Meer zu springen.«

Ich hebe eine Braue. »Ist das eine Herausforderung?«

»Wer am schnellsten im Wasser ist!«, ruft er und zieht sich in einer fließenden Bewegung das Hemd über den Kopf. Meine Kehle ist plötzlich wie ausgetrocknet, als hätte ich einen Schwall Salzwasser geschluckt. Es ist ungerecht, dass er in Kombination mit seinem Humor, seiner Intelligenz und seiner Loyalität auch noch so unverschämt gut aussieht!

Lukas lässt sein Hemd an der Strandlinie auf den trockenen Sand fallen, legt Handy und Cardholder darauf ab und streift sich die Schuhe von den Füßen. »Was ist? Willst du verlieren?«, ruft er mir über die Schulter hinweg zu und rennt los.

Das lasse ich mir nicht zweimal sagen. Zum Glück habe ich für alle Fälle einen Bikini angezogen. Ich lasse das T-Shirt und meine Jeansshorts auf Lukas' Klamotten fallen und kicke die Flipflops weg. Dann renne ich ihm nach, hinein in das in warmen Farben getauchte Meer. Kreischend stürze ich mich an der Brandungslinie in die Fluten. Das Wasser ist kälter als gedacht, doch es bietet eine angenehme Abkühlung zur schwülen Tropenluft.

Ich tauche wieder auf. Eine Welle rollt sanft über mich hinweg, und ich spüre Sand und Kiesel unter meinen nackten Fußsohlen. Lukas entdecke ich direkt neben mir. Er grinst, bevor er mir einen Schwall Wasser entgegenspritzt. Er trifft mich direkt im Gesicht, und ich revanchiere mich sofort, bis wir in einer ausgelassenen Wasserschlacht enden.

»Waffenstillstand!«, ruft Lukas irgendwann prustend und greift nach meinen Armen, um sie festzuhalten. Seine Finger fühlen sich warm auf meiner Haut an, und ich halte sofort inne. Ich bekomme Gänsehaut und habe keine Ahnung, warum wir einander plötzlich so nah sind.

Gleichmäßig rollen die Wellen über uns hinweg, weiße Schaumkronen tanzen um uns herum. Vereinzelt treiben Algen auf der Oberfläche des kristallklaren Wassers. Mit letzter Kraft scheint die Sonne auf uns herab, wird vom Wasser reflektiert, sodass es wirkt, als leuchtete Lukas golden. Er lächelt dieses Lächeln, nach dem ich früher süchtig war.

Vielleicht bin ich es immer noch. Vielleicht habe ich mein geheimes Laster über die Jahre nur verdrängt. Eine intensive, fast schon überfordernde Wärme breitet sich in meinem gesamten Körper aus, der selbst das kalte Meerwasser nichts anhaben kann.

»Hey!«, ruft Abi vom Strand aus. »Kommt ihr raus? Wir müssen langsam los, wenn wir pünktlich zurück am Schiff sein wollen.«

Lukas lässt mich los, und sofort ist mir kalt. Mit kräftigen Zügen schwimmt er in Richtung Ufer davon. Ich bleibe noch einen Moment zurück, fühle mich ohne Lukas in der Weite des Meeres fast schon wie verloren. Es war immer unsere gemeinsame Leidenschaft. Doch während er allein an ihr festgehalten hat, bin ich mit den Jahren Schwimmzug für Schwimmzug untergegangen.

Bis jetzt.

Die nächste Welle überrollt mich, und ich setze mich endlich in Bewegung. Schwimmzug für Schwimmzug tauche ich wieder auf.

Kapitel 20

Lukas

Pünktlich um acht Uhr morgens betreten Kai und ich die Marina. Es herrscht angespanntes Schweigen. Elisa und Jules, die grimmige studentische Hilfskraft, verteilen Neoprenanzüge an alle Studierenden unserer Halbgruppe, die keinen eigenen besitzen, und Professorin Weber hilft beim Anlegen der Tauchausrüstung.

Ich scanne den Raum, bin auf der Suche nach Henriette und entdecke sie bei der behelfsmäßigen Umkleidekabine neben den Kajaks, wo sie sich mit dem Reißverschluss an ihrem Rücken abmüht. Sofort eile ich zu ihr, bevor jemand anderes auf die Idee kommen kann, ihr zu helfen.

»Guten Morgen. Brauchst du Hilfe?«

Sie hält mit den Armen hinter dem Rücken inne und pustet sich eine Haarsträhne aus der Stirn. Ihre Wangen sind gerötet, sie weicht meinem Blick aus. »Die Zugleine ist abgerissen, deshalb komme ich nicht selbst an den Reißverschluss ran. Kannst du Abi suchen?«

»Ach, Quatsch, dreh dich um, ich mach das schnell.«

Sie beißt sich auf die Unterlippe, zögert. Ich bin verwirrt. Es ist nur ein Reißverschluss. Ich ziehe ihn hoch, fertig. Es ist nichts dabei. Aber dann strafft Henriette die Schultern, dreht sich um, und mir stockt der Atem. Der Verschluss beginnt an ihrem unteren Rücken, knapp oberhalb ihres Steißbeins, und verläuft von dort bis zum Nacken. Dadurch liegt ihr gesamter Rücken frei. Meine Kehle fühlt sich staubtrocken an. In meinen Fingerspitzen kribbelt es. Ich will sie über Henriettes nackte Haut gleiten lassen, jeden Zentimeter davon erkunden. Über die beiden kleinen Kerben an ihrem unteren Rücken streichen, meine Finger ihre Wirbelsäule hinaufgleiten lassen. Ihre Schulterblätter nachzeichnen und das Muttermal berühren, dass sich über dem rechten befindet.

Kaum merklich schüttele ich den Kopf. Was ist los mit mir? Ich muss mich zusammenreißen, sehe nicht zum ersten Mal den nackten Rücken einer Frau.

Ich strecke die Hand aus, nehme mir vor, nur den Reißverschluss zu berühren. Aber er ist klein, sodass ich aus Versehen über Henriettes Haut streiche. Ich höre ihr ersticktes Atmen, Gänsehaut breitet sich auf ihrem unteren Rücken aus. *Verdammt.* Ein heißes Brennen schießt mir zwischen die Lenden. Auf einmal frage ich mich, welche Geräusche und Reaktionen ich ihr noch entlocken könnte, wenn ein federleichtes Streifen schon ausreicht.

Ich ziehe den Reißverschluss hoch, langsam und vorsichtig, um ihre Haut nicht einzuklemmen. Als ich am Nacken angekommen bin, könnte ich loslassen, aber ... Ich kann mich nicht zurückhalten, mit dem Daumen oberhalb des Kragens Henriettes warme Haut entlangzustreichen. Nur um herauszufinden, ob ihre Reaktion einmalig war.

Sie erstarrt, bevor sie sich hastig umdreht, die Wangen noch röter als zuvor. Ein Grinsen zupft an meinen Mundwinkeln, wird abgelöst von Bitterkeit. Die Herausforderung ist dafür da, mehr Nähe als notwendig zu verhindern. Es war nicht fair von mir, sogar egoistisch, sie absichtlich zu brechen. Genau so hätte sich mein Vater verhalten. Was mich nur umso mehr darin bestärkt, wie wichtig die Herausforderung ist. Weil ich früher oder später seine Verhaltensmuster an mir erkenne. Verletzend werde, auf den Gefühlen anderer herumtrampele oder nur auf mich selbst bedacht bin.

Ich will mich entschuldigen, aber bevor ich den Mund öffnen kann, entdeckt Henriette Abi, die gerade aus der Kabine tritt, und ergreift die Flucht.

Kurz überlege ich, ihr zu folgen, verwerfe den Gedanken jedoch wieder. Ich werde mich später entschuldigen. Vor einem Tauchgang ist nicht der beste Zeitpunkt dafür. Bei fehlender Konzentration kann er gefährlich enden.

Meinen Neoprenanzug und die Neoprenschuhe habe ich bereits an. Von Jules nehme ich einen Tauchcomputer entgegen, der wie eine Armbanduhr aussieht und Tauchzeit sowie Tiefe überwacht, und befestige ihn an meinem linken Handgelenk. Außerdem hänge ich mir die Tauchmaske um den Hals und überprüfe Atemregler sowie das Tarierjacket, das erst auf dem Boot angelegt wird.

Nacheinander steigen wir auf das Motorboot, das an der Marina der *Sapient Sailor* auf den leichten Wellen schaukelt. An Bord sind bereits ein einheimischer Biologe und ein Bootsführer, die uns zum Riff begleiten werden. Wie die Hühner auf der Stange drängen wir Studierenden uns dicht aneinander, um alle auf den Sitzbänken Platz zu haben.

Der Geruch von Benzin steigt mir in die Nase, sobald der Motor angeworfen wird. Langsam fahren wir aus der Bucht, bevor der Bootsführer die Geschwindigkeit aufdreht und wir über das offene Meer schießen. Wellen brechen sich am Rumpf, Gischt spritzt auf, und Wind pfeift mir um die Ohren. Ein Gespräch zu führen, ist unmöglich.

Vorfreude wallt in mir auf. Ich war lange nicht mehr tauchen. Früher habe ich es regelmäßig mit Henriette in einem Indoor-Tauchzentrum in München gemacht, aber es ist ein teures Hobby.

Nach der Scheidung blieb es bei ein paar Malen mit meinem Studienkurs. Umso stärker spüre ich jetzt dieses Jucken unter meiner Haut, endlich unter die Wasseroberfläche zu kommen. Die stille, schillernde Meereswelt zu erleben. Mittendrin, ja fast schon ein Teil davon zu sein.

Mein Blick huscht zu Henriette, die auf das Meer hinaussieht, ein leichtes Lächeln auf den Lippen. Das Boot hüpft über die Wellen, wir werden vor und zurück geschlenkert, aber sie sieht glücklich aus. Als würde die Gischt ihre Sorgen, die sie mir vor wenigen Tagen anvertraut hat, fortspülen.

Schnell wende ich mich ab, bevor sie mich beim Starren erwischt. Sie soll den Augenblick genießen, nicht daran erinnert werden, dass ich vorhin zu weit gegangen bin.

Zehn Minuten später halten wir an, der Motor wird ausgestellt. Sachte schaukelt das Boot auf den Wellen.

»Verteilen Sie sich bitte in Ihre Forschungsteams und legen Sie die restliche Ausrüstung an. Anschließend stellen Sie mit einem Buddy-Check sicher, dass alles sitzt und funktioniert«, weist uns Professorin Weber an.

So gut es bei dem wenigen Platz an Deck geht, verteilen wir uns in die Teams und legen die restliche Ausrüstung an. Ich schlüpfe in das Tarierjacket, an welches der Atemregler und die Tauchflasche angeschlossen werden. Henriette ist mir so nah, dass wir uns ständig berühren. Unsere Arme streifen einander, ihr Knie stößt gegen meinen Schenkel, ihre Hände treffen auf meinen unteren Rücken. Jedes Mal bleibt mir der Atem weg.

Innerlich schüttele ich über mich selbst den Kopf. Das hier ist wichtig, ich muss mich konzentrieren. Einen Fehler zu machen, kann mich metertief unter der Wasseroberfläche das Leben kosten. Daher atme ich durch und beginne mit der Überprüfung der Ausrüstung.

»Bist du so weit?«, frage ich Henriette, nachdem ich überprüft habe, ob der Druck in ihrer Tauchflasche ausreicht.

Sie checkt meinen Atemregler, bevor sie nickt. »Bereit. Du auch?«

»Ja, ich freue mich auf den Tauchgang.« Ich zögere, überlege, ob jetzt der richtige Moment ist, die Sache von vorhin anzusprechen. Die Ersten unserer Kommilitonen sind bereits im Wasser, aber wir stehen weit hinten im Boot, sodass wir noch etwas Zeit haben. Können wir uns besser konzentrieren, wenn wir den Moment totschweigen? Oder wenn wir ihn klären? Ich entscheide mich für Letzteres. »Ich muss mich bei dir entschuldigen. Vorhin habe ich dich provoziert und mich absichtlich entgegen der Herausforderung verhalten. Wenn ich mich nicht langsam zusammenreiße, gehst du eindeutig als Siegerin hervor.«

»Lass uns das nicht jetzt klären«, erwidert sie. Sie wirkt aufgewühlt, gereizt.

Genau das, was ich nicht wollte.

»Sicher? Wir …«

»Lass es bitte gut sein, Lukas.«

Ich zucke zusammen, bereue es, das Thema angesprochen zu haben.

Im nächsten Moment rücken Henriette und ich bis zur Leiter am Heck des Boots auf und schlüpfen in unsere Flossen. Sie werden erst kurz vor dem Einstieg ins Wasser angelegt, da sie an Bord hinderlich sein können. Wir ziehen die Brillen auf und schieben uns die Mundstücke zwischen die Lippen. Ab jetzt können wir nur noch über Handzeichen kommunizieren.

Henriette springt vor mir ins Wasser. Ich schließe kurz die Augen, vertreibe die Schuldgefühle und die Schwere aus meinem Inneren. Langsamer als Henriette lasse ich mich in das türkisblaue Wasser gleiten. Kurz spüre ich die Kälte, doch mein Anzug reguliert die Temperatur. Die Wellen schwappen sacht über mich hinweg.

Oben an Deck wartet schon das nächste Team darauf, dass es ins Wasser kann, sobald Henriette und ich abgetaucht sind. Daher gebe ich ihr ein Handzeichen, um zu signalisieren, dass ich bereit bin. Sie erwidert es.

Mithilfe unserer Tarierjackets tauchen wir langsam ab. Ich durchstoße die Oberfläche, und jegliche Geräusche verstummen. Eine dumpfe, friedliche Stille umhüllt mich. Das Wasser wird kälter und dunkler, je tiefer ich sinke. Immer wieder mache ich dabei einen Druckausgleich in den Ohren. Henriette ist direkt neben mir, und vor uns …

Mein Magen vollführt einen Satz, als sich das Korallenriff vor mir ausbreitet. Rote, orangefarbene und leider auch bleiche Korallen reihen sich aneinander, dazwischen schaukeln Algen in den Strömungen, und überall flitzen Fische umher. Das untere Ende des Riffs verschwindet in der Dunkelheit. Das Wasser ist an dieser Stelle so tief, dass ich nicht bis zum Grund sehen kann. Dort lauern Riffhaie, Moränen, Kraken und Rochen.

Henriette gibt mir ein Handzeichen, das mir die Richtung signalisiert, in die wir schwimmen sollen. Mit gezielten Schlägen unserer Taucherflossen treiben wir voran, näher an das Riff heran, jedoch immer in sicherem Abstand, um uns nicht zu verletzen oder die Korallen zu beschädigen.

Unsere Aufgabe ist es, deren Artenvielfalt zu erforschen. Für heute bedeutet das erst einmal beobachten und einen Eindruck vom Riff gewinnen, bevor es auf den nächsten Tauchgängen an die fotografische Dokumentation und die Probenentnahme geht.

Immer wieder lenken mich Fischkolonien ab. Ich entdecke mir geläufige Arten wie den gestreiften Kaiserfisch oder den Doktorfisch, auch bekannt als Dorie aus *Findet Nemo*. Die meisten Fische kann ich nicht einordnen. Teilweise sind sie so farbenfroh, dass ich unmöglich wegsehen kann. Ich wünschte, unsere Forschungsaufgabe wäre das Beobachten ihres Verhaltens oder ihre Anzahl in einem bestimmten Radius festzuhalten, um Rückschlüsse auf den Wohnraum ziehen zu können. Aber ich rufe mir Professorin Webers Anforderung, meine Komfortzone zu verlassen, ins Gedächtnis zurück. Nach dem Patzer mit dem Vortrag kann ich es mir nicht leisten, weniger als hundert Prozent zu geben.

Daher fokussiere ich mich. Irgendwann schaltet sich mein Kopf endlich aus, und ich verliere jegliches Zeitgefühl. Nehme nichts mehr wahr außer den Korallen und den Fischen, die sich zielsicher ihre Wege durch die verästelten Kalkgerüste bahnen. Nach einer Weile entdecke ich eine rosarote gefächerte Koralle, die aus einer graubraunen abgestorben aussehenden zu wachsen scheint. Ich erinnere mich daran, dass die Nachkommen der Korallen auf den alten Kalkskeletten weiterwachsen, wodurch die Riffe entstehen. Ich drehe und wende den Kopf, um sie genau beobachten zu können.

Vielleicht bemerke ich deshalb nicht sofort, dass Henriette weitergeschwommen ist. Dabei ist Zusammenbleiben eine goldene Regel des Tauchens. *Mist.* Ich schaue mich im dunkelblauen Wasser nach ihr um. Wo ist sie hin? Wie lange war ich abgelenkt?

Plötzlich trifft mich grüne Substanz im Gesicht. Wie damals bei diesem Holy Festival, das wir in der Schule veranstaltet haben und auf dem Henriette mit einer pinken Farbbombe einen Volltreffer auf meiner Brust landete.

Einige Herzschläge lang bin ich orientierungslos. Meine Taucherbrille ist grün, ich sehe nichts mehr. Sofort erfasst mich Panik, aber ich erkenne sie, arbeite dagegen an, wie ich es im Tauchkurs in München gelernt habe. In einer solchen Situation Angst zuzulassen, kann den Unterschied über Leben und Tod ausmachen.

Fieberhaft überlege ich, was zu tun ist. Der grüne Nebel muss einer plötzlichen Algenblüte geschuldet sein. Zumindest erinnert die Substanz mich an den Tümpel hinter Henriettes Elternhaus, der sich im letzten Sommer vor meinem Umzug aus dem Nichts grün färbte. Das Wasser hatte dieselbe Farbe wie dieser Kinder-Knetschleim aus der Dose.

Es führt kein Weg daran vorbei, ich muss den Tauchgang unterbrechen und auftauchen. Die Algenblüte raubt mir nicht nur die Sicht, sondern könnte meine Luftfilter verstopfen. Hier unten keinen Sauerstoff zu haben, ist lebensgefährlich. Ich darf kein Risiko eingehen.

Aber ... wo ist die Oberfläche? Ich sehe nur noch Grün. Weiß nicht mehr, wo sich das Riff befindet. Vor mir? Hinter mir? Eine falsche Bewegung, und die scharfkantigen Korallen könnten meine Ausrüstung aufschlitzen. Ohne Teampartnerin hätte ich nicht einmal die Chance, aus dem Wasser geborgen zu werden, sondern wäre verloren.

Mein Herzschlag beschleunigt sich, sobald mir bewusst wird, dass ich mich in einer ausweglosen Situation befinde. Warte ich ab, laufe ich Gefahr, keinen Sauerstoff mehr zu haben, bewege ich mich, könnte ich mich schwer verletzten. In beiden Fällen würde ich draufgehen.

Die Panik kehrt mit voller Wucht zurück. Und diesmal schaffe ich es nicht, sie zu vertreiben.

Kapitel 21

Henriette

Lukas verschwindet in einer Wand aus grünem Nebel, und hätte ich keinen Schlauch im Mund, hätte ich geschrien. Von einer Sekunde auf die nächste ist er nicht mehr zu sehen. Alles, was ich noch erkennen kann, sind die grünen Schlieren, deren ungesunde Farbe mir Sorgen bereitet. Wo ist Lukas hin? Geht es ihm gut? Ist dieser Nebel giftig?

Ich schwimme in die Richtung, in der ich ihn zuletzt gesehen habe. Vor dem Nebel stoppe ich. Soll ich weiterschwimmen? Irgendwo dort ist zwar Lukas, aber auch das Riff. Was, wenn ich ebenfalls hinter dem Grün verschluckt werde und nicht mehr zurückfinde?

Der Nebel breitet sich aus, hängt nun nicht mehr nur unmittelbar vor dem Riff, sondern treibt immer näher auf mich zu. Um mich herum erkenne ich Studierende, die nach und nach zur Wasseroberfläche zurückkehren.

Mein Verstand sagt mir, ebenfalls aufzutauchen. Aber sie sind alle zu zweit, während mein Partner verschwunden ist.

Panik frisst sich durch mich hindurch, lähmt mich. Ich treibe im Wasser, meine Gedanken rasen. Was soll ich tun? Die Angst um Lukas ist so stark, dass mir schlecht wird. Ich kann ihn nicht verlieren. Nicht schon wieder. Nicht so.

Der grüne Nebel erreicht mich, legt sich auf meine Brille, sodass meine Sicht sich verschlechtert. Verdammt, ich kann nicht hierbleiben. Ich muss nach oben, dort Bescheid geben. Professorin Weber weiß sicher, was zu tun ist.

Ich lasse Luft in das Tarierjacket und steige langsam auf. Schneller wäre mir lieber, ich will keine Zeit verlieren. Ungeduld vermischt sich mit meiner Angst um Lukas, aber ich darf nicht unvorsichtig sein. Mit der Dekompressionskrankheit, die bei zu schnellem Auftauchen verursacht werden kann, ist nicht zu spaßen.

Es kommt mir wie eine Ewigkeit vor, bis ich endlich die Wasseroberfläche durchstoße. Panisch strampele ich um mich, Wasser spritzt mir ins Gesicht, als ich den Schlauch herausreiße. »Lukas?«, rufe ich. Vielleicht ist er längst aufgetaucht, vielleicht sind alle Sorgen umsonst.

Keine Antwort. Ich stoße mich ab, schwimme zum Boot, lasse mir von einem Kommilitonen nach oben helfen. »Lukas?«, rufe ich wieder, sehe mich voller Angst um.

Ich entdecke die Gesichter unzähliger Kommilitonen, aber nicht Lukas'. Dafür das von Professorin Weber.

»Ich habe meinen Teampartner aus den Augen verloren«, sage ich atemlos. »Er war direkt in diesem grünen Nebel. Ich weiß nicht, ob er genug Orientierung hat, um aufzutauchen.«

Obwohl ich ruhig bleiben will, obwohl ich es mit aller Macht zu verhindern versuche, laufen mir Tränen über die Wangen. Erst einmal zuvor habe ich solche Angst empfunden. Als ich Annelie im Badezimmer gefunden habe, mit einer Schachtel Tabletten neben sich und Schnitten an den Armen. Überall war Blut, sie hat sich nicht geregt, und ich weiß bis heute nicht, wie ich es geschafft habe, den Krankenwagen zu rufen. Ich kann mich nicht mehr erinnern, obwohl die Sanitäter mir gesagt haben, dass ich es gewesen bin. In meinem Kopf existiert nur noch das Bild meiner Schwester, die ich hielt, während ich mir sicher war, ihr Zustand war meine Schuld. Ich wusste, ich dürfte sie nie wieder allein lassen. Egal, welche Pläne ich für mein Studium und meine Zukunft hätte. Jahrelang habe ich genau das durchgezogen. Bis ich erkannt habe, dass nun ich es bin, die daran kaputtgeht. Die Gedanken an Annelie machen meine Panik nur noch schlimmer.

»Ganz ruhig«, sagt Professorin Weber. »Der Sauerstoff in der Flasche ist mehr als genug, und die Algenblüte sollte sich bald verflüchtigen. Geben wir ihm noch zehn Minuten, bevor wir reagieren.«

Zehn Minuten. Ich lasse die Schultern sinken und stelle mich an die Reling des Motorboots. Immer mehr Taucher durchstoßen die Wasseroberfläche. Aber Lukas ist nicht dabei. Je weiter die Zeit voranstreicht, desto aufgewühlter werde ich. Ich beobachte, wie Professorin Weber mit dem einheimischen Biologen an Bord spricht. Dabei wirft sie mir immer wieder besorgniserregende Blicke zu. Wollte sie mich womöglich nur beruhigen? Macht sie sich insgeheim doch Sorgen?

Irgendwann tritt Abi neben mich. Sie sagt nichts, greift nur nach meiner Hand und starrt mit mir auf das grün verfärbte Wasser hinaus. Wie ein Teppich, der darübergelegt wurde, sodass wir nicht mehr aufs Riff sehen können.

Ich muss mich zusammenreißen, nicht zurück ins Meer zu springen, nach Lukas zu suchen, alles abzuschwimmen. Es wäre reine Selbstgefährdung und würde nichts bringen. Er muss es allein schaffen.

Er ist ein guter Taucher, rede ich mir ein. Hat die Tauchkurse mit mir gemeinsam jahrelang zweimal wöchentlich absolviert. Aber sie waren in einer Schwimmhalle, nicht im Pazifischen Ozean. Meine Kehle schnürt sich zusammen. Die Becken waren nie so tief, wie es diese Stelle ist. Dort hätte es keine Rolle gespielt, ob er in die falsche Richtung schwimmt. Aber hier? Allein der

Druck am Boden würde ihm das Trommelfell zerreißen. Ganz davon abgesehen, dass dort einige giftige Meeresbewohner lauern. Oder dass er sich am Riff verletzen könnte und einfach verblutet.

Die Tränen rinnen mir nun in Strömen die Wangen hinunter. Lukas schafft das. Er muss. Er ...

Ein Taucher durchstößt die Wasseroberfläche, und mein Herz macht einen Satz. Überall an ihm haftet grüne Algenblüte. An der Brille, dem Anzug, sogar der Flasche. Er reißt sich den Schlauch aus dem Mund, hustet trocken und spuckt Wasser. Aber ich erkenne sein Gesicht trotzdem und unterdrücke einen erleichterten Schrei.

Es ist Lukas.

Abi lässt meine Hand los, als ich zur Leiter stürze. Gemeinsam mit Kai ziehe ich ihn an Bord. Dort bleibt er erst einmal liegen, atmet heftig ein und aus. Sein ganzer Körper bebt. Sicher hatte er genauso viel Panik wie ich. Vielleicht sogar noch mehr.

Ich falle ihm um den Hals, und es ist mir gleichgültig, dass alle zusehen. Der Gedanke, ihn einfach so verlieren zu können, war unerträglich.

Lukas sieht mich an und blinzelt. »Warum weinst du, Eisherz?«

Auf einmal wandelt sich meine Erleichterung in Wut. Ich stoße ihm gegen die Brust. »Mach das nie wieder«, schluchze ich. »Jag mir nie wieder solche Angst ein!«

»Okay, okay, ich verspreche es.«

»Erste Regel: Bleibt zusammen. Du musstest ja unbedingt träumen.«

»Ich weiß, ich hab's versaut, tut mir leid. Auch vorhin. Ich habe einfach alles versaut.«

Sofort muss ich wieder daran denken, wie seine Finger über meine nackte Haut strichen. An die heißen Schauer, die dabei durch mich hindurchrauschten und mich nach mehr sehnen ließen. Wir waren heute beide unkonzentriert. Ich hing in Gedanken noch bei seiner Berührung, habe nicht bemerkt, dass er mir nicht mehr gefolgt ist. Er war offenbar auch nicht bei der Sache. Das ist gefährlich, insbesondere metertief unter der Meeresoberfläche. Wir müssen die Herausforderung unbedingt ernster nehmen. Meine Angst um ihn hat mir gezeigt, dass Lukas sich viel tiefer in mein Herz geschlichen hat, als ich wollte. Mehr kann ich nicht zulassen.

»Schon gut. Beides«, sage ich und zwinge mich zu einem Lächeln. Dann rappele ich mich vom Deck hoch und lasse Professorin Weber zu Lukas, die ihn auf Verletzungen untersucht.

So oft haben wir uns als Jugendliche ausgemalt, wie schön es wäre, an exotischen Korallenriffen zu tauchen, auf Exkursionen in fernen Ländern zu gehen, seltene Tierarten zu erforschen. An die Gefahren haben wir nie gedacht. Haben beide eine rosarote Brille getragen.

Jetzt ist die Brille fort. Sie ist verschwunden in dieser grünen Algenblüte, die mir nicht nur die Orientierung genommen, sondern auch die Augen geöffnet hat.

Meeresbiologin zu werden, ist weitaus gefährlicher, als ich es mir vorgestellt habe. Und dennoch alles, wonach mein Herz strebt. Das spüre ich mit jedem weiteren Tag auf der *Sapient Sailor* mehr. Der Gedanke, nach München zurückzukehren, ist grausam. Die normale Biologie erfüllt mich nicht. Ich will das hier machen.

Nachdem Professorin Weber sicher ist, dass mit Lukas alles in Ordnung und er wieder auf den Beinen ist, bittet sie uns darum, uns in einem lockeren Kreis an Deck zusammenzufinden. Dort erklärt sie uns, dass eine plötzliche Algenblüte aufgrund der Wassererwärmung durch den Klimawandel auftreten kann, aber dass es oft frühzeitige Anzeichen dafür gibt wie einen unangenehmen, fauligen Geruch, tote Wasserlebewesen oder Ansammlungen von Algen, die an der Wasseroberfläche treiben.

Auf dem gesamten Weg zurück zur *Sapient Sailor* grübele ich über das Geschehene nach. Noch immer sitzt mir der Schreck in den Gliedern. Nach dem Vortrag von Professorin Weber hat niemand mehr gesprochen. Jetzt röhrt der Motor zu laut dafür, aber ich schätze, alle wurden durch den Vorfall wachgerüttelt. Ich presse meine Lippen fest zusammen. Die Sonne prasselt auf mich herab, warm und einladend, glitzert auf dem türkisfarbenen Wasser, das uns umgibt. In der Ferne erkenne ich die Palmen auf Nuku Hiva, den malerischen Strand. Doch ich habe kapiert, dass wir nicht im Paradies sind. Dass es das Paradies überhaupt nicht gibt. Alles hat seine Schattenseiten.

Ich habe es damals nicht gesehen, aber auch die Freundschaft zu Lukas war nicht perfekt. Vielleicht ist sie deshalb zerbrochen. Weil ich die Schwächen nicht erkannt habe, Lukas' Veränderung und seine Verletzlichkeit abgetan habe. In eine Einseitigkeit floh, als es schwierig wurde.

Mit Annelie ist es genauso. Wir müssen einen Weg finden, wie wir miteinander auskommen, ohne dass eine von uns leidet. Ich kann nur hoffen, dass sie ihre Worte vom letzten Telefonat nicht ernst gemeint hat und diese Notwendigkeit ebenfalls bald erkennt. Denn eines ist mir klar: Seit diesem Augenblick im Bad bin ich jeden Tag ein bisschen mehr verwelkt. Aber seit ich auf der *Sapient Sailor* bin, blühe ich wieder auf.

Kapitel 22

Henriette

Die Tage auf Nuku Hiva vergehen wie im Flug. Einen großen Teil meiner Zeit nimmt die Forschungsarbeit in Anspruch. Wir machen drei weitere Tauchgänge und entnehmen auf dem letzten Proben, die wir anschließend im Labor auswerten. Dabei müssen wir uns der Schwierigkeit stellen, dass viele Korallenarten ähnlich aussehen und wir sie unter Wasser nicht korrekt identifizieren können, wodurch die Auswahl der Proben erschwert wird. Dennoch können wir die Erkenntnis ziehen, dass in dem geschädigten Riff die Anzahl der Korallenarten drastisch reduziert ist und viele der endemischen Arten besonders stark betroffen sind – jene, die nur in der Region der Marquesas-Inseln vorkommen und im gesunden Riff noch erhalten sind. Unsere Ergebnisse zeigen, wie empfindlich die Korallenriffe auf Umwelteinflüsse reagieren, und unterstreichen die Bedeutung intakter Ökosysteme für das Überleben dieser einzigartigen Arten. Über das gesunde Riff erfahre ich, dass es ein beliebtes Zielobjekt für Forschungen ist, die sich mit Widerstandsfähigkeit und der Erholung von Korallen befassen. Ich nehme mir vor, in der Zeit auf See mehr darüber zu lesen, da der Gedanke, tatsächlich beruflich diese Richtung einzuschlagen, immer öfter in meinem Kopf auftaucht.

In unserer Freiarbeitszeit müssen wir eine Seminararbeit über unsere Ergebnisse schreiben, bei der ich so perfektionistisch bin, dass ich sie mit in die Freizeit nehme. Abends lese ich dann nur noch ein paar Seiten in einem Thriller, ohne mich wirklich darauf konzentrieren zu können, bevor ich todmüde ins Bett falle.

Kurz vor unserer Abreise trudelt ein Paket meiner Eltern ein. Darin befinden sich der heiß ersehnte Thermobecher und viele Kleinigkeiten wie mein Lieblingsshampoo, Salzbrezeln und verschiedene Sorten Gummibären.

»Ein Carepaket von deiner Familie?«, fragt Abi.

Sie spricht mich immer wieder auf meine Familie an, aber ich möchte nicht darüber reden. Stattdessen nicke ich nur und lenke das Thema schnell auf Abis eigene Post. Sie wirkt kurz enttäuscht, bevor sie mir die Zeichnungen zeigt, die ihre Schwestern ihr geschickt haben.

Ein bisschen altmodisch finde ich die vielen Briefe schon, die zusammen mit den Paketen auf einem Pick-up auf den Steg gefahren werden, an dem die *Sapient Sailor* liegt. Dank des WLANs an Bord könnte man schließlich einfach eine WhatsApp-Nachricht schicken. Andererseits passt es zum Seefahrtsvibe und ist etwas Besonderes wie alles an dem Auslandssemester. Die Zeichnungen ihrer Schwestern hat Abi über ihrem Bett an die Wand gehängt, was sie mit einem digitalen Foto nicht hätte machen können.

Der Tag des Ablegens ist ein Sonntag und somit frei. Beim Aufwachen entdecke ich eine Nachricht von Annelie auf meinem Handy.

Annelie:
Ich wollte dich nur wissen lassen,
dass ich dich lieb habe und schrecklich vermisse.

Genieß den letzten Tag auf den Marquesas-Inseln. Schickst du mir bei Gelegenheit ein Bild aus dem Paradies?

Erleichtert atme ich aus, dann übermannen mich Schuldgefühle. Ich habe sofort das Schlimmste von ihr erwartet. Dabei ist sie auf mich zugekommen, nachdem ich so stur war und mich nach unserem Telefonat nicht mehr bei ihr gemeldet habe.

Als wir Kinder waren, unterstützte sie mich bedingungslos. Sie wäre für mich durchs Feuer gegangen, hätte mich bis aufs Blut verteidigt. Während unserer Schulzeit begann sie, sich zu verändern. Sie zog sich zurück, stieß mich von sich und wurde mir gegenüber zunehmend garstiger. In der Oberstufe erkannte ich, dass die große Schwester, wie ich sie kannte, nur noch selten unter der harten Schale hervorkam, in die Annelie sich gehüllt hatte. Vielleicht wollte sie sich schützen. Oder mich. Ich weiß es nicht. Wir lieben unsere Herzensmenschen mit ihren Schwächen, sind bereit, selbst zurückzustecken, um es ihnen leichter zu machen. Ich schätze, auf unterschiedliche Art und Weise haben Annelie und ich das beide erkannt.

Ihre Nachricht ändert nichts daran, dass mich ihre Worte beim Telefonat verletzt haben. Oder dass sich etwas verbessern muss. Doch es könnte ein erster Schritt in die richtige Richtung sein, um wieder eine gesunde Beziehung zueinander aufzubauen. Eine, die uns beiden gleichermaßen guttut.

Ich:
Ich vermisse dich auch.
Nachher bekommst du ein Bild,
es ist wirklich schön hier.

Anschließend lege ich das Handy zur Seite und hole mir Shorts und ein T-Shirt aus dem Schrank. Abi und ich sind mit Emily, Kai und Lukas verabredet, um einen Strandspaziergang zu machen, bevor wir ablegen. Was dabei nicht fehlen darf, sind eine ordentliche Schicht Sonnencreme und meine grüne Kappe.

»Kaum zu glauben, dass unser erster Stopp bereits rum ist«, seufzt Emily später am Strand. Sie hält den Saum ihres knöchellangen fliederfarbenen Kleides zusammen mit ihren Sandalen in der Hand, während sie mit nackten Füßen durch das flache Wasser läuft.

Abi hebt einen Kiesel auf und wirft ihn im hohen Bogen in die Wellen. »Gefühlt war ich die ganze Zeit nur am Arbeiten.«

»Wir sind eben nicht zum Urlaub machen hier«, sagt Kai.

Abi schnaubt, fasst Kais schnippische Aussage offenbar als persönlichen Angriff auf. Die beiden beginnen sich zu piesacken, und ich schalte ab, bin ihre Reibereien mittlerweile gewohnt.

Ich laufe hinter Emily durch den feuchten Sand. Stetig rollen die Wellen an den Strand, umspielen meine Knöchel. Das Wasser ist angenehm kühl bei der Hitze. Hinter mir laufen Abi und Kai, das Schlusslicht bildet Lukas. Er hat sich ein paar Meter zurückfallen lassen. Ich glaube, er braucht einen Moment für sich, und hängt seinen Gedanken nach.

Emily bleibt stehen. Ein paar Meter vor uns schwimmt ein Schwarm junger Katzenhaie. Ihre Rückenflossen ragen wie schwarze Pfeilspitzen aus dem Wasser, während sie auf der Jagd nach kleinen Fischen hin und her huschen.

»Eine Schule des Zebra-Katzenhais«, erklärt Emily, die einen Faible für Haie hat. »Sie jagen im Schwarm, treiben Fischschwärme in die Enge. Seht ihr, wie sie das flache Wasser nutzen, um ihrer Beute weniger Raum zur Flucht zu geben?«

Abi und Kai haben ihre Kabbelei eingestellt, Lukas tritt neben mich. So dicht, dass sich unsere Arme berühren. Seine Haut ist warm von der Sonne. Auf meiner anderen Seite legt Abi ihren Kopf auf meiner Schulter ab. Eine Weile stehen wir beieinander, beobachten das Verhalten der Haie und lauschen Emilys Erklärungen zu den chemischen Signalen, durch die sie miteinander kommunizieren.

Schließlich wird es Zeit, zur *Sapient Sailor* zurückzukehren. Majestätisch hebt sie sich vor der Bucht ab, lässt die kleinen Segelboote auf dem Wasser wie Miniaturen wirken. Ihre fünf Masten ragen in den Himmel, die Segel sind zusammengerollt. Mittlerweile kann ich die Masten benennen. Kein Wunder, Vicky sieht mit ihren blonden Haaren und den blauen Augen zwar wie ein Engel aus, aber sobald sie uns Lektionen im Segeln erteilt, gleicht sie einer angsteinflößenden Admiralin.

Ich grabe meine Zehen tief in den warmen Sand, genieße das Gefühl festen Bodens unter den Füßen. Die nächsten Wochen werden wir wieder auf dem Ozean verbringen.

»Habt ihr gehört, dass eine Handvoll Sprachstudierende abgebrochen haben und heute nach Hause fliegen?«, fragt Abi.

»Echt?«, platze ich heraus.

Abi nickt. »Sie sind der Studiengang mit den meisten Seekranken, und einigen ging es so dreckig, dass sie nicht weitermachen wollen.«

»Sie sind es nicht gewohnt«, sagt Kai.

»Apropos dreckig, fühlt ihr euch auch irgendwie merkwürdig?«, fragt Lukas. »Seit heute Morgen habe ich Gliederschmerzen und Druck hinter den Schläfen. Ob es das Wetter ist?«

»Jetzt, da du es sagst, Gliederschmerzen habe ich auch.« Emily legt nachdenklich den Kopf schräg. »Ich dachte, das wäre der Muskelkater von dem Ausflug in das Dschungeldorf, den wir Anfang der Woche mit den Sprachstudierenden gemacht haben.«

»Bestimmt das Wetter«, meint Kai, bückt sich und hebt eine Muschel hoch. Ein gedrehtes Schneckenhaus mit langer Spitze.

»Die ist hübsch«, sage ich, und Kai lächelt. Dann hält er sie mir entgegen. »Du kannst sie haben, ich schenke sie dir. Vielleicht kann ich damit dein kaltes Herz erobern.«

Ich lache auf, nehme ihm aber die Muschel ab und stecke sie in die Tasche meiner Shorts. »Definitiv. Welche Frau mag keine Geschenke?«

Lukas murmelt etwas Unverständliches, klingt dabei verdächtig grummelig.

»Beruhig dich«, zieht Kai ihn auf. »Kein Grund, eifersüchtig zu sein. Ich weiß doch, dass Henriettes Eisherz nur von einem Mann geschmolzen werden kann.«

»Wir sind bloß Teampartner«, stelle ich hastig klar. Meine Wangen röten sich, ohne dass ich etwas dagegen ausrichten kann.

»Klar«, erwidert Kai grinsend. Er scheint mir kein Wort zu glauben, lässt das Thema aber ruhen.

Mir fällt auf, dass ich keine Sekunde daran gedacht habe, welchen Konter Annelie ihm gegeben hätte. Ohnehin kann ich mich nicht mehr an die letzte Situation erinnern, in der ich mich absichtlich wie sie verhalten habe. Trotzdem komme ich super zurecht und bin offenbar überhaupt nicht darauf angewiesen, mich zu verstellen.

Kai betritt hinter Abi und Emily die befestigte Hafenanlage. Vom Strand aus ist der Beton einen großen Schritt entfernt. Für eine kleine Person wie mich eine Herausforderung. Lukas tritt neben mich, reicht mir seine Hand und hilft mir hinauf.

Eine aufmerksame Geste, die er wie selbstverständlich wirken lässt. »Danke«, murmele ich, und Wärme breitet sich in mir aus. Sie verschwindet, sobald er meine Finger wieder loslässt.

»Welche Frau mag keine Geschenke?«, wiederholt Lukas, was ich vorhin zu Kai gesagt habe. »Als könnte man dein Herz mit Materiellem gewinnen. Kennst du die fünf Sprachen der Liebe? Ich glaube, deine ist Zweisamkeit.«

»Und deine?«

Er weicht meinem Blick aus. »Keine Ahnung, ob ich überhaupt eine habe.«

Ich glaube, er kennt seine genau, will sie mir aber aus irgendeinem Grund nicht verraten. So leicht kommt er mir nicht davon. »Dann lass uns einen Test machen. Die gibt es doch im Internet.«

»Mal sehen«, versucht er mich abzuwimmeln.

»Oh nein, ich fordere dich heraus, mit mir einen Test zu machen. Für deine zukünftige Freundin musst du das wissen«, platzt es aus mir heraus, bevor ich mich zurückhalten kann.

Die lockere Stimmung zwischen uns kippt. Lukas starrt mich an, wirkt verletzt. In mir prickelt Eifersucht, wie ich sie überhaupt nicht von mir kenne. Allein die Vorstellung, jemand anderes könnte sein Herz gewinnen, ist unerträglich.

Fieberhaft überlege ich, wie ich die Situation retten kann, da dringt Kais Stimme über den Pier: »Wo bleibt ihr denn?«

Ich will mich in Bewegung setzen, doch Lukas streckt die Hand aus und hält mich sanft am Arm zurück. »Worte der Anerkennung, das ist meine Sprache der Liebe.« Dann läuft er an mir vorbei, während ich wie erstarrt bin.

Auf einmal ergibt so vieles Sinn. Sein Vater war stets sein größter Befürworter. Lukas hat ihn vergöttert. Seit der Trennung seiner Eltern hat er keinen Kontakt mehr zu ihm. Wann hat Lukas zuletzt Anerkennung erfahren?

Ich folge meinen Freunden über den Pier. Vor der Gangway drehe ich mich zur Insel um, spüre wieder dieses Kribbeln in mir, das ich schon aus Los Angeles kenne. Ein weiterer entscheidender Schritt steht bevor. Erneut hinein ins Unbekannte. In ein Abenteuer. Hin zu Erlebnissen, die mein Leben verändern werden.

Die Inseln im Pazifik gelten als das Reiseziel, das von Europa am weitesten entfernt und am schlechtesten zu erreichen ist. Im Rahmen des Auslandssemesters habe ich das Privileg, gleich mehrere von ihnen besichtigen zu können.

Ich ziehe mein Handy aus den Shorts, passe dabei auf, Kais Muschel nicht zu verlieren. Dann mache ich ein Foto für Annelie und schicke es in unseren Chat. Wie eine digitale Postkarte.

Tief atme ich durch, betrachte die zerklüfteten Felsen, die Palmen, deren Blätter im leichten Wind rascheln, und den dunklen Sand. In meinem Inneren spüre ich Wehmut, aber gleichzeitig Vorfreude auf die nächsten Inseln, die ich entdecken werde.

Ich bin bereit, Nuku Hiva zu verlassen, drehe mich um und steige zurück an Bord der *Sapient Sailor*.

Kapitel 23

Henriette

Es ist nicht das Wetter, das für Lukas' und Emilys Gliederschmerzen verantwortlich ist. Am nächsten Tag geht es den beiden noch schlechter, und ich bemerke ebenfalls Symptome. Fieber, Kopfschmerzen, Übelkeit. Ich schaffe es bis zum Segeldienst am Mittag, bei dem ich beinahe umkippe. Abi begleitet mich zum Arzt, vor dessen Praxis unzählige Studierende auf dem Boden hocken und warten. Alle haben dieselben Symptome.

Die Diagnose ist Dengue-Fieber, das durch Moskitos übertragen wird. Ich bekomme fiebersenkende Medikamente und Schmerztabletten, soll mich ausruhen und viel trinken. Mit letzter Kraft schleppe ich mich zurück auf die Kabine und falle ins Bett.

Annelies Gesicht erscheint in meinem Blickfeld. Sie liegt neben mir auf ihrem heiß geliebten Barbie-Handtuch im Sand. Gestern ist sie in unserem Portugalurlaub neun Jahre alt geworden. »Du kannst alles schaffen, was du willst«, raunt sie mir zu, ihre Worte sind begleitet vom Rauschen des Meeres. Dann springt sie auf, Sand spritzt mir entgegen. »Wer als Letzte am Eisstand ist, ist eine lahme Ente!«

Sie sprintet los, und ich stürme ihr nach. Der Sand erschwert meine Schritte, meine Schwester scheint sich immer weiter von mir zu entfernen, statt näher zu kommen. Ich schreie ihren Namen, aber sie läuft schneller. Meine keuchenden Atemzüge hallen mir laut in den Ohren nach. Endlich erreiche ich den Eisstand und packe Annelie an der Schulter.

Meine Schwester wirbelt herum, ihre langen roten Haare fallen ihr in wallenden Strähnen über die Schultern. Sie ist jetzt älter, lächelt immer noch, doch es wird breiter, bis ihr Mund sich in einem grotesken Winkel verzieht. Ihre Augen glühen rot wie die einer Horrorpuppe. »Du bist nicht mutig«, höhnt sie, zeigt mit dem Finger auf mich und lacht mich aus.

Ihr Gesicht flackert, und plötzlich sind da Lukas' braune Augen. Sanft streifen seine Finger meine Wange. »Du bist herzlich und echt und intelligent. Außerdem erzählst du viel bessere maritime Witze als ich.«

Eine Hand wischt Lukas fort, und ich zucke zusammen, will schreien, ihn festhalten, aber es geht so schnell, und dann ist da wieder Annelie. »Du hast ihn nicht verdient!«

»Nein, hör auf!«, entfährt es mir, und ich winde mich, bis ich Lukas' Stimme höre. »Wie heißt eine kleine Welle auf der Ostsee? Mikrowelle!«

Er ist … Nein, jetzt ist Annelie zurück. Sie liegt in ihrem Zimmer auf dem Bett, reißt an ihren Haaren, weint und windet sich, als hätte sie Schmerzen. »Warum lässt du mich allein? Warum …«

Ihr Gesicht verschwindet ruckartig. Ich atme erleichtert auf. Lukas. »Was sagt ein Pirat, wenn er trockenes Gras sieht? A Heu!«

Ich will einen besseren Witz reißen, um Lukas lachen zu hören. Ohne ihn bin ich verloren wie ein gekentertes Schiff. Ich brauche seine Nähe, lechze nach seiner Wärme, um dem Schmerz von zu Hause zu entkommen. Aber er ist fort, und ich spüre nur Kälte, als ich auf Annelie in ihrem Bett hinabblicke. Metall glänzt zwischen ihren Fingern, und Panik erfasst mich. Nein, nicht schon wieder! *Ich stürze zu ihr, entreiße ihr die Rasierklinge, schneide mich dabei versehentlich selbst. Der brennende Schmerz raubt mir den Atem.*

Blut tropft auf Annelies weißen Hochflorteppich. Sie schreit. Oder schreie ich?

»Psst«, dringt Abis Stimme an mein Ohr. Sie reibt mir sanft über den Rücken. Das Shirt klebt mir nass am Körper. »Es ist alles gut, du hast nur Fieber.«

Die nächsten Tage ziehen an mir vorbei. Das hohe Fieber hält an und beschert mir weitere verzerrte Erinnerungen. Abi, die nicht erkrankt ist, bringt mir etwas zu essen und redet manchmal mit mir. Ich bekomme es kaum mit, die Schmerzen in meinen Knochen setzen mich außer Gefecht, die meiste Zeit schlafe ich.

Nach einer Woche klingt das Fieber ab. Ich bin immer noch schwach und müde, aber mit jedem Tag geht es mir besser. Der Arzt ist dazu übergegangen, alle Erkrankten auf ihren Kabinen zu besuchen. Er erklärt mir, dass ich die kritische Phase überstanden habe und mich noch ausruhen soll, bis wir Tahiti erreichen.

Das Dengue-Fieber hat mir die gesamte Seefahrt dorthin genommen. Den Unterrichtsstoff, die Vorbereitung eines neuen Forschungsthemas, jede Aufgabe an Bord. Enttäuschung überkommt mich. Und das alles wegen eines Mückenstichs.

Immerhin geht es nicht nur mir so. Fast zwei Drittel der Studierenden, die bei dem Ausflug in das Dschungeldorf dabei waren, sind erkrankt. Die Sprachwissenschaftler haben im Dorf die kulturellen Traditionen gezeigt bekommen und den Gesang des Haka, eines kraftvollen Tanzes, studiert. Wir haben durch die Einheimischen verschiedene lokale Heilpflanzen kennengelernt. Ohne das Dengue-Fieber wäre der lehrreiche Ausflug ein voller Erfolg gewesen.

»Alle, die krank waren, behalten ihre Forschungsthemen«, verkündet mir Abi nach einem Vormittag in der Uni, den ich verpasst habe. »Mach dir keine Gedanken.«

»Lukas findet Korallen langweilig, er hat sich schon darauf gefreut, dass wir ein neues Thema bekommen.«

»Dann eben auf den Cook Islands.«

Ich ziehe die Bettdecke höher. »Ich kann nicht fassen, so viel verpasst zu haben. Alles nachzuholen wird so anstrengend. Es ist ungerecht.«

»Ungerecht?«, fragt Abi plötzlich aufgebracht. Irritiert sehe ich sie an. Habe ich etwas Falsches gesagt? »Die letzten beiden Wochen mussten wir die Aufgaben an Bord trotz starker Reduzierung erfüllen. Ist dir eigentlich bewusst, wie viele Arbeitsschichten ich hatte? Dazu kam noch, dass die Verpflegung der Erkrankten unter uns Gesunden aufgeteilt wurde. Alle von uns hatten in den letzten Wochen kaum Gelegenheit, mal durchzuschnaufen. *Das* war anstrengend und ungerecht, Henriette.«

Ich beiße mir auf die Unterlippe, fühle mich mies für meine unüberlegte Aussage. »Tut mir leid. So habe ich das nicht gesehen. Danke, dass du dich um mich gekümmert hast.«

»Kein Problem. Alle, die gesund waren, haben mit angepackt. Die Segelschichten wurden durch das Bordpersonal unterstützt. Professorin Weber hat uns mit dem Essen und dem Reinschiff geholfen. Die Sprachdekanin war ebenfalls krank. Ihre Vorlesungen hat Elisa bestmöglich übernommen. Es waren zwei wilde Wochen.«

»Ich habe offenbar mehr verpasst, als ich dachte«, scherze ich, und Abi schmunzelt. »Kann ich deine Notizen haben? Bis Tahiti bleiben mir noch zwei Tage, und langsam geht es mir besser.«

»Klar, ich schicke sie dir nachher in *SailUp*.«

»Du bist die Beste.«

Ihr Schmunzeln wird breiter. »Ich weiß.« Sie knufft mich in die Wange. »Du solltest eine Dusche nehmen und vielleicht eine Runde auf dem Horizontdeck spazieren gehen, um wieder Farbe zu bekommen.« Sie erhebt sich vom Bett, die Mittagspause ist fast vorbei. »Bevor ich es vergesse, hast du dich schon bei deinen Eltern gemeldet? Sie haben seit letzter Woche mehrmals versucht, dich anzurufen. Ich wusste nicht, ob ich rangehen und ihnen Bescheid geben soll. Du warst nicht ansprechbar, aber ich wollte auch keine Grenze überschreiten. Sie machen sich bestimmt Sorgen.«

Mein Herz wird schwer. »Ich rufe sie gleich an.«

Sie nickt und greift nach ihrer Umhängetasche. »Ich muss los. Bis später.«

»Bis dann.«

Ich warte, bis sie die Kabine verlassen hat, bevor ich nach meinem Handy greife und den Kontakt meines Vaters aufrufe.

»Hallo, Henriette«, meldet er sich. »Ich bin gerade auf der Arbeit und habe nicht viel Zeit. Ist alles in Ordnung?«

»Hi, Papa. Tut mir leid, dass ich mich nicht gemeldet habe. Ich war krank.«

»Wir haben uns Sorgen gemacht, weil du auf keine Nachricht und auch nicht auf Anrufe reagiert hast. Was hattest du denn?«

»Dengue-Fieber. Ich war über eine Woche lang außer Gefecht gesetzt. Jetzt geht es mir langsam besser.«

»Ich bin froh, dass du wieder gesund bist. Mit der Krankheit ist nicht zu spaßen, wir hatten ab und an Patienten damit nach einer Fernreise hier im Krankenhaus. Sie kann sogar lebensbedrohlich sein. Wurdest du entsprechend behandelt und umsorgt?«

»Der Schiffsarzt hat sich gut um mich gekümmert.«

»Das beruhigt mich. Bald bist du auf Tahiti, oder?«

»Vielleicht kommen wir sogar schon morgen Abend an.«

Im Hintergrund höre ich eine Stimme. Mein Vater hält den Lautsprecher zu, erwidert etwas. Dann ist er wieder deutlich zu verstehen. »Ich muss weitermachen. Wir können später noch mal telefonieren.«

»Okay, bis dann.«

Wir legen auf. Ich muss gähnen, noch immer fühle ich mich ausgelaugt, sodass ich beschließe, eine Runde zu schlafen. Meine Mutter sagt stets, Schlaf sei das beste Heilmittel. Heute Nachmittag schaffe ich es vielleicht, ein paar Seiten in dem Thriller weiterzulesen. Den Spaziergang, den Abi mir empfohlen hat, verschiebe ich auf morgen.

Ich drehe mich auf die andere Seite, frage mich, wie es Lukas geht. Er war durch das Dengue-Fieber ebenfalls außer Gefecht gesetzt. Ob er fit genug ist, sich in ein paar Tagen auf Tahiti erneut den Korallen zu widmen?

Meine Lider fallen zu. Lukas ist mein letzter Gedanke, bevor ich einschlafe. Ich träume von bunten Fischen, festen Umarmungen, dunkelbraunen Augen.

Kapitel 24

Lukas

Das Pochen hinter meinen Augen hat endlich ein Ende. Ich kann wieder aus dem Bett aufstehen, ohne von Abi gestützt werden zu müssen. In den letzten Tagen hat sie sich um Kai und mich gekümmert. Ich nehme mir vor, ihr zum Dank eine kleine Aufmerksamkeit zukommen zu lassen. Bestimmt weiß Henriette, womit man ihr eine Freude machen kann. Ich rufe ihren Kontakt in *SailUp* auf. Bisher besteht unser Chat aus Absprachen und Links zu Websites, auf denen wir recherchiert haben.

Ich:
Mit welcher Süßigkeit kann man Abi
eine Freude machen?

Henriette:
Was hat Kai getan?

Ich schmunzele. Bei den ständigen Streitereien der beiden ist es kein Wunder, dass sie sofort an ihn denkt. Manchmal kommen sie mir vor wie Geschwister. Dann fällt mir wieder ein, dass sie miteinander geschlafen haben, und ich verziehe das Gesicht.

Ich:
Nicht wegen Kai. Ich möchte ihr danken,
weil sie sich in den letzten Tagen um uns
gekümmert hat.

Henriette:
Ich habe mich schon gewundert, Kai hat
Abi nach seinem betrunkenen Ausrutscher
nämlich schon mal eine Süßigkeiten-Entschuldigung
zukommen lassen. Sie mag jegliche Form
von Schokolade, am liebsten mit Nuss,
und wenn sie Schoko-Bons haben, dann die.

Ich:
Danke!

Henriette:
Nicht dafür. Geht es dir besser?

Ich:
Ja. Und dir?

Henriette:
Mir auch. Was hältst du davon, wenn wir uns in zehn
Minuten auf dem Horizontdeck treffen?
Ich muss mal raus.

Ich:
Gerne, bis gleich!

Kai hat eine Serie auf seinem Laptop laufen und schaut auf, sobald ich aufstehe.

»Ich geh ein bisschen raus, mir mit Henriette die Beine vertreten.«

»Okay, viel Spaß.« Er konzentriert sich wieder auf seinen Laptop.

Im Bad wasche ich mir das Gesicht, putze mir die Zähne und lege Eau de Toilette auf. Nachdem ich die letzten Tage in Boxershorts vor mich hinvegetiert habe, ziehe ich ein frisches T-Shirt und die Hose an, die ich auf Nuku Hiva achtlos in den Schrank geworfen habe. Ein Blick auf die Uhr zeigt mir, dass zehn Minuten schon um sind, und ich beeile mich, die Kabine zu verlassen. Zum ersten Mal seit fast zwei Wochen. Ich schiebe die Bordkarte in meine Hosentasche, in der noch eine Packung Taschentücher und mein Cardholder stecken. Außerdem ...

Der Brief. Mein Herz macht einen Satz. Das letzte Mal, dass ich die Hose anhatte, war kurz vor dem Auslaufen. An dem Tag, an dem wir Post empfangen haben. Darunter war ein Brief meines Vaters, den ich nicht geöffnet habe. Ob ich ihn zurück in die Kabine bringen sollte? Aber Kai würde Fragen stellen. Oder ich werfe ihn in einen Mülleimer? An der Bar auf dem Horizontdeck ist einer. Doch dann wäre es Henriette, die Fragen stellen würde.

Nein, ich ignoriere den Brief besser einfach.

Auf dem Außendeck schlägt mir Hitze entgegen. Wir sind nicht mehr weit vom Land entfernt, und der Wind geht hier schwächer. Die Sonne steht hoch am Himmel und brennt auf das Deck herunter.

»Hey«, sagt Henriette, die neben der Tür auf mich wartet. Sie ist ein bisschen blass um die Nase und trägt ein weißes T-Shirt mit kleinen Papageien darauf.

»Hi, alles gut?«

»Mittlerweile ja«, antwortet sie. Wir setzen uns in Bewegung und spazieren gemächlich an der Reling entlang. »Aber an letzte Woche habe ich kaum Erinnerungen.«

»Geht mir auch so. Zwischendurch hatte ich echt Angst zu verrecken.«

Sie lacht leise. »Und ich dachte immer, eine Grippe wäre übel.«

Ich atme tief die frische Luft ein und genieße den leichten Windzug, der über das Deck geht. Wir erreichen den Bugspriet, und ich muss an den Maskottchenvorfall denken. »Wollen wir uns ein bisschen auf das Netz in die Sonne legen?«

»Gerne. Etwas Vitamin D kann ich gut gebrauchen.«

»Solange du dir keinen Sonnenbrand holst«, erwidere ich.

»Ein paar Minuten gehen schon.«

Ich trete an die Reling und zögere. Henriette hat es beim letzten Mal so leicht aussehen lassen, auf die Maschen zu klettern. Mein Blick gleitet über das Netz, dann aufs Meer hinaus. Ich bemerke in nicht allzu weiter Entfernung Land. »Ob das Tahiti ist?«

»Oder es ist eine andere Insel Französisch-Polynesiens.«

»Ich wette, Kai kennt jede einzelne Insel der Gruppe mit Namen.«

»Ganz bestimmt«, pflichtet mir Henriette bei. »Es sind meine Lieblingsmomente, wenn er in Abis Gegenwart mit seinem Wissen angibt. Sie bekommt jedes Mal diesen verkniffenen Gesichtsausdruck, der zum Wegschmeißen ist.«

»Ich weiß genau, welchen du meinst«, antworte ich und versuche, Abis Gesichtsausdruck zu imitieren, indem ich die Stirn verziehe, die Lippen zu einem schmalen Strich zusammenpresse und die Nase rümpfe.

Henriette lacht auf.

»Obwohl ich dachte, deine Lieblingsmomente wären die mit mir«, necke ich sie.

Sie verdreht die Augen. »Ah, da ist es wieder, dein Ego in der Größe eines Walhai-Weibchens.«

Natürlich weiß sie, welcher der größte Fisch der Welt ist.

Ich bleibe ihr eine Erwiderung schuldig und will mich über die Reling schwingen, aber Henriette hält mich zurück. »Warte. Hast du auch was in deinen Taschen, das du verlieren könntest?«

Sie zieht ihre Bordkarte und ihr Handy aus der Jogginghose und legt beides auf dem Deck ab.

Mir wird heiß, sobald mir der Brief wieder einfällt. Ich will ihn ungern herausholen, doch riskieren, dass er ins Wasser fällt, kann ich auch nicht. Zu viel Müll schwimmt bereits im Meer umher.

Deshalb leere ich schnell meine Taschen und schwinge mich über die Reling. Henriettes Blick bleibt an dem Brief hängen, bevor sie mir folgt. Die Taue sind wackelig unter meinen Sneakers, und ich muss zugeben, dass ich Respekt davor habe, nur durch die Maschen von den türkisfarbenen Wellen getrennt zu sein. Im gleichmäßigen Rhythmus klatschen sie unter uns gegen den Rumpf.

In der Mitte des Netzes hält Henriette inne und legt sich mit dem Rücken auf die Maschen. Ich mache es mir neben ihr bequem und blicke für einige Sekunden in den strahlend blauen Himmel hinauf, während unter mir die Wellen rauschen. Mich überkommt ein unwirkliches Gefühl. Als würde ich meinen Körper von außerhalb betrachten, weil ich kaum fassen kann, dass ich das hier wirklich erlebe, dass es echt ist. Einen Herzschlag später breitet sich Dankbarkeit in mir aus.

Ich drehe den Kopf in Henriettes Richtung und schaue sie von der Seite her an. Ihre roten Haare breiten sich wie ein Fächer über den Maschen aus.

Unsere Blicke treffen sich.

»Was war das für ein Brief?«, fragt sie vorsichtig.

Natürlich spricht sie mich darauf an. Sie ist zu neugierig, um es nicht zu tun. Soll ich ihr die Wahrheit sagen? Oder ihr klarmachen, dass ich nicht darüber reden möchte? Trotz ihrer Neugier akzeptiert sie Grenzen, das weiß ich. Andererseits würde es mir vielleicht guttun, endlich darüber zu sprechen.

Ich drehe den Kopf wieder in Richtung Himmel und räuspere mich. Mit der endlosen blauen Weite im Blick ist es irgendwie leichter, die richtigen Worte zu finden. »Der ist von meinem Vater. Ich habe dir ja schon erzählt, dass wir seit der Scheidung keinen Kontakt mehr haben.«

»Du hast ihn nicht geöffnet?«

»Nein. Ich habe es auch nicht vor.«

»Weil du ihm nicht verzeihen kannst?«

»Und weil darin sicher nur weitere Lügen stehen. Von denen habe ich genug.«

Sie zögert. »Was ist überhaupt passiert damals? Du hast es mir nie erzählt.«

Schmerz flutet mich. Nicht nur wegen der Erinnerung. Sondern weil ich mich frage, ob unsere Freundschaft noch bestehen würde, wenn ich mich ihr anvertraut hätte. Ich habe sie von mir gestoßen, um sie nicht zu verletzen, aber damit das Gegenteil erreicht.

Mein Vater ist für mich das Thema, über das ich nicht sprechen möchte. Aber für Henriette ist es Annelie und deren Erkrankung. Sie hat sich mir anvertraut. Ich kann das Bedürfnis nicht abschütteln, mir ebenfalls alles von der Seele zu reden. Es herauszulassen aus diesem schwarzen Loch in mir. Ich schwebe auf einem Netz über das Meer, beruhigendes Wellenrauschen unter mir, der endlose blaue Himmel in meinem gesamten Sichtfeld. Nur Henriette neben mir, deren Gegenwart mir so vertraut ist, mich entspannt. Hier mit ihr fühle ich mich sicher.

»Erinnerst du dich daran, wie wir zum ersten Mal ohne unsere Eltern auf dem Frühlingsfest waren?«, frage ich. »Du hattest dieses grüne Dirndl an, das perfekt zu deinen Augen gepasst hat. Ich war im Januar sechszehn geworden, du noch fünfzehn, deshalb dachten wir, kommen wir niemals ohne eine erziehungsberechtigte Begleitperson in ein Festzelt rein. Aber schon beim ersten Versuch hat es geklappt, niemand hat uns kontrolliert.«

»Ich hatte meine Schleife auf der linken Seite gebunden, was für Single steht. Sobald du mich gesehen hast, hast du sie geöffnet und auf der anderen Seite neu gebunden. Mit der Begründung, dass du keine Lust hättest, mich den ganzen Abend vor aufdringlichen Kerlen zu beschützen.«

Ich verziehe das Gesicht. »Ich hätte jedem Kerl, der auch nur eine Sekunde zu lange auf dein Dekolleté gestarrt hat, am liebsten den Kopf abgerissen.«

Sie lacht leise, verstummt dann schlagartig. »Annelie hat mir vorher gesagt, wie peinlich klein mein Dekolleté für ein Dirndl wäre.«

»Ich wette mit dir, sie war insgeheim neidisch.«

»Annelie? Auf mich?«

»Es ist sicher anstrengend, wenn alle dich für perfekt halten, dich mit ihrer Erwartungshaltung konfrontieren und du ständig Angst haben musst, dieser nicht gerecht zu werden. Wir wissen beide, dass deine Schwester alles andere als fehlerfrei ist. Es gibt keinen perfekten Menschen, und doch sollte Annelie ihr Leben lang einer sein.«

»So habe ich das noch nie gesehen«, erwidert sie nachdenklich. »Aber was hat das Frühlingsfest mit deinem Vater zu tun?«

»An diesem Tag fand ich heraus, dass er eine Affäre hat. Ich lief zu Fuß von der Theresienwiese nach Hause und entdeckte sein Auto in einer Seitenstraße. Das reine Klischee. Sein schicker neuer Audi, die locker fünfzehn Jahre jüngere Blondine auf dem Beifahrersitz, die an seinen Lippen klebte wie eine Ertrinkende. Ich konnte mich nicht bewegen, stand wie erstarrt auf dem Gehweg und hatte Angst vor seiner Reaktion. Mein Vater riss die Autotür auf, kam auf mich zugestürmt, und ich rechnete mit allem. Stattdessen lächelte er mich an und war kein bisschen schuldbewusst. Ich werde nie vergessen, wie er fragte, ob ich es jetzt verstanden hätte. Die Abenteuer, nach denen jeder Mann streben sollte. Indirekt hatte er mir seine Affäre schon vor über einem Jahr gestanden, aber ich …«

Meine Stimme bricht. Wie konnte ich damals so naiv sein? Wie hatte ich meinen Vater jemals für einen Helden halten können?

Ich spüre Henriettes Finger zaghaft an meinem Handrücken. Ein sanftes Zupfen, das mir die Möglichkeit lässt, es zu ignorieren, falls ich die Berührung nicht möchte. Stattdessen kommt mir ihre Hand wie ein Rettungsring vor. Entschlossen greife ich danach, verschränke sie mit meiner.

»Es war nicht deine Schuld«, sagt sie.

»Ich weiß.«

»Ich wünschte, du hättest es mir damals erzählt und mich für dich da sein lassen.«

»Es war zu viel, ich war überfordert, wusste nicht, wohin mit mir.«

Sie drückt sanft meine Finger. Ihre sind warm, weich. Am liebsten würde ich sie nie wieder loslassen und für immer hier liegen bleiben. Dieses Netz scheint fernab der Realität zu sein, unsere eigene kleine Blase.

»Wie ging es weiter?«

»Er bat mich nicht, meiner Mutter nichts zu sagen«, fahre ich fort. »Es war ihm egal. Er war sich sicher, dass sie niemals die Scheidung einreichen würde, weil er sie einen wasserdichten Ehevertrag hatte unterschreiben lassen. Ohne ihn hätte sie nichts mehr gehabt. Sie hatte ihm schon früher eine Affäre verziehen, wie ich herausfand. Aber er hat sich in ihr getäuscht.« Jetzt lächele ich. »Beim ersten Mal hatte sie ihm meinetwegen verziehen, weil ich noch ein Baby war und nicht getrennt von meinem Vater aufwachsen sollte. Er hatte ihr versprochen, diesen Fehler nie wieder zu machen, und eine zweite Chance bekommen. Dann kriselte es zwischen den beiden, sie stritten sich jeden Tag, und er verspielte die Chance. Also hat sie die Scheidung durchgezogen. Sie verlor das Haus, verlor Geld, aber mich verlor sie nicht. Ich folgte ihr, ohne zu zögern, als sie einen Neuanfang in Hamburg wagen wollte.«

»Du hast mir erzählt, dass du seitdem keinen Kontakt mehr zu deinem Vater hattest. Wieso schreibt er dir jetzt einen Brief?«

Ich seufze. »In regelmäßigen Abständen ruft er bei meiner Mutter an, um sich nach mir zu erkundigen und Kontakt zu mir aufzubauen. Ich hatte gehofft, er würde irgendwann aufgeben, aber meine Mutter wünscht sich, dass ich ihm eine Chance gebe. Sie hat ihm die Postadresse für das Auslandssemester gegeben, weil sie überzeugt ist, dass ein Brief für mich ein leichterer erster Schritt wäre als ein Telefonat.«

»Hm«, macht sie und schweigt nachdenklich. »Was wirst du mit dem Brief machen?«

»Ihn in die Kiste mit den Geschenken stopfen, die er mir über die Jahre geschickt hat«, erwidere ich düster.

»Die unter deinem Bett?« Henriette kichert und stupst mich mit der Schulter an.

Ich muss ebenfalls lachen, was mich überrascht. An meinen Vater zu denken, beschert mir normalerweise miese Laune, die sich nur schwer vertreiben lässt. Aber mit Henriette war es unkompliziert, über ihn und die Scheidung zu reden. Das Gespräch hat mich nicht heruntergezogen wie sonst, sondern lässt mich mit einem zufriedenen Gefühl zurück. Kaum zu glauben, dass ich am Anfang so große Angst hatte, von ihr an die Vergangenheit erinnert zu werden.

»Danke«, sage ich leise und drücke ihre Finger.

»Dir danke, dass du es mir erzählt hast.« Sie dreht den Kopf zu mir und lächelt. Ein warmes Gefühl breitet sich in meiner Magengrube aus. Ihre Haare glänzen in der Sonne, die Strähnen fallen durch das Netz, als würden sie sich zu Henriettes Element ausstrecken. *Unserem* Element.

Es raschelt, und aus dem Augenwinkel sehe ich, wie am Fockmast die Segel automatisch eingeholt werden. Sie rollen sich an den Rahen zusammen.

Ich stutze. »Werden wir langsamer?«

Henriette lässt meine Hand los, damit wir uns aufsetzen können. An allen fünf Masten wurden die Segel eingeholt. Das gleichmäßige Brummen und der Dieselgeruch in der Luft verraten, dass der Hilfsmotor eingeschaltet wurde.

Die Insel, die wir vorhin am Horizont ausmachen konnten, ist jetzt so nah, dass ich Details erkennen kann. Majestätisch erhebt sie sich aus dem Ozean. Sie ist grüner als Nuku Hiva, ihre Berghänge sind von dichtem Regenwald bedeckt. Die höchsten Gipfel sind in feine Wolken gehüllt, wie von einer geheimnisvollen Aura umgeben.

Je näher wir kommen, desto klarer wird die Küstenlinie. Ein schimmernder türkisfarbener Ring umgibt die Insel – das Korallenriff, das die seichte, glasklare Lagune vom offenen tiefblauen Meer trennt. Das Riff selbst bricht die kraftvollen Wogen des Ozeans und lässt nur sanfte Wellen in die Lagune, die wie ein riesiger natürlicher Pool wirkt. Er ist gesäumt von dunklen Sandstränden und Palmen. Vereinzelt sehe ich traditionelle polynesische Häuser, deren Dächer aus Palmwedeln gefertigt sind.

»Genau so habe ich mir Tahiti vorgestellt. Kein Wunder, dass die Insel im Internet als tropische Schönheit …« Henriette wird von einer Durchsage auf dem Schiff unterbrochen.

»Liebe Studierende, hier spricht Ihr Kapitän! Ich freue mich, Ihnen verkünden zu können, dass unsere Winde günstig standen, sodass wir früher als geplant mit dem Einlaufen auf Tahiti begonnen haben. Sie sind alle recht herzlich auf das Horizontdeck eingeladen.«

Es ist beeindruckend, wie schnell sich das Deck daraufhin füllt. Aus dem Treppenaufgang strömen Studierende, verteilen sich an der Reling. Einige wirken noch etwas blass um die Nase, aber die meisten tragen ein Leuchten im Gesicht. Obwohl ich die letzten beiden Wochen nahezu verschlafen habe, freue ich mich darauf, bald wieder Land unter den Füßen zu haben.

Henriette und ich bleiben auf dem Netz sitzen. Wir fahren am Korallenriff vorbei auf den Hafen von Papeete, der Hauptstadt Tahitis, zu. Dort werden wir von anderen Segelschiffen und Jachten begrüßt. Am größten Pier liegt ein Kreuzfahrtschiff, das fremd, fast schon monströs in der malerischen Umgebung wirkt.

Eine warme Brise streicht über meine Haut, trägt den süßen Duft nach Blumen und salziger Meeresluft mit sich. Henriette breitet die Arme aus, was mich an die epische Pose aus *Titanic* erinnert. Der Wind wirbelt sanft ihre Haare auf, umspielt ihren zarten Hals und die Sommersprossen auf ihren Wangen.

Alle haben nur Augen für Tahiti, aber ich kann den Blick plötzlich nicht mehr von Henriette lösen. *Du bist wunderschön*, schießt es mir durch den Kopf.

Henriette wirbelt zu mir herum. So schwungvoll, dass das Netz wackelt. »Wie bitte?«

Mein Herz macht einen Satz. Offenbar habe ich die Worte laut ausgesprochen.

Ihre Wangen sind gerötet, eine Haarsträhne weht ihr ins Auge. Wie ferngesteuert strecke ich die Hand aus und streiche sie ihr hinters Ohr. Sie erschaudert unter meiner Berührung. Ich sollte meine Finger wieder sinken lassen, stattdessen bleiben sie auf ihrem Hals liegen. Ihre Haut ist weich, ich spüre die Bewegung ihrer Sehnen, als sie schluckt.

Sie schaut mir direkt in die Augen, und in meinem Inneren scheint sich eine Welle aufzutürmen. Der Wind treibt sie vorwärts, ein Wellenkamm entsteht. Ich halte den Atem an, während die Schwerkraft sie ins Wellental zieht. Der Moment, in dem sie bricht, ist unaufhaltsam, und mein gesamter Körper wird mit heißen Schauern geflutet. Schaumkronen bleiben zurück wie eine schwache Erinnerung.

Ich lehne mich zu ihr, brauche mehr davon. Alles in mir vibriert vor Aufregung. Ich löse meine andere Hand vom Netz, und mir ist plötzlich egal, wie wackelig es ist. Ich lege sie an Henriettes Taille, und sie seufzt leise auf. Der Laut ist schöner als Wellenrauschen. Ich streiche zaghaft über ihr Shirt, obwohl ich Henriette am liebsten an mich ziehen und unter den Stoff gleiten würde. Doch ich habe Sorge, zu weit zu gehen und den Moment zu ruinieren.

Henriette legt ihre Hand auf meinen Oberschenkel und sendet damit eine Welle direkt in meinen Schritt. *Verdammt.* Wie kann diese einfache Berührung mich derart um den Verstand bringen? Ich kann nicht mehr klar denken. Überall sind nichts als Wellen, die die Farbe ihrer Augen haben.

Unsere Gesichter sind nur noch wenige Millimeter voneinander entfernt. Ihr Atem kitzelt auf meinen Lippen wie eine Einladung. Ich beuge mich weiter zu ihr vor, brauche mehr von ihr. Muss sie endlich schmecken und ...

Ein sanfter Ruck geht durch das Schiff, und wir zucken beide zurück. Blinzelnd sehe ich mich um. Wir haben im Hafen angehalten, und die Crew läuft mit schweren Tauen auf den Pier, um die *Sapient Sailor* festzubinden. Unter dem Netz glitzern nicht länger türkisblaue Wellen, sondern das dunkle, stehende Hafenwasser. Dasselbe scheint auch in meinem Inneren passiert zu sein. Wie ein Zauber, der verpufft ist.

»Bist du so scharf darauf, die Herausforderung zu verlieren?«, neckt mich Henriette. »Dabei warst du es doch, der einst sagte, gewinnen ist alles.«

»Und wenn ich dich herausfordere, die Herausforderung über Bord zu werfen?«

»Das ergibt keinen Sinn.«

Nichts ergibt mehr Sinn. Wie sehr ich ihre Nähe brauche. Wie oft sie durch meinen Kopf geistert. Und erst recht nicht dieses Kribbeln in meinem Inneren. Ich weigere mich, darüber nachzudenken, was es bedeuten könnte.

»Du hast recht«, erwidere ich und setze ein lockeres Grinsen auf. »Eine Herausforderung zu gewinnen, ist alles.«

Nur bin ich mir langsam sicher, dass gewinnen in diesem Fall auch irgendwie verlieren bedeutet.

Sieben Jahre zuvor

Henriette

»Was ziehst du zum Fasching an?«, fragte Lukas auf dem Weg zu den Fahrradständern. Es war bitterkalt draußen, und ich vergrub die Hände in den Jackentaschen.

Ich zuckte die Achseln. »Einfach das vom letzten Jahr.«

»Die Piratin? Nein, das geht nicht, die hattest du schon zweimal an.«

Kurz war ich überrascht, weil er das so genau wusste, aber ich schob den Gedanken hastig von mir. Ich sollte aufhören, mir Hoffnungen zu machen. Lukas war einfach nur aufmerksam.

»Was ziehst du denn an?«, fragte ich.

Lukas ging in die Knie, um sein Rad abzuschließen. Er fuhr jeden Tag damit zur Schule. Ob im Sommer oder Winter, er bestand darauf, dass es seine tägliche Cardio-Einheit sei. Ich konnte mich nicht erinnern, wann er so sportfixiert geworden war. Aber aufgefallen war mir leider nur zu genau, dass sein Bauch flach geworden war und seine Muskeln sich langsam gestählt hatten.

»Keine Ahnung, ich habe noch nichts gefunden, was mir gefällt. Es sollte lustig sein, aber halt nichts, was jeder Dritte anhat.

Und es sollte natürlich mein äußerst attraktives Gesicht nicht verdecken.«

Innerlich musste ich ihm recht geben, doch er sagte es so trocken, dass ich losprusten musste. »Hast du heute morgen Ego gefrühstückt?«

»Hat Ma mir offenbar ins Rührei gemischt.«

»Vielleicht brauche ich davon auch mal eine Portion«, scherzte ich.

Doch Lukas blieb ernst. »Nein, du bist gut so, wie du bist.«

Mir wurde schlagartig heiß. Ich spürte, wie die Hitze über meine Wangen zu entweichen versuchte wie Wasser über einen geöffneten Staudamm. Schnell wechselte ich das Thema. »Was ist jetzt mit dem Kostüm?«

»Hm …«, machte er nachdenklich, bis sein Gesicht plötzlich aufleuchtete. Wie immer hatte es die Wirkung auf mich, einen Schwarm Tintenfische in meiner Brust aufzuscheuchen, die wild umherwogten, auf der Suche nach einem Weg hinaus. Zu Lukas' Licht, von dem sie angezogen wurden. Erst vor ein paar Monaten hatte ich kapiert, was das Wogen zu bedeuten hatte. Und dass ich damit eine Grenze überschritt. »Ich fordere dich heraus, dir von mir ein Kostüm aussuchen zu lassen.«

Jegliche Gedanken an meinen verbotenen Crush auf Lukas verpufften. »Aber nichts Peinliches.«

»Natürlich nicht.«

»Und nur, wenn du meine Herausforderung, dir ebenfalls ein Kostüm auszusuchen, annimmst.«

»Abgemacht. Keine Hinweise bis dahin. Ich komme vor der Party am Faschingssamstag zu dir, und erst da zeigen wir uns die Kostüme, okay?«

»Klingt gut.«

Lukas hob sein Fahrrad aus dem Ständer. »Es muss witzig sein«, ermahnte er mich.

»Bei dir muss immer alles witzig sein.«

»Damit kompensiere ich dein Eisherz.« Dass er mir daraufhin zuzwinkerte, ließ mich beinahe in die Knie gehen. Als hätte diese einfache Geste meine Knochen in Gummi verwandelt. Trotzdem blieb ich cool und schnaubte nur zur Antwort.

Grinsend schwang er sich auf sein Rad. »Bis morgen.«

»Ja, bis morgen.«

Als er sich abwenden wollte, fiel mir etwas ein. »Hey, vergiss nicht deinen Chemietest morgen!«, rief ich ihm nach. »Lern diesmal dafür.«

Er hielt an und blickte über seine Schulter zu mir zurück. »Weißt du eigentlich, wie nervig es ist, dass du meinen Stundenplan besser kennst als ich?« Der neckende Unterton in seiner Stimme verriet mir, dass er es nicht ernst meinte.

Ich zuckte nur mit den Achseln und grinste. Lukas winkte mir zu und radelte davon.

***

Lukas und ich saßen einander auf meinem Bett gegenüber. In wenigen Stunden begann die Party. Normalerweise konnte ich Fasching nicht viel abgewinnen. Die Schlagermusik war nichts für mich und das heimliche Saufen hinter der Festhalle sowieso nicht. Aber diesmal hatte ich darauf hingefiebert. Ich hatte nämlich das perfekte Kostüm für Lukas gefunden und konnte es kaum erwarten, sein Gesicht zu sehen.

»Gleichzeitig?«, fragte er, sobald wir die Geschenktüten getauscht hatten.

»Ja, los geht's.«

Ich griff in die Tüte und zog ein orangefarbenes Kostüm heraus. Es hatte einen gelben Fleck am Bauch, aus dem sechs Beinchen kamen und eine längliche Kapuze mit schwarzen Augen sowie zwei Fühlern. *Moment.* Das war Lukas' Kostüm. Irritiert blickte ich auf. Er sah mich mit demselben Gesichtsausdruck an.

»Das ist jetzt nicht wirklich passiert«, stieß er fassungslos aus. »Du hast mir auch das Shrimpkostüm besorgt?«

»Ich habe es auf Amazon gesehen, und es erfüllt all deine Kriterien. Es ist lustig, selten, lässt dein Gesicht frei und zeugt noch dazu von deiner Begeisterung für das Meer.«

»Genau das habe ich mir auch gedacht«, erwiderte Lukas und lachte lauthals los.

Ich konnte nicht anders, als mit einzustimmen. Während ich lachte, dachte ich daran, dass wir einander in- und auswendig kannten. Dass wir auf den ersten Blick unterschiedlich sein mochten, doch insgeheim gleich tickten. Mein Herz schlug unwillkürlich schneller.

Die Tür wurde aufgerissen. »Was ist denn hier los?«, fragte Annelie. »Was ist so lustig?«

Schlagartig verpuffte mein Hochgefühl, und ich hörte auf zu lachen. Annelie trug ein eng anliegendes Kostüm aus schwarzem Kunstleder. Ihre Haare waren zu einem Seitenzopf geflochten, die Augen auffällig mit einem akkuraten Lidstrich betont, und in ihren Händen hielt sie einen Bogen. Sie sah einfach umwerfend aus.

»Du sollst doch anklopfen«, ermahnte ich sie. Wut überkam mich, weil sie diesen Moment kaputtgemacht hatte.

Annelie ignorierte mich. »Hey, Lukas«, sagte sie mit zuckersüßer Stimme und klimperte mit den Wimpern.

Mein bester Freund betrachtete das sexy Kostüm meiner Schwester mit großen Augen. Die Tintenfische in meiner Brust starben einen schmerzhaften Tod. Ich hatte es ohnehin nicht vor, aber in diesem Moment schwor ich mir, Lukas nichts von meinen Gefühlen zu sagen.

Er würde sich niemals in den Shrimp verlieben, wenn es Kriegerinnen gab.

Kapitel 25

Henriette

»Ich wollte dir noch was erzählen«, sagt Abi ein paar Tage später kurz vor dem Schlafengehen. Gedanklich bin ich gerade bei dem Tauchgang, der morgen ansteht. Doch bei ihrem ernsten Tonfall werde ich hellhörig.

»Was denn?«

»Ich habe jemanden kennengelernt. Eine ... Frau.«

»Oh«, erwidere ich und weiß plötzlich nicht so recht, was ich sagen soll. Die Angst ist groß, die falschen Worte zu wählen, statt Abi zu zeigen, dass mir das Geschlecht der anderen Person egal ist, solange sie glücklich ist.

»Bisher habe ich sie nur ab und an auf den Partys auf dem Horizontdeck gesehen. Sie arbeitet dort als Barkeeperin. Aber letzte Woche hat sie mehrmals bei den Arbeitsschichten in der Kombüse ausgeholfen, dabei haben wir uns näher kennengelernt.«

»Ich erinnere mich an sie«, sage ich und denke an die Party zurück, auf der Lukas und ich einander fast geküsst hätten. Davor orderte ich mit Emily und Abi Cocktails bei der Barkeeperin mit den kurzen dunklen Haaren, was Abi vollkommen durcheinanderbrachte. Ich habe mir nichts weiter dabei gedacht, aber jetzt ergibt ihre Reaktion Sinn. »Deshalb hast du sie so angesehen!«

Erschrocken weiten sich ihre Augen. »Sie *wie* angesehen?«

Ich versuche, einen träumerischen Ausdruck aufzusetzen, um ein möglichst verliebtes Gesicht zu imitieren.

»Also so, wie du Lukas ansiehst?«, neckt mich Abi.

Du bist wunderschön, kommen mir automatisch seine Worte in den Kopf. Ich schiebe sie hastig fort, genauso wie die Tatsache, dass wir einander schon wieder beinahe geküsst hätten.

»Ganz sicher nicht. Wir sind nur Teampartner.«

»Sag Bescheid, sobald du aufhörst, dir das einzureden.«

Ich schnaube. »Erzähl mir lieber von der Barkeeperin. Wie heißt sie?«

»Sie heißt Paula, und ich mag sie sehr. Bisher haben wir uns außerhalb der Kombüse erst ein paarmal gesehen, weil sie zur Crew gehört und eine Menge Verpflichtungen hat. Aber ich fühle mich wohl mit ihr, sie ist witzig, und ich kann sie kaum ansehen, ohne sie sofort küssen zu wollen. Es ist verrückt.«

»Ich finde, es klingt schön«, erwidere ich. »Vielleicht lerne ich sie bald mal kennen.«

Von ganzem Herzen gönne ich Abi ihr Glück. Es freut mich, dass sie mir von Paula erzählt hat. Dass sie mir nicht nur oberflächliche Liebeleien anvertraut, sondern auch tiefere Gefühle. Ob ich ihr doch von der Abmachung mit Lukas erzählen sollte? Und warum wir sie getroffen haben? Vielleicht bald. Wenn wir endlich nicht mehr Gefahr laufen, sie zu brechen.

»Das führt mich zu meinem eigentlichen Punkt. Willst du immer noch surfen lernen?«, fragt Abi.

»Ja, total gerne. Hast du jemanden gefunden, der es uns beibringen kann? Paula?«

»Nein, sie kann nicht surfen. Aber dafür ihre Mitbewohnerin Vicky.«

»Angsteinflößende Segel-Admiralin Vicky?«

Abi lacht. »Genau die. Sie ist eine tolle Lehrerin und meinte, hier auf Tahiti wären die Wellen perfekt. Am freien Sonntag will sie an einen Strand auf der anderen Seite der Insel fahren. Sie hat sich bereit erklärt, uns das Surfen beizubringen, wenn du Lust hast.«

»Ja, ja, ja!«, rufe ich aufgeregt.

»Perfekt, dann reserviere ich uns morgen Neoprenanzüge und Bords in der Marina.«

»Danke, ich freue mich sehr.«

»Das wird sicher lustig. Wir könnten Lukas, Kai und Emily fragen, ob sie mitkommen wollen?«

»Gerne.«

Als ich später im Bett liege, flacht die Euphorie ab, und das Gedankenchaos nimmt seinen Lauf. Was, wenn ich mich zum Affen mache? Oder den anderen eine Last bin? Paula mich seltsam findet?

Die Angst ist laut, und es fällt mir schwer, mich zu beruhigen. Ich will diese Unsicherheit nicht spüren, die mich lähmt und mir die Vorfreude auf die neue Erfahrung vermiest. Wie ein Mantra bete ich mir daher vor, dass ich nicht die Einzige bin, die das Surfen erst lernen muss. Dass es okay ist, sich auch mal zu blamieren. Dass ich umgeben bin von Abi, vielleicht sogar Lukas, Kai und Emily. Meinen Freunden.

Ich mache mir bewusst, es ist nicht mehr wie früher, und die Angst wird immer leiser.

***

Lukas sagt für das Surfen zu, Emily hat keine Lust und Kai bereits eine Wanderung zum Mont Orohena geplant, dem höchsten Vulkan Tahitis.

Auf der Fahrt zum ersten Tauchgang auf dem neuen Stopp sitzen wir alle dicht beieinander. Es ist schön, endlich eine Gruppe zu haben, zu der ich mich zugehörig fühle. Die Leidenschaft für

Meeresbiologie hat uns zusammengeführt, jetzt lernen wir einander immer besser kennen, und das schweißt uns enger zusammen.

Lukas versichert mir, dass es für ihn okay ist, sich wieder mit Korallen zu beschäftigen. Wir können es nicht ändern, aber dass er mir gut zuredet, hilft, die Enttäuschung über meine Erkrankung loszulassen. »Wir sind doch mittlerweile ein eingespieltes Team. Durch dasselbe Thema können wir aus den Schwierigkeiten mit den Proben auf Nuku Hiva lernen und es diesmal durch eine Bestimmungshilfe noch besser machen.«

Am Riff werden die einzelnen Teams an unterschiedlichen Stellen rausgelassen, damit wir nicht alle auf einem Haufen schwimmen. Das Boot hält erneut an, Lukas und ich sind die Nächsten. Am Heck schlüpfen wir in unsere Flossen und machen uns bereit. Unweit entfernt schwimmt eine Plastikschale auf dem Wasser, sticht grotesk in der idyllischen, endlos blauen Weite heraus. Es macht mich traurig, immer wieder Müll im Meer zu sehen, egal, an welchem Ort ich bin.

Die Erwärmung des Ozeans, Wasserverschmutzung oder der Massentourismus durch Kreuzfahrtschiffe – alles sorgt gleichermaßen dafür, dass Lebensräume verschwinden, Flora und Fauna sterben oder sogar ganze Arten ausgerottet werden. Was genau ich mit meinem Studium in der Zukunft anstellen will, weiß ich noch nicht, aber eines ist sicher: Ich möchte einen Beitrag dazu leisten, dem Meer die Artenvielfalt zurückzugeben.

Ich mache Professorin Weber auf die Plastikschale aufmerksam; die verspricht, sie einzusammeln, bevor sie das nächste Team an einer anderen Stelle am Riff rauslassen.

»Bist du bereit?«, fragt Lukas. Er sieht mich so intensiv an, dass er mich alles hätte fragen können, und ich wäre bereit gewesen. Wenn er bei mir ist, fühle ich mich sicher.

»Klar«, erwidere ich, ziehe die Tauchmaske und den mit der Tauchflasche verbundenen Schnorchel übers Gesicht und lasse mich ins kühle Wasser gleiten.

Kribbelnde Vorfreude und Ehrfurcht erfüllen mich. Das türkisfarbene Wasser ist so klar, dass ich auf das Riff und die bunten Fische hinabblicken kann. Die Sonne lässt die Wellen um mich herum glitzern wie flüssige Edelsteine.

Lukas und ich tauchen ab. Die laute, turbulente Welt über der Oberfläche verschwindet; mit kräftigen Flossenschlägen sinke ich tiefer hinein in die friedliche Stille, die nur vom sanften Blubbern der aufsteigenden Luftblasen unterbrochen wird.

Mittlerweile sind wir ein eingespieltes Team. Seit der plötzlichen Algenblüte ist mir Lukas kein weiteres Mal von der Seite gewichen. Er ist eine konstante, beruhigende Präsenz neben mir. Ein schwereloses Gefühl breitet sich in meiner Brust aus, als mir klar wird, dass es keinen anderen Menschen gibt, mit dem ich diesen Moment lieber teilen würde. Sechs Jahre lang habe ich nicht mehr daran geglaubt, dass sich unser gemeinsamer Kindheitstraum erfüllen würde. Die Realität ist überwältigender, als ich sie mir ausgemalt habe. Ich fühle mich angekommen und wahrgenommen neben ihm, Glück breitet sich in meinem gesamten Körper aus.

Das Riff wirkt gesünder als das bei Nuku Hiva. Ich entdecke Korallen in allen erdenklichen Formen und Farben – rote Fächerkorallen, zitronengelbe Hirnkorallen und orangefarbene Feuerkorallen. Sie wirken wie lebendige Skulpturen. Zwischen ihnen schwimmen winzige Fische in Schwärmen umher, ein Clownfisch späht aus einer Anemone, die sich sachte in der Strömung hin und her wiegt. Durch die Oberfläche bricht Licht, verleiht der blaugrünen Welt der Lagune einen fast magischen Glanz.

Eine Weile folgen wir der Riffkante und erledigen unsere Aufgabe. Mit einem kleinen Skalpell entnehmen wir vorsichtig Fragmente verschiedener Korallen. Dabei ist es wichtig, die Schnitte präzise zu setzen, um die Korallen nicht zu beschädigen. Anschließend geben wir die Proben sofort in vorbereitete Röhrchen und verstauen sie in der Tauchertasche. Ich schwimme neben

Lukas her, verliere jegliches Zeitgefühl. Ein gigantischer Mantarochen zieht anmutig an uns vorbei und jagt mir dabei ordentlichen Respekt ein. Die Tiere können bis zu acht Meter groß werden. Zum Glück stört er sich nicht an uns.

Das Riff fällt in einer Abwärtsschräge ab, die in tiefere Gewässer führt. Hier ist das Licht schwächer, das Wasser dunkler.

Plötzlich zeigt Lukas mit zwei Fingern in Augenhöhe auf seine Tauchmaske. Das Tauchzeichen bedeutet, dass ich mir etwas ansehen soll. Er deutet nach unten, ich folge seinem Blick und …

Ich schnappe nach Luft, atme einen Stoß Sauerstoff aus der Flasche. Auf dem sandigen Untergrund heben sich Holzteile in unterschiedlichen Größen ab. Sie sind von Algen überwuchert, die Ränder zerklüftet, und dazwischen liegt halb verrostetes Metall. Ein Schiffswrack. Kein großes Schiff wie die *Sapient Sailor*, sondern ein Einmaster. Zumindest vermute ich das anhand des schweren Holzbalkens, der über allen Teilen liegt.

Lukas deutet mit dem einen Zeigefinger erst auf sich selbst, dann mit dem anderen auf mich und positioniert beide zum Wrack hin, was bedeutet, dass ich ihm in die angezeigte Richtung folgen soll. Ich antworte mit dem Zeichen für Okay, indem ich Daumen und Zeigefingerspitze zu einem Kreis forme. Mithilfe unserer Tarierjackets sinken wir näher an den Meeresboden. Vorsichtig schwimmen wir über die Trümmerteile hinweg. Wir sind so tief unten, dass die Lichtverhältnisse diffus sind und ich mir wünschte, eine Taucherlampe dabeizuhaben, um die Planken besser inspizieren zu können. Eine Moräne späht aus einem Loch im Rumpf hervor, zieht sich scheu zurück, sobald sie uns bemerkt. Kleine Fische schwimmen aufgeschreckt unter einer breiten, mit Muscheln und Schnecken bedeckten Holzplanke heraus. Ein paar Meter weiter gräbt sich ein Krebs in den Sand.

Nach einer Weile signalisiert der Tauchcomputer an meinem Handgelenk, dass es Zeit ist, aufzutauchen, und ich bemerke, dass wir unsere Aufgabe komplett aus den Augen verloren haben.

Kurz bin ich erschrocken, aber wann hat man schon mal die Gelegenheit, ein versunkenes Wrack zu sehen? Zum Glück konnten wir vor der Entdeckung der Schiffsteile genügend Proben sammeln, von denen ich bereits sehr gespannt bin, sie im Labor auszuwerten.

»Das war der Wahnsinn«, japst Lukas, sobald wir zurück an der Oberfläche sind. Nach der Kälte unter Wasser brennt die Sonne heiß auf meinen Kopf herab.

Es gibt kaum Wellengang, das Motorboot treibt ein paar Meter von uns entfernt auf der Stelle. Wir schwimmen darauf zu, steigen nacheinander zurück an Bord, werden unsere Ausrüstung los und verstauen unsere entnommenen Proben für den Transport in einer Kühlbox.

»Wie lange das Wrack wohl schon dort unten liegt?«, frage ich Lukas und werfe meine nassen Flossen auf den Stapel an Deck. Ein klatschendes Geräusch erklingt, als sie sich zu denen der bereits zurückgekehrten Kommilitonen gesellen.

»Ich schätze, seit ungefähr einem Jahrzehnt.«

»Was für ein Wrack?«, fragt Jonas von der schmalen Bank in der Mitte des Decks aus. Seine nassen Haare stehen wirr in alle Richtungen ab.

Sofort richten sich alle Blicke auf uns. Obwohl ich meine Kommilitonen mittlerweile kenne, sorgt die Tatsache, im Zentrum der Aufmerksamkeit zu stehen, dafür, dass sich mein Magen zusammenzieht und mein Herz schneller schlägt. Warum kann ich diese Gefühle nicht einfach ausknipsen?

Weil das nicht geht. Es gibt keinen Schalter, der ändert, wie es in mir aussieht.

Aus irgendeinem Grund muss ich dabei an Lukas denken. An das Kribbeln, das mich jedes Mal in seiner Nähe befällt wie ein Parasit. Egal, mit welchen Mitteln ich gegen ihn ankämpfe, er lässt sich nicht beseitigen. Meine Versuche scheinen ihn stattdessen zu amüsieren, noch stärker zu machen, und entziehen mir lediglich

Energie. Deshalb lasse ich den Parasit einfach, wo er ist, und lebe parallel zu ihm. Eine unfreiwillige, akzeptierte Symbiose.

Lukas erzählt unseren Kommilitonen von dem Wrack, das wir entdeckt haben. Stumm stehe ich neben ihm und höre zu. Darin bin ich ohnehin besser.

»Sie haben ein Wrack gesehen?«, fragt Professorin Weber.

»Ein kleines, wahrscheinlich ein Einmaster«, erwidert Lukas, der anhand der Trümmerteile offenbar zu derselben Erkenntnis gekommen ist wie ich.

»Ich frage mal unseren einheimischen Begleiter, ob er etwas darüber weiß.« In jeder Lage ist Professorin Weber darauf aus, unseren Horizont zu erweitern. Das mag ich an ihr. Selbst bei unerwarteten Situationen wie dieser oder bei der Algenblüte nimmt sie sich die Zeit, uns alles genau zu erklären und Informationen zu besorgen.

Der Forscher im mittleren Alter, der dunkle Haare hat, relativ klein ist und den gesamten Ausflug über keine Schuhe trägt, erklärt uns auf Englisch mehr über das Wrack. Lukas hat gut geschätzt, die Jacht ist vor elf Jahren gesunken. Die Passagiere wollten die Sonne genießen und kamen zu nah an die Riffkante, die ein Loch in den Rumpf schlug. Alle konnten wohlbehalten gerettet werden, nachdem sie mit Schwimmwesten ein paar Stunden im Wasser trieben.

Die Geschichte jagt mir eine Gänsehaut über den Rücken. Hätten alle überlebt, wenn der Unfall bei Nacht passiert wäre? Weiter draußen auf dem Meer?

Das Wrack hat mich fasziniert, aber ich sehe es jetzt mit anderen Augen.

Alles hat zwei unterschiedliche Seiten, diese Erfahrung mache ich in meinem Leben immer wieder.

Kapitel 26

Lukas

Henriette und ich sind im Labor, um unsere am Tetiaroa-Atoll entnommenen Korallenproben auszuwerten. Beim ersten Besuch hier war ich überrascht, wie hervorragend es ausgestattet ist. Andererseits wurden in keinem Bereich der *Sapient Sailor* Kosten gescheut. Die Studienbedingungen sind optimal, was das Auslandssemester zusätzlich zu der Einzigartigkeit des Konzepts so begehrt macht.

Beide Labore gemeinsam sind so groß wie der Lehrraum. Für jede Studienhalbgruppe gibt es einen Raum. Heute Nachmittag sind Henriette und ich allein hier. So mochte ich es in der Schule bereits am liebsten. Wenn wir uns ganz auf uns selbst und die Arbeit fokussieren konnten.

Ein Regal zieht sich die gesamte Wandbreite entlang, in dem wir alles finden, was wir brauchen. Mikroskope, Reagenzgläser sowie Petrischalen. Zudem gibt es einen Tisch, auf dem Computer und elektronische Geräte stehen. Ein leises Summen geht von ihnen aus.

»Ich glaube, das Analysieren der Proben mag ich noch lieber, als sie zu entnehmen«, sagt Henriette und zieht sich einen Laborkittel sowie Handschuhe an.

»Du schaust lieber durch ein Mikroskop, als an einem Riff entlangzutauchen?«

»Tauchen ist aufregend, aber das Forschen mit den Proben eröffnet mir neue Möglichkeiten. Alles ist offen, ich könnte neue Erkenntnisse ziehen und durch meine Arbeit etwas verändern.« Ihre Wangen röten sich, und sie weicht meinem Blick aus, lacht leise. »Wahrscheinlich hört sich das albern an.«

Ich gehe auf sie zu, lege ihr eine Hand auf die Schulter. »Ist es überhaupt nicht. Ich verstehe dich.«

»Du tauchst lieber?«

Ich nicke. »Ich liebe die Stille unter der Wasseroberfläche. Es fühlt sich jedes Mal an, wie durch ein Portal in eine fremde, faszinierende Welt einzutreten, an der ich mich nicht sattsehen kann. Ich denke, am liebsten mag ich die Kombination aus beidem. Tauchen ist körperlich herausfordernd, und einige Erkenntnisse kann man zwar aus dem direkten Beobachten ziehen, aber wie du schon sagst, bringt die Auswertung die größten hervor.«

Ich schlüpfe ebenfalls in einen weißen Laborkittel, bevor wir die Kühlbox aus dem angrenzenden Lagerraum holen, in der sich unsere Korallenproben befinden.

Henriette sucht sich den Tisch direkt neben dem Fenster aus. Das passt zu ihr. Sie kann nie genug vom Meer bekommen, selbst wenn sie jeden Tag davon umgeben ist. Selbst wenn das Meer in ihrem Herzen und ihren Augen ruht.

Sie stellt die Kühlbox auf den Tisch, öffnet sie und nimmt eine der Proben vorsichtig heraus. »Auf den ersten Blick sieht die Koralle nicht bleich, sondern gesund aus, aber wir müssen die genaue Art bestimmen und ihre genetische Struktur analysieren.«

Wir holen alle Gerätschaften, die wir brauchen, an den Tisch. Dann setze ich mich und stelle das Mikroskop ein. Dabei übermannt mich eine vertraute Ruhe, die sich nur beim Forschen einstellt. Henriette schiebt die Probe in einer Petrischale unter das Mikroskop, und ich schaue hindurch.

»Ich glaube, es könnte eine Art der Gattung Acropora sein. Siehst du diese kleinen, sternförmigen Polypen?«, frage ich und lasse Henriette ans Mikroskop.

»Du könntest recht haben. Wir machen einen Abstrich und entnehmen einige Zellen für die DNA-Extraktion, um sicherzugehen.« Sie greift nach einem Skalpell und entnimmt vorsichtig eine winzige Gewebeprobe der Koralle, die sie in ein Reagenzglas gibt. Dieses stellt sie in das Gerät für die DNA-Extraktion, die der erste Schritt ist, um die Art der Koralle zu bestimmen. »Stell dir vor, wir könnten eine neue endemische Art nachweisen. Das wäre der Durchbruch für unser Studium.« Henriettes Stimme überschlägt sich beinahe vor Aufregung, wie ich es schon von früher bei ihr kenne.

»Irgendwann werden wir das schaffen.«

Ich fühle mich in die Vergangenheit zurückversetzt. In die Zeit, in der wir davon geträumt haben, neue Arten zu entdecken und zum Schutz der Ozeane beizutragen. Wir wollten etwas verändern, etwas erreichen. Gemeinsam.

Henriette blickt von der Probe auf, und es ist wie eine Zeitreise, sie in dem Laborkittel zu sehen. Ihre Züge sind schärfer und aufmerksamer als früher, aber es brennt dieselbe Leidenschaft in ihr.

Die vergangenen Wochen haben sich auf viele Weisen so angefühlt wie damals. Es ist, als würde ich in einen Spiegel sehen und ein klares Bild darin erkennen, nicht länger ein verzerrtes wie in den Jahren ohne Henriette.

Mit ihr an meiner Seite fühle ich mich wie ich selbst. Sie versteht alles von mir, jede einzelne Facette. Mit ihr kommt mir das Leben leicht vor. Sie lässt meine Ängste leiser werden und facht meine Träume an. Wärme breitet sich in meinem gesamten Körper aus.

Henriette lächelt auf eine Weise, bei der ich mich frage, ob sie direkt durch meine Augen in mein Inneres sehen und erkennen kann, wie gut mir ihre Nähe tut. Wie beständig ich mich fühle, seit sie wieder in meinem Leben ist. Die letzten Jahre bin ich umhergetaumelt wie ein Satellit. Die Scheidung meiner Eltern hat mich in die Hemisphäre geschossen, und erst Henriette hat mich einfangen können. Durch sie stelle ich mich der Vergangenheit, erkenne wieder die schönen Momente. Durch sie überdenke ich meine aufgestellten Regeln. Durch sie frage ich mich, ob es nicht doch mehr gibt. Für mich. Für uns.

Ich bin nie einem anderen Menschen begegnet, der mich auf dieselbe Weise sieht wie sie. Nicht mein Äußeres oder meinen Humor, sondern all die verborgenen Seiten darunter. Bei Henriette sind meine Schwächen nichts, was ich überspielen muss. Sie sorgt dafür, dass ich mein Verhalten der letzten Jahre überdenke. Außerdem mag ich, wie meine Leidenschaft in ihrer Gegenwart aufblüht.

»Meinst du?«, fragt Henriette. »Am Anfang war ich gar nicht begeistert davon, ausgerechnet dich als Teampartner zu haben. Aber mittlerweile ... ich kann mir niemand anderen mehr vorstellen.«

»Weißt du noch, wie wir früher ständig davon geträumt haben? Wir wollten die neue Art Lukeriette nennen.«

Sie kichert, und der Laut scheint eine direkte Verbindung zu meinem Schritt zu haben. *Vollkommen unangebracht, Lukas.* Ich räuspere mich. »Klar weiß ich das noch. Die Idee zu dem zusammengesetzten Namen kam uns während eines Doku-Marathons.« Henriette und ich hatten schon immer denselben Filmgeschmack.

»Wir könnten wieder so einen Marathon machen. Gleich heute. Ich habe mittlerweile eine ganze Liste an Dokumentationen, die ich mir ansehen möchte. Darunter ist eine, die über das Sterben der Korallenriffe erzählt, dann müssen wir nicht mal ein schlechtes Gewissen haben, den Unikram ein bisschen ruhen zu lassen.«

»Lukas Schaub, du fängst schon wieder damit an.«

Fragend hebe ich die Brauen.

»Einen schlechten Einfluss auf mich zu haben.«

Ich lache auf. »Das ist nicht wahr. Alles, was ich mache, ist, deine Disziplin ein bisschen mit meiner Lockerheit zu mischen. Und voilà, wir haben die perfekte Kombination aus beidem.«

Sie stutzt. Ich habe die Worte leichtfertig dahingesagt, doch es ist genau das, was wir machen. Wir ergänzen einander mit unseren Unterschieden und verstärken unsere Gemeinsamkeiten. Das muss der Grund dafür sein, warum ich mich in ihrer Gegenwart so fühle. So intensiv, verstärkt und lebendig.

»Ich fordere dich dazu heraus, mit mir eine Doku anzusehen«, füge ich an, weil ich weiß, dass sie dann nicht widerstehen kann.

»Na gut, du hast gewonnen«, sagt Henriette und lächelt verschmitzt. »Ich bin gleich mit meinen Eltern zum Telefonieren verabredet, danach kannst du zu mir kommen.«

Ein Schwall Wärme breitet sich in meiner Brust aus, und Vorfreude erfüllt mich. Das Gerät für die DNA-Extraktion ist mittlerweile durchgelaufen, und wir widmen uns wieder dem Reagenzglas. Der Vorgang hat ergeben, dass es sich bei der Koralle um die Acropora rongoi handelt, also tatsächlich wie vermutet um eine Art der Acropora, der artenreichsten Gattung der Steinkorallen.

In meinem Herzen hat sich ein Glücksgefühl eingenistet, das sich nicht mehr abschütteln lässt. Es ist gefährlich, aber fühlt sich gleichzeitig an wie das größte Abenteuer, das ich der Kette aus Perlen in den letzten Jahren hinzufügen konnte.

Ich habe ein verdammtes Problem. Unsere Herausforderung in Sachen Nähe und Berührung einzuhalten, fällt mir immer schwerer. Dabei geht es um mein Stipendium und Henriettes studentische Zukunft. Aber wäre es wirklich so schlimm, zum ersten Mal eine Herausforderung zu verlieren? Ich fange an, mich zu fragen, ob wir nicht beides haben können. Ob es das Risiko nicht wert ist …

Kapitel 27

Henriette

Der gesamte Nachmittag hat sich wie früher angefühlt. Erst das Mikroskopieren, dann das Verabreden zum Schauen einer Doku. Auf dem Weg zurück zu meiner Kabine kann ich nicht aufhören, über meine und Lukas' gemeinsame Vergangenheit nachzudenken. Unzählige Erinnerungen prasseln auf mich ein. Wir beide in Laborkitteln im Schullabor, die uns mehrere Nummern zu groß sind. Lukas neben mir auf dem Sofa, mein Kopf auf seinem Schoß gebettet, während er so gebannt auf den Fernseher starrt, dass er nicht bemerkt, wie er mich mit Popcorn vollkrümelt.

Zurück in meiner Kabine lege ich meine Unitasche ab. Eine weitere Erinnerung kommt mir in den Sinn. Wir sitzen zusammen im Olympiapark in München auf einer Picknickdecke, es ist Sommer, ich lehne den Kopf an Lukas' Schulter und realisiere zum ersten Mal dieses Flattern in meiner Brust.

Es ist heute noch dasselbe wie damals und mir in den letzten Wochen viel zu vertraut geworden.

Bei der Herausforderung haben wir beide schon versagt, Lukas sogar mehrmals. Vielleicht hätte ich das gemeinsame Filmgucken lieber absagen sollen?

Andererseits freue ich mich darauf und muss ständig allein schauen, weil ich Abi nicht für Dokus begeistern kann. Sie mag Teeniekomödien, bei denen sie am Ende, wenn das Pärchen zusammenkommt, immer weint. Ich verstehe es nicht, das ist doch das Happy End? Sollte sie nicht glücklich sein, statt hemmungslos zu schluchzen?

Ich räume die Kabine ein bisschen auf, weil mir noch ein paar Minuten bis zum Telefonat bleiben. Abi ist mit Kai im Lehrraum, wo die beiden am besten arbeiten können. Ich habe sie vorhin kurz beim Verlassen des Labors gesehen.

Mein Handy klingelt. Ich lasse mich im Schneidersitz auf meinem Bett nieder und lehne den Rücken gegen die Wand, bevor ich das Gespräch annehme.

»Hallo, Papa.«

»Hallo, Jette. Mama ist auch hier, sie macht gerade Abendessen.«

»Hallo!«, erklingt die Stimme meiner Mutter im Hintergrund, zusammen mit dem Klappern von Töpfen.

»Wie geht es dir?«, fragt mein Vater.

»Gut, ich komme gerade aus dem Labor.« Bisher habe ich meinen Eltern nicht erzählt, dass Lukas ebenfalls auf der *Sapient Sailor* ist, deshalb hole ich es jetzt nach. »Wir haben dort eine Korallenprobe analysiert. Mein Forschungspartner ist Lukas Schaub.«

»Dein Freund aus Kindertagen?«, fragt meine Mutter überrascht.

»Ja, genau. Eigentlich hätte es mich nicht überraschen sollen, dass er sich auch für das Auslandssemester beworben hat. Wir haben schon immer ähnlich getickt, und diese exklusive Chance, die unsere gesamte Karriere verändern wird, lässt er sich natürlich nicht entgehen.«

»Habt ihr euch wieder vertragen?«

»Wir haben die Differenzen der Vergangenheit geklärt und sind mittlerweile erwachsen geworden.«

»Ich begegne seinem Vater manchmal im Supermarkt, dieser treulose Hund.«

»Andrea«, ermahnt mein Vater sie empört.

»Ist doch so.« Meine Mutter schnalzt mit der Zunge. »Er ist ein attraktiver Mann, aber die haben immer einen Haken. Du solltest dich vorsehen, Henriette. Wie der Vater, so der Sohn.«

Ich laufe rot an und bin froh, dass im nächsten Moment das Klappern der Töpfe wieder einsetzt und meine Mutter sich aus dem Gespräch ausklinkt. Schnell wechsele ich das Thema und erzähle meinem Vater von Abi, dem Schiff und der Insel, bis ich im Hintergrund eine Stimme höre, die verdächtig nach Annelie klingt. Mein Herz krampft sich zusammen.

»Deine Schwester ist gerade vom Laufen wiedergekommen, sie springt schnell unter die Dusche, dann könnt ihr sprechen«, sagt mein Vater prompt.

»Ich weiß nicht«, gebe ich ehrlich zu. Ich kann nicht ewig verbergen, was zwischen Annelie und mir vorgefallen ist, aber ich habe mich mittlerweile entschieden, sie nicht für die Aktion mit dem Pass zu verpetzen. Dennoch sollte ich meinem Vater eine Erklärung dafür liefern, warum ich seit meiner Abreise nicht mit ihr sprechen möchte. »Wir haben uns ein bisschen gestritten und brauchen momentan Abstand voneinander. Hat Annelie nichts erzählt?«

»Ich habe geahnt, dass ihr aktuell nicht gut aufeinander zu sprechen seid, und Annelie hat es angedeutet. Aber du weißt doch, wie schwer sie es hat. Hab Geduld mit ihr. Du musst die Nachsichtige von euch beiden sein.«

Ich schließe die Augen. Mit dieser Aussage habe ich gerechnet, dennoch tut sie weh. Mein Vater wird es nie verstehen, und langsam glaube ich, ich muss diese Tatsache akzeptieren. Er wird niemals in meiner Lage sein, und nachvollziehen können, wie es sich anfühlt, in Annelies Schatten zu stehen. Er sieht nur eine Tochter, die leidet, und mich, seine zweite Tochter, die ihr das Leiden erleichtern kann.

»Ich habe Geduld mit ihr«, sage ich und bemühe mich um einen ruhigen Tonfall. »Deshalb gebe ich ihr – nein, uns beiden – die Zeit für Abstand. In Zukunft wird sich etwas ändern müssen.« Ich beschließe, ehrlich zu sein. »Ich habe meine Träume jahrelang zurückgestellt, aber mittlerweile bringt Annelies Therapie Erfolge, und ihr geht es besser. Daher werde ich meinen Master an der Küste machen, so, wie ich es mir eigentlich für mein gesamtes Studium erträumt hatte. Ich habe noch keinen Platz, aber ihr sollt schon mal Bescheid wissen. Annelie möchte ich meinen Entschluss bitte selbst verkünden.«

Die Worte fließen mühelos aus mir heraus. Es ist, als hätte das gemeinsame Forschen mit Lukas meine Kraftreserven so weit aufgefüllt, dass ich endlich genug Mut hatte, um herauszulassen, was sich in mir aufgestaut hat.

Mein Vater schweigt, und mein Fuß beginnt unkontrolliert zu wippen. Ich hoffe auf Verständnis und Akzeptanz, doch ich fürchte mich davor, dass er wieder für Annelie Partei ergreifen könnte.

»In Ordnung«, sagt er schließlich. »Ich kann deinen Wunsch nachvollziehen, und du hast recht, es wird Zeit, dass du Entscheidungen nur für dich allein triffst. Es scheint, als hättest du auf dem Schiff erkannt, dass die Meeresbiologie das ist, was du beruflich machen willst?«

Kein Streit oder Diskussionen. Ich atme erleichtert auf. »Ich liebe einfach alles daran und genieße die Zeit auf der *Sapient Sailor*. Die Südseeriffe sind unglaublich, die Vorlesungen sind neu und aufregend. Sogar die Seefahrt gefällt mir.« Mir geht es so gut wie lange nicht mehr, fällt mir auf.

»Das freut mich sehr. Rede bald mit deiner Schwester, ja?«

»Ja, ich rede noch mit ihr.« *Irgendwann.* Wenn ich dafür bereit bin. Und sie ebenfalls.

Wir verabschieden uns voneinander, bevor ich das Gespräch beende. Ich fühle mich so leicht, als hätte das Telefonat die Sorgen aus mir herausgespült.

Wenig später klopft es an der Kabinentür, und ich lasse Lukas herein. Er hält grinsend eine Tüte Popcorn in die Höhe. »Die habe ich eben schnell im Kiosk besorgt, um der alten Zeiten willen.« Vielleicht hat er damals doch gemerkt, wie er mich vollgekrümelt hat. Ich muss schmunzeln, zumindest so lange, bis Lukas auf mein Bett deutet. »Machen wir es uns gemütlich?«

Ich überlege, ob wir uns lieber auf die Stühle an den Tisch setzen sollten. Doch das Bett ist bequemer. »Klar«, sage ich daher.

Lukas setzt sich dicht neben mich, und sofort springt mein Kopfkino an. Wir könnten meinen Laptop beiseitestellen, einander berühren und erkunden. Er könnte sich über mich beugen und mich küssen.

Meine Finger beben, während ich den Laptop einschalte.

»Alles okay?«, fragt Lukas und übernimmt für mich.

Ich nicke und versuche, mich zu entspannen. Das hier ist nur Lukas. Er ist mir vertraut, bei ihm fühle ich mich wohl.

Lukas öffnet einen Streamingdienst und sucht nach der Doku. Dann stellt er den Laptop auf seinem Schoß ab. »Herrscht Flut in deinem Inneren?«

Die Nervosität lässt schlagartig nach. »Es geht wieder.«

Ich rutsche näher an ihn heran und lehne den Kopf auf seine Schulter. Während der nächsten Stunde bleibe ich so und kann nicht aufhören, darüber nachzudenken, wie richtig sich das anfühlt.

Wie der Vater, so der Sohn.

Ich schiebe die Worte meiner Mutter hastig beiseite und konzentriere mich lieber auf dieses Flattern in meiner Brust. Ein süßes Gefühl, von dem ich nicht genug bekommen kann.

Kapitel 28

Lukas

Am Samstag haben wir unerwartet eher Schluss, da das Wochentreffen im Theater nicht lange dauert. Der neue Punktestand wird bekannt gegeben; viel hat sich nicht geändert, seit der Wettbewerb kurzfristig ausgesetzt wurde, weil ein Großteil der Studierenden krank war. Aktuell sind die Sprachwissenschaftler in Führung, dicht gefolgt von uns. Zum Schluss kommen die Nautiker.

Durch die geregelten Tagesabläufe fühle ich mich auf der *Sapient Sailor* oft wie in der Schule statt an einer Uni. In Hamburg kann ich frei entscheiden, welche Kurse ich besuche, kann schwänzen, wenn ich keine Lust oder verschlafen habe. Hier herrscht Disziplin, die von allen Studierenden eingehalten wird. Nicht nur, weil Professorin Weber deutlich gemacht hat, dass sie das von uns erwartet und wir nach Hause geschickt werden könnten, falls wir das Semester nicht ernst nehmen. Sondern weil wir eine Menge Arbeit investiert haben, um hier zu sein. Jedem ist bewusst, dass es eine einmalige Chance ist. Außerdem bringen mich die Kurse weiter, bei Professorin Weber langweile ich mich nie. Ihre Leidenschaft für Meeresbiologie ist ansteckend, und sie schafft es, selbst trockene Theorie mit herausfordernden Aufgabenstellungen lebendig zu machen. Während sie uns heute die komplexen Verhaltensweisen von Fischschwärmen erklärte, war ich vollkommen gefesselt. Tausende Fische schwimmen synchron, als wären sie ein einziger Organismus, und nutzen ihre Umgebung dabei so perfekt, dass sie in gefährlichen Riffen überleben können. Um die Zusammenhänge zwischen Theorie und Praxis zu verstehen, zeigte sie uns ein computersimuliertes Modell, welches das Verhalten eines Schwarms unter verschiedenen Stressbedingungen darstellte.

»Hast du Lust, die Insel ein bisschen unsicher zu machen, bevor die Ausgangszeit endet?«, frage ich Kai auf dem Weg vom Theater zur Kabine. Ich finde es schade, dass er beim Surfen morgen nicht dabei sein wird.

»Bock auf viel rumlaufen habe ich nicht, mir tun vom Gym gestern Abend die Beine weh.«

»Oh.« Meine Schultern sacken herab. In letzter Zeit zieht er sich zurück, macht lieber sein eigenes Ding und wirkt ständig in Gedanken. Ob erneut etwas mit seinen Eltern vorgefallen ist, das ihn beschäftigt?

Ich vermisse den Witze reißenden Kerl voller Tatendrang, der er während der Anfangszeit war. Aber, wie ich schon bei unserem ersten Aufeinandertreffen erkannt habe, ist Verdrängung nur eine kurzfristige Lösung. Die Vergangenheit holt einen immer irgendwann ein.

Mein Blick muss Bände sprechen. »Sorry, das war nicht als Abfuhr gemeint«, sagt Kai. »Ich würde gerne was mit dir unternehmen.«

Eine Aufmunterung wird ihm bestimmt guttun. Und mir sowieso, seitdem es mir zunehmend schwerer fällt, meine Finger von Henriette zu lassen, sie aus meinem Kopf zu bekommen und die Abmachung einzuhalten. Ich habe die perfekte Idee dafür. Gestern auf der Fahrt zum Riff habe ich einen Scooterverleih in

Papeete gesehen. Genau das Richtige, um die Insel ein bisschen besser zu erkunden. Trotz Muskelkater.

»Das trifft sich gut, mir ist etwas Cooles eingefallen. Kein Laufen, versprochen.«

Kai sieht skeptisch aus. »Was hast du vor?«

»Das wirst du früh genug sehen«, spanne ich ihn ein bisschen auf die Folter, um seine Gedanken von welchen Sorgen auch immer abzulenken und mit Rätseln zu beschäftigen. »Bist du dabei?«

»Einem verrückten Plan von dir kann ich nicht widerstehen«, erwidert Kai grinsend. »Ich hoffe, er beinhaltet eine Bar mit traditionellem Rum und tahitischen Ladys.«

Auf der Kabine legen wir unsere Taschen ab, schnappen uns Sonnenbrillen und Caps und brechen auf. Nach einer Kontrolle unserer Bordkarten dürfen wir das Schiff verlassen und laufen über den breiten Pier aus Beton in Richtung Stadt. Rechts und links von uns steht brackiges Hafenwasser. Kein Vergleich zu der malerischen Lagune ein paar Kilometer weiter.

»Von wegen, wir laufen kaum«, beschwert sich Kai.

»Hab Geduld.«

»Nach über zwei Monaten, die wir uns mittlerweile eine Kabine teilen, solltest du wissen, dass ich keine Ahnung habe, was Geduld ist«, scherzt er.

»Mein Fehler. Ich hätte es ahnen müssen, so oft, wie du gegen die Badtür hämmerst und mich beim Duschen hetzt.«

»Das hat nichts mit Ungeduld zu tun. Du brauchst ewig dafür, und das nervt, wenn ich auf Klo muss. Welcher Mensch steht bitte eine halbe Stunde unter dem Wasserstrahl? Ich will gar nicht wissen, was du dort so lange machst.«

Die Wärme auf meiner Haut genießen und nachdenken, was ich unter der Dusche am besten kann. Aber das gebe ich vor Kai sicher nicht zu.

Ich grinse. »Nein, willst du nicht.«

Vom Hafengelände aus gelangen wir auf die Hauptstraße, auf der ich an einer Ecke den Scooterverleih gesehen habe. Kleine Läden und Stände reihen sich am Bürgersteig aneinander. An einem gibt es weiße Blüten zu kaufen, die einen süßen Duft verströmen. Die Tiaré, Nationalpflanze der Insel. Ein paar Meter weiter brät ein Händler Fleisch und Gemüse. Dahinter erkenne ich den Verleih.

»Wir sind gleich da«, sage ich zu Kai.

»Verrätst du mir endlich, wohin wir gehen?« Er reckt den Hals, um zwischen den Ständen hindurchzuspähen. »Eine Bar kann ich nicht erkennen, dort an der Ecke ist nur ein ...« Kai bleibt ruckartig stehen, seine Gesichtsfarbe gleicht mit einem Mal der Tiaré-Blüte. Eine ältere Dame prallt fast in ihn hinein und grummelt etwas auf Französisch.

»Was ist los?«, frage ich.

»Du willst einen Scooter leihen?«

»Damit sind wir mobil und können die Insel erkunden, müssen aber nicht laufen.«

»Nein«, sagt Kai.

Ich runzele die Stirn. Sonst ist mein Mitbewohner für Action genauso zu haben wie ich, daher bin ich davon ausgegangen, er fände meine Idee großartig. »Warum nicht?«

»Akzeptier es einfach!« Er wird laut, wirkt aufgewühlt. Ruhelos tritt er auf der Stelle, sein Blick zuckt umher. Als wollte er am liebsten flüchten.

Auf der Straße rauschen Autos an uns vorbei. Vor dem Verleih setzt sich einer der Scooter in Bewegung. Sobald der Fahrer Gas gibt, dröhnt das Röhren des Motors laut in meinen Ohren. Direkt neben Kai brettert er vom Bürgersteig.

Kai schreit auf, springt panisch zur Seite, hält sich den Arm, als ...

Er hält sich den Arm, kapiere ich. *Die Prothese.*

Ich eile zu ihm und greife nach seinen Schultern, um ihn zu beruhigen. Er atmet zu schnell, zittert unkontrolliert.

»Alles ist gut«, rede ich in ruhigem Tonfall auf ihn ein. »Du bist in Sicherheit.«

»Ich ... ich ...«

Die Straße ist laut und hektisch, Menschen hasten um uns herum, erledigen ihre Besorgungen und werfen uns skeptische Blicke zu. Ich sehe mich um, suche nach einer Möglichkeit, dem Trubel zu entfliehen und die Situation für Kai erträglicher zu machen. Eine schmale Seitengasse zwischen zwei Läden führt in Richtung Hafen.

Entschlossen ziehe ich Kai in die Gasse. Sie stinkt und ist verdreckt, schluckt aber den Stadtlärm. Mit eiligen Schritten führe ich Kai hindurch, bis wir auf der anderen Seite an einem kleinen Jachthafen herauskommen.

Hier sind nur vereinzelte Spaziergänger unterwegs. In der Ferne erklingt eine Schiffshupe, Hochseevögel kreisen über dem Hafenbecken auf der Suche nach Nahrung.

»Komm, wir setzen uns kurz«, sage ich und deute auf die Hafenmauer. Kai bleibt still, aber er folgt mir und lässt sich neben mir auf der Mauer nieder. Unsere Beine baumeln über der Kante, ein paar Meter über dem Wasser.

Eine Weile schweigen wir. Motorengeräusche erfüllen die Luft, als ein Fischerboot in den Hafen einfährt. Vom Steg aus werden Anweisungen erteilt, das Boot festgemacht und der erfolgreiche Fang abgeladen. Ich beobachte das Treiben und habe keine Ahnung, was ich sagen soll. Ich möchte die Situation für Kai nicht unangenehmer machen, aber es kommt mir falsch vor, totzuschweigen, was passiert ist.

»Es tut mir leid«, sage ich daher. »Das war eine dumme Idee von mir.«

»Du konntest es nicht wissen.« Kais Stimme klingt kraftlos, aber wieder ruhiger. Er zieht die Knie auf die Mauer, vergräbt den Kopf dazwischen. »Ich fühle mich so bescheuert, weil ich komplett ausgerastet bin.«

Als wir beim letzten Mal über Kais verlorenen Arm gesprochen haben, hat er abgeblockt, gesagt, er brauche Zeit. Soll ich das Thema fallen lassen und vorschlagen, zum Schiff zurückzukehren? Aber was, wenn er nach der Panikattacke jemanden zum Reden braucht? Ich möchte ihm zumindest die Chance geben, sich mir anzuvertrauen, falls er das Bedürfnis danach hat. »Es war nicht ohne Grund, oder?«

»Nein, ich …« Er hebt den Kopf, fixiert den Horizont und reibt fast gedankenverloren über die Finger seiner Prothese. »Ich habe meinen Arm vor zwei Jahren bei einem Motorradunfall verloren. Seitdem bekomme ich Panik, wenn ich daran denke, mich wieder auf eine Maschine zu setzen. Egal welche Art davon. An den Unfall selbst kann ich mich kaum erinnern, aber bestimmte Geräusche rufen Flashbacks hervor. So war es auch gerade eben.«

»Das ist scheiße«, sage ich.

»Ja. Seit dem Unfall behandeln mich meine Eltern wie ein rohes Ei und lassen mich kaum aus dem Haus. Ich bin erwachsen, könnte machen, was ich will, aber ich habe mich an ihre Bitten gehalten. Aus schlechtem Gewissen, weil ich ihnen nicht nur großen Kummer bereitet habe, sondern sie alle möglichen Strapazen auf sich genommen haben, um mir die besten Ärzte und die modernste Prothese zu ermöglichen.« Er lässt von seinem Arm ab, schüttelt den Kopf. »Ich bin ihnen dankbar, aber ich kann das nicht mehr. Immer nur auf den Unfall reduziert zu werden, auf meine Verletzung. Es ist passiert, und ich kann es nicht ändern. Ich muss damit leben. Deshalb bin ich hergekommen. Zu Hause kennen alle nur den alten Kai. Den draufgängerischen Star der Rudermannschaft, der ich nie wieder sein kann. Ich habe bei dem Unfall so viel mehr verloren als meinen Arm. Die meisten Freunde, meine Träume, Unbeschwertheit und eine Menge Zeit. Ich kann nicht zulassen, dass ich noch mehr verliere, will endlich wieder leben und es genießen.«

Ein Fischernetz scheint sich um meine Brust geschlungen zu haben. Es drückt mir die Luft ab, hält mich gefangen wie die Netze der zurückgekehrten Fischer die Thunfische. Was Kai durchgemacht hat, ist unvorstellbar.

»Hat es geholfen?«, frage ich und schüttele das imaginäre Netz ab. Ich glaube nicht, dass es ihm hilft, mein Mitleid für ihn zu spüren. »Herzukommen?«

Er dreht den Kopf, sieht mich direkt an. Ernst, aber auch voller Dankbarkeit. »Ja. Auf der *Sapient Sailor* habe ich so viel Spaß wie noch nie in meinem Leben. Ich bin umgeben von Freunden, die mich nicht ständig fragen, ob ich dieses oder jenes überhaupt machen kann oder mich wegen meiner Behinderung gar nicht erst zu Unternehmungen mitnehmen. Die mir nicht die alltäglichsten Dinge abnehmen, weil sie mir nicht mal die zutrauen. Für die es irrelevant ist, ob ich eine Prothese trage oder nicht. Die mich nicht darauf reduzieren. Ich fühle mich endlich wieder … keine Ahnung, wie ich selbst, schätze ich. Ein bisschen wie der alte Kai. Unbeschwert und lebensfroh.«

Mir kam es nicht einmal in den Sinn, ihn anders zu behandeln. Ich bin froh, ihm damit genau das gegeben zu haben, was er braucht.

»Dann ist es die richtige Entscheidung gewesen und den Stress mit deinen Eltern wohl wert«, scherze ich.

»Definitiv, die Auszeit habe ich gebraucht. Übrigens habe ich nach deinem Einlauf noch mal mit ihnen geredet.«

»Das war ein nett gemeinter Rat, kein Einlauf.«

Er lacht leise. »Na gut, dann eben nach deinem Rat. Sie sind natürlich nicht begeistert, aber sie verstehen mich. In den letzten Jahren waren sie einengend und überbehütend, doch der Abstand hat sie erkennen lassen, wie sehr ihr Verhalten unserer Beziehung und mir geschadet hat. Wenn ich zurück bin, werde ich mir eine eigene Wohnung suchen, denke ich. Auszuziehen und mein Leben wieder selbstbestimmt in die Hand zu nehmen, wird mir guttun.«

»Falls du Hilfe beim Umzug brauchst, sag Bescheid. Aus Hamburg fährt ein Direkt-ICE nach Kiel.«

»Das würde mich freuen. Wir sind Mitbewohner, aber ich würde es schön finden, wenn wir, sobald wir zurück in Deutschland sind, weiterhin miteinander befreundet wären.«

Ich stupse ihn mit der Schulter an. »So schnell wirst du mich nicht mehr los. Wie oft findet man jemanden, der genauso tickt wie man selbst?«

»Selten«, sagt er grinsend, bevor er wieder ernst wird. »Danke, dass du mich nie wie ein rohes Ei behandelst.«

Unser Gespräch fühlt sich bedeutend an, verändernd. Bisher ging es darum, Spaß und eine tolle Zeit zu haben. Jetzt kommunizieren wir auf einer tieferen, ernsthaften Ebene.

»Das ist das beste Kompliment, das ich je bekommen habe«, sage ich aufrichtig und lächele. Kai erwidert es. »Im Ernst, dafür brauchst du dich nicht zu bedanken.«

»Tut mir leid, dass ich deinen Ausflug ruiniert habe.«

Ich winke ab. »Braucht es nicht. Und keine Sorge, in Zukunft halten wir uns von Höllengefährten fern.«

»Danke.« Kai stemmt sich von der Hafenmauer hoch. »Wollen wir eine Runde am Hafen entlangspazieren? Mein Muskelkater ist doch nicht so schlimm, und ich habe Lust auf ein Eis. Außerdem will ich immer noch die tahitischen Ladys ausfindig machen, nur damit das klar ist.«

Ich lache auf. Da ist er wieder, der alte Kai.

»Oder hast du dafür zu sehr Henriette im Kopf?« Er zwinkert mir zu und beweist mir damit endgültig, dass es ihm besser geht.

»Spiel nicht mit dem Feuer, ich warne dich.« Dass er damit ins Schwarze getroffen hat und die tahitischen Frauen mich nicht weniger interessieren könnten, weil ich in Gedanken ständig bei roten Haaren und blaugrünen Augen bin, braucht er nicht zu wissen.

»Oh, das überlasse ich schön dir.«

Wir kabbeln uns weiter, suchen uns am Hafen einen Stand, der Eis verkauft. Ich entscheide mich für Himbeersorbet, Kai für Limette. Außerdem teilen wir uns eine Portion der typischen tahitischen Nachspeise Po'e, eine Art kalter Pudding aus gestampften Bananen, Kokosmilch, Tapiokastärke und Zucker.

Mehr über Kai zu erfahren, hat uns zusammengeschweißt. Vielleicht schaffe ich es irgendwann, meine Vergangenheit ebenfalls mit ihm zu teilen.

Aber nicht heute.

Heute vertreiben wir die Vergangenheit mit zu süßer Eiscreme, schwüler Luft und Kais flirtendenden Blicken in Richtung einer Gruppe junger Frauen. Wir genießen das Leben. Denn Kais Geschichte hat mir bewusst gemacht, wie wertvoll es ist.

Kapitel 29

Henriette

Am Sonntag treffen wir uns am frühen Morgen vor dem Hafengelände. Vicky hat einen Pick-up gemietet, auf dessen Ladefläche sie gemeinsam mit Paula die geliehenen Surfboards geschnallt hat. Sie und Abi begrüßen sich fast schon schüchtern, bevor wir uns höflich einander vorstellen.

»Ist es okay, wenn ich vorne sitze?«, fragt Abi. »Mir wird beim Autofahren hinten immer schlecht.«

Keiner hat etwas dagegen. Da Vicky fährt, bleibt die Rückbank für Lukas, Paula und mich. Ich bin die schmalste von uns und habe die kürzesten Beine, daher setze ich mich in die Mitte. Dass der unkomfortabelste Platz meistens mir zufällt, bin ich schon gewohnt. Blöd ist nur, dass die Rückbank des Mietautos derart eng ist, dass wir zusammengequetscht werden. Paula tippt auf ihrem Handy, aber meins habe ich in den Rucksack gesteckt, der sich leider auf der Ladefläche befindet.

Es gibt nichts, was mich von all den Stellen ablenken könnte, an denen Lukas und ich uns berühren. Unsere Hüften, Oberschenkel, Schultern und Arme. Es fehlt praktisch nicht mehr viel, und ich sitze auf seinem Schoß. Mein Kopfkino springt an, malt sich aus, wie es sich wohl anfühlen würde. Wie er die Arme um meinen Bauch schlingt, mich fester auf seinen Schritt presst. Wie er mir ins Ohr flüstert, was er gerne mit mir anstellen würde. Mir ist heiß und noch dazu klar, dass diese Gedanken vollkommen unangebracht sind.

Ich schaffe es, sie so lange zu vertreiben, bis wir in der nächsten Kurve noch enger zusammengepresst werden. Wie soll ich die vierzigminütige Fahrt von Papeete nach Taharu'u Beach überstehen, ohne in Flammen aufzugehen?

Ich spähe an Lukas vorbei aus dem Fenster, versuche mich mit den türkisfarbenen Lagunen und den Ortschaften, die wir passieren, abzulenken.

Lukas reibt seinen Oberschenkel an meinem. Ein Prickeln rast durch mich hindurch. War es Absicht oder ein Versehen? Das Meer vor dem Fenster wird uninteressant, ich kann nur noch daran denken, dass ich mir wünsche, er würde die Bewegung wiederholen. Ohne die Neoprenanzüge zwischen uns. Er soll sein Bein um mich schlingen, mich mit seinem Körper festkeilen und umschließen wie ein Schutzschild.

Wieder bewegt er sich, und ich bin mir nun sicher, es ist Absicht. Mein Atem geht schneller, meine Finger zucken, weil ich sie mit aller Macht davon abhalte, über Lukas' Knie zu streichen. Ich hebe den Blick, sehe ihn an. Dunkelheit steht in seinen Augen. Verheißungsvoll. Verlockend. *Falsch.*

Die Herausforderung, will ich ihn erinnern. Aber nicht hier im Auto mit unseren Freunden um uns herum.

Vicky und Abi sind in ein Gespräch über Serien vertieft. Im Hintergrund läuft ein französischer Radiosender, der einen schrecklichen Song mit schnellen Klängen und einer hohen Frauenstimme spielt.

Ich bete, dass wir bald aus diesem Auto herauskommen. Diese ununterbrochene Nähe zu Lukas tut meiner Selbstbeherrschung nicht gut. Sie sorgt dafür, dass ich die Sinnhaftigkeit unserer Abmachung infrage stelle. Warum sie nicht brechen? Warum diesem Drängen nicht nachgeben? Schauen, wohin es führt?

Weil er nicht nach einer ernsten Beziehung sucht. Wieso sollte ausgerechnet ich die Ausnahme sein?

Am Taharu'u Beach angekommen, würde ich am liebsten aus dem Auto springen. Durch den Mittelplatz ist das unmöglich. Paula hat es nicht eilig, den klimatisierten Innenraum zu verlassen und in die Hitze zu gelangen. Sie sortiert sich, beantwortet ein paar weitere Nachrichten, während ich verbrenne. An jeder Stelle, die Lukas berührt. So fühlt es sich zumindest an, je tiefer ich mich hineinsteigere.

Lukas öffnet endlich die Tür, ein Schwall warmer Luft schlägt mir entgegen. Er steigt aus, reicht mir die Hand, sobald er sieht, wie umständlich ich über den Sitz klettere. Erst zögere ich, dann ergreife ich sie und lasse mir von ihm helfen.

Ich sehe mich um. Der Strand erstreckt sich in einem weiten Bogen, gesäumt von Palmen und exotischen Pflanzen. Der Sand hat einen dunklen, fast schwarzen Farbton, ein Überbleibsel der vulkanischen Herkunft der Insel. In einem endlosen Rhythmus rollt das türkisblaue Wasser an die Küste. Die Wellen am Taharu'u Beach sind ideal für Surfer aller Könnensstufen, wie uns Vicky erklärt.

Es ist noch früh am Morgen, der Strand kaum besucht. Auf den Wellen erkenne ich ein paar Surfer. Eine Joggerin läuft an uns vorbei, umrundet das verlassene Beachvolleyballfeld. Auf den nahe gelegenen Ständen, die mit frischen tropischen Früchten werben, liegen noch keine Waren.

Es ist wunderschön hier, und ich kann es kaum erwarten, dass Vicky mit ihrer Lektion beginnt.

Unsere Wertsachen schließen wir im Auto ein, die Handtücher und Taschen mit Snacks sowie Trinkflaschen legen wir am Rand des Strandes in einem dichten, Schatten spendenden Palmenhain ab.

Vicky stellt sich vor uns, stützt die Hände in die Hüften. Diese Pose kenne ich von den Segelschichten an ihr, sie scheint sie immer dann einzunehmen, wenn sie in ihren Unterrichtsmodus schaltet.

»Lasst uns anfangen. Zuerst erzähle ich euch ein bisschen was über Strömungen, Wellen und Sicherheit.« Sie erklärt uns, wie wir Gefahren erkennen, und ermahnt uns, kein Risiko einzugehen. »Kommen wir zu den Grundlagen des Surfens. Legt bitte eure Surfboards vor euch in den Sand.«

Das schmale, nach oben hin spitz zulaufende Brett fühlt sich glatt an. Ich lege es vor mir ab.

»Wir beginnen mit der Paddeltechnik«, sagt Vicky. »Legt euch auf euer Brett, mit dem Bauch nach unten und den Füßen im Sand. Eure Hände sollten etwa schulterbreit auseinander sein. Beginnt langsam zu paddeln.«

Es ist ein bisschen albern, die Bewegungen im Sand statt dem Wasser auszuführen. Dennoch konzentriere ich mich und lasse mich von Vicky korrigieren.

»Das Paddeln ist wichtig, um zur richtigen Stelle zu gelangen und die Welle zu erwischen. Als Nächstes üben wir das Aufstehen, ich mache es vor.« Vicky legt sich flach auf ihr Surfbrett, paddelt ein paarmal und springt dann mit einer fließenden Bewegung in die Hocke, ihre Füße fest auf dem Brett platziert, die Knie leicht gebeugt. »Versucht es selbst. Es ist eine schnelle, aber kontrollierte Bewegung. Zuerst in die Hocke, dann langsam aufstehen. Denkt daran, eure Knie leicht gebeugt zu halten und das Gleichgewicht zu finden.«

Lukas versucht es, kommt ins Straucheln, fällt beinahe in den Sand. Ich muss ein Kichern unterdrücken, während er wild mit den Armen rudert. Meine ersten Versuche scheitern ebenso kläglich. Es dauert, bis wir es alle schaffen, uns auf den Brettern zu stabilisieren.

Vicky korrigiert fleißig, gibt uns mit unerschütterlicher Geduld Tipps und spart nicht an Lob. »Perfekt. Probieren wir es im flachen Wasser.« Sie grinst, wirkt euphorisch und aufgeregt, als könnte sie es gar nicht erwarten, in die Wellen zu kommen. Ich schnappe mir mein Board und folge ihr durch den warmen Sand.

Unsere am Strand geübten Bewegungen führen wir nun im flachen Wasser aus, wo wir stehen können. Die Kühle ist erfrischend angesichts der warmen Luft. Ein paarmal rutsche ich vom nassen Brett, tauche unter und schlucke sogar einmal Salzwasser. Doch je länger ich übe, desto sicherer werde ich. Lukas, Abi und Paula geht es genauso. Vicky springt derweil aufgeregt umher, applaudiert und feuert uns an.

»Achte auf deine Fußposition, Lukas«, ruft sie. »Mehr Körperspannung, Henriette. Und Abi, halte die Arme ausgestreckt, um das Gleichgewicht zu finden. Ja, genau so!«

Abis Augen leuchten vor Freude, während sie ans Ufer gespült wird.

»Genug geübt. Ich würde sagen, wir probieren es einfach mal aus. Hier sind die Wellen und die Strömung nicht so stark. Euch kann nichts passieren, außer ein bisschen gewaschen zu werden.« Vicky streicht sich eine blonde Strähne hinters Ohr und grinst.

Die ganze Zeit habe ich mich auf das Surfen gefreut, jetzt bekommt meine Euphorie einen Dämpfer. Die Übungen waren okay, aber der Gedanke, tiefer in den Ozean zu paddeln, mich in die hohen Wellen zu stürzen, ist auf einmal total beängstigend. Andererseits ... Vicky hat recht, was soll schon passieren? Ich kann schwimmen.

Wir paddeln gemeinsam hinaus. Vorbei an den brechenden Wellen bis zum Sweet Spot – dem Punkt, an dem sie beginnen, ihre Form zu verändern.

Vicky liegt auf ihrem Brett, fixiert mit den Augen aufmerksam die herannahenden Wellen. Sie wählt eine aus, die nicht zu groß ist, aber dennoch kraftvoll genug, sie zu tragen. Sie beginnt zu paddeln, zieht sich mit den Armen durchs Wasser. Die Welle erfasst sie. Mit einer fließenden Bewegung springt sie auf die Füße und findet ihr Gleichgewicht. Wir jubeln und feuern sie an. Vicky reitet auf der Welle, ihre Knie sind leicht gebeugt, sie balanciert sich mit den Armen aus. Bei ihr sieht es einfach aus, sie scheint vollends in ihrem Element zu sein.

Abi ist die Nächste, fällt aber ins Wasser, bevor sie steht. Lukas ergeht es ähnlich. Dann bin ich an der Reihe. Das Herz schlägt mir bis zum Hals, nicht vor Angst, sondern vor Aufregung. Ich wähle eine Welle aus und paddele los. Wasser spritzt um mich herum auf. Je näher ich komme, desto größer wird die Welle. Verdammt, von Weitem sah sie kleiner aus. Aber egal, jetzt ziehe ich es durch. Wie Vicky es uns gezeigt hat und wir es geübt haben, stehe ich auf meinem Brett auf und schaffe es, das Gleichgewicht zu halten. Ich gleite über das Wasser, fühle mich wie die Königin der Insel. Die Geschwindigkeit erfüllt mich mit Adrenalin, Wind rauscht durch meine nassen Haare. Ich jubele laut, und Vicky, Abi, Paula und Lukas erwidern es.

Ich werde übermütig, stoße euphorisch die Faust in die Luft. Im nächsten Augenblick verliere ich das Gleichgewicht, falle vom Brett und platsche ins Meer. Ich spüre einen sanften Ruck an meinem Fußknöchel, da, wo mein Bord mit der Leash befestigt ist. Prustend tauche ich auf, schmecke Salz auf den Lippen und kehre mit kräftigen Schwimmzügen zu meinen Freunden zurück.

»Das war super«, lobt mich Vicky.

Ich grinse breit, habe jetzt Blut geleckt. Eine Weile lang stürzen wir uns abwechselnd in die Fluten, und ich verliere dabei jedes Zeitgefühl. Das Rauschen der Wellen ist ein steter Begleiter, genauso wie das Adrenalin, das in meinen Adern prickelt. Ich schaffe es ein weiteres Mal, erfolgreich eine Welle zu stehen. Die anderen Male verliere ich früh das Gleichgewicht und falle ins Wasser. Irgendwann atme ich schwer, fühle mich ausgelaugt.

»Ich brauche eine Pause. Macht ihr noch weiter?«, frage ich. Die Sonne steht mittlerweile hoch am Himmel und brennt heiß auf meinen Kopf herab. Durch die kühle Wassertemperatur ist die Hitze aushaltbar.

»Pause klingt gut«, sagt Lukas.

Vicky, Abi und Paula bleiben noch. Bisher hat meine Mitbewohnerin keine Welle gestanden, ist aber fest entschlossen, dieses Ziel vor unserer Abfahrt zu erreichen.

Lukas und ich paddeln nebeneinander durch das Wasser. Sobald ich wieder stehen kann, richte ich mich auf und löse die Leash von meinem Fußknöchel. Der weiche Sand brennt heiß an meinen Sohlen, und wir rennen quiekend das Stück bis zu unseren Taschen. Dort lehne ich mein Bord hochkant an eine Palme.

»Das hat echt Spaß gemacht«, sagt Lukas und nimmt einen großen Schluck aus seiner Wasserflasche. Vom mittlerweile gut besuchten Beachvolleyballfeld dringt das Schlagen des Balls zu uns herüber.

Ich wringe meine Haare aus und sinke erschöpft auf das Handtuch, froh über den Schatten der Palmblätter. »Ja, total. Je mehr man übt, desto besser wird man.«

»Mutierst du etwa zu Vicky 2.0 und stehst um fünf Uhr auf, um dich vor den Vorlesungen in die Fluten zu stürzen?«

Ich lache auf. »Ganz bestimmt nicht. Vielleicht gehe ich während des Semesters noch ein paarmal surfen, aber jede Woche muss ich es nicht haben.«

Ich vergrabe meine rot lackierten Fußzehen im Sand, spüre, wie er weiter unten kühler wird. »Sobald man nicht mehr im Meer ist, ist es unerträglich heiß.«

Wasser trifft mich an der Seite meines Kopfes, läuft mir über den Hals und in den Kragen des Neoprenanzugs. Ich schrecke zusammen. Lukas lacht, er hält seine Wasserflasche verdächtig schräg. Wieder holt er aus, und ein Schwall trifft mich mitten ins Gesicht.

Ich pruste verärgert. »Na warte!«

Aus meinem Rucksack krame ich meine eigene Flasche heraus. Sobald Lukas realisiert, was ich vorhabe, lehnt er sich über sein Handtuch, greift nach meinem Arm und hält mich fest. Ich erstarre. Sein Gesicht schwebt jetzt dicht vor meinem, sein Oberkörper berührt mich an der Schulter. Die Nähe zu ihm bringt meinen Puls zum Rasen. Wassertropfen hängen in seinen Haaren, ich kann jeden hellbraunen Sprenkel seiner Iriden erkennen.

»Verschwendest du gerade wertvolles Trinkwasser?«

»Du hast angefangen«, erwidere ich und klinge atemlos. *Verdammt.* Warum hat er diese Wirkung auf mich? Warum kann ich nicht einfach cool bleiben? Ihm einen flirtenden Spruch entgegenwerfen, der uns zum Lachen bringt? Annelie wüsste einen, doch egal wie stark ich mich darauf zu konzentrieren versuche, wie sie in meiner Situation handeln würde, meine Gedanken sind von Lukas erfüllt.

Seine Fingerspitzen streichen über mein Handgelenk, wandern zu meinen Adern, deren heftiges Flattern mich verrät. Die Sehnsucht nach Lukas' Berührungen schwelt schon viel zu lange in mir. Immer gegen sie anzukämpfen, ihr stets zu widerstehen, ist anstrengend. Ein Teil von mir will sich wegdrehen, seinem starken Körper entfliehen, weil es vernünftig ist. Aber ein wesentlich größerer Teil wünscht sich, die restlichen Zentimeter zwischen uns zu überwinden und endlich herauszufinden, wie seine Lippen schmecken.

»Weil du eine Abkühlung gebrauchen konntest«, raunt er. »Bei diesem Neoprenanzug kein Wunder. Weißt du eigentlich, wie heiß du darin aussiehst?«

»Lukas«, stoße ich aus, bin gleichermaßen schockiert darüber, dass er es trotz unserer Abmachung wagt, diese Worte laut auszusprechen, wie erregt. Mein Unterleib zieht sich zusammen, kribbelt erwartungsvoll.

Lukas blinzelt. »Sorry, das war …«

»Ich fordere dich heraus«, sage ich hastig, bevor er Anstalten machen kann, mich loszulassen. Seine Worte vom Bugsprietnetz ergeben endlich Sinn. Ich will nicht, dass er sich entfernt. Will seinen Körper stattdessen näher an meinem spüren. Sein Atem kitzelt meinen Hals, seine Finger streicheln immer wieder über mein Handgelenk. Ich will mehr davon. »Nicht an die Herausforderung zu denken. Nur dieses eine Mal.«

Er zögert keine Sekunde, lässt die Flasche in den Sand fallen und vergräbt seine Hand in meinen Haaren. Zieht meinen Kopf zu sich heran, bestimmt und dominant. Ich halte die Luft an, in Erwartung, seine Lippen auf meinen zu spüren. Stattdessen hält Lukas dicht vor meinem Mund inne, sieht mir tief in die Augen. Seine sind warm, aufmerksam, und trotzdem bin ich mir sicher, mich in ihnen verlieren zu können wie in einem Strudel, wenn ich nicht aufpasse.

Aber gerade ist das alles, was ich will. Nicht mehr nachdenken. Sondern mich von Lukas begehrt fühlen. Mich im Augenblick, in ihm verlieren.

»Bist du sicher?«, fragt er leise.

Meine Ungeduld wächst, und ich mache zur Antwort etwas für mich Untypisches. Ich übernehme die Führung, hole mir, worauf ich keine Sekunde länger warten kann.

Ich schlinge die Arme um Lukas' Hals, ziehe ihn an mich und küsse ihn. Unsere Lippen treffen mit der Intensität eines Tropenzyklons aufeinander. Ich habe nie einen in Echt erlebt, aber genau so stelle ich ihn mir vor. Heiße Luft, darauf drängend, zu zerstören, mit einer ungeheuren Macht, die nur selten hervorbricht. Alle paar Jahre ist ein Zyklon stark genug, ganze Inseln in Schutt zu legen. Auf diesen habe ich sechs Jahre lang gewartet.

Lukas lässt mein Handgelenk los, wandert mit den Fingern daran hinauf, bis zu meinem Rücken. Streicht darüber, immer wieder rauf und runter, als müsste er sich versichern, dass ich real bin. Ich erschauere, höre nicht mehr damit auf, obwohl ich mich doch eigentlich daran gewöhnen sollte.

Vielleicht kann ich mich hieran niemals gewöhnen.

An unseren nassen Neoprenanzügen klebt Sand, das Handtuch ist zu einem unangenehmen Knäuel unter meinen Oberschenkeln geworden. Beides ist mir vollkommen egal. Ich habe das Gefühl, innerlich zu verbrennen, und der kühle Neoprenanzug sorgt immerhin für etwas Linderung.

Lukas' Zunge drängt ungeduldig gegen meine Lippen. Verzehrt sich nach dem, was ihr so lange verwehrt wurde. Ich öffne den Mund, lasse ihn all die verlorene Zeit aufholen.

Die Flammen in mir schlagen höher, Feuchtigkeit sammelt sich zwischen meinen Beinen. Ich wusste nicht, wie intensiv es sich anfühlen würde, die Abmachung über Bord zu werfen. Wie süchtig machend. Aufzuhören erscheint mir undenkbar.

Lukas' Finger krallen sich in meine Haare, suchen darin Halt, während er mit Hingabe meinen Mund erkundet. Eine überfordernde Schwerelosigkeit breitet sich in meinem Magen aus, und ich verstehe die Verzweiflung, mit der er sich an mich drängt. Mit der er mir signalisiert, dass er mehr braucht. Ein endlos hungriger Tropensturm, der meinen Verstand mit sich gerissen hat.

Ich hake die Finger unter seinen Kragen, ziehe daran, auf der Suche nach diesem verdammten Reißverschluss, der mir verwehrt, ihm näher zu sein. So oft habe ich während der Vorlesungen das Spiel seiner Schultermuskeln beobachtet, ich will es endlich spüren, es erst mit den Händen erkunden, dann mit meinen Lippen. Unterbewusst beginne ich, mich an ihm zu reiben und ...

Ein lauter Pfiff ertönt vom Beachvolleyballfeld. Wir sind an einem öffentlichen Strand, wird mir bewusst.

Abrupt löse ich mich von Lukas. Der Zyklon verschwindet aus meinem Kopf, sodass ich wieder klar denken kann. In meinem Herzen bleibt er, hat eine Verwüstung hinterlassen, von der ich keine Ahnung habe, wie ich sie wiederaufbauen soll. Ob es mir jemals gelingen wird, nachdem ich weiß, wie es ist, Lukas zu küssen. Ich bin atemlos, mein Puls rast. Dieser Kuss war unvorsichtig, roh und wild – aber das bin doch nicht ich?!

Was ist nur in mich gefahren? Warum habe ich ihn herausgefordert? Und warum wird dieses verdammte Pochen zwischen meinen Beinen nicht endlich schwächer?

Das hier ist Lukas. Mein ehemals bester Freund. Der Mann, der keine ernsten Beziehungen eingeht. Und – viel wichtiger – mein Forschungspartner für die nächsten Monate.

Lukas blinzelt mich an und öffnet die Lippen, um etwas zu sagen. Was auch immer es ist, ich will es nicht hören, ich muss erst dieses Chaos in mir ordnen. Ich springe auf, schnappe mir mein Bord und laufe über den Strand zum Meer.

Ich habe mir vorgenommen, mutiger zu sein, aber mir ist bewusst, ich laufe davon. Vor all den Empfindungen, die der Kuss in mir ausgelöst hat. Vor allem, was ich durch ihn erkannt habe. Vor dieser bescheuerten Abmachung, die von vornherein zum Scheitern verurteilt gewesen ist.

Später auf der Rückfahrt schweige ich, fühle mich wie taub. Meine Muskeln schmerzen vom Surfen, meine gesamte Energie konzentriert sich auf das Gedankenchaos in meinem Kopf. Dieser Kuss war unglaublich. Ich würde ihn am liebsten wiederholen und mich erneut in Lukas verlieren, nur nicht an einem öffentlichen Strand, sondern diesmal ohne Unterbrechung.

Und das ist ein Problem.

Was, wenn er das Interesse an mir verliert? Kann ich weitermachen wie bisher, sollte er mich fallen lassen? Wird es unsere Zusammenarbeit ruinieren und sich negativ auf unsere Noten auswirken? Die Uni hat Priorität, ich habe zu hart für diese Chance gekämpft und er auch.

Müsste es denn zwangsläufig so sein? Oder könnte ich es einfach genießen? Ohne Regeln, ohne Verpflichtungen?

Aber das ist nicht, was ich will. Ich will mehr, etwas Ernstes, Echtes. Und Lukas nicht. Oder?

Kapitel 30

Lukas

In den nächsten Tagen sprechen wir nicht über den Kuss. Ich würde gerne, doch Henriette und ich sind kaum allein, sondern die meiste Zeit umgeben von Kommilitonen oder unter Wasser, wo sich ein Gespräch bekanntlich schlecht führen lässt. Und wenn ich dann doch mal einen seltenen Moment zu zweit erwische, flüchtet Henriette, sobald ich Anstalten mache, das Thema auf den Tisch zu bringen.

Am letzten Tag auf Tahiti reicht es mir. So geht es nicht weiter. Unser Kuss hat meine Welt aus den Angeln gehoben und mich meine Prinzipien überdenken lassen. Wenn er für sie ein Fehler war, muss ich es wissen.

Wir kommen später als geplant auf die *Sapient Sailor* zurück, sind auf dem Rückweg vom Riff in eine vorübergehende Straßensperrung geraten. Unsere Halbgruppe hat vor dem Abendessen eine Putzschicht in der Bibliothek, daher eilen wir hintereinander von der Marina aus durch die Gänge zum Treppenhaus.

Ich lasse mich zurückfallen und halte Henriette am Arm auf. In diesem Durcheinander wird niemand bemerken, wenn wir ein paar Minuten später kommen. Ich habe nur nicht mit Abi und Kai gerechnet, die irritiert stehen bleiben. *Mist, das ist mir ja wirklich unauffällig gelungen.*

»Geht schon mal vor«, sage ich zu den beiden. »Ich muss mit Henriette reden. Wir kommen gleich nach.«

Kais Augen leuchten auf, ich sehe ihm an, dass er kurz davor ist, einen Pfiff auszustoßen und einen peinlichen Witz zu reißen. Dafür kenne ich ihn mittlerweile zu gut.

Mit einem strengen Blick übersende ich ihm eine Warnung. *Falscher Moment!*

Zum Glück versteht er sofort und wendet sich an Abi. »Dann musst du wohl die nächsten Minuten mit mir vorliebnehmen, mein Herzblatt.«

»Du bist so peinlich«, erwidert sie und verdreht die Augen.

»Ach was, du kannst mir nichts vormachen. Ganz so schrecklich, wie du immer vorgibst, findest du mich gar nicht.«

Die beiden setzen sich in Bewegung und gehen davon, sodass ich Abis Antwort nicht mehr hören kann.

»Was soll das, Lukas?«, fragt Henriette. »Wir haben Reinschiff-Dienst.«

»Du gehst mir seit dem Kuss aus dem Weg«, sage ich geradeheraus.

Sie streitet es nicht einmal ab, verschränkt nur die Arme vor der Brust.

»Warum?«, will ich wissen. »War er so schrecklich?«

»Er hätte nicht passieren dürfen. Ich war durch den Wind, wusste nicht ...«

»Oh nein, du wolltest diesen Kuss. Streite das jetzt nicht ab, nur weil du nicht ertragen kannst, dass wir ohne die Herausforderung schon längst miteinander im Bett gelandet wären.«

»Aber genau das ist es doch, Lukas! Ich will nicht einfach nur einen One-Night-Stand.« *Etwas, das du mir nicht geben kannst.* Sie lässt die Worte unausgesprochen, aber ich höre sie deutlich zwischen den Zeilen heraus.

Für mich stand jahrelang außer Frage, eine ernsthafte Beziehung anzufangen. Aber das hier ist Henriette. Sie hat meine Regeln schon immer mühelos eingerissen, alles auf den Kopf gestellt, ist wie ein Wirbelwind in mein Leben gerauscht.

Zum zweiten Mal.

Damals hätte ich nicht gedacht, sie jemals zu küssen, sie irgendwann so sehr begehren zu können. Aber seit Sonntag kann ich an nichts anderes mehr denken als an sie. Schon davor war es schwer, diese Anziehung zu ignorieren. Doch seit ich weiß, wie ihre Lippen schmecken, wie sich ihr Körper anfühlt, wenn sie sich an mir reibt, welche Geräusche sie macht, wenn ich sie berühre, bin ich verloren.

»Du bist nicht nur ein One-Night-Stand für mich.«

Henriette schnaubt. Ein kalter, schneidender Laut. »Als hättest du jemals ernsthaftes Interesse an einer Frau gehegt.«

Sie hat recht, das ist mir klar, dennoch fühle ich mich wie vor den Kopf gestoßen. Weil sie nicht einmal glaubt, ich könnte mich ändern. Oder Gefühle zulassen. Ich bin nicht gut genug für sie. Das Gesicht meines Vaters verschwimmt vor meinem inneren Auge mit meinem eigenen. Das Herz hämmert mir wild gegen die Rippen, scheint sie zertrümmern zu wollen, um dem Schmerz zu entkommen.

»Lass es uns versuchen. Lass uns schauen, wo es hinführt.«

Sie fährt sich durchs Haar, Zerrissenheit spiegelt sich im Meergrün ihrer Augen. »Das ist nicht, was ich mir wünsche. Ich möchte Gewissheit. Jemanden, der mich auf Händen trägt. Für den ich die ganze Welt bin. Vielleicht ist das zu romantisch, zu naiv, aber ich will mehr, Lukas. Und ich bin nicht bereit, unsere Zusammenarbeit als Team aufs Spiel zu setzen, um herauszufinden, ob du eventuell für eine Beziehung gemacht bist.«

Henriette atmet schwer, das Geräusch verschwindet im Rauschen meiner Ohren. Ich wünschte, es wäre anders. Ich wünschte, ich wäre mir sicher, was ich will.

Sie hat mehr verdient.

Und ich habe keine Ahnung, ob ich es ihr geben kann. Meine Regel existiert nicht umsonst. Sie zu verletzen, ist das Letzte, was ich will.

»Wir sollten zu den anderen gehen und ihnen beim Putzen helfen«, sage ich.

Sie wirkt enttäuscht, als hätte sie sich insgeheim eine andere Antwort von mir gewünscht.

Gewissheit. Ich habe keine Ahnung, wann ich die das letzte Mal hatte. Seit dem Tag, an dem ich meinen Vater im Auto mit dieser anderen Frau erwischt habe, kann ich mir über nichts mehr sicher sein.

Und ich schätze, Henriette weiß das genau. Dennoch kann ich sehen, wie ihre Schultern herabfallen, als das letzte bisschen Hoffnung verpufft.

Es ist besser so, rede ich mir ein. Doch der Schmerz in meiner Brust bleibt.

***

Auf dem Weg zur Bibliothek schweigen wir. Der Teppich schluckt unsere Schritte, wir begegnen keinen Kommilitonen, die sicher alle schon beim Abendessen sitzen.

Bereits von Weitem höre ich aufgebrachte Stimmen, die laut durcheinanderrufen. Einzelheiten kann ich nicht vernehmen, bekomme aber sofort ein ungutes Gefühl und eile schneller durch den Gang. Henriette folgt mir.

Wir biegen um die Ecke.

Unsere Kommilitonen stehen vor der geschlossenen Tür zur Bibliothek, einige versuchen sie unter Kraftanstrengung zu öffnen, andere hämmern dagegen und verlangen Einlass. Putzutensilien sind im Gang verteilt wie Stolperfallen in einem Parcours.

Ich entdecke Kai und laufe zu ihm, weiche dabei einem Eimer aus. »Was ist hier los?«

»Irgendwer hat die Tür verbarrikadiert, damit wir nicht putzen können und dadurch Punkte verlieren!« Er presst die Lippen zu einem schmalen Strich zusammen und schüttelt den Kopf. »Das ist doch total kindisch.«

»Du meinst, da drin ist jemand und macht nicht auf?«

»Wahrscheinlich ein Stuhl unter der Klinke oder so«, vermutet Abi.

»Sie wussten, dass wir ohnehin weniger Zeit haben würden, weil wir zu spät zurückgekommen sind. Die perfekte Gelegenheit, unsere Aufgabe noch ein bisschen mehr hinauszuzögern«, sagt Jonas.

»Irgendwann müssen sie herauskommen, das Abendessen beginnt bald.«

»Wer auch immer da rauskommt, wird die Hölle erleben«, verkündet Kai und wiederholt es in Richtung Tür noch einmal etwas lauter.

»Diese ganzen Sabotageversuche sind doch lächerlich. Wir sind hier, um etwas zu lernen und unsere Karrieren zu fördern, stattdessen verschwenden wir unsere Energie auf kindische Aktionen. Stehen wir drüber und lassen uns nicht ärgern. Unser Vergeltungsschlag«, Abi setzt das Wort mit den Fingern in Anführungszeichen, »beim letzten Mal hat ohnehin nicht funktioniert.«

Emily sieht schockiert aus. »Dann willst du aufgeben und den Preis beim Wettbewerb kampflos den anderen überlassen?«

»Nein, aber ich will ihn auf eine Weise gewinnen, die wir besser kontrollieren können. Nämlich mit Wissen. Auf die nächsten Wochenaufgaben bereiten wir uns vor, lernen alles über die Stationen, die wir noch anfahren, auswendig.«

»Weil wir ja nicht so schon genug zu tun haben«, beschwert sich ein Kommilitone, mit dem ich bisher kaum zu tun hatte.

Er lehnt an der Wand, die Arme vor der Brust verschränkt, als könnte ihn nichts und niemand beeindrucken.

»Habt ihr bessere Vorschläge?«, fragt Abi.

»Halten wir Wache, bis sie rauskommen, und verpassen ihnen eine Tracht Prügel«, ruft Kai.

Abi wirkt fassungslos. »Dein Ernst?«

»Verstehst du keinen Spaß mehr?«, grummelt er.

»Das war nicht lustig. Außerdem bin ich überzeugte Pazifistin, wie du weißt.«

»Ich unterbreche eure Streiterei nur ungern, aber woher wisst ihr, dass sie noch da drin sind?«, fragt Henriette. »Sicher, dass es keinen zweiten Ausgang aus der Bibliothek gibt? Alle öffentlichen Räume auf dem Schiff verfügen über Notausgänge. Zudem gibt es sogar extra Treppenhäuser und Gänge für das Personal, die noch aus der Zeit stammen, als die *Sapient Sailor* ein Kreuzfahrtschiff werden sollte.«

Gerade eben hat mein Herz wegen ihr geblutet. Jetzt wird mir wieder einmal bewusst, dass sie die intelligenteste Frau ist, die ich kenne. Mit ihrer ruhigen Art löst sie Konflikte, statt sie zu erschaffen. Selbst wenn ich das vorhin am eigenen Leib erfahren musste.

Nachdem kurz Stille geherrscht hat, setzen sich alle in Bewegung, suchen hinter den angrenzenden Türen neben der Bibliothek nach dem Notausgang.

»Hier«, ruft Jonas und winkt uns zu sich.

»Wer auch immer das war, hat sich große Mühe gegeben«, murmelt Kai frustriert.

Ich trete neben ihn. »Abi hat recht. Diese Sabotageversuche gehen mir gehörig auf den Nerv.«

Er zuckt nur mit den Achseln.

Wenig später erkennen wir, dass tatsächlich einer der Stühle unter die Klinke geschoben wurde und die Tür verbarrikadiert hat. Wir ziehen ihn beiseite und können endlich mit dem Reinschiff anfangen. Es bleibt uns nur noch eine Viertelstunde, bis die Zeit um ist und wir beim Abendessen sein müssen. Deshalb schnappe ich mir eine Kehrschaufel und lege gemeinsam mit meinen Kommilitonen los.

Erst das Gespräch mit Henriette, dann diese Aktion. So hatte ich mir den Ausgang von beidem nicht vorgestellt.

Kapitel 31

Henriette

Am Dienstag gehen Abi und ich zusammen zum Zumba. Emily setzt aus, sie ist gestern umgeknickt. Ihre Tollpatschigkeit ist liebenswert, wenn sie nicht gerade dafür sorgt, dass Emily auf dem Weg zur Bibliothek vor unseren Augen die Treppenstufen hinabstürzt. Eigentlich wollten wir dort an unseren Seminararbeiten schreiben, die wir während der Zeit auf See fertigstellen müssen. Obwohl alle Gruppen dasselbe Thema wie auf Nuku Hiva haben, hat uns Professorin Weber durch neue Methoden in andere Richtungen gelenkt. Abi und Kai haben wie Lukas und ich mit der DNA-Extraktion gearbeitet, sodass ein Großteil der Arbeit die praktische Tätigkeit umfasst. Emily und Jonas beschäftigen sich mit dem Thema »Invasive Arten und deren Auswirkungen im Küstengebiet«. Durch internationalen Handel oder Schiffe kommt es dazu, dass nicht heimische Arten wie Makroalgen oder Kieselalgen nach Tahiti eingeführt werden, die dort keine Fressfeinde haben und das marine Ökosystem durcheinanderbringen, indem sie einheimische Arten verdrängen oder die Riffe schädigen. An unsere Seminararbeiten war nach dem Unfall erst einmal nicht mehr zu denken, und wir haben Emily auf dem Weg zum

Arzt gestützt. Zum Glück hat sie sich nichts gebrochen, sondern ihren Knöchel nur verstaucht.

Seit dem Wochenende denke ich ständig über Lukas nach. Sein verletzter Blick, als ich ihm gesagt habe, dass ich Gewissheit möchte, hat sich in mein Gedächtnis eingebrannt. Aber es zu versuchen? Sehen, wohin es uns führt? Ich bin mir sicher, nicht dafür gemacht zu sein. Und ich kann nicht zulassen, dass er mir ein zweites Mal das Herz bricht. Diesmal auf eine neue, vielleicht sogar intensivere Weise. In den letzten sechs Jahren habe ich mich kaum vom ersten Mal erholt. Was, wenn es diesmal keine Heilung gäbe? Mein Herz für immer in Splittern liegen würde? Unfähig, je wieder jemanden zu finden, der in mir dieselben Gefühle auslöst wie Lukas.

»Du bist seit Tagen abgelenkt«, sagt Abi auf dem Weg zum Sportbereich. »Ist alles gut bei dir? Oder beschäftigt dich etwas?«

Ich überlege schon seit der Aussprache, Abi von meinen Gefühlen zu erzählen. Seit Lukas mich vor dem Reinschiff-Dienst zurückgehalten hat, scheint sie sowieso etwas zu ahnen. Außer dem fehlenden Mut, das Thema von mir selbst aus anzusprechen, hält mich nichts ab. Diese Hürde hat sie jedoch mit ihrer Frage überwunden, deshalb gebe ich mir einen Ruck.

»Tatsächlich gibt es da etwas, über das ich ständig nachdenken muss.« Ich zupfe an meinem Sporttop herum.

»Hat es zufällig etwas mit Lukas zu tun?«

Meine Wangen röten sich. »Woher weißt du das?«

»Ich habe Augen im Kopf. Erst habt ihr euch wochenlang förmlich mit Blicken ausgezogen, jetzt könnt ihr euch kaum ansehen. Was ist passiert?«

»Wir haben uns geküsst«, gebe ich zu.

Abi stößt ein Siegesgeheul aus. Daraufhin späht ein Kerl aus dem Gym, den ich immer in Begleitung eines zweiten sehe. Beide sind Nautiker. Mit dem breiten Kreuz und dem düsteren Blick hat er etwas von einem Türsteher. Sobald er uns entdeckt, fällt die

Spannung von seinen Schultern ab, und er verschwindet wieder nach drinnen. *Merkwürdig.*

Abi sagt jetzt leiser zu mir: »Das wurde auch mal Zeit.«

»Zeit? Nein, wir wollten es eigentlich durch eine Herausforderung verhindern. Vielleicht sollte ich von Anfang an erzählen.«

Wir betreten den Spiegelsaal, sind wie immer die Ersten. Abi besteht darauf, ständig und überall überpünktlich zu erscheinen. Ob zur Vorlesung, zum Essen oder zum Sport. Wohingegen Elisa meistens auf den letzten Drücker oder sogar ein paar Minuten zu spät kommt. Dadurch bietet sich mir jetzt jedoch die Gelegenheit, Abi in Ruhe von der Herausforderung zu erzählen und wie sie fehlgeschlagen ist.

Wir setzen uns nebeneinander auf den Boden, und ich lege los, rede mir alles von der Seele. Es tut gut, jeden verwirrenden Gedanken rauszulassen.

Abi ist mir keine große Hilfe, sie kichert die ganze Zeit. Sobald ich ende, sagt sie: »Es war so klar, dass diese Herausforderung nicht funktionieren wird. Das hätte ich dir direkt sagen können. Seit eurer ersten Begegnung beim Icebreaker-Abend war da eine unübersehbare Spannung zwischen euch. Als würde man einen elektrischen Schlag abbekommen, wenn man nicht aufpasst. Außerdem war da immer diese Vertrautheit. Ihr seid zwar unterschiedlich, aber ihr ergänzt euch perfekt. Es ist ein Wunder, dass ihr euch überhaupt so lange widerstehen konntet.«

»Es hätte nicht passieren dürfen.«

»Warum? War es schlecht?«

Meine Wangen werden noch röter, ich versuche, es zu verbergen, indem ich vorgebe, mich zu dehnen. Ich beuge mich herab, strecke die Hände zu den Zehen, bis ich ein sanftes Ziehen in den Beinen spüre. »Nein, ganz und gar nicht. Aber es wird unsere Zusammenarbeit beeinflussen.«

»Ihr seid erwachsen und werdet das hinbekommen.«

»Ich glaube, ich bin nicht mal sein Typ.« Ich richte mich wieder auf.

»Das bezweifele ich, so, wie er dich ständig ansieht. Und selbst wenn du nicht sein Typ wärst, na und?« Abis Gesichtsausdruck wird weicher. »Warum gehen wir immer davon aus, dass Aussehen eine solch große Rolle spielt? Wenn wir auf einer Party oder auf der Straße jemanden kennenlernen, dann klar, weil uns auf den ersten Blick das Aussehen anspricht. Aber wir verlieben uns nicht aufgrund der Haarfarbe in eine Person. Sondern wegen des Inneren, des Charakters.«

»Niemand hat was von Liebe gesagt«, erwidere ich erschrocken. Das Wort macht mir Angst. Wirkt so bedeutsam und kraftvoll. Als könnte es mich überrollen wie ein Felsbrocken, sobald ich es aus den Augen lasse. Dabei habe ich jetzt schon das Gefühl, die Kontrolle zu verlieren.

»Warum hast du so große Angst davor, einfach herauszufinden, wohin das mit euch führen könnte?«

»Ich habe Angst davor, verletzt zu werden. Lukas in- und auswendig zu kennen, ist Segen und Fluch zugleich. Ich weiß, wie er ist. Und ich möchte kein Kollateralschaden sein, auf dem Weg, seine Bindungsängste zu überwinden.« Ich denke an die Scheidung seiner Eltern und die ungesunde Beziehung zu seinem Vater. Es ist jetzt sechs Jahre her, dennoch reicht für Lukas die kleinste Erinnerung, um wütend und offensiv zu werden.

»Manchmal müssen wir Risiken in Kauf nehmen, Henriette. Schmerz ist eng mit Liebe verbunden. Selbst die glücklichste Beziehung funktioniert nicht ohne schmerzhafte Momente. Aber sie sind es wert.«

Abi klingt, als würde sie aus einem Poesiealbum vorlesen. »Sprichst du aus Erfahrung? Läuft es nicht mit Paula?«

Sie streckt die Beine lang, überkreuzt ihre Knöchel. »Ich verbringe gerne Zeit mit ihr und möchte es offiziell machen. Aber sie ist noch nicht so weit, hat außerdem Angst, weil sie zur Crew gehört und ich Studentin bin. Das wird nicht gern gesehen.« Abi seufzt. »Es ist aktuell schwierig.«

Ich möchte etwas Hilfreiches erwidern, etwas, das zeigt, dass ich für sie da bin. Und dass ich nachvollziehen kann, dass sie einerseits verständnisvoll sein und Paula Zeit geben möchte, aber gleichzeitig frustriert ist und sich Sorgen um die Zukunft der Beziehung macht. Die Worte liegen mir bereits auf der Zunge, so nah, dass ich sie fast ausspreche. Aber ich schaffe es nicht, habe stattdessen genau vor Augen, wie Annelie reagieren würde. »Das tut mir leid.« Im selben Moment wird mir bewusst, dass ich oberflächlich klinge.

Wie meine Schwester.

Warum habe ich das zuvor nicht bemerkt? Annelie kommt mit jedem gut klar, hat eine Menge Bekannte und Freunde. Aber sie hat keine tief gehenden Beziehungen, zeigt niemandem ihr Inneres aus Angst, die Wahrheit und ihre Krankheit könnten dafür sorgen, dass Menschen nicht bei ihr bleiben.

Abi betrachtet mich mit einem merkwürdigen Ausdruck, und ich frage mich, was sie denkt. Ob sie merkt, was in meinem Inneren vor sich geht. Wir teilen uns jetzt seit drei Monaten eine Kabine, verbringen eine Menge Zeit zusammen. Mittlerweile kenne ich sie, aber andersrum gilt das ebenso.

Zum Glück entscheidet sie sich dafür, das Thema zu wechseln. »In zwei Monaten ist Weihnachten. Kannst du das glauben?«

»Wenn ich aus dem Fenster sehe, erwarten mich sechsundzwanzig Grad, Palmen und weiße Sandstrände. Also Nein. Nach Weihnachten fühle ich mich absolut nicht.«

»Habt ihr Familientraditionen, die du gerne machen würdest?«

Mit Abi über Lukas zu sprechen, war okay, aber ihr von meiner Familie zu erzählen, kommt mir wie eine unmöglich zu überwindende Hürde vor. »Nein. Hast du welche?«

»Wir grillen zu Weihnachten und singen viel.«

»Grillen? Kein Kartoffelsalat mit Würstchen?«

Abi grinst. »Kann ich mir gar nicht vorstellen. Da es in Südafrika warm ist zu Weihnachten, wird das Fest oft draußen im Freien veranstaltet. Daher das Grillen. Wir haben es beibehalten. Natürlich nicht im Garten, sondern im warmen Wohnzimmer mit einem Tischgrill.«

»Das wird auf der *Sapient Sailor* schwer umsetzbar sein, aber singen können wir gerne, wenn du möchtest.«

»Das ist lieb, doch ich denke, meine Schwestern werden am Telefon mit mir singen, wenn sie Heiligabend anrufen«, sagt Abi. »Du wirst an dem Tag sicher auch mit deiner Familie sprechen, oder?«

»Vielleicht, keine Ahnung, das ist noch ein bisschen hin.« Ich erhebe mich. »Ich schaue mal, wo Elisa bleibt. Haben wir uns im Tag geirrt?«

Es ist nicht fair, immer abzublocken, sobald Abi mich nach meiner Familie fragt. Aber ich weiß mir nicht anders zu helfen. Warum akzeptiert sie nicht einfach, dass ich nicht darüber reden will? Warum hakt sie jedes Mal nach?

Ich laufe zur Tür, doch im selben Moment kommt Elisa hereingerauscht. Wie der fröhliche Sonnenschein, der sie ist. Sobald sie uns erblickt, hält sie inne. »Nanu? Sind wir heute nur zu dritt?«

»Emily hat sich den Fuß verstaucht. Was mit den anderen ist, weiß ich nicht.«

»Hm«, macht Elisa. Dann zuckt sie die Schultern und setzt ein strahlendes Lächeln auf. »Egal. Dann machen wir uns zu dritt eine schöne Stunde.«

Eine Viertelstunde später wird mir klar, dass wir eine unterschiedliche Auffassung von *schön* haben. Schweiß fließt mir in Strömen den Rücken hinunter, und ich hechele vor Anstrengung. Trotzdem macht es Spaß, sich gemeinsam zu lateinamerikanischen Rhythmen auszupowern. Selbst wenn ich die gesamte restliche Woche über den Muskelkater bei jeder einzelnen Bewegung spüren werde.

Kapitel 32

Henriette

Vor unserem freien Sonntag laufen wir spätabends auf Rarotonga, der größten Insel der Cook Islands, ein. Ich freue mich, nach den zwei Wochen auf See wieder Land unter den Füßen zu spüren und morgen die Insel erkunden zu können, bevor es mit den Forschungen und Exkursionen weitergeht. Diesmal haben Lukas und ich das Thema »Vergleichende Analyse des Verhaltens der Grünen Meeresschildkröte und der Karettschildkröte in den Korallenriffen der Cook Islands«. Ich freue mich darauf, wir haben uns jetzt lange genug mit Korallen beschäftigt.

Ich bin gespannt auf die Inselgruppe, die auf den Bildern, welche ich mir beim Lernen von Fakten für die Wochenaufgabe im Internet angesehen habe, noch paradiesischer als unsere letzten beiden Stopps wirkt. Die Vulkaneinflüsse haben die Strände der Marquesas-Inseln und von Tahiti schwarz gefärbt, hier sollen sie weiß sein. Aber es ist nach dem Einlaufen zu dunkel, um mehr als ein paar Lichter und Umrisse vom Horizontdeck aus zu erkennen.

Emily, Abi und ich verabreden uns über *SailUp*, morgen nach dem Frühstück am Strand entlangzuspazieren, schwimmen zu gehen und uns in die Sonne zu legen.

Der wichtigste Gegenstand in meiner Strandtasche ist mal wieder die 50+-Sonnencreme, die ich für das Auslandssemester auf Vorrat hätte kaufen sollen. Denn viel ist nicht mehr in der Tube. Dabei habe ich es zuvor nie geschafft, das Zeug aufzubrauchen, sondern musste es immer wegen abgelaufener Haltbarkeit wegwerfen. Zum Glück gibt es auf der *Sapient Sailor* einen Kiosk, der neben Snacks und Getränken auch Hygieneartikel verkauft.

Am nächsten Tag lassen wir unsere Bordkarten kontrollieren und betreten die Gangway. Ich bleibe stehen, sauge die Atmosphäre in mich auf, während Abi und Emily in eine angeregte Unterhaltung vertieft sind und nach unten laufen.

Im Hafen herrscht das geschäftige Treiben einheimischer Fischer, Seevögel ziehen kreischend ihre Bahnen über sie hinweg. Kleine, sorgfältig vertäute Boote schaukeln auf den sanften Wellen. Der Duft von Salzwasser und Fisch dringt an meine Nase. Im Hintergrund erhebt sich das üppige, grüne Bergland von Rarotonga, das von dichter Vegetation bedeckt ist und einen Kontrast zum hellen Sandstrand bildet, der sich rechts von uns an den Pier anschließt.

Ein neues Ziel zu erreichen, ist für mich ein bedeutsamer Moment. Ich wünschte, ich könnte ihn mit Lukas teilen, der heute eigene Pläne mit Kai hat. Er würde das Gefühl, das mich erfüllt, diese Mischung aus Ergriffenheit, Euphorie und Nervenkitzel, sicher verstehen. Er würde nicht wie Abi und Emily von der Gangway stolpern, ohne innezuhalten und zu erkennen, wie besonders dieser Augenblick ist.

Abi dreht sich zu mir um. »Was ist? Kommst du?«

»Klar«, sage ich hastig und setze mich in Bewegung. Mein Zögern ist mir jetzt unangenehm, genau wie ihnen zu erklären, warum ich erstarrt bin. Ich überlege, wie ich mein Verhalten begründen kann. »Ich habe nur kurz überlegt, ob ich was vergessen habe.«

Abi sieht mich mit hochgezogener Braue an, und ich frage mich, ob ich genau das Falsche gesagt habe. Aber dann streckt sie die Hand nach mir aus, hakt sich bei mir unter, und der Moment ist verflogen.

Vom Pier gelangen wir auf den feinen weißen Sandstrand. Sofort kicken wir unsere Sandalen von den Füßen, vergraben die Zehen im weichen, warmen Sand. Das Wasser ist kristallklar und schimmert in verschiedenen Abstufungen von Türkis. Hohe Kokospalmen säumen den Strand, ihre Blätter rascheln in der sanften Brise. Dazwischen blühen tropische Gewächse und Blumen, die unser Kommilitone Jonas sicher benennen könnte. Mir hingegen fällt es schwer, mir die Namen der tropischen Pflanzen zu merken. Dafür habe ich mehr Ahnung von denen unter der Meeresoberfläche.

Emily sieht sich staunend um. »Wir sind im Paradies.«

Ein kirschrotes gehäkeltes Strandkleid betont ihre perfekten Kurven. Für ihre Figur und das Selbstbewusstsein, dieses gewagte, auffällige Kleid zu tragen, würde ich einiges geben.

Wir spazieren durch das kühle, flache Wasser und genießen die Sonne auf unserer Haut. Ich werfe einen Blick zurück und erkenne, dass weitere Studierende die *Sapient Sailor* verlassen. Einige schlendern in Richtung der Stadt Avatiu, andere steigen in Busse ein, die sie zu verschiedenen Ausflugszielen wie Wasserfällen oder den Stränden auf der anderen Seite der Insel bringen. Wir haben uns bewusst dagegen entschieden, wollen lieber zu Fuß unterwegs sein und entspannen. Die Läden von Avatiu anschauen, können wir auch mal am Abend, nach unseren Forschungsausflügen. Aber den ganzen Tag am Strand liegen geht nur heute oder nächsten Sonntag, an dem wir bereits vorhaben, noch einmal zu surfen.

Zehn Minuten später erreichen wir einen verlassenen Strandabschnitt, von dem aus der Hafen nicht mehr zu sehen ist. »Lasst uns hierbleiben, mir ist heiß, und ich will unbedingt schwimmen gehen«, sagt Emily und wirft ihre Strandtasche in den Sand.

Abi bleibt stehen, lässt die Schultern kreisen. »Guter Plan. Obwohl ich mich erst mal ein bisschen sonnen möchte.«

»Ich auch. Aber dich Wasserratte bekommt man eh nicht so schnell aus den Fluten, also stoßen wir einfach später dazu«, sage ich zu Emily.

Nebeneinander breiten wir unsere Handtücher aus. Emily zieht ihr Kleid über den Kopf und stürmt zum Wasser. Ich setze mich, winkele die Knie an und trage eine ordentliche Schicht Sonnencreme auf. Abi liegt mit dem Bauch auf ihrem Handtuch mit Blumenmuster und beobachtet Emily unter den Gläsern ihrer Sonnenbrille hinweg. Diese treibt auf den seichten Wellen auf dem Rücken.

Die Sonne brennt heiß auf mich herunter, und ich beschließe, mein T-Shirt anzulassen, um die empfindliche Haut an meinen Schultern und meinem Dekolleté zu schützen. In solchen Momenten verfluche ich meinen Teint.

Hinter uns im Gebüsch raschelt es, ich drehe mich um, entdecke eine kleine Eidechse, die flink über den Boden huscht.

»Sag mal, Henriette?«, fragt Abi.

»Hm?«, mache ich und wende mich von der Eidechse ab.

»Mir ist aufgefallen, dass du immer abblockst, wenn ich dich auf deine Familie anspreche. Und dass du generell wenig über dich selbst erzählst. Hast du Angst, ich könnte dich verurteilen?«

Schock macht sich in mir breit. Damit habe ich nicht gerechnet. Annelie würde jetzt einen Witz reißen, irgendetwas Freundliches sagen, sich interessant machen. Aber verdammt, das bin ich nicht. Dieses Oberflächliche, Makellose.

»Manchmal habe ich das Gefühl, du bist überhaupt nicht du selbst«, fügt Abi hinzu. »Deine Antworten kommen verzögert, wirken aufgesetzt, nicht natürlich.«

»Wie bitte?«, platzt es aus mir heraus. Sie trifft voll ins Schwarze, und ich fühle mich in die Enge getrieben, werde offensiv. »Willst du damit etwa behaupten, ich wäre fake?«

»Das habe ich nicht gesagt. Nur, dass ich wünschte, du würdest dich öfter ehrlich und verletzlich zeigen. Genau dann mag ich dich nämlich am liebsten.«

Meint sie das ernst? Nein, irgendwas läuft hier falsch. Wenn ich mich in der Vergangenheit ehrlich und verletzlich gezeigt habe, haben sich Menschen von mir abgewandt, während sie Annelie und ihre Art vergötterten.

Um meinen Hals liegt eine unsichtbare Schlinge, die sich immer fester zuzieht. Viel Zeit bleibt mir nicht mehr, um meinen Kopf herauszuziehen, dessen bin ich mir sicher.

»Wenn du mich so fake findest, warum gibst du dich dann überhaupt mit mir ab?«, frage ich aufgebracht und würde die Worte im selben Moment am liebsten wieder zurücknehmen. Ich bin durcheinander und wütend, ich kann nicht mehr klar denken.

»Ich mag dich, Henriette. Aber gerade glaube ich, das hier führt zu nichts Gutem.« Sie rappelt sich vom Handtuch auf. »Ich gehe mich abkühlen, und währenddessen kannst du ein bisschen runterkommen, damit wir danach in Ruhe darüber reden können.«

Ich springe ebenfalls auf, greife nach meinem Handtuch und stopfe es samt Sandbelag in meine Tasche. »Weißt du was? Ich habe keine Lust mehr. Genießt euren Tag am Strand, ich gehe zum Schiff zurück.«

Abi wirkt enttäuscht, und kurz überlege ich, doch zu bleiben. Aber gerade kann ich kaum atmen, ich brauche Abstand und Zeit zum Nachdenken.

»Wenn du meinst. Ich hätte dich nicht für eine kritikunfähige Person gehalten.«

Ich hätte es dabei belassen sollen, doch sie trifft einen wunden Punkt, und die Worte entschlüpfen mir wie von selbst. »Ich kann gut mit Kritik umgehen, aber Fakevorwürfe muss ich mir nicht geben.«

»Du pochst derart auf das Fake, es ist fast schon wie ein Schuldeingeständnis«, giftet sie zurück und marschiert in Richtung Wasser davon.

Ich schaue ihr nach, sehe, wie sie Emily winkt und dann mit einem Jauchzen in die Wellen springt. Der Wunsch, an Emilys Stelle zu sein, keimt in mir auf. Ich fühle mich ersetzt, nicht gut genug. Ich blinzele die Tränen fort und setze mich in Bewegung, haste über den heißen Sand, der unangenehm unter meinen Fußsohlen brennt, aber mich immerhin von dem Stechen in meinem Brustkorb ablenkt.

So habe ich mir diesen Tag nicht vorgestellt. Ich wollte die Zeit mit meinen Freundinnen genießen. Nicht fürchten, sie zu verlieren.

Der Sand ist jetzt unerträglich heiß, sodass ich doch zum Wasser laufe und meinen Weg auf dem feuchten und kühlen Untergrund fortsetze. Sanfte Wellen umspielen im steten Rhythmus meine Knöchel, was so wohltut, dass ich tiefer hinein wate, bis meine Unterschenkel bedeckt sind.

Ich lasse meine Energie raus, trete Wasser, das in alle Richtungen davon spritzt. Es wird von der Sonne gebrochen, glitzert wie winzige Diamanten.

Wann immer ich mir einen Ort zum Begriff Paradies vorgestellt habe, sah er aus wie Rarotonga. Aber ich war nie allein dort. Und jetzt? Es ist eingetreten, was ich bereits aus der Vergangenheit kenne: Am Ende mache ich alles falsch. Am Ende stehe ich allein da.

Wieder kicke ich eine Welle. Es verschafft mir eine gewisse Genugtuung und hat etwas Befreiendes.

Unter mir fällt der Boden überraschend ab, ich knicke zur Seite, taumele tiefer ins Meer, sodass meine Jeansshorts mit Tropfen übersät werden. Egal. Das wird gleich trocknen und …

Rasender Schmerz schießt plötzlich durch meine Wade, als hätte ich heißes Metall berührt. Ich schreie auf, schaue hinab ins klare Wasser. Erst beim zweiten Blick entdecke ich die langen, feinen Tentakel und den transparenten Schirm, der beinahe eine geisterhafte Präsenz hat. Eine Qualle.

Scheiße. Schmerzenstränen treten mir in die Augen. Meine Sicht verschwimmt, ich taumele aus dem Wasser, schlage dabei einen großen Bogen um die Qualle. Am Strand knicken mir die Beine weg, ich sacke in eine Sitzposition, halte meinen linken Unterschenkel umklammert und begutachte die Verletzung. Rote, geschwollene Linien zeichnen die Tentakelspuren nach.

Das Schlimmste ist, ich habe keine Ahnung, welche Qualle das war und wie giftig sie ist. Die in der Nordsee und Ostsee würde ich alle erkennen, aber hier?

Panik erfasst mich, während das Brennen unaufhörlich durch mein Bein wütet. Dazu kommt Übelkeit und dass ich zunehmend schwerer Luft bekomme. Was soll ich tun? Die *Sapient Sailor* ist noch ein gutes Stück entfernt, ich kann sie schon sehen, aber ob ich den Weg dorthin und bis zum Schiffsarzt in diesem Zustand schaffe? Was, wenn ich die Gefahr unterschätze und mich das Gift lähmt? In ein paar Minuten mein Herz stehen bleibt?

Tränen fließen mir über die Wangen, ich schwitze, zittere. Die Panik wütet immer stärker in mir, nimmt mich vollständig ein.

Stopp, reiß dich zusammen! Ich klammere mich an dem Gedanken fest, überlege, was zu tun ist. Ich muss Hilfe rufen.

Unter Anstrengung krame ich mein Handy aus der Tasche. Jede Bewegung schmerzt. Ich öffne meine Kontakte. Rufe den ersten Menschen an, der mir einfällt.

Er geht nach dem ersten Klingeln ran. »Du hast mich seit Jahren nicht mehr angerufen, statt mir eine Nachricht zu schicken, Eisherz. Was gibt's?«

»Lukas«, schluchze ich ins Telefon. »Mein Bein. Qualle. Schiff, ich …« Meine Zunge ist schwer, ich bekomme keinen vernünftigen Satz heraus.

Er erkennt sofort den Ernst der Lage. »Wo bist du? Schick mir deinen Standort!«

Ich komme seiner Aufforderung nach. Meine Finger rutschen zweimal ab, bevor die Nachricht verschickt wird.

»Ich komme. Leg nicht auf. Rede mit mir.«

»Ich ... kann nicht. Es ...« Ich huste. »Tut so ...«

Ich breche ab, der Schmerz ist so allumfassend, das Meer verschwimmt vor meinen Augen zu einer türkisfarbenen Masse. Mein Kopf sackt auf meine Knie, während ich atme. Mich nur darauf konzentriere, um das Brennen auszublenden.

Ich höre Lukas' Stimme aus meinem Telefon dringen. Diese warme, tiefe, beruhigende Stimme, die mich schon so oft bis in meine Träume verfolgt hat. Keine Ahnung, was er sagt, ich verstehe ihn nicht. Habe lediglich den Gedanken im Kopf, dass, wenn ich nur noch eine einzige Stimme in meinem Leben hören dürfte, es seine wäre.

Oder wenn ich mich für eine letzte Stimme entscheiden müsste, bevor ich draufgehe. An einem Quallenstich. Was für eine Ironie. Aber keine Seltenheit bei Meeresbiologen oder auch generell Biologen, wenn ich recht darüber nachdenke. Viele Forscher sind bei ihrer Arbeit gestorben. Haben Gefahren oder Tiere unterschätzt.

»Was sagst du da?«, schreit Lukas ins Telefon, und erst da wird mir klar, dass ich wohl laut gedacht haben muss. »Nein, Eisherz, du stirbst nicht! Ich warne dich! Solltest du es wagen, werde ich dir das Leben in der Nachwelt zur Hölle machen und auf ewig *Call Me Maybe* singen. Immer von vorne, mit meiner schiefen Stimme, die dich so nervt, das schwöre ich dir!«

Ich kichere leise. »Ich hasse ... diesen Song.«

Plötzlich ertönt seine Stimme nicht mehr aus dem Handy, sondern vom Strand her, nur ein paar Meter von mir entfernt. Lautstark schmettert er den Refrain.

Ich hebe langsam den Kopf, entdecke ihn. Er joggt über den Strand, trägt eine graue Cap und Badeshorts mit Flamingoaufdruck. Er sieht total lächerlich aus, insbesondere da der Sand seine Schritte erschwert. Meine Mundwinkel heben sich, der Schmerz rückt ein kleines bisschen in den Hintergrund, während ich seinem fortwährenden Gesang lausche, der von heftigen Atemzügen unterbrochen wird. Rennt er etwa schon, seit ich ihn angerufen habe?

»*Call Me Maybe*«, grölt er schief und lässt sich neben mir in den Sand fallen. Vorsichtig greift er nach meinem Bein. Seine Finger umfassen meinen nackten Knöchel, betten meinen Fuß auf seinen Schoß. Ich spüre nur Schmerz, aber der Anblick beschert mir trotzdem einen trockenen Mund. Oder ist es dem Quallengift geschuldet?

»Das sieht gar nicht gut aus.«

»Ach was«, erwidere ich und atme scharf ein, als er das Bein sinken lässt.

»Gib mir eine Sekunde, ich rufe den Schiffsarzt an und frage, was wir machen sollen.«

Warum habe ich daran nicht gleich gedacht? Warum war der Arzt nicht die erste Person, die ich in einem solchen Fall anrufen wollte? Nein, es war Lukas.

Es war immer Lukas, verdammt.

Er wendet sich von mir ab, spricht ein paar Worte ins Telefon, bevor er es wieder einsteckt. Obwohl er es mit einem aufmunternden Lächeln vor mir zu verbergen versucht, bemerke ich, wie beunruhigt er ist. »Kannst du gehen, wenn ich dich stütze? Wir sollen so schnell wie möglich zum Hafen kommen, der Arzt wird uns mit einer Trage entgegenkommen.«

Ich nicke. Lukas greift mir unter die Arme und hilft mir auf die Füße. Er geht so sanft, so vorsichtig dabei vor, dass mein Herz schneller schlägt. Er sieht mich auf eine Weise an, bei der sich alles in mir zusammenzieht. Weil dieser Blick aus meinen Träumen stammen könnte.

»Hör auf, mich so anzusehen«, bringe ich mühsam hervor.

»Wie denn?«

»Als wäre ich für dich das Wichtigste auf der Welt.«

»Aber das bist du.«

»Lukas«, stöhne ich. Halb genervt, halb vor Schmerz, weil ich den ersten Schritt setze. Oder besser humpele. »Die Herausforderung. Hör auf, mit mir zu flirten.«

»Das hat nichts mit Flirten zu tun. Du warst von dem Moment an, in dem du mich damals bei der AG im Biologielabor unserer Schule fast in die Reagenzgläser gekickt hättest, nachdem ich dir Sprüche reingedrückt habe, für mich das Wichtigste auf der Welt. Du konntest dich gegen mich durchsetzen, hast nicht einfach nur gekichert, sondern warst mir ebenbürtig.«

»Manchmal wünschte ich, ich ... hätte es getan. Eine Narbe auf ... deinem hübschen Gesicht würde deinem Ego wirklich ... guttun.«

»Hast du mich gerade hübsch genannt?« Er schnalzt mit der Zunge. »Na, na, Henriette, *die Herausforderung*«, äfft er meine Worte nach. Ich versuche, nach ihm auszuholen, scheitere aber kläglich.

»Sei froh, dass ich so ... schwach bin.«

Er dreht den Kopf zu mir, und wenn ich dachte, sein Blick gerade eben wäre schon gefährlich gewesen, dann ist dieser hier mein Todesurteil. Die tiefe Zuneigung darin bringt mich um den Verstand.

»Du bist nicht schwach«, sagt Lukas. »Ganz im Gegenteil. Du bist meine Kämpferin. Meine ...«

»Hör auf«, unterbreche ich ihn. Er soll so etwas nicht sagen, soll mich nicht noch mehr für sich gewinnen, wenn ich doch seit Wochen verzweifelt versuche, mein Herz vor ihm zu schützen.

Wir stolpern über den Sand, und ich schließe immer wieder die Augen, konzentriere mich auf meine Schritte. Ich klammere mich an Lukas' Arm, stütze mein Gewicht auf ihn wie auf einen Rettungsring. Ich vertraue ihm, weiß, dass er mich hält, dass er mich sicher zum Arzt bringen wird.

»Gleich haben wir es geschafft«, sagt er leise, und ich höre die Anspannung in seiner Stimme. Die Angst darin. »Nur noch ein bisschen weiter, halt die Augen offen. Bleib bei mir.«

»Immer«, kommt es mir leise über die Lippen, obwohl es das Letzte ist, was ich ihn wissen lassen möchte. Dieses eine Wort macht mich verletzlich, offenbart, wie viel ich für ihn empfinde. Trotz der verzweifelten Versuche, mein Herz vor ihm zu schützen.

»Eisherz«, flüstert Lukas.

Ich bin so müde. Meine Lider flattern, ich habe keine Kraft mehr, sie offen zu halten, und gebe nach. Der Schmerz wird schwächer, ich drifte davon. Lukas' Stimme begleitet mich wie eine Gutenachtgeschichte in die Dunkelheit. Bis auch sie verschwindet.

Und ich mit ihr.

Kapitel 33

Lukas

Der Stich einer Würfelqualle ist nach zwanzig Minuten tödlich.

Das hat mir der Arzt am Telefon gesagt.

Ich habe noch nie so sehr gelitten wie in diesem Moment. Nachdem ich Henriette fand, ist sie mit jeder Sekunde mehr verblasst, jetzt ist sie verschwunden. Ich halte nur noch ihre Hülle in meinen Händen.

Ein verzweifelter Schrei steigt meine Kehle hinauf. Sie muss es schaffen, darf nicht tot sein. Ich kann sie nicht verlieren. Kann die Frau nicht verlieren, in die ich mit jeder Faser meines Seins verliebt bin. Die Erkenntnis wirkt wie ein Eimer Eiswasser auf mich. Sie sorgt dafür, dass ich meine letzten Kraftreserven mobilisiere und mit ihr in den Armen über den Strand renne, als hinge mein Leben davon ab.

Dabei ist es ihr Leben, das davon abhängt, wie schnell ich bin.

Ich kann die *Sapient Sailor* schon sehen. Erkenne den Aufruhr davor. Lasse den Schrei endlich aus meiner Kehle aufsteigen, um auf mich aufmerksam zu machen.

Der Arzt eilt längst über den Strand auf mich zu. Er hat das Gegengift. Er muss Henriette retten.

Damit ich ihr sagen kann, was ich fühle. Damit wir aufhören, auch nur einen einzigen weiteren kostbaren Moment zu verschwenden.

Mein ganzer Fokus richtet sich auf die Frau in meinen Armen. Ihr Gesicht ist blass, Schweiß steht auf ihrer Stirn.

Was, wenn sie bereits fort ist?

Schmerz explodiert in meiner Brust, reißt mein Herz in tausend Stücke. Jedes einzelne davon schlägt weiter für Henriette.

»Verlass mich nicht«, flüstere ich ihr zu. Meine Worte sind unterbrochen von heftigen Atemzügen. »Gib mir die Chance, dir zu zeigen, dass ich dir Gewissheit schenken kann.«

Reue flutet mich, sie ihr nicht sofort gegeben zu haben. Wie konnte ich nicht erkennen, dass ich sie will? Dass ich bereit bin, für sie meine Regeln zu brechen?

Ich habe mich so oft gefragt, ob sie das Risiko wert ist.

Ich hasse jedes einzelne Mal, bei dem meine Antwort zögern oder ein Nein war.

Jetzt hängt Henriette schlaff in meinen Armen, und ich weiß nicht, ob ich sie jemals wiedersehen werde. Ob ich ihr Lachen noch einmal hören werde. Mit ihr gemeinsam fremde Unterwasserwelten erkunden kann. Ihren schlauen Kommentaren lauschen werde oder ihrer Fähigkeit, in jedem Augenblick genau das Richtige zu sagen. Ob ich je wieder ihre Wärme spüren werde. Oder ihre Zuneigung, die selbst dann nicht schwindet, wenn ich mich wie ein Vollpfosten aufführe. Ob ich je ihre Lippen wieder auf meinen spüren werde.

Die Splitter streuen, bohren sich in meine Eingeweide.

Dann geht alles ganz schnell. Der Arzt erreicht mich. Er brüllt Befehle, und erst da merke ich, dass ihn zwei Mitglieder der Crew mit einer Trage begleiten.

Henriette wird mir aus den Armen gerissen, und ich will schreien. Sie festhalten. Ich kann nicht akzeptieren, dass sie fort ist.

Der Arzt wird sich um sie kümmern. Sie kann es schaffen, versuche ich, mich zu beruhigen.

Ich kann nicht erkennen, was er macht. Ich sehe unscharf, als hätte mir jemand einen Schleier übergestülpt. Erst da bemerke ich, dass ich weine.

Die Erschöpfung übermannt mich, meine Beine geben nach. Meine Knie treffen auf Beton, schlagen auf, aber ich spüre den Schmerz nicht. Der in meinem Inneren ist stärker.

Die Minuten der Ungewissheit dehnen sich ins Unendliche. Dann gibt der Arzt Entwarnung, und ich atme erleichtert auf.

Ich habe mich in Henriette verliebt.

Das ist mir klar geworden, als sie reglos in meinen Armen hing. Aber jetzt, da sie zurückgekehrt ist, da ich eine zweite Chance bekomme, wird die Liebe in meinem Inneren noch intensiver.

Ich bin bereit, ihr zu geben, was sie sich wünscht. Mit allem, was dazugehört, und allem, was mir einfällt, werde ich um sie kämpfen.

Kapitel 34

Henriette

Als ich wieder zu mir komme, liege ich in einem weißen Behandlungszimmer.

Lukas taucht sofort neben mir auf. »Wie geht es dir?«

Ich räuspere mich. »Der Schmerz ist weg. Ich spüre noch ein Pochen, aber das ist aushaltbar.« Meine Stimme klingt wieder klar, meine Zunge ist nicht länger bleischwer und verwandelt dadurch nicht mehr jedes Wort in einen Kraftakt. Der Schweiß auf meiner Stirn ist getrocknet, die Hitze, die durch meinen Körper wütet, verschwunden.

»Du siehst auch wieder besser aus. Vorhin hast du einem Gespenst geglichen.« Auf seinen Zügen erkenne ich Sorge, bevor er meinem Blick ausweicht. »Ich hole mal den Arzt, er hat dich versorgt und dir das Gegengift gegeben. Er will dich sprechen, bevor du auf deine Kabine kannst.«

Lukas verschwindet aus dem kleinen Zimmer, in dem ich mich jetzt umschaue. Mittig im Raum steht die mintgrüne Liege, deren Polster mir unangenehm ins Steißbein drückt. An den Wänden reihen sich weiße Schränke aneinander, teilweise mit Glastüren und gefüllt mit Medikamentenschachteln. Ein Fenster gibt es nicht, das Krankenzimmer befindet sich im Inneren des Segelschiffs, nicht an einer Außenwand.

Die Tür öffnet sich, und Doktor Lutz kommt herein, den ich schon von meiner Erkrankung am Dengue-Fieber kenne. Ein Mann mit blondem Haar, der mich ein bisschen an Carlisle Cullen erinnert. Nur die Brille, die an einer Kette um seinen Hals hängt, passt nicht so ganz ins Bild. Er schiebt sie sich tief auf die Nase und setzt sich auf den Hocker neben der Patientenliege.

»Sie wurden von einer Würfelqualle gestochen. Danken Sie Ihrem Schutzengel dafür, rechtzeitig Hilfe bekommen zu haben, denn das Gift kann innerhalb kurzer Zeit zum Herzstillstand führen. Ich verordne Ihnen eine Woche Bettruhe, um Ihrem Körper Zeit für Erholung zu geben. Morgen früh werde ich noch mal nach Ihnen schauen. Ich gebe Ihnen Schmerzmittel sowie für die Stichwunden an Ihrem Bein eine Salbe mit. Stellen Sie sich darauf ein, dass Narben zurückbleiben werden.« Er rollt mit seinem Hocker zu einem der Schränke, öffnet die Tür und zieht zwei Schachteln heraus. »Dreimal täglich auftragen, und in einer Woche kommen Sie zur Nachkontrolle noch mal her, damit ich mir anschauen kann, ob alles gut verheilt ist.«

Ich nicke, und er reicht mir die Schachteln.

»Haben Sie noch Fragen?«

»Nein, keine.«

»Sehr schön, dann dürfen Sie jetzt gehen.«

Vorsichtig richte ich mich auf der Liege auf und schwinge die Beine über das Polster. Das Pochen in meinem verletzten Knöchel wird intensiver, sobald ich auftrete. Ich fühle mich wackelig, kann aber ohne Probleme gehen.

»Gute Besserung!«, wünscht mir Doktor Lutz zum Abschied.

Ich bedanke mich und ziehe die Tür hinter mir zu. Davor bleibe ich stehen und atme tief durch. Eine Würfelqualle. Ich nehme mir vor, sie gleich in meiner Kabine zu googeln und mir Informationen darüber durchzulesen. Auf eine weitere Begegnung kann ich eindeutig verzichten und sollte in Zukunft vorsichtiger mit den Gefahren sein, die hier im Paradies auf uns lauern. Die weißen Strände sind wie Sirenen, die uns mit ihrer Schönheit anlocken, unsere Unwissenheit ausnutzen und erst auf den zweiten Blick ihre Reißzähne offenbaren.

»Was hat er gesagt?«, fragt Lukas hinter mir. Ich zucke zusammen und wirbele herum.

»Du bist ja noch da.«

»Natürlich. Ich gehe hier nicht ohne dich weg.« Er lächelt und greift sanft nach meinem Arm. »Komm, bringen wir dich zur Kabine.«

»Mir geht's gut. Ich kann selbst gehen.« Ich versuche, ihn abzuschütteln, weil seine Finger kleine Feuerwerke auf meiner Haut entzünden, doch sein Griff wird nur entschlossener.

»Ich habe gesehen, wie du vor einer halben Stunde fast in meinen Armen abgenippelt bist, ich werde dich ganz sicher nicht aus den Augen lassen.«

»Jetzt übertreibst du.« Wobei ich selbst kurz gedacht habe, ich würde draufgehen, fällt mir ein. Zumindest hat es sich so angefühlt.

Aber Lukas sieht mich nur an, mit ernster Miene. »Ich übertreibe nicht. Du hattest großes Glück, Henriette. Es war knapp. Hätte ich dich nur ein paar Minuten später gefunden ...«

Seine Stimme bricht, und alles in mir zieht sich zusammen. Ich muss ihm einen enormen Schrecken eingejagt haben. Daher beschließe ich, nichts mehr zu erwidern, sondern schmiege mich stattdessen in seinen Griff. Gebe ihm das Gefühl, gebraucht zu werden und sich um mich kümmern zu können.

Meine Beine zittern nach wenigen Metern. Was Lukas dazu veranlasst, mich fester zu umfassen und seinen anderen Arm um meine Taille zu schlingen. Dabei streift er den schmalen Streifen nackter Haut zwischen meinem T-Shirt und dem Hosenbund. Ein warmer Schauer rieselt durch mich hindurch, und ich schnappe nach Luft. Sofort wünsche ich mir, seine Finger würden weiterwandern, mehr von mir erkunden.

Ich selbst habe nach dem Kuss auf unserer Herausforderung bestanden, aber gerade bereue ich es. Diese kurze, versehentliche Berührung fühlt sich schon intensiv und prickelnd an; wie muss es erst sein, wenn Lukas sich Zeit nimmt? Ich würde all meine Lieblingsbücher darauf verwetten, dass er ein aufmerksamer Liebhaber ist, der sich um die Bedürfnisse seiner Partnerin kümmert.

Seine Finger streichen erneut knapp oberhalb meines Hosenbundes entlang. Langsam und bedächtig zeichnen sie eine glühende Linie auf meiner Haut. Es kann kein Zufall sein.

Mir stockt der Atem, und ich hasse es. Mein Körper ist so ein Verräter, aber der größte von allen ist mein Herz. Es scheint einen Freudentanz in meiner Brust aufzuführen, weil es für diese wenigen Sekunden endlich bekommt, wonach es sich seit Wochen sehnt.

Du bist so erbärmlich, schießt es mir durch den Kopf. Genau das ist es, was Annelie jetzt zu mir sagen würde. Sie würde mich fragen, wie ich mich derart von einem Mann, der nie auf mehr als einen One-Night-Stand aus ist, um den Finger wickeln lassen kann. Ob ich so wenig Selbstachtung habe. Ob ich wirklich alles riskieren will für ein einziges Mal.

Moment, warum denke ich jetzt an Sex?

Sofort erhitzen sich meine Wangen. Ich wende das Gesicht von Lukas ab, versuche es vor ihm zu verbergen.

Aber ich bin nicht schnell genug.

»Endlich haben deine Wangen wieder eine gesunde Farbe. Hätte ich gewusst, wie einfach ich die Blässe vertreiben kann, hätte ich dir schon früher meine Fingerfertigkeiten bewiesen«, sagt er zweideutig und wackelt mit den Brauen.

Die Hitze wird stärker. »Gott, Lukas, bitte sag so was nie wieder zu mir.«

»Gott Lukas? An diese Kombination aus deinem Mund könnte ich mich gewöhnen.«

Ich kichere und versuche, es mit einem theatralischen Seufzen zu überspielen. »Hör sofort auf mit diesem Unsinn.«

Lukas beugt sich langsam zu mir, kommt meinem Gesicht so nah, dass sein Atem über meine Stirn streicht. »Warum?«, haucht er. Seine Stimme ist rau, dunkel, und ich frage mich, ob er so auch im Schlafzimmer mit mir sprechen würde. »Weil du dabei Tatsachen erkennst, die du dir nicht eingestehen möchtest?«

Ja, und das ist ein verdammtes Problem, will ich schreien, stattdessen reiße ich mich zusammen und verziehe keine Miene. »Du spielst mit dem Feuer, Lukas Schaub.«

»Oh nein, ich spiele nicht damit. Ich entfache es und habe keinerlei Absichten, je wieder die Kontrolle darüber zu verlieren.«

Ich blinzele, und es ist jetzt wirklich schwer, mein Pokerface beizubehalten. Er tarnt seine Worte als Scherz, versteckt jedoch so viel dahinter, dass mein Herz in meiner Brust mit all den Fragen in meinem Kopf um die Wette rast.

Aber eine ist stärker als alle anderen.

Warum? Warum zur Hölle legt Lukas es darauf an, die Herausforderung zu brechen? Es scheint, als hätte er seinen Sieg längst über Bord geworfen und in den Wellen versenkt.

Und verdammt, wieso gefällt mir das so?

Wut erfasst mich. Auf Lukas, aber vor allem auf mich selbst. Annelie hat recht. Es fehlt mir an Selbstachtung. Egal, wie sehr ich mir vorgenommen habe, auf der *Sapient Sailor* mutiger und selbstbewusster zu sein, im Inneren habe ich mich kein bisschen verändert.

Ich würde am liebsten losstürmen, aber dazu fehlt mir die Kraft. In mir keimt der Wunsch auf, mich unter der Bettdecke zu verkriechen und vor der Welt zu verstecken. Selbst mein Vorhaben, die Qualle zu recherchieren, begeistert mich nicht länger. Dabei fühlt sich die Vergiftung ein bisschen so an wie die erste

Beweisprobe auf meinem Weg zur Meeresbiologin. Sie gehört irgendwie dazu. Den Tieren und Pflanzen so nah zu sein, deren Gefahren und Eigenarten am eigenen Leib miterlebt zu haben. Eine Erfahrung, die ich jetzt, da ich in Sicherheit bin und mir nichts passiert ist, niemals wieder eintauschen würde. Die Welt des Meeres ist nicht nur faszinierend und bunt, sie ist außerdem düster und brutal, nur der Stärkste überlebt. Sie ist ein Zusammenspiel aus vielen einzelnen Facetten, die mich alle gleichermaßen in ihren Bann ziehen.

Lukas stützt mich weiterhin, und ich gestehe es mir nur ungern ein, aber es ist nötig. Keine Ahnung, ob ich den Weg zu meiner Kabine allein bewältigt hätte.

Ich erwarte, dass er mich vor der Tür absetzt und verschwindet. Mir Zeit gibt, nachzudenken über all die turbulenten Ereignisse der letzten Stunden. Erst der Streit mit Abi, dann die Qualle und jetzt diese Andeutungen von ihm. Mein Kopf ist so voll, dass ich am liebsten sofort umdrehen und auf das Horizontdeck gehen würde. Die Wellen zu beobachten, hat mir schon immer beim Nachdenken geholfen. Zu Hause habe ich das Meer jeden Tag vermisst. An den Starnberger See zu fahren, ist einfach nicht dasselbe.

Schnell vertreibe ich die Gedanken an zu Hause und den Drang nach frischer Luft. Nach der Vergiftung gehöre ich dringend ins Bett. Vorher werde ich das Bullauge öffnen, um dem Treiben im Hafen immerhin ein bisschen zu lauschen.

Lukas bleibt eisern neben mir stehen.

»Worauf wartest du?«, frage ich und klopfe meine Taschen nach der Bordkarte ab.

Ich kann sie nicht finden. *Mist.* Habe ich sie am Strand verloren? Ich kann mich noch daran erinnern, wie ich in den Sand getaumelt bin, nachdem die Würfelqualle mein Bein in Brand steckte.

»Ich lasse dich nicht allein, das habe ich dir am Strand versprochen«, sagt Lukas. Ich hole Luft, um zu protestieren, aber er fügt hinzu: »Du suchst bestimmt deine Bordkarte, oder? Ich habe sie vorhin aus deiner Tasche genommen, als du halbtot warst und wir uns ausweisen mussten.«

Er zieht einen Cardholder aus der hinteren Hosentasche und scannt meine Bordkarte an der Kabinentür. Danach reicht er sie mir.

»Irgendwann musst du mich allein lassen«, starte ich einen letzten Versuch, ihn abzuwimmeln.

»Wenn Abi kommt.«

Sofort muss ich an den Streit mit ihr denken, der mich überhaupt erst in die »Quallen-Lage« gebracht hat.

»Mir passiert schon nichts.«

»Was, wenn du krampfst oder das Gegenmittel aufhört zu wirken? Und dann niemand bei dir ist, um den Arzt zu rufen?« Seine Stirn furcht sich, seine lockere, scherzhafte Stimmung ist verschwunden. Vielleicht war sie die ganze Zeit nur aufgesetzt.

»Na gut, dann komm eben mit rein«, gebe ich mich geschlagen. »Aber keine Witze oder ununterbrochenes Reden, ich brauche jetzt Ruhe.«

Lukas lächelt. Nicht albern oder jungenhaft, sondern echt und ehrlich. Dieses Lächeln sehe ich nicht oft an ihm, und früher habe ich innerlich jedes Mal einen Freudentanz aufgeführt, wenn ich es schaffte, es ihm zu entlocken.

Okay, nein, nicht nur früher. Auch jetzt flippt mein Herz aus und schlägt Salti in meiner Brust.

»Du weißt, dass ich sehr wohl die Klappe halten kann.«

»Ja, wenn dein Mund mit anderen Dingen beschäftigt ist«, schnaube ich, ohne darüber nachzudenken. Dann laufe ich rot an. Mist, warum habe ich das laut gesagt?

Lukas lacht auf, schiebt mich in die Kabine und zieht die Tür hinter uns zu. »Wir können diese Aussage gerne auf die Nachwirkungen des Gegengifts schieben, wenn du möchtest.«

»Weil sie auch nur dem geschuldet war.«

Lukas grinst. »Klar.«

Ich zwänge mich an ihm vorbei, hole mir frische Kleidung aus dem Schrank und will im Bad verschwinden. Er hält mich zurück.

»Bist du sicher, dass du damit nicht auf Abi warten willst? Was, wenn du in der Dusche einen Schwächeanfall bekommst oder …«

»Meine Güte, Lukas, jetzt reiß dich zusammen. Ich werde fünf Minuten unter der Dusche überleben.«

Ich verdrehe die Augen und verschwinde im Bad.

»Schrei, falls was ist!«, ruft er durch die geschlossene Tür.

Leider sorgen seine Worte dafür, dass ich die gesamte Zeit unter der Dusche darüber nachdenken muss, wie es wäre, wenn mir tatsächlich die Beine einknicken würden und ich Lukas rufen müsste. Wäre ich unsicher, sobald er mich nackt sieht? Oder würde sein Blick mir ein heißes Prickeln zwischen den Beinen bescheren? Würde ich eine Gänsehaut bekommen, wenn er mich berührt, um mir aufzuhelfen? Würde sein Atem über meine nackten Brüste streichen, sobald er sich zu mir beugt, würden sich meine Brustwarzen aufstellen und …

Verdammt, ich muss echt damit aufhören und meine Gedanken in eine ungefährliche Richtung zurücklenken. Am besten auf die Striemen an meinem Bein, die sich grellrot von der hellen Haut abzeichnen und vermutlich für immer ein Andenken an den heutigen Tag bleiben.

Als ich zehn Minuten später aus dem Bad komme und Lukas auf meiner Bettkante sitzen sehe, ist all die Ablenkungsarbeit dahin, und die Bilder schieben sich zurück vor mein inneres Auge. Prompt röten sich meine Wangen.

Unsere Blicke treffen sich, Lukas stutzt. Er holt tief Luft, dann schüttelt er den Kopf und springt hastig von der Bettkante auf.

»Was ist?«, frage ich. Er hat die Decke bereits zurückgeschlagen, das Kissen für mich aufgeschüttelt und das Bullauge gekippt, sodass frische Luft hereinströmt.

»Du möchtest nicht, dass ich meinen Gedanken ausspreche.«

»Du kennst mich lange genug, um zu wissen, dass ich es jetzt umso mehr möchte.«

Lukas scheint kurz mit sich zu ringen, aber dann tritt er so schnell einen Schritt auf mich zu, dass ich vor Schreck erstarre. Er keilt meine Kniekehlen zwischen seinen Beinen und dem Bettgestell ein und greift nach meinem Unterarm, um mich festzuhalten, bevor ich das Gleichgewicht verlieren kann, als ich wie automatisch zurückweichen will. Seine andere Hand legt er an meinen Hals, streicht mit dem Daumen über meine Wange.

»Du siehst aus, als hättest du gerade einen Orgasmus gehabt.« Seine Finger gleiten meine Schläfe hinauf bis in meine Haare und verweilen dort. Seine Stimme ist rau, geht mir so tief unter die Haut, dass ich erschauere. »Also, Eisherz. Verrätst du mir, was du unter der Dusche getrieben hast?«

Ich bekomme kaum Luft, weil er mir so nah ist. Diese dunklen Augen, in denen ich mich schon immer verlieren konnte. Das Funkeln darin raubt mir den Verstand und zieht mich wie magnetisch an.

»Ich habe mir vorgestellt, wie du hereinkommen würdest«, gebe ich zu.

Ein dunkler Laut entringt sich seiner Kehle, und er schließt die Augen. »Und was habe ich gemacht?«

Ich greife nach seinem Handgelenk und lege es auf meinen Brustkorb. »Du hast mich berührt«, antworte ich leise. Seine Finger spreizen sich über dem Stoff meines T-Shirts, bevor sie sich um meine rechte Brust wölben. Er drückt zu, und ich keuche auf. Ich wünschte, Lukas' Wärme würde den Stoff versengen, bis ich sie auf meiner nackten Haut spüren könnte.

Er senkt den Kopf, und seine Lippen finden meine. Alles in mir atmet auf wie die Pflanzen nach dem Winter. Ich habe mir eingeredet, unser Kuss dürfte sich nicht wiederholen, doch insgeheim habe ich mich danach verzehrt, Lukas wieder so nah zu sein.

Seine Lippen sind sanft, sie tasten sich vorsichtig an mich heran. Dann werden sie fordernder, fast schon gierig, als ob er beweisen müsste, dass ich wirklich hier bin, dass ich lebe. Wahrscheinlich sich selbst, doch er beweist es mir ebenso. In seinen Armen fühle ich mich lebendig. Ich spüre jeden Zentimeter meines Körpers und jede Emotion in meinem Inneren überdeutlich. Als läge stets ein Filter über mir, den nur Lukas entfernen kann. Bei ihm fühle ich mich zugehörig und begehrt.

Seine Hand wandert von meiner Brust über meine Schulter auf meinen Rücken, und er zieht mich näher an sich heran. Es kann niemals nah genug sein, erst recht nicht mit all dem Stoff zwischen uns. Ich lasse die Hände unter sein Shirt gleiten und spüre die festen Muskeln unter seiner warmen Haut. Ein aufgeregtes Prickeln breitet sich in mir aus, während ich seinen Bauch erkunde. Er stöhnt in meinen Mund, Gänsehaut entsteht unter meinen Fingern, und ein Hochgefühl rauscht durch mich hindurch, weil ich die Macht habe, Lukas solche Reaktionen zu entlocken.

Lukas hält mich, als er mit der Zunge in meinen Mund dringt und meine Knie weich werden. Ich schmecke rohe Emotionen, gemischt mit Verzweiflung und Verlangen. Er ergreift mit seinem Mund Besitz von mir, ohne Worte verspricht er und fordert zugleich.

Mein Körper bebt, während er seine Hand an meinem Rücken hinuntergleiten lässt und mit der anderen in meinen Haaren wühlt. Ich presse mich an ihn, spüre seine Erektion und keuche auf. Das Hochgefühl verstärkt sich, weil ich allein dafür verantwortlich bin. Meine Finger ziehen Kreise über seinen Bauch, bahnen sich ihren Weg tiefer in Richtung des Hosenbundes von Lukas' Badeshorts.

Der Wunsch, nie wieder von ihm losgelassen zu werden, keimt in mir auf. Es gibt keine Unsicherheit, keine Zweifel mehr – nur noch uns beide und das brennende Verlangen, das den gesamten Raum wie elektrisch aufzuladen scheint. Ich fühle mich bereit, einen Schritt weiterzugehen, und nestele an den weißen Schnüren der Badeshorts.

Plötzlich öffnet sich die Tür, Schritte erklingen. Lukas und ich fahren erschrocken auseinander. Meine Wangen glühen, meine Lippen prickeln. Im nächsten Moment biegt Abi um die Ecke.

»Henriette, ich habe gehört, du ...« Sie bricht ab, blickt zwischen uns hin und her. »Alles okay? Ich hoffe, ich störe nicht?«

Lukas blinzelt, wird blass. »Nein«, sagt er hastig. »Gut, dass du da bist, ich wollte Henriette nicht allein lassen, aber ... Ich muss jetzt los.«

Er kann gar nicht schnell genug an Abi vorbei und zur Tür stürzen. »Bis dann!«, ruft er und verlässt die Kabine. Trotz Abis Unterbrechung hätte er sich richtig von mir verabschieden können. Stattdessen fühlt es sich so an, als hätte er die Gelegenheit ergriffen, vor mir zu flüchten.

Ich frage mich, ob dieser zweite Kuss ein Fehler war. Den ersten konnten wir vergessen. Nun ja, nicht vergessen, schließlich hat er meine Welt aus den Angeln gehoben, aber ... wir konnten ihn akzeptieren und weitermachen. Jetzt konnte mir Lukas kaum in die Augen sehen.

»Geht es dir gut?«, fragt Abi. »Eine Qualle hat dich gestochen?«

»Ja, es war schrecklich. Ich bin total fertig. Können wir später oder morgen reden?«

Sie zögert, nickt schließlich. »Okay, wir verschieben das Reden. Aber nur, weil du – wie man sich erzählt – fast gestorben bist.«

Na super, bin ich gerade Gesprächsthema Nummer eins der *Sapient Sailor*? Überforderung breitet sich in mir aus, und die gesamte Situation ist mir plötzlich zu viel. Jeder Zentimeter meines Körpers fühlt sich vor Erschöpfung bleischwer an. Tränen steigen in meinen Augenwinkeln auf, brennen so stark, dass sie beinahe überlaufen. Aber ich halte sie eisern zurück. Ich will nicht, dass Abi sie sieht und doch darauf besteht, jetzt zu reden. Ich kann das gerade nicht.

Nicht nach diesem Kuss mit Lukas, der nach Hoffnung geschmeckt hat.

»Danke«, sage ich leise, bevor ich ins Bett klettere, die Decke über mich ziehe und mich in Richtung Wand drehe.

Ich schließe die Augen, sehe sofort Lukas vor mir. Fühle seine Lippen auf meinen und Schmerz in meiner Brust. Die Tränen bahnen sich ihren Weg zwischen meinen geschlossenen Lidern hervor, verschwinden im Kissen.

Stumm weine ich, bis ich endlich einschlafe.

Sechs Jahre zuvor

Henriette

Seit Tagen hatte ich nichts mehr von Lukas gehört. Das letzte Mal gesehen hatte ich ihn vor zwei Wochen am letzten Schultag, wo er mir aus dem Weg gegangen war. Vielleicht auch ein wenig ich ihm. Schließlich fand ich sein momentanes Verhalten echt uncool, und dass er, was Annelies Flirtversuche anging, nicht langsam mal ein Machtwort sprach, machte mich wütend. Es verletzte mich. Keine Ahnung, welches der beiden Gefühle schlimmer war. Das eine ließ mich nicht mehr klar denken, das andere sorgte dafür, dass ich nachts kein Auge zubekam.

Vorhin hatte es mir gereicht. Das ging so nicht weiter. Da Lukas auf keinen meiner Anrufe reagiert hatte, stand ich jetzt hier, vor der Haustür der Villa der Schaubs.

Der Mercedes von Lukas' Mutter parkte nicht wie sonst unter dem Carport, aber ich wüsste, wenn sie damit zum Flughafen gefahren wären. Einen Sommerurlaub hätte mir Lukas nicht verschwiegen. Wenn ich recht darüber nachdachte, hatte er überhaupt nichts von einem Urlaub in diesen Sommerferien erzählt. Komisch. Dabei flogen die Schaubs immer irgendwohin. Etwas, auf das ich ein bisschen neidisch war. Mein Vater war ständig im

Krankenhaus oder auf Abrufbereitschaft, sodass Annelie und ich meistens mit unserer Mutter allein verreisten.

Am besten handhabte ich diesen Besuch wie ein Pflaster: abreißen und den zwiebelnden Schmerz schnell hinter mich bringen. Ich betätigte die Klingel.

Die Tür mit den goldenen Beschlägen wurde geöffnet, und Lukas' Vater stand vor mir. Erschrocken schnappte ich nach Luft. Er sah aus wie eine wandelnde Leiche. Sein Gesicht, das Lukas' so ähnlich war, war eingefallen und wurde von dunklen Augenringen dominiert. Sein sonst akkurat gestutzter Bart wirkte ungepflegt und er müffelte ziemlich. *Eklig.*

»Hallo, ich möchte bitte zu Lukas.«

Er stieß ein kaltes Lachen aus, bei dem mir ein Schauder über den Rücken lief. Nie zuvor hatte ich ihn so neben sich stehen sehen. Angst breitete sich in mir aus, zusammen mit der Gewissheit, dass irgendetwas nicht stimmte.

»Er ist weg.«

»W-weg?«, stammelte ich.

»Ist letzte Woche mit seiner Mutter nach Hamburg gezogen.«

Ich hätte nicht gedacht, dass ein Satz es schaffen könnte, meine ganze Welt zu zerrütten. Normalerweise kündigten sich Tsunamis an. Es gab Anzeichen. Ein Erdbeben, der Rückzug des Wassers oder ungewöhnlich hohe Wellen. Doch dieser hier? Er kam so plötzlich, dass ich keine Chance hatte. Mir blieb keine Rettung, nur das Ertrinken.

Auf den Stufen der Villa, in der ich die letzten fünf Jahre unzählige Stunden verbracht hatte, gaben meine Knie nach. Hilflos sah Herr Schaub zu, wie ich keine Luft mehr bekam. Wie meine Lungen sich unaufhaltsam mit Wasser füllten.

Lukas war fort. Für immer. Und er hatte sich nicht einmal von mir verabschiedet.

Kapitel 35

Lukas

Wie konnte ich Henriettes Situation gestern nur derart ausnutzen? Keine Stunde zuvor ist sie beinahe gestorben, war erschöpft, durcheinander. Und trotzdem habe ich die Herausforderung, um deren Aufrechterhaltung sie mich nach unserem ersten Kuss gebeten hat, gebrochen. Ich komme mir wie der größte Arsch der Welt vor. Für den Moment unseres Kusses hatte ich endlich das Gefühl, zu Hause angekommen zu sein. Doch die Wahrheit ist, ich war rücksichtslos. Genau wie mein Vater.

»Welche Laus ist dir denn über die Leber gelaufen?«, fragt Kai und reißt mich damit aus den reuevollen Gedanken.

Ich spucke die Zahnpasta ins Waschbecken. »Keine, bin nur müde«, antworte ich und stelle die Zahnbürste in den Becher. So schwungvoll, dass er umkippt und in Richtung Toilette segelt. Gerade so kann ich ihn auffangen.

»Na sicher«, kommentiert Kai mit erhobenen Brauen. »Ist es wegen Henriette? Dass sie von dieser Qualle gestochen wurde, hat uns, glaube ich, alle ziemlich wachgerüttelt. Die Gefahren sind uns bekannt, wir haben schon so oft davon gehört. Ich sag nur Steve Irwin, der bei seiner Forschung am Great Barrier Reef von einem Stachelrochen erwischt wurde und daran starb. Aber es in der Realität zu erleben, ist …«

»Halt einfach die Klappe, Kai«, unterbreche ich ihn, und weil es nicht fair ist, meine schlechte Laune an ihm auszulassen, füge ich hinzu: »Bitte. Nur für ein paar Minuten. Ich kann jetzt gerade nicht reden oder zuhören.«

Er nickt, lässt mich aus dem Bad und geht dann selbst hinein.

Ich trete an das kleine Bullauge heran und blicke hinaus. Unsere Kabine liegt auf der zur Insel hin ausgerichteten Seite. Das türkisfarbene Wasser der Lagune rollt in sanften Wellen auf den weißen Sandstrand, der von üppigen Palmen gesäumt ist. Das Paradies erstreckt sich vor mir, aber ich kann nur an das denken, was Kai eben gesagt hat. Es ist trügerisch, birgt Gefahren. Als Meeresbiologiestudent ist mir bewusst, dass Schlangen, Spinnen und Quallen in diesen Gefilden giftiger sein können als in Deutschland. Aber es ist etwas anderes, darüber zu lesen, als einen der mir wichtigsten Menschen halb bewusstlos über den Strand zu schleifen und um sein Leben zu bangen.

Kai kommt aus dem Bad. »Hast du die Nachricht in *SailUp* gelesen? Sie haben eine spontane Notfall-Versammlung einberufen, um uns im Umgang mit Vergiftungen aufzuklären.«

»Jetzt sofort?«

»Ja, direkt vor der ersten Vorlesung.«

Wir machen uns auf den Weg ins Theater. Kai erfüllt meine Bitte und schweigt tatsächlich. Leider werden meine Gedanken dadurch nur umso lauter. Henriette Gewissheit schenken, es ernsthaft mit ihr zu versuchen, ist alles, was ich will. Aber nicht auf die Weise, wie es gestern lief. Ich möchte sie nicht ausnutzen, sondern unsere Bedürfnisse gleichberechtigt nebeneinanderstellen. Stattdessen habe ich sie verletzt.

Ich balle die Hände zu Fäusten. Später werde ich ihr meine Reaktion erklären müssen. Hoffentlich wünscht sie sich noch genauso Gewissheit wie nach unserem ersten Kuss.

Aber erst einmal steht diese Notfall-Versammlung an. Ausgelöst durch Henriettes Verletzung. Sie muss sich schrecklich deswegen fühlen, sie hasst es, im Mittelpunkt zu stehen und der Grund für Getuschel zu sein.

Ob sie überhaupt dabei sein wird? Oder heute auf ihrem Zimmer bleibt?

Ich kann mich nicht entscheiden, was davon mir lieber ist. Sie zu sehen und nicht sofort um Verzeihung dafür bitten zu können, dass ich mich wie ein Arsch verhalten habe, wird schwer werden. Gleichzeitig sehne ich mich nach ihrer Nähe. Wenn sie mich umgibt, fühle ich mich gelöster, glücklicher.

Am Eingang zum Theater müssen wir wie immer unsere Bordkarten scannen, aber ich bin abgelenkt, recke bereits den Hals, um im Inneren auf die Suche nach Henriette zu gehen. Von ihr fehlt jede Spur. Wenige Minuten später kommt Abi ohne sie herein, und Enttäuschung flutet mich.

Professor Waldmann hält uns zusammen mit der Expertise von Doktor Lutz einen Vortrag über die Gefahren des Pazifiks und wie wir in Zukunft mit Unfällen oder Verletzungen umgehen sollen. Er entschuldigt sich, uns nicht schon direkt am Anfang der Reise unterrichtet zu haben, und schwadroniert eine halbe Ewigkeit darüber, dass dies das erste Auslandssemester dieser Art ist und die Organisation noch dazulernt.

Meine Gedanken driften immer wieder zu Henriette ab. Ich muss unbedingt mit ihr reden und hoffe, nicht alles kaputtgemacht zu haben mit meiner überstürzten Flucht gestern oder dem Überschreiten ihrer gezogenen Grenze. Sie hat den Kuss zwar erwidert, aber sie war dennoch durcheinander. Ich muss das in Ordnung bringen und Verantwortung übernehmen. Dabei kann ich nur hoffen, dass sie mich nicht zum Teufel jagen wird. Dass ihr Herz bei dem Gedanken, den Kuss zu wiederholen, genauso schneller schlägt wie meins. Sie diesmal auf mein Angebot, es zu versuchen, eingehen wird. Und wir eine Lösung finden, wie wir dabei weder unsere Zusammenarbeit noch unsere Studienleistung aufs Spiel setzen.

***

Henriette

Ich liege im Bett und schaue mir auf meinem Laptop eine Doku über die Erderwärmung an, kann mich aber kaum auf das Erzählte konzentrieren. Mehrmals musste ich bereits zurückspulen, und jetzt habe ich schon wieder keine Ahnung, wie die Sprecherin vom Regenwald auf die Antarktis übergeleitet hat.

Seufzend drücke ich auf Pause, stelle den Laptop neben mich auf die Matratze und stehe vom Bett auf. Meine Beine gleichen Wackelpudding, ich fühle mich, als hätte ich einen ganzen Tag von Elisas Zumba-Kurs hinter mir. Dennoch drängt es mich nach draußen, ich will das Meer sehen, Neues lernen, statt hier drinnen zu versauern. Durch das Dengue-Fieber habe ich genug Lehrstoff verpasst, und jetzt scheint es sich zu wiederholen. Warum muss ausgerechnet ich die volle Bandbreite an Ausfällen abbekommen?

Ich schaue aus dem Bullauge zum wolkenlosen hellblauen Himmel hinauf. Die Sonne strahlt mit aller Kraft, lässt die seichten Wellen glitzern, als wären sie von Swarovski-Kristallen überzogen. Der Horizont erstreckt sich schier endlos in die Weite.

Sonst kann mich der Anblick des Meeres ablenken, aber heute ist die Gewissheit, das Gespött des Segelschiffs zu sein, stärker. Wegen mir wurde eine Versammlung einberufen. Die Studierenden müssen mich für dämlich halten, weil ich die Qualle nicht gesehen habe. Sie werden genervt sein, weil ihnen dafür Freizeit abgezwackt wurde. Es ist meine Schuld.

Stopp. Schluss mit den selbstzerstörerischen Gedanken. Jedem hätte der Unfall passieren können, die Würfelqualle ist mit ihrem transparenten Körper praktisch unsichtbar. Außerdem sind wir nicht mehr in der Schule, sondern erwachsen. Ich muss endlich aufhören, immer die Vergangenheit vor Augen zu haben, sobald etwas in meinem Leben nicht nach Plan verläuft.

Ein Klicken ertönt an der Kabinentür, dann öffnet sie sich, und Abi kommt herein. Sie stockt, sobald sie mich entdeckt, stützt die Hände in die Hüften und funkelt mich empört an. »Warum liegst du nicht im Bett?«

»Ich habe nur kurz aus dem Fenster gesehen.«

Abi wirkt nicht überzeugt.

»Es geht mir gut«, füge ich hinzu. »Wirklich. Schlimm genug, dass ich zur Bettruhe gezwungen bin und eine ganze Woche Uni verpasse.«

»Die eine Woche ist kein Weltuntergang, außerdem liest du die Skripte mit, und ich schicke dir zusätzlich meine Notizen. Aber du solltest dich wirklich ausruhen.«

Es ist zwecklos, mit ihr zu diskutieren. Doktor Lutz war sehr deutlich, als er heute Morgen kam, um nach mir zu sehen. Ich muss mich ausruhen und jegliche körperliche Anstrengung unterlassen. Direkt danach ist er ins Theater gegangen, um die Studierenden aufzuklären. Nicht ohne mich zuvor an den Termin zur Nachkontrolle zu erinnern.

Abi durchquert den Raum und setzt sich mir gegenüber auf ihr Bett. Erst jetzt bemerke ich, dass sie einen Beutel dabeihat. Sie reicht ihn mir. »Lunch für später. Habe ich nach der Versammlung für dich abgeholt, weil ich nicht weiß, ob wir zur Mittagspause auf dem Schiff sein werden.«

Ein Stich durchfährt mich. Zusammen mit dem Gefühl, etwas zu verpassen. Am liebsten würde ich aufspringen, meinen

Pyjama loswerden und Professorin Weber anflehen, mich mitzunehmen. Ich hatte mich schon so darauf gefreut, endlich die Grüne Meeresschildkröte in freier Natur zu sehen. Mit ihren eineinhalb Metern Länge und dem Gewicht von bis zu 200 Kilogramm muss sie ein beeindruckender Anblick sein. Schildkröten haben sogar die Dinosaurier überlebt und gehören zu den ältesten Reptilien der Welt. Heute gilt die Grüne Meeresschildkröte als stark gefährdet, genauso wie viele andere Meeresschildkröten auch, weil sie regelmäßig ungewollt als Beifang in den Netzen von Fischern landen. Das Bedürfnis, mich aus dem Bett zu schwingen, kribbelt mir bis in die Zehen. Aber Abi hat recht, es ist nur eine Woche, und nach gestern sollte ich kein Risiko eingehen.

»Danke«, sage ich und stelle die Tüte auf den Nachtschrank.

»Ich muss mich bei dir entschuldigen. Was ich gestern zu dir gesagt habe, war nicht fair. Ich halte dich nicht für fake. Manchmal habe ich das Gefühl, dass du Dinge vor mir zurückhältst, aber es steht mir nicht zu, dich derart zu bedrängen. Eigentlich wollte ich dich gestern nur wissen lassen, dass ich für dich da bin und du bei mir nicht immer stark sein musst. Es tut mir leid, wie es eskaliert ist.«

Meine Kehle wird eng, ich schlucke gegen das Gefühl an. »Mir tut es leid, dass ich so überreagiert habe. Ich hätte dir die Chance geben sollen, dich zu erklären.« Ich blinzele, als Tränen in meinen Augen aufsteigen. »Du hast mit deinem Vorwurf genau ins Schwarze getroffen, in den letzten Wochen war ich manchmal fake. Ich …« Ich breche ab, ordne meine Gedanken und beschließe, ihr die ganze Geschichte zu erzählen. »In der Schule war ich eine Außenseiterin, hatte nur Lukas zum Freund, bis er in der zehnten Klasse weggezogen ist. Danach war ich allein, kaum jemand hat mit mir gesprochen. Alle hatten nur Augen für meine beliebte Schwester, die mich in jeder Hinsicht in den Schatten gestellt hat. Ich dachte, wenn ich mich ein bisschen mehr so verhalte wie sie, finde ich schneller Anschluss und werde vielleicht gemocht.«

Mitgefühl breitet sich auf Abis Miene aus. »Es tut mir leid, dass du das durchmachen musstest.«

»Es war dumm von mir, mich zu verstellen. Ich verstehe, wenn du mir das übelnimmst. Ich habe mich in den letzten Monaten manchmal gefragt, ob du mich nur magst, wenn ich so bin wie meine Schwester. Deshalb habe ich bei dem Wort Fake derart überreagiert.«

»Ich verstehe deine Beweggründe, doch sich zu verstellen, ist nie gut. Danke, dass du es mir erzählt hast. Obwohl ich zugeben muss, dass ich jetzt verwirrt bin. Wie oft habe ich wirklich *dich* zu sehen bekommen?«

Schmerz und Scham breiten sich in meinem Inneren aus. Ich vergrabe das Gesicht in meinen Händen, komme mir auf einmal so bescheuert vor. Wie konnte ich denken, dass es sich gut anfühlen würde, gemocht zu werden, wenn ich wie Annelie bin? Ich bin nicht sie. Mein wahrer Wunsch hätte sein müssen, Menschen zu finden, die mich um meinetwillen in ihrem Leben haben wollen. Das erkenne ich nun.

»Hey.« Abi zupft an meinen Fingern, aber ich schaffe es nicht, die Hände herunterzunehmen und ihr in die Augen zu sehen. »Ich bin dir nicht böse, und ich werde mich ganz sicher nicht von dir abwenden, wenn das gerade deine Angst ist«, sagt sie sanft. »Versprich mir einfach, in Zukunft du selbst zu sein, okay? Wie gestern schon gesagt, haben ein paar Äußerungen von dir manchmal unecht auf mich gewirkt, und ich mochte vor allem die Momente mit dir, in denen du spontan, natürlich und ehrlich warst. Versprichst du mir, dich nicht mehr zu verstellen? Nicht für mich, sondern für dich selbst? Für die Henriette, die unter der Oberfläche schlummert und die ich so gernhabe?«

Ich lasse die Hände jetzt doch sinken. Ein warmes Gefühl ersetzt die Scham. Abi lächelt vorsichtig.

»Ich verspreche es dir«, antworte ich aufrichtig.

»Danke.«

Sie wirft einen Blick auf ihre roségoldene Armbanduhr und seufzt. »Ich muss los, aber eine Frage möchte ich vorher noch loswerden. Wolltest du aus diesem Grund nie über deine Familie reden?«

»Meine Schwester ist kein leichtes Thema für mich. Ich rede generell nicht so gerne über zu Hause. Das hat nichts mit dir zu tun.«

»Okay. Falls sich das ändern sollte, habe ich immer ein offenes Ohr für dich.«

»Danke, Abi. Für alles.«

Sie winkt mir zum Abschied zu und lässt mich allein. Ich komme mir immer noch bescheuert vor, aber ich bin froh, dass wir darüber gesprochen haben. Abi hätte allen Grund gehabt, sauer auf mich zu sein, stattdessen war sie verständnisvoll. Ich habe mir immer eine Freundin wie sie gewünscht. Sie gefunden zu haben, ist wertvoll, und ich werde mir Mühe geben, sie nie wieder zu verlieren.

Kapitel 36

Lukas

Heute ist der Tag, an dem Henriettes verordnete Bettruhe endlich endet. Ich habe in der vergangenen Woche immer wieder bei ihr geklopft, aber sie hat nicht geöffnet. Vielleicht hat sie geschlafen, vielleicht wollte sie niemanden sehen.

Oder mich nicht.

Der Gedanke sorgt für ein unangenehmes Kneifen in meiner Magengrube. Was, wenn ich es mit meinem Verhalten versaut habe? Wir nie eine Chance bekommen werden?

Unruhig rutsche ich auf meinem Stuhl im Lehrraum herum und starre auf die offen stehende Tür.

»Wenn es so aussieht, verknallt zu sein, will ich es nicht«, murmelt Kai neben mir.

Mein Kopf ruckt zu ihm herum. »Wie bitte?«

Er setzt zu einer Antwort an, doch ich höre Schritte von der Tür her und richte meine Aufmerksamkeit wieder dorthin. Henriette kommt herein, sieht sich um, und unsere Blicke treffen sich. Die Welt bleibt für einige Sekunden stehen. Es existieren nur noch wir beide. Ein Kribbeln breitet sich in meinem gesamten Körper aus, am liebsten würde ich sofort aufspringen und auf sie zulaufen. Doch vor dem versammelten Kurs wäre ihr das peinlich.

»Hi«, begrüße ich sie, sobald sie sich an ihren Tisch gesetzt hat. »Geht es dir gut?«

»Wenn ich diese Frage noch einmal gestellt bekomme, schreie ich. Mir geht es gut, ehrlich. Bitte hört auf, mich wie Porzellan zu behandeln.«

»Ist es so schlimm, dass es Menschen in deinem Leben gibt, die sich um dich sorgen?«

»Das ... ich ...« Sie stockt, schüttelt den Kopf. Kummer spricht aus ihren Augen, den ich ihr am liebsten abnehmen würde. »Ich bin das nicht gewohnt, schätze ich.«

In mir keimt das Bedürfnis auf, sie in meine Arme zu ziehen. Wären wir allein, würde ich es tun. Auch auf die Gefahr hin, sie nicht mehr loslassen zu können. Zuvor müssen wir jedoch dringend über den Kuss sprechen. »Können wir heute Nachmittag reden?«

»Abi und ich wollen vor der Party auf dem Horizontdeck unsere Kabine putzen und uns danach gemeinsam fertig machen. Wir sehen uns doch dann dort, oder?«

»Ja, aber ich meinte unter vier Augen.«

»Nicht heute«, wimmelt sie mich ab. Ihr Blick ist ausdruckslos, und mein Herz wird schwer. Ist es ihr so egal? Hat sie längst mit mir abgeschlossen?

Am liebsten würde ich ihre Hand packen und sie auf den Flur hinausziehen. Doch sie steht so schon im Fokus der Aufmerksamkeit. Von überallher ertönt Getuschel, und ich hasse es, zu wissen, dass es Henriette verletzt. Dass es ein wunder Punkt für sie ist.

Einige Sekunden später kann ich mich nicht länger zusammenreißen und springe auf. »Alle mal herhören«, rufe ich laut, und das Getuschel verstummt. »Wenn ihr Fragen an Henriette habt, stellt sie ihr direkt, aber hört auf, hinter ihrem Rücken zu tratschen. Es ist vollkommen okay, dass ihr euch für den Vorfall interessiert. Schließlich kennen wir Vergiftungen und ihre Symptome sonst nur aus Lehrbüchern. Aber hinter ihrem Rücken zu reden, geht gar nicht. Wir sind ein Team, schon vergessen? Also verhaltet euch auch so!«

Henriettes Wangen sind erdbeerrot. Habe ich alles nur noch schlimmer für sie gemacht?

»Mich würde total interessieren, wie es sich angefühlt hat. Online steht, der Schmerz gleicht dem einer schweren Verbrennung. Stimmt das?«, fragt Jonas. »Es ist okay, wenn du nicht darüber sprechen willst.«

»Nein, schon gut«, sagt Henriette. Sie steht auf und geht zu Jonas, lehnt sich an den Tisch neben seinem und berichtet von dem Quallenstich. Schon bald hat sich eine kleine Traube um sie herum gebildet, in der alle ihre Fragen loswerden können.

Abi räuspert sich hinter mir, und ich reiße den Blick von Henriette los.

»Dräng sie nicht.«

»Was meinst du?«

»Zu reden«, erwidert sie. »Dann macht sie nur noch mehr dicht.«

»Ich kenne sie, seit wir Kinder waren, ich weiß genau, wie sie tickt«, erwidere ich gereizt, weil Abi sich einmischt. Dennoch hat sie recht, Henriette zu drängen, hatte schon immer den gegenteiligen Effekt. Dadurch wird sie lediglich offensiv.

»Lass sie ihre Kämpfe allein ausfechten.«

»Ich habe ihr nur einen Schubs gegeben«, verteidige ich mich. »Aber das Geläster besiegt sie gerade ganz allein.«

Abi ignoriert meinen bissigen Unterton und bleibt wie immer in Konfrontationen vollkommen ruhig. Eine beneidenswerte Fähigkeit. »Das meinte ich nicht«, sagt sie und widmet sich demonstrativ ihrem Laptop.

Professorin Weber kommt herein, sodass sich die Traube um Henriette auflöst und sie zu ihrem Platz zurückkehrt.

»Heute sprechen wir über Maßnahmen, um bedrohte Arten der Cook Islands zu erhalten«, beginnt unsere Dekanin die Stunde und startet die interaktive Tafel, von der aus der Oktopus uns stets beobachtet. »Welche Arten fallen Ihnen ein?«

»Der Hammerhai und der Riesenmanta«, sagt Emily.

»Korrekt. Jonas?«

»Der Napoleon-Lippfisch und die Grüne Meeresschildkröte. Außerdem gibt es verschiedene Bäume und Farne, die endemisch auf den Cook Islands sind. Sie gelten als gefährdet, wohingegen der Rarotongamonarch, ein orangegelber Vogel, als stark gefährdet gilt.«

»Das ist richtig. Über den Lippfisch und dessen Überfischung werden wir später unter anderem sprechen«, erwidert Professorin Weber und nickt zufrieden.

Normalerweise mag ich die Vorlesungen, in denen sie uns ermutigt, unser Wissen miteinander zu teilen. Jeder Studierende hat ein anderes Themengebiet, für das er sich interessiert und in dem er sich am besten auskennt. Die Kurse während des Auslandssemesters bieten die Möglichkeit, in den Austausch zu gehen, wohingegen ich zu Hause in der Uni meistens nur zuhöre.

Statt mich in die Diskussion über die verschiedenen Abstufungen von Gefährdung einzuklinken, bin ich abgelenkt. Meinte Abi den Kuss? Haben sie und Henriette über mich geredet?

Ich soll sie ihre eigenen Kämpfe ausfechten lassen. Heißt das, ich soll warten, bis Henriette auf mich zukommt? Ich habe Mist gebaut, muss mich entschuldigen, meine Flucht richtigstellen.

Aber Abi hat recht, ich darf sie nicht drängen. Egal, wie schwer es mir fällt, Geduld zu wahren.

Kapitel 37

Henriette

Lukas seit dem Kuss abblitzen zu lassen, ist nicht fair, das ist mir bewusst. Irgendwann muss ich mit ihm sprechen. Doch seine Reaktion hat mich verletzt und Zweifel in mir gesät. Heute ist der erste Tag, an dem das Ziepen in meinem Bein endgültig verschwunden ist. Ich möchte die Zeit mit Abi auf der Party genießen und mir nicht den Kopf zerbrechen. Das habe ich während meiner verordneten Bettruhe schon lange genug getan.

Zum Glück sind die Gespräche hinter meinem Rücken verstummt. Ich bin froh, dass Lukas unseren Kommilitonen die Ansage gemacht hat, auch wenn ich mir wünsche, ich hätte selbst den Mut dafür gehabt. Ich verstehe ihre Neugier, mir ginge es nicht anders. Nachdem alle ihre Fragen loswerden konnten, haben sich die Spekulationen erledigt.

Bei der Wochenaufgabe können wir durch unser Lernen im Punktestand aufholen. Die Nautiker ebenfalls. Mittlerweile sind die Sprachwissenschaftler zurückgefallen, während wir ein Kopf-an-Kopf-Rennen führen. Der Wettbewerb geht noch acht Wochen, sodass sich alles ändern kann. Dennoch sind wir uns in unserer Studiengruppe in *SailUp* einig, dass sich das Vorbereiten ausgezahlt hat und wir es beibehalten werden. Um Professorin Weber stolz zu machen, und wer auch immer uns sabotiert hat, nicht gewinnen zu lassen.

Zurück in der Kabine, schließe ich die App nach einer Reihe Bizeps-Emojis von Jonas. Eine Nachricht meiner Schwester trudelt ein.

Annelie:
Hey, lange nichts mehr von dir gehört. Alles gut?

Ich trommele unruhig mit den Fingern auf der Tischplatte herum. Die ganze Woche habe ich gezögert, meiner Familie von dem Quallenvorfall zu erzählen. Ich will nicht, dass sie sich Sorgen machen, andererseits gehören Gefahren zu meinem zukünftigen Job dazu. Ihnen ein falsches Bild zu vermitteln, wäre nicht fair.

Ich:
Ja, jetzt ist wieder alles gut. Ich hatte eine unschöne Begegnung mit einer Würfelqualle und musste die ganze letzte Woche im Bett verbringen.

Annelie:
Ich schaue mir gerade Bilder im Internet an und kriege direkt Gänsehaut. Bestimmt verfolgt sie mich bis in meine Albträume! Sie hat dich berührt?

Ich:
Am Bein.

Annelie:
Im Internet steht, man stirbt an ihrem Gift, wenn man nicht alsbald Hilfe bekommt.

Ich:
Ich hatte Glück, Hilfe zu bekommen.

Annelie:
Das macht mir Sorgen. Hättest du dir nicht eine
andere Berufung aussuchen können?
Mama und Papa werden ausrasten.

Ich:
Meine Leidenschaft ist ein Geschenk.
Aber in Zukunft werde ich mehr auf die
Gefahren achten.

Annelie:
Du hast recht. Ich war immer neidisch darauf,
dass du dich für ein Thema mit ganzem Herzen
begeistern kannst, während ich keine Ahnung habe,
was ich mit meiner Zukunft anfangen soll. Ich studiere
Kommunikationswissenschaften eigentlich nur,
um später mal einen gut bezahlten Job zu kriegen.
Erfüllung, wie du sie hast, werde ich da wohl nie finden.
Genieß es!
(PS: Bitte sende mir mehr Bilder,
aber nicht von Würfelquallen oder Spinnen, danke.)

Was ist in letzter Zeit los mit ihr? Sie wirkt reflektiert, ist verständnisvoll und geradezu freundlich. Darüber sollte ich mich freuen, aber stattdessen empfinde ich Angst. Dass alles in sich zusammenfällt und ich diese Seite an meiner Schwester wieder verlieren werde.

Ich sende ihr eine Nahaufnahme von einer Eidechse, um sie zu ärgern, bevor ich ein paar Aufnahmen vom Strand und jungen Schwarzspitzen-Riffhaien im kristallklaren Wasser hinterherschicke. Schildkröten habe ich bisher immer noch keine gesehen, was sich spätestens kommende Woche ändern wird.

»Was ziehst du an?«, fragt Abi und späht um die Tür ihres Kleiderschranks.

Ich lege das Handy auf dem Tisch ab, erhebe mich vom Stuhl und gehe zu ihr, um ebenfalls einen Blick in den Schrank zu werfen. »Auf jeden Fall eine lange Hose. Die Striemen an meinem Bein sind noch immer feuerrot, und ich habe keine Lust, begafft zu werden.«

»Hm«, macht Abi und fährt mit den Fingern über die Kleiderbügel, bevor sie innehält und einen herauszieht. »Wie wäre es damit?«

Sie zeigt mir ein knöchellanges Kleid mit hellblauem Ombré-Muster, lockeren Flügelarmen und zwei überkreuzten Bändern unter dem Dekolleté.

»Ich weiß nicht. Meinst du, das passt mir? Ich habe doch überhaupt nicht deine Oberweite.«

Sie greift nach den Bändern. »Kein Problem, man kann es hier schnüren und anpassen, siehst du?«

Eine Hose wäre einfacher, unauffälliger. Aber ich habe jeden Tag eine an. Warum auf der Party heute Abend nicht etwas wagen? »Okay, ich probiere es an.«

»Vorher müssen wir putzen. Erst die Arbeit, dann das Vergnügen.«

Ich salutiere. »Jawohl, Chefin.«

Sie starrt mich gespielt entsetzt an. »Kai scheint auf dich abzufärben.«

Wir lachen beide, bevor wir zu der kleinen Putzkammer auf unserem Flur aufbrechen. Ich schnappe mir einen Besen und Handfeger, Abi einen Lappen und Reinigungsmittel für das Bad. Wir haben das Putzen lange vor uns hergeschoben, weil wir in der Uni viel zu tun hatten und ich dann Bettruhe verordnet bekommen habe. Doch heute gibt es keine Ausrede mehr.

»Musik?«, fragt Abi.

»Unbedingt!«

Sie zieht ihr Handy aus der Tasche, koppelt es mit ihrem mobilen Bluetooth-Lautsprecher und legt nachdenklich den Kopf schräg. Dann leuchtet ihr Gesicht auf, und sie tippt zielstrebig einen Titel in die Suchleiste ein. Kurz darauf erklingt eine mir bekannte Melodie.

»Oh, den Song erkenne ich wieder! Wie heißt er eigentlich?« Zuletzt hat sie ihn abgespielt, als sie mir nach der ersten Wochenaufgabe, bei der sie so genervt von Kais Besserwisserei war, für die anschließende Party die Haare gewellt hat.

»*The Right Song*. Ich finde, wir sollten ihn offiziell zu *unserem Song* erklären.«

»Abgemacht!«

Abi stellt die Lautstärke höher. Erst summen wir, dann singen und schließlich grölen wir den Text mit. Währenddessen räumen wir herumliegende Kleidungsstücke weg. Dann fege ich den Boden, halte immer wieder inne, um die Hüften zu schwingen oder den Besenstiel als Mikrofon zu benutzen. Es ist albern, aber ich hatte nie zuvor so viel Spaß beim Putzen.

Mit Abi zusammen wild und verrückt zu sein, klärt meine Gedanken, statt sie anzukurbeln. Bei ihr zerbreche ich mir nicht mehr den Kopf darüber, was sie von mir denkt. Es ist ein völlig neues Gefühl für mich, in der Gegenwart einer Freundin so befreit und unbeschwert zu sein. Ich bin ganz ich selbst, ohne die Angst vor Ablehnung oder das Bedürfnis, mich zu verstellen. Abi gibt mir ein Gefühl von Zugehörigkeit, das ich vorher in Freundschaften nicht gekannt habe. Sie ist wie ein Leuchtturm, der mir unaufhaltsam Licht spendet und den kein Sturm erschüttern kann.

Abi tanzt genauso ausgelassen wie ich, schwingt den Lappen über ihrem Kopf wie ein Cowboy sein Lasso und versucht sich sogar am Twerken. Mehr oder weniger erfolgreich, weil sie dabei das Gleichgewicht verliert und fast umfällt.

Mein Bauch schmerzt, so sehr lache ich.

Plötzlich muss ich daran denken, dass über die Hälfte des Auslandssemesters bereits rum ist. Werden wir uns wiedersehen, wenn wir nicht länger Mitbewohnerinnen sind und die *Sapient Sailor* verlassen? Gehen wir getrennte Wege, und diese Freundschaft wird zu einer schönen Erinnerung? Ich spüre, wie meine Brust sich zusammenschnürt, und vertreibe die Fragen schnell, möchte ihnen jetzt keinen Raum geben. Sondern in diesem Moment leben und ihn genießen.

Genau das, was ich mir für das Auslandssemester vorgenommen habe: frei und ich selbst zu sein. Zu handeln, ohne darüber nachzudenken.

Also tanze und singe ich. Vollkommen gelöst, ohne Gedankenchaos. Ich wünschte, dieser Augenblick würde für immer andauern. Und als Abi den Song auf Repeat stellt, fühlt es sich fast so an. Eine kleine Schleife aus Glücksgefühlen.

Wir brauchen viel länger, um das Zimmer zu putzen, als eigentlich notwendig. Dafür haben wir eine Menge Spaß dabei, sodass es uns beiden egal ist. Sobald wir fertig sind, steht mir Schweiß auf der Stirn, und ich bin vollkommen außer Atem. Dennoch liegt ein breites Grinsen auf meinen Lippen.

Abi wäscht den Lappen im Waschbecken aus. Dann wirbelt sie zu mir herum. »Wie cool wäre es eigentlich, eine WG zu gründen? Wir beide zusammen? Vielleicht noch Emily, wenn wir ein Zimmer frei haben?«

»Das wäre der Hammer«, erwidere ich ebenso euphorisch.

Bis mir einfällt, dass es nicht realisierbar ist. Weil ich in München wohne und Abi in Bremen studiert.

»Ich will ohnehin längst bei meinen Eltern ausziehen, habe aber bisher niemanden gefunden, von dem ich mir sicher bin, dass wir uns nicht nach einer Woche auf den Nerv gehen«, fügt sie hinzu und überschlägt sich fast beim Reden, so aufgeregt ist sie. »Doch wir beide haben unsere Beweisprobe hinter uns, leben jetzt seit über drei Monaten auf engstem Raum. Wir sollten das machen, Henriette. Du hast ohnehin überlegt, für den Master zu wechseln.«

»Ich wollte mich demnächst an meine Bewerbungen setzen. Bremen ist auch dabei.« Ich überlege nicht lange, treffe eine Entscheidung aus dem Bauch heraus. »Lass uns einen Deal machen. Wenn ich in Bremen angenommen werde, gründen wir eine WG.«

Kiel war zwar immer meine Wunschuni, doch der schöne Campus, in den ich mich in der Oberstufe verguckt habe, kommt nicht gegen eine gemeinsame Wohnung mit Abi an.

»Deal!« Sie legt den Kopf schräg. »Das sollten wir irgendwie besiegeln.«

Ich lache. »Mit einem Handschlag?«

»Oder Blutsschwesternschaft?«

»O Gott, hast du so was schon mal gemacht?«

»Eventuell.« Sie will sich abwenden, sich wieder dem Lappen widmen, aber ich schnappe ihn ihr weg. »Du wirst mir jetzt alle Einzelheiten berichten!«

Sie gibt sich geschlagen. »Es war in der zwölften Klasse auf einer Klassenfahrt. Meine beste Freundin und ich waren betrunken und haben lautstark darüber gesprochen, wie genial Blutsschwesternschaft wäre. Ein Mitschüler hat sofort sein Taschenmesser gezückt und losgelegt. Die Schnitte waren viel zu tief, es hat so krass geblutet, dass mir schlecht wurde. Aber wir haben es durchgezogen. Nur blöd, dass ich nicht bedacht habe, die linke Hand zu nehmen, sodass ich während der Klausur drei Tage später echt gelitten habe.« Sie zeigt mir ihren rechten Daumen, über den sich eine schnurgerade, senkrechte Narbe zieht. »Eine Erinnerung für die Ewigkeit, insbesondere, da meine Blutsschwester mittlerweile verheiratet ist, mit ihrem Mann Hunderte Kilometer entfernt wohnt und wir nur noch selten Kontakt haben.«

Ich betrachte die Narbe und bekomme eine enge Kehle. FOMO. Das ist es, was ich habe. *Fear of missing out.* Das Gefühl, etwas verpasst zu haben in den Jahren, die ich hinter Annelie verschwand. Nie etwas Verrücktes gemacht zu haben. Nichts erlebt zu haben, weil ich lieber zu Hause blieb. Es ist ein ekliges Gefühl, das sich wie Sirup in jedem Millimeter meines Körpers festsetzt und mein Inneres verklebt.

Noch mehr, als mir klar wird, dass ich mich die letzten Jahre hinter Annelie ausgeruht habe. Mir eingeredet habe, ich würde verblassen, weil es anfangs so war. Aber dann habe ich es akzeptiert, bin in ihrem Schatten geblieben, weil es einfacher war. Bequemer.

Reue erfasst mich, doch sie dauert nicht lange an. Denn es ist nichts verloren. Die meiste Zeit meines Lebens liegt noch vor mir. Ich kann machen, was ich will, jede Richtung einschlagen, die sich ergibt. Zu bereuen, was war, bringt mich nicht voran. Meinen Träumen nachzugehen und Erlebnisse zu schaffen, jedoch schon.

»Auf Blut und Narben kann ich verzichten, aber ich habe eine andere Idee«, sage ich.

Wir lassen das Putzzeug zurück. Abi folgt mir auf das Horizontdeck. Ich stelle mich an die Reling, blicke auf das Meer hinaus. Der Wellengang ist stärker als in den letzten Tagen, der Wind wirbelt unsere Haare auf. Ich breite die Arme aus, lasse die Finger durch die Böen gleiten.

Abi macht es mir nach. »Wir haben einen Deal!«, schreit sie lachend in den Wind. Ihre Locken wirbeln ihr so stark ums Gesicht, dass sie wahrscheinlich kaum etwas sehen kann.

Ich hole tief Luft. »Wir haben einen Deal!«, schreie ich ebenfalls.

Und zum ersten Mal ist es mir egal, ob mich jemand hört oder wer mich gerade für verrückt erklärt. Es gibt nur mich, Abi und das Meer.

Wir schreien und jauchzen, und der Wind trägt unsere Stimmen davon. Ist Zeuge unserer Versprechen und bewahrt sie, bis es Zeit ist, sie einzulösen.

Kapitel 38

Henriette

Ich wippe zum Takt von *In Da Club* und nippe an meinem dritten Drink. Der erfrischende Geschmack nach Limette und Minze überdeckt den Alkohol, der warm in meinem Bauch prickelt.

Abi, Emily und ich stehen an einem Tisch in der Nähe der Bar. Meine Mitbewohnerin späht immer wieder zu Paula, die hinter dem edlen Tresen aus Mahagoni in einem weißen Hemd und schwarzer Fliege Cocktails mixt. Der Andrang ist groß, daher bemerkt sie Abis schmachtende Blicke überhaupt nicht.

»Du könntest zu ihr gehen«, schlage ich vor.

Abi schüttelt den Kopf. »Das wäre unangebracht. Sie muss arbeiten.«

»Sie sieht aus, als könnte sie Hilfe gebrauchen«, wirft Emily ein und zieht schlürfend an ihrem Glasstrohhalm.

»Ist nicht mein Job.« Abi wendet sich demonstrativ von der Bar ab. Ich gebe ihr zwei Minuten, bevor sie der Versuchung von Neuem erliegt. Vielleicht sollten wir tanzen?

Ich stelle meinen Mojito auf den Tisch. Die Limettenscheibe am Rand des Glases gerät ins Kippen, und ich stupse sie mit dem Finger zurück an ihren Platz. Gedankenverloren lecke ich den sauren Saft von der Kuppe. Ein Prickeln in meinem Nacken lässt mich aufschauen. Mein Blick kreuzt den meines Gegenübers, und mein Herz setzt einen Schlag aus.

Lukas.

Schon den gesamten Abend über steht er mit Kai und Jonas genau in meiner Blickrichtung. Um ihren Tisch drängen sich pausenlos Studentinnen, die mit den Männern lachen und flirten. Vielleicht ist mein Drink aus diesem Grund wieder fast leer. Ihn mit anderen Frauen zu sehen, war früher schon kaum auszuhalten. Seit unseren Küssen ist es unerträglich geworden. Insbesondere eine Studentin scheint seine Aufmerksamkeit erregen zu wollen. Ihre blonden Haare glänzen im Schein der Diskokugel, die sich über der Tanzfläche dreht. Sie wirft den Kopf in den Nacken, lacht über einen Witz von Lukas und legt ihm dabei die Hand auf den Unterarm.

Mir wird schlagartig eiskalt. Tanzen klingt auf einmal wie eine hervorragende Idee. Hauptsache, ich muss nicht länger mit ansehen, wie Lukas von dieser Studentin umgarnt wird.

»Kommt ihr mit tanzen?«, frage ich meine Freundinnen.

Emily ist sofort dabei, Abi zögert. Daher ergreifen wir sie kurzerhand je an einer Hand und ziehen sie mit uns, um sie zu ihrem Glück zu zwingen, bevor sie den ganzen Abend Paula anschmachtet.

Wir schlängeln uns bis zur Mitte der Tanzfläche durch. Das Lied wechselt zu einem alten Song von SXTN. Emily jubelt, streckt die Hände über den Kopf und dreht sich im Kreis. Ihre Energie ist ansteckend. Die Bässe pulsieren durch meinen Körper, während ich mich im Takt bewege. Zuerst bin ich ungelenk, doch dann schiebe ich alle zweifelnden Gedanken fort, lasse mich mit der Musik treiben. Je länger ich tanze, desto wärmer wird mir. Eine Windböe spielt mit meinen Haaren, schenkt mir ein bisschen Abkühlung. Emily hüpft und springt, das Licht der Lampen spiegelt sich in ihren strahlenden Augen.

Ich lege den Kopf in den Nacken. Der wolkenlose Himmel ist von Sternen übersät. Unzählige kleine Lichtpunkte, die so viel heller als in München sind. Meine Brust wird weit, ich fühle mich wie schwerelos, und für einen Moment scheint die Welt stillzustehen.

Als ich den Blick wieder senke, steht Lukas neben mir. Zusammen mit der Studentin. Sie wiegt die Hüften elegant im Takt der Musik, und auf einmal komme ich mir im Vergleich zu ihr wie ein Tölpel vor. Sie weiß sich zu bewegen, streicht mit den Händen ihren Körper hinauf und fährt sich durchs Haar.

Ich gerate aus dem Takt, stolpere. Die Menschen um mich herum sind mir auf einmal zu viel, ich will weg, brauche Raum zum Atmen.

»Bin gleich wieder da«, rufe ich Abi und Emily zu, bevor ich mir einen Weg durch die Tanzenden bahne. Dabei laufe ich direkt an Lukas vorbei und kann es mir nicht nehmen, ihn anzurempeln. Mein Verhalten ist kindisch, ich würde es gerne auf den Alkohol schieben, doch die Wahrheit ist, ich bin so verdammt wütend. Wie kann er mich vor einer Woche küssen, mir sagen, wie wichtig ich ihm bin, und jetzt mit einer anderen Frau tanzen? War alles nur gelogen?

Ich laufe bis zur Reling, lehne mich darüber und atme tief die frische Luft ein. Sie ist kühl, schmeckt nach Salz und Träumen. Das Meer ist sonst mein Ruhepol. Warum kommt es jetzt nicht gegen die Wut an?

Hinter mir erklingen Schritte. Hoffentlich sind es nicht Abi oder Emily, gerade möchte ich allein sein. Ich werfe einen Blick über die Schulter und erstarre.

»Was willst du?«, fahre ich Lukas an.

»Geht es dir gut?«

»Verschwinde einfach. Du willst deinen Flirt doch nicht warten lassen.« Es ist gemein, so von der Studentin zu sprechen, doch die Worte schlüpfen mir wie von selbst über die Lippen. Die Wut hat die Kontrolle über mich übernommen, und das macht mir Angst.

Lukas überwindet mit wenigen Schritten den Abstand zwischen uns und lehnt sich neben mir an die Reling. Mein Herz schlägt schneller.

»Was soll das?«, fragt er. »Was ist los mit dir?«

»Mit *mir*? Ich habe dich nicht geküsst und tanze dann kurze Zeit später mit einer Neuen.«

»Ich habe die gesamte Woche versucht, mit dir zu reden. Du hast mich weggestoßen.«

»Und deshalb flirtest du mit dieser Studentin? Aus ... Rache?«

»Was? Nein! Wir haben uns gut unterhalten, unter anderem darüber, wie sie ihre Fernbeziehung stemmt – mit einer Frau, übrigens –, und dann hat sie mich gefragt, ob ich mit tanzen komme. Und ja, vielleicht habe ich es ein bisschen genossen, damit deine Aufmerksamkeit zu erregen. Ich habe gesehen, wie du uns vorhin beobachtet hast.«

»Vielleicht liegt flirten auch einfach in deiner Natur?«

»Warum sagst du das ständig? Du implizierst, dass ich keine ernsthafte Beziehung führen könnte. Dabei will ich das. Mit dir. Ich will dir Gewissheit geben.«

Ich glaube, mich verhört zu haben. »Wie bitte?«

»Hättest du mir diese Woche zugehört, hätte ich dir das schon viel eher sagen können.« Er fährt sich frustriert mit der Hand durchs Haar, danach stehen die Strähnen in alle Richtungen ab. Ich will sie glätten, will meine Finger darin vergraben und ihn an mich ziehen, aber ich kann nicht, bin erstarrt von seinen Worten. Meint er sie ernst?

»Lass uns reden«, bittet er. »Jetzt gleich. Irgendwo, wo es ruhiger ist.«

»Weil du nicht mit mir gesehen werden willst?« Die Erinnerungen an meine Schulzeit und mein schmerzendes Herz sprechen aus mir.

»Wie kommst du auf diesen Schwachsinn? Nein, weil das, was ich dir sagen möchte, nicht zwischen Partybässen herausgeschrien werden sollte.«

Ich habe mir vorgenommen, heute Abend Spaß zu haben und die Probleme beiseitezuschieben. Doch es hat nicht funktioniert. Ich konnte nicht aufhören, an Lukas zu denken. Vielleicht brauchte es tatsächlich die Studentin, um mich aus der Reserve zu locken. »Okay, lass uns reden.«

Ich setze mich in Bewegung und laufe auf das Treppenhaus zu, um mit Lukas in die Kabine zu gehen. Dort ist es ruhig, und wir sind ungestört. Auf dem Weg schreibe ich Abi eine Nachricht, dass ich länger weg bin und sie sich keine Sorgen machen braucht.

Schweigend betreten wir ein paar Minuten später die dunkle Kabine. Ich schalte das Licht ein und lasse mich auf meinen bevorzugten Stuhl am Tisch fallen.

»Du hast allen Grund, sauer auf mich zu sein«, sagt Lukas. »Ich habe deine Situation nach dem Quallenstich ausgenutzt. Es war egoistisch von mir, dich zu küssen. Es war etwas, das mein Vater getan hätte. Sobald ich das erkannt habe, bin ich durchgedreht und weggelaufen. Es tut mir leid.«

Wieder einmal wird mir bewusst, dass sein Vater nach wie vor ein wunder Punkt für ihn ist. Dass er nach sechs Jahren immer noch nicht über ihn hinweg ist. Er sieht ihn in sich selbst.

Dann wird mir noch etwas anderes klar. »Du bist nicht weggelaufen, weil es für dich ein Fehler war?«

»Du bist kein Fehler für mich. Ganz im Gegenteil. Als du halb tot in meinen Armen hingst, ist mir klargeworden, was ich für dich empfinde. Du wünschst dir Gewissheit, und ich möchte sie dir geben. Aber nur, wenn wir einander ebenbürtig sind. Nach deiner Verletzung waren wir das nicht. Du warst durcheinander, und ich habe dich überrumpelt. Deshalb bin ich gegangen.«

Ich schüttele den Kopf. Er will mir Gewissheit geben? Wie? »Du willst mich nicht nur ins Bett kriegen?«

»Oh, ich will dich sehr wohl ins Bett kriegen.« Er grinst mich auf diese ihm typische jungenhafte Weise an. »Aber ich will auch so viel mehr. Gemeinsam mit dir forschen, gemeinsam mit dir auf dem Bugsprietnetz liegen und schweigen, gemeinsam mit dir über die Welt des Meeres fachsimpeln, gemeinsam mit dir lachen. Ich will *alles*.«

Lange habe ich mir gewünscht, diese Worte von ihm zu hören. Doch die Unsicherheit in meinem Inneren schreit, dass diese Situation nicht real sein kann. Dass er mich nicht wollen kann. Dass er zu sehr mit seiner Vergangenheit zu kämpfen hat, um eine funktionierende Beziehung zu führen. Wie oft wird er noch wegrennen, weil er sich an seinen Vater erinnert?

»Wirklich?«

Er nickt. »Vorhin habe ich mich hauptsächlich wegen der Tipps zu Fernbeziehungen so gut unterhalten. Apropos.« Sein Grinsen wird breiter. »Warst du tatsächlich eifersüchtig?« Er erhebt sich vom Stuhl, kommt langsam auf mich zu. Direkt vor mir bleibt er stehen, streicht eine Haarsträhne aus meinem Gesicht. Seine Finger streifen dabei meine Wange, und ich erschauere. »Weil du gerne an ihrer Stelle gewesen wärst?«

Die Frage ist überflüssig, er weiß es bereits.

»Wenn ich an ihrer Stelle gewesen wäre, hätte ich dir den Hals umgedreht, dafür, dass du mich nach unserem Kuss stehen gelassen hast«, erwidere ich bissig. Meine Stimme verrät mich noch mehr. Sie klingt abgehackt, atemlos.

Er lacht leise. »Das Biest in dir habe ich vermisst.«

»Glaub mir, eine Begegnung mit dem Biest willst du nicht erleben.«

»Fordere mich nicht heraus, Eisherz«, raunt er und senkt sein Gesicht an meinen Hals. Er streicht mit der Nase über die Kuhle.

Ich erschauere erneut, werde zu Wachs in seinen Händen. Meine Wut erlischt, ich bin machtlos gegen das Prickeln, das seine Berührung in meinem gesamten Körper auslöst. Warum es nicht genießen? Nicht nur Abi hat mir diese Frage gestellt, ich selbst habe unzählige Male darüber nachgedacht. Jetzt fallen mir keine Gegenargumente mehr ein. Lukas will alles mit mir. Und ich sehne mich nach allem, was er mir geben kann.

Ich recke mich ihm entgegen. Er ersetzt die Nase durch seine Lippen. Sanft knabbert er an meinem Hals. Ein bittersüßer Schmerz breitet sich von der Stelle aus, den er löscht, indem er Küsse auf meine Haut haucht.

Er geht vor mir in die Knie, und mein Herz setzt einen Schlag aus, nur um dann umso schneller weiterzuschlagen. Langsam lässt er die Finger über den blauen Stoff des Rocks wandern.

»Dieses Kleid hat mich schon den ganzen Abend wahnsinnig gemacht«, sagt er.

Ein Schauer läuft mir über die Wirbelsäule, ich drücke den Rücken durch, rutsche unruhig auf meinem Stuhl umher, um das Ziehen zwischen meinen Beinen zu lindern.

Seine Finger erreichen den Saum des Kleides und streichen mit einer federleichten Berührung über meine Knöchel. Er öffnet die Riemen der Sandalen und streift sie mir von den Füßen. Mein Herz klopft schneller, sobald seine Finger von dort wieder hinaufwandern – diesmal unter dem Kleid. Langsam schiebt er den Stoff hinauf, bis über meine Knie. Dabei lässt er mich keine Sekunde aus den Augen. Sein Blick hält meinen wie magnetisch gefangen, und ich traue mich kaum, einen Atemzug zu machen, aus Angst, diesen Moment zu zerstören. Er fühlt sich zwar lang ersehnt, aber trotzdem surreal an. Regungslos sitze ich auf dem Stuhl und warte angespannt darauf, was Lukas vorhat.

»Was muss ich tun, um das Biest zu entfesseln, hm?«, raunt er leise und befeuchtet seine Lippen.

Die Spannung in mir ist beinahe unerträglich. Ich drücke den Rücken durch, spüre die hölzerne Lehne an meinen Schulterblättern.

Lukas' Finger halten inne, seine Augen glühen. Dann taucht er mit dem Kopf unter meinen Rock, und mein Herz setzt erneut einen Schlag aus.

Ich bin vollkommen fasziniert davon, wie dieser schöne Mann mir zu Füßen liegt.

Im nächsten Moment spüre ich seine Finger an meinem Slip, den er beiseiteschiebt. Ich stöhne auf, als er einen Kuss auf meine empfindsamste Stelle drückt. Endlich gerät die Spannung in meinem Inneren ins Schwingen. Heftig und unaufhaltsam wie ein Pendel, das mit jeder Sekunde verstärkt wird, in der ich seine Zunge spüre, die mich neckt und umkreist.

Das Holz drückt sich fest in meinen Rücken, aber ich recke mich Lukas entgegen, bekomme nicht genug, brauche mehr. Ein Gefühl von Macht rauscht durch mich hindurch. Ich fühle mich begehrt und feminin, und das Schwingen ist nun so stark, dass ich am ganzen Körper bebe.

Lukas fährt unaufhaltsam fort. Mein rechtes Bein hat er über seine Schulter gelegt, seine Hand spüre ich an meiner Hüfte. Ihn nicht sehen zu können, sondern nur zu fühlen und die Bewegungen unter meinem Rock zu verfolgen, facht meine Lust weiter an und macht jeden Zungenschlag von Lukas noch intensiver.

Bis das Schwingen zu viel wird. Ich schließe die Augen, halte mich links und rechts an der Sitzfläche des Stuhls fest, weil ich fürchte, sonst zu Boden zu gehen. Zu zerfließen in dem Rauschen, das mich vollkommen übermannt.

Ich atme schwer, und Lukas taucht unter meinem Rock hervor. Mit den Fingern gleitet er über meine Spalte, und ich sehe meine Lust daran glänzen. Ich warte auf ein Schamgefühl, doch es bleibt aus. Lukas so zu sehen, wie er bebend die Augen schließt und heiser »So bereit« keucht, sorgt für ein übermächtiges Gefühl der Ekstase in mir. *Ich* entlocke ihm diese Reaktion, keine andere Frau. Ich bin seine erste Wahl, und in diesem Augenblick würde ich alles tun, um jeden weiteren Tag seine erste Wahl zu bleiben.

Lukas bemerkt meinen Blick und grinst. »Habe ich recht?«

»Mehr als bereit«, antworte ich und bin überrascht, wie fest meine Stimme klingt.

Er schlingt seine Arme um meine Hüften, hebt mich hoch, als wäre ich leicht wie eine Feder, und trägt mich zum Bett. Dort setzt er mich wieder ab. Ich strecke die Arme nach oben, damit er mir das Kleid über den Kopf streifen kann. Voller Wärme betrachtet Lukas meinen Körper, und ich komme mir nicht länger ungenügend vor, sondern attraktiv. Meine Makel verblassen, wenn er mich auf diese intensive, fast schon hungrige Weise ansieht.

»Du bist perfekt«, sagt er leise und klingt so ehrfürchtig, dass mein Herz für den Bruchteil einer Sekunde verkrampft.

Ich nestele an seinem Oberteil, kann es ihm gar nicht schnell genug ausziehen. So ungeduldig kenne ich mich sonst nicht. Aber jede Sekunde, die ich ihn nicht spüre, fühlt sich gerade wie eine zu viel an.

Ich lasse meine Hände über seine nackte Brust gleiten. Das letzte Mal habe ich ihn im Gym ohne Shirt gesehen, doch diesmal gibt es keinen Grund, mich dafür zu schämen oder ertappt den Blick abzuwenden. Ich präge mir die Narbe auf seinem Bauch ein, die von einer Blinddarm-OP zeugt, und das Muster seiner Muttermale. Mit der Fingerspitze fahre ich sie sachte nach und spüre, wie Lukas unter meiner Berührung erschauert. Er steht vor mir, während ich auf dem Bett sitze, sodass ich meine Lippen auf seinen Bauch pressen kann. Er stößt ein leises Seufzen aus und vergräbt die Hände in meinen Haaren, während ich eine Spur aus Küssen am Bund seiner Hose entlang setze.

»Henriette«, haucht er, und ich bekomme Gänsehaut. Auf diese Weise hat er meinen Namen nie zuvor ausgesprochen.

Ich öffne seine Hose und streife sie samt den Boxershorts herunter. Seine Erektion springt mir entgegen, und Lukas steht nackt vor mir. Für eine Sekunde bin ich von dem Anblick wie erstarrt. Er gehört ganz mir, ist so schutzlos wie nie zuvor, vertraut mir und legt sich in meine Hände.

Ich streiche über die weiche Haut seines Schafts und lasse den Daumen über die Spitze kreisen. Ein warmer, klebriger Tropfen bleibt daran zurück. Lukas stößt einen dunklen, kehligen Laut aus. Dann öffnet er die Augen und drückt mich rücklings auf die Matratze herunter, so schnell, dass ich kaum blinzeln kann. Seine Erektion streift meinen Bauch, als er über mich kommt.

»Ich hoffe, du hast genug Unterwäsche für das Semester eingepackt.«

»Wieso?«, frage ich perplex wegen dieser merkwürdigen Frage.

Lukas grinst jetzt, in seinen Augen blitzt Schalk auf. Er packt den Saum meines dünnen, nahtlosen Slips und zerreißt ihn mit einer schnellen Bewegung.

Ich keuche auf. Vor Erregung, aber auch vor Überraschung, weil es ihm so mühelos gelungen ist. Ich dachte immer, das wäre ein unrealistischer Trick von Filmemachern, so wie diese Flaschen aus Zuckerglas.

»Das wollte ich schon immer mal machen.« Achtlos lässt er den zerrissenen Stoff auf den Boden fallen.

»Und wenn ich nur die eine dabeigehabt hätte?«, frage ich kichernd.

»Ich könnte meine Noten direkt über Bord werfen, wenn du ab morgen ohne Slip unter diesem Kleid hinter mir in der Vorlesung sitzen würdest.«

In Gedanken mache ich mir eine Notiz, ihm diese Wunschvorstellung irgendwann zu erfüllen.

Lukas lässt seine Hände über meinen Körper gleiten. Von meiner Taille über den Bauch bis zu meinen Brüsten. Er umkreist die Spitzen, die sich erwartungsvoll aufrichten. Ich brauche all meine Willenskraft, um mich nicht nach mehr bettelnd unter ihm zu winden.

Kein Stoff, keine Vernunft, *nichts* trennt uns mehr, und ich fühle mich wie berauscht. Die Jahre ohne ihn haben sich angefühlt, wie durch Tiefseegewässer zu irren und niemals anzukommen. Egal, wie lange ich geschwommen bin, das Wasser war schier endlos. Aber ich habe mich durchgekämpft, und Lukas hat am rettenden Strand auf mich gewartet. Um mir aus dem Wasser zu helfen, nachdem ich meine eigene Schlacht geschlagen habe.

»Bist du sicher, dass du weitergehen willst?«, fragt Lukas.

Das hier ist die letzte Möglichkeit, unsere Abmachung nicht vollends über Bord zu werfen. Aber wenn ich ehrlich zu mir selbst bin, ist sie mir schon sehr lange egal geworden. Ich möchte mehr. Ich möchte ihm so nah sein wie nie zuvor.

»Ja, bin ich. Und du?«

»Das hier wünsche ich mir schon sehr lange.« Er lehnt sich über die Bettkante zum Boden hinab und angelt nach seiner Hose. Kurz bin ich irritiert, bis er ein Kondompäckchen aus seiner Hosentasche zieht. Lukas reißt es auf und streift sich das Kondom sorgfältig über.

Dann stützt er die Unterarme neben meinem Kopf auf, beugt sich zu mir herab und küsst mich. Tief und innig, bis ich atemlos bin. Spielerisch zupft er mit den Zähnen an meiner Unterlippe, bevor er sich von mir löst.

»Du bist mein neuer Lieblingsgeschmack«, sagt Lukas, und ich spüre, wie ich erröte.

Er greift nach seiner Erektion. »Ganz sicher?«, fragt er erneut, und ich nicke.

Vorsichtig und langsam dringt er in mich ein. Erst danach merke ich, dass ich die Luft angehalten habe. Der erwartete Schmerz bleibt aus, Lukas gleitet mühelos in mich. Langsam beginnt er sich in mir zu bewegen, gibt mir Zeit, mich an ihn zu gewöhnen. »Ist das so okay?«

»Ja. Du brauchst nicht so vorsichtig zu sein.«

Er zögert. »Ich möchte dir nicht wehtun.«

»Tust du nicht, und wenn doch, sage ich dir Bescheid, versprochen.«

Er streicht mir eine Haarsträhne aus dem Gesicht und intensiviert seine Stöße. Heiße Schauer rauschen durch mich hindurch. Ich halte mich an seinen Oberarmen fest, drücke den Rücken in die Matratze und schlinge die Beine fest um seine Hüften. Meine Brüste reiben an seinem Oberkörper, mit der Nase fährt Lukas meine Halsbeuge hinab, kommt oberhalb meines Schlüsselbeins zum Liegen.

In meinem Ohr höre ich Lukas' Grollen, das mit jedem Stoß tiefer wird. In mir wächst der Wunsch, es ihm wieder und wieder zu entlocken. Erneut keimt die Erkenntnis in mir auf, dass ich allein dafür verantwortlich bin. Das dadurch ausgelöste Machtgefühl sorgt für ein intensives Prickeln in meinem Inneren. Es vermischt sich mit den Schauern, die mit jedem Stoß brennender und einnehmender werden.

»Eisherz«, raunt Lukas, und sein gesamter Körper spannt sich an. Er ergießt sich in mir und dämpft sein Stöhnen mit meinem Kopfkissen.

Danach hört er nicht auf, sich zu bewegen, nimmt seine Finger dazu und reizt mich, bis auch ich den Höhepunkt erreicht habe. Mit einem letzten kräftigen Stoß zerfließe ich. Ich scheine von den Wellen hinter der Schiffswand mitgerissen zu werden. Oder vielleicht bin ich zu einem Teil von ihnen geworden.

Gemeinsam werden Lukas und ich zu einem Ozean, der wunderschön, neuartig und voller spannender Entdeckungen ist – der aber gleichzeitig die Macht hat, zu zerstören.

Kapitel 39

Henriette

Ich atme schwer, langsam beruhigt sich mein Puls. Meine Lippen fühlen sich geschwollen an, zwischen meinen Beinen pulsiert es. Nicht schmerzhaft, aber auch nicht angenehm.

Lukas liegt neben mir. Seine Brust hebt und senkt sich in einem gleichmäßigen Rhythmus. Unsere Hände berühren sich, sein kleiner Finger ist mit meinem verhakt. Keine Ahnung, wann das passiert ist.

Er dreht den Kopf und lächelt mich an. Da ist so viel Wärme in seinen Augen, dass ich plötzlich nervös werde. Er will es mit mir versuchen, aber wird das funktionieren? Bisher hatte er nie eine ernste Beziehung, sieht ständig die kaputte Ehe seiner Eltern vor sich.

Lukas streckt die Hand nach mir aus und streicht mir durchs Haar. »Du bist so schön.«

Ich schmiege mich in seine Berührung, versuche, sie zu genießen, bin aber nicht wirklich bei der Sache.

»Was ist los?« Langsam richtet er sich im Bett auf. Das Muskelspiel in seiner gestählten Brust verlockt mich beinahe dazu, meine Grübeleien über Bord zu werfen und eine zweite Runde zu starten. »Hat es dir nicht gefallen? Soll ich beim nächsten Mal etwas anders machen?«

»Schläfst du nicht normalerweise nie zweimal mit derselben Frau?« Er hat mir bereits gesagt, er möchte mir Gewissheit schenken, doch ich will auf Nummer sicher gehen, dass sich seine Meinung nicht geändert hat.

»Du bist kein One-Night-Stand für mich, Henriette. Ich würde es gerne ernsthaft mit dir versuchen.«

Ich möchte es ebenfalls, doch ich zögere. »Wie soll das funktionieren?«

»Es wird nicht leicht, wir müssen viel reden und Arbeit in die Beziehung investieren.«

»Du hast doch nicht ohne Grund jahrelang keine ernsten Beziehungen geführt«, lenke ich ein.

»Jetzt ist es anders. Mit dir will ich es.«

»Wie soll ich mir sicher sein, dass du es ernst meinst?« *Sei mutig*, würde Annelie mir raten. *Gehe Risiken ein.* Doch er hat mein Herz schon einmal zerquetscht, und ich kann es ihm nicht einfach so erneut in die Hände legen. Oder?

Lukas schluckt. »Ich würde alles tun, um es dir zu beweisen.«

Ich glaube ihm. Seit wir Kinder waren, haben wir ständig verrückte Dinge getan, um einander etwas zu beweisen. Uns die wildesten Herausforderungen gestellt, einander getestet. Seit wir auf dem Schiff sind, machen wir es wieder. So erfolgreich wie früher sind wir dabei jedoch nicht. Zum ersten Mal ist eine unserer Herausforderungen gnadenlos gescheitert. Wir haben sie beide verloren, doch es fühlt sich trotzdem wie ein Sieg an. Die Jahre ohne ihn war ich unvollständig. Er ist die Flut, ich bin Ebbe. Wir sind verschieden, doch ohne einander können wir nicht funktionieren. Wohingegen wir zusammen die Kraft eines ganzen Ozeans haben.

In mir keimt eine Idee auf. Das Bedürfnis, Lukas ein bisschen zu necken und ein letztes Mal zu testen. Als eine Art Abschluss unserer Freundschaft und Beginn einer ernsten Beziehung.

»Wenn das so ist, dann möchte ich dir drei letzte Herausforderungen stellen.«

Er zupft sanft an einer meiner Haarsträhnen, die mir in die Stirn gefallen ist.

»Für immer die letzten?«

Ich nicke. »Ich finde, es ist an der Zeit, sie hinter uns zu lassen und den nächsten Schritt zu gehen.«

»Vorausgesetzt, ich kann sie gewinnen?«

»Steht denn etwas anderes zur Debatte?«, ziehe ich ihn auf.

»Nein. Als wir einander herausgefordert haben, uns voneinander fernzuhalten, war es mir tief in meinem Inneren nicht wirklich ernst damit. Aber diesmal ist es mir ernst.«

»Okay, dann fordere ich dich heraus, deine Komfortzone zu verlassen. Etwas mit mir zu unternehmen, was du normalerweise nicht tun würdest oder bei dem du von deinem gewohnten Verhalten abweichen musst.«

Sofort bilden sich in meinem Kopf erste Ideen. Ich muss gut überlegen und auswählen, wenn dies unsere letzten Herausforderungen sein werden.

***

Lukas

Ich kann mich nicht mehr erinnern, wann wir mit den Herausforderungen angefangen haben. Sie sind ein fester Bestandteil unserer Freundschaft geworden. Jetzt kommt mir Henriettes Vorschlag wie ein Kreis vor, der sich schließt.

Was ich zu ihr gesagt habe, meine ich ernst. Ich würde alles tun, um ihr zu beweisen, wie wichtig sie mir ist. Was auch immer sie sich für letzte Herausforderungen ausdenkt, ich werde sie absolvieren. Wenn sie mich nicht gerade zu einem Mord herausfordert, kann ich mir nichts vorstellen, wovor ich zurückschrecken würde. Ich hoffe nur, dass es nicht wie damals mit vierzehn eine ganze Chilischote ist, die ich essen muss. Tagelang konnte ich daraufhin nichts mehr schmecken und habe seitdem eine starke Abneigung gegen scharfes Essen entwickelt.

»Ich nehme deine drei Herausforderungen an«, sage ich.

»Willst du nicht erst mal wissen, worin sie bestehen?«

»Nein, das muss ich nicht. Ich habe Gefühle für dich, und das möchte ich dir beweisen. Ich will dir Gewissheit geben.«

Ein breites Lächeln erhellt ihr Gesicht, und allein dafür war es wert, zuzustimmen. Dann klettert sie aus dem Bett, sucht meine Sachen vom Boden zusammen und wirft sie mir zu.

Ich fange meine Hose auf. »Schmeißt du mich raus? Dabei hatte ich auf eine zweite Runde gehofft.«

»Erst die Herausforderungen, dann das Vergnügen.«

Ich lege die Hose neben mir ab, stehe auf und strecke mich. In meinem Rücken knackt es, wodurch ich daran erinnert werde, dass ich das Gym in den letzten Tagen etwas habe schleifen lassen.

Zufrieden bemerke ich Henriettes beeindruckten Blick auf meinem nackten Oberkörper. Als ich sie erwische, wird sie rot und wendet sich hastig ab.

»Was willst du damit sagen?« Ich gehe auf sie zu und schlinge meine Arme um sie. »Sind während deiner drei mysteriösen Herausforderungen etwa keine Berührungen erlaubt?« Ich drücke meine Lippen auf ihre Stirn und wandere küssend an ihrer Schläfe hinab. »Keine Küsse?« Kurz vor ihren Lippen halte ich inne, lasse die Finger über ihren Oberarm, das Schlüsselbein und hinab wandern, bis ich ihre linke Brust erreiche. Ich umkreise die Brustwarze, die sich prompt aufrichtet. »Kein Sex?«

Sie erschaudert. »Bring mich nicht auf Ideen.« Sie genießt noch eine Sekunde mit geschlossenen Augen meine Liebkosung, bevor sie seufzt, entschlossen meine Finger von ihrer Brust löst und sie fortschiebt. »Ich will dich nicht rausschmeißen, aber ich brauche Zeit für mich und zum Nachdenken. Abi kommt bestimmt auch gleich. Wir sehen uns dann morgen bei der Arbeitsschicht in der Kombüse. Okay?«

»Natürlich ist das okay.«

Ich wende mich zum Bett und ziehe mich an. Henriette schlüpft in ein übergroßes Schlafshirt, dann bringt sie mich zur Kabinentür.

»Muss ich Angst vor deinen Herausforderungen haben?«

»Vielleicht«, erwidert sie grinsend, bevor sie schlagartig ernst wird. »Nein, musst du nicht, wenn du bereit bist, auch mal über deinen Schatten zu springen. Aber muss ich Angst haben? Ich könnte es nicht noch mal verkraften, wenn etwas Ähnliches wie vor sechs Jahren passiert.«

Mir wird klar, dass die Herausforderungen nicht einfach nur ein Spiel zwischen uns sind. Ich habe sie damals verlassen und verletzt, natürlich hat sie Angst, es könnte noch einmal passieren. Aber ich werde ihr zeigen, dass ihr Herz bei mir sicher ist und dass sie ihre Gefühle zulassen kann. Ich weiß, dass sie welche für mich hat. Ich habe sie in jeder ihrer Berührungen gespürt. Wenn sie sich nicht damit verraten hätte, dann mit der Tatsache, dass sie nicht der Typ für One-Night-Stands ist, sondern eine tiefere Verbindung zu einem Menschen braucht, um Sex mit ihm zu haben.

Ich greife nach ihrer Hand. »Mich wirst du nicht mehr los, Eisherz, versprochen.«

Sie nickt erleichtert und legt lächelnd den Kopf in den Nacken, um zu mir aufzusehen. »Gute Nacht, Lukas.«

»Schlaf gut.«

Ich drücke ihr einen zärtlichen Kuss auf die Lippen und löse mich, bevor sie ihn vertiefen kann. Sie hat mich um Zeit für sich gebeten, und die möchte ich ihr geben. Kein weiteres Mal werde ich ihre Grenzen überschreiten oder eine Situation ausnutzen.

Und kein zweites Mal werde ich den einfachen Weg wählen und ohne ein Wort davonlaufen, wenn es schwierig wird.

Kapitel 40

Henriette

Unzählige kleine Nadeln bohren sich in meine Schläfen, und auf meiner Zunge liegt ein pelziger Geschmack. Blinzelnd schlage ich die Augen auf. Im selben Moment überkommen mich die Erinnerungen an gestern Abend.

Lukas Hände auf meinem Körper, sein schneller Atem in meinem Ohr, das tiefe Grollen, das er ausgestoßen hat, bevor er gekommen ist ... Hitze schießt in meine Wangen. Lukas und ich sind wie zwei Körper in einer Umlaufbahn. Die Gravitationskraft sorgt dafür, dass wir einander anziehen. Ständig. Es war nur eine Frage der Zeit, bis wir aufeinandertreffen würden. Da war so viel zwischen uns, was sich entladen musste. Und das hat es. Auf eine so intensive, intime, alles verändernde Weise, dass ich mich in den Moment zurücksehne.

Leise steige ich aus dem Bett, um Abi nicht aufzuwecken, und gehe ins Bad. Aus dem Spiegel springen mir meine zerzausten Haare und die verlaufene Mascara entgegen. Gestern bin ich ins Bett gefallen, ohne mich abzuschminken oder mir die Zähne zu putzen. Ich verziehe das Gesicht, hole beides nach und stelle mich anschließend unter die Dusche.

Als ich zurück ins Zimmer komme, ist Abi aufgestanden. Sie schlägt ihr Kissen auf, faltet die Bettdecke und legt beides ordentlich übereinander. »Ich bin so fertig. Warum müssen wir ausgerechnet heute Frühdienst in der Kombüse haben? Am liebsten würde ich einfach weiterschlafen.«

»Irgendwann musste es uns treffen. Gehst du vorher noch duschen?«

»Gib mir zehn Minuten«, erwidert sie. Auf dem Weg zum Bad stoppt sie. »Sag mal, hat mir mein betrunkenes Hirn gestern einen Streich gespielt oder bist du mit Lukas aus der Bar verschwunden?«

Wenn ich ihr die Wahrheit sage, will sie jedes Detail hören, aber sie anzulügen, kommt nicht infrage. »Wir haben uns ausgesprochen und sind zusammen im Bett gelandet.«

Sie kreischt wenig überraschend los. »Wie war es?«

»Nach all der Zeit, in der wir gegen die Anziehung zwischen uns angekämpft haben, war es wie ein Damm, der endlich gebrochen ist. Eine Flut, die über mir hereingebrochen und mich mit sich gerissen hat.«

»Ich bin mir nicht sicher, ob ich das Bild verstehe. Aber ich stelle dir die Frage, die du mir damals bei Kai gestellt hast. Werdet ihr es wiederholen?«

Ich werde ein bisschen rot. »Ich denke schon.«

»Oh, verstehe«, macht sie gedehnt und grinst. »Bis gleich.«

Sie verschwindet im Bad, und ich setze mich auf die Bettkante, streiche mit den Fingern über den weichen Stoff der Bettwäsche. Genau hier saß Lukas, als er mir das Kleid über den Kopf gezogen hat. Mit dieser Seite des Kissens hat er sein Stöhnen gedämpft, während ich ihm so nah wie nie zuvor war. Ich widerstehe dem Drang, meine Nase ganz fest in das Kissen zu pressen, um seinen Duft zu riechen.

»Fertig«, ruft Abi, und ich schrecke auf. Ich muss mehrere Minuten lang hier gesessen und ins Leere gestarrt haben. »Wir können los.«

Im Speisesaal haben sich bereits die meisten Studierenden unserer Halbgruppe versammelt. Wir gesellen uns zu Kai und Lukas. Wärme flutet meinen gesamten Körper, als sich unsere Blicke treffen. »Guten Morgen.«

»Hey, hast du gut geschlafen?«

»So gut wie lange nicht mehr«, erwidert er grinsend, und sofort röten sich meine Wangen. Mich überkommt das Bedürfnis, meine Hände darauf zu legen und den Kopf zu senken, doch Lukas ergreift behutsam meine Handgelenke und hält sie fest. »Nicht verstecken, ich mag das an dir. Deine Emotionen spiegeln sich dadurch ehrlich auf deinem Gesicht.« Er senkt die Stimme. »Außerdem macht es mich scharf, dass ich genau ablesen kann, in welche Richtung deine Gedanken driften.«

Nachdem ich meine Eigenschaft jahrelang verflucht habe, nehme ich sie zum ersten Mal anders wahr. Durch Lukas' Augen. Ich wusste nicht, wie sehr ich seine Worte gebraucht habe.

»Habe ich was verpasst?«, fragt Kai Abi wenig subtil.

Abi kichert. »Das soll Lukas dir selbst sagen.«

Jonas torkelt an uns vorbei. Er lehnt sich an die Geschirrrückgabe und ist so blass, dass ich ihm gerne eine Spucktüte reichen würde.

Abi rümpft die Nase. »Chefkoch Armin wird noch schlechter gelaunt sein als sonst, wenn er uns alle so fertig sieht.«

»Vielleicht schickt er uns lieber zurück ins Bett?«, fragt Kai hoffnungsvoll.

»Ich schätze ihn eher so ein, dass er uns stattdessen noch mehr Aufgaben als sonst aufbrummen wird. Wenn ihr mich fragt, hat er eine sadistische Ader.«

»Guten Morgen, Studierende«, dröhnt Armins Stimme von der Kombüsentür her, die sich direkt neben der Rückgabe befindet. Wir zucken unisono zusammen. Der Chefkoch ist ein rundlicher älterer Mann mit strengem Blick und weißer Kochuniform. Auf seinem Kopf thront eine Mütze, aus der keine Haarsträhne hervorguckt. Ich vermute, er versteckt darunter graues Haar, denn er hat einen kurzen Bart in derselben Farbe.

Hinter ihm tritt Selma, seine Ehefrau und Küchenhilfe, aus der Tür. Sie ist stets freundlich und geduldig und bei allen Studierenden viel beliebter als Armin, der durchgängig mies drauf zu sein scheint. Ich habe noch nie ein derart ungleiches Paar gesehen. Aber manchmal ziehen sich Gegensätze eben tatsächlich, nicht nur sprichwörtlich, an. Sofort muss ich an Lukas und mich denken.

»Sind alle da?«, fragt Selma und zählt durch.

»Alle sind anwesend, aber ob sie wirklich da sind, bezweifele ich«, höhnt Armin und fängt sich einen tadelnden Blick seiner Frau ein.

»Machen wir das Beste daraus. Kommen Sie herein.« Selma winkt uns in die Industrieküche. Ein steril wirkender Raum mit drei Kühlschränken, mehreren silbergrauen Arbeitsflächen und einer Mittelinsel mit Kochplatten. Jetzt, da wir alle um Letztere herumstehen, ist es wie immer ein bisschen eng.

»Abgesehen von den üblichen Aufgaben wie Schneiden, Geschirr verteilen oder das Vorbereiten des Büfetts brauche ich heute Hilfe beim Kochen«, sagt Armin. »Sie wissen, dass wir das Schiff auf jedem Inselstopp mit regionalen Produkten beladen, und hier auf den Cook Islands sind das eine Menge Taro-Wurzeln. Man verwendet sie ähnlich wie Kartoffeln, und ich möchte heute zum Frühstück Reibekuchen anbieten.«

Selma klatscht in die Hände. »Legen wir los!«

Ich muss ein Gähnen unterdrücken und wünschte, ihre Euphorie wäre ansteckend. Ein Morgenmensch war ich noch nie, eine Nachteule hingegen bin ich ebenfalls nicht. Dafür schlafe ich zu gerne.

Nachdem die Aufgaben verteilt sind, vergeht mir die Müdigkeit allerdings schnell. Geschäftiges Treiben legt sich über den Raum, niemand lehnt mehr gelangweilt an der Arbeitsfläche oder quatscht.

Abi und ich häufen Aufschnitt auf Servierplatten. Neben uns schälen Kai und Lukas die Kartoffeln und Taro-Wurzeln, wobei Kai eher herumalbert und mit der Prothese nicht so schnell vorankommt. Beide Knollen haben die gleiche ovale Form, aber die Schale der Taro-Wurzel erinnert mich an Ingwer. Als Armin uns kurz den Rücken zudreht, wirft Kai eine Kartoffel in die Luft, fängt sie wieder auf und singt leise: »Normale Kartoffeln auf die Eins!« Lukas lacht und reckt den Daumen, während ich einfach nur verwirrt bin.

Anschließend wischen Abi und ich draußen die Essensausgabe und den Büfettbereich ab. Emily holt mit ihrer Mitbewohnerin Geschirr aus den Industriespülmaschinen und stapelt es neben die Ausgabe an den dafür vorgesehenen Platz. Einmal fürchte ich kurz, ihre Mitbewohnerin würde sie mit einem Stapel Gabeln attackieren, nachdem Emily ihr aus Versehen auf den Fuß tritt.

Eine Stunde später ist alles vorbereitet, und ich bin fix und fertig. Ich lehne an der Tablettablage der Essensausgabe, um kurz durchzuschnaufen. Meine Füße tun weh, mein Kopf pocht, und Armins durchdringende Stimme, die mit jeder voranschreitenden Minute gestresster wurde, klingelt mir noch immer in den Ohren.

»Jetzt steht es fest. Ich bin nicht gemacht für die Gastronomie«, sagt Lukas und lehnt sich neben mir an.

»Normale Kartoffeln auf die Eins?«, frage ich.

»Ein virales Meme eines deutschen Fußballspielers zur EM 2024. Offenbar schaust du immer noch keinen Fußball, nicht mal die Länderspiele.«

»Nein, da schaue ich mir lieber eine Doku an oder lese.«

»Alles andere hätte mich ehrlich gesagt gewundert.« Er lächelt. »Hast du dir schon eine erste Herausforderung überlegt?«

»Ich fordere dich heraus, nächstes Wochenende mit mir auf ein erstes Date in die Bar zu gehen, ohne die Absicht zu haben, mich ins Bett zu bekommen. Wir trinken gemütlich was, unterhalten uns, und das war's.«

»Du hattest recht, ich hätte dich nicht auf schlechte Ideen bringen sollen«, sagt er schmollend.

Ich zucke nur die Achseln. »Nimmst du an?«

Lukas grinst. »Aber so was von.«

Kapitel 41

Lukas

Nachdem ich dem Date zugestimmt habe, befürchte ich, die kommende Woche könnte sich ziehen wie Kaugummi. Stattdessen widmen Henriette und ich uns intensiv unserem Forschungsthema. Da sie sich die erste Woche auf den Cook Islands von dem Quallenstich erholen musste, haben wir einiges aufzuholen. Rarotonga ist die Heimat von zwei der insgesamt sieben Arten von Meeresschildkröten. Unsere Aufgabe ist es, beide miteinander zu vergleichen, wofür wir uns ansehen werden, wie sie sich innerhalb des Ökosystems verhalten, insbesondere in Bezug auf bevorzugte Futterquellen, die Interaktionen mit Fischen oder Raubtieren sowie ihre Schwimmgeschwindigkeit und die Nutzung von Riffstrukturen zur Tarnung. Dafür werden wir sie in den nächsten Tagen auf Tauchgängen beobachten und ihr Verhalten protokollieren, bevor wir beide Arten in einer Seminararbeit auswerten und gegenüberstellen werden.

Wir lassen uns vom Schnellboot in das türkisblaue Wasser gleiten und tauchen bis zum Riff hinab. Henriette schlägt mit den Schwimmflossen und schaut sich um. Meine Fingerspitzen kribbeln vor Aufregung. Ohne Partnerin habe ich mich letzte

Woche auf dem Tauchgang Abi und Kai angeschlossen, die auf den Cook Islands das Verhalten von Riffhaien analysiert haben. Dabei habe ich leider keine Schildkröten gesehen, dafür aber mehrmals einen Herzaussetzer erlebt, sobald ein zwei Meter großer Schwarzspitzen-Riffhai direkt neben mir vorbeigeschwommen ist.

Das Korallenriff leuchtet im Licht der durch die Wasseroberfläche hereinfallenden Sonnenstrahlen und strotzt vor Leben. Überall schwirren bunte Fische umher. Ich entdecke den türkisgelb-roten Papageienfisch, und daneben schwimmt ...

Mein Herz macht einen Satz, als ein besonders großes Exemplar der Grünen Meeresschildkröte an uns vorbeigleitet. Henriette stößt einen Schwall Luftblasen aus, und ihre Augen leuchten hinter ihrer Tauchmaske.

Die Schildkröte paddelt mit den Flossen und schwimmt an den Fischen und Korallen vorbei, hinab in Richtung Boden. Ihre bevorzugte Nahrungsquelle ist Seegras, während sich die Karettschildkröte von Schwämmen ernährt. Gelbe Fische mit schwarzen Streifen umschwirren die Schildkröte, der Henriette und ich mit etwas Abstand folgen. Ihr brauner Panzer sieht stark und undurchdringlich aus, wie ein natürlicher Schutzschild. Sie wirkt vollkommen unbeeindruckt von uns und strahlt eine Ruhe aus, die auf mich überzugehen scheint.

Bisher habe ich immer die flinken Fische bevorzugt, die in großen Massen umherirren, schnelllebig und rastlos sind. Aber jetzt, da ich diese Schildkröte sehe, die Gelassenheit und Zufriedenheit ausstrahlt, frage ich mich, ob da nicht noch mehr ist. In den letzten Monaten hat das Meer mir neue Seiten gezeigt – aber das Leben ebenfalls. Ich muss sie nur annehmen.

Ich folge Henriette durch das stille Blau und spüre, wie sich meine Lippen um das Mundstück zu einem Lächeln verziehen.

***

Am Samstag schlägt mir das Herz bis zum Hals. In wenigen Minuten bin ich mit Henriette für das Date in der Bar verabredet. Ich zupfe nervös die Ärmel meines beigefarbenen Hemds zurecht, die ich hochgekrempelt habe. Die obersten Knöpfe stehen offen. Mein Outfit ist lässig, dennoch schick. Wenn sie nicht die Kein-Sex-Regel aufgestellt hätte, wie lange würde es wohl dauern, bis ihre zarten Finger die Haut oberhalb des V-Ausschnitts erkunden würden?

Sofort bin ich in Versuchung, einen weiteren Knopf zu öffnen, um Henriette vielleicht doch dazu zu verlocken, ihre Regel zu brechen. Aber das wäre nicht nur unfair, sondern auch das Gegenteil meines Versprechens, ihr zu beweisen, wie ernst ich es meine.

Wenig später stoße ich die Tür zum Gemeinschaftsraum im Schiffsinneren auf. Ich mag die Bar nicht so sehr wie die auf dem Horizontdeck, doch es regnet, seit wir gestern die Cook Islands verlassen haben und wieder auf hoher See sind. Bei unserem Wochentreffen im Theater hat uns Kapitän Kaiser erklärt, dass wir jetzt, da es November ist, die Zyklon-Saison erreicht haben. In den nächsten Wochen kann es ab und an zu Stürmen und starken Regenfällen kommen.

Henriette ist bereits da, ich entdecke sie schon von Weitem am Bartresen. Mein Herz macht einen freudigen Satz, und ich laufe zielstrebig auf sie zu. Noch immer bin ich nervös, was ich sonst gar nicht von mir kenne, andererseits hatte ich viele Jahre kein echtes Date mehr. Das letzte Mal war kurz vor diesem Frühlingsfest, das alles veränderte, mit einem Mädchen aus der Stufe unter mir in der Eisdiele. An sie selbst kann ich mich kaum erinnern, aber es hat sich mir eingebrannt, dass Henriette sie nicht mochte. Meine beste Freundin war damals in mich verguckt, und ich hatte keine Ahnung. Vielleicht, weil es der falsche Zeitpunkt für uns war.

Diesmal ist alles anders, und ich spüre mit jeder Faser meines Körpers, dass der richtige Zeitpunkt für uns gekommen ist. Vielleicht bin ich nicht wegen des Dates an sich nervös, sondern weil ich will, dass Henriette einen wunderschönen Abend hat.

»Hi«, begrüße ich sie.

»Hallo.« Henriette hüpft vom Barhocker und umarmt mich. Sofort umhüllt mich ihr schwach nach Vanille riechender Duft, den ich so gerne mag. Tief atme ich ein und wünschte, ich könnte sie ins Bett tragen und den gesamten Abend lang meine Nase in ihrem Haar vergraben, während sie in meinen Armen liegt.

Als hätte sie meine Gedanken erraten, löst sie sich von mir.

»Was, nicht mal ein Kuss?«, necke ich sie.

»Vielleicht zum Abschied. Schließlich ist das hier unser erstes richtiges Date.«

So läuft das hier also. Ich unterdrücke ein Grinsen.

Henriette trägt ein dunkelgrünes Kleid mit Spaghettiträgern und knielangem Tellerrock. Die Haare hat sie offen gelassen und nur die vordersten Strähnen hinter ihre Ohren geklemmt, sodass ich die funkelnden Ohrringe in Form von Seesternen sehen kann.

»Du siehst wunderschön aus.«

»Der Standardspruch fürs erste Date?«

»Die Wahrheit«, sage ich ernst.

Sie wird ein bisschen rot, bevor sie lächelt. »Danke.«

Nebeneinander setzen wir uns auf die mit dunklem Leder bezogenen Barhocker. Ich bestelle mir ein Bier, Henriette einen Aperol Spritz.

»Ich musste gerade daran denken, wie du während der QR-Code-Jagd große Töne gespuckt hast, du hättest sowieso nicht vor, jemanden zu daten«, sagt sie.

»Daran erinnere ich mich. Wie schnell sich eine Meinung doch ändern kann. Ging es nicht auch um Blumen?«

»Ja, um deine Abneigung gegen Blumensträuße und Romantik. Vielleicht wird das deine nächste Herausforderung. Ein richtig kitschiges Spazier-Date, wenn wir die Tonga-Inseln erreicht haben.«

Ich lache auf. »Ich glaube, der Abschiedskuss ist mir sicher, wenn du, obwohl dieses Date gerade erst begonnen hat, schon an das nächste denkst.«

Paula bringt uns die Getränke und wie es sich bei einem ersten Date gehört, schlage ich Henriettes Proteste, ihre Rechnung selbst zu übernehmen, in den Wind und zahle für uns beide.

Die Bar ist an diesem Abend durch das miese Wetter gut besucht. Neben mir am Tresen sind noch ein paar Hocker frei, die neben Henriette und die Sitzgruppen sind hingegen alle belegt. Gelächter dröhnt durch den Raum, mischt sich mit einem Popsong von Taylor Swift. Hinter den großen Fenstern ist es dunkel, Regen prasselt unaufhörlich gegen die Scheiben.

»Weißt du was? Die ganzen letzten Monate über hatte ich so viele Fragen zu deinem Leben in Hamburg, die ich dir gerne gestellt hätte, aber es war irgendwie nie der richtige Moment dafür …«

»Jetzt kannst du all deine Fragen loswerden.«

Ich trinke einen Schluck Bier, während Henriette überlegt, welche sie zuerst stellen soll. Ich sehe ihr die Neugier und Aufregung deutlich an und kann nicht anders, als darüber zu schmunzeln. Ihre Begeisterungsfähigkeit sorgt für ein warmes Gefühl in meinem Bauch. So lange habe ich mich dumpf gefühlt, wie unter Wasser. Doch nicht am Rande eines schillernden Riffs, sondern wie gefangen in der tiefen, kalten Dunkelheit. Sie nicht mehr in meinem Leben zu haben, hat mich hinabgeschubst, wieder in ihrer Nähe zu sein, auftauchen lassen.

»Wie geht es deiner Mutter?«

»Sehr gut. Ehrlich gesagt habe ich mir in den letzten Jahren ständig Sorgen um sie gemacht und damit wohl ein bisschen übertrieben. Ich habe sie für zerbrechlich gehalten, für jemanden, der meine Hilfe braucht. Aber ich lag falsch. So zufrieden, wie sie heute ist, habe ich sie früher nie erlebt. Sie ist in Hamburg richtig aufgeblüht. Ich glaube, während der Ehe hat sie immer versucht, in ein bestimmtes Bild zu passen, und jetzt ist sie endlich die Person, die sie wirklich ist.«

Henriette lächelt. »Das klingt schön.«

»Sie hat sich gefreut, als ich ihr erzählt habe, dass du auch auf der *Sapient Sailor* bist.«

Ihr Lächeln verblasst. »Meine Eltern waren eher skeptisch. Vor allem meine Mutter.«

»Ich kann es ihr nicht verübeln. Ohne Abschied zu verschwinden, war keine Glanzleistung von mir. Außerdem war deine Mutter schon immer ein bisschen angsteinflößend.«

»Und deine stets herzlich.«

Ja, das ist ganz Ma. In meiner Brust sticht es leicht, weil ich sie nach den vier Monaten auf See langsam vermisse.

»Du hast am Anfang des Semesters erzählt, dass du in Hamburg neben dem Studium in einer Bar gearbeitet hast?«, fragt Henriette. »Welche Art Bar? Und wie war das so?«

»Ich habe im *Elbstrand* gekellnert, einer angesagten Bar direkt am Elbufer. Sie hat einen Sandboden, Liegestühle und fancy Cocktails. Jedes Wochenende legen wechselnde DJs auf. Abends kann es da schon mal etwas stressig werden.« Mir fällt etwas ein, was sie sicher zum Lachen bringen wird. »Einmal ist mir bei der Arbeit was Peinliches passiert. Ein Pärchen hat eine weitere Wasserflasche bestellt. Gläser hatten sie also zum Glück schon, außerdem war es eine Plastikflasche. Mit der Flasche auf meinem Tablett bin ich über den Sand geeilt, dann aber plötzlich gestolpert. Die Flasche flog vom Tablett direkt auf den Tisch der Gäste zu, und ich habe schon vor meinem inneren Auge gesehen, wie sie das ganze Geschirr darauf zertrümmert. Oder, noch schlimmer, jemanden verletzt. Aber wie durch ein Wunder ist sie perfekt auf dem Tisch zum Stehen gekommen. Ein Bottle Flip, wie er im Buche steht.«

Wie erhofft lacht Henriette laut auf. »Im Ernst?«

Ich nicke. »Ich wollte einfach nur im Sandboden versinken, aber alle rundherum haben applaudiert und gejohlt, und das Pärchen hat mir am Ende des Abends ein horrendes Trinkgeld gegeben. Oh, da muss ich an diesen einen maritimen Witz denken. Was liegt am Strand und spricht undeutlich?«

»Das ist leicht, den kenne ich schon. Eine Nuschel.«

»Nein. Ich, im peinlichsten Kellner-Augenblick meines Lebens.«

Diesmal lacht Henriette so laut, dass sich ein paar Köpfe zu uns umdrehen. Während sie sich vor wenigen Wochen deswegen noch unwohl gefühlt hätte, scheint es ihr jetzt nicht einmal aufzufallen. Als wäre sie einzig und allein auf mich fokussiert.

Ein Schauer rieselt durch mich hindurch. »Lass uns gehen«, platzt es aus mir heraus.

»Willst du etwa schon die erste Herausforderung verlieren?«

»Nein, aber ich brauche jetzt dringend diesen Abschiedskuss.« Meine Stimme klingt heiser, fast schon verzweifelt.

»Okay, lass uns gehen.«

Sie trinkt ihren Aperol in einem Zug leer.

Ich erhebe mich und halte ihr meine Hand hin, damit sie nicht wie vorhin umständlich vom Barhocker hüpfen muss. Für meine Größe ist er perfekt, für Henriette hingegen zu hoch. Dankbar ergreift sie meine Finger und klettert herunter.

Wir laufen in Richtung Tür und verlassen die Bar.

»Eine letzte Frage habe ich noch«, sagt Henriette auf dem Flur. »Wie gefällt dir Hamburg im Vergleich zu München?«

Ich denke kurz über meine Antwort nach. »Ich mochte München, aber während der Zeit in Hamburg habe ich eigentlich nur dich vermisst. Die Nähe zur Küste und die Atmosphäre der Stadt gefallen mir besser. Ich kann mir nicht vorstellen, je wieder in den Süden zu ziehen. Nicht mit einem Job in der Meeresbiologie. Ist das ein Problem für dich? Ich würde mir wünschen, dass das mit uns auch funktioniert, wenn wir wieder zu Hause sind.«

»Nein, das ist kein Problem. Tatsächlich habe ich mich für den Master an verschiedenen Unis im Norden beworben.«

Ich bleibe überrascht stehen. »Echt? Das freut mich sehr!«

»Mal sehen, welche Uni es wird. Ich habe da diesen Deal mit Abi. Wenn ich in Bremen angenommen werde, wollen wir zusammenziehen.«

Wärme flutet mich. Ich weiß, wie lange sie davon geträumt hat. Nicht nur von einem Studium in Meeresbiologie, sondern auch, eine Freundin wie Abi zu finden. Sie hat es mehr als verdient, dass sich ihre Träume erfüllen.

»Ich bin stolz auf dich«, sage ich und ziehe sie in meine Arme.

Sie vergräbt ihr Gesicht an meinem Schlüsselbein und schlingt die Arme um meine Hüften. Ich drücke sie fest an mich, genieße ihre Wärme und ihren Vanilleduft. Dabei muss ich an eine dampfende Tasse Vanilla Latte denken, den ich seit meinem Umzug nach Hamburg für mich entdeckt habe. Vielleicht trinke ich ihn nur deshalb so gerne, weil er mich an Henriette erinnert?

Ihre Hände wandern über meinen Rücken, und ich wünsche mir das Hemd fort.

Ich löse mich ein Stück von ihr, sodass ich sie ansehen kann. »Darf ich dich küssen?«

Lächelnd blickt sie zu mir auf. »Das war ein tolles erstes Date, du hast dir den Abschiedskuss verdient.«

Ich senke den Kopf, streiche sanft mit meinen Lippen über ihre, bevor ich eine Hand auf ihr Haar lege und den Kuss vertiefe. Der Sturm, der das Schiff hin und her wiegt, scheint plötzlich mein Inneres zu erfassen. Windböen wirbeln durch mich hindurch, Wellen türmen sich auf, brechen voller Wucht über mich herein. Ich erschauere, als Henriette die Lippen öffnet und ich mit der Zunge in ihren Mund stoßen kann. Sie schmeckt leicht nach dem bittersüßen Aperol. Mein ganzer Körper scheint unter Strom zu stehen, während unsere Zungen einander umkreisen, instinktiv eins werden, bis ich keine Ahnung mehr habe, wo ich aufhöre und Henriette beginnt.

Das Schiff kippt auf einer Welle, und wir stolpern in Richtung Wand. Ich ächze, als mein Rücken auf die Holzvertäfelung trifft, und bin froh, dass ich Henriette fest und schützend in meinen Armen halte. Der leichte Schmerz verschwindet, sobald sie ihre Mitte gegen meinen Schritt drängt. Hitze schießt mir durch den gesamten Körper, und ich vergrabe die Finger tiefer an ihrem Hinterkopf. In diese roten und *verdammt* sexy Haare. Meiner Kehle entringt sich ein tiefes Grollen, das von Henriettes Lippen geschluckt wird.

Ihre linke Hand wandert über meinen Bauch und gleitet fast schon zielsicher hinauf zu meiner Brust. Zu der Stelle, an der ich mein Hemd ein paar Knöpfe offen gelassen habe. Beinahe muss ich lächeln, als ihre weichen Fingerkuppen die nackte Haut entlangstreichen.

Genau so, wie ich es mir vor dem Date ausgemalt habe.

Als wir uns schließlich voneinander lösen, sind wir beide atemlos. Henriettes Lippen sind geschwollen, aber sie lächelt breit, scheint regelrecht zu strahlen. Wie glücklich sie ist, ist kaum zu übersehen. Nach all dem Schmerz, den ich ihr in der Vergangenheit zugefügt habe, ist es ein unglaubliches Gefühl, jetzt das Gegenteil in ihr auszulösen. Dankbarkeit erfüllt mich, zusammen mit einer Euphorie, die mich sicher genauso strahlen lässt wie Henriette.

»Das war vielleicht ein bisschen mehr als ein gewöhnlicher Abschiedskuss«, scherze ich.

»Wir waren noch nie gewöhnlich.«

Ich denke an unsere Unterschiede, die als Kinder noch ausgeprägter waren. An die tiefe Freundschaft, die wir früher hatten. Sie wurde von vielen belächelt und ist in unserem Umfeld oft auf Unverständnis getroffen. Meine Kumpel aus meiner Klassenstufe konnten nicht verstehen, warum ich in meiner Freizeit mit der jüngeren Henriette rumhing, ohne etwas von ihr zu wollen. Und nach meinem ersten Besuch bei den Sommerfeldts hat Henriettes Mutter sie sogar gefragt, ob sie sich nicht lieber eine Freundin suchen möchte. Aber nein, Henriette hat an mir festgehalten. Und ich an ihr. Bis heute. Mit einem Umweg zwar, dennoch haben unsere Wege sich wieder gekreuzt, wie ein Fluss, der, egal wie viele Windungen er macht, am Ende in den Ozean fließt. Unser Element.

»Wohl wahr«, erwidere ich und zupfe einen ihrer Spaghettiträger, der bei unserem Kuss von ihrer Schulter gerutscht sein muss, zurück an seine Position. »Ich begleite dich noch bis zu deiner Kabinentür.«

Der Wellengang ist mittlerweile derart stark, dass unser Gang eher einem Torkeln gleicht. Zum Glück kann man sich noch ganz normal bewegen. Bei einem Studienausflug auf der Nordsee habe ich es bereits anders erlebt. Unaufhaltsam wurde ich dort bei jedem Schritt abwechselnd rechts und links gegen die Wände geklatscht.

Vor Kabine 319 bleiben wir stehen.

»Danke für den Abend«, sagt Henriette.

»Gerne, ich fand es sehr schön mit dir und kann unser nächstes Date kaum erwarten. Vorausgesetzt, ich habe deine Herausforderung zu deiner Zufriedenheit erfüllt?«

»Hast du. Bis morgen, Lukas.«

»Gute Nacht, Eisherz.«

Lächelnd schließt sie die Kabinentür hinter sich, und ich mache mich auf den Weg zu meiner eigenen. Ich kann nicht fassen, dass ich beinahe all das mit Henriette verpasst hätte wegen einer Herausforderung. Mir drei letzte zu stellen, bevor wir endgültig damit aufhören, ist wahrscheinlich wirklich keine schlechte Idee. Selbst wenn ich zugeben muss, dass ich unsere Herausforderungen ein bisschen vermissen werde …

Kapitel 42

Lukas

Tongatapu, die Hauptinsel der Tonga-Inseln, erwartet uns zwei Wochen später mit strahlendem Sonnenschein. Das Inselinnere ist von üppigem grünem Dschungel bedeckt. Ein Wirrwarr aus dichten Mangrovenwäldern, riesigen Banyanbäumen und exotischen Blüten, deren leuchtende Farben die Landschaft mit bunten Tupfern schmücken.

Ich kann es kaum erwarten, von Bord zu gehen und eine weitere tropische Insel zu erkunden. Auch wenn sich langsam Melancholie bemerkbar macht, weil wir bereits auf unserem vorletzten Stopp sind. Anschließend folgen nur noch die Fiji-Inseln, bis es in Neuseeland zurück nach Hause geht.

Mein Handy verkündet vibrierend den Eingang einer neuen Nachricht.

Henriette:
Bereit für Romantik und Kitsch?

Ich:
Mit dir immer.

Henriette:
Schleimer. Passt in einer halben Stunde für dich?

Ich schicke ihr ein Daumen-hoch-Emoji zurück und überlege, was ich für unser Spazier-Date einpacken muss. In meiner Kabine herrscht ein Chaos aus herumliegenden Klamotten, sodass es mich zehn Minuten kostet, meine Sonnenbrille zu finden.

Kai ist auf einer Expedition in eine unterirdische Höhle. Wegen meiner leichten Klaustrophobie hat er es nicht geschafft, mich zum Mitkommen zu überreden. Deshalb ist er mit einem Nautikstudenten gefahren, mit dem er in den letzten Wochen oft Zeit verbracht hat. Am Anfang war ich ihm gegenüber skeptisch wegen der Sabotageversuche im Wettbewerb. Doch seit dieser Sache in der Bibliothek gab es keine Vorfälle mehr. Der Wettbewerb endet in wenigen Wochen an Silvester. Ob wir bis dahin das Ruder herumreißen und einen Sieg erringen können, ist trotz unserer zusätzlichen Lerneinheiten noch ungewiss.

Zwanzig Minuten später passiere ich mit Henriette den Sicherheitsbereich der *Sapient Sailor* und gehe von Bord. Das erste Mal nach den Wochen auf See wieder festen Boden unter den Füßen zu spüren, ist bei jedem Stopp erneut etwas Besonderes. Es ist wie Aufatmen, nachdem man lange die Luft angehalten hat, um unter Wasser zu tauchen. Man hat dort einen besonderen Moment erlebt, braucht aber trotzdem irgendwann Sauerstoff.

Wir laufen über den Pier, der nicht wie in den anderen Städten ein klassisches Hafenbecken mit Fischerbooten und Dieselgestank ist, sondern ein Jachthafen mit kristallklarem türkisem Wasser. Ein weiterer Unterschied ist, dass Tongatapu flach und aus Kalkstein besteht statt vulkanischen Ursprungs zu sein.

»Kannst du dir vorstellen, dass hier am Vuna Wharf sonst riesige Kreuzfahrtschiffe anlegen?«, frage ich Henriette und versuche es mir auszumalen. Die *Sapient Sailor* ist groß, doch ein klassisches AIDA-Kreuzfahrtschiff ist doppelt so lang und breit.

»Irgendwie nicht«, sagt sie, und ich muss ihr recht geben, obwohl ich es bereits auf Bildern im Internet gesehen habe, als ich vor ein paar Tagen über die Insel recherchiert habe.

Ein Schwarm Seevögel hüpft über den Pier und stiebt kreischend auf, sobald wir vorbeigehen. Der Betonsteg befindet sich an der Nordküste der Insel in Nuku'alofa, der Hauptstadt von Tongatapu sowie den Tonga-Inseln. Der Pier führt uns direkt in die Stadt hinein. Auf der linken Seite entdecke ich den Königlichen Palast, in dem der König von Tonga regiert. Ein weißes Holzgebäude mit rotem Dach, das nicht für die Öffentlichkeit zugänglich ist.

»Hast du dir eine Route überlegt, oder lassen wir uns einfach treiben?«, frage ich.

Henriette trägt Jeansshorts und ein gestreiftes T-Shirt. In ihrem Haar steckt eine Sonnenbrille, die sie sich jetzt aufsetzt. »Ich dachte, wir schauen uns einfach ein bisschen die Ortschaft an und entscheiden spontan, worauf wir Lust haben.«

»Klingt gut.«

Wir spazieren senkrecht zur Küstenlinie durch eine belebte Straße und betrachten die Auslagen der Straßenstände, die von Tüchern über Schmuck bis hin zu tropischen Früchten reichen. An einem Stand holen wir uns Lu, ein traditionelles tonganisches Gericht aus Fleisch oder Fisch, das zusammen mit Kokosmilch und Zwiebeln in Taro-Blätter eingewickelt und dann gedünstet wird.

Ich deute auf eine Bank, die unter einem Flammenbaum mit leuchtend orangeroten Blüten steht. »Wollen wir uns kurz setzen?«

Henriette nickt, bevor wir uns niederlassen. Die Luft ist warm und drückend schwül. Seit wir nicht mehr in Küstennähe sind, bleiben auch die Böen aus, die wenigstens für ein bisschen Abkühlung sorgen. Mein T-Shirt klebt mir unangenehm am Rücken.

Ich esse den letzten Bissen des herzhaften Lus. Dabei erregt ein Stand auf der gegenüberliegenden Straßenseite meine Aufmerksamkeit. Ohne groß darüber nachzudenken, springe ich auf.

»Wartest du hier ganz kurz auf mich?«

»Ist dir nicht gut?«, fragt Henriette erschrocken.

Ich muss lachen. »Keine Sorge, mir geht es hervorragend.«

»Okay, ich warte hier.«

Als ich über die Straße hechte, werde ich beinahe von einem Roller angefahren, weil ich so aufgeregt bin, dass ich den Linksverkehr auf Tongatapu vergesse. Schimpfend weicht der Fahrer in einem Bogen aus. Spätestens jetzt steht mir der Schweiß im Nacken.

Ich laufe weiter und bis zu dem kleinen Stand, der mir ins Auge gesprungen ist. Er verströmt einen süßen, exotischen Duft und leuchtet in den unterschiedlichsten Farben von Rot, Pink, Gelb und Orange bis hin zu strahlendem Weiß. Dahinter steht eine junge Frau, der ich auf Englisch meinen Wunsch erkläre. Bei meiner Recherche habe ich herausgefunden, dass hier nicht nur Tonganisch gesprochen wird, sondern dass die Hauptsprache im Bildungssystem, im Geschäftsleben und in der Regierung Englisch ist.

Mit meiner Errungenschaft eile ich zu Henriette zurück, diesmal, ohne mich dabei fast überfahren zu lassen.

Ihre Augen weiten sich, sobald sie mich sieht. Sie öffnet den Mund, schnappt nach Luft, schließt ihn dann jedoch wieder.

»Bist du sprachlos?«

Sie nickt.

Ich setze mich wieder neben sie und überreiche ihr den riesigen Blumenstrauß, den ich ihr gekauft habe. Ein Arrangement aus weißrosa Frangipani, pinken Orchideen und rotem Hibiskus, die von Palmwedeln umschlossen werden.

»Ich habe gesagt, dass ich es nicht so mit Blumen habe. Dasselbe habe ich auch über Dates und eine feste Beziehung gesagt.

Dann kamst du und hast meine Meinung geändert. Ich glaube, durch unsere gemeinsame Vergangenheit habe ich am Anfang nicht einmal bemerkt, wie sehr du mich aus meiner Komfortzone holst und dass ich, obwohl ich mir geschworen habe, mich nicht zu verlieben, auf dem direkten Weg dazu bin. Irgendwann wollte ich nur noch alle meine Regeln für dich brechen.« Ich schlucke gegen die plötzliche Enge in meiner Kehle an. Eigentlich sollte das hier nicht so emotional werden, wie es jetzt auf einmal ist. Ich wollte Henriette keine Tränen in die Augen treiben, sondern sie zum Lächeln bringen. Und eigentlich wollte ich ihr nicht mein Herz ausschütten. Aber jetzt bin ich mittendrin, also fahre ich fort. »Ich kann mir nicht mehr vorstellen, wieder an den Anfang zurückzukehren. Es geht also nicht um die Blumen an sich, sondern um alles, was dahintersteckt.«

Henriette wischt sich die Augenwinkel trocken. »Ich bin ehrlich gesagt immer noch ein bisschen sprachlos. So war das nicht geplant mit der Herausforderung zu einem romantischen Date, obwohl ich zugeben muss, dass du sie mehr als erfüllt hast. Danke, Lukas, ich freue mich sehr darüber.« Sie hält ihre Nase in die Blüten und atmet mit geschlossenen Augen ein. Dann sieht sie mich grinsend an. »Ich glaube, das ist das erste Mal, dass ich außerhalb meines Geburtstags oder zum Abitur Blumen geschenkt bekommen habe.«

»Nicht mal von diesem Kerl mit der Schmalzlocke?« Allein die Erinnerung an ihren Ex-Freund bringt mich dazu, mit den Zähnen zu knirschen.

Sie schnappt gespielt entgeistert nach Luft. »Du weißt von ihm? Hast du mich in den letzten Jahren etwa auf Instagram gestalkt?«

»Viel häufiger, als ich es hätte tun sollen.«

Sie lacht leise. »Ich dich auch. Daher wusste ich auch schon vor dem Icebreaker-Abend, dass du auf der *Sapient Sailor* sein würdest.«

Der Anfang des Auslandssemesters kommt mir manchmal wie ein anderes Leben vor. Ich habe in den letzten Monaten so viel erlebt, und mir wird klar, dass es alles Abenteuer waren. Aber nicht, wie mein Vater sie interpretiert hat, sondern wie ich sie mit fünfzehn auf meiner Gedankenkette gesammelt habe. Das Liegen auf dem Bugsprietnetz, die Surfausflüge und das Erkunden neuer Orte. Die Abenteuer an sich waren nie das Problem, es war immer die Definition meines Vaters.

Auf der gegenüberliegenden Straßenseite streunt ein Hund zwischen den Ständen hindurch, wirft sich im Schatten einer Markise auf den Rücken und lässt sich von einem Kind kraulen. Sehnsucht breitet sich in meinem Inneren aus. Früher habe ich mir immer ein Haustier gewünscht, aber meine Mutter ist allergisch. Manchmal hat mein Vater gescherzt, uns heimlich einen Hund zu holen und ihn vor ihr zu verstecken. Dann haben wir uns stundenlang ausgemalt, welche Rasse wir am liebsten hätten. Einen großen, mit flauschigem Fell, darin waren wir uns immer einig.

Wie konnte dieser Mann sich so verändern? Habe ich ihn mit meiner kindlichen Denkweise romantisiert? Oder war er womöglich nie der Schurke, zu dem er durch die Scheidung für mich geworden ist? Seine Affäre wird für mich immer eine feige Entscheidung bleiben, selbst wenn es schon zuvor zwischen meinen Eltern kriselte. Aber ich habe mir niemals die ganze Geschichte angehört, nie beide Seiten. Ich finde, es geht mich auch nichts an, jede Facette der Scheidung zu kennen, aber was, wenn meine Mutter recht hatte? Ich die Schuld nicht nur bei meinem Vater suchen darf? Alles, was wir früher hatten, weggeworfen habe aus Groll?

Ich habe keine Ahnung.

»Was ist los, woran denkst du?«, fragt Henriette.

Wie automatisch spannt sich jeder Muskel in meinem Körper an. »An meinen Vater«, antworte ich ehrlich.

»Wie ...«

»Reden wir über was anderes, ich will mir diesen Tag nicht von ihm kaputtmachen lassen.«

»Aber ...«

»Bitte.« Meine Stimme klingt beinahe flehentlich.

Sie nickt und akzeptiert meinen Wunsch, wirkt jedoch das restliche Date über nachdenklich. Ich habe das Gefühl, etwas falsch gemacht zu haben, obwohl Henriette behauptet, es wäre alles in Ordnung. Aber wie hätte ich denn sonst reagieren sollen?

Ich kann nicht einfach über meinen Vater reden, nachdem ich jahrelang jeden Gedanken an ihn versucht habe zu vermeiden. Dafür habe ich noch immer zu viel Groll in mir. Langsam glaube ich, er richtet sich nicht nur gegen meinen Vater, sondern auch gegen mich selbst.

Keine der beiden Varianten ist gut, so viel steht fest.

Kapitel 43

Henriette

Die restliche Zeit auf Tongatapu vergeht wie im Flug mit unserer Forschungsarbeit. Diesmal haben wir das Thema »Biodiversität und Verbreitung des Rochens in den Gewässern rund um die Tonga-Inseln«. Wir dokumentieren die verschiedenen Rochenarten, die wir auf den Tauchgängen und Forschungsausflügen entdecken. Jede Sichtung wird sorgfältig notiert, inklusive Größe, Form, Verhalten und Umgebung. Im Labor müssen wir diesmal nicht arbeiten, es gibt keine Proben, die wir entnehmen können, unser Fokus liegt auf Beobachten und dem Erlernen der Merkmale verschiedener heimischer Arten. Es ist beeindruckend, mit welcher Kraft und Anmut sich die Tiere bewegen. Jedes Mal, wenn eine der vielen verschiedenen Rochenarten an mir vorbeischwimmt, halte ich den Atem an. Wenn der Manta-Rochen mit seinen Seitenflossen schlägt, sehen sie beinahe aus wie Flügel. Sein dunkler Rücken und der helle Bauch bilden einen Kontrast, während er durch das Wasser zu schweben scheint. Dasselbe fällt mir auch beim Adlerrochen auf, der hingegen wie ein abstraktes Kunstwerk wirkt mit dem Fleckenmuster auf dem Rücken. Außerdem hat er eine eindrucksvolle lange, dünne Schwanzflosse, die er wie einen Stab hinter sich herzieht. Sie beträgt das Zwei- bis Dreifache seiner Körperlänge, und als er über mich hinwegschwimmt, vermute ich, er nutzt sie gegen Feinde oder Beutetiere. Später finde ich bei der Recherche heraus, dass sie der Stabilisierung dient. Und dann ist da noch der Blaupunkt-Stechrochen. Eine kleine Rochenart mit leuchtend türkisblauen Punkten auf dem beigefarbenen Rücken und einem giften Stachel. Er ist leicht zu übersehen, da er sich in den Boden eingräbt und durch sein Muster fast mit dem sandigen Untergrund verschwimmt. Während der drei Tauchgänge entdecken wir ihn nur ein Mal im Sand an einem Korallenriff, da er tagsüber meist versteckt und nachtaktiv ist. Die Sichtung fühlt sich wie ein seltenes Geschenk an und lässt mich ehrfürchtig zurück.

Wann immer mir eine ruhige Minute bleibt, wandern meine Gedanken zu Lukas' Reaktion, sobald ich bei unserem Date mit ihm über seinen Vater reden wollte. Er hat sofort dichtgemacht, obwohl ich dachte, dass wir mittlerweile eine so enge Bindung zueinander haben, dass wir auch über unbequeme Themen sprechen können. Ich möchte die Situation unbedingt noch mal zur Sprache bringen, aber ich habe Angst davor. Gerade ist alles perfekt zwischen uns. Der wunderschöne Blumenstrauß steht in einer Wasserflasche auf meinem Nachttisch, und der intensive, süße Blütenduft erinnert mich jeden Abend vor dem Einschlafen daran, dass Lukas es ernst meint. Dazu gehört aber auch, dass er mich für sich da sein lässt und nicht denkt, er muss mich schonen. Oder versucht er nur, sich selbst zu schützen?

Neben dem Unistress und den Arbeitsschichten hat sich bisher nicht die richtige Gelegenheit ergeben, das Thema noch einmal anzusprechen.

Jetzt tigere ich in der Kabine hin und her und weiß nichts mit mir anzufangen. Am liebsten würde ich mit Abi darüber reden und ihre Meinung hören, doch sie ist bei Paula, mit der sie seit letzter Woche offiziell zusammen ist. Ich bin froh, dass sie ihre

Schwierigkeiten überwunden haben und Paula sich jetzt sicher ist, was sie will.

Mein Handy klingelt. Ich greife danach und sehe Annelies Namen auf dem Display. Mein Herz macht einen Satz, trotzdem gehe ich ran. Wir haben eine ganze Weile nicht mehr geredet, und ich kann das Gespräch mit ihr nicht ewig vor mir herschieben.

»Hi«, sage ich.

»Hey, alles okay bei dir?«

Ich räuspere mich. »Klar.«

»Du klingst nachdenklich.«

Ich schließe die Augen. Sie kennt mich zu gut. Es ist Fluch und Segen zugleich.

»Ist was passiert?«

»Nein, nichts. Nur viel Uni gerade und ein bisschen viel ... alles?« Eigentlich wollte ich es nicht wie eine Frage klingen lassen. Wollte stark und sicher erscheinen. Ihr meine Entscheidung mitteilen und von meinem Deal mit Abi berichten. Damit sie sich an den Gedanken gewöhnen kann und mein Umzug keine Überraschung wird, wenn ich zurück bin.

»Erzähl mir davon«, bittet sie.

»Es wird dir nicht gefallen.«

Ich höre sie am anderen Ende der Leitung tief durchatmen. »Damit muss ich klarkommen. Nein, damit *werde* ich klarkommen.«

Und wenn nicht? Wenn du wieder etwas Unüberlegtes tust? Die Fragen kommen mir nicht über die Lippen. Wie Annelie sich oft verhält, ist nicht fair, aber es ist genauso wenig fair von mir, immer das Schlechteste von ihr zu erwarten. Mich ständig für den nächsten Schlag von ihr zu wappnen. Denn dann wird er kommen. Wenn ich so weitermache, werden meine Träume immer nur das bleiben: Träume. Wünsche. Aber keine Realität werden.

»Ich werde für den Master an die Küste wechseln, endlich meiner Leidenschaft nachgehen und das studieren, wovon ich immer geträumt habe. Ich habe mich schon für verschiedene Städte beworben.«

Kurz herrscht Stille am anderen Ende der Leitung, als Annelie klar wird, was das bedeutet. Für sie. Für uns. Um die achthundert Kilometer Entfernung zwischen uns. Höchstens ein paarmal sehen im Jahr. Es wird genau wie das Auslandssemester sein, nur dauerhaft.

»Okay«, antwortet sie leise, ihre Stimme bebt.

»Es hat nichts mit dir zu tun. Es ist eine Entscheidung, die ich *für mich* treffe.«

»Ich weiß. Und es tut mir leid, dass du dich so lange selbst zurückgestellt hast, um bei mir in München zu bleiben. Nur weil ich ... ich ...« Sie weint jetzt, und ihr leises Schluchzen zerreißt mir das Herz. Genauso wie zu wissen, dass durch ihre psychische Erkrankung das, was sie fühlt, vielfach verstärkt ist.

»Nein, Annelie«, beruhige ich sie. »Es war *meine* Entscheidung, zu Hause zu bleiben. Bei dir zu sein. Du hast mich nicht angekettet.«

»Aber deinen Reisepass weggeworfen, was ungefähr dasselbe ist.«

Ich muss lachen. »Das war echt uncool von dir. Und ziemlich unoriginell.«

Ihr Schluchzen verstummt, und sie lacht ebenfalls. »Beim nächsten Mal überlege ich mir was Besseres.«

»Abgemacht.«

Ich bemerke, wie sehr mir das Gespräch mit meiner Schwester hilft. Seit wir telefonieren, bin ich ruhiger, und das Gedankenchaos um Lukas ist weniger präsent. Ich lasse mich auf einen der beiden Stühle am Tisch sinken, lege die Füße auf der Sitzfläche des anderen ab.

»Spaß beiseite«, sagt Annelie. »Ich bin froh über deine Entscheidung. Durch das Auslandssemester ist mir bewusst geworden, wie stark ich an dir klammere.«

»Es ist okay«, sage ich wie automatisch. Weil ich das immer tue, weil ich nie aussprechen kann, was ich wirklich denke oder fühle. Nicht vor Annelie. Aus Angst, sie damit aus dem Konzept zu bringen. Alles schlimmer für sie zu machen.

»Nein, ist es nicht. Ich habe mich all die Jahre über dich gestellt. Das ist mir erst klar geworden, seit du auf See bist. Es tut mir leid, Henriette. Wahrscheinlich ist es besser, dass ich keinen Platz beim Auslandssemester bekommen habe und du an die Küste ziehen wirst. Wir müssen lernen, ohne einander klarzukommen. Nein, *ich* muss das lernen.«

»Ich weiß nicht, was ich sagen soll«, gebe ich zu. Ich fühle mich, als würde ich träumen. Wie oft habe ich mir gewünscht, diese Worte aus ihrem Mund zu hören? »Ich habe dich lieb, Annelie. Und ich verzeihe dir. Alles.«

»Das tust du immer. Vielleicht solltest du mich mal anschreien. Oder mir ab und an gemeine Worte an den Kopf werfen, so wie ich dir.«

»So bin ich nicht.« Ich könnte es nicht. Weil ich weiß, dass meine Worte in ihr großen Schaden anrichten würden. Dass sie sie stärker spürt als ich.

»Du hast ein gutes Herz. Einer der vielen Gründe, warum ich dich ebenfalls unglaublich liebhabe.«

Tränen treten mir in die Augen. Aber nicht vor Kummer, sondern Erleichterung. »Dann bekommen wir das wieder hin?«

»Es wird niemals wie früher werden«, sagt Annelie. »Meine Krankheit hat mich fest im Griff. Doch ich möchte einen guten Umgang damit finden, sie nicht länger verbergen, sondern offener damit umgehen und vor allem die Beziehungen zu den mir wichtigsten Menschen auf eine gesunde Weise festigen.«

Ich lächele. »Das klingt gut. Psychische Krankheiten sollten kein Tabuthema sein, und ich denke, es würde uns allen helfen, offener darüber zu reden. Es ist für dich nicht leicht, aber für unsere Eltern und mich auch nicht.«

»Ich weiß, und es wird auch in Zukunft schwierige Phasen geben, oder ich werde einen Rückfall bekommen, aber ich verspreche dir, mein Bestes zu geben. Übrigens habe ich überlegt, ob das vielleicht die Berufung ist, die ich bisher vergeblich gesucht habe. Ich könnte einen Social Media Account starten, auf dem ich über die Borderline-Persönlichkeitsstörung aufkläre, meinen Alltag zeige und über mein Leben blogge.«

In der Schule dachten immer alle, sie würde irgendwann mal modeln. Aber als Influencerin kann ich sie mir sogar noch besser vorstellen. Vor allem zu einem so wichtigen Thema, über das noch viel zu wenig gesprochen wird. »Das ist eine tolle Idee, ich kann mir das richtig gut bei dir vorstellen. Wann bist du nur so weise geworden?«

»Hat schon immer unter der Oberfläche geschlummert«, scherzt sie und wechselt dann das Thema so präzise, als hätte ihr Schwestern-Radar ausgelöst. »Wann wolltest du mir eigentlich von Lukas erzählen? Papa hat mir verraten, dass er mit dir auf der *Sapient Sailor* und sogar dein Forschungspartner ist.«

Ich stehe vom Stuhl auf, laufe zum Bett hinüber und lasse mich rücklings auf die Matratze sinken. »Es ist eine lange und komplizierte Geschichte.«

»Ist es das? Oder machst du es vielleicht nur kompliziert?« Die Ehrlichkeit ihrer Worte lässt kurz Zorn in mir aufwallen, aber ich vertreibe ihn schnell. Hat Annelie recht? Verkompliziere und zerdenke ich alles? Schließlich läuft es super zwischen Lukas und mir. Außerdem hat er mir mehrmals versichert, dass eine Beziehung nur klappen kann, wenn wir ehrlich zueinander sind und miteinander reden.

»Erzähl mir von euch«, bittet Annelie. »Ich bin hier, höre dir zu. Lass mich für dich da sein, wie du es immer für mich warst.«

Ich zögere. Warte darauf, dass ihre Stimmung umschlägt, sie mir wieder Vorwürfe macht. Gute Phasen können manchmal schnell vorbei sein. Aber das ist nur Angst, oder? Es ist, was ich daraus mache. Ich sehne mich nach der Schwester, die ich verloren glaubte. Die, von der ich dachte, sie hätte sich verändert. Aber ich habe mich ebenfalls verändert und zurückgezogen. Ich bin genauso daran schuld, dass wir uns emotional zunehmend stärker entzweit haben.

Ich muss Annelie einen Vertrauensvorschuss geben, wenn sich etwas ändern soll. Uns beiden die Chance ermöglichen, aus unseren Fehlern zu lernen, denn ein Leben ohne meine Schwester möchte ich mir nicht vorstellen.

Daher hole ich tief Luft und erzähle ihr in allen Einzelheiten, wie die Zeit auf See mit Lukas abgelaufen ist. Zum ersten Mal seit Jahren fürchte ich mich nicht vor ihrer Reaktion, sondern hoffe auf einen schwesterlichen Rat.

»Ich weiß noch genau, wie sehr du am Boden zerstört warst, weil er nach Hamburg gezogen ist«, sagt Annelie, sobald ich atemlos ende. »Jetzt bekommst du eine zweite Chance mit ihm. So, wie es klingt, will Lukas dich. Mit allem, was dazugehört.«

»Er hat noch sehr mit der Trennung seiner Eltern zu kämpfen. Sobald sein Vater zur Sprache kommt, blockt er ab und wird wütend. Ich muss die ganze Zeit darüber nachdenken und würde ihn gerne wissen lassen, dass ich für ihn da bin und er bei mir nicht derart dichtmachen muss. Aber ich habe Angst, dass ich etwas Gutes kaputtmache, wenn ich etwas Negatives anspreche.«

»Ehrlich zu sein und Probleme anzusprechen, gehört dazu, Jette. Lass dir nicht von deiner Angst dein Leben diktieren und dir die Möglichkeit auf echte Liebe entgehen.«

Mein Magen vollführt bei dem Wort Liebe einen Satz. Es ist ein starkes Gefühl; die Menschen, die ich liebe, haben Macht über mich. Meine Eltern. Annelie. Alle drei haben sie auf verschiedene Weisen ausgenutzt. Meine Eltern, indem sie mich dazu brachten, stets für meine Schwester zurückzustecken. Annelie, indem sie meine Zweifel und verletzlichen Stellen gegen mich verwendete.

Womöglich ist das der Grund, warum ich mich lange geweigert habe, meine Gefühle für Lukas anzuerkennen. Doch es ändert nichts daran, dass sie existent sind und ich sie in jeder Sekunde tief in meinem Herzen spüre.

»Na los, worauf wartest du noch? Wenn einem etwas auf der Seele brennt, sollte man es direkt loswerden.«

»Ja, du hast recht.«

Ich atme tief durch. Meine Schwester hat mir Mut gemacht und mir die Zuversicht gegeben, dass sich alles zum Guten wenden wird. Da ist noch so viel, was wir beide nachzuholen und einander zu erzählen haben, doch gerade kann ich mich auf nichts anderes als Lukas konzentrieren. Daher verabschiede ich mich von Annelie, verspreche ihr, bald wieder anzurufen, und mache mich auf den Weg zu Kabine 338.

Kapitel 44

Henriette

Ich klopfe an die Kabinentür und warte auf eine Antwort von drinnen. Mein Herz flattert, wie immer, bevor ich Lukas sehe. Jetzt noch mehr, weil ich kurz davorstehe, unsere Beziehung auf eine neue Ebene zu heben. Vielleicht wird das meine dritte Herausforderung? Ich muss ein Grinsen unterdrücken. Dass in mir eine kleine Romantikerin steckt, wusste ich schon immer, aber vielleicht ist sie doch größer als gedacht.

Lukas öffnet die Tür und lächelt, sobald er mich sieht. »Henriette! Was machst du denn hier?«

»Hi, hast du gerade Zeit?«

»Klar, komm rein. Für dich habe ich immer Zeit.«

Er öffnet die Tür ein Stück weiter, sodass ich hinter ihm in die Kabine treten kann. Im Gegensatz zu meiner herrscht hier das reinste Chaos. Überall liegen Schuhe, Klamotten oder halb leere Snackverpackungen herum. Auf Lukas' Nachtschrank stapelt sich ein Haufen ungeöffneter Briefe. Etwas daran irritiert mich, aber ich komme nicht darauf, was.

»Ihr solltet echt mal aufräumen«, kommentiere ich die Unordnung.

»Kai und ich nennen es kreatives Chaos.«

»Im Ernst, wäre ich einer eurer One-Night-Stands und würde auf diese Kabine geführt werden, würde ich kommentarlos umdrehen und wieder verschwinden.«

»Gut, dass du für mich nie ein One-Night-Stand warst«, sagt Lukas sanft. »Sondern immer mehr.« Eine Gänsehaut breitet sich auf meinen Unterarmen aus.

»Genau darüber wollte ich mit dir reden. Ich habe ein bisschen nachgedacht.«

»Jetzt machst du mir Angst.«

»Nein, so meinte ich das gar nicht. Es ist alles gut, ich möchte nur etwas loswerden. Aber erst einmal …« Ich lege die Arme um seinen Nacken und stelle mich auf die Zehenspitzen, um ihn zu küssen. Seine Lippen sind warm, er schmeckt leicht herb nach Kaffee.

Wir lösen uns wieder voneinander und setzen uns an den Tisch. Vorher muss Lukas eilig ein paar Klamotten von den Stühlen wischen.

»Ihr solltet wirklich dringend aufräumen«, wiederhole ich. »Wo ist Kai eigentlich?«

»Er ist mit ein paar Nautikstudierenden am Pool.«

»Und du bist nicht mit?«

»Ich hatte ehrlich gesagt keine Lust darauf, ihm beim Flirten zuzusehen oder, noch schlimmer, selbst angeflirtet zu werden.«

Ich lache auf. »Du hast nach wie vor das Ego eines Walhaiweibchens.«

Er zuckt nur mit den Achseln, bevor er das Thema wechselt. »Worüber wolltest du denn mit mir reden?«

»Über deine Reaktion, als wir auf unserem Date über deinen Vater gesprochen haben. Ich hoffe, du weißt, dass ich für dich da bin. Dass wir reden können. Du hast selbst gesagt, eine Beziehung kann nur funktionieren, wenn wir ehrlich sind.«

Lukas' Miene verdüstert sich. »Ich bin ehrlich. Ich will wirklich nicht darüber reden.«

»Weil du mir nicht vertraust?«

»Mit dir hat das nichts zu tun.«

Die wachsende Anspannung hängt beinahe greifbar in der Luft. Unruhig trommelt Lukas mit den Fingerkuppen auf der Tischplatte herum. Er wirkt, als würde er am liebsten aufspringen und flüchten wollen.

»Irgendwann musst du darüber reden«, sage ich vorsichtig.

Er hält im Trommeln inne und ballt die Hand auf dem Tisch zur Faust. »Warum glaubt eigentlich jede Frau in meinem Leben, sich darin einmischen zu müssen?«

Ich bin verwirrt. Meint er seine Mutter?

Lukas' Blick zuckt kurz zum Nachtschrank. Nein, zu den Briefen, die dort liegen. Jetzt kapiere ich, was mich an ihnen irritiert hat. Als er nach dem Dengue-Fieber mit mir auf dem Bugsprietnetz lag, hatte er einen ungeöffneten Brief von seinem Vater dabei. Und mittlerweile, drei Monate später, türmt sich ein ganzer Haufen davon neben seinem Bett auf. Offenbar hat er es immer noch nicht geschafft, sie zu öffnen.

Wie wütend er auch nur bei der Erwähnung seines Vaters wird, wie vehement er sich weigert, über ihn zu reden, und wie viel Abneigung das Öffnen dieser Briefe in ihm auszulösen scheint ... Das geht so nicht weiter. Es macht ihn fertig, verwandelt ihn – den lustigen, taffen, lebensfrohen Lukas – vorübergehend in einen Schatten seiner selbst.

Ich denke nicht länger darüber nach, handele instinktiv und spreche aus, was mir durch den Kopf geht. »Eine letzte Herausforderung ist noch offen.« Ich hatte sie mir anders ausgemalt, doch das hier ist gerade wichtiger. »Ich fordere dich dazu heraus, die Briefe deines Vaters zu öffnen.«

Er wird blass. »Nein. Das kann ich nicht.«

»Warum nicht?«

»Ich habe deine Herausforderungen alle mitgemacht, habe dir dadurch Zeit gegeben, dir deiner Gefühle bewusst zu werden und zu lernen, mir zu vertrauen. Aber das geht zu weit, dazu hast du kein Recht, Henriette.«

Henriette. Nicht Eisherz.

Ein schmerzhafter Stich fährt mir in die Brust. Warum weigert er sich so, diese Briefe zu öffnen? Ich will ihm doch nur helfen! Will ihm klarmachen, dass das, was er sucht und was er mir versprochen hat, nur auf einem Weg funktionieren kann.

***

Lukas

Henriette deutet zu den aufgestapelten Briefen. Ein paar sind im Laufe der Monate bereits zu Boden gesegelt und unter dem Bett verschwunden. Es war mir egal, ich hatte und habe nicht vor, sie zu öffnen. »Du bist nie über ihn hinweggekommen, Lukas, hegst seit damals immer noch Groll gegen ihn. So sehr, dass du dich weigerst, seine Briefe zu öffnen. Aber sie wegwerfen kannst du auch nicht.«

»Ich weiß nicht mal, warum ich sie überhaupt aufhebe.«

»Weil du an deinem Vater hängst, auch wenn du dieses Gefühl mit allen Mitteln zu unterdrücken versuchst.«

»Ich verstehe nicht, warum du so darauf herumreiten musst. Warum können wir das Thema nicht gut sein lassen? Wir beide stehen in absolut keiner Verbindung zu ihm.«

»Doch, das tun wir.«

Sie atmet tief durch und setzt zu einer Erklärung an, aber ich unterbreche sie. »Was hat mein Vater damit zu tun, dass ich dich liebe?«, frage ich aufgebracht und merke erst im nächsten Moment, was ich da laut ausgesprochen habe.

Henriette schluckt. »Solange du nicht endlich mit ihm abschließt, wirst du niemals eine ernsthafte Beziehung führen können«, sagt sie ruhig.

»Das ... ich ... Wie bitte?«

Sie erhebt sich vom Stuhl. »Denk in Ruhe darüber nach. Ich gehe jetzt besser, bevor das hier in einem Streit endet. Sag Bescheid, wenn du darüber reden möchtest und die letzte Herausforderung erfüllt hast.«

»Das werde ich nicht«, sage ich sofort. Allein bei der Vorstellung, einen dieser Briefe zu öffnen, verkrampft sich mein Magen.

»Noch nicht oder nie?«

»Nie.«

»Okay«, sagt sie traurig und verlässt die Kabine. Die Tür fällt mit einem leisen Klicken hinter ihr ins Schloss, obwohl ein Knall der Situation eher angemessen wäre. Aber so ist Henriette nicht. Annelie ist diejenige in ihrer Familie, die mit Türen knallt, schreit oder verbal ausfällig wird. Henriette hingegen zeichnet eine unerschütterliche Ruhe und Vernunft aus.

In meiner Brust wütet ein Inferno. Erst hat meine Mutter die Adresse weitergegeben, jetzt verlangt Henriette auch noch von mir, dass ich diese Briefe lese. Ich fühle mich verraten, verletzt und in die Enge getrieben. Alles ist mir zu viel, die Emotionen übermannen mich, bis ich nach Luft schnappe.

Allerdings ... Henriette scheint sich so sicher zu sein. Was, wenn sie recht hat?

Mir ist klar, dass die Scheidung meiner Eltern meine Sicht auf Beziehungen verändert hat. Ich will niemals so enden wie sie.

Aber ich dachte, es wäre das Richtige, meinen Vater rigoros aus meinem Leben zu streichen. Jetzt fallen mir unzählige Situationen ein, in denen er mein Handeln trotz des Kontaktabbruchs beeinflusst hat. Ich habe meine Abenteuer als etwas Negatives gesehen, obwohl ich sie vollkommen anders als er interpretiert habe. Bei meinen Blicken in den Spiegel bin ich regelmäßig zusammengezuckt. Wie oft ich in den letzten Jahren getrunken habe, um Albträumen zu entkommen. Dass ich mich nie auf mehr als einen One-Night-Stand eingelassen habe. Und, das Wichtigste, wie oft ich meine Gefühle unterdrückt habe, um nicht Gefahr zu laufen, jemanden zu verletzen.

Je länger ich über Henriettes Worte nachdenke, desto dringender wird in mir das Bedürfnis, ihr nachzulaufen. Aber ich habe nicht einmal eine Ahnung, was ich sagen soll. Vielleicht haben wir wirklich erst eine Zukunft, wenn ich über die Vergangenheit hinweggekommen bin.

Seit der Scheidung weigere ich mich, mir einzugestehen, dass ich an meinem Vater hänge. Obwohl ich hasse, was er getan hat, ist er mir noch immer wichtig.

Ich habe keine Ahnung, wie es weitergehen soll. Doch eines ist klar: So wie in den letzten Jahren kann ich nicht weitermachen. Dieser Groll macht mich kaputt und beeinflusst meine Zukunft. Ich muss einen alternativen Weg gehen.

Wie wütend ich werde, sobald ich an meinen Vater denke, und wie ich mich innerlich verspanne ... Das muss ein Ende haben.

Nein, zum ersten Mal seit Jahren *möchte* ich, dass es ein Ende hat. Ich möchte die Verpflichtungen, die tiefe Bindung und das Risiko eingehen, die eine ernste Beziehung mit sich bringen.

All das wünsche ich mir mit Henriette.

Ich erhebe mich vom Stuhl und gehe zu den Briefen. Mit zitternden Fingern greife ich nach dem obersten, starre auf die zugeklebte Lasche. Ich will sie aufreißen, aber ...

Ich schaffe es nicht. Nicht einmal für die Frau, die ich liebe. Egal, wie sehr ich es versuche. Alles in mir sperrt sich dagegen, ich kann kaum noch klar denken.

Meine Beine knicken unter mir weg, und ich rutsche am Nachtschrank hinunter. Dort bleibe ich sitzen, mit dem ungeöffneten

Brief in der Hand und dem Gedankenchaos im Kopf. Bis die Tür auffliegt und Kai in knallpinker Badehose hereinrauscht.

Sobald er mich entdeckt, bleibt er ruckartig stehen. »Scheiße, was ist denn mit dir passiert?«

Kapitel 45

Lukas

»Wir beide unternehmen heute was, damit du mal auf andere Gedanken kommst«, verkündet Kai ein paar Stunden später. Die Badehose, deren Farbe mir schmerzhaft in den verheulten Augen gestochen hat, hat er zum Glück gegen beigefarbene Bermudashorts getauscht.

»Ich habe keine große Lust, heute Abend die Kabine zu verlassen.«

»Allein das ist für mich Warnsignal genug. Deshalb lasse ich dir keine andere Wahl, als mich zu begleiten«, antwortet er entschieden.

Wenig später sind wir mit einem Kartenspiel auf dem Weg in die Bar. Kai scheint es mit allen Mitteln darauf anzulegen, mich abzulenken. Alkohol, das Spiel, Musik und Geselligkeit. Vor wenigen Monaten hätte es damit noch funktioniert. Aber seit ich all die Unternehmungen mit Henriette gemacht habe, wirkt es wie Zeitverschwendung. Ich gehe immer noch gerne auf eine Party, aber es ist so viel schöner, mit einem Menschen, den ich mag und der mich mit all meinen Facetten kennt, allein zu sein und über Meeresbiologie zu fachsimpeln.

Wir holen uns an der Bar ein Bier, dann lümmele ich mich Kai gegenüber in einen lederbezogenen Ohrensessel. Mit flinken Fingern gibt er die Spielkarten aus.

Das erinnert mich an die vielen Abende, die ich in Hamburg mit meiner Mutter gespielt habe. Mischen ist eine Fähigkeit, die ich noch nie beherrscht habe. Regelmäßig fallen mir dabei alle Karten auf den Tisch, bis meine Mutter sich erbarmt und es für mich übernimmt.

Neben uns erklingt ein lautes Jauchzen. Unisono drehen Kai und ich uns in die Richtung. Ich entdecke Vicky, die mit einem Studenten am Billardtisch eine Partie spielt und offenbar gerade eine Kugel versenkt hat, so euphorisch, wie sie mit ihrem Queue im Kreis hüpft.

»Das ergibt keinen Sinn«, sagt Kai mit erhobenen Brauen. »Wir sind auf See, warum spielen die beiden Billard? Der Wellengang verfälscht doch alles. Der Tisch ist für die Standzeiten an Land gedacht. Und wer ist überhaupt der Kerl, mit dem sie spielt?«

»Hast du etwa ein Auge auf sie geworfen?«

»Nein. Blond ist nicht so mein Typ. Ich mag sie, aber sie ist mir etwas zu autoritär und zu begeistert von der Seefahrt. Nur ist mir ihr Spielpartner schon oft aufgefallen, weil er immer von diesem dunklen Kerl begleitet wird, der für einen Studenten ein paar Jahre zu alt wirkt und sich meist ein Stück abseits von ihm aufhält. Ob beim Sport, auf Partys oder hier.« Er nickt zu einer Sitzgruppe neben dem Billardtisch, an dem ein breit gebauter Mann allein an einer Cola nippt und aufmerksam das Billardspiel verfolgt.

»Irgendwie creepy.«

»Oder?! Wenn mein Mitbewohner, also du, so an mir kleben würde, hätte ich schon lange was gesagt.«

Ich lache. »Keine Sorge, ich würde sogar Geld dafür bezahlen, um dich nicht auf deine Dates begleiten zu müssen.«

Kai lacht ebenfalls und wirft seinen Bierdeckel nach mir. Er trifft mich an der Schulter und verschwindet zwischen Lehne und Sitzfläche des Sessels im Polster.

Ich fische den Bierdeckel heraus, werfe ihn im hohen Bogen zurück, wodurch Vicky auf uns aufmerksam wird.

»Hey!«, rufe ich und winke ihr zu. »Wie nennt sich das, was ihr da fabriziert?«

Sie lacht. »See-Billard, erfunden von Vicky und Jakob. Ein Glücksspiel mit den Wellen.« Sie zwinkert mir zu und wendet sich wieder ab. Der Typ neben ihr, wahrscheinlich Jakob, bedenkt sie mit einem warmen Lächeln, das mich augenblicklich an Henriette denken lässt.

Schnell schlucke ich gegen den Kloß in meiner Kehle an.

»Du hast es gehört«, sage ich zu Kai. »See-Billard.«

»Will ich wissen, wo deine Gedanken gerade waren?«

Der Kloß ist immer noch da. »Wieso?«

»Du hast dasselbe Gesicht gezogen wie letztens beim Abendessen, als du auf das Pfefferkorn gebissen hast.«

Ich lege meine Karten auf den Tisch und seufze. »Ich muss dir was erzählen.«

Kai legt seinen Stapel ebenfalls nieder. »Das habe ich gehofft, seit ich dich aus unserer Kabine entführt habe. Ich bin ganz Ohr, egal, welchen Mist du gebaut hast.«

»Warum gehen eigentlich ständig alle davon aus, dass ich Mist baue?«, frage ich grummelnd.

Kai grinst und legt sich einen Finger an die Wange. »Das liegt an deinem Schönling-Gesicht.«

Ich zeige ihm den Mittelfinger, bevor ich ihm die ganze Geschichte mit Henriette erzähle. Von der Herausforderung und wie wir versagt haben bis zu den Dates und der Meinungsverschiedenheit, die wir vorhin wegen der Briefe hatten.

Kai sieht mich lange an. Er wirkt ernster, als ich es von ihm gewohnt bin. Andererseits hat mir bereits unser Gespräch über seinen Unfall gezeigt, dass in ihm auch eine tiefgründige, ernsthafte Seite steckt.

»Meine Eltern hätten sich nach meinem Unfall fast scheiden lassen. Der Druck, der auf ihnen lastete, war enorm und wirkte sich auf ihre Ehe aus. Durch ihre Krise habe ich gelernt, worauf es in einer Beziehung wirklich ankommt. Wie man sie manchmal mit Arbeit und Mühe retten kann. Und welche Grundsteine von vornherein die falschen sind, um darauf eine Beziehung aufzubauen. Du hast etwas Ähnliches erlebt, oder?«

Mir wird schlagartig eiskalt. Ich habe immer geglaubt, meine Familienprobleme vor der Außenwelt verbergen zu können. Doch Kai hat mich durchschaut. Statt wie sonst in den Abwehrmodus zu gehen und meine Gefühle zu überspielen, habe ich das Bedürfnis, mich ihm endlich anzuvertrauen. Noch mehr, weil ich jetzt weiß, dass er eine ähnliche Erfahrung durchgemacht hat. »Meine Eltern haben sich scheiden lassen, nachdem mein Vater meine Mutter betrogen hat.«

»Das tut mir leid. Wie ging es dir damit?«

Ich knibbele an dem Etikett meiner Bierflasche herum. »Mies«, gebe ich zu. »Ich habe den Betrug herausgefunden und es meiner Mutter gesagt. Irgendwie fühlte ich mich schuldig deswegen, selbst wenn es die richtige Entscheidung war. Zu meinem Vater hatte ich während meiner Kindheit eine enge Bindung, aber sein Verhalten hat sie zerstört. Wir haben keinen Kontakt mehr.«

»Hast du immer noch damit zu kämpfen?«

Ich atme tief durch. »Ich denke schon«, gestehe ich mir endlich ein.

Mir ist klar, ich bin nicht perfekt. Ich denke nicht, dass ich es jemals sein werde, aber ich möchte versuchen, perfekt für Henriette zu sein. Weil sie und ich zusammen ein unschlagbares Team bilden. Weil sie das Beste aus mir hervorholt. Weil kein Tag mehr vergehen soll, ohne ihren unvergleichbaren Humor, ihre Neugier für das Meer und ihre Herausforderungen.

In einer wesentlichen Sache habe ich mich bei meinem Versuch, den obersten Brief zu öffnen, geirrt. Ich darf es nicht für Henriette tun. Das ist der falsche Ansatz. Ich muss es selbst wollen, und wenn ich diese Briefe öffne, dann einzig und allein für mich.

Zum ersten Mal breitet sich die Gewissheit in mir aus, mich nicht länger vom Groll leiten lassen zu müssen, sondern die Sache angehen zu können. Nach so vielen Jahren ist mir klar, dass ich Geduld mit mir haben muss.

Aber ich werde es schaffen.

Kapitel 46

Henriette

Ich liege im Bett, die Decke bis zum Kinn hochgezogen, und starre ins Leere. Das Sonnenlicht, das durch das Bullauge scheint, kommt mir unpassend vor. Draußen ist es wolkenklar, sonnig, paradiesisch. Das Wetter scheint mich zu verraten, indem es vorgaukelt, es wäre alles in bester Ordnung.

Meine Brust fühlt sich an, als wäre ein Blauwal darauf gestrandet. Immer wieder gehe ich in Gedanken das Gespräch mit Lukas durch, ende jedes einzelne Mal bei der Herausforderung.

Ich hatte nicht das Recht dazu, ihn mit den Briefen derart unter Druck zu setzen. Alles, was ich über seinen Vater und die Ehe seiner Eltern gesagt habe, stimmt. Er muss damit abschließen, aber es muss von ihm selbst kommen, damit es funktioniert. Stattdessen habe ich die letzte Herausforderung verschwendet, wir sind aufgebracht auseinandergegangen und haben seitdem nicht mehr gesprochen.

Mein Handy vibriert.

Annelie:
Was macht dein Liebeskummer?

Ich lösche die Nachricht mit einem Wischen von meinem Display, ohne sie zu beantworten. In den letzten Tagen scheint unsere typische Rollenverteilung getauscht zu haben. Ich kann nicht an einer Hand abzählen, wie oft ich Annelie bereits mit Vanilleeiscreme und Taschentüchern versorgte, während sie hemmungslos in ihr Kissen schluchzte und schwor, sich niemals wieder zu verlieben. Jetzt ist sie es, die mich seit dem Streit mit Lukas jeden Tag aus der Ferne fragt, wie es mir geht, und mich mit lustigen GIFs aufzumuntern versucht.

Die Kabinentür öffnet sich, Abi kommt herein. Sie war bei Paula. Ein Leuchten umgibt sie, sie strahlt Glück und Geborgenheit aus, was ich ihr von ganzem Herzen gönne.

Ich höre Abis Schritte durch das Zimmer, rege mich nicht.

»Du liegst ja immer noch hier rum.« Abi baut sich neben meinem Bett auf. »Das geht so nicht weiter, Henriette. Du musst anfangen, dich wieder auf das zu konzentrieren, was zählt. Auf die letzten Wochen des Auslandssemesters, den Unistoff und deine Noten. Je besser die sind, desto höher sind deine Chancen, für den Master an vielen Unis angenommen zu werden.«

»Die Bewerbungen!«

Ich setze mich ruckartig im Bett auf, greife hastig nach meinem Laptop. Durch die ganze Aufregung habe ich vollkommen vergessen, zu schauen, ob der Bearbeitungsstatus meiner Bewerbung in Bremen sich mittlerweile geändert hat.

Mein Herz klopft heftig gegen meine Rippen, während ich die Website des Bewerbungsportals der Uni öffne.

Abi setzt sich neben mich. »Ich bin nervös.«

»Ich auch.« Mit bebenden Fingern logge ich mich ein und atme tief durch, bevor ich auf meine Bewerbung klicke, um das Ergebnis einzusehen.

Mein Herz setzt einen Schlag aus. Da steht es. Schwarz auf weiß.

Zulassung liegt vor.

Abi springt vom Bett auf, jubelt und hüpft im Kreis.

Ich warte auf das Hochgefühl, das ich mir ausgemalt habe. Endlich kann ich das Fach studieren, von dem ich immer geträumt habe.

Abi hält in ihrem Freudentanz inne. »Freust du dich nicht?«

»Doch, ich bin nur total überwältigt und ein bisschen überfordert.«

Sie zögert, streicht sich eine gelockte Strähne hinter die Ohren, die sich vom Hüpfen aus ihrem Dutt gelöst hat. »Willst du doch nicht mit mir in eine WG ziehen?«

»Natürlich will ich! Ich freue mich auf unsere WG. Die Vorstellung, dass wir ab Februar keine Mitbewohnerinnen mehr sind, ist komisch. Ich habe mich an dich gewöhnt, dich liebgewonnen. Außerdem haben wir es uns geschworen.«

»Okay, dann ist gut.« Jetzt strahlt sie wieder. »Glückwunsch, Henriette. Ich habe nicht daran gezweifelt, dass du es mit deinen Noten und der Zusatzqualifikation durch das Auslandssemester schaffen würdest. Ich freue mich auch schon auf unsere WG. Bis es so weit ist, steht aber erst mal die Bachelorarbeit an. Nebenbei müssen wir ganz oft telefonieren und nach Wohnungen suchen. Abgemacht?«

»Abgemacht.«

Sie räumt die in der Kabine verstreuten Klamotten und herumliegenden Bücher auf. »In wenigen Tagen ist Weihnachten, kannst du das glauben? Ich vermisse den Schnee und die Festtagsstimmung. Hier ist es so sonnig und warm.«

»Auf die Kälte und Tristheit des typisch deutschen Dezemberwetters kann ich gut verzichten.« Ich denke an Weihnachten zu Hause. Meine Eltern und Annelie haben ein Päckchen geschickt, das auf Tongatapu angekommen ist. Sie haben mir am Telefon gesagt, es sei nur eine Kleinigkeit, aber ich soll mit dem Öffnen dennoch bis Heiligabend warten. Ich werde das Weihnachtsbaumaussuchen vermissen, das gemeinsame Schmücken und den Kaiserschmarrn meiner Mutter, den es jedes Jahr am ersten Weihnachtsmorgen gibt. Auf Papas Zwang, mit uns Rumpelstilzchen anzusehen, kann ich jedoch verzichten. Obwohl Annelie schon mehrmals versucht hat, mich per Stream zum Schauen zu überreden. Um der Tradition willen. Hat diese Verräterin etwa die ganzen Jahre über nur so getan, als fände sie den Film genauso schrecklich wie ich?

»Was stellst du eigentlich mit der freien Zeit an, die wir von Weihnachten bis Silvester haben?«, fragt Abi, wickelt ein Schoko-Bon aus und wirft die leere Verpackung in den Müll. »Da wir auf See sind, sind die Möglichkeiten beschränkt«, fügt sie kauend an.

»Weiß ich noch nicht. Wahrscheinlich werde ich ganz viel lesen.«

»Aber hoffentlich nicht hier auf dem Zimmer, oder? Wir sollten an den Pool gehen und uns in die Sonne legen. Du bist noch immer so blass wie am Anfang der Reise.«

»Ich werde nie braun«, entgegne ich genervt. »Nur rot.«

»Trotzdem, du kannst nicht die ganze Zeit hier versauern. Lies am Pool.«

»Na gut«, gebe ich mich geschlagen. »Aber nicht ohne ausreichend Sonnenschutz.«

»Ich helfe dir sogar freiwillig beim Rückeneincremen.« Abi grinst. »Übrigens gibt es ein paar zusätzliche Möglichkeiten, Punkte für den Wettbewerb zu sammeln. Da wir momentan auf Platz zwei sind, sollten wir die nutzen. Es handelt sich dabei um Weiterbildungen, um uns in verschiedene Themen der anderen beiden Studiengänge einzuarbeiten. Ein bisschen wie Uni, nur freiwillig. Ich hätte schon Lust, mal in Nautik oder einem Sprachkurs bei Elisa zu schnuppern.«

»Klingt nicht schlecht«, sage ich. »Obwohl ich auch nichts gegen eine Woche Faulenzen hätte.«

»Wir können ja einfach mal überlegen und spontan entscheiden. Ein paar Zusatzpunkte schaden auf keinen Fall.« Sie öffnet ihren Schrank und holt frische Unterwäsche heraus. »Ich springe vor dem Abendessen noch eben unter die Dusche.«

»Okay, bis gleich.«

Abi schließt die Badtür hinter sich, und kurz darauf erklingt das Rauschen der Dusche.

Ich überlege, was Lukas wohl mit der freien Woche anstellt und wie wir die Zeit gemeinsam verbringen könnten. Mit Serienmarathons, stundenlangem Quatschen auf dem Bugsprietnetz oder einfach damit, den ganzen Tag im Bett zu liegen. Mit seinen Händen auf meiner Haut, die jeden Zentimeter erkunden ...

Die Schuldgefühle fressen mich beinahe auf, und ich greife kurzerhand nach meinem Handy. Abi hat recht, so geht das nicht weiter. Lukas weicht mir zwar aus, aber es gibt noch andere Wege, um mich bei ihm zu entschuldigen.

Ich:
Es tut mir leid. Du hattest recht, es steht mir nicht zu, dich zum Öffnen der Briefe zu zwingen.
Es ist allein deine Entscheidung, und ich bereue, diese Grenze überschritten zu haben.

Mit klopfendem Herzen sende ich die Nachricht ab und warte. Keine Sekunde später ist er online und liest sie sofort.

Lukas:
Du hattest ebenfalls recht. Ich muss abschließen.
Und ich versuche es auch. Kannst du mir noch ein bisschen Zeit geben?

Am liebsten möchte ich sofort in seine Arme sinken und keine Minute mehr verlieren. Aber ich weiß selbst nur zu gut, wie es ist, für manche Entscheidungen länger zu brauchen.

Ich:
Natürlich. Nimm dir alle Zeit, die du brauchst.

Ich:
Aber bis es so weit ist, würde ich meine Herausforderung gerne zurückziehen und in etwas anderes ändern.

Lukas:
In was?

Ich:
Das weiß ich noch nicht. Aber eines ist sicher, unsere Herausforderungen verdienen ein besseres Ende.

Lukas:
Na gut, du bekommst einen Joker.
Aber nur, weil wir dieses bessere Ende ebenfalls verdienen.

Als ich mein Handy sperre, bemerke ich, dass ich lächele. Es wird alles gut werden. Und wenn Lukas so weit ist, werde ich die letzte Herausforderung auf die Weise nutzen, die ich ursprünglich geplant habe.

Kapitel 47

Lukas

Mein Vater hat mir zu Weihnachten ein Paket geschickt. Seit ich es vor ein paar Tagen empfangen habe, steht es am Fußende meines Betts. In der Nacht bin ich nun umgeben von ungeöffneten Berührungspunkten mit meinem Vater. Kein Wunder, dass ich seit Tagen unruhig schlafe. Ich kann es nicht länger vor mir herschieben. Nein, ich *will* es nicht länger.

»Du starrst das Paket jetzt schon seit Tagen an«, meint Kai und nimmt einen großen Schluck von seinem Proteinshake. Er hat heute Morgen mit seinen Eltern telefoniert und ist jetzt fest entschlossen, Heiligabend im Gym zu verbringen, bevor nachher das Festessen im Speisesaal ansteht. Da ich in einer halben Stunde mit meiner Mutter zum Telefonieren verabredet bin, setze ich die Sporteinheit aus.

»Öffne es endlich«, sagt er nachdrücklich, bevor er sich zum Gehen wendet. »Bis später.« Er verschwindet aus der Kabine und lässt mich mit dem Paket zurück.

Ich muss mich meinem Vater stellen, das ist mir bewusst. Ich muss die Vergangenheit loslassen, wenn ich eine Zukunft mit Henriette haben will.

Vorsichtig nähere ich mich dem Paket und hebe es auf mein Bett. Meine Finger zittern, während ich am Klebeband auf dem Deckel knibbele.

Solange du nicht endlich mit deinem Vater abschließt, wirst du niemals eine ernsthafte Beziehung führen können, erklingen Henriettes Worte in meinem Kopf.

Die Scheidung und der letzte Kontakt zu meinem Vater sind jetzt sechs Jahre her. Ich möchte heilen, möchte endlich weitermachen können.

Entschlossen greife ich nach dem Klebeband an einer losgelösten Ecke und reiße es herunter. Das Herz schlägt mir bis zum Hals, als ich die Pappdeckel aufklappe. Obenauf liegt eine Weihnachtskarte, darunter entdecke ich meine Lieblingssnacks von früher. Skittles, salziges Popcorn und NicNac's. Die mochte ich nur deshalb, weil mein Vater und ich sie immer aßen, während wir gemeinsam Fußball guckten. Sogar in die Allianz Arena in München hat er die umhüllten Erdnüsse geschmuggelt.

Ich hole alles raus, zerkleinere den Karton und stopfe ihn in den Mülleimer. Dann widme ich mich dem Stapel ungeöffneter Briefe. Drei fische ich unter dem Bett hervor, bevor ich sie anhand des Poststempels in eine chronologische Reihenfolge sortiere.

Unschlüssig betrachte ich die Umschläge. Mein Vater war nie ein großer Fan von handschriftlichen Briefen. Er hat lieber eine SMS getippt oder angerufen. Aber da ich ihn mittlerweile blockiert habe, blieb ihm wohl nichts anderes übrig. Das Paket zu öffnen war okay, doch was, wenn die Briefe mich vollkommen aus der Bahn werfen?

Angst setzt sich in jedem Millimeter meines Körpers fest und lähmt mich. Die Worte meines Vaters, sie liegen direkt vor mir. So lange habe ich ihn aus meinem Leben verbannt, Gedanken an ihn stets von mir geschoben. Jetzt scheine ich mich mit dem Öffnen dieser Briefe geradewegs in das Auge eines Meeresstrudels zu stürzen.

Aber ich muss es tun. Für mich.

Außerdem ist es nur Papier, was soll schon passieren. Ich greife nach dem ersten Umschlag, reiße ihn auf und hole einen Briefbogen heraus. Tatsächlich handbeschrieben, nicht computergetippt. Die schwarzen, schiefen Buchstaben mit den zu kleinen Rundungen sehen meinen so unglaublich ähnlich, dass ich kurz glaube, meine eigene Schrift vor Augen zu haben.

Wenige Minuten später weiß ich, dass ich mich geirrt habe. Es ist nicht nur Papier. Ich halte Schmerz in meinen Händen. Erinnerungen. Aber auch die Liebe meines Vaters.

Meine Augen brennen, ich muss mich auf die Bettkante setzen, weil ich fürchte, meine Beine knicken jeden Augenblick unter mir ein.

lieber lukas,

das letzte Mal, dass ich einen Brief geschrieben habe, ist schon lange her. Er war für deine Oma, ich erinnere mich nicht einmal mehr, worum es ging. Aber als mir deine Mutter von der Möglichkeit erzählt hat, Post auf das Segelschiff zu schicken, ist er mir wieder eingefallen, und ich habe mich gefragt, ob es uns so nicht einfacher fallen würde, miteinander zu kommunizieren. Ohne blaue Häkchen, ohne unsere Stimmen zu hören.

Ich muss zugeben, das hier ist bereits mein dritter Versuch, die richtigen Worte zu finden.

Ich vermisse dich. Vermisse meinen geliebten Sohn.

Zuallererst möchte ich mich entschuldigen, falls ich hiermit zu sehr in deine Privatsphäre eindringe. Ich habe dich nun schon auf unterschiedliche Weisen kontaktiert, und ich kann nachvollziehen, warum du mich nicht mehr sehen möchtest. In der Vergangenheit habe ich mich nicht immer fair verhalten. Ich verstehe, wenn du dich von mir betrogen und im Stich gelassen fühlst.

Die Probleme zwischen mir und deiner Mutter sollten sich niemals auf dich auswirken. Du bist mein ganzer Stolz, ich respektiere deine Entscheidung, deine Mutter nach Hamburg zu begleiten.

Mehr als alles andere wünsche ich mir, dich wiederzusehen. Dir sagen zu können, wie leid es mir tut, dass du meine Affäre herausfinden musstest. Meine Reaktion damals war falsch und egoistisch. Ich bereue es bis heute, dir nicht in Ruhe alles erklärt zu haben und stattdessen vor dir heraushängen zu lassen, wie müde ich der Ehe und den Streitereien mit deiner Mutter geworden war. Zu diesem Zeitpunkt hatte ich längst mit ihr abgeschlossen. Und ich schätze, ich habe dir das Gefühl gegeben, auch mit dir abgeschlossen zu haben. Dabei warst du immer das Wichtigste für mich.

Oft denke ich an unsere gemeinsamen Momente zurück. Ich würde dich dann am liebsten fragen: Weißt du noch? Wir waren so glücklich damals. Ich erinnere mich gerne daran.

Ich habe beschlossen, dir in den nächsten Monaten meine Lieblingsaugenblicke von uns beiden sowie ein paar Worte dazu zu schicken. Vielleicht möchtest du sie dir irgendwann ansehen.

Ich bin stolz, dass du deinen Traum lebst. Und noch stolzer bin ich darauf, dass du ihn dir ganz allein erfüllt hast. Ohne meine Hilfe. Ich wusste schon immer, dass du alles erreichen kannst, was du dir vornimmst. Bereits als du das erste Kind in der Krippe warst, das laufen konnte. Du hattest stets den Drang, voranzuschreiten und dich zu beweisen.

Wenn du dazu bereit bist, melde dich bei mir. Ich würde mich sehr freuen, akzeptiere aber auch, falls du das nicht möchtest und mir nicht verzeihen kannst.

Dein Papa

Diese Stelle in meinem Inneren, hinter der ich all den Schmerz und die Dunkelheit verstecke, macht sich bemerkbar. Sie wird größer, präsenter. Ist wie ein Kästchen, dessen Deckel ich stets fest zugeschlagen und das ich vor aller Augen verborgen habe, bis ich selbst beinahe vergaß, dass es existiert. Aber jetzt löse ich die Schnalle und klappe den Deckel auf, lasse alles heraus.

Mein Vater war früher mein Held. Wir haben alles gemeinsam gemacht, sind durch dick und dünn gegangen, und ich konnte immer auf ihn zählen. Aber ich habe vergessen, wie tief ich mich von ihm geliebt gefühlt habe. Liebe war für mich seit der Scheidung meiner Eltern mit Schmerz verbunden. Vielleicht habe ich mich deshalb geweigert, mich selbst zu mögen, genauso wie mich zu verlieben. Ich habe alle glücklichen Erinnerungen mit meinem Vater verdrängt, sobald sie hochgekommen sind.

Ohne zu zögern, greife ich nach dem ersten Brief. Ein abgegriffenes, verblichenes Foto ist beigelegt. Ich bin noch ein Baby, das von einer jüngeren Version meines Vaters auf dessen Arm gewiegt wird. *Das erste Mal, dass ich dich gehalten habe*, hat er oben auf das Blatt Papier geschrieben, das außerdem im Umschlag ist.

Ich weine hemmungslos und schluchze, bis mir der Hals wehtut. Mit jedem weiteren Brief, den ich öffne, kommen die Erinnerungen zurück. Mein Vater scheint sie chronologisch geordnet zu haben. Ich kann mit jedem Foto dabei zusehen, wie ich älter werde.

All diese Erinnerungen ... Wie mein Vater mir an der kroatischen Küste das Schwimmen beibrachte. Der Tag meiner Einschulung, an dem wir dieselben blauen Nadelstreifenanzüge trugen. Kicken im Garten bei einem Grillabend, bei dem er aus Versehen die Scheibe des Gästebads einschoss und meine Mutter einen Tobsuchtsanfall bekam.

Ich lache kurz auf, als ich ihr knallrotes Gesicht wieder vor Augen habe. Danach verbot sie uns, im Garten zu kicken, und wir mussten dazu in den Park laufen. Irgendwann haben wir aufgehört zu spielen. Es war ungefähr zur selben Zeit, zu der er mir von den Abenteuern erzählte. Ich fand, dass ich zu alt und zu cool geworden war, um mit meinem Vater einem Ball nachzujagen.

Nach dem letzten Brief vergrabe ich das Gesicht in den Händen und frage mich, wie es so weit kommen konnte. Wie bin ich an diesen Punkt gelangt?

Insgeheim weiß ich, es spielt keine Rolle, denn ich kann die Vergangenheit nicht mehr ändern.

Ich weine um die verlorenen Jahre, bis mein Handy klingelt und mir wieder einfällt, dass ich mit meiner Mutter verabredet bin. Ihre Stimme klingt besorgt, sobald sie mich schluchzen hört. Ich erzähle ihr von den Briefen, von all den Erinnerungen. Es hilft, mit ihr darüber zu sprechen und von ihr getröstet zu werden.

Ich weiß noch nicht, wie und in welchem Umfang ich meinen Vater zurück in mein Leben lassen will. Doch nach dem Telefonat setze ich mich an den Tisch, reiße ein leeres Blatt aus Kais Collegeblock und nehme einen herumliegenden Stift zur Hand, von dem ich keine Ahnung habe, wem von uns beiden er gehört.

Und dann schreibe ich meinem Vater einen Brief, erzähle ihm von all den Ereignissen, die er in den vergangenen Jahren verpasst hat, von dem Auslandssemester und von Henriette. Nebenbei stopfe ich mir die NicNac's in den Mund und merke überrascht, dass sie gar nicht so scheußlich schmecken, wie ich es mir die letzten sechs Jahre über eingeredet habe.

Kapitel 48

Henriette

Die freie Woche vergeht wie im Flug. Abi überredet mich, am Tag vor Silvester mit ihr zum Shuffleboard-Turnier auf dem Horizontdeck zu gehen. Ein Spiel, das traditionell auf verschiedenen Schiffen gespielt wird und dessen Ziel es ist, durch das Stoßen von Holzscheiben über das Spielfeld Punkte zu sammeln. Die Studierenden nehmen das Turnier nicht wirklich ernst, es geht um den Spaß und das Beisammensein. Es gleicht eher einer Party als einer Sportveranstaltung.

Abi und ich schlürfen Cocktails, unterhalten uns und werfen nur ab und an einen Blick zum Spielfeld.

Zumindest, bis Kai und Lukas antreten. Oft habe ich ihn diese Woche nicht gesehen. Dadurch, dass keine Vorlesungen stattfanden, sind wir uns höchstens mal in den Fluren über den Weg gelaufen oder beim Essen im Speisesaal begegnet. Möglichst unauffällig mustere ich ihn.

Sofort sehe ich, dass etwas anders ist. Er wirkt nicht mehr so verkrampft, diese dunkle Aura, die ihn sonst stets umgeben hat, ist fort. Er lacht viel, kabbelt sich mit Kai bei Fehlschüssen und klatscht schließlich mit ihm ab, sobald sie verloren haben. Ich kann den Blick nicht von ihm lösen. Er wirkt … glücklich. Und mit sich im Reinen. Es ist schön, ihn so zu sehen.

Ich nehme einen großen Schluck von meinem Cocktail, der süßsaure Geschmack nach Ananas breitet sich auf meiner Zunge aus. Mein Herz macht einen Satz, sobald ich bemerke, dass Kai und Lukas in unsere Richtung kommen.

»Ihr wart sensationell schlecht, Jungs«, ruft Abi ihnen zu und lacht.

»Meine Qualitäten liegen in anderen Bereichen«, entgegnet Kai neckend und wackelt mit den Brauen.

»Ach ja? Davon habe ich bei dem einen Mal nichts gemerkt.«

»Du warst schon immer eine schlechte Lügnerin, Abi.« Kai zieht an einer ihrer Locken und lässt sich neben sie auf das Loungesofa fallen. Frech entwendet er ihr den Drink, und sie kreischt empört auf.

Ich steige aus ihrer typischen Streiterei aus, sobald Lukas' Stimme neben mir erklingt. »Hey, kann ich mich setzen?« Er deutet auf den freien Platz zu meiner Rechten.

»Na klar.«

Das Polster sinkt ein, dann spüre ich die Wärme seines Köpers neben mir. Jede meiner Fasern scheint sich nach ihm auszurichten, will mich näher an seine Seite ziehen. Ich widerstehe dem Drang, das winzige Stück zu ihm heranzurutschen, um ihn mit meinem Oberschenkel zu berühren.

»Wie geht es dir?«, fragt er.

»Ich vermisse dich«, gebe ich ehrlich zu und rühre mit dem Strohhalm die Eiswürfel und Fruchtstücke in meinem Glas um. Ich hebe den Blick, sehe ihn jetzt direkt an. »Dir scheint es super zu gehen.«

»Wie meinst du das?«

»Du strahlst, wirkst gelöst und irgendwie im Reinen mit dir.«

Er blinzelt überrascht, bevor er zu lächeln beginnt. »Ich habe endlich die Briefe von meinem Vater geöffnet. Keine Ahnung, welche Rolle er zukünftig in meinem Leben spielen wird, aber ich weiß, dass es so, wie es die letzten Jahre war, nicht mehr weitergeht.«

Erleichterung breitet sich in mir aus sowie ein kleines bisschen Stolz, weil er nach all den Jahren endlich den Mut dazu aufgebracht hat. »Wie war es für dich?«

Er überlegt kurz. »Erleichternd. Sechs Jahre lang habe ich jegliche Erinnerungen an ihn verdrängt und meinen Schmerz in eine Art Kästchen in meinem Inneren gesperrt. Ihn jetzt rausgelassen zu haben, war irgendwie ... heilsam.«

»Ich freue mich für dich. Du hast das aber nicht nur wegen mir gemacht, oder?«, frage ich vorsichtig.

»Ich habe es auch für dich gemacht, damit wir eine Chance haben können. Aber vor allem für mich selbst.«

»Ich bin stolz auf dich und ...« Jubelgeschrei ertönt vom Shuffleboard her und unterbricht mich. Das stete Stimmengewirr, Abis Lachen neben mir und die Musik, die aus den Lautsprechern erklingt, werden mir plötzlich zu viel. So will ich dieses wichtige Gespräch mit Lukas nicht führen.

»Lass uns zum Bugsprietnetz gehen, hier ist es viel zu laut.«

Ich stelle mein Getränk auf dem Beistelltisch ab, bevor Lukas mir eine Hand entgegenstreckt und vom Sofa aufhilft. Wir umrunden das Shuffleboard, gehen an der Brücke vorbei und bis zum Bug, wo der Lärm nur noch schwach zu hören ist. Nacheinander klettern wir über die Reling und setzen uns auf das Netz.

Unter uns schlagen die Wellen sanft gegen den Rumpf des Schiffs. Ein leichter Wind spielt mit meinem Haar, löst ein paar Strähnen aus dem Zopf. Das Netz federt bei jeder Welle sanft mit, ich spüre das Geflecht der Taue unter mir.

»Es tut mir leid, was ich von dir verlangt habe«, sage ich.

»Das braucht es nicht, ich möchte, dass du immer ehrlich zu mir bist. So wie früher. Nachdem ich damals die Affäre meines Vaters herausgefunden hatte, habe ich angefangen, meine Gefühle vor dir zu verbergen. Dadurch haben wir uns entzweit. Die Wahrheit ist manchmal unbequem, aber wir müssen sie einander trotzdem sagen. So wie du mich darauf aufmerksam gemacht hast, dass mein Umgang mit der Scheidung und meinem Vater kein gesunder ist. Meine Mutter hat es mir ständig gesagt, aber es hat nicht gereicht. Ich brauchte einen Grund, mich zu ändern und diese Hürde zu überwinden. Dafür bin ich dir dankbar.«

»Dann bist du bereit für die letzte Herausforderung?«

»Ja, bin ich. Bereit für uns. Inklusive der Höhen und Tiefen.«

»Tiefen hatten wir für meinen Geschmack schon genug. Jetzt können eine ganze Weile erst mal die Höhen folgen.« Ich lächele. »Ich fordere dich heraus, mein Freund zu werden und ganz offiziell eine Beziehung mit mir einzugehen.«

»Ich nehme die Herausforderung an.«

Lukas legt eine Hand in meinen Nacken und zieht mich sanft zu sich heran. Ich beuge mich vor und stütze mich mit den Händen neben ihm auf dem Netz ab. Es ist ein bisschen wackelig, was mein Inneres zu spiegeln scheint. Obwohl wir uns bereits mehrmals geküsst haben, klopft mein Herz wie verrückt, und alles in mir beginnt zu beben.

Ich schließe die Augen, sein Atem kitzelt auf meiner Haut, bevor seine Lippen auf meine treffen. Sie sind warm und weich, fühlen sich genau richtig an. Passend. Ebbe und Flut, die gemeinsam ein perfektes Zusammenspiel erwirken. Der Kuss ist weniger hungrig als gewohnt, dafür voller Gefühl und Aufrichtigkeit. Es scheint, als würde Lukas meine letzte Herausforderung so besiegeln wollen.

Das Wellenrauschen taucht uns in eine Blase, die mich alles um uns herum vergessen lässt. Es gibt keine Deckparty mehr, keinen Lärm, keine anderen Studierenden – nur noch uns.

Als Lukas sich von mir löst, bin ich atemlos, mir ist warm, und ich fühle mich fast schon etwas schwummrig. Auf eine gute, leichte Art und Weise. Seine Finger spielen mit einer gelösten

Haarsträhne, er dreht sie auf, zupft daran und grinst plötzlich. »Eine Sache wäre da noch. Du hast mir drei letzte Herausforderungen gestellt, aber ich hätte da eine allerletzte.«

Ich hebe fragend die Brauen.

»Ich möchte nicht mit den Herausforderungen aufhören. Ich finde, sie gehören zu uns. Genauso wie die Freundschaft, die wir als Kinder hatten. Beides ist in uns verankert, auch wenn wir jetzt einen Schritt weitergehen. Aber bitte lass uns nie wieder eine Herausforderung stellen, bei der wir uns selbst sabotieren.«

Eigentlich wollte ich die Herausforderungen abhaken. Ich habe gedacht, das wäre notwendig, um mit der Vergangenheit abzuschließen und einen Schritt weitergehen zu können. Aber Lukas hat recht, sie gehören zu uns, genauso wie unsere Vergangenheit.

»Na gut, du hast mich überzeugt.«

Er beugt sich zu mir vor und streift mit seinen Lippen meine Schläfe. Ich erschaudere, lasse mich gegen ihn sinken und will ihn erneut küssen, als ganz in unserer Nähe aufgebrachte Stimmen erklingen. Durch das Netz sitzen wir ein Stück tiefer und können nur gerade so über die Reling schauen, wodurch wir vom Deck aus nicht sofort gesehen werden.

»Das sind Elisa und Jules«, sagt Lukas leise. »Sieht so aus, als würden sie streiten.«

Die beiden stehen am abgelegenen Treppenhaus, das, soweit ich weiß, nur selten von der Crew benutzt wird. Es gehört zu dem Netzwerk aus abgeschiedenen, für die Passagiere geheimen Gängen, durch das wir nach dem Sabotagevorfall in die Bibliothek gekommen sind.

Elisa wirkt gehetzt und schaut sich um, bevor sie einen Schritt näher an Jules herantritt und etwas zu ihm sagt. Durch die Entfernung und das Wellenrauschen können wir sie unmöglich verstehen.

»Elisa sieht aus, als hätte sie etwas zu verbergen.«

»Stimmt«, meint Lukas.

»Irgendwie komisch, oder?«

Diesmal sehen sich beide um, bevor sie im Treppenhaus verschwinden.

»Vielleicht suchen sie einen geheimen Ort zum Rummachen?«

»Miss Sunshine und der Grumpy? Auf gar keinen Fall. Die beiden können sich doch nicht mal leiden.«

Lukas grinst. »Du konntest mich am Anfang des Semesters auch nicht besonders leiden.«

»Das ist etwas anderes.«

Am Horizont türmt sich eine dunkle Wolkenfront auf. Ein Sturm, der langsam näher kommt. Vielleicht wird er uns morgen zu Silvester erreichen. Irgendwie ist das passend. Das vergangene Jahr war nicht nur sonnig oder leicht. Es war so turbulent, so aufregend wie dieser heraufziehende Sturm.

Bei dem Gedanken muss ich lächeln. Im nächsten Moment schlingt Lukas die Arme um mich, lässt sich rücklings auf das Netz sinken und zieht mich mit sich. Sein Kuss macht nicht ungeschehen, wie lange ich mich allein durch tiefes Gewässer gekämpft habe. Gegen Dunkelheit, Kälte und Strömungen angeschwommen bin. Aber er zeigt mir, dass jede Sekunde davon es wert war.

Kapitel 49

Lukas

Der Speisesaal hat sich anlässlich des Silvesterabends vollkommen verändert. Die Einzeltische sind zu drei langen Tafeln zusammengerückt worden. Auf dem unteren Deck eine für die Nautiker, auf dem oberen jeweils eine für uns und die Sprachstudierenden. Draußen vor dem Fenster herrscht Dunkelheit, obwohl es erst achtzehn Uhr ist. Gestern Abend hat uns ein Sturm erreicht, der unaufhaltsam tobt. Das Schiff schaukelt, es regnet in Strömen, und die Wellen klatschen mit enormer Kraft gegen den Rumpf, bis an die Fenster hinauf. Die anschließende #BestNightEver-Party, die auf dem Horizontdeck stattfinden sollte, wurde daher nach drinnen in den Gemeinschaftsraum verlegt.

Die Tafeln sind mit silbernen Tischdecken und Stabkerzen edel eingedeckt. Im Raum verteilt hängt Silvesterschmuck – goldene Girlanden über den Fenstern und Luftballons neben den Türen.

»Ich habe gehört, die Dekane und der Organisationsbereich des Schiffs haben geschmückt und vorbereitet. Sogar der Direktor hat mitgeholfen«, erzählt Kai.

»Wo hast du das denn schon wieder her?« Manchmal frage ich mich, ob er hellsehen kann, so häufig, wie er an Informationen kommt.

»Ich habe da meine Quellen«, erwidert er geheimnisvoll und zwinkert mir zu.

Wir gehen näher an die Tafel heran, neben der sich bereits einige Studierende aus unserem Jahrgang versammelt haben und sich locker unterhalten. Alle haben sich heute herausgeputzt, sogar Jonas, der sonst zum Essen oft in Jogginghosen aufkreuzt. Kai sticht dennoch heraus. Er hat vorhin ein schwarzes Hemd, das mit silbernen Pailletten besetzt ist, aus seinem Schrank gezogen und mir voller Stolz erklärt, dass er es sich extra für die #BestNightEver von seinen Eltern habe schicken lassen. Seitdem blendet sein Outfit mich jedes Mal, wenn ich in seine Richtung schaue. Damit könnte er selbst dem Schiffsdirektor und dessen gewagten Looks Konkurrenz machen. Obwohl ich zugeben muss, dass es ihm steht. Es ist tailliert geschnitten und betont Kais trainierten Oberkörper.

Ich habe mich für ein dunkelblaues Hemd entschieden und es mit einer hellen Leinenhose kombiniert. Definitiv dezenter und demnach mehr nach meinem Geschmack.

Kai und ich treten in den lockeren Halbkreis, und ich stelle fest, dass Dekanin Weber auch da ist.

»Hallo«, begrüßt sie uns lächelnd. »Ich hoffe, Sie haben ordentlich Appetit mitgebracht, ich war eben in der Kombüse, und das Team hat sich richtig ins Zeug gelegt. Es hat hervorragend gerochen.«

Für den heutigen Abend wurde keine Arbeitsschicht eingeteilt, sondern Chefkoch Armin hat nach kochbegeisterten und erfahrenen Freiwilligen gesucht. Aus unserem Studiengang sind Theresa und Emilys Mitbewohnerin dabei, die Henriette und Abi stets den Teufel nennen. Die Hintergrundgeschichte dazu haben sie mir nie verraten.

»Jetzt haben Sie mich neugierig gemacht und meinen Appetit noch angeheizt«, antwortet Kai charmant. Er hat ein Händchen dafür, Menschen um den Finger zu wickeln.

Unsere strenge Dekanin ist da keine Ausnahme. »Sehr gut«, sagt sie und lacht herzlich, bevor sie wieder ernst wird. »Drücken wir die Daumen, dass sich die Wetterlage nicht verschlechtert. Die Windstärke und Wellenhöhe sind grenzwertig, es gab lange Diskussionen, ob die Party überhaupt stattfinden kann oder die ersten Sicherheitsmaßnahmen ergriffen werden müssen. Zum Glück sieht es seit heute Nachmittag gut aus, und der Sturm sollte im Laufe des Abends schwächer werden.«

»Es wäre so schade gewesen, wenn der Silvesterabend hätte ausfallen müssen«, sagt Emily.

»Das wäre dann definitiv das Gegenteil von #BestNightEver geworden«, scherzt Kai und sorgt damit für Gelächter.

Eine Kommilitonin fragt, ob Dekanin Weber erkennen konnte, was in der Kombüse zubereitet wird, und sie erzählt etwas über die regionalen Produkte, mit denen die *Sapient Sailor* bei jedem Inselstopp beladen wird.

Kai stupst mich mit dem Ellbogen in die Seite und deutet zur Tür. Ich drehe den Kopf in die Richtung, und mir bleibt die Luft weg, sobald ich Henriette erblicke. Sie sieht aus wie ein funkelnder Stern am Nachthimmel. Das schwarze Kleid reicht ihr bis knapp zu den Knien. Der obere Teil besteht aus einem tüllartigen dunklen Stoff, unter dem ihre Arme durchschimmern. Er ist komplett mit kleinen Glitzersteinen besetzt und hat einen V-förmigen Ausschnitt, der Henriettes Brüste betont.

Ich bemerke, dass sie nicht nur meinen Blick auf sich zieht. Viele Männer haben sich in ihre Richtung gedreht, und ein großer Teil von mir würde am liebsten schreien und ihnen allen die Augen zuhalten. Aber ein anderer Teil von mir ist stolz auf diese Frau, die sich jahrelang versteckt hat und sich niemals getraut hätte, dieses Kleid zu tragen. Endlich bekommt sie ihren Moment und die Aufmerksamkeit, die sie verdient hat. Ich hoffe, sie fühlt sich schön und sexy, vielleicht sogar begehrt. Selbst wenn ich mir wünschte, in diesem Raum der einzige Mann für sie zu sein.

»Wow«, sagt Kai. »Und du hast sie dir noch nicht offiziell gesichert?«

»Du lässt es klingen, als hätte ich ein Anrecht auf sie. Dabei ist es ihre Entscheidung.«

»Es war nur ein Witz.«

Ich schüttele den Kopf, kann nicht aufhören, jede von Henriettes Bewegungen zu verfolgen. Langsam kommt sie näher und betrachtet mit staunenden Augen die Dekoration.

»Bist du jetzt sauer?«

»Nein«, antworte ich, spüre aber immer noch dieses Pieken in mir. Und je näher Henriette kommt, desto klarer wird mir etwas. »Es ist nur, dass die Witze manchmal ein bisschen neben der Spur sind oder nicht besonders freundlich gegenüber Frauen. Ich will mich davon nicht ausnehmen, ich habe auch schon mal den ein oder anderen uncoolen Spruch von mir gegeben. Aber ich würde mir wünschen, dass wir in Zukunft mehr darauf achten. Verstehst du, was ich meine?«

»Hm«, macht Kai. »Nichts davon war je böse gemeint, aber du hast recht, ich werde ab sofort darauf achten.«

»Danke. Und um auf deine Frage zurückzukommen, wir sind seit gestern offiziell zusammen.«

Kai stößt einen Jubellaut aus. »Na, endlich!«

Henriette löst den Blick von den silbernen Stabkerzen auf dem Tisch und begegnet meinem. Mein Herz vollführt einen Hüpfer.

»Hi«, begrüßt sie uns zusammen mit Abi, bevor diese eingehend Kais Outfit mustert.

»Na mach schon, lass mich an deiner Meinung teilhaben«, seufzt Kai. »Ich sehe aus wie eine Diskokugel? Das Hemd ist total peinlich? Ob ich es aus dem Zirkus geklaut habe?«

Abi grinst. »Ich finde deinen Look ziemlich cool. Diskokugel ist trotzdem treffend.«

»Nette Worte aus deinem Mund? Geht es dir gut?«

»Und wie, ich liebe Silvester. Sogar noch mehr als Weihnachten. Der heutige Abend ist besonders, er hat Gewicht. Er ist ein Neuanfang, und dieses Jahr durch die *Sapient Sailor* ein unvergessliches Ereignis. So können wir nur ein einziges Mal in unserem Leben feiern. Das nächste Jahr kann gar nichts anderes als ein Gutes werden.«

Ich trete einen Schritt näher an Henriette heran, senke die Stimme, um sie nicht in Verlegenheit zu bringen. »Du siehst wunderschön aus.«

Ihre Wangen röten sich, und ein Glücksgefühl durchströmt mich. Ich liebe es, dass meine Worte die Macht haben, ihr diese Reaktion zu entlocken. Sie kann es nicht leiden, wenn sie rot wird, doch es gibt zwei Arten davon. Die erste wird ausgelöst durch Panik und Unwohlsein, aber bei der zweiten wird sie rot, sobald sie sich geschmeichelt fühlt, vielleicht sogar einen Funken erregt ist. Am liebsten würde ich mich mit ihr auf meiner Kabine einschließen und Tage damit zubringen, ihr mit Worten und Gesten ebendiese Reaktion zu entlocken. Ich wünsche mir, dass sie sich unter mir windet vor Lust, dass sie meine gesamte Zuwendung bekommt und dass ich etwas anderes in ihr auslöse als Kummer oder Schmerz.

»Danke«, antwortet sie leise.

Professorin Weber klatscht in die Hände, um unsere Aufmerksamkeit auf sich zu ziehen. »Setzen Sie sich bitte.«

Wir suchen uns einen Platz an der langen Tafel. Dabei bin ich nicht schnell genug und lande statt neben Henriette zwischen Abi und Kai. Ich versuche, nicht allzu enttäuscht darüber zu sein. Der Abend hält hoffentlich noch genug Möglichkeiten bereit, Zeit mit ihr zu verbringen.

Das Dinner besteht aus einem Drei-Gänge-Menü, bei dem sich die Kombüse selbst übertroffen hat. Zur Vorspeise gibt es einen

Kokos-Garnelen-Cocktail, zum Hauptgang Mango-Salsa mit gegrilltem Mahi-Mahi-Fisch, der weich wie Butter in meinem Mund zergeht, und zur Nachspeise wird Passionsfrucht-Panna-Cotta serviert. In jedem Gang spiegeln sich die tonganischen Einflüsse wider. Das Kellnern übernimmt ein Teil der Bordbesatzung, damit alle Studierenden den Abend genießen können.

Während wir essen und uns unterhalten, wird das Schaukeln des Schiffs stärker. Einige der Stabkerzen fallen sogar um. Meinte Dekanin Weber nicht, dass sich das Wetter bessern solle? Vielleicht durchfahren wir gerade nur eine kurze unruhige Passage, bevor der Sturm endlich über uns hinweggezogen ist.

Nach dem Essen helfen wir alle beim Aufräumen des Geschirrs und der Deko, und stellen die alte Tischordnung wieder her, um dem Personal die Arbeit zu erleichtern. Sie haben viel Mühe investiert, um uns ein schönes Dinner zu bereiten. Dabei taumeln wir hin und her, manche Studierende wirken etwas grün um die Nase. Die Wellen schlagen unablässig gegen die Scheiben, was ich ein bisschen beängstigend finde. Meine Vernunft sagt mir, das Glas wird nicht nachgeben, doch mit welcher Kraft der Ozean dagegen brandet, löst ein Kopfkino in mir aus.

Anschließend bekommen wir die Info, dass das Horizontdeck aus Sicherheitsgründen heute Abend gesperrt ist. Bei dem Wellengang und Unwetter ist es zu gefährlich, das Außendeck zu betreten. Aber bei dem Regen hätte sich wahrscheinlich sowieso niemand freiwillig draußen aufhalten wollen.

Wir gehen alle zusammen ein Stockwerk höher in den Gemeinschaftsraum, der ebenfalls dekoriert ist. Eine Girlande mit dem Schriftzug ›Happy New Year‹ ist über den Bartresen gespannt und wackelt gleichmäßig mit der Schiffsbewegung mit. Die Stühle und Tische sind schnell besetzt, zusätzlich wurden Stehtische aufgebaut und der Billardtisch dafür an die Wand geschoben. *Party Rock Anthem* von LMFAO dröhnt aus den Boxen durch den Raum, die provisorische Tanzfläche neben dem Bartresen ist bereits von einigen Studierenden erobert worden. Sie wiegen sich im Takt der Musik, und es juckt mir in den Füßen, nach einem Drink ebenfalls zu tanzen.

Später soll es ein Programm geben, das einige Studierende und der Direktor vorbereitet haben und dessen Highlight die Ehrung des Gewinners des Wettbewerbs ist.

Dekanin Weber mischt sich unter die Menge und unterhält sich mit uns. Doch selbst wenn sie es zu überspielen versucht, bemerke ich, wie beunruhigt sie aufgrund des Sturms wirkt.

Denn er wird nicht schwächer, sondern immer stärker.

Kapitel 50

Henriette

Zum Glück haben Abi, Emily und ich eine Sitzgruppe ergattert, denn die *Sapient Sailor* schaukelt hin und her, sodass alle, die stehen, ins Taumeln geraten. Das sorgt für ordentlich Gelächter auf der Tanzfläche. Im Sitzen fühle ich mich wie in einer Wiege, verliere aber wenigstens nicht das Gleichgewicht.

Lukas steht mit Kai an der Bar und rührt mit dem Glastrinkhalm in seinem Glas. Bis vor ein paar Minuten haben sich die beiden mit Professorin Weber unterhalten, die zusammen mit den anderen Dekanen und dem Direktor zum Kapitän auf die Brücke gerufen wurde. Sicher wegen des Sturms, der zunehmend stärker wird.

Ein dunkelhaariger Student lehnt sich neben Kai an den Bartresen und verwickelt ihn in ein Gespräch. Endlich ist meine Gelegenheit gekommen, Zeit mit Lukas zu verbringen, nachdem wir beim Abendessen nicht nebeneinander gelandet sind und ich anschließend die Unterhaltung mit der Dekanin ungern crashen wollte.

»Hey«, begrüße ich ihn. Dabei muss ich gegen den Lärm in der Bar anschreien.

»Hi, bist … gespannt … Nacht?«

Die Hälfte seiner Frage geht in Beyoncés *Single Ladies* unter. Ich beuge mich näher an sein Ohr. »Wie bitte?«

Lukas ergreift meine Hand und deutet auf die Tür. Ich nicke und folge ihm nach draußen. Nebeneinander laufen wir den Gang entlang, obwohl schwanken es eher trifft. Ich fühle mich wie betrunken, kann keinen Schritt vor den anderen setzen. Am Treppenhaus angekommen, beschließe ich, dass es hier ruhig genug sein muss. Ich lasse mich auf der ersten Stufe nach unten nieder, und Lukas setzt sich neben mich. Das Dröhnen der Bässe und das Stimmengewirr dringen schwach aus dem Gemeinschaftsraum zu uns herüber.

»Was hast du eben gefragt?«, erkundige ich mich.

»Ob du schon gespannt auf Mitternacht bist.«

»Ich freue mich auf das geplante Programm und das Anstoßen, obwohl der Sturm mir ein bisschen Sorgen bereitet.«

»Dass er derart stark wird, damit hat niemand gerechnet, hat uns Professorin Weber erzählt. Sie sah unglaublich besorgt aus, als sie zur Brücke musste.«

Ich glätte den Rock meines Kleides. Anfangs war ich mir wegen des Outfits unsicher, noch mehr, sobald ich in den Speisesaal kam und angestarrt wurde. Doch dann hat Lukas mich wunderschön genannt und zum ersten Mal habe ich mich auch so gefühlt.

Für das neue Jahr habe ich mir vorgenommen, solche Momente mehr schätzen zu lernen. Die ganze Zeit über dachte ich, die alte Henriette, die stille, oft unsichere Person, wäre falsch. Dass ich mich verändern müsste. Dabei bin ich nun mal so. Ich brauche mehr Zeit für Entscheidungen. Ich bin aufmerksam, aber meistens zurückhaltend. Ich zögere, mich emotional auf etwas einzulassen, doch wenn ich es dann tue, stürze ich mich tief und mit allem, was ich geben kann, hinein. Daran ist nichts Schlechtes.

Außerdem möchte ich weiter an meinem Umgang mit Annelie arbeiten. Die letzten Jahre über habe ich mir in allen möglichen Situationen ausgemalt, welche gemeinen Worte sie finden könnte. Doch ich wünsche mir für das neue Jahr, dass ich mich wieder an den Support erinnere, den meine Schwester mir schenken kann. An ihre Fähigkeit, mich aufzubauen, statt mich herunterzuziehen.

Ein Krachen ertönt, und wir zucken zusammen.

»Was war das?«, fragt Lukas.

»Es kam von unten, oder?«

Ich recke den Hals über das Treppengeländer, kann aber nichts Ungewöhnliches erkennen. Vielleicht ist irgendwo eine Kabinentür zugefallen oder ... *Moment.* Ich höre noch ein anderes Geräusch. Es klingt wie Wasserrauschen. Mein Instinkt rät mir, dem näher auf die Spur zu gehen.

»Wir sollten nachschauen, was das war«, sage ich beunruhigt.

Lukas stimmt mir zu, und wir eilen schwankend die Treppenstufen hinab. Auf dem Meeresbiologiedeck halte ich inne, lausche wieder, aber das Rauschen kommt von weiter unten. Daher überwinde ich auch noch die nächsten Stufen bis zum Sprachdeck.

Das Geräusch kommt aus Richtung Bug. Ich laufe an den Kabinen der Sprachwissenschaftler vorbei, durchquere eine Wasserschutztür, um zu den Lehrräumen zu gelangen, und dahinter eine weitere. Lukas folgt dicht hinter mir. Jetzt befinden wir uns ganz vorne im Schiff, wo die Kabinen der Dekane, studentischen Hilfskräfte und von einem Teil der Crew liegen. Das Rauschen wird mit jedem Schritt lauter, bis zu dem Punkt hinter den Kabinen, an dem die *Sapient Sailor* nach vorne hin spitz zuläuft.

Sobald ich die Quelle des Geräuschs sehe, bleibe ich ruckartig stehen. Ein paar Meter entfernt von uns drückt sich ein Wasserschwall durch den Rand eines der beiden Bullaugen an der Spitze. Es scheint durch den vom starken Sturm erzeugten Druck undicht geworden zu sein oder einen Riss bekommen zu haben, so genau kann ich das von hier aus nicht sehen. Das Wasser entwickelt sich rasch zu einer Fontäne und strömt mit enormer Kraft in den Flur.

Ein kurzes, heftiges Poltern erklingt hinter einer der Kabinentüren. Mein Instinkt übernimmt. Ich laufe zurück, klopfe an. Wenn jemand dort drin ist, muss ich die Person warnen. »Hallo?«, rufe ich und warte, doch es erfolgt keine Reaktion. Offenbar habe ich mich getäuscht.

»Scheiße«, flucht Lukas hinter mir. »Wir müssen Alarm schlagen.«

Mit rasendem Puls sehe ich mich nach dem Alarmmechanismus um, der auf dem gesamten Segelschiff alle paar Meter in die Wände eingelassen ist. Ich entdecke ihn direkt neben der Wasserschutztür. »Da!«, rufe ich Lukas zu und deute auf den roten Knopf.

Wir laufen los. Im selben Moment erkennen die Sensoren der Wasserschutztür das steigende Wasser im Flur, und sie geht automatisch zu. Ein Schauer läuft mir den Rücken hinunter.

Das Wasser steht jetzt knöcheltief. Wir waten hindurch, es ist eiskalt und erschwert meine Schritte. Was zusätzlich noch durch die Pumps verstärkt wird, die nach dem heutigen Abend sicher hinüber sind.

Der Notknopf ist rund und hat etwa die Größe meiner Faust. Er ist eingefasst in ein robustes, durchsichtiges Gehäuse, über dem ein weißes Schild mit der Aufschrift *EMERGENCY* hängt. Lukas greift nach der Abdeckung, reißt sie auf und drückt den Knopf mit aller Kraft. Nichts passiert.

»Ist er kaputt?«, frage ich ängstlich.

Lukas drückt erneut, doch es wird kein Alarm ausgelöst. Mittlerweile steht das Wasser knietief. Es ist beängstigend, wie schnell es steigt. »Wir müssen hier raus und die Besatzung anders warnen. Der nächste Alarmknopf funktioniert hoffentlich.« Er tastet nach einer Klinke an der Wasserschutztür – doch da ist keine.

»Die Tür soll das Wasser im begrenzten Bereich halten. Wenn sie verriegelt ist, kann nur die Crew sie von der anderen Seite aus öffnen. Dafür ist der Alarm da, um Bescheid zu geben, dass in diesem Bereich noch Menschen sind. Aber es gibt immer noch eine zweite, manuelle Lösung, die Tür zu öffnen. Ich war letzte Woche bei einem Zusatzkurs der Nautiker auf der Brücke dabei. Der Kapitän meinte, es sei eine Art Kerbe irgendwo an der Tür. Er hat aber dazugesagt, dass, wenn sie nach innen aufgeht wie hier, der Wasserwiderstand zu hoch ist, um sie aufzubekommen. Wir sollten es trotzdem versuchen.«

Wir tasten die Tür ab, fahren jeden Millimeter des weißen, robusten Metalls auf der Suche nach einer Kerbe nach. Doch wir finden nichts. Verzweifelt tauschen wir die Seiten, suchen die gesamte Tür ein zweites und drittes Mal ab.

Lukas flucht. »Scheiße, das bringt nichts.«

Die Erkenntnis trifft mich mit der Wucht eines Schlags. Wir sind eingesperrt, und das Wasser steigt mit enormer Geschwindigkeit. Meine Panik schwillt an, drückt meine Kehle mit einer unsichtbaren Kraft zusammen. Das Herz hämmert mir in der Brust, Tränen treten in meine Augen, und ich kann kaum klar denken. Die stählerne Tür vor mir ist ein unüberwindbares Hindernis, das mir den Weg in die Freiheit versperrt. Da wir uns ganz vorne im Schiff befinden, ist sie die einzige auf diesem Flur, sodass es auch nur einen Notfallknopf gibt und keinen anderen Ausweg. Hilflosigkeit überrollt mich wie eine Welle, Gedanken an meine Eltern und Annelie flackern in mir auf. Ich werde mich nicht von ihnen verabschieden können.

»Wir müssen Ruhe bewahren«, sagt Lukas und zieht sein Handy aus der Hosentasche. Er drückt auf das Display, doch es bleibt schwarz. »Verdammt, ich habe vergessen, es vor der Party an den Strom zu stecken, der Akku ist leer. Hast du dein Handy dabei?«

Ich schüttele den Kopf. »Mein Kleid hat keine Taschen, deshalb ist es in Abis Handtasche.«

»Das darf doch jetzt echt nicht wahr sein«, flucht Lukas und widmet sich wieder der Tür. »Die Crew hat auf der Brücke eine

Übersicht aller Wasserschutztüren, deren Sensoren anzeigen, welche offen und welche geschlossen sind. Sie werden die geschlossene Tür bemerken und ein Team zur Überprüfung losschicken. Nur …« Lukas wirft einen Blick auf das steigende Wasser. »Das Problem ist, dass wir nicht wissen, wann.« Er schluckt, und ich erkenne in seinem Gesicht, wie er gegen die Angst anzukämpfen versucht. »Wir müssen durch Lärm auf uns aufmerksam machen. Hier vorne liegen die Lehrräume, aber danach kommen die Kabinen, vielleicht hört uns jemand schneller, als die Crew die geschlossene Tür entdeckt. Oben herrscht durch den Sturm Chaos. Ich mache mir Sorgen, dass sie deshalb zu spät kommen werden.«

»Okay«, sage ich und versuche die Horrorbilder aus dem *Titanic*-Film zu vertreiben. Ich habe ihn immer gerne geschaut, doch jetzt kommt er mir auf einmal viel zu realistisch vor.

Mit den Fäusten trommeln wir gegen die Tür, schreien dabei immer wieder nach Hilfe. Durch die heftigen Schiffsbewegungen werde ich abwechselnd gegen Lukas und die Wand geschleudert. Ich habe keine Ahnung, wie lange wir versuchen, auf uns aufmerksam zu machen. Das Wasser reicht mir mittlerweile bis über die Oberschenkel. Mir ist eiskalt, ich zittere und verliere erneut das Gleichgewicht.

»Hör auf«, sage ich und lasse meine schmerzenden Fäuste sinken. »Das bringt nichts. Alle sind sicher oben auf der Party, weil der Gewinner des Wettbewerbs noch verkündet wird.«

Lukas dreht sich mit gerötetem Gesicht zu mir um. Ich erkenne dieselbe Angst in seinem Blick, die mich bis in jede Faser meines Körpers erfüllt. »Was machen wir jetzt?«, fragt er mit zitternder Stimme.

Das Schiff kippt, reißt ihn von den Füßen. Im letzten Moment kann ich ihn am Hemd packen und festhalten, bevor er in das kalte Wasser stürzt. Er legt einen Arm um mich, mit dem anderen klammert er sich an der Wasserschutztür fest, damit wir nicht fallen.

Er drückt mich an sich. Ich schmiege mich an seine Brust, lechze nach einem Funken Wärme, aber sein Körper ist so kalt wie mein eigener.

»Hoffen wir, dass sie uns rechtzeitig finden«, sage ich leise, und dann schluchze ich los. Das Wasser reicht mir jetzt bereits bis zum Bauch. Wenn wir nicht bald gerettet werden, werden wir ertrinken.

Lukas drückt mich noch fester an sich. Ich spüre seine Muskeln an meiner Wange, sein kaltes, klammes Hemd klebt ihm eng an der Brust. »Wir werden nicht ertrinken, wir werden gerettet werden.«

»Der Alarmknopf ist kaputt, wir finden diese verdammte Kerbe nicht, und der Sturm könnte oben für Chaos sorgen. Du hast selbst gesagt, Dekanin Weber war unglaublich besorgt. Wir sollten der Tatsache ins Auge sehen, es vielleicht nicht zu schaffen.«

Wir schweigen kurz, lassen die Erkenntnis sacken. Das Wasserrauschen dröhnt unaufhaltsam durch den Flur, macht mir nur umso bewusster, wie ernst die Lage ist. Die Macht des Ozeans hat mich immer fasziniert, selbst dann noch, als ich durch die Qualle mit seinen Gefahren konfrontiert wurde. Aber jetzt hat sich mein Respekt vor dem Meer in pure Angst verwandelt. Die Situation scheint aussichtslos. Kein Wissen der Welt wird mich aus dieser Lage befreien können. Nur Glück.

»Es gibt keinen Menschen, mit dem ich lieber in dieser Situation wäre als mit dir«, sagt Lukas, und ich schaue zu ihm auf. Tränen laufen über unsere Wangen, als würde unser Kummer sich spiegeln. Dennoch ist da ein leichtes Lächeln auf seinen Lippen. »Wenn ich nur noch einen einzigen Menschen sehen dürfte, bevor es endet, wärst du das. In den letzten Jahren habe ich so oft gedacht, ich vermisse München. Aber das stimmt nicht. Was ich wirklich damit meinte, war, dass ich dich vermisse. Ich liebe dich, Henriette.«

Mein Herz verkrampft sich in meiner Brust. Ich streiche ihm eine nasse Haarsträhne aus der Stirn. Spüre den Gefühlen in meinem Inneren nach und lasse sie wachsen, statt mich vor ihnen zu fürchten. »Ich liebe dich, Lukas.«

Ich schlinge beide Arme um seinen Hals und drücke meine Lippen auf seine. Lukas legt die freie Hand an meine Taille und zieht mich dichter an sich heran. Unser Kuss ist verzweifelt, hungrig. Seine Zunge ist nicht sanft oder vorsichtig, sondern drängt sich in meinen Mund. Ich lasse es zu, will dasselbe und lege all meine Gefühle in diesen Kuss, der vielleicht unser letzter ist. Ich klammere mich voller Verzweiflung in Lukas' Hemd. Durch den Schwung prallt er mit dem Rücken polternd gegen die Wasserschutztür, aber er hält mich eisern fest.

Dieser letzte Moment mit ihm ist bittersüß. Er zeigt mir, was wir hätten haben können. Das Wasser steht uns mittlerweile bis zu den Schultern und wir klammern uns aneinander fest. Jetzt, da die Hitze aus mir herausgebrochen ist, zittere ich wieder vor Kälte.

Wir müssen es nicht aussprechen, um beide zu wissen, dass unsere letzten Momente gekommen sind. Bald wird das Wasser unsere Köpfe erreicht haben. Ich liege in Lukas' Armen und genieße die Zeit mit ihm, die mir noch bleibt. Was er vorhin gesagt hat, trifft auch auf mich zu. Es gibt niemand anderen auf dieser Welt, mit dem ich lieber in dieser Situation sein würde.

Kapitel 51

Henriette

Meine Augenlider sind so schwer, ich kann sie kaum noch daran hindern, zuzufallen. Mit letzter Kraft hält Lukas uns auf den Beinen, während das Wasser mit jeder Schiffsbewegung hin und her schwappt. Ich fühle mich so kraftlos, dass ich am liebsten einfach loslassen möchte.

Immer wieder ruft Lukas nach Hilfe. Er hat noch nicht aufgegeben, hofft auf ein Wunder. Dabei war das sonst doch stets meine Rolle. Mich an den letzten, noch so kleinen Funken Hoffnung festzuklammern bis zum bitteren Ende, das mir die Augen öffnete.

Plötzlich vernehme ich Stimmen und zucke in Lukas' Armen zusammen. »Hörst du das?«

»Ich dachte, ich bilde mir das nur ein«, antwortet er aufgeregt und ruft dann lauter: »Hallo! Hilfe! Wir sind hier eingesperrt!«

Ich löse mich aus seinen Armen, klopfe mit den Fäusten erneut gegen die Wasserschutztür. Die Stimmen werden lauter, kommen näher.

»Können Sie mich hören?«, erklingt es von der anderen Seite, und wir bejahen. Die Erleichterung treibt mir Tränen in die Augen. Wir wurden gefunden, wir werden nicht sterben.

»Wir müssen Pumpen einsetzen, um das Wasserlevel in Ihrem Bereich zu senken. Damit reduzieren wir den Wasserdruck auf die Wasserschutztür und können sie öffnen. Treten Sie bitte einen Schritt zurück und halten Sie noch ein paar Minuten länger durch.«

Lukas und ich ziehen uns näher zum undichten Bullauge zurück, halten uns an der Klinke einer Kabinentür fest. Ein lautes Röhren erklingt und übertönt das Rauschen des hereindringenden Wassers. Es kommt mir vor wie eine Ewigkeit, bis sich der Wasserstand senkt.

Dann wird die Tür endlich geöffnet. Dahinter kommen drei Mitglieder der Crew zum Vorschein. Zwei davon rennen an uns vorbei zum Bullauge. Sie breiten eine wasserfeste Plane darüber aus, drücken sie gegen das Leck und befestigen sie mit robusten Klammern. Die hereinströmende Fontäne hat endlich ein Ende.

Die Pumpe läuft weiter, senkt das Wasser. Hinter der geöffneten Tür erkenne ich eine Art Barriere, die von der Crew aufgestellt worden sein muss. Sie hält das Wasser zurück und begrenzt den Schaden im angrenzenden Bereich.

Erst da entdecke ich Elisa neben dem zurückgebliebenen Crewmitglied. Sie tippelt nervös auf der Stelle. Ich bin mir sicher, sie hat uns gehört und die Crew informiert. Was sollte sie sonst hier machen?

Sobald das Leck repariert ist, bekommt sie die Erlaubnis, den Bereich zu betreten, und läuft los. Direkt auf uns zu. Das nehme ich zumindest an, bis sie an uns vorbeiläuft. Zu der Kabine, aus der ich vorhin glaubte, das Geräusch gehört zu haben. Ob das ihre ist? Wollte sie dorthin und hat uns nur durch Zufall gefunden?

Ich beschließe, dass es irrelevant ist. Hauptsache, wir sind rechtzeitig freigekommen.

Lukas und ich lösen uns endlich aus unserer Umklammerung und lassen die Türklinke los. Adrenalin rauscht durch meinen

Körper, der noch nicht verstanden hat, dass er jetzt in Sicherheit ist. Mit wackeligen Schritten gehe ich zur Wasserschutztür.

»Geht es Ihnen gut?«, fragt uns das Crewmitglied.

Ich traue meiner Stimme nicht, bin froh, dass Lukas für uns beide spricht und erklärt, was passiert ist. Dabei hält er die ganze Zeit meine Hand fest. Keine Ahnung, wann er danach gegriffen hat.

»Ich begleite Sie auf die Krankenstation, Sie müssen dringend untersucht werden.«

Wie wir es durch den Flur und bis zur Krankenstation schaffen, daran kann ich mich im Nachhinein nicht mehr erinnern. Der Arzt reicht uns Handtücher und einen Becher heißen Tee, bevor er uns durchcheckt. Auf die meisten seiner Fragen nicke ich oder schüttele mit dem Kopf, weil ich noch immer viel zu erschlagen zum Sprechen bin. Bis auf eine leichte Unterkühlung und einen Schreck ist uns zum Glück nichts passiert.

Professorin Weber kommt auf die Krankenstation und erkundigt sich besorgt nach unserem Befinden. Lukas berichtet ihr, was geschehen ist.

»Ich bin froh, dass Sie beide einen Schutzengel hatten und wohlauf sind. Sicher würden Sie am liebsten auf Ihre Kabinen gehen, leider muss ich Sie bitten, mir in den Gemeinschaftsraum zu folgen. Dort wurden für den Ernstfall alle Passagiere aufgrund des starken Sturms gesammelt.«

Mit meinem nassen Kleid in den vollen Gemeinschaftsraum gehen zu müssen, gefällt mir gar nicht. Doch die Sturmlage ist ernst, und Sicherheit ist wichtiger. Ich werde nicht riskieren, noch mal etwas wie eben zu erleben. Ein persönlicher *Titanic*-Moment hat mir für mein gesamtes Leben ausgereicht.

»Können wir vorher bitte einen kurzen Augenblick für uns haben?«, fragt Lukas Professorin Weber und setzt ein charmantes Lächeln auf, das er sich wohl von Kai abgeguckt hat.

Sie zögert, bevor sie seufzt. »Na gut, aber wirklich nur kurz. Mit den Sicherheitshinweisen ist nicht zu spaßen.«

»Es geht schnell, danke.«

Sie verlässt nach einem prüfenden Blick auf mich das Patientenzimmer zusammen mit Doktor Lutz.

Ich sitze auf der Patientenliege, mit der ich während des Auslandssemesters für meinen Geschmack mehr als genug Bekanntschaft gemacht habe.

»Geht es dir gut?«, fragt Lukas.

»Ich stehe noch ein bisschen unter Schock, aber ansonsten ist alles okay. Ich dachte wirklich, das wäre unser letzter Kuss gewesen, und wir hätten eine gemeinsame Zukunft schon verloren, bevor sie überhaupt anfangen konnte. Du wirst mich nämlich tatsächlich nicht mehr los, ich wurde für den Master in Bremen angenommen.«

Sein Gesicht leuchtet auf. »Dann trennt uns zurück in Deutschland nur noch eine Stunde voneinander.«

»Ganz genau«, antworte ich lächelnd.

»Ich freue mich darauf. Auf alles, was noch kommen wird. Wir werden nicht immer einer Meinung sein und es wäre naiv zu denken, dass es nicht irgendwann Tiefpunkte geben wird. Aber ich kann es kaum erwarten, sie mit dir zusammen zu meistern.« Er drückt mir einen Kuss auf die Stirn.

»Liebe ist nicht immer einfach«, sage ich. »Aber sie ist es wert. *Du* bist es wert.«

Er streicht mir durchs Haar, bevor er seine Lippen über meinen Hals wandern lässt. Sie sind warm, und ich wünschte, er würde damit jede einzelne noch kalte Stelle meines Körpers berühren. Dadurch die Erinnerungen an die letzte halbe Stunde vertreiben, bis ich in Flammen stehe. Für ihn.

»Am liebsten würde ich mich mit dir in meine Kabine schleichen und da weitermachen, wo wir vorhin aufgehört haben«, raunt er.

Ein kribbelnder Schauer läuft durch mich hindurch. »Wir haben noch genug Zeit dafür, wenn dieser Sturm vorübergezogen ist.«

Gestern dachte ich, er ist ein Sinnbild. Der aufziehende Sturm, der für das herausfordernde Jahr steht. Aber mir wird bewusst, dass nach dem Sturm Hoffnung kommt. Licht und Sonne. Und genau so fühlt es sich gerade an.

Wir lassen das Schwere und die Zerstörung hinter uns und sind bereit für die guten Momente, den Wiederaufbau, die gemeinsame Zukunft.

Ich ergreife Lukas' Hand und hüpfe von der Patientenliege. Zusammen verlassen wir das Krankenzimmer. Davor erwartet uns Professorin Weber mit ungeduldiger Miene.

Sie räuspert sich. »Wir sollten ...«

Die Tür fliegt auf, und Elisa stürmt in die Krankenstation.

Ich blinzele. Meine Augen müssen mir einen Streich spielen. Habe ich mir doch irgendwie den Kopf angeschlagen?

Elisa hält jemanden auf dem Arm, aber ... Das kann nicht sein. Mein Blick huscht zu Lukas, der genauso fassungslos aussieht wie ich.

Was hat Elisa getan?!

Danksagung

Das Meer hat mich schon immer fasziniert; als Kind wollte ich sogar mal eine Zeit lang Meeresbiologin werden. Zum Glück ist mir dann aber doch recht schnell klar geworden, dass mein Herz für Bücher und das Schreiben schlägt.

Hinter einem Buch stecken unzählige Verlagsmitarbeitende, deswegen geht mein größter Dank an das gesamte Team vom Heyne Verlag. Ohne euer Engagement und Herzblut würden meine Geschichten immer noch als Textdatei auf meinem Laptop schlummern. Besonders dir, Frederike, danke ich für die wundervolle Zusammenarbeit.

Anne-Katrin, danke, dass du nach der *Dark Elite*-Reihe auch die *Deep Waters*-Reihe vermittelt hast und mich bei allen Angelegenheiten rund um die Bücher betreust.

Danke an Angela für die wertvollen Anmerkungen und dein wachsames Auge. (Und die vielen Katzenbilder, damit kann man mein Herz immer erobern.)

Ich danke dir, Louisa, für deine Hilfe bei allem, was mit Schiffen und dem Bordleben zu tun hat. Die intensive Recherche hat mich manchmal verzweifeln lassen, umso dankbarer bin ich dafür, dass du dir die Zeit genommen hast, die Geschichte mit deinem fachkundigen Blick testzulesen.

Danke an meinen Mann Maurice, meine Familie und meine Schwiegerfamilie.

Ali, danke für den Austausch, deine Freundschaft und die unzähligen Co-Working-Stunden, während denen ein großer Teil der Geschichte entstanden ist.

Maren, dir danke ich für den Frühstücks-Podcast, deinen Rat und deine Freundschaft.

Außerdem danke ich Marie, Maike, Bianca, Jenny, Julia, Dorina, Sophie und Brina für alles.

Ich danke Boy in Space, dessen Songs ich beim Schreiben von Band 1 entdeckt habe und die seitdem rauf- und runterlaufen, weil ich wirklich jedes Wort fühle und einfach alles davon die Protagonisten der *Deep Waters*-Reihe widerspiegelt.

Ein großes Danke geht an alle Buchhändler:innen für eure großartige Arbeit! Und danke euch, liebe Buchblogger:innen, dafür, dass ihr meine Bücher mit so viel Begeisterung in den sozialen Netzwerken weiterempfehlt.

Liebe Leser:innen, danke, dass ihr euch für *Fighting Through Deep Waters* entschieden habt. Ich hoffe, ihr habt die Zeit an Bord genossen, und wir lesen uns in Band 2 wieder!

Triggerwarnung

(Achtung Spoiler)

Dieses Buch enthält potenziell triggernde Inhalte zu folgenden Themen: Borderline-Persönlichkeitsstörung, Quallenkontakt mit toxischer Reaktion, Scheidung, Selbstverletzung (Erwähnung), Unfall mit Gliedmaßenverlust (Erwähnung).

Julia Hausburg

Romantisch, dramatisch und voller Geheimnisse:
Willkommen auf Corvina Castle,
einer der exklusivsten Universitäten der Welt!

978-3-453-42860-7

978-3-453-42861-4

978-3-453-42867-6

Leseproben unter **www.heyne.de**

HEYNE

Alice Kellen

**Eine Achterbahnfahrt der Gefühle:
Wer auf der einen Seite weinen und
auf der nächsten herzhaft lachen möchte,
muss Alice Kellen lesen!**

978-3-641-30508-6

Leseprobe unter **www.heyne.de**

HEYNE

Sarah Stankewitz

**Drei Geschwister mit traumatischer Vergangenheit.
Drei emotionsgeladene Lebensgeschichten.
Drei alles verändernde Lieben.**

**Die *Love Burns*-Reihe bricht Herzen und
setzt sie Stück für Stück wieder zusammen.**

978-3-453-42896-6

978-3-453-42897-3

978-3-453-42898-0

Leseprobe unter **www.heyne.de**

HEYNE